40

改革开放
40年文学丛书

新都市文学

陈晓明　主编

作家出版社

出版说明

今年是改革开放40周年。40年来，当代中国发生了翻天覆地的变化，社会经济繁荣发展，人民生活幸福美好，当代文学硕果累累。为了庆祝这一盛大的节日，展示改革开放40年来的文学创作成就，进一步树立文化自信和文学自信，推动中国文学创作的大发展大繁荣，根据中宣部和中国作家协会的部署，我们特别策划了这套规模宏大的"改革开放40年文学丛书"。

文学是时代的一面镜子。40年来，中国当代文学在反映时代变化和人民精神面貌上做出了突出贡献，一大批反映改革开放伟大历程和人民精神风貌变化的作品涌现出来，真实地记录了改革开放40年来我们伟大祖国和人民所走过的不平凡的道路。因此，这套丛书的编辑出版一方面在展示当代文学40年的光辉历史，同时也展现改革开放40年的伟大成就。

在体例上，丛书以文学思潮和重大题材为纲，选取了改革开放40年中出现的比较有典型性和影响力的文学思潮和重大题材，以此为中心，遴选最能代表该文学思潮的作家作品。需要说明的是，这些文学思潮是历时性地交叉出现的，有一个更迭演变的过程，彼此之间在文学理念上各不相同又有诸多联系。受此文学环境的影响，作家们的创作也多是穿插于这些文学思潮之间的，许多作家在不同的文学思潮中有多个优秀的作品出现。但出于丛书体量和编排体例的整体考虑，我们每位作家只选取了一部作品并放置于某一个文学思潮的类目之下，这绝不是说该作家只有这一种类型的文学创作，而是为了显示其对某一个文学思潮的突出贡献，展现其创作的独特性。

入选丛书的作品经过了论证委员会的认真评审，专家评审从文学性、时代性、影响力等多方面进行综合考察，选取了最具代表性的作品。在一定意义上，这些作品构成了一部特殊形态的当代文学史，代表了当代文学40年的伟大成就。

　　40年来，中国文学始终与人民同心，与时代同行，文学既植根于时代生活的沃土，又以自身的发展融入时代的洪流，推动历史的前进。我们期待，丛书的出版能够实现对于当代文学40年光辉历程的展示，能够实现对于改革开放40年伟大成就的留影。更期待当代文学能够继续为人民美好生活的需要提供更多更优秀的精神食粮，为中华民族伟大复兴中国梦的实现贡献力量。

　　由于丛书体量有限，遗珠之憾在所难免，恳请读者朋友理解并谅解，同时更盼批评指正。

作家出版社

2018年10月

目 录

1 | 别人的城市　林　坚

39 | 谁比谁傻多少　王　朔

77 | 股票市场的迷走神经　钟道新

142 | 闯特区的女人　曹　谦

195 | 直销人　邱华栋

203 | 孀居的喜宝　张　梅

220 | 亲爱的深圳　吴　君

272 | 唱　歌　张　者

303 | 四季不断的柔风　王海玲

319 | 海口日记　潘　军

357 | 天若有情　莫　然

别人的城市

林坚

一

　　我离开皇都丝绸时装公司，一骨碌投身进了一达公司，纯粹是机缘巧合的结果。那时，我们四个年轻小伙子，整日整夜在几百台电动缝纫机间出没。女工们一径笑着叫我们师傅，因为她们的血汗超产奖全操在我们手上，那天，领班叫吴良去领工具。他转回来的时候，领班说少了一把钳子。我说我去吧，问题就要命地出在这里。

　　工具室的门当然是关着的，却很大意没锁上。我也没敲门，就一下将门拧开了。工具室不大，工具、零件却很多，明摆在墙边的铁架上。中间两张铁皮桌子并排，桌边的全塑椅子上，车间主管正和一个女工，在早晨精神的最佳状态里，轻呼小叫地坐着做爱。见我进来，主管的反应犹如野狗，头马上向后侧，目光直射过来，我的反应也快，关上门后才晓得心跳得慌。好像这事我是主角，毫无疑问，他们对时间、地方的选择准确无误，而且还很有心思。本来工具零件什么的，昨晚早就备好，即使没有备好，今早一上班也都领齐了。偏偏我就这么巧。诸如此类的欢情戏，我实在不觉得大惊小怪，并没准备大肆宣扬一番。只是在我闷闷不乐的时候，有时会仔细回想一下，想一想那女工是谁？长得如何模样？仅此而已。

主管先生倒是万分紧张，从此见到我便格外友善，时时笑脸相向，跟着递上一根特长万宝路，活生生将我们的位置颠倒过来。弄得吴良他们大感不解，领班也突然敏感起来，认为我虎视眈眈他的位置，对我一改常态，步步设防。一个月以后的一个傍晚，主管热情洋溢拉着我，走进新世界娱乐中心的水晶宫大酒楼。酒店的装潢和格调，食客们从容的样子，服务员小姐的古典而华贵的旗袍，一并令我目眩不安。

"这里跟香港的酒楼差不多，"主管介绍说，端起杯子喝一口啤酒，"来，尝尝这石斑鱼。"

主管是服装设计师，从他的衣着可以看出他的出众之处，无可否认让人看上去舒服顺眼。他的皮肤女性一般白而细嫩，这令我惊讶。我在夹菜和喝酒的间隙，忍不住数次偷窥他的嘴唇，心理暗想着这两片薄唇，究竟触碰过多少女性？是不是每一次他的嘴唇，都激发出火旺的性欲？次数多了，嘴唇会麻木吗？我偷窥的结果，发现主管的吃相既斯文又贵气。拒绝食物的时候，嘴唇纹丝不动，静静地放在那张清瘦的长脸上，对食物的味道，清高地不发表一点意见。

"洗过桑拿吗？"

"没有。"我说。

"吃完饭，带你去。洗了桑拿浴，再按摩一番，双重享受。"主管说。

"这怎么好意思？让你花钱。"

"别说这话。你挺够朋友的。"

我看他一眼，他的微笑，使两片嘴唇更加薄。我收回目光，将半杯啤酒喝了。啤酒冰镇得够冻，喝下去里外清凉，手臂不禁起了一层鸡皮疙瘩。我伸手去斟酒。

"这个月的奖金多了三百，该是你请客才对。"主管说。

啤酒斟得太急，泡沫涌出来流在桌上。服务员忙走上前，用毛巾抹。

"好，我请我请。"我说。

"看你，跟你开玩笑呢。"

"不，还是我请你！要三百块吗？"

"用不着，不过也差不多。来，别开玩笑了，吃吧。"主管说。

"我去一下洗手间。"我说。

"在那一边。"

主管朝右边伸一伸手，指示方向。

我在洗手间里，将裤袋的钱全掏出来，点一点数。镜子反映出我一张通红的脸，像一个面谱毫不经意地挂在墙上，面谱的制作手艺糟糕透顶，平平凡凡，地阁不算方圆，天庭不算饱满，鼻不直口不方，眼睛还算是黑白分明，反正大众化极了，在任何一个时候，你只要往街头一站，就可以令你看得头昏，令你对所谓人的这种动物又疑惑又绝望。我就是你看的芸芸众生中的一个。

我在收银台前，双脚站在猩红的地毯上，有种从未有过的坚定感觉，当我将三百块放在台面上，心里又轻松又透明。

"如果三百块不够，你们去剥他的裤子。"

我恶毒地说，回过头看一眼主管先生。他坐在那里，正在点烟，举手投足的确高雅不俗，坐姿也是一派绅士模样。

半个月后，我辞职了。

我在皇都公司三年多的日子里，记忆中，车缝工场里，永远弥漫着女性的体味和丝绸味，这种混合的味道深入我的肌肤，使我的朋友们一下子就能闻得出来。工厂里的日光管没日没夜亮着，几百名女工在苍白的光线下，默默地听着缝纫机的声音，眼睛布满血丝，泪水盈盈，目光落在那根快得像一条线的车针上，女儿国里，她们全没了矜持和羞涩。在缺少雄性的因素下，她们真实、坦荡、无所顾忌，我们几个师傅，常常免不了是她们的开心果。最尴尬和心跳的是夏天，她们都穿上了裙子，我们去修衣车时，一双玉腿令人目光迷乱。如果碰上那些开放型女工，简直令你目瞪口呆手足无措。她们不穿内裤，你的目光就像脱缰野马，在她的大腿上狂乱地往里奔突。她心知肚明，却不喜不怒，用力一拍你的肩头，或一脚踢你的面门或胸脯，笑骂道：

"看什么你，要看今晚让你看个够。"

我们四个人，吴良脸皮最薄，在女工面前时刻羞羞答答。但当我们躲在小房子里，天昏地黑地评头品足外面工场的女工的时候，吴良就劲头十足，言语大胆，机智幽默。他这个人心细，有时还很尖刻。有一次，他说，14号机位那个女工又肥又有狐臭，他去修机时，她的狐臭竟然熏得他马上患了感冒。事实上，那天吴良的确不停地揩鼻涕。自此之后，14号机坏了，就有人叫："谁愿意感冒？"当然没有人愿意去病一场，于是，我们只好抽签或者猜拳。

吴良单相思王至美，只有我知道。为了知道她的芳名，吴良强拉着我提早上班，站在打卡钟的过道旁，耐心守候。看她打完卡钟，便瞅准插卡的地方，然后若无其事走过去。王至美走路的姿势，跟古装戏里的小姐大同小异，手上常执着一条花手帕，身子软软地左摇右摆。女孩子们都喜欢结伴，王至美却常独自一人，没见过她跟谁说过话，然而，王至美微启朱唇，就叫吴良一败涂地了。她说："师傅仔，你几多钱一个月啊？"吴良为此请我喝了一夜酒，听他长嗟短叹，看他泪光闪闪。

那时候，我还不知道，齐欢就在这个工场里。

二

我活了足足二十五个年头，破天荒第一次坐上警车，是齐欢突然死去的第三天深夜。当晚吴良请我吃饭。自从他忽然发迹之后，身体与日俱增地膨胀，现在已经像一个肉球了。几个月前我见他时，他就对自己即使不吃饭，只喝一杯美国新奇士橙汁仍无法阻止发胖而忧心忡忡。并且，对我能天天穿牛仔裤，表示莫大的神往。现在，在饭桌上，吴良又念念不忘提起胖和牛仔裤了。

"你的发福，我的牛仔裤，大概会成为我们永远的话题。"我不无讥讽地说。

吴良将杯里的啤酒喝光，伸手揩去沾在嘴边的泡沫，又满满斟了一杯。

"啤酒喝多了，肚子会更大。"我说。

"这不能吃，那不能喝，多了几个钱，反而觉得什么都不是我的了。"

"你要多运动才行，瞧，快变成一米五八的直径的圆球了。"

"约你出来，就是要告诉你，我又出来打工啦。"吴良说。

"干吗还出来打工？玩呀？"

"不打工，会觉得日子难过，没味。"

"你骨子里就是个贱种。"

"嘿嘿，"吴良快乐地笑两声，说，"我的工资在银行里，从没提过，有时想想，我真像你说的——贱种。"

"请我吃饭，就为了告诉我，你出来打工了？"

"想跟你聊聊天，好久没见。你骂人让人觉得痛快。"

"哈哈，好玩。"我笑说。

"在一达混得怎么样？"

"从女儿国到男儿国，还会怎么样吗？我那车间，最适合你去了，没一天不流汗的。"

"还要来点什么？"

"再要罐啤酒吧。"

吴良手一扬，服务员走过来。

"来罐啤酒。"

"好的，还要什么吗？"

吴良夹着烟的手轻轻一摆，像打发街上流动的热情小贩。那次，我和主管吃饭的桌子，就在旁边。现在坐着一对男女，情状甚至亲密。那女的坐在我坐过的位置上，她的腿搭在另一条腿上，黑色的丝袜有着蟒蛇一样的花纹图案，给人一种强烈的恶毒阴险的感觉。那男的年纪至少比她大十岁，虽然身上穿的衣服都是国外名牌，但还是让人感到他土气得露骨。

"吴良，你出来打工，不会长吧？"

"看心情啦。"

"我羡慕死你了。"

吴良听了，好像很感动，马上作经验总结：

"什么都是讲机会的，机会就是运气。"

吴良先富起来，是一个谜。他也一贯守口如瓶。我总觉得王至美功不可没，对此他一言不发，只狡猾地微微一笑。他在海边的黄金地段，买了一层楼。这片公寓区，在我来南山工业区的时候，还是个腥臭无比的烂海滩。初来乍到的那个晚上，有人说，看见许多鬼影走过这片海滩，一个个往海里跳。当地渔民说，那是逃港者淹死的鬼魂。女孩子们听此一说，闭起眼尖叫，再不敢晚上去海边。现在，这鬼地方变成世界上美丽一角可望而不可即。

"你现在活得像个神仙了。"我说。

"谁像你呀，女朋友也不多一个。喂，在我家认识的齐小姐，够不够劲啊？"

我想，我的脸肯定是顿时乌云密布了。吴良没看出，还嫌不够似的，又补上一句：

"扔了没有？"

"吴良，我们算是朋友，我问你，你有没有搞过齐欢？"

"我以为什么事呢。你认真起来，挺好笑，知道吗？"

"有没有？"我问。

"有。"

"干吗玩人家？"

"哦，要娶她做老婆不成？她本来就不是好货。"

"你玩别人我不管，玩她你就错了。"

"你是教训我，还是怎么着？关你什么事？"吴良瞪着我，说。

"这太关我的事了。"

"我跟人家上床，都关你的事？没道理。"

"付账吧，我们出去。"

我们站在一块草坪上。我说：

"你和齐欢是什么时候开始的？"

"那时你还未认识她。"

"你应该娶她。"

"我干吗要娶她？她不外乎是看上我的钱，我知道。"

"你们都是混蛋。"

我突然挥出一拳。吴良往后连退几步，伸手抚着下巴，我转身扬长而去。半路上，吴良开着摩托车从我身边擦过，回过头狠狠地瞪我一眼，然后加大油门，开得飞快。

我回到宿舍，没洗澡，衣服也没脱，一头倒在床上。他们围坐在一起，大着嗓门闹闹嚷嚷"锄大D"，赌两毛钱一张牌，这是惯例了，不多也不少。"锄大D"是扑克牌的最新玩法，它由公司里的香港师傅引进过来，我们好像接受炒鱿鱼接受加班接受为老板打工接受上下班打钟卡一样很快接受了。我躺在床上，听了一会儿他们的战况，就睡着了。那个梦在这个晚上又再度出现。半夜里，我被人推醒，时间正好是我在梦里两脚跪在山坡上，迎着呼呼的山风痛哭。我睁开惺忪的睡眼，发现他们从蚊帐里探出脑袋，好奇而吃惊。我在床上生气地问了一句：

"什么事？"

"起来，跟我们走一趟。"

我跳下床，弯身穿起鞋。门边站着的那个穿制服的青年就往外走，叫我起来的中年人轻推了我一下。在宿舍楼的门口，他们推我上车，然后"嘭"的一声关上门，"嘭"的一声上了锁。我站着，双手抓紧铁门上方的一尺见方的网眼。网眼的铁枝上的白漆，已经大部分脱落，生出斑斑锈迹，手抓上去感到粗糙而坚实。车厢的篷顶有一个小灯泡，放出淡黄的光。我的目光穿过网眼，散落在夜半寂静的街上。我想，这是个天大的误会。我又想，这条长街的两旁，那些门面装修得如此这般的现代摩登，竟与我恍如隔世，我转过身，背贴着车门，看篷顶上的灯。

我被带进一间房子里。那个中年人客气地叫我坐下，掏出烟，问我抽不抽，仿佛我是来做客。我说不抽。他身材高瘦，黑脸，笑起来眼睛眯成一条线，眼角便显现出几条皱纹来，却有几分天真。那个青年时刻一副凛然的表情，高大壮健的身材仿佛是一堵墙，脸是一块告示牌，上面明明白白地告诉你别耍什么花招，坦白从宽，抗拒从严。他坐下来，摊开一本笔记本，从衣袋里拔出笔，在本子上随便划几下，试试有没有墨水。

"你叫段志？"中年人问。

"是。"我说。

"在哪一间公司？"

"一达。"

"今年多大啦？"

"二十五。我一九八二年初来工业区，曾经在皇都公司干了三年。"

中年人拿着烟的手向我摇摇，顺便将一截烟灰弹下来，微微一笑，说：

"你这人挺爽快。"

"还很有经验呢。"青年人插嘴说。

中年人抽出一根烟，用前一根烟蒂点上火。问：

"你认识齐欢?"

"认识。"

"什么时候认识的?"

"去年圣诞节。"

"据我所知，她也在皇都公司干了几年。"

"是的。"

"你刚才说，是去年认识她，没错吧?"

"在皇都时，我真不认识她，我们常加班，又是两班倒，下了班回宿舍，就想睡觉，而且也没机会交往。"

"你跟她是什么关系?"

"……"

"你说。"青年人问。

"怎么说呢? 我说不准。"我说。

"据她的朋友反映，你和她在谈恋爱嘛，怎么说不准?"中年人说。

"也许是吧。"

"你认识新世界娱乐中心的王铭总经理吗?"

"不认识。"

"不会吧?"

"我知道他是个出名的企业家。"

"你怎么知道呢?"

"道听途说呗。"

"你对他有什么看法?"

"我没接触过他，没什么看法。"

"你前天晚上见过齐欢，还和她去过一个房间，对不对?"

"是的。"我说。

"是什么时间?"

"大约是八点至九点这段时间。"

他们不动声色地对望一眼。中年人默默抽烟，身子向后靠紧椅背，伸出手活动几下。眼睛却盯着我，一刻也没离开过。我的心开始发慌，有一股东西在慢慢塌方和瓦解。我想我肯定是犯了什么事了。

中年人突然一拍桌子，站起来，走到我身边，双手叉开按在桌面上。

"抬起头，"他说，"别浪费时间了。现在人证物证俱在，你还有什么话说，交代吧。"

"要我交代什么呀？"我颤抖地说。

"你太不老实。好。第一，房间的茶杯有你的指纹；第二，你从公司偷出的电线，虽然削了皮，但仍可鉴定出来；第三，从晚上八点至九点半这段时间，也就是说，他们被杀的这段时间，只有你一个人进过房间。据我们所知，你自己也承认，你曾经和女死者谈过恋爱。你为了报复，萌生杀机，是不是？你比法西斯还要残忍，先将男的用水果刀捅死在浴缸里，再用削了皮的电线，捆起女的活活电死。那晚你请假，没加班，是不是？"

我目瞪口呆。

三

我走出钢筋水泥结构的小屋，再闻不到霉烂味和尿骚味的时候，正是黄昏。我走过一块空地，站在大门口的铁门边上，就看见了齐乐。最后的一抹夕阳，涂在路边的梧桐树的冠顶上，远远看去又红又绿，微弱地闪着一片碎光。马路上，有许多和我一样年轻的男女，骑着车一条龙地向前游动。人们和我一样疲惫一样没有笑容。我看着他（她）们的身影，眼睛便涌满泪水，突然感到茫茫然走投无路人生咣当一声到了尽头。一辆警车威风八面从我身边直驶进去。

我犹如一个无主孤魂，跟着齐乐跳上一辆中巴。我们在新世界娱乐中心下了车，沿着海边的花园小径，走进公寓区——那个"鬼地方"。齐乐从皮包里拿出锁匙开门。我看了一眼墙上的金漆招牌，上面清楚地告诉我，这里是巴昂公司驻南山工业区的总代理处。我知道，齐乐又换了公司。

"先洗澡，然后去吃饭。你浑身都是臭味。"齐乐说。

我放满水，在浴缸里泡了一会，才想起我已一个月没换过衣服。

我说，

"喂，齐乐，麻烦你去帮我买套衣服，钱以后给你。"

"多长多大裤头?"

"30加28英寸。还要买条内裤。"

我第一次见到齐乐，是一年前在她姐姐齐欢的宿舍里。当时，我和齐欢相对无言，半个世纪没说上两句话。宿舍里的灯时不时又熄又亮，惹得楼上楼下一片尖声的叫骂，身边那几个女孩子情绪低落，看着墙边的电饭煲无可奈何。齐乐一跨进门，就好像灯立时亮了，光灿灿直刺得人眼花。

站在阳台的假小子阿彩一摔勺子，咚咚咚大步踏进来，气恼恼地吼道：

"他妈的，要死不活的搞什么鬼。"

阿彩挨着齐欢坐下来，极温柔地伸出手，将齐欢垂下的一束秀发，轻巧地拢向背后，用一个发夹夹好，轻声细气地问：

"饿了吧?"

对面床上，一个女孩子的目光也斜过来，嘴角一歪带着几分鄙视。她发现我望着她，忙不迭装出若无其事的样子，转过身去，顺手抄起床头上一本香港娱乐杂志，一边翻看一边说道：

"秀萌，美国有许多人搞同性恋呢，这怎么恋呀?"

叫秀萌的女孩子正坐在床上，腿上放着一个纸箱，箱面垫一块木块，在认真写信。她听见这一问，抬起头看一眼那个女孩子，嘴咬着圆珠笔，像在思考这个问题，两个嘴角却现出笑意。

"阿彩姐，还没吃饭哪?"齐欢问。

"停电呢。"齐乐说，匆匆瞟我一眼。

我说："其实，在公司饭堂吃……"

"饭堂的鬼东西，也是人吃的? 看见就作呕。净说屁话。"

阿彩冲着我说，直直地射来两束目光，充满怨毒。齐乐侧过头，朝我耸一耸肩，深表同情。后来，好像气不过，便说：

"阿彩姐好厉害喔。"

"我才不厉害呢。那些死皮赖脸地追女孩子的，才叫厉害哪。欢欢哦？"

"齐欢，我走啦。"我说。

"没人留你呀，要是我早走了，还等到现在？"阿彩说。

我愤愤地站起来，一头撞在铁架上，省得我泪水满眶。

"阿彩姐，你这次出语伤人了。"齐乐说着，咯咯大笑，旁若无人。

"瞎冲瞎撞。活该。"阿彩说完，大踏步走去阳台。

在走廊上，齐欢说：

"段志，你别介意。"

"不会。"我说。

"你快走吧，乌天黑地的，看是要下雨了。"

"想出去玩吗？"

"不想。提不起劲。"齐欢说。

"你又怎么啦？聊聊吧。"

"再说吧。拜拜。"

天下着毛毛细雨，如粉般飘飘扬扬。我扭头看一眼背后的宿舍楼，见许多女孩子挨着走廊的矮墙，有的端着碗吃饭，有的举头看茫茫夜空，或将目光投落在长长的马路上。三楼走廊的矮墙上，放着几只花盆，却没见有花，只有几株衰败的花枝。我没走几步，肩背给人轻拍一掌，未及转身，齐乐已站在面前，笑吟吟地说一声：

"嗨——"

我朝她点一点头。

"你和我姐的关系不太妙噢。"

"有什么办法吗？"我说。

"很简单，合得来就说下去，合不来嘛。拜拜。节约时间呀。"

齐乐咯咯大笑，尽情，毫不掩饰，引得我也笑起来。

"我没你洒脱。"我说。

"那你活得一定很痛苦。"

齐乐双手插在裤袋里，面对着我，一步步退着走。她着一件黑色无袖T恤，穿一条白色短西裤，一双露光的大眼睛炯炯有神，头发剪得短，撒娇似的梳向一边。盖住了半个额头，只露出饱满的一角，耳垂贴着两块粉红色的圆形饰物。我发现，她的相貌不像齐欢，竟没一处相似。这令我奇怪。

"还未请教大名呢。"齐乐说。

"段志。"我说。

"断志？怎么起了这个名？"

"我老爹顾尾不顾头的结果一段，一段两段的段。"

齐乐又是一阵大笑。

"我叫齐乐。"

"这可不容易。"

"我发现你像我姐。"

我吃一惊。"哪一方面？哪会呢？"

"我感觉到了。"

"你这么个走法，累不累？"我问。

齐乐突然跳出路中央，扬起手。一辆红色的摩托车，从我背后驶过来，稳稳地停在她身边。车上的小伙子除下头盔，满脸笑容。

"认出你的车了，送我一程，谢谢啦。"齐乐说着跨上车。车飞快地开出去。齐乐侧过半身，向后仰着，高高地举起手挥动，微雨中，传来她的声音！

"段志拜拜啦。"

我赤着脚走进宽敞而气派的客厅，闻到一股茉莉花的清香，空调机的冷风无声地吹得落地窗帘轻抖。齐乐整个身子陷入黑色的真皮沙发里，笑说着在通电话。我坐下来，随便将茶几上一个像古董的木盒打开，奇怪地发现里面装满了烟。我拿起一根。齐乐指着茶几上的"外星人"——儿童卡通片里的玩意儿。我会意，拿起"外星人"请她点着烟，等着吃齐乐的晚餐。

齐乐放下话筒，打量着我，说：

"式样不错吧，喜不喜欢这种颜色？"

我说："挺好。多少钱？"

"整三百港币。这是今年最流行的。"

"我一向不太赶时髦。你住哪?"

"这里就你一个人吗?"

"还有一个,香港过来的。不过下个月他就走啦,代理处我包办。"

"齐乐,你越活越有滋味了。"我说。

"是吗?"

齐乐大笑,双手一拍,脚抬起来。

"要活得有滋有味,真不容易。哎,你怎知我今天出来?"

"我不知为你跑多少趟了。他们这样干,不合法律程序。你现在出名啦。我找了个记者朋友为你写了报道,就在上个星期。采取舆论攻势呀。不说这些,你不饿我可饿了。"

我们走下楼。路灯全亮了。四周都是方块草坪,翠绿平整,与白色的楼两相映衬,和谐悦目。几株挺秀的棕榈,长长的尖叶子在海风吹拂下,轻轻摇动,教人凭空想起热带的海滨风光。住在一楼的人家,小花园里种上了筋杜鹃,那血红的花一团团一束束,灿烂如火。天还未完全黑下来,橙黄色的一轮月亮,已在海的那边的天上挂起来了。

晚餐吃得不愉快,很不是滋味。齐乐喝了半碗罗宋汤。我本想要向这一个月的饥苦报复,结果只吃了一件火腿三文治。

齐乐说,她妈当时哭得死去活来,她爸将齐欢的用物扎成两捆,第二天一早就走了。齐乐面对着我,两眼泪光闪闪。她又说,火葬的事儿全由她一手办了。上个星期,她才送齐欢回家,因为没时间。齐乐的泪水止不住涌起来,滴落在那碗汤里。我扯下一瓣桌上的玫瑰,放在手心上慢慢揉碎。我说不出一句话。齐乐朝我掀一下嘴角。想笑没能笑出来。她说:

"我们不说这些,还是说说你吧。"

"还有什么好说的,突然旷一个月工,哪一个老板都会炒我鱿鱼啦。"

"重新找一份工吧。要不,我那三百块叫谁还哪?"

气氛凝重,我们想笑笑,却没笑出来。

"我觉得腻透了。想回家。"我说。

"当真?"

"齐欢说得对，这里是个别人的城市，我们是客人。客人总得要回家，是吧?"

齐乐沉默好一会，说:

"你们真是一对儿呢。段志，回去了，你又会有另一种的不适应的，信不信?"

"也许吧。"

"说真的，我姐她是错了。我想，你了解她。"

"不。我现在发觉我并不了解她。"

"人都死了，别怪她。"

"我们不要说这些。"

"说实际的吧，我想，你不如先在我这里干着，反正。我这里缺一个抄抄写写的人。你不妨考虑一下。"

"好的。"我说。

四

吴良给了我认识齐欢的机会。

那天黄昏，公司突然不用加班，我跑回宿舍清洗上个星期换下的衣服。在阳台晾衣服时，我看见吴良牵着那只长毛杂种狗，悠悠然地走在楼下的甬道上，瞧那模样，仿佛狗是主人，吴良倒是个仆从。我朝他打个招呼，晾完衣服，吴良就进来了。我走上前去，抚摸着小狗的栗色长毛，打趣说:

"至美，你吴良哥哥有抱着你睡觉吗?"小狗抬起头，冷冷地看着我，汪汪地吠，声音清脆而娇气十足。吴良哈哈大笑，为它骄傲。我抡起拳头，吓唬道:

"狗仗人势，我打死你，炖了吃。"

吴良递过来一根烟，将小狗抱在腿上，爱抚着它的小脑袋。它半闭着一双狗眼，竟是十分的惬意。

我点上烟，抽了一口，说:

"你早两年发达，至美她可能就不会出口到美国了。"

吴良给小狗起了至美的名字，大概寄托着他对初恋的一份怀念。我有时想想，也不禁佩服他几分。

　　吴良听我这样说，便笑起来，说：

　　"我认识女孩子不少，有多少是真的？"

　　"是你不真，还是人家不真呀？"

　　"反正一切向钱看。老实说，王至美大老远地嫁去美国，也不能怪她。"

　　"此情绵绵成追忆，哈哈。"

　　"过两天是圣诞节，准备搞个派对，到时你来呀。"

　　"信基督了？"

　　"No，只不过是想热闹热闹，大家高兴高兴。"吴良说。

　　"哦，变着法儿寻乐呢。"我说。

　　"我是闷得慌。告诉你，我准备出去找份工干。"

　　"开什么玩笑，你可别找我开心。"

　　"等着瞧吧。喂，后天来帮忙啦，布置一下。"

　　"不知公司放不放假。"

　　"反正有空就来吧，不过，平安夜你一定要来。"吴良说。

　　平安夜那晚我去得晚，差不多十一点了。客厅里响着舞曲，只开了两盏壁灯，光线昏暗柔和，几对青年男女在悠然拥舞。厅中央的圣诞树上闪动着彩灯，披在树枝上的棉花，看上去还真像雪。我走到小酒吧台边，自己动手斟了一杯酒。眼前的男女，我没一个认识，心里有种走错地方入错门的感觉。吴良满面笑容走来，说：

　　"可要罚你啊。"

　　我举一举杯，将酒干了，说：

　　"看这场面，你可以解闷啦。"

　　这时，舞曲停了，掌声响起。吴良向前一步，扬起手欢叫：

　　"别停，继续玩啊。"

　　一呼百应，掌声夹杂着笑声。

　　"你不是说介绍个女孩子给我玩玩吗？人呢？"我说。

　　"心急吃不到热豆腐。"吴良说。

"我像个嫖客了，吴良，你像个拉皮条的。"

突然，一个女孩子尖叫起来，声音如发情的夜猫。她从沙发扶手上跌坐在地上。大家纵情大笑，有人还在鼓掌。一个小伙子过去抱起她，却不放，直抱出圣诞树旁，两人共舞起来。他们跳了一圈，她突然手脚并用，一把推他倒地，四脚朝天，大叫：

"他有口臭。"

大家又开怀笑个不停。她却已和一个女孩子抱拥着起舞了，动作甚是亲昵。

"她叫什么?"我问吴良。

"齐欢。我介绍的就是她，没想到你自己看上了。"

"说不准是你的二手货呢，我可不做替死鬼。"

"其实你该认识她的，以前你们曾在一个工场里干活。"吴良说。

"我怎么没印象呢。"

"介绍你认识吧。"

"那倒不用。我的招数高着呢。"我说。

这时，她们退下来，坐在沙发上。我放下酒杯，走过去，像一只叼小鸡的黄鼠狼，我太清楚我心里想的是什么。我的手肘支着沙发靠背，头伸过去，与她的侧脸保持在她眼睛的余光可以感触到的距离，一言不发，等待着在她回头的刹那，给她一个深刻的微笑。果然她蓦地回头，并且一笑，微带吃惊。我达到了预期的效果。她身边那个女孩子，却穷凶极恶，像一条门口狗瞪了我一眼。

我绕过沙发，一屁股坐下来，手搭在沙发的靠背上。齐欢坐直身子，微微侧向我。我们还未说上话，吴良已端来了一杯酒，放在我前面的茶几上，像个酒吧侍应似地朝我微笑。齐欢看他一眼，一只手就亲热地按在我的腿上。

"你挺能喝啊。"齐欢说。

"喝了酒就会自我感觉良好，你不妨试一试，包没错。"我说。

"不喝呢?"

"那自我感觉糟糕透了。"

"是吗? 那我倒要试试看。"

齐欢端起我的酒，喝了一口，她身边那个女孩子猛地站起来，瞪我一眼，走了。齐欢试图叫住她，但伸出手又缩回了。

"她叫什么?"我问。

"阿彩。这酒很难入口啊，不过辣得有意思。"

"你一下子就入门了。"

我说着，搭在靠背的手滑落在齐欢的肩上。齐欢毫无反应，一双眼睛看着我，并没有对我的轻佻表示惊讶或者愤怒，或者别的什么，目光平静得如一泓湖水。这令我心虚，手触电似地缩了回去，却不知往哪摆。齐欢朝我微笑一下不喜不怒，将那杯酒喝了。

"公司放假吗?"我问。

"放两天。你呢?"

"一样。我们的老板都是基督徒。"

"但没基督仁爱。"齐欢说。

"吴良说你在皇都公司，是吧?"

"你跟他很要好?"

"是的。"

"他还跟你讲了什么?"齐欢问。

"他说，那个很漂亮的女孩子，名字叫齐欢。"

"吴良不是个东西。段师傅，你最清楚。"

"你真在皇都公司?"

"这点吴良没骗你。"

"我怎么不认得你呢?"我说。

"这不奇怪呀，工场里这么多女工。"

"这里有点闷。"

"我也觉得闷。"

"那我们走吧。"我说。

"去哪?"齐欢问。

"随便哪个地方，也比这里好。"

"没错。"

我和齐欢出门的时候，吴良悄悄拧了一下我的手臂。我们走出这片公寓区，一直在海边的小径上、沙滩上流连。我和齐欢仿佛一见如故，你一言我一语十分投契，为此我们都感到意外和高兴。今晚是平安夜，沙滩上，有许多香港游客，大惊小怪地在燃放烟花，清明的天空上，艳丽的火花此起彼落。我们在附近的店铺里，也买了几扎烟花燃放，之后，我们离开这群快乐无比的游客，走到海湾的尽头，这里的海滩比较脏，沙滩上满是蚝壳。一条独木桥直伸往海里，尽头处，搭起了一个简陋的遮篷，前面，一张巨大的渔网高高悬起。

我说："齐欢，我带你去捉鱼。"

齐欢说："哪里捉鱼呀？"

我说："你跟我来。"

我牵着齐欢的手，一步一步走过独木桥，一路上，齐欢且惊且喜，大叫着："好刺激啊。"我们在那个遮篷下，找到了放落渔网的机关。原来，渔网是用脚踩动着两块木板，徐徐放落的，就像踩自行车一般无异。我们每人踩一块踏板，将渔网放落在海里。

"齐欢，那个阿彩好像不太对劲。"

"是不对劲。她常喜欢搂我的腰，有一次她还吻我哪，当时，我刚蒙眬醒过来。"

"既然是这样，你少跟她接近，免得惹出麻烦。"

"我看过一本书，是讲监狱里的犯人生活的。在那样的环境里，男女犯人有很多人有这种爱好和倾向。我不真怪她。"

"今晚快活吗？"我问。

"嗯。如果你没提起阿彩，那会更好。"

"怎么啦？"

"这让我心里不舒服，一连串地想起很多的不愉快来。咦，喝了酒的感觉真的不一样。"

"这是我的经验总结呀。"

"我知道。"

齐欢认真地盯着渔网落下去的海面，手环抱着脚，下巴顶在膝盖上。海风并不大却有力，吹得遮篷上的什么东西"叭叭"地响，我脱下风衣，披在她身上。

"段志，吴良没把你当朋友。"齐欢说。

"起网吧。"我说。

我们将网踩起来。月光下，网里一条鱼也没有。

凌晨四点钟的时候，海堤上的灯突然灭了。东方的天边上，已逐渐变得清明。沙滩上没有一个人影。我送齐欢回宿舍。在楼下的路边的树影里，我伸出手搂着齐欢，她没推拒，让我吻了一下她的脸。

我说："等会再见。"

"我在梦里见的肯定不是你。"齐欢说。

"我努力。"

"努力也没用，我说不是你就不是你。"

我做了一个梦，梦见我和齐欢骑着马，奔跑在山间的驿道上。山里的风疾劲无声，山头是光秃秃的，全是峥嵘的岩石和干燥的黄土。后来，齐欢连人带马掉进了万丈的深谷里。而我却在一张渔网里，发现了她和马的尸首。我醒过来，已是中午时分。

以后，这个梦常在我的睡梦里出现。

五

在以后的三个月里，我在齐乐手下抄写文件，有时闲得无聊，有时连夜赶工至深夜。工作环境当然比皇都比一达好，可是，心里却莫名其妙有说不出的滋味。

这个代理处，全盘负责着南山工业区五家丝绸时装公司的出口业务，主要的市场是在欧洲。五家公司的经理我都见过，年纪最小的要比齐乐大十几岁，他们总是满脸堆笑，口口声声称齐乐为大老板。起初我听了，忍不住替他们尴尬。你可别难过，齐乐说，我也是你的老板呢。她又说：

"他们叫我老板，其实很有讽刺意味。中国的产品要打入国际市场，实在太难了。现在的状况，就好像内地的大龄青年的婚配，中间需要个红娘。问题是这个红娘却是个狼外婆，钱让她赚去了一半。巴昂公司的这个代理处，就是这个角色。"

"你是帮着人家赚自己人的钱啊，齐乐。"

"你不也是吗？别五十步笑百步。"

"我看你不止百步了，干劲冲天呢。"

"你来了这么多年了，观念还这么落后，难怪你活得一塌糊涂。"

齐乐曾对我说过她的一件趣事。她刚来南山工业区时，在三星电子公司做秘书，那时，她连电话也不会接。第一次接听电话，对方说要找经理，她叫人家稍候，便将电话挂上了。经理走过来看哭笑不得，低声骂了一句："蠢材。"这出笑剧，在公司写字楼里足足传了一个星期。齐乐说，当时以为电话通了，就该挂上。这个故事笑得我喘不过气，至今，我还怀疑这是齐乐的杜撰，毫无疑问，齐乐给了我一个全新的感觉，她聪明、漂亮、能干，也没少圆滑和心计。有时还展露一下女性的娇嗲。皇都公司的经理不止一次地说过："齐小姐，真拿你没办法，哈哈哈。"一脸的无奈，一脸的宽容。齐乐便笑微微地说："大经理，全靠你大人有大量哪。"面对这个社会，齐乐像庖丁解牛一样游刃自如。和她在一起，我常感到懊丧。

我决定留下来，是因为齐欢。那个梦不再出现，我睡得很好。这一天我醒过来，感到精神饱满。我躺在床上点了一根烟，我听见海面上传来一声汽笛，汽笛过后，便听见了对面楼的那户人家，那只画眉鸟愉快地歌唱。我走出阳台，看见草坪上，一个园丁拉着长长的水管浇水。早晨的海风带着新鲜的腥味和寒意，徐徐吹来，我的手臂密密麻麻起了一层鸡皮疙瘩。我伸出手去搓，一边搓一边转回房间。齐欢的死已过去三个月零十天了。

我突然想，明天是她的百日忌辰，因为其中的一个月是二十九天。我赶紧去查看日历。日子的准确无误，令我大吃一惊，这个早晨明朗欢快的心境变得灰暗无光。

齐乐刚跑步锻炼回来，她见我怔怔地站在挂历前面，感到奇怪。

"少有啊，起得这么早。"

"明天是她的百日忌辰。"我说。

齐乐看着我，一言不发，目光略带讶异。她蹲下去解开运动鞋，然后提着鞋子进了房间，过了一会儿，她走出来，手上拿着要换的裙子。

她对我说：

"段志，你过分沉迷于这份伤感了，这对你没好处。"

"我知道，但我无法摆脱她的影子。"

"不，不是的。你可以。"

齐乐说完，走进洗澡间。我坐在客厅里，清晰地听见沙沙沙欢快的水声。我想，我可以吗？

下午，齐乐出去的时候，我找了一个电话去新世界总经理室。电话通了，传过来一阵轻快的音乐，我立即用毛巾盖住话筒。

"你好，总经理办公室。"

"我是公安局的。麻烦你找一下王铭总经理的秘书。"

"我就是，请问有什么事吗？"

"我要了解一下关于王铭的一些情况，希望你合作。"

"三个月前，你们不是来了解过了吗？"

"请问你贵姓？"

"我姓周。"

"哦啊，周小姐，老实说，我不是公安局的，对不起，我……"

"你是记者？这已经没新闻价值了。"

"不，不是。我刚才撒谎，请别介意。我是她，就是和王经理一起，一起……那个的男朋友，你听见我说话吗？"

"我在听。你是齐欢的男朋友？"

"是的。她死的那晚，我还见过她。"

"我希望你别再撒谎了，我也没空听你胡扯。"

"哎哎，周小姐，请你别收线。我说的都是真的。因为他们，公安局收审了我一个月。这件事已过去三个多月了，明天是她的百日忌辰。周小姐，我打电话给你，只有一个目的，是想要了解一下王铭，他到底是个什么样的人？"

"有这个必要吗？"

"请你帮我这个忙，行吗？"

"请问你贵姓？"

"我姓段。"

"听你这样说，你们的关系很复杂？"

"怎么说呢？好像很复杂，又好像很简单。周小姐，你能出来跟我谈谈吗？"

"可以。"

"谢谢，谢谢你。明天上午，我去找你，行不行？"

"段先生，对不起，上午我要开会，下午吧。"

"好的，一言为定。谢谢。"

我放下话筒，去斟了一杯水。

"什么事呀？一言为定，好像很神秘喔。"齐乐将电话放在腿上，一边按号码，一边问我。我刚要向她说个谎，她已"喂"起来了。

"请找龚经理。"

"……"

"龚经理你好，秘书又换了不是？声音又娇又脆，挺可爱的。嘻嘻嘻。跟你说正经事呢，那批货可能要稍微向后推。你没看新闻？限制纺织品入口，这肯定会受到影响啦。这几天，香港的制衣业已开始在闹了。对，是的，贸易保护主义。龚经理，你就将速度放缓，工人老是加班也挺苦的。是吗？我当然有人味啦。请我吃饭？行啊，看是在什么地方啦。你别跟我开玩笑了，你身边的靓女多着哪。拜拜。"

齐乐打完电话，将一个文件夹递给我说：

"里面的表你填一下，把我昨天给你的那份资料，搬过去就是了。有没有电话来？"

"没有。"我说。

"你呀，'煲电话粥'的时间不要太长了。"

"打个电话都不行？什么规矩？"

"我并没有禁止你打电话，如果有要事的话。"

"小姐，你别俨然是个老板好不好？打个电话，很平常呀。"

"不过要有分寸，对不对？如果刚好这个时候，有电话来，却老是占线，那不是影响工作了？"

代理处的电话，我从来不接，除非齐乐不在。齐乐说过，我不懂英语，若遇上个"鬼佬"，我招架不住。当时我很生气。电话这个东西，现在又让我受气了。

齐乐突然笑起来，说：

"段志，你恨死我了是不是？看，脸都白了。你瞒不过我。"

"总之，能够教训人是件开心的事。"

"你冤枉我。我什么时候教训你了？"

"刚才不是？"

我们相视大笑。

"你明天要出去？什么要紧的事吗？"

"也没什么要紧的事。"我说。

"能不能往后推一推？我想和你去一趟华辉公司。"

"什么事嘛？"

"就为那批睡衣的事。今日是二十五号了，我担心到时交不了货。"

"你急什么，这个月多出一天。"

"前天我去看了，好像不太妙。华辉公司也太抠了，工人都不愿意加班。硬性要工人加班，当然做得不好。"齐乐说。

"你认为加班加点好舒服？"

"那我不管。"

"明天你自己去吧，我请假。"我说。

"不准假呢？"

"炒我鱿鱼好了，反正我也是临工。"

"我不炒你，不过，要罚你现在去买盒饭。"

六

我不知道，你有没有注意到这个现象，许多公司经理的女秘书都是如花似玉，或是风骚性感。我在皇都和一达公司所见，经理和厂长全认认真真没超出这个范围。老实说，我曾为这个美丽的发现转动过脑筋。经理这等人物身处生意场，日理万机，即使有空坐下来，也是人闷心不闷，脑子里仍在嘟嘟嘟冒着一个个主意。有个漂亮的女秘书在眼前晃悠，起码可以缓和一下琴弦似的神经。我的一个朋友称这种现象为"意淫行为"。我对此深信不疑。

所以，当周小姐推开那扇柚木门，直挺挺地站在我面前，热情地向我微笑，而那三颗白牙骄傲地在两片红唇呵护下露出半截，并且，硬生生地拉住了我的视线的时候，我的眉毛朝上扬了起来，目光透露出的迷惑和惊讶，已经猝不及防地落在那三颗白牙上了。周小姐仿佛看透了我的心思，却故意逗我：

"我不是冒名顶替的。"

"我相信。"我赶紧说，并认真地点一下头。

周小姐大笑。她并不像有些缺陷的女孩子那样，举起手徒劳地遮挡。

"我们到外面谈去，或许好一些。"她说。

"不影响你吗？"

"不影响。"

新世界旁边的海滨花园不算大，花草树木被人工修剪成不同的形状和图案，很有美感，还有一些热带鱼和贝壳的雕塑点缀其中。花园右侧的海湾，正在兴建一个海滨浴场。黄色的大卡车来来往往，运来一车车石头，倒卸的时候，传来隆隆的响声。那张巨大的悬起的渔网，那座独木桥，不知什么时候拆了。我们找了一个地方坐下，面对着十步开外的大海。阳光洒在海面上，折射出炫目的光芒，没见到拉起风帆的渔船。这海我看了几年，总觉得它是个湖，一个很大的湖。

"段先生，你的电话触动了我的灵感，你们的故事可以写一篇小说了。"

"叫我段志吧。叫先生我不舒服。"我说。

"我倒习惯了人家叫我小姐，因为这使我感到自己还年轻。"

"你本来就不老。"

"就是样子差点，是吧？"

我唯有报以一笑。

"王总他可不注重这些，所以我敬重他。当初我大学毕业，充满自信，直闯进他的办公室。后来他对我说，他就是看中了我这份自信心。算起来，我做他的秘书三年有余了。如果我没记错的话，从第二年开始吧，我就开始代他寄钱回家。每个月发了工资，他就给我两百块。他一向信任我。"

"他家不在这里吗？"我问。

"他和他妻子，大概是属于那种没有爱情的婚姻，这在中国很多，不是吗？他上山下乡差不多十年，好不容易回城，在一个街道小工厂里工作，那时他已快三十了。于是，便糊里糊涂结了婚，想着这一生也就这么过了。然而，他的心却是躁动不安。他对我说过，他的青春是浪费了，这不是他的错。而他还未老，还不能算是完了，现在不珍惜，那就是自己的错了。他去上电大读函授，花了几年时间，竟拿了三个文凭。三个文凭哪。他就是揣着这三个文凭，独自来闯天下了。我欣赏他，他的确是个人物。我不是故意在你面前美化他。当然啦，他也有他的局限性。比如说，他死前的一天，他召集各部门经理开了一个会。会上，他和发展部的经理吵起来了，因为他否决了一个发展海上游乐项目的提案。后来，他说要将方案交董事会决定，回到办公室，他却让我存档了。我举这个例子，意思是说他也有缺点。现在想起来，这个会是个告别会啊。"

周小姐伸出手去抓身边的一丛米兰，用力一拉，米兰沙沙地晃动，她的眼泪就扑簌簌滚落下来。我傻乎乎坐着，一时手足无措。

齐欢来找我的时候，我正在街边的大排档，和几个人在吃火锅喝酒。回到宿舍，他们说，有一个靓女来找我，穿着一件黑色的中缕。我知道她是齐欢。

冬日的晚上，街上空空荡荡了无人影。我骑着车去找她。宿舍楼的门卫不见踪影，值班室里却亮着灯，门口那片写着"女工宿舍，男性不得随便乱进"的告示牌，黑色的字体油光反亮。我迟疑了一下，便放轻脚步跑上二楼。我轻敲一下门，齐欢侧身钻出来。

"果然是你。"她说。

"这么冷的天来找我，什么事？"

"我还未问你呢，喝酒去啦？"

我点点头。

"满嘴酒气，问你是多此一举。哎，跟你说，我今天在路上碰见个人。你看他的名片。"

齐欢宿舍的隔壁有人不能容忍，愤愤地说：

"居然在这谈恋爱，也不看看是什么地方，狗拉屎还闻一下地臭不臭呢。"

我匆匆看一眼名片，没记住上面的名字。天太冷了，风呼呼地号叫。实在没什么地方可去，我们在一幢大楼的背风处挨着墙坐下来。

"他问我是否愿意去新世界，如果有这个意思，可以去找他。他是总经理。"

"去干什么吗？他没说？"我问。

"什么解说员吧，我没听清。"

"新世界有什么地方，用得着解说员的？又不是展览馆博物馆。"

"有。那里不是有个民族风情什么的吗？你没看过吗？这就有解说员呀。"

"他不是骗你吧。"

"我看他不是这种人。"

"能看得出来就好了，你别天真。"

"你说该怎么办呢？"齐欢问。

"你怎么想？"

"试试看啦。不过，我还未真下决心。"

"那不妨试试吧，反正，你老是说在皇都没意思。"

我送齐欢到宿舍楼下，从车棚里推出自行车，阿彩突然从马路对面的树影里闪出来，像一只愤怒的狼跑近我身边。我还来不及做出反应，她就热辣辣打了我一个耳光，然后，飞快地跑上楼去。

周小姐揩干眼泪，对我歉然一笑，说：

"不要介意。"

"令你这么难过，真不好意思。"

我们沉默了一会，周小姐说：

"我认识齐小姐，但不太熟。她乍一看不算漂亮，而多看几眼就会发现，她其实很美。齐小姐耐看。"

"没错。"我说。

"我能记住她，还因为她的名字，齐欢，包含着一种美好的善良的愿望啊。王总他算是信得过我了，然而，他们的事我压根儿就不知道。"

"我也不知道。"

"有句话，我说了，也许会惹你生气。我敢肯定他们是真爱过。你不能用传统的道德观去评判他们。"

"他可以离婚要她呀。"我说。

"我想，他是考虑过的。离婚不是件容易的事，这要承受的压力太大了，他未必真能如此放得开。他有个儿子，他很疼他，桌面上都摆着儿子的照片。说起来，儿子本身就是个障碍。当然，这只是我的推测而已。"

"那么说，他们是为情自杀了？"

"这倒不一定。现在已无可考证，变成一个谜了。到底谁是自杀者？还是两人都是自杀者？为什么要自杀？只有他们自己知道。"

"是的，只有他们自己知道。"

"死者已矣，生者仍如此怀念，段志，现在很少像你这样的人了。"

"我和齐欢其实没什么，没什么……"

"你是说——"

"我对她只是一厢情愿罢了。"

周小姐扭过头来，审视着我。我说：

"真的，我没骗你。"

"我之所以愿意花时间跟你谈，是我觉得你们三人的故事，是个很好的题材，我有意将它写成小说。"

"你会写小说？"

"嗯。我一直都在写呢。段志，你可以说说齐欢吗？我想知道她多一点。"

"怎么说呢？她太复杂了。这几个月来，我在想，我了解齐欢多少？说不清，或者很少，或者根本谈不上了解。但有时又觉得，我很了解她。"

"了解一个人，就像认识自己一样，是件很难的事。"周小姐说。

"假如你需要的话，我可以想想，再找个时间说给你听。齐欢曾跟我说起过她妈，不知道你写小说时能用上不。有一晚，她来找我，神情很沮丧。她有时是很神经质的，不过我倒习惯了。我们在一家咖啡馆里坐了几个小时，没说上几句话。这种情形你试过吗？不说话，两人坐几个小时。深夜十二点一过，她就说，今天是她妈妈的生日。说完，她就哭了。齐欢的妈妈原本是个华侨，那时大概是个热血青年吧，一九五几年的时候，像许多华侨那样，满腔热血回归祖国，参加建设。齐欢三岁的时候，'文革'开始了。她妈妈被当作特务关了起来，后来便疯了。之后怎么样？齐欢说，她不知道，她父亲也不知道。"

"昨天，你在电话里说，齐欢死前，你见过她。"

"是的。不过我不想说了，对不起。我现在突然感到，我在出卖齐欢。周小姐，请你原谅。"

"我们做个朋友吧。"周小姐说。

七

我最后一次见到齐欢，是她自杀的当天晚上。

那天上午，她来一达公司找我，门卫当然不会通报，她清楚这个规矩，所以她留下了一封信。我吃完午饭，走出公司大门时，门卫将信给我了。

整个下午，我心神恍惚，竟对塑胶味敏感起来。当我掀开浇模盘的盖子，拿起尖嘴钳的时候，那股温热的气味，就直钻进我的鼻子里，令我接连不断地打响喷嚏。领班阿龙也感奇怪，走过来问：

"段志，你感冒了还是怎么着？"

"没有啊。"我说。

"那怎么老打喷嚏？全车间都听到了。"

"也许是有点病吧。我今晚不加班了。"

"现在赶着出货呢，主管在这，我不好抓主意。"

"我去问他。"

因为急着要去见齐欢，我死乞白赖跟"OK"主管磨嘴皮。他除下那副金边老花眼镜，验尸医生一般盯着我看了好一会，又侧过头去，看看灯火通明的车间，然后，亲切地拍拍我的肩膀，却是人情味十足：

"你退一步，我退一步，OK？加到七点。公司急着赶货，OK，多多合作。"

我如受皇恩，连连表示多谢，转身去干活。

晚上准七点，我熄火停机，悄悄溜进电工房，找一个哥们拿了大约三米电线，撩开外衣绕在腰间。这个哥们打量着我，抿起嘴笑，说：

"门卫这也看得出来，他就应该去公安局干了。"

"你干出经验来了。"我说。

在门口打了钟卡，提心吊胆走出公司大门。在美娜咖啡廊对面的马路的树底下，我将电线解下来，绕成一小圈，看看表，已经是七点半了。

这个时候，咖啡廊的顾客稀少。我踏进门，就看见齐欢了。她坐在靠窗的厢位里，穿着一套黑色的连衣裙，头侧向着窗外。从我这个角度看去，她的侧面线条流畅奔放，活像一幅黑白的剪影。大概她等得心急了，右手的食指和中指轻敲着桌面，尾指弯弯地翘起来。我撇下侍应的热情，走过去说了声对不起。齐欢惊愕地回过头，舒了一口气，说："坐啊。"

侍应走过来。

"一杯柠檬水。"齐欢说。

她没忘记我喜欢喝柠檬水。我将电线递过去。她接着很快地塞进手袋里，链拉不拢。

"让我来吧。"我说。

"不用。"

她将手袋放在椅面上，用力压了几下，才吃力地将链拉上。

"看你，慌慌张张的，好像我们在作走私货交易似的。"我说。

"什么交易？"

这时，侍应送来柠檬水。齐欢拿起椅上的手袋放在大腿上，还用一只手按着，仿佛怕侍应抢去了。我更觉得可笑。

"哎，不要冻的。"齐欢说。

"你刚才没说。"

"拿去换一杯，麻烦你。他不能喝冻的。"

侍应朝我看一眼。我说：

"算了，不用换了。"

"你真是的，换一换又不费事。别又胃痛了啊，可没人管你。我想管也管不了啦。"

"你要电线干吗?"我问。

齐欢没答我。她端起杯子,送到唇边,没喝,又放下。杯子将碟子上的小钢勺,碰落在地上。

我弯身捡起来,说:

"齐乐挺有意思的,前两天,我在街上碰见她,聊了一会。她一直以为你是我的女朋友呢。"

"本来就是嘛。"

"她的意思是另一种意义上的女朋友。"

"我这个妹妹,本事大着哪。你们男人喜欢她,连女孩子也喜欢她,不简单。在这个地方,她如鱼得水啊,我呢?是个客人,在别人的城市里活着。"齐欢说。

"你怎么啦?脸这么苍白。"

"妆化的。"

天下起夜雨,雨声哗哗啦啦,在柔和的音乐里跳跃。齐欢将窗推开一条缝,雨水欢快地跳进来。她的手臂上沾满点点滴滴雨珠。桌面的一角,很快就积满了一摊水,在摇曳的烛光下,闪动着微弱的光。

齐欢低下头,说:

"段志,你打我一个耳光吧。"

"我干吗打你啊?"我笑起来。

"我是该打,该让你打。"

齐欢抬起头,抓起我的手,拉过去,说:

"你打,段志,你打啊。"

"齐欢,你别这样。"我急了。

"你不打,我帮你打。"

齐欢抓着我的手就往自己的脸上打去。我急忙用力。我的手轻轻碰着了她的脸。齐欢松开手,眼泪唰地直流过面颊。她举起双手捂着脸,用手指去揩眼泪。

走出咖啡廊的时候,齐欢说:"去我那儿拿把伞吧。天下雨,人也没办法呀。"

我们快步走过马路。走进新世界酒店大堂时，身已淋得半湿了。我们沿着楼梯，走上二楼。我跟着齐欢走过长长的廊道，进了最后的一个房间。这是个客房，里面的陈设可以证明这一点。齐欢为我倒了杯开水，还从冰箱里拿出一块冰放进去。我听见了冰块在水里哔叭的声音。

"齐欢，你住这？"我问。

齐欢正拿着一条毛巾，在仔细擦头发，听见我问她，动作就停下来，犹豫了一下，终于点点头。又说：

"有时候是在这过夜。"

齐欢说完，坐下来，面对着墙上的大镜，若无其事地在化妆。我拉开门，走出去。廊道上铺着猩红的地毯，我仿佛是走在血泊里。半路上，我忍不住又折回去。我打开门，发现齐欢仍坐在那里，对着镜子发呆。我没进去，站在门外看着她。齐欢侧过头来，却没看我。目光斜斜地落在壁柜上。她的妆化得很美，眼睛却好像失去了生命之光，仿佛是俩玻璃弹子，给人随意镶在这张美丽动人的脸上。我顿时感到吃惊和畏惧。

"我不该帮你来拿伞。"齐欢说。

我没带上门，转身就走了，脚步有点踉跄。雨的确很大，落在路面上溅起一片水花。一辆货车在我背后按响喇叭，索命一般震天作响。我回过头，大灯直射得我变成一个透明的光体。我向路边走去，车马上擦身而过。车尾灯像一双血红的眼睛，死死盯着我不放。我干脆坐在马路边上，听着心碎的雨声。

八

我下定决心回家去，是在代理处两周年庆祝酒会的晚上。

酒会设在代理处楼下的草坪上，这是齐乐的别出心裁。酒会不算盛大热闹，宾客都是与代理处有商务来往的。主客双方都郑重其事，绝不马虎。新世界水晶宫大酒楼送来了精美的食品，一家酒吧送来了各种名酒和饮料，存真冲印公司派来了一个旗杆一样高瘦的摄影师。摄影师头上戴着一顶脏得发黑的白布帽，在宾客间时隐时现，那一双眼睛看起人来，就好像欣赏斗鸡似的快活无比。服务员穿着制服，头戴白帽，双手放在背后，面带微笑，毕恭毕敬地站在长桌边。长桌上铺着雪白的台布，上面早已摆上了许多食品和鲜花。放着酒和饮料的一边，那三个服务员越来越忙了。巴昂公司的总裁是个"鬼佬"，身材粗壮高大，满腮的黄色胡子，手上也长满了金色的细毛。总裁挺直身子顶天立地地站在人群前面，活像一头百兽之王。他做了简短的讲话。齐乐站在他身边翻译：

"各位来宾，感谢您能参加今晚的酒会，希望您太太不会因这个美好的晚上您不在她身边而不快。过去的两年里，上帝作证，我们彼此合作得很愉快，在此我深表谢意。中国现在流行一句话叫'少说多干'。我们现在要干的就是美美地吃。"

宾客们报以热烈的掌声，然后，向长桌那边散去。服务员忙碌起来。这个晚上，齐乐刻意修饰了一番，脖子上前所未有戴上了一条白色项链。她端着酒杯，俨然一个女主人，神采飞扬地在人群里穿梭，所到之处，总惹出一阵笑声。我独自站在长桌边上，端着纸碟使出劲儿吃。来宾们可不像我跟鬼投胎一般，他们三五成群聚在一块，手上端着的杯子或者端着的碟子，看起来只不过是他们谈笑风生的点缀，吃和喝是那样的微不足道。我吃饱喝足，就后悔了。我不该吃得这么快，酒会还未结束呢，如果吃慢一些，剩下的时间还好打发呀。现在吃是绝对吃不了了，如何是好？

一个宾客走过来，夹了一块蛋糕，十分友好地对我说：

"你们的蛋糕好极了。"

"谢谢。"我说。

他竟然有眼无珠将我当作服务员了，也不看看我连白帽也没一顶呢。我生气地拿了一杯酒，还未喝，服务员就说了：

"你这个喝法，非醉不可。"

听，这是什么意思？什么态度？我一口就将酒干了，我放下酒杯时，愤怒地瞪了他一眼。我走到一株棕榈树底坐下。这个晚上，没人理我，也没人注意我，我是隐形人，我是个跟着大人赴宴的孩子。

月亮从天边升起，酒会才告圆满结束，面包车、豪华小车早停在路边静候，宾客们一个个坐进自己的车里。最后，齐乐和"百兽之王"也坐上了一辆车，绝尘而去。服务员默默无语手脚勤快，将剩下的东西和用具一一搬上车。他们走的时候，我听见有一个说：

"喂，他是不是喝醉了？我看他整个晚上不要命地吃喝。"

"管他呢。看他那模样，大概是什么人带来白吃的呗。不吃白不吃。"另一个说。

月光洒在草坪上，我躺下来，头枕着双手，凝望着天上的月亮。天空明朗，一片青蓝，月亮一动不动，很圆。

我想，我要回家去。

真正属于我的东西很少，全让我塞在旅行袋里。天一大早，我提着它走了。出门时，我给齐乐写了几句话。我说我决定回家去，这个月的工资不要了，就算是还了你那三百块。

半路上，忽然大雨倾盆，车里乘客的体温，在窗玻璃上形成一层薄雾，外面的景物变得朦胧不清。我伸出手指，在玻璃上画了一个圆圈，又画了一个圆圈。细小的水珠从轨迹上流下来，像眼泪漫出眼睑。

九

我家的房子原本是木板搭的，一九八〇年初，我妈狠下心来，东借西凑加上从我们嘴上抠下的，将它拆了。现在的房子全是红砖砌墙。这个壮举和胜利，我妈常常为此感到无比自豪，为她的远见目光而深感庆幸。因为她才花了不到两千块。要是现在，哼，花五千也下不来呢，我妈经常这样进行对比。大哥他早就图谋这座房子。那年我招工去南山，他兴高采烈，比谁都更殷勤地为我打点行装。大哥他准认为他的小弟，会在那个地方落地生根、开花结果。哪想到我却是个劣种无法移植，又回来了。

我回来的那天晚上，我妈就说，姐过两个月要出嫁了。大哥早已分家另立门户，我回来足足一个月，他才来看过我一次，开着一辆本田摩托车意气高扬。他抽完一根烟之后，对我表示莫大的失望。我妈常唠叨说，大哥太怕老婆，像怕老虎似的，白养大了他！而且，他真真不争气，竟然生了一个女孩。我回来，大家都没责难什么，妈欢天喜地地说，卖成衣赚的钱还多呢，在那个地方山高水远，要去看你穿州过府也不容易。老爹一言不发，斜着眼恶毒地哼了一声，令我的心一阵摇晃。

现在夜已深，我坐在我的屋子里，赤着上身独自抽烟。屋子里堆满了纸箱，里面上面全是一叠叠成衣。我在家不在家，这间屋子里理所当然地是个仓库。妈和姐干这买卖有好几年，大概钱也赚得不少。老爹退休了整日游手好闲，在家里，仍然一如既往摆着厂长派头，这个芝麻绿豆官深刻在他的骨子里，早、午、晚无论刮风下雨，他总忘不了上茶楼喝茶，与几个同道海阔天空。老爹这个习惯，已有二十多年的历史，而且像钟一样准时，一样有规律。"文革"闹得最凶的那几年，曾不得不中断过。我妈说，我爷爷入棺的那天中午，我爹失踪了，人们找遍了木屋，仍没找见他。这个悲痛的时刻，他去喝茶了。我爹睡觉的呼噜声震天动地，伴着我妈数十年，我妈仍深爱着他，令我费解。

我穿上衬衣，悄悄溜出家门。

这座历史悠久的古城，现在正睡得不省人事，大街小巷沉寂无声。我孤独地走在肮脏乌黑的马路上，在我的左边，是伤痕累累的古城墙，另一边，是粗壮的凤凰树。正是凤凰花开的季节，夜风吹过，不时有花瓣落在我的身上。月色朗朗中，还见着一抹鲜艳。凤凰城，这个名字的来历，想是来自这众多凤凰树的启示吧？然而，凤凰花勾起的回忆和情感，竟然和我相隔如海的两岸。我在这生活的十八年，竟然是莽莽苍苍一片空白。我惊骇地发现，我已无法寻见重新焊接的缝口了。

我转回家的时候，天已蒙蒙亮，在巷口碰见了老爹。他一路哼着粤曲小调，心情愉快，悠然自得，当见到我时便住了口，目光很可笑地流露出几分吃惊。父子两人都没说话，犹如陌路人。我进了家门，洗洗脸，躲进我的小屋。脑袋昏昏沉沉，可怎么也睡不着。

这一个多月来，我从没实实在在香喷喷睡过一觉。上半夜，老爹的呼噜声逗引得我精神亢奋，那急促而有力的节奏，把我懒洋洋的睡意，驱赶得无影无踪。我无法想象，在过去的十八年的每一个晚上，我居然能在他的呼噜声中睡去，有时还做着梦。当我迷迷糊糊快要睡着的时候，已是凌晨五点了。这个时分，那个穿街过巷收夜尿的勤劳妇女，底气充足的吆喝声，仿佛就是在我床底下发出。我常被她的女高音惊得坐起来，恍如被她劈头盖脸倒了一桶夜尿，再也不能睡着了。

我躺在床上，悲哀地想，我要是这样长此下去，肯定有一天，我会患上要命的神经衰弱症。姐走进来，抿起嘴朝我笑，我说：

　　"姐，你坐。"

　　我朝里挪一挪身子，姐走过来坐在床沿上。二十多年来，姐乖乖地被我妈培养出来了。她符合大大小小的传统审美尺度，谁娶了她，是谁的福气，然而，姐和南山那些小姐们，仿佛生活在两个迥然不同的年代里，这使我一见到她，或者想起她，就暗暗为她叹息不已。

　　"还不起床哪？都什么时候了？"姐说。

　　"你别吵，我正要睡呢。"

　　"小弟，你怎么瘦成这个样子？"

　　"什么样子？"

　　"脸上没半斤肉。整个人也没一点精神，你照照镜子看看。"

　　"我睡不着。"

　　"睡不着？怎么会睡不着呢。小弟，你别糊弄姐。"

　　"他的呼噜声，吵死人了。"我说。

　　"以前不吵人啦？你不照样睡得香。"

　　我打了一个呵欠，牙骨酸痛。

　　"姐，你真要嫁人啦？"我说。

　　"这样的大事，还会骗你吗？"

　　"他人怎么样？好吧？"

　　"嗯。你呢？有没有朋友？前天，妈说你的年纪也不小了，我猜呀，她准会叫人介绍对象给你呢。"

　　我听了纵声大笑。

　　"是真的，姐不骗你。小弟，这不是很好吗，娶了媳妇，家里的成衣生意你接过来，日子过得有味哪。"

　　我坐起来，用枕头顶着肚子，笑个不停，眼泪却忍不住直流下来，一个多月来的压抑、苦闷、迷惘……统统化作了一颗颗泪水。

　　姐走出我的屋子。我听到她跟我妈说：

　　"小弟不大对劲，妈。"

　　"……"

"他说他睡不着。"

"有吃有住的，哪会睡不着？废话。"

"小弟回来后古里古怪的，妈没看出来？不会是有病吧？"

"他会有什么病？有病就是神经病。天天躲在屋里，没病也闷出病了。"老爹说。

他的声音像他一样粗壮，全心是要让我听见。既然老爹大人生气了，她们也就不再多言，踩动着缝纫机，那一串串的声音，让我感到亲切和遥远。

我爷爷留下的大挂钟，当当当地敲响十二下，声音雄亮悲壮，在我的小屋的四壁，来回奔突碰撞。这又是造成我失眠的另一个原因。这个黑色的挂钟，连我老爹也说不清它的历史有多久。据说是我爷爷的父亲留下的，而且，还可以追溯得更远一些。它一直挂在厅的西墙上。它的声音指示着我家的生活。我爹听到钟声，会陡地对美好的人生发出感慨，并且觉得活着是一件幸事，现在，他踏着钟声的最后一响，走出家门去喝他的午茶了。

我妈站在门口，说：

"发什么呆！吃饭。"

我走出厅，妈和姐已坐在桌边。我说：

"我要出去。"

"去哪？急着投胎也要吃饭呀。"妈说。

"我去看医生。"

妈和姐对望一眼，就紧张起来：

"真病了？发烧还是感冒？"妈问。

"我睡不着。"

"今晚我替你拜拜神，烧几炷香，很快就没事了。睡不着哪是病呢。"妈说。

我笑一笑，走出了门。

我在街边的摊档里买了一包烟，边抽着边闲荡。街上，人们慢悠悠地走，不紧不急，仿佛人人就是为了逛街而逛街。我时不时与他们的身体触碰，十分不舒服。汽车在街心不停地响喇叭，人们不当回事，等车贴近了屁股，才惊慌失措地跳开几步，站稳了，回头就破口大骂，卷起衣袖，拉开架势。我在这个小城里转了一圈，在一间号称什么酒家的大排档里，吃了一碗烧鹅饭，喝了一瓶啤酒。收钱时，老板以为我是外地人，认真地多收了我一块。我没表示什么，走了。

我来到小城里最大的医院。诊室里的两个医生，在热烈地谈论着一件本城解放以来破获的最大的聚赌案件。此案情节曲折惊险，其中还涉及用老婆作赌注等等。我站在门口，听完了他们的故事和评论。

医生对我这个病人，表现出极大的热情和良好的服务态度。

"来旅游？这个城市虽然小，但历史悠久，是座古城啊。古迹很多的，值得看看。"

医生一下子变成个导游，使我感到歉意，为了不令他失望，我附和了一句：

"是的。这小城挺美。"

"这里的特产特别多，要买也买不完，而且还特别便宜。你感到哪里不妥？出门旅游。一般都是肠胃有问题。"

"睡不着。失眠。"我说。

"你这是富贵病呀。"

"医生，别开我玩笑了。"

"生活上温饱无忧，自然多思，多思导致精神亢奋，结果就是失眠。你说是不是富贵病？不过，旅游倒是个治好失眠的良方。"

"那不是无药可救了？"

"我开几片镇静片给你吧。"

我回到家，已是下午三点半，老爹一见我，就冲我妈说：

"看，你的好儿子回来了。"

"阿志，你看你无精打采的，死去哪啦？饭都不吃。"妈说。

"在下面那个花花世界五六年，就学会好吃懒做。你有鬼用你。"老爹恶狠狠地说。

"明天帮我卖成衣去。"妈说。

我默不作声进了小屋。姐跟了进来，关切地看着我，眼睛潮湿，快要流泪了。

"小弟，还是回下面去。这个地方你待不住的，哪过得惯呀？"

"我也这么想，姐。"

"这里地方小，一辈子也没出息的。别害了自己。姐疼你哪。"

"姐……"

我哭了，说不出话。姐走过来搂着我也在哭。姐弟俩哭了一会，揩干眼泪，又笑了。

"哎，小弟。下面的人结婚，是不是跟我们这里不一样？"

"我又没结过婚，不知道。"

姐打一下我的头，嗔怒地"哼"了一声。

"他们不摆酒。"我说。

"人生大事哪，不摆酒？"

"不骗你。"

"小弟，你想什么时候走？"

"喝了你的喜酒，我就走。"我说。

"真是我的好小弟，我还担心你明天就走呢。"

"姐的喜酒，我无论如何也要喝。"

"就你嘴甜。"

"姐夫的嘴不甜吗？"

"去你的，要打？"姐说。

一个月后的一个朗日，我在我姐的喜宴席上大醉。当晚我睡得又沉又香，第二天的中午，我拎着旅行袋，离开了这座古镇。走出家门的时候，我妈老泪纵横，哭得一塌糊涂。我想，我以后有个儿子，他要是出门远去的话。我会放声大笑为他送行。

谁比谁傻多少

王　朔

　　编辑部刚上班，于德利就嚷："怎么一转眼就没了？"说着便到刘书友桌上乱翻。

　　老刘不高兴："干吗？我这儿没你东西。"

　　"那可没准儿，"于德利仍旧不歇手地翻找，"我好几回东西不见了都是在你这儿找着的。"

　　"你们看看你们看看，"老刘对两位女同胞牛大姐和戈玲喊冤："把我当什么人了——我这么大岁数会偷你东西？"

　　"谁说你偷了？没拿就没拿，心虚什么？"于德利一无所获，但对老刘仍持怀疑态度。

　　"于德利，什么丢了大家可以帮你找，咱们这儿可没有小偷小摸的人。"牛大姐开口道。又对老刘温和地说："老刘，你拿了什么？"

　　刘书有气地一摊手："我拿了吗？什么意思嘛！"

　　戈玲解劝于德利："拿了就拿了吧，想来不是什么贵重东西，多伤和气。"

　　老刘听了更气："不行，一定得说清楚。"

　　还是坐在一边的李冬宝问："老于，什么没了？"

　　"一篇稿子找不着了，"于德利边重新翻自己桌上的书稿边嘟哝，"昨天我给老刘看过，下午还得跟作者谈意见。"

　　"我以为丢了什么呢，"戈玲说，"也怪你自己不收好了，好好想想搁哪儿了，别老一惊一乍的。"

"我记得老刘看完以后没还我。"

"谁说没还你？亲手交到你手里当时你正在打电话，"刘书友说，"自己马虎赖别的同志。"

"小于呀，这也是个教训，"牛大姐说，"工作是忙点，可也不能给你专门派个保姆管理稿件呐！还得自己平时多一份责任心。"

"没一个编辑部像我们这儿，连个编务都没有，"老刘嘀咕，"净弄些不识字的编辑。"

"是不是上便所用了？"戈玲提示于德利，"你可是逮着什么抄什么。"

"我除了撕报纸从不用别的纸，"于德利坐下，苦苦思索，"昨儿下午谁来过？"

孙亚新在钉着《人间指南》编辑部牌子的敞开的门上敲了两下："有人吗？"

李冬宝转身指着孙亚新的裙子说："我说的就是这种样式，大方吧？"

戈玲点头，"是不赖。"问孙亚新："哪儿买的？"

"哦，从国外带回来的。"孙亚新说。

戈玲掉脸看自己涂了蔻丹的指甲。

于德利站起来，迎上前："你们找谁？"

"找领导，"孙亚新莞尔一笑，招呼女伴，"进来吧。"

"我就是领导。"于德利大言不惭，乜眼瞅那个不吭声的姑娘。

"他是吗？"孙亚新问死盯着她瞧的李冬宝。

李冬宝坚决地一摇头。

"我想找你们这儿真正负责的同志，"孙亚新温柔地坚持，"我并非一般来访。"

"能问一下你找我们领导有什么事吗？领导很忙。"

"哦，我姓孙，"孙亚新掏出一张名片递上去，"我是OBM公司的，公干是来告谁的。"

于德利看看名片，放到鼻前嗅嗅，两位小姐耐心地等着他。

"那好吧。"他终于说。对正欠身预起指着自己鼻子张大嘴的老刘说："不是找你的。"又冲抬头观望的牛大姐说："也不是找你的。"走到主编门口喊："老陈，出来一下。"

他回身搬过一把椅子拎到小姐们面前："坐吧。"

"谢谢。"孙小姐在房中间拦路坐下。

于德利指使道："牛大姐，把你的椅子让给人家。"

牛大姐气愤地站起来。

孙小姐忙阻拦："没关系，不必客气，让她站着吧。"

"都坐。"于德利把牛大姐的椅子拽过来，椅子腿在地板上发出刺耳的摩擦声，"我们这儿没有等级观念。"

陈主编戴着套袖像个当铺会计走出来："哪个字又不认识了？"

"两位小姐找你。"于德利向姑娘们偏偏头，自己让开。

孙小姐忙站起来，伸出瘦伶伶的手让老陈握，另只手同时递上一张名片："OBM公司孙亚新。"

"《人间指南》陈居仁，没有名片。"

"头儿，这是我们头儿。"于德利在一边说。

"坐吧，"陈主编坐在于德利位子上，招呼他，"看茶。"

于德利只得自己沏了杯茶端上来，样子很有几分屈尊："只有一个杯子，两人喝一杯吧。"

孙小姐看都不看于德利，满脸堆笑地对陈主编说："我们公司您听说过吗？是专门生产现代化办公设备的。"

"嗯嗯。"陈主编似听非听地点头。

"什么复印机啦传真机啦文字处理机啦等等等等。也许贵编辑部现在在使用的就有我公司产品。"

"抱歉，没有，"陈主编说，"你说的这机那机我们一概没有。"

"就是说还停留在作坊的水平？"

"对，条件很简陋。"

"时代在前进，潮流在发展。"

"钱还是那些钱。"于德利插话。对另一位小姐微笑。

"是啊，"老陈说，"非常想变，可惜力不从心。"

"你要想推销那些什么机，还是回去吧。"牛大姐气呼呼地站在一旁喝茶，"呸呸"啐着喝进嘴里的茶叶。

"有那些钱我们还发奖金呢，"于德利说，"你们奖金高吧？"

牛大姐白了于德利一眼，"我们宁肯把刊物印得漂亮点，干净点，少登些乱七八糟的广告。"

"对对，我也不赞成有点钱就都分了，买些没用的东西，"孙小姐说，"但必要的，能提高工作效率的，能使我们把工作做得更好的——该花还是得花。"

"你很会说话呀，"陈主编欣赏地看着孙小姐，"你们老板一定很器重你吧？"

"她们老板肯定是个色鬼我敢打赌！"戈玲对李冬宝说。

"都一样。"

"想不想跳槽到我这儿来干？"老陈笑眯眯的。

"有比我更好的你们要不要呢？"孙小姐截住牛大姐脱口欲出的话，"请让我把话说完，我不是来推销复印机电传打字机什么的。"再次转向陈主编，"是这样的，我们公司最近又推出第五代办公设备：人工智能秘书。"

所有人都抬起了头，茫然不解。

"怎么样，名字吸引人吧？我相信产品更能吸引你们。"

孙小姐含笑款款起立，袅袅走到那位一直端庄地侍立在一旁的小姐身边，像讲解员介绍产品一样把手一摊，琅琅说道：

"这种人工智能秘书具有人所具备的一切能力：听读说写看坐卧跪趴站，能随意行走并自动避让障碍物，服从命令听从指挥永不疲倦决无反抗。特别适合机关厂矿文化企事业单位的办公室工作。身兼秘书、公关、勤杂、保卫诸项功能，无一不专。可以最大限度减少人浮于事，效率低下，互相扯皮等弊病。"

"等一等，等一等，"陈主编掏出老花镜再三擦拭，戴上，盯着那位纹丝不动的"小姐"："你是说，她……她……"

"对，她是机器人，"孙小姐笑着拨开"小姐"的披肩发，露出脖子贴着的一块胶纸牌，对众人说，"你们看，这是她的出厂商标。"

大家忽拉围上来，头挨头地端详。

商标上印着中英文：人工智能秘书，美的因拆呐。

于德利骨碌碌转着眼珠儿，难以置信地盯着"小姐"的脸："可是，这皮子又白又嫩，怎么会是假的呢？"

"仿生学嘛，"孙小姐说，"你们看我，实际上就是仿我的皮做的。"

李冬宝伸手去摸"小姐"脸蛋，惊叫："怎么会有体温？"

"没错，"孙小姐解释，"里面都是集成电路，当然会散热。我们把温度控制在三十六七度，跟真人一样。"

戈玲叫："你们看，她还会眨眼睛呢。"

"你们挑不出毛病，我们连最细微的地方都考虑到了。不但能眨眼，还有呼吸，外表跟人一模一样，里边全是电脑——那位同志不要掀衣服。"

"哈罗，哈罗，"于德利冲"小姐"叫，"窝特尤内姆？"

"说汉语，"孙小姐说，"她听得懂。"

"你叫什么名字——她有名字吗？"

"南希。""小姐"回答，声音婉转动听。

"你多大了？"戈玲抢着问。

"十八。"

众人愣了一下。

"这怎么回事？"于德利看孙小姐。

"哦，那是我们教她说的，好让人感到亲切，其实她刚出厂。"

刘书友凑到南希面前，伸出两只食指："1+1等于几？"

"2。"

"2+5呢？"李冬宝问。

"7。"

孙小姐说："你们难不住她。她还知道党的总书记是谁，一个中心两个基本点指什么，一吨铝锭的国拨价是多少，美元对人民币的黑市比价，一身西服要几米料子，大白菜的四十七种吃法……"

"了不起，真了不起，有些我们还不知道呢。"众人交口称赞。

"她也能作诗什么的吗？"戈玲问。

"能，"孙小姐答，"特别是席慕蓉那种诗，张口就来。赶明儿你们谁不服，跟她下盘跳棋试试。"

"真惊人，"戈玲摸着南希的衣服，"这衣服是街上买的吗？"

"这是我们公司特制的，好在街上一眼能区别出来——你想要吗？"

"不，不！说说而已。"

"很别致是吧？为了不让顾客恐惧，我们是不惜血本。南希，请你对大家说：很高兴见到你们。"

南希："很高兴见到你们。希望你们能喜欢我，在各个方面爱护我，待我像一家人朋友兄弟姐妹亲戚同事。"

"好了好了，"孙小姐打断她，"联想式的，不打断她，她能不停地说下去。"

"真不错，嘴真甜——现代科技都发展到这种程度了，"李冬宝感叹，"我们还有什么造不出来？"

"别看不是人，比人还有礼貌。"陈主编也叹。

"她一定挺费电的吧？有这么多功能，"牛大姐问孙小姐，"她是直流还是交流？"

"都不是。她是太阳能的，每天在太阳底下晒两小时就行了，科学吧？"

"科学，科学。"众人说。

李冬宝把老陈拉到一边："买一台吧，吃的是草，吐的是血。"

于德利也表示支持："咱真得添个丫鬟了，这不比那些小保姆强多了？"

"好好。"老陈应着，转圈打量南希，拉着她手腕子捏捏，连声说："不错，真不错，嗬，还有脉搏？"

"哦，那是电流通过时的振频。"

"怪不得，有点麻酥酥的。"老陈摘下花镜，扬脸问孙小姐："这一台得多少钱？"

"人民币15万，您要给美元，我可以五八折给您。"

"不贵，真不贵，一个呆傻儿长这么大也不止这数，"陈主编对孙小姐做了个鬼脸，"就是买不起——兜里没钱。"

于德利问李冬宝："咱们使使劲儿能挣出来吗？"

李冬宝摇头："没戏，除非印一期反动黄色的。"

于德利："孙小姐，咱们商量商量，不能便宜点吗——有没有功能少点还长这样的？"

李冬宝："我们是事业单位。"

"再便宜你们也买不起，就知道你们买不起，"孙小姐笑说，"我们推出南希前就做过市场调查，知道就我国目前的消费水平而言，南希，是超前了点儿。因此我们制定了一个打入市场的原则：目前以出租为主，等到小康了，再考虑销售。"

"远见卓识啊！"于德利点头。

"租一台得多少钱？"戈玲问。

"你们肯定出得起，"孙小姐说，"略超过一个国家科长的月平均工资，一百八十块钱怎么样？"

几个好吃懒做的年轻人一起欣喜地瞅主编。

"价钱是真公道，"老陈说，"可咱们已经超编了，她越能干越多余。"于德利吼起来："我可以少干点！冬宝戈玲都可以少干点！老牛老刘退休算了。"

"什么？我退休？"牛大姐急扯白脸地嚷，"亏你想得出来！"

老刘也愤愤不平："不像话！"

"好了好了，"李冬宝出来打圆场，对老陈说，"不在乎多一个两个的，人多干劲儿大。南希要真能把家里这摊儿顶起来，我和戈玲也可以多往外边跑跑，街上出什么新鲜事也都能在场了。"

"机器人也是个新生事物，咱不支持谁支持？"戈玲也在一边帮腔儿。

"我明白我明白，"老陈对大家说，"既然大家这么有兴致，我也不能扫你们的兴。"他问孙小姐："钱怎么付？是先给支票还是年底一块儿结？"

"都不必，"孙小姐说，"您就按月付给南希吧，你们多会儿发工资，就多会儿同时发给她。"

"那不好，丢了怎么办？"于德利担忧，"还是搁我这儿吧，我替她——不，替你们存着。"

孙小姐扑哧一笑："她不比你傻，不但会认钱还会花钱。什么时候你们有空儿跟她逛回商场，会挑着呢——是不是南希？"

南希笑盈盈的："多蒙夸奖。"

孙小姐告辞："那好，我告辞了，感谢你们租用了南希。南希，在这儿好好干，多跟人学学，别摆机器人的架子。"

"晓得了。"南希答道。

"等等，"牛大姐叫住转身欲走的孙小姐，"她要犯了错误怎么办？你应该把修理她的技术告诉我们。"

"小错误就像人一样批评，够上罪了就送公安局，"孙小姐叮咛大家，"别忘了她是人工智能型的，跟人没什么两样。"

"有趣有趣。"

孙小姐走后，一屋人围着留下来的南希反复打量，兴奋得什么似的。

南希的确表现不俗。第二天大家一上班就发现办公室彻底变了个样，如果把过去的办公室比喻成猪圈，那么经过南希整理的编辑部就像银行的写字间。南希的主动工作精神和任劳任怨的程度与最著名的劳动模范媲美，无愧任何一级首长最热情洋溢的题词。

第一个到达的刘书友差点以为自己走错了门，愣了片刻才战战兢兢走进整洁美观的办公室，看到自己一尘不染的桌子脸上露出欣喜的微笑。

直到编辑们全体驾到，南希仍在手脚不停地忙，有条不紊地穿梭往返。脸上永远是春色。

如果她是个人，哪怕同样拿了这份工资，就该干这个，譬如司机、保姆、医生、商店售货员，受其服务的诸君也会惴惴不安，不用强迫就会竞相表现出感激不尽的嘴脸。

正因为她不是人，所以大家心安理得，最温良敦厚的陈主编也并无一个谢字。

牛大姐把家缝的椅子垫儿铺上，舒坦地坐下，端过茶杯，揭开盖："南希，泡茶。"

戈玲也大模大样敲着桌子，指杯子："给我也斟上。"

南希一溜小跑地拎着暖瓶为每个人冲水，脚步踩得木地板吱吱响。

李冬宝捂住杯子对南希说："不，我不喝，谢谢。"又对戈玲说："我记得你原来也不喝茶呀?"

"现在有条件了，就把这毛病添上，"戈玲对南希说，"把茶杯盖儿给我盖上。"

"不管，南希，"李冬宝正色道，"我就见不得人压迫人。"

刘书友在那边喊："南希，去把柜子里那本复写纸拿来。对，第二格，就是它，南希真聪明。"

戈玲笑："瞧，我不指使也有人指使。"

牛大姐把一叠废稿纸揉成大大小小的纸团，一股脑扔进桌下的废

纸篓:

"南希,去,把这纸篓倒了,"她对老刘说,"谁不愿意干净整洁呢?"

"我算看出来了,"于德利对李冬宝说,"这人打骨子里都是剥削阶级,一遇机会一个比一个狠。"

"也怪南希,没什么觉悟,以为她就该干,有空咱们多开导开导她。"

"我也正心里这么想,"于德利说,"过会儿我先找她个别谈谈。"

"就别分先后了,"李冬宝想想说,"谁逮着谁谈,看谁的话她爱听。"

戈玲在一旁冷笑:"一个机器人,也打主意,真让人看不上。"

"不是戈玲,"李冬宝说,"这你真把我们想庸俗了。"

南希倒完纸篓回来,李冬宝和于德利一块儿喊:"南希。"

李冬宝招手:"先到我这来。"

牛大姐在一旁提醒南希:"今天的来稿信件你还没分呢,我这儿干坐着等呢。"

"我帮你干。"于德利殷勤地陪着南希一同分拆稿件,按类划分,送给各编辑。

他有意大声让全屋人听见:"南希,谁叫你也别理了,你忙了一早晨,该歇会儿了。不要总觉得低人一等,机器人也是人,也跟人差不多,就算差点儿,也不能干起来不让停,也得有时有响,收音机老开着还能烧了呢。"

牛大姐哼了一鼻子对老刘说:"你以为他是主持正义吗?"

"纯属煽动——要是个男机器人呢?"

于德利请南希坐下,把自己的印有"抗美援朝纪念"的搪瓷缸子递过去:

"坐吧,喝水吗?噢,对了,你喝不惯这个,回头我到汽车班给你偷一暖瓶柴油。这么着吧,你晒晒太阳。"

于德利把椅子挪到窗口阳光处让南希重新坐下,自己叉着腿站在她面前:

"头一回和人打交道吧?"

"是。"南希回答,态度恭敬。

"还适应吗？"

"我刚出厂到动物园试用几天，喂狼。你们看着顺眼多了。"

"防着点，别看我们比狼长得漂亮。这人和你们机器人可不一样，区别大了，看着都一个鼻子俩眼儿，怀里揣的心啊肺啊可不像你们都是一个型号。"

"是吗？"

"要不怎么说你们是机器人呢，好赖都听不出来。他们造你们的时候都没教吧？光给你们输了个实心眼的软件？"

"对，教我要老实、听话，让干啥干啥，讲文明讲礼貌对任何人不笑不说话，谦虚谨慎，有则改之无则加勉，与人为善，见利就让……"

"给你们也说这个？"于德利大惊，对冬宝戈玲说，"你们听听，听见了吧？跟人家机器人也说这个。"

"真害人，"李冬宝问南希，"你这样的算什么型号？"

"先锋II型。"

"难怪。"

于德利开导南希："这都是我们人和人念的经，内部掌握，不是跟谁都这样，对好人，譬如我这样的，可以。对有的人，譬如坏人什么的，那得横眉冷对——你悬了悬了，一点阶级观念都没有。"

"造南希的公司太不负责，"李冬宝也说，"输这么个软件最起码也该配套一个校正分析系统，瞄准镜什么的，专瞄好人。就这么把这帮机器人放到社会上，不出三天就得被人拐了卖了，都不知道找谁使钱去——亏他们也放心！"

戈玲："不是自个儿孩子呗。"

"我们有，安了，怎么分辨好人坏人，"南希说，"还真让你说中了，我们I型没这套识别系统，现在都丢光了，听说还有卖到台湾窑子的。"

"你过来你过来，"李冬宝感兴趣地把南希唤过来，"你给我们讲讲，多大口径是好人，什么尺寸是坏人？"

牛大姐和刘书友也凑过来："让我们也听听怎么识别好人坏人，我们都这么大岁数了还净上当。"

"很简单，"南希一指德利，"像他这样的，自称是好人的，一准儿是坏人。”

大家"哗"地笑了。

于德利嚷嚷："怎么这么说？没道理嘛，你的设计师是谁？"

"我们的预警系统是这么工作的：男性、汉族，无论老少，满脸堆笑凑过来，红灯就亮了，提醒我们：危险。要是他进一步表示关心，言词动听，危险计数器就开始倒计数。如果他开口说别人坏话，单独表扬自己，警笛就会'嘟嘟'响起来，这时，无论他再说什么，是请吃饭还是请听歌，电源都会自动切断，同时把这个人的语调音频变为数码储入记忆。以后不管在什么地方再见着这个人，只要他一张嘴，电源就跳闸——现在我的警笛已经响了。"

南希含笑看着目瞪口呆的于德利。

于德利猛醒，掩口后退："你别跳闸，千万别，我不言语了还不成吗？"

"哎，我再打听打听，"李冬宝更近地凑上来，"判断这人是好人都有那些原则？是不是张嘴就骂抬手就打鼻子不是鼻子脸不是脸的就是好人？"

南希笑道："那也不是——不能告诉你。好人的标准属于绝密，万一泄了密，你们都该装好人了。两句话一说我就任你们为所欲为了。"

"还挺贫，南希，"戈玲颇有好感地对南希说，"你这北京口音够正的。"

"我的设计师是北京人。"南希收住笑容答。

"你这个设计师社会经验一定挺丰富，"牛大姐问，"他还教你什么了？"

"什么都教了，"南希说，"举例说，刚到一个新环境，一定要先给人一个好印象，干活儿主动点，多受点累，等以后混熟了，情况摸清了，再偷懒也不迟。"

大家都愣了。

"还有，跟领导关系要搞好，跟群众关系也要搞好。特别要注意靠拢落后群众，落后群众往往在单位挺有势力，得罪了他们比得罪了领导日子还难过。"

"哎哟，你一定得给我引见引见你那位设计师，我要当面向他请教，"李冬宝激动地对戈玲说，"这么些年了，我还是头一回佩服一个人。"

"我听着也神往。"戈玲叹道。

"那你们俩开顿饭吧，"南希说，"我那设计师没饭局不来。"

李冬宝感慨万分地对于德利说："你听听这话，多有水平，咱们还想开导人家呢，倒让人给咱上了一课。"

于德利一脸惭愧："我真是，以为自己能呢。"

南希很快和大家混熟了。混熟的标志是大家不再过分地注视她，虽然她的一举一动仍使所有人暗暗怀有兴趣。

编辑部的工作并不很紧张，那些杂务一个普通的家庭都要比之繁琐得多，对南希来说，可以轻而易举地完成，不费什么气力。她常常是迅速地料理完便闲站在一边了，如同一个擀皮高手同时供好几个人包饺子仍犹有闲暇。

她姣好的面容和动听的嗓音以及浑身勃发的青春气质使编辑部无端地添了些愉悦轻松的气氛，犹如室内养了盆娇艳的花或一缸活泼的金鱼。

戈玲睹其美貌不禁自愧弗如，因叹："你要是个人，我可真要嫉妒你了。"

李冬宝也叹："你怎么就不是人呢？"

南希看似单纯，时而语惊四座，当然这都是她那个设计师的思想。

那年正逢《人间指南》创刊十周年，编辑部准备出一期强有力的文章以期引起社会各界的关注。编辑们纷纷出动，组大江南北的名家的稿子。编辑部的看外稿任务就全交给南希了。

陈主编亲自交代了外稿的取舍标准："字迹潦草的不要，不使用正规稿纸的不要，给编辑的信过于肉麻过于恳切的不要，还有就是文章内容涉及县以上官员又无同级党委盖章批准的不要。"

"好好干，"李冬宝鼓励她，"我们都是这么混上来的。"

于是南希每日干完杂活，便坐下来一个人静静地看稿，常常看到深夜，编辑部的灯光彻夜不熄。

巡夜的老头儿每当路过此处，便说："南希又在看稿呢。"

南希很听话的，凡属陈主编点过名的一概退掉，舍此便都留下了，不几日，也攒了一大摞。某日逮着陈主编，便恭恭敬敬地呈上。

陈主编正为请各路神仙光临庆祝会忙得焦头烂额，那日又刚从一个年少气盛的名人那里讨了没趣儿回来，看见如此一堆无名氏的稿子未免不耐烦，说话的口气仍然是很客气：

"噢，我忘了告诉你最重要的一条，这部分外稿要用，比例也不能超过百分之一。"

刚从外面周旋回来，一头大汗站着喝凉水的牛大姐凑上来看南希筛选出的稿子，看了头一页便叫：

"这样的稿子怎么能用？连的、地、得都不分，有语病的统统不要。我说南希，你的设计师是不是十年动乱念的中学——这也看不出来？"

南希诺诺而退，重又过筛，这样终于所剩无几。

剩下的稿子都是由千锤百炼的句子组成的关于"减肥秘诀""应与什么血型的女人结合"以及"夫妻房事应有节制"之类的既晓以大义又循循诱导的科学文章。

戈玲看着南希一审通过的稿子，啧啧批评："南希，你要是人恐怕就得属于层次比较低的那种——你工作半月就给我们送上这些东西。好的呢？"

"这就是她认为的好的，"南希指牛大姐，"我是严格按照她的要求干的。"

"你的眼光呢？你自己就没有主见？"戈玲慷慨激昂，"焉知你退的稿中就没有语文水平不高的文豪？"

"我也没叫你看到一个错别字整部稿子都不看了呀，"牛大姐也恼火，"你怎么不提陈主编？"

"你以后还是端茶倒水吧，"戈玲说，"看来你还不够先进。"

南希低头不语。

李冬宝犹有不忍："戈玲你这么说话可有点伤人家南希的自尊心。"

"她有吗？一个机器人要它干吗？"

"自尊心倒没有，"南希郑重地说，"可你的脸色使我觉得你对我不满意，我会产生难为情的反应。"

"你脸红一下给我看看。"李冬宝兴致勃勃。

南希当真脸红了。

"对不起，南希，"戈玲说，"我恐怕还得直言一句，作为一个机器人，光会听喝，在我们这种单位，你可太不实用了——这大概也是你这型推销不动的原因之一。"

"应该给他们厂家提意见，"牛大姐说，"我们需要的是既勤勤恳恳、任劳任怨又精明能干、政策水平高的大拿。要是连人都不如，什么也干不好，还事事挺讲究，那实在没有制造的必要。南希，你的造价也不低吧？"

"折算成人民币，够一百个农民辛苦三年，还得是富裕地区。"

"就是，还不如……"

一直在旁边听着的于德利插话："找两人交配一下。"

"于德利，严肃一点！"牛大姐怫然变色。

于德利一笑："牛大姐，我知道你也是这意思。"

"其实话糙理不糙，"刘书友在一边说，"一方面知道人多了没用，计划生育；一方面又依葫芦画瓢造这种机器人，添乱嘛。"

"是不是咱们工艺水平上不去，设计了造出来却走样儿？"李冬宝看南希，"你身上那计算机是每秒运算几亿次的？"

"我认为是仿的对象不对，"戈玲说，"仿个聂卫平你试试。"

"你们说的都不好，"南希此刻从容地说，"这事我和设计师聊过，既不是工艺水平上不去也不是仿错了人。是怕你们嫉妒！你想啊，我要是太能干了，不就把你们比下去了？你们人怎么说的？出头的椽子先烂。设计师不傻，结这怨干吗？好容易造出来，再让你们七手八脚拆了。中国的英文名字叫什么——拆呐！"

大家目瞪口呆，像看圣人一样看着南希，刚才的傲慢、轻蔑此时全化为冷汗从身上出去了。

于德利先反应过来，叫道："对呀，那我第一个不容你！还是人家设计师想得周到，怕把咱们寒碜了。"他对大家叹道。

牛大姐也不由感慨："这设计师肯定是栽过跟头的。"

"就是就是，"戈玲也想通了承认，"一点毛病没有的完人，我还真不敢和他接近呢，瞅着害怕。"

她过去拉起南希的手："刚才委屈你了，你就这样吧，这样挺好。"

说完丢了手，仍有些愣愣的。

"便宜坊，便宜坊怎么样？"李冬宝走近南希低声商量。

"我的设计师不吃烤鸭子！"南希恶声恶气地说。

没了工作上的高标准、严要求，南希自然而然地开始生活上的堕落。每天干完了活，就缠着戈玲李冬宝问：

"人无聊都干什么？"

李冬宝为她推荐了金庸的武侠小说和琼瑶的言情小说，她迷了一阵儿，又觉得没劲。看了戈玲借给她的一些时装杂志和美容刊物，开始成天涂脂抹粉，常常涂了鲜红欲滴的嘴唇噘着问戈玲："性感吗？"然后娇懒地去出版社的其他编辑室串门，和那些新分来的大学生打情骂俏。跟着他们去跳舞、看电影，很快成了那几条街都有名的交际花。所有街上摆摊的个体户都认得她，一见她来就笑说："南希，今晚我请你去王府。"

再后，她又学会了打麻将，打得昏天黑地，经常把一个月的工资输得精光，嘴里哼着摇滚金曲快乐地回来。

最后，她不可避免地走上乱搞男女关系这条路。

南希原来有个男朋友，也是个机器人，在国家某大机关从事机要工作。小伙子很帅有点像梁波罗，人也老实，据说在单位很有提升的可能。来过编辑部几次，牛大姐等人很喜欢他，恨不得把自己的女儿嫁给他。南希起先很纯情，一天不见就要写情书，一星期总要出去约会几次，被编辑部的同事们戏称为梁山伯与祝英台。

后来，南希冷不丁就和人家吹了。小伙子来电话也不接。有时人家找来，她就堵着楼梯口把人家骂回去。

大家跟她谈，劝和，她竟恬不知耻地说："穷，没钱，养不活我！"

十足一副"野模儿"①的腔调。

再往后就开始每天有"夏利""桑塔纳"之类的车到下班时候停到编辑部窗下来接她，车上下来的都是那种戴大号金戒指、手拿"大哥大"②的西服革履的男人。

①北京俗谓：业余模特儿。
②手提无线电话。

南希吃遍了京城的大饭店，不爱吃川菜，对粤菜很上瘾。

"你这么胡吃海塞，吃进去的东西都上哪儿了？"李冬宝好意地问，"不会短路？"

"不碍事，"南希坦然回答，"我的肚子里是个垃圾翻斗。"

她倒是吃什么都不见胖。

南希一走，编辑部的人便议论。数牛大姐最义愤填膺："什么东西！哪有点机器人的样子，快赶上我们胡同那些脏妞儿了。"

刘书友也叹："看来这机器人要学坏，比人速度不慢。真是看着这孩子一点点堕落，有爹妈非伤心死。"

"本来以为一个机器人会六根清净的，"戈玲说，"没想到也是这么喜爱虚荣。"

"社会空气呀，"李冬宝感慨，"这么高级的一个机器人都给腐蚀了。"

牛大姐在一边沉思："看来这思想工作是不能放松。本来以为她是个机器人，算了，结果连一般群众都不如。"

"人家不是说了吗，就怕和咱们不同，"于德利提醒大家，"没人教她哪懂？"

"为什么不跟好人学？"刘书友说，"我们这儿一屋子好人在以身作则她为什么视而不见？"

"学坏容易学好难，咱们人不也老为这发愁。"李冬宝着急跺脚，只恨老刘脑子慢。

"毛病出在南希身上，根子还在上边，"牛大姐拧着眉头说，"在她的设计师那里！指导思想就不对。我们缺什么？缺的是榜样，一个活着的雷锋什么的。他倒好，可丁可卯搞出这么个玩意儿，跟咱们没两样。她跟我们看齐干吗？我们怎么回事自己还不清楚？瞅着自个儿……"

于德利接茬儿："都别扭！就恨自己不争气，一身克服不了的毛病，拖累得国家都落后。"

"那是你！"牛大姐厉声道，"我可是瞅着自个儿挺不错，心里怎么想的不管，表面上……"

"比谁都咋呼得凶！"

"哎，我说你怎么老接下茬儿？你是我肚里的蛔虫？"

"你说你说。"于德利端着茶缸子离开。

"心里怎么想的不管。大面上还是能做到对自己严格要求，服从大局。"牛大姐一脸正气。

"人能做到这点就不错了。"于德利端着缸子又回来，对大伙儿说。

"这是低标准！"牛大姐像和谁赌气似的，"按高标准，应该连想都不想，整个身子扑在工作上，没日没夜，不吃不睡，得肝癌为止！"

"太对了，"于德利热烈赞同，"甭多了，有一千这号儿的，咱们少担多少责任？"

"我同意，"李冬宝严肃地说，"如果我们人的觉悟一时还难达到，短期集训又很难培养出这样的干部，就应该运用高科技造出这么一批人来。"

"哪怕关键部位从国外进口呢，"戈玲说，"为这种千秋大业花些外汇我认为值。"

"我认为我们应该向那个OBM公司提出倡议，"老刘郑重其事地说，"机器人能不能造得跟人一个水平，起码应该相当于留过苏的——南希这样的我们不欢迎。"

"他们以为造得跟咱们没区别咱们就没意见了，岂知咱们要求高着呐。"牛大姐哼哼地说。

"前程我们已经瞻望了，现在正视一下现实吧，"戈玲说，"那个南希怎么办？难道我们要继续容忍下去？"

"退回OBM公司，"刘书友道，"回炉重造。"

"不，这么处理太简单，"牛大姐说，"我是主张教育的，不管对什么人能挽救则挽救，争取一个大多数。"

"我同意，"李冬宝说，"这孩子本质还是好的，刚来的时候多朴实。"

"诸位，你们可想仔细了，"于德利说，"这改造人的工作可不像喘气那么轻松。"

"世界上要没有困难，那要我们这些人干吗？"牛大姐豪迈地说。"皇上都改造了，何况一个机器人！"

那天晚上，南希是被公安局的警车送回来的，没戴手铐，据公安局的同志介绍，是在一个饭店的客房里抄来的，当时她正在用力抽一个款哥的耳光。

"南希,"牛大姐笑眯眯地拉南希到一边,"你来我们这儿已经时间不短了,一直没找时间跟你聊聊,你坐,你坐呀。"

南希正擦着一半地,放心不下,对牛大姐说:"待会儿,等我干完活,你要想聊我再陪你聊。"

"不必,我不着急,你先坐下,聊完再干。"

牛大姐坚持,南希也不好再拗,只得侧着身子坐下,朝牛大姐笑。

"怎么样啊?来这儿之后有什么想法?工作还能适应吧?"牛大姐用手把南希鬓角耷拉下的一缕头发捋上去,态度既亲切又充满爱意。

南希以为她是真对自己好呢,爽朗地说:"挺好,你们对我都挺好,来前我以为你们这号儿的不定多难缠呢。"

"本来我应该多关心关心你的,瞎忙,没顾上,我该向你检讨的。"

"为什么?您做了什么坏事?"

"没有,我是说我对你关心不够,这使我感到内疚。"

"我一定非得让您关心——有这条规定?"

"没有明文规定,"刘书友插话,"但在我们这儿人关心人已经蔚然成风——不这样倒怪了。"

"哦,就是说我也该检讨的,因为我不关心你们——很有趣儿,"南希微笑,"你们不累吗?"

"南希,我觉得你有时候就像个外国人。"牛大姐有几分不高兴。

"是吗?外国人是什么人?跟你们不一样?"

"简短截说吧,"牛大姐不耐烦了,"你觉得你来这儿之后表现如何?给自己打个分。"

"你们这儿的风俗是不是自己必须糟蹋自己?"

"胡说,"一旁竖耳朵听着的李冬宝忍不住乐了,"我们那叫自我批评。"

"那我要说自己好是不是就和这风俗冲突了?"

"实事求是,"牛大姐说,"有一说一,有二说二。既不要浮夸也不要掩饰,这才是我们的风俗!"

"我觉得吧,自己到编辑部后,基本上能完成领导交给的工作,表现一般,但也没犯什么过失,自己还是能够严格要求自己的——实事求是吧?"

"我承认,你工作还是不错的,"牛大姐脸沉下来,"其他方面呢?都做得很好吗?"

"其他方面也做得不错,尊敬老同志,和年轻同志交往也保持分寸,不搞哥们义气,"南希十分沉着,"也就做到这份儿上可以了。"

"你是有意回避主要问题。"

"没有,我的全部问题都在这儿了。是不是您还记那次看稿的仇呢?那个工作超出我能力范围。"

牛大姐冷笑:"都说机器人单纯,我看你其实狡猾得很,你和人像就像在这儿了——你自己不愿意说,我就替你说。你最近都和什么人接触了?"

"有钱人,"南希诚实地回答,"我都是在下班之后去找的他们。"

"都是男人吧?"

"对呀。我正想问你一个奇怪的现象,为什么有钱的女人不多?"

牛大姐发作:"你瞧瞧你现在的样子,涂脂抹粉,奇装异服,还烫了头,像什么?"

"这个样子不是人喜欢吗?所有见到我的人都看我。"

"什么人喜欢?那都是些什么人——流氓!"

"毛主席保证我不认识姓刘的——除了他。"南希指刘书友。

"你这项链谁给你买的?"牛大姐拽出南希脖子上的金项链掂掂,"呵,二两多呢。"

"一个朋友。"

"一个朋友?为什么送你这么贵重的东西?你送他什么了?"

"什么意思?"

"为什么不送我?你要没出卖给他什么,他为何平白无故送你这个——你就从实招来吧!"

"我陪他吃饭,他就送了我这个。"

"不可能!你别骗我了。哪有这样的好事?饶着蹭了饭还得礼物,我不是三岁小孩!"

"为什么我说的话她不信?"南希困惑地问别人,"她比我还了解当时的情况吗?"

"她是凭阅历、凭经验，"李冬宝说，"很多事情自有其发展规律。"

"我很同情你，"南希对牛大姐说，"你大概一辈子得到的任何东西都是付出代价换来的。"

"你这叫道德败坏还臭美呢？"牛大姐叫。

"这是一句不好的话对吗？"南希又问别人。

于德利深深地点了下头。

戈玲同情地望着南希说："女人要叫人扣上这么顶帽子就完了。"

"都怕？"

"都怕。"戈玲点点头。

"为什么？"

"耻辱啊。"

"可我一点不觉得耻辱，任她那么一说，我还是我。"

"可见你恬不知耻！"牛大姐吼道，"每个女孩子都知道自重。"

"你让人这么说过吗？"南希依旧看着戈玲问。

"没有，"戈玲回答，"可我从小就知道，只有品行端正才能受人尊敬，否则就会遭到所有人的唾弃，在学校里我受到教育，应该怎么做人。"

"就是说是别人告诉你的而你自己只是按着人家说的去做。"

"不，那样我会嫁不出去的。"

"噢，我懂了，像我这样不打算嫁给谁的是不是就可以不遵守这条规定——又是约定俗成吧？"

"南希，"李冬宝插话，"你得明白，这大概是你的设计师没教你，我们人是有许多规范或如你所说的风俗，男人要有男人的气质，女人要有女人的德行。勇敢、正直、贤惠、贞洁，凡符合这些条件的便受到我们的推崇。我们并不是随随便便地活着的，像树那样自然生长。你既来到我们中间，便要接受约束。"

"你们这不是跟自个过不去吗？"

"南希，你不是装傻充愣吧？"刘书友火了，"连幼儿园的小朋友也知道要向谁学习，知道听话是好孩子，不听话是坏孩子——大人说的全是对的。"

"我真不是装傻，真是不明白，"南希也十分苦恼，"出厂前还再三问过设计师，有什么该交代的都交代清楚，别让我到社会上犯错误，设计师只告诉我：一不能杀人二不能偷东西三不能顶撞上司，别的什么也没说。哪知道还有个叫道德的东西不能败坏？"

"你的设计师是美国人吧？"

"中国人，他爸爸还是高干呢。这人真差劲，这么重要的事不告诉我，成心让我现眼——你们说他会不知道有道德吗？"

"不可能不可能，"众人一致摇头，"是中国人就没不知道的，越没道德的人还越讲究。"

"那就是成心？"

"成心！"众人一口咬定，"是何居心？"

"这可没法教育了，"于德利对牛大姐摊开双手，"南希根本不知道人间有羞耻二字。"

"是啊，"牛大姐也愁眉不展，"没了羞耻，什么大道理也听不进去了。"

"看来这个教育啊，还真得从娃娃抓起，"刘书友感慨万千，"总说学校学不到什么东西，哪怕毕业还是文盲，认识了羞耻二字也是收获啊！"

"南希，你真觉得现在这样好吗？"牛大姐问。

"我真觉得现在这么混挺好，牛老师，"南希诚恳地说，"不招谁不惹谁，每天傍个大款吃喝玩乐，真比我刚来那几天过得充实——那些天我真空虚，干完活就犯愣。"

南希转向戈玲："你说呢戈老师。咱们女人图什么？又不想开天辟地，治国安邦，图的不就是个舒服吗？趁年轻的时候不玩，老了想玩没人跟你玩了。"

"你说的也不是完全没道理，"戈玲说完，被自己吓一跳，"我这话没说啊。不对南希，女人也要干事业，要有独立人格，不能依赖男人，吃喝玩乐那是旧社会。"

"说得好！"众人喝彩，"南希啊，你学不来别人，就学戈玲吧。"

"别别，南希你千万别学我，"戈玲赶忙摇手，"我也看出来了，我将来没什么好果子。"

"这倒叫我为难了，"南希说，"身边现成的还不能学。"

"南希啊，你闷得慌不能看看书吗?"李冬宝说。

"南希啊，你没事干不能到街上给过往群众修修自行车吗?"于德利说。

"南希啊，"刘书友说，"你要真一个人无聊，找个人结婚算了，哪怕找个情人，也别一天三换看着闹得慌。"

"李老师啊，我看书也是瞎看，真要让我记住书不如找个软盘输进去，只是认字一点不感动。

"于老师啊，我不成帮结伙地打着旗扛着录音机一个人到街上修自行车，工商管理局的也要把我撵啊。

"刘老师啊，我想结婚街道倒也批呀?就算只找一个情人也得等我爱上了呀!"

"那你说，你还老样子啦?"牛大姐听着不禁来气。

"牛老师啊，我这样除了碍着道德了也没碍着你呀。道德沦丧是一回事，从来不知道德是何物又是一回事。我不觉得寒碜，你也别替我不好意思。"

"你觉得快乐?"

"我觉得快乐!"

"由她去吧，"大家也劝牛大姐，"多了她一个，还少了个良家妇女落入魔掌呢。"

牛大姐不由叹道:"那你就好自为之吧南希，别弄一身病回来。"

"哎哎，"南希答应得倒干脆，暗自窃笑。

"虽然你不知耻，可我们这儿要脸面。往后进出偷着摸着点，还要注意影响，我们这儿毕竟是个文化单位。"

话说到了，牛大姐也心安了，拿起饭盒一个箭步蹿出去，到食堂打南煎丸子去了。

自此，南希照常妖妖冶冶地去赴各种约会，今天一帮京式大款，明天一群广式钱柜，隔三差五还有白人黑人夹着两腋狐臭一身香气来找她。大家都习以为常，有时要买洋货还悄悄找她换点美元什么的。

这个老陈不明就里，还赞赏地对大家说:"这个南希倒是块搞公关的料。"

倒是李冬宝这种看似豁达的年轻人有时看到南希招摇过市，偶尔愤愤不平：

"他妈的一个机器人，活得比真人还有滋味儿。"

"那叫生活吗？"戈玲反驳他，"有什么值得羡慕的？"

"你说什么叫生活？"李冬宝质问她，"像你我这样？"

戈玲一时无语，想起奥斯特洛夫斯基的名言，又觉得夸口和虚妄。半日才说："如果你是机器人你是不是也打算像南希那样？"

"那倒未必。一时半会儿我也想不起什么样的生活才叫有意义，反正不会像现在这样这是肯定的。"

那天黄昏，于德利去东郊体育场看足球比赛；刚下了无轨电车，便看到南希独自在马路上丢魂落魄地走着。

她脸庞迎着光焰万丈的夕阳，眼中充满茫然和伤感，在金色的光辉中一步步向前走，那情景那姿容很是动人。

于德利站在马路对面叫她，她置若罔闻，继续前行。于德利放弃呼唤，掉头欲走，这时南希回头看见了他。

"你怎么一个人在这儿？"

南希低头站在于德利面前，继而抬脸问："你去哪儿？"

"我去看足球赛。"

于德利抬手往不远处那座庞大的体育场指了一下，那儿的入口处已经聚满了嗡嗡营营成千上万的人。

"我跟你去。"南希坚决地说。

"怎么，你今天走单了？"于德利开句玩笑。

南希脸上掠过一丝微笑："我和一些朋友吃了一半饭，突然觉得没意思，突然觉得那些饭菜的味儿恶心，就跑了出来。可我从来没来过这一带，不认识路，回不去了。"

"你可以叫个出租车。"

"我没钱。"南希坦然道。

于德利笑了一下，带她到体育场入口处，高价买了张球票，领她一同入场上了看台。

"看过足球吗？"

"没有。"南希和于德利肩挨肩坐在万人丛中，好奇地往铺着草坪的球场上看。

两队小小的穿着不同颜色球衣的运动员挟着球入场了，随着裁判员的一声哨响，球赛开始了。

顷刻间，看台上似风掀波涌，人群开始躁动、兴奋，发出巨大喧嚣。

一方球队带球攻入另一方的禁区，看台上的观众发出山呼海啸般的吼叫。

球被对方截下，战线迅速向另一方的半场。看台上很多观众站起来，跺着脚大声助威。于德利也站起来，伸着脖子盯着看，忘我地跟着周围的人一起欢呼、呐喊，毫不理会警察的干涉。

他无意中一瞥，看到南希坐在壁立的人脚下，神色冷漠，对周围人的狂热毫无所动。

这球进攻无效后，于德利坐回到南希身边问："你觉得不好看?"

"我觉得跟我没关系。"南希回答。

"你觉得什么有意思?"

"我觉得什么都没意思。"

"哦，这倒很像你这年龄人说的话。"

于德利又站起来，全神贯注观看下一球的处理。

"你着急回家吗?"

足球赛散场后，他们走在体育场外人群熙攘的街道上，南希问。

"不着急，"于德利看看腕上的手表，"才九点多。"

"那你陪我走走吧，我还不想一个人回到屋里。"

"你看上去情绪不高嘛。"

"噢，就因为我是机器人，就不能有情绪了?"

"我原来是这么想的，机器人要情绪干吗? 聪明才智都用在提高效能上。"

"你干吗总强调我是个机器人? 总注意我们的不同? 你看我和周围别的姑娘能区分开吗? 为什么不能把我就当个人对待?"

"南希呀南希，你的麻烦也正在这里，你太像人了，我真不知道那些聪明的科学家为什么要造你？当个纯粹的机器人多省心，有超乎人的技能而无人的欲望。"

"是啊，那样你们就可以不管我们是怎么想的，只管使用我们。"

"宝贝，你以为有想法是好事哪！我就恨我自己想法太多，以致不能平静地生活。"

"那么，哪种更算是人呢，纯粹的机器人还是爹妈父母养的？"南希微笑，看着于德利。

"南希，"于德利停住脚，"你不是科学家造出来专为和我们人类开玩笑的吧？"

于德利向前走去，边走边嘟哝："要不是亲眼所见，打死我也不相信这是真的，我了解我们国家的科技水平。"

南希跟上他，"我让你吃惊了？"

"岂止是吃惊，我常常一身一身出冷汗——每当看见你！"

"其实我这也不全是天生的，有些也是后天自己琢磨的。"

"你在机器人里也算是聪明的吧？"

"你呢？"南希反问，"你在人里算优秀的吗？"

"不算，算我就不在这儿了。"

"我觉得你是，要不怎么我会越来越想着你？"

于德利站住，看南希，南希目光如炬。

"小鬼，跟我调皮。"于德利笑着用手指刮了一下南希鼻子，鼻尖冰凉。

"我说的是真的。"南希态度极为认真。

于德利心头一悸："南希，机器人可不兴跟人开这种玩笑。"随之脑门上出了一层汗，"你这不是拿我开涮吗？"

"我不漂亮吗？我不动人吗？你为什么吓得直哆嗦？就因为我是个机器人？还是个作风不好的机器人？如果我不是……站住！"南希低声叫，"你要跑，我就喊人抓流氓！"

于德利像被钉在原地，片刻，强笑着转身迎上来。"我不害怕，我也没想跑，我很荣幸。可是，可是，我是个有家室的人。"

他终于找出个冠冕堂皇的理由，说完便站在那儿傻呵呵地笑："我不能接受你的感情。"

"偏见，傲慢，种族歧视！"南希冲他喊。

于德利依旧笑嘻嘻的。

南希走上前盯着于德利说："我想得到的就一定要得到！"

编辑部的同志们都看出南希迷恋上于德利了。她不再外出，有电话也不接，每日干完粗活就在于德利对面窗根儿下坐着，一边晒太阳的同时遥遥地一眼一眼瞟于德利，含情脉脉，意味深长，常把于德利盯得整整一天不敢抬头，后来德利得了颈椎骨增生，每日酸疼不已。

为了博得德利的欢心，南希洗尽铅华，更去罗裙，淡妆素裹，常拿濯涟莲花自拟，时不时还拿本汪国真诗集作灵慧隽永状。

其状愈发露骨，此景日甚骇人，每每使人汗毛倒竖，局促不宁，整个办公室的观者都为之难堪呢。

德利总不接招儿，南希不免心生怨嗔，丢来的飞眼也渐渐充满委屈。

一日，大家下班先散，于德利只为一个电话慢走了一步，便被南希封在门口：

"你干吗总不理我？"

"没有，我眼神不好，恐怕得配副镜子了。"

"你恨不得配副墨镜吧？"

"真没不理你，南希。其实我这人傲着呢，这就已经算理你了。"

"那你今天不许回家，留下陪我，你没瞧人家多孤独。"

"南希南希，咱们别弄这事好不好？我这岁数，哪经得住你这么看，告诉你我已经几天几夜没合眼了。"

"是想我想的吗？"

"你饶我这一遭，好吗？求你了。我一辈子道貌岸然，树叶掉了怕砸着头，今儿你掉下来——难道我就过不去这一关？"

于德利左冲，南希左堵；右闯，南希右拦。左冲右突，不得门而出，退回屋内，大步踱圈，气极而喝：

"牛不喝水强按头吗？"

南希闻言凄恻，哀哀地望着于德利："我爱你，又有什么错呢？"

"可你是带着什么宗旨来到人间的呢？你不思造福人类，反倒把自己混同于普通老百姓，与一俗子发生恋情，钧座敢是忘了来历？"于德利作醍醐灌顶一喝。

"七情六欲人皆有之，妾安敢免俗？"南希振振有词，"神农尝百草，情爱乃社会安定团结要素之一，古来将相在何方？唯有情者留其名。察月下社会歌舞升平，文恬武嬉，骄生惰，惰生奢，奢生淫，小女子虽肩负众望，也只得流于一般——我不来怨你，你反倒将些大道理说给谁听呢？"

一席话说得德利哑口无言，咂吮半日，方道："这么说来，你不守本分倒正确了？"

南希凑上前来，一手搭在德利膀子上，"两心相印正是我等本分正道。"

"电着！"德利立地跳出几步开外，"我爸就是钓鱼竿甩到高压线上，虽耳目复聪，至今脚底板仍留一大疤。"

南希垂首无语，俄而，乜斜着右眼瞅德利："先生可曾读过《聊斋》？"

"读过，那不是名着吗？"

"好看不好看？"

"好看！"

"来劲不来劲？"

"来劲！"

"对呀，"南希拍手叫道，"野狐鬼人尚不惧，何况一机器人耳？"

"别你妈的之乎者也的，费牙。"

"怎知我就温柔缱绻不如人间女子？"

于德利疾步来到窗前，推开窗子看天看地又掐自己人中，仰面长啸：

"这还是社会主义中国的大白天吗？"

说罢纵身跳下，跌在一垛大白菜上，坐了一屁股湿漉漉的，臊眉搭眼站起来蹒跚地走去。

南希站在楼上窗口朝他招手："楼梯上来，我不怨你。"

"我毫不怀疑，这机器人已经成精了。"李冬宝在编辑部踱着步，停在于德利面前说道。

于德利面如日本歌伎："几位爷救我!"

"可耻!"牛大姐道,"得寸进尺! 居然成了第三者!"

"武松不在了,钟馗不在了,"刘书友一口口吸烟,豁然开朗,"找书记吧。"

这时,南希拎着两暖瓶开水进来,默默为大家逐一沏上茶。又把剩余的开水倒进一只脸盆,拧出几条热手巾给编辑们擦脸。

众编辑们擦完脸,脸色红润。

南希在窗前坐下,膝搭一部和那种著名手枪同名的某夫人十四行诗诗集,恹恹地看着窗外蓝天白云,眼神惆怅,很像一幅油画。

众人看着她,纷纷有了些怜香惜玉之心。于德利也不免讪讪地,动了些念头:"我是不是身在福中不知福呢?"

一日无事。

临近下班,大家一人手里拿了张《晚报》,一版版认真看。

"于德利,你知道亚运村怎么走吗?"南希从窗外收回目光,肘搭在椅子背上问,"吓得都不敢跟我说话了?"

"嗯哼,"于德利干笑一声,抬头向李冬宝眉飞色舞地说,"嘿,中国队又输了。"

"哪儿呢哪儿呢?"大家一起翻报纸找,人人含笑,"客气,客气,看他们还拿什么说讪。"

"出门往北,"李冬宝告诉南希,"拣直走,一条道走到尾便到了。"

"于德利,听说你是老北京?"南希歪头从李冬宝脑侧露出脸。

"如此十年,我也快不认识我家门朝哪儿开了。"

"我得找个伴,听说这二月社会治安不太好,城外有小股流窜的游击队,"南希对大家解释,"我不是怕遇见坏人,是怕遇见警察说不清,天一黑就要查良民证,我得有人作证,确实没发给我。"

"你别花言巧语纠缠他了,"牛大姐不客气地说,"他有妻子。"

"妻子是什么?"南希问戈玲,"是一种缺陷吗?"

"是一种专买标志,"李冬宝拿着一盒烟对南希讲解,"你瞧我手上这盒烟,上面写有'中国烟草进出口公司专买'的字样,妻子就是这个意思。"

"好比你进商场买东西，"戈玲进一步解释，"你只能买柜台上陈列的，不能买顾客拎在手里的，于德利就属于他妻子已经交了款的。"

"就是说他已经是她私人的了？"

大家一起出了口长气，笑："刚刚明白过来。"

"可是，你们的性质不是公有制吗？"南希一副困惑的样子，眨着眼儿。

"这是两回事！"牛大姐厉声喝道，"不能混为一谈！东西公有，人还是一人一份，别人不能插一腿！"

"我是机器人，得算东西吧！"

"算吗？"牛大姐一时也给搞糊涂了，转向大家。

"我查一下文件，"刘书友低头在抽屉里一通乱翻，抬头茫然地说，"没有这方面的文件。"

"这就不好办了，"牛大姐为难了，"让我们自己掌握可就没准儿了。"

"咱逆推吧，"李冬宝提议，"先说她不是什么，然后不就可以确定她是什么了？非此即彼！她是人吗？"

"不能算！"牛大姐坚定地说，"人必须是有人生有人养，从小到大，一阵儿糊涂一阵儿清楚——你没这过程吧？"

"我懂事就这样儿。"南希说。

"我看定义应该这么下：凡是手工或机械造出来的，材料又不取自制造者自身的——都不算人！"刘书友说。

"好，"李冬宝下结论，"她既不是人，那必是东西。南希，你算东西。"

"且慢，东西也分公物私物。"牛大姐道。

"这个不用争了，她是我们大家花钱雇的，是公物。"

"公物就该人人有份了吧？"南希很得意，"任何人都不能剥夺任何人占有公物的权利——难道你们不正是这么做的？"

"没错，"李冬宝说，"公物当然可以人人伸手，可没听说公物自个儿伸手的。"

大家鼓掌："说得好，冬宝！"

"你以为你是东西就可以为所欲为？"牛大姐痛斥南希，"你想错了！

什么都不遵守你也就无权拥有！咦，我这词儿是不是可以当流行歌曲的歌词？"

"要是我遵守呢？"南希可怜巴巴地说，刚培养出来的自信全都没了。

"如果你遵守首先就要承认自己没份儿，"李冬宝对牛大姐说，"这是不是可以作为你那句词儿的第二句？"

"在这个问题上不管你如何决定答案是一样的，"刘书友说，"这可以作为第三句吧？唱起来的时候不要在这个问题上。"

"那其他方面呢？我总不能下决心当人一无所获。"

"谁也不能给你打保票。你就是有心做人能否像个人本身都是问题，"李冬宝微笑，"你说了不算。"

"我没法控制我的感情，"南希坦率地说，深情地望了一眼于德利。"我虽然不是人，我也不能迫使我重新像东西一样无动于衷。"

"这就是缺乏引导，贸然觉悟的后果，"牛大姐对大家叹道，转对南希瞪圆眼睛，"你想像人就像人，不想像人就强调是东西——你也太自由化了吧！"

"这不是为了达到自私的目的，"南希哀告，"只得不择手段了。"

"你就像个无知的人！"刘书友评论。

"我看她倒是很有心计。"戈玲突然冒出一句。

"我恨造我的人，"南希说，"为什么不给我仿成牛仿成马偏要仿成人？像人又不能做人，不如不是人。如今好了，我净一脑子人的杂念，以后哪还打得起精神干活儿？诸位，以后我要出工不出力偷奸耍滑，你们千万别吃惊。"

"不吃惊不吃惊，"大家说，"喊了这么些年理解万岁，我们已经习惯理解任何的事情了。这不也相当人失恋了？"

"我该怎么办？"南希问大家，"能不能给我调一个单位？不再看见他。"

"回你们公司，让技术人员把你存储记忆抹掉不就完了？"

"你们知道毛病一旦养成，很难改的，没准我会再次爱上他，从头再来一遍。"

"如果你真跟人惟妙惟肖，"李冬宝说，"那就无所谓了，两天新鲜劲儿一过就没事人一样了——我们都这样儿。"

"对对，我们没一个有长性儿的，"刘书友同意，"要不就索性恶治，让她和于德利打得火热，完得更快——得不到才馋嘛！"

"老刘，你可别出这馊主意，"一直坐在一旁不吭声的于德利说，"我这儿正跟自己激烈思想斗争呢，你这口子一开，我这思想防线可就全崩溃了——我这么意志薄弱的人你考验我干吗？"

"这我知道，我懂，"李冬宝点头称是，"这病染上就没治，完了这个，准琢磨着扑下一个，咱们这儿别再出个花贼了。"

"哎，你们说，"南希转睛一想，笑了，"如果我不管你们那么许多，唱歌的可劲造，弹钢琴的爱谁谁——你们也没办法吧？"

众人一惊，冷静一想，不由脱口而出："我们也只能是谴责你，别的方法还真没有。"

"就按你们人制造冤假错案那个标准，我这点毛病也不够捕的吧？"

"不够，我们早光明正大了。"

"咳，"南希站起来，"那我跟你们这儿扯什么臊？只要公安局不逮我，我尿你们谁呀？牛老太太，你哪儿凉快哪儿待着去，再多嘴留神我拂你！"

"南希，"牛大姐顿时气馁，虽心中不服话说出来已不那么尖刻，有气无力："你要想清楚你打算做个什么人。"

"这我已经告诉过你了，我是个无耻的人。"

南希走到于德利跟前儿："强扭的瓜不甜，我等你想通了——过这村可没这店了。"

说完翻然而去："拜拜吧您呐。"

"瞧她那德性，瞧她那揍性，"牛大姐气得浑身哆嗦，颤巍巍地拿出小通讯录查看号码拨电话，"114吗？您给我查一下OBM公司总经理的电话，不知道，你们是干什么吃的？"

"唉，以为能唬住她呢，"刘书友埋怨李冬宝，"你刚才就不应该告诉她咱们其实拿她没办法。早知今日这个局面，还不如当初主动点把她发展入少先队呢——何其猖狂！"

"对一个没有上进心的人你有什么办法？哪怕她爱占小便宜呢，咱们也可以用提职提薪，评职称分房子——卡她！"李冬宝收拾东西站起来，对戈玲发牢骚，"其实我也不是什么好鸟，也不在单位图什么，纯粹是出于下意识地维护人的尊严，在一个机器人面前表现出人的精神面貌——孰知人家满不在乎。"

"我要汇报我要汇报，"牛大姐在一旁嘟哝，"找组织。"

牛大姐都气迷糊了，拎着小包站起来，一走就撞墙一走就撞墙："一级组织管不了就找上一级，层层上访。一个机器人——我还不信了！"

"你们真以为南希是机器人吗？"戈玲在一旁忽然开口。

众人闻言一愣。牛大姐也一下清醒了，不再唠叨，转回身来，精明地转着眼珠儿：

"此话怎讲？"

李冬宝也问："你看出什么来了戈玲？"

戈玲冷笑着："没准儿我们都让人当傻瓜耍了。"

牛大姐："不不，戈玲，科学技术发展到能一比一的比例复制人本身，这点我信，心肝肺血假肢假皮肤什么的不都有过报道说造出来了？"

刘书友："还有比人复杂的，卫星，我们不也射上天了几颗？"

戈玲："随着遗传工程的发展和新型材料的问世，造个质感和基本形态与人一样的东西这点我信。但我坚持怀疑：我们人的缺陷、毛病谁能学得了？那些我们独一无二所具备的！"

李冬宝："那倒也是，没听说除了人还有第二个这么恶劣的物种——我不是单指中国人。"

"请你解释，戈玲，"于德利站起来，激动地吸烟，"南希要不是机器人是什么？"

"人呗，你我一样的大活人！"

屋里都静了下来。

片刻，牛大姐说："让你这么一说。倒是越想越像了。"

"老觉得她像谁，老想不起来，"刘书友道，"要是人倒也不奇怪了，比她更不像样子的我都见过。"

"拿出证据来，"于德利坚持，"我要看到证据。为什么非说她是人？"

戈玲摇头："没有确凿的证据，只是觉得她跟我们太像了，如果不是人，那太可爱了。"

"同时也是侵权，"刘书友目光炯炯地看着大伙儿，"对人进行剽窃，我们可以告她的。"

第二天，大家来上班后仍沉溺在各自的沉思中，个个面有戚色。

南希没来上班，托人送来一张中日友好医院的假条，上面写着发烧，全休三天。虽然谁都知道这假条是假的，但此时似乎也成了证据之一。

"还是打不通，总占线，"李冬宝放下电话，看着孙亚新孙小姐留下的那张名片，"电话号码会不会是假的？"

"想了一夜，没想出好办法，"刘书友说，"要是她坚决否认自己是人呢？"

"牛大姐，你'文革'期间搞过专案，揪人是你的强项，是不是由你来审南希？"李冬宝说。

"别提我在'文革'中的表现！"牛大姐脸一板道，"我早忘了，都不记得发生过'文化大革命'。"

"人有什么，就是再富于想象力再精密再先进的智能机器人也不能模仿的特征？"戈玲问大家。

"勤劳勇敢，善良正直。"于德利脱口而出。

"不行，这些都是不易证实又是最易模仿的，"李冬宝说，"而且不具备此等品质偏偏又板上钉钉是人无疑的不在少数。"

"同情心，恻隐之心？"牛大姐回头说，"还有孝心爱心什么的。"

"决不能是优点，"戈玲道，"这会影响测试的客观和准确，如果南希是人，那装好人对她没什么困难。另外如李冬宝刚才所说，即使她没这些特征，反倒可能更证明她是人，只不过是个一般人。"

"能不能闻味儿啊？"刘书友说，"不都说咱们人有味儿？"

大家耸着鼻子互相在各自身上嗅了嗅："不灵，咱们都没人味儿。"

"恐怕还得找缺点喽！"李冬宝说，"人有缺点正是人之所以为人——这是哪个圣贤说的？"

"我同意李冬宝的意见，"于德利说，"缺点是实实在在的东西，想掩饰也掩饰不了的，而且很难模仿得尽善尽美。南希要是机器人，她就不可避免地比我们要好一些。"

"那就不必测了，"牛大姐撇着下唇说，"我看她已经坏得出水了。"

"不能是那些表面的缺点，"戈玲说，"轻浮、放荡这些品质几乎在所有哺乳动物和部分卵生动物身上都具备，没有道德、寡廉鲜耻正是它们的天性——人与之相比逊色得多呢。"

"一定得是我们独一无二的，"李冬宝对大家说，"让我们好好回想回想，我们都有什么阴暗心理吧。"

大家默不作声。

戈玲："我先声明，咱们这次既不是生活检讨也不是斗私批修，而是工作需要，弄清南希的真实属性。"

陈主编从外面进来，大家和他打招呼："来啦，小孩病好了？"

"来啦，小孩病好了。"老陈在一边坐下，抽烟看稿。

戈玲接着说："不管大家说什么，再不堪入耳，再反动再下流，一不打棍子，二不揪辫子，三不记黑账。"

"谁打小报告我跟他急！"李冬宝气势汹汹说了一句，和颜悦色地坐下。

大家互相望着，等着别人坦白。

李冬宝看着大家："我看这可以算一条，从不认为自己不好，从不暴露自己的真实思想。"

大家面呈尴尬，但都点头："可以算一条。"

戈玲记在纸上："还得说，光这一条可不够。如果南希也一言不发，谁知道她是不暴露还是真没想法？"

"我看这么着，"正在看稿的陈主编抬头说，"既然都不说，难以开口，就互相揭发，这样准能搞到材料。"

"还是老陈有办法，"戈玲拍手叫，"这办法好。"

"一点不新鲜，"牛大姐小声嘀咕，"都是我当年玩剩下的。"

"这下有说的了吧？"李冬宝道，"说别人总有词儿吧？"

牛大姐："我先说吧，我觉得老刘毛病不少，突出的一点就是爱占小便宜。"

刘书友当即红了脸，抢着说："我也说一条，老牛这个人从来都是主观唯心主义对人，辩证唯物法对己，乌鸦落到猪身上——光看到别人黑。"

牛大姐："我觉得老刘这个人心眼儿太小，老虎屁股摸不得，一摸就跳，瞧，又飞到半空中去了吧？小于呢，不客气地讲，那就是低级趣味，对年轻女同志和岁数大点的女同志不能一视同仁。"

于德利："我觉得牛大姐还不光是看不到自己的问题，她简直把自己看成一朵花儿了，确实属于既不能客观地看待别人也不能客观地看待自己的典型。"

戈玲高声说："不要吵不要急，慢慢来，不要人身攻击。"

刘书友："戈玲这个人傲慢，好打扮。"

牛大姐："打扮得还特俗气。还有，她跟李冬宝到底什么关系？成天嬉皮笑脸，彼此唱和，同入同出，一个编辑部的同志，嘎，很不正常！"

刘书友："不光是李冬宝，她和谁都打情骂俏，除了我。我看南希就是学的她！"

戈玲愤怒地站起来："什么叫不正常？什么叫打情骂俏？我这人天生就是一副笑模样。"

李冬宝拍案而起："无耻！我觉得有的人就是专对桃色事件感兴趣，看似道貌岸然，思想肮脏得很！"

"不要吵，不要吵了！"老陈出面制止大家，"你们不是冲着南希去的吗？怎么倒先互相攻击起来了？戈玲，刚才大家说的你记上哪条了？"

戈玲脸气得煞白："哪条也没记，说的都是人话吗？"

牛大姐又蹿起来："怎么不是人话？哪条说错你了？身正不怕影斜，你不心虚干什么暴跳如雷？"

刘书友也怒目而视，"告诉你，我早就对你的作派看不惯了—— 一直没好意思说。"

"我就这做派，怎么了？明告诉你，我还不改了！看不惯回家看你老婆去，少在这儿看我！"

李冬宝也脸红脖子粗地与戈玲并肩站在一起，朝二老吼：

"你们以为你们做派好？全编辑部我顶烦的就是你们俩。工作不见你们抢，算计个谁议论个谁回回你们俩冲锋在前——你们说过谁好？"

牛大姐一脚踢翻椅子："不好就是不好，甭想让我说好！我也告诉你们包括于德利，牛某人这疾恶如仇的脾气也不打算改了！"

陈主任摔了一个茶杯，低沉地吼道："够了！你们像什么样子？你瞧瞧你们一个个的，哪有点社会主义编辑的风度？纯粹是泼妇骂街嘛！好啦好啦，我看也不要再说下去了，再说就伤和气了。也不必再挖什么人的弱点了，我看这就是人的最大弱点，只能说好的，一说坏的当场恨不得吃了对方。"

大家都闭了嘴，气鼓鼓地散开，回到各自的座位，互相看了半天，忽然都笑了，一个个都有些难为情："就是就是，这真是咱们最大的弱点。"

接着，大家开始互相道歉，极其诚恳，骂人的拉着挨骂的手。

"小李小戈小于老刘啊，其实我刚才也是生气顺嘴那么一说，并不是真那么想。原谅你大姐，千万别往心里去。"

李冬宝："我也是一时昏了头，嘴上岗撤了，牛大姐，老刘哥，其实我打心里还是很尊重你们的。"

"明白，太明白了，老刘心里明镜似的，小戈呀，你别在意，还照平时那么穿，那么笑，老刘喜欢看。"

"其实你们说的也不全是疯话，我也真该拿镜子照照自己了，以后稳重点。"

"够稳重的了，年轻人就应该活泼点，到你大姐这年龄再装正人君子也不迟。"

"虚伪！"陈主编手点着大伙咂舌，"我看这也应该算一条。说了真话就后悔！"

"您也应该算一条，"戈玲笑说，"站着说话不腰疼。隔岸观火，比谁都圣明。"

"不能历数了戈玲，"刘书友制止戈玲，"传出去猴子马都要笑破肚皮的。"

南希回到编辑部上班，发现大家都对她另眼相看，神色有些贼溜溜的，也没太在意，照旧干那些杂活，嘴里哼着《我想有个家》。

"南希，"牛大姐先开了口，"你不觉得你穿得像个'鸡'吗？"

"不觉得，"南希坦然回答，"这样多凉快，我不怕别人看。"

"你穿那么紧身的衣服其实不好看，把你身材的缺点都显出来了，"

戈玲说，"三分之一腰，三分之一臀部，三分之一腿。"

"特像蒙古马是吗？"南希沾沾自喜，"不一样就是不一样哦。"

"你怎么不要鼻子！"刘书友指着她鼻子骂，"要是我女儿，叠巴叠巴塞马桶里冲下去！"

"会游泳，淹不死。"

"南希，南希，"李冬宝说，"我是一个对女性不太挑剔的人，可是你真是让我恶心了。你怎么锻炼的？居然能这么赖？一条母狗也比你体面点。"

刘书友暗暗朝李冬宝翘大拇哥："有分量！"

"让我咬你一口哇——汪！"南希做了个鬼脸，笑嘻嘻地拎着拖把离去，在门口回头点着李冬宝说，"吃不着葡萄就说葡萄酸。"

南希一离去，刘书友第一个跳出来，嚷："她不是人，绝对不是人！"

"是啊，"牛大姐也道，"不管怎么骂，总是笑嘻嘻。她要是人，我真不知道我是什么了？"

"坏啦！"李冬宝一拍大腿，"咱忘了重要的一条了——她不知耻啊！"

"先不要灰心，"戈玲说，"这还不能说明什么。有个人还没说话，她可以不在乎我们说她什么，但她一定很关心这个人对她是怎么看的。"

大家一起把脸转向于德利。

于德利满脸通红："我看算了吧，何必呢？她是人不是人，她喜欢这样就由她去吧。"

"不行，"戈玲道，"我们不愿意让人家当傻瓜耍，这事非得搞得水落石出。不想怎么样她，就要问她一个为什么！"

南希又回到办公室，依然笑吟吟的，满面春风："今天社里发橘子，我去给你们领。"

戈玲用眼睛严厉地督促于德利。

于德利从座位上站起来，踌躇了一下，大步走向南希。南希看着于德利笑眯眯地问："明天星期天，你不带你爱人出去玩？"

"瞧你丫那德性！"于德利冲南希劈面大喝一声。

事情在这一瞬间发生了深刻的变化，南希脸上的微笑凝固了，嘴半张着似乎完全被惊呆，可以清楚地看到那曾经牢固挂在她脸上的无耻像处在低温下的水银毫米汞柱迅速地下降，像烈日下床单上的水分迅速挥发。她的脸有如浇了一掬沸水顷刻通红，眼神儿如同遇见日光的变色镜渐渐变暗——泪水从她的眼底涌了出来，愈聚愈多，然后一滴一滴往下掉，犹如钟乳岩的水滴。

"对不起。"于德利低声咕噜一句，退回自己的座位。他经过戈玲桌旁时，看了她一眼，那一眼中充满了极度的憎恶。

戈玲羞愧满面，求助地看对面的李冬宝，李冬宝注视着她的眼神十分冷漠。

"她哭了，她有眼泪——她是人！"刘书友胜利地叫。

牛大姐毫无响应，她也不忍再看南希悲恸的形象。

南希走了，永远从编辑部消逝了。她没有再说一句话，不管后来人们怎么盘问她。人们既不知道她的真实身份和姓名，也不知道她的去处。

她为什么要这么干，也永远得不到答案。

于德利曾在全城到处找她。

那个OBM公司是个专门用进口残次部件组装游戏机，转手倒卖的骗子公司。

OBM公司根本没有孙亚新这个人。

股票市场的迷走神经

钟道新

一

"你这身打扮，叫我怎么陪你逛商店?"郭夏对丈夫说。

你不要把话反过来说:'是我陪你逛商店，而不是你陪我',"常锐只穿着一条很短的裤衩，一件廉价的T恤，一双过时很久的凉鞋，站在贸易大厦的入口处，他没有像一般年届四十的男子一样地"发福"，腹部依然平坦，好像涂有一层黄色的保护油的微黑的皮肤下，蕴藏着丰富的精力，似乎时刻喷薄欲出，只是头发略有些稀疏，但这亦可以解释成智慧的外在表现，"女人就是女人，就连撒切尔夫人，在有记者问她时，她也说最遗憾的事情是:不能亲自去逛商店。她逛遍全世界也还嫌不够。"

"可你就不能穿得整齐一些吗?"

"衣冠楚楚的人不是骗子，就是花花公子和伪君子。不过我发表严正声明:倘若出席你第二次婚礼的话，我肯定会穿得很像样子的。"

"缺德! 这可是全国最大最高的商店。"

最大最高就是最好? 常锐永远对女人的逻辑感到惊讶。在以惊人速度上升的电梯中他脸朝外看着。S市是一个奇妙的城市。它地处南国前沿，像刀尖一样地插入"资本主义"的包围之中。地缘和人缘的交叉作用，使它成为一个混合体。在概念上你也很难将它归类：特区？特区是什么？特区就是S市。S市就是特区。这是一个悖论。

郭夏逛商店有一个特点：从高往低。常锐痛苦地追随着。

"你看这个怎么样？"

"很好。"他知道妻子要的不是意见，只是反应。

"它的包装有多漂亮！"郭夏由衷地赞叹后，买下了这盒化妆品。

包装代替了内容，模糊了内容。它使质量变成了一种主观印象：你在同样的地方，放上同样包装但内容不同的东西，她也一定会买下。她买的其实是包装。包装就是商品本身。常锐没有敢把这话说出来：女人一旦生了气，她们不是去喝酒、去打牌，而是以十倍的热情去买东西。这可是一件要命的事。

一个女导游领着一群显然是来自内地的游客，不停地用麦克风叫他们跟上。

这就像一个牧羊人赶着一群羊。常锐想道。

"这个手提包的颜色和我那件上衣非常相配，"郭夏反复地端详着一个羊皮手提包，"我想把它买下。"

"我实在理解不了你这个'相配'的概念：有了一件上衣，就要买一个与之相配的手提包。然后又要祸及皮鞋、围巾。可如果你买了一张床铺，必然要有相配的地毯和窗帘……你就这么配啊配啊，等你配到最后就会发现睡在你旁边的人与你不相配了。"

郭夏根本不理他。仍然不停地往小车里放东西。

"自选"真是一种革命性的发明：在这里一些东西都摆出一副任你拿的样子，可你最终是要付出代价的，而且往往是超出你想象的代价。在结账处常锐机械地付着钱。

在底楼郭夏看中了一条裙子。常锐虽然对衣饰毫无研究，但已经从"皮尔·卡丹"这几个字上分析出它便宜不了。但他没有反对。

"这裙子的确不错，可似乎超出了咱们的购买能力。"

在郭夏说这话时，一个丑陋的女人毫不犹豫地买了一条。

"当造物主没有给人以什么优点时，衣服就变得格外重要起来，"常锐庆幸这个女人的出现，"或者换一句话说：只有有重大缺陷的人，才需要打扮。"

"可她必有一条心爱的裙子。如果不是太贵的话。"郭夏恋恋不舍地放下裙子。

"你买吧。算是我送你的生日礼物。"常锐受到刺激：作为一个男人，必须保障妻子的消费。

"就是。我一年不才一个生日吗?"常锐的话立刻得到反馈。郭夏付了两百元。

幸亏你一年才一个生日。

郭夏去接电话时，常锐擦完汗，光着上身来到客厅。

他的岳父郭天谷正襟危坐在电视机前看"新闻联播"。

按道理它早该完了。他是一个不看中央台新闻的人。这样的人在S市大有人在。可郭天谷却是一个必须看的人。不过这并不矛盾：录像机正在录着"亚洲台"的新闻节目。高技术才能够缓解和掩盖矛盾。

"您应该，也完全可以少穿一些衣服。"常锐对他的父亲一向是以"你"相称的，而对郭天谷却从来冠以"您"：岳父毕竟是岳父。血缘就是血缘，它的最大特点就是不可替代，不可置换，并且在这个辽阔的世界上没有两个人的血缘关系是完全一样的。

郭天谷脸上的肌肉微微抽动了一下。他是前G省财政局的副局长，多年身居高位，使之养成了不动声色的习惯。而且要处理好和女婿的关系，是能否安度晚年的关键，必须保持距离。

"您的意思是我应该多穿一些?"常锐从岳父的脸上读出了潜台词。中国是一个潜台词丰富的国度。

"我没有这样说。"

"如果我这里有空调机的话，就可以穿上毛衣。"常锐这话是有所指的：一个月前，他的朋友刘科拿来一台空调机，日本东芝牌，开价一千。"为什么这样便宜?"他至今后悔这句话。"没有上过税。"刘科坦然地回答。

郭天谷因此就不同意买。在没有税务局时，这项工作就归财政局管，而他正是分管者。

"如今有谁不偷税?"郭夏说，"这里的夏天没有空调是很难过的。"

郭天谷没有再说话。只是在第二天说要去曾经做过地下工作的上海转一转，看看老朋友。于是郭夏退却了："空调机以后可以再买，而我只有这一个父亲。"

"更何况你父亲只有你一个女儿。不就是买一部上过税的吗？"常锐宽宏地说。任何一部成功之家的历史，就是一部妥协的历史。妥协就是进步。

"我看过一本小说：一个，"常锐把"很封建"三个字删除掉，"父亲甚至不肯当着女儿的面洗脚。"

"如果这个家里没有康定的话，自当别论。"郭天谷本想说：等到我死了之后，还要你们来给我洗身呢！

"康定不过是一个小女孩子而已。"这个康定是他们雇的小保姆。有一个很复杂的藏族名字，因为她是康定人，所以为了方便起见，就直呼她"康定"。

"一个十八岁的小女孩。"郭天谷关了电视。

康定及时地做出晚饭来。因为七点钟郭夏要去夜校上课。她是S大学法律系的讲师，同时兼任夜校的老师，每个星期有三个晚上要去上课，每堂课能挣四十元钱。而这笔钱是这个家庭必需的：从北京调到S市来后，他们用分期付款的方式买下这幢房子，连利带本压得他们够呛。

在一般情况下，郭夏总要对饭菜评论一番。一个过于能干的女人是不适宜雇保姆的，更不能雇来自康定的保姆。可今天她沉浸在"皮尔·卡丹"制造出来的欢乐中，无暇他顾。

"皮尔·卡丹"是伟大的。尽管它只有二百元钱，不可能是真的。但是这个伪"皮尔·卡丹"依然能制造出巨大的欢乐来。"刚才是谁的电话？"

"我的一个学生，是工商局的科长。他的法律课得了五十九分。想要改分。他先托了我们系主任，我不给他改。他又转托了分管后勤的李校长，我还是不给他改。刚才他打电话来，苦苦求了半天。"

"你给他改了没有？"郭天谷问。"没有。"郭夏说了一句违心的话。郭天谷赞许地点点头，"南下从小就是一个有主意的孩子。"他一直叫她"南下"，虽然自从嫁给常锐后，因他嫌"南下"太有战争色彩，就改了。

一个人活得比他所属的时代长是一件值得悲哀的事，他想。"你应该给他加上一分，三十八岁的科长，之所以上你们那个夜校，还不是为了那张文凭？怪可怜的。"常锐说。"其实破文凭有什么用？"他不禁想起自己来：正经北京大学物理系毕业生，到了S市不也只是在保险公司当一个小小的职员？

"有些东西是有它没有用，没它不行。"五年前是郭夏提出要来这个新兴的S市的。因为一来这离父亲比较近，二来这在当时的传说中是一个"遍地黄金"的地方。可来了之后，不过是物价和工资作了一次同步调整而已。去开公司做买卖吧，没有资本不说，主要是没有背景。弄得常锐一副灰溜溜的样子。对此她常感内疚。"他跟我的开篇词才有意思呢：郭老师，我有几个问题要问问你。咱们是不是找一个安静的地方谈一谈？亚园酒店怎么样？"她学S市人说普通话，实在是惟妙惟肖，连"一笑黄河清"的郭天谷也动容了。

郭天谷虽然今年已经七十二岁，但牙齿很好，胃口很好。吃得特别快，而且吃完就径自下桌去了。

深夜常锐还在阳台的躺椅上。

"不去睡？"郭夏关心地问。

"不。"回答是简短的。

郭夏走后，常锐又回到"伪睡眠"状态中。

几十年来，时尚变过来又变过去，可记录在常氏家族遗传密码上的进取心却没有变：它只是潜伏着、等待着、渴望着。

整整一夜，在常锐的耳边都响着各种资本在高速流动中发出的尖锐啸叫声。

郭天谷也没有睡。他的卧室就在阳台旁边，女儿女婿的对话听得相当清楚。他在黑暗中隔窗看着常锐。

你不要看他表面上似乎很平静，可我总是觉得他的内部有一种不安静的成分：他是一个银行家的儿子。以出身来决定一切虽然是不对的，但是出身也是能说明一些问题的。必须设法控制这种成分的比例，不然要超出自己的权限：任何少忤都是"过犹不及"。

二

S市市长会议室。

方市长是一个有一张典型南方人脸形的中年男子。他先是在G省做秘书长，后来到国务院经济改革办公室做副主任。当S市的经济改革一度陷入低潮时，北京把他派来了。"京官南下，必有作为。"当地的一批报纸这样评论。可没有多久，报界就对他失去了兴趣。而他似乎对成为一个新闻人物也没有太大的兴趣。

作为一个成功的领导人，即使不能操纵舆论，起码也不能被舆论所操纵。"舆论是民众的呼声，可呼声是不是就是民众内心真正所想的呢？这是一个值得研究的问题。当一个司机驾驶一辆载满乘客的车时，后面不停地有人说该向左拐、该向右拐，或者是该刹车、加速。然而作为一个合格的司机，他心里应该清楚怎么做才是对的。"这是他在一次小型的会议上的讲话，并且禁止与会者披露给报纸。

此刻他正约见市政府政策研究室副主任董一。

"我有一种感觉：近来S市的经济似乎走进了一条死胡同。"

"全国的经济形势也不好。""我希望你能找到一个办法，刺激它一下。"董一是方市长从北京带来的干部，也是唯一一个——只有那些没有本事的领导人，才带很多属下到一个新单位去——董一有一个很好的经济头脑，虽然直到现在，他还不是党员。

"关于这个问题，我早在去年就提出过：企业没有活力，其主要原因就是资金不足。而解决的最好办法就是成立一个真正的股票市场。"股票市场S市一九八五年就有，可是因为没有动力，一直是不死不活的。

"用股票市场来吸取全市乃至全国的闲散资金是一个好办法。"

"然而我记得你当时在我的计划上是这样批的：不符合政策。暂不议。"

"请注意我用的这个'暂'字，"方市长和董一之间起码在私下里没有上下级关系，对于一个优秀的知识分子，你只有"国士待之"，他才会"国士报之"，"当时的政治形势不允许我这样做。"

"你考虑政治方面的事实太多了。"

"我的工作性质就决定了我必须这样做。同样一件事，在某些时候不能做，而在另一些时候却非做不行。这就是辩证法。"

"你报告中央了？"

"当然。这件事超出了我的职权范围。我要你拿出一个具体的、可行的方案来。"

"我的方案都是具体的、可行的。"

"我顺便告诉你：马上就要开政协会了。我们议了一下，准备增补你为政协副主席。"

"我记得在一九八三年就对你说过：当把一部分知识分子驱逐进市场时，有一部分搞纯理论的知识分子必须留在市场外面。只有这样，才可以比较完全地保留他们对人类的关心。现在是一九九〇年，我仍然是这个观点。并且把它推广到官场的范围内。"

"你的理论是矛盾的：现在你就是一个副局级干部。"

"我只有在职务有利于工作时才接受它。如果你真有一个空缺，那就把它给需要它的人吧。如果你是在因人设职，那就把它废除，从而减轻纳税人的负担。"

方市长递一支烟给董一。他是一个适量的吸烟者，从不超越安全的上限。"你就没有做过一件自己不想做的事？"

"不能这么说。但是我做事和你吸烟一样：把不愿做的控制在一定的范围内。"董一把"SSS"牌香烟堂而皇之地揣在自己的口袋内。

"我也仿效你这种形象思维的方法打一个比喻：你的脸上的五官，都是按照市场经济的原则自由发展起来的，各自强调独立地位。而你的躯干却是严格服从中央政府的约束。"董一是一个小个子，可头却出奇的大。

"一个上乘的幽默。可我告诉你：我这是五短身材，按照相面理论，就是福相。另外从能量角度讲也是一个低耗高效的典范。"董一站起来。

"不用我给你批一些钱和人？"

"我认为一个竭力鼓吹'小政府，大社会'的人是不应该提出这样的问题的。什么时候我们停止扩大机构了，事情就会好办得多。"

"我到刘科那去一趟。他搬家了，约我吃饭。"常锐对郭夏说。

"房子好吗？"

"不清楚。"常锐明明知道，可不愿意说。别人的成功往往是本人无能的反证。

"少喝一点酒。"郭夏嘱咐道。大概只有极其得意和极其不得意的人才配听到这样的嘱咐。常锐心想。

常锐在路边招呼出租汽车。可司机们一听他说话，就表示不去华侨新村。他明白内中的理由，他们只喜欢拉外币持有者。而他一口普通话，一听就像是"内地人"。他忽然记起郭夏对他说过：如果你拿人民币坐出租，开始千万不要说话，先上去再说。

他依法炮制，果然很灵。

上车后他只和司机说了一句话，司机就探知他的底蕴，硬是走了三角形的两条边。他没有去争，因为争也没有用。更何况S市的方言三年来他只学会两句，"这个多少钱"和"厕所在什么地方"。S市的方言与普通话根本不是一个语系，有许多已经死亡的名词和动词在这里依然存在：比方此地不是说"七角一分"而是说"七毫一"①。他之所以不学，并不是学不会——他的英语说得极好，以至于不止一个人以为他是从国外回来的——而是不愿意学，普通话是国语。在某种意义上标志着一个人的身份。当然目前它似乎有没落的倾向：北京的年轻人在表示惊讶时，往往使用"哇"，这是标准的S市方言。而更使人悲哀的是一些从明清起就存在的老字号饭店，现在也改用"酒店"和"酒家"之类的了。

这是一种文化帝国主义。他按照司机开的价钱付账下车。"汉堡包"有什么好吃？"肯德基"又有什么好吃？可就是门庭若市。因为它们是美国的。S市是"特区"有经济实力，于是它的文化就蚕食了伟大悠久的中原文化。

他取过明显不合理的报销凭证，暗自记下了车号。他对数字的记忆

---

① 毫：银圆的单位。

力特别强，几百个电话号码就和刻在他头脑里一样。将来有机会，我就写封信到他的公司。

当走到拐弯处时，他又改变了主意，把单据扔到垃圾桶内。只有小人物的报复才是这种办法。

"你给常锐打一个电话，让他回来时到银行把我的工资取回来。"郭天谷在房间里来回踱着步。

"我不知道对您说了多少次：S市的银行是电脑化的，你的工资只要一到，它就自动存入您的账户。再说就您……"郭夏本来想说：就您那两个工资，取不取关系不大。父亲以前是十级干部，离休后变成九级，可总数不过三百元。而在S市即使是饭店洗碗的女工，每月也赚四百块钱。这话太伤人，故没有说。

"还是取回来好。"钱总是见见面才放心。当年在设立储蓄网点时，他竭力主张多设。有人以费用大反对他时说："只要有利息，远一点人们也会去。""如果你做这样一个假设：有一个银行的利息高，可是远。而另一个利息低而近，你会选择哪一个？肯定是近的那一个：既然钱不能放在家里，不能放到床底，那么只有放在一个离家近一些的地方才能放心。"实践证明他的理论是对的。"我劝你不要太相信电子计算机：那个东西也会出错。有一次邮局来算我的电话费，一看把我吓了一跳。"

"把三十元错写成三千元了不是？"郭夏截断父亲的话。这是一个听滥了的故事。"我给他打电话就是了。"

刘科是S市外贸局畜产科的科长，专门分管"牛"。所以常锐戏称他为"牛科长"。

此刻的刘宅从外表到内容呈现出严格意义上的焕然一新：

"分配给我的是三楼，可我偏偏要了这个底楼。"

"怎么？"常锐问。S市是亚热带气候，以潮湿著称全国。越高级的干部、越是有身份、有钱的人就越住得高，这已是真理。

"以前人们常说：热是大家的，而冷是自己的。而随着科学技术的发展，热、冷、潮湿都变成自己的了。"刘科带领常锐参观：地板是用方木支起来的，并且配备着抽湿机、空调机。整个房间的墙壁都是用若干种类似棉织品的材料贴过；地上铺的是土耳其地毯；墙角蹲着一个红木的黑人孩子像；过厅处是一个酒吧。一条纯种狗正在酣睡。这是那种"观赏狗"，一条就能值台电视机钱。拐弯处是一个能装一吨水的鱼缸，养的是名叫"龙吐珠"的鱼，这东西吃小鱼，而且必须是活鱼。

"你这东西挂倒了。"常锐指着墙上挂着的抽象派的大理石雕说。

"没有这个可能。我专门请教过美术家。"

"美术家也会出错，"常锐坐到真皮沙发上，"一切行头都是新的，只是人是旧的。"

刘科按动一个很小但很艺术的钮。"出来见见。"

他的妻子出来了。

常锐以前对她非常熟悉，而此刻不禁有"问姓惊初见，称名忆旧容"之感，她做过大面积的整容。所谓大面积整容如果用房屋来打比喻的话，则为改造而不是装修。这个过程无疑是经过全面的勘测、设计，并考虑到身高、体重等有关因素后，由高级医生施行的。皮肤应该增加多少张力、鼻梁增加的高度、眼皮所割的深度……无一不恰到好处。他开始怀疑起遗传理论的正确性。当刘科花枝招展的女儿出来后，常锐不失时机地说了一句恭维话："我真闹糊涂了：到底哪个是女儿了啊？"

刘夫人因为有人称赞她年轻笑了。

女儿因为有人称赞她已经长大而笑了。

刘科因为是这所有一切的创造者也笑了。

一片笑声后，多余的人退了下去。

"你是不是抢劫了银行？"常锐知晓刘科有一些额外的收入：比如高级香烟，名酒等。他虽然只是一个科长，但是手中的权力相当大：所有进出口的牛羊统归他管，他说你的牛羊是什么级别，就是什么级别。而且"金口不开，开口不改"。这是因为牛羊的级别和人的级别、职务、职称一样，没打过硬度的指标，随意性极大。往往是一句话就能加减几万元钱。可眼前这一切，没有硬通货，光凭烟酒和人情，盖章不下来。

"蛇有蛇路，鼠有鼠路。"刘科说。

"甭管蛇鼠，有路也给我指一条。"刘科有一种罕见的能力：在插队时，一下子就能找到最好的村庄；在上学时找到最好的学校和专业；然后又找到最好的——以目前的观点来说，也就是最实惠的工作。这是猎狗一般的直觉。

"您是知识分子，不像我是利禄场中俗人一个。"刘科从酒吧取过一瓶XO级的"人头马"白兰地，一下倒了一大杯。

"这种酒没有你这么喝的。""人头马"白兰地是著名的法国酒。产于干邑地区。两次蒸馏后，分别放入新旧橡木桶中存放六年以上。

"我从来就是这么喝的。"

"有钱人愿意怎么做就可以怎么做。"常锐慢慢地转动着杯子，细细地品。此酒的价格在五百元之上，他还是第一次喝。"我哥哥告诉我：在香港只有他们社长请客时才会出现这种酒。如果是港方请客，那只有港督或者霍英东、包玉刚之流出现时才有。"他哥哥在香港新华社当处长。"这表示是'红地毯'待遇。"

"你可以尽情地喝，临走时我还可以送你两瓶。"一个人如果富了，他就必定要夸富，否则这富的意义就丧失一半以上。

"你如果把这张桌子放到门口，会有什么结果？"作为朋友，常锐认为有些话必须说。

"放不住。"

"是的，钱和东西一样，应该在什么地方就在什么地方。你如果非要把它们换一个地方，它们就会在外力作用下回归到原来的位置上去。当然人有些不同：他有选择的可能。这也正是最宝贵的。千万不要把它弄没了。"

"你是害怕我进监狱不是？我明白告诉你：我的钱来得虽然不完全合理，但完全合法。"

常锐用手支住下巴，盯住刘科。"合法合到什么程度？"他虽然不是外贸中的人，但是对其中的花招还是有所耳闻的：每年年初，经贸部、海关总署、中国银行要开一个会来"定盘子"，也就是说：确定一美元值多少人民币。比方说：一美元值七元人民币。那么你只要把七元人民币买来的东西卖一美元就行了。可是"老外"不知道这东西的实际价格，也许两个美元他也买。这样你就赚了一美元。可做买卖从理论上讲：有赚就有赔。赚谁赔谁，这其中大有讲究：你可以赚一个你不认识的英国人一万美元，而故意赔给一个与你很熟悉的香港商人八千美元。因为每年要发生几千起买卖，这种"赔法"在账面上是很难体现出来的。只要你总的是赚，就可以交代过去。你说那个香港商人能不"感谢"你吗？"有些东西从账上看不出来，但从别的方面就能看出来。"

"我要真是那样干，那谁也看不出来！我可以叫一个熟悉的外商以我的亲戚的名义给我汇一笔款子，然后我再偷偷地以化名汇回去。这样不管谁来查我，我都以这笔亲戚汇款来解释。"

"看样子我得离你远一些了。"常锐把杯中的酒一饮而尽。

"为了让你放心，我告诉你实际情况：我的钱财是从股票来的。"

"股票？"常锐听说过S市开发银行在一九八五年发行过股票，不过没有多久就销声匿迹了。

"开发银行的股票是百元一张的，当时一些内部人士告诉我：你买吧，有赚没赔。我狠狠心就买了一千股。如今股票的面值最少也有二十万。分红就到手四万元。"刘科双指捻动，做出目前时髦的手势。

"这首先你得有十万块的资金。"

"我的公司在开发银行开广。他们是由几家城市信用社合并而成的，带有很大的民办色彩。所以为了吸引客户，可以让你分期付款。"

"你懂得股票是怎么一回事吗？"

"不懂。也不用懂。反正他们是不会让我赔的。"刘科很自信地说。

"如果有这等好事，你也给我买一些。"

"我听说他们最近还要发行，另外我还听说要开放股票市场。"

"你的消息确实？"常锐忽然感到一种莫名其妙的冲动。是遗传因子在起作用：我的父亲就是"炒股票"起家的。

"不确实。但是一有确实消息我一定告诉你。"

在听刘科叙述了一阵那只狗的家谱之后，常锐告辞。"我转送给他喝。"临走时常锐把刘科送的酒放在黑人雕像前。"顺便告诉你我的观感：你的全部家具就每一件而言都是杰出的，可组合出来的效果却极臭。"

方市长在他办公室的里间，不停地拨电话。

在中国办一件事是很难的，如果你是市长，依然很难，不过是另一个层次上的难。

"股份制很容易让人联想到私有制，这是一个很敏感的问题。你要慎之又慎。"话筒里的声音苍老而清晰。

"我只想拿出几个中等企业作为试点，并不是大面积铺开。"方市长说。

"试点一般是由上面决定的。或者说你的所谓试点正好符合上面的意思。如果相悖的情况出现，就会变得很不妙。"

"我这里资金相当紧张。"

"解决资金紧张，目前全国有许多成功的经验。"

"可这些成功的经验在我这里都不成功。"方市长是一个不轻易改变自己看法的人。

"但是有人经验过。有人批示过，"授话人加重语气，"有律依律，无律比附。"

方市长沉默了好长时间。

"在关键的时刻，你应该听我的。这历史已经证明过。"

"是的。"历史确实已经证明过：一九七七年，一个在中央很负责的人，在一个偶然的机会看中了方市长。当时他只是一个副处长。要提拔他到一个部去当秘书长。秘书长和办公室主任之类都是很容易继续提拔的岗位。可当时的政治形势很不明朗，他就去请教这位老者，老者告诉他："你赶快称病。不管是脑血栓还是癌症。""这有多不吉利。"职务对人是很大的诱惑，不容易摆脱。"如果你去上任，那将是更大的不吉利。"实践证实这是一个非常英明的决策：在这个时代上去的干部，绝大部分没有好下场。

"政治不是经济。或者说经济是低级的政治。这个道理你要搞清楚，"老者虽然已经过了七十岁，可头脑相当清楚，"为什么有许多在战争年代非常杰出的干部，在和平年代就下去了？其原因就是他们只会打仗，不会搞政治。打仗时，你只要能看出一两步就可以了。而搞政治，你看不到五步之外，那你就是一个蹩脚的政治家。"

政治和经济的关系。经济在和政治冲突的时候，要服从于政治。方市长联想到。

"我已经老了，以后在很多地方还要靠你。所以我才这样说。"

"谢谢。"方市长放下电话。但是"开放股票市场"的念头却放不下。

常锐在开始几天，几乎每天都要致电刘科，打听股票的消息。

可是总没有消息。

他变得烦躁起来："我记得你说马上就要开放股票市场的。"

"我只是说：有可能开放股票市场。'马上开放股票市场'这种话只有市长书记才能说，"刘科感到很委屈，"不过我已经托人到开发银行去给你搞一些股票。有很大的可能搞到一两百股。"

"一两百股有什么用?! 我要的是股票市场。"常锐放下了电话。

他对股票是有相当研究的。这和他的家庭是分不开的：他的父亲常老先生以一个普通人的儿子，在上海的证券市场上买到了一个席位，而后用了十年时间，成为上海或者说是远东有名的证券经纪人。这是他整个家族的骄傲。

如果一个家族出了一个著名人物，后辈是不会把他忘记的。人总是有一种"寻根"倾向。在上中学时，他就反复阅读《上海的早晨》《子夜》等文艺作品中有关股票的描述。但是这仅仅是文艺作品，描述未见得客观不说，而且不真切。于是他问父亲。常老先生却一句也不肯说：有些话是没有必要说的，尤其是没有必要对孩子说。

"文化大革命"击碎了父亲的形象。而重塑之时，他已经是一个二十岁的大人了：他代表父亲取回了"交代材料"。出于好奇他读了这些字体工整，经过装订，大约百万字的交代材料。这其实就是一部近代中国证券史。

在父亲的督导下，他上大学时选择了物理。但是"股票"这东西像魔鬼一样地忠心地追随着他：一有空闲，他就到北京大学那座几乎无所不包的图书馆中去阅读有关"证券"的书籍材料。以至于一位经济学教授对他发生了兴趣，经过一番交谈后，教授说："你的经济学方面的知识几乎全部局限在证券方面，不过以你的聪慧和深厚的数学基础，转到我的系里，可能会有发展。"

他动了心。

常老先生再度出面干涉："证券，尤其是股票，在中国是一种已经死去的东西。你何苦去研究它呢？"

"整个考古学都是在研究已经死去的东西。"

"他们之所以研究它，目的是为了让它复活。而股票是不会复活的。"

他没有能转系。这并不是因为常老先生的力量：三十岁的儿子是不会唯父命是从的。而是因为体制的力量：学校明文规定不允许理科与文科的学生"串系"。

人的主观能动性其实是很小的。他沿着别人规划出来的路线，一直走到今天。

"我听常锐说他在寻找什么股票市场?"郭天谷在常锐不在家时问郭夏。

"我没有听说。"

"我对你说了多少次：要抓大事，"郭天谷的声音中威爱并存，"你知道什么是股票市场吗?"

"不知道。也不想知道。"郭夏说。在只有他们父女时，她是百无禁忌的。

"股票市场这种东西在中国是永远不会有的。如果有，就必定是黑市。在解放后，我曾经组织并且领导了取缔天津股票市场的工作。"郭天谷的眉毛微微抖动。

"股票和债券一样，同属于证券一类。现在既然有了债券，为什么不能有股票呢?您不要太古板了，"郭夏收拾提包，"眼下是改革的年代。"

"股票和股票市场不是一回事。在改革的年代，稍微发行一些股票，以增加工人的主人感，不是说不是一种可行的方式。但是股票市场一旦出现，就立刻变成另外一件事了。量变引起质变。股票市场是专门为了投机者而设立的。这你不懂。"

"我不懂，您找懂的人说去。再见。"郭夏顽皮地朝父亲摆摆手。

"我有一个主意：过几天，"董一说出一个著名人物的名字，"要来S市考察经济。这必定是一个庞大的团队，其中一定有经贸、计委和财政部的负责人。到时你找一个机会把你的想法与他说一说。如果他同意了，别人就不会不同意。如果他不同意，那也没有什么关系，你原本也不过是一个设想而已。"

"用这种越级的办法办事，很可能会得罪一些人。而这些人一定会在一个合适的时机来报复你。用你们经济学的术语来说：这是一种透支。

"他们或许同意你的意见，从而不来报复你；他们或许不同意你的意见，可因为是中央领导同意过的，而不敢报复你；或许想报复你，可是没有等到实行，他们就下了台或调了工作。所有的可能都是存在的。

"而最大的可能就是我被他们狠狠地报复了一下，从而下了台，"方市长的决心已下，"你的方案搞出来了吗？"

"在我的电脑里面有十个方案。在我的头脑里还有十个。到时候你需要哪个，我就给你往出调哪个。"

三

依照董一的方法，方市长的方案比较顺利地通过了。

之所以说是比较顺利地通过，是因为在那位领导人走了之后，他还是被省人大的马副主任叫到了房间里："我很奇怪你哪来的那么大的胆量？"他原来是主管财经的副省长，去年刚退到二线。

方市长没有答话。质问本身就是一种表态，根本就不需要回答。

"我怀疑你是不是搞不清楚你的工作范围了？"马副主任穿着睡衣，相当随便地斜靠在沙发上。

方市长继续保持一种尊敬的姿势，只坐半个沙发。

"我是爱护你的。所以我才警告你：这种事情搞不好要去坐牢的。"

"我知道。"方市长是从北京调来的，与马副主任没有渊源，所以必须格外注意分寸。

"你难道就不怕去坐牢？"

"当然害怕。我还有一个不是很老的母亲和一个快要成年的孩子。不过我相信您是不会让我去坐牢的。"他不卑不亢地说。

"你也不要太自私。有些事情发展到后来，既由不得你，也由不得我，"马副主任的态度缓和下来，"我教你一个工作方法：凡事不要急，先放一放。事情一放就放出结果来了。"

对下面提上的事情在某些时候是要放一放，而目前这件事情，自己是原动力，放是没有任何用处的。方市长心里说。

"舞会组织得怎么样？"在自己的意见得到重视之后，马副主任换了一个话题。

"一个小型的但是质量相当高级的舞会，已经万事俱备。"马副主任以善于组织著称。

"你会跳舞吗?"

"不会，"方市长虽然会，可还是这样说，"应该去学学。"马副主任把一杯褐色的液体倒入喉咙中，"跳舞是保养身体的好方法。"

保养身体的方法确实有许多，而对我来说，最好的就是睡上一大觉，"我一定找机会学。"

方市长告辞出门时，又被马副主任叫了回来，"我有一件事想让你给办一下。"他的声音放得很低。

"您尽管说，"方市长心说，"肯定不是什么好事。不是安排人，就是给某个公司争取某个项目。"

"我听说从下面来了一个算命的?"

"我好像也听说了。"所谓"下面"就是指香港。

"据说是一个女人?"

"有可能。"方市长虽然根本不明究竟，可还是随口应答。

"她根据什么? 是什么流派? 经历如何?"

"我去了解后再告诉您。"方市长这次不敢随便说了，因为他对"算命"这一行当是一窍不通。

"我有一句话想和你说。"康定悄悄地对常锐说。

"说吧。"常锐连头也没有抬。在他未出生前很久，家里就雇有保姆。因此他知道对她们最好的办法就是保持一定距离。

"这家里没有孩子，老人的身体也好。活不多。"

常锐抬起头来。普天下的保姆只有嫌活多的，没有嫌活少的。这样的开场白后面一定是一个让你为难的要求。

"我想在晚饭后，再到附近的饭馆兼一个职。多赚几个钱。"在来这儿的一年中，康定的话中多了不少新名词。

"你征求过他们的意见了吗?"常锐说，保姆在家庭中总是划归女主人管辖的。必须搞清楚自己的权力范围，这是家庭政治中不易的"黄金律"。

"你要是不同意，我就不和他们讲了。"

"我想他们是会同意的。"常锐笑了。有些狡猾是人类所共有的，比方异性要比同性好说话之类。所以不管是都市人还是山里人都会。

"我可以少要一些工钱。"

"钱的事你和他们去商量。"越俎代庖是再傻不过的。常锐低头继续读他的《证券市场》。这本书是S市立大学的一位副教授写的，充满逻辑和推理，清楚、空洞。他读完最后的一页后就把书扔到一边，并决计不再读它：现实中的股票市场肯定不是这样的，它一定是不合逻辑也不合推理的杂乱无章所在。

股票市场正式成立了，上市的股票一共是四种：开发银行、田野公司、中山公司、亚园酒店。

在这四家企业中，数开发银行的资金最为雄厚。它原来是由几家城市信用社组成的，早在一九八五年就发行了股票，筹集了大约一亿资金。不过那时没有股票市场，所有的股票都是通过内部途径流动的。田野公司是一家生产农用机械的厂家，专门出产适合南方水田用的手扶拖拉机。中山公司玩具公司，以生产电子游戏机为主，近来市场很好，可因为抽紧银根，造成资金紧张，几次由政府出面向银行贷款。亚园酒店是中外合资的三星级宾馆，各个方面的情况都很好。

"成立大会你一定要出席。"董一说。

"我看我还是不去的好。我一出面，电视台、报纸就必须报道。闹不好会诱发出一些你根本想不到的问题来。"方市长说。

"干都干了，你还怕别人说？""有些事情只能干不能说，有些事情是只能说不能干的，有些事情却是又能干又能说，要区别对待。"

"如果先知道如此顺利，就应该找一些骨干企业来作试点。"

"这话完全可以倒过来说：如果找一些骨干企业来作试点，就肯定不会如此顺利，"方市长点燃一支烟，"即使是一个非常大的知识分子，在特定的时刻也会发生概念错误。"

"为了防止概念错误，我有一个小小的建议：能不能找一个美国的、一个日本的、一个香港的证券专家来这做顾问？对于如何管理股票市场，咱们是一点经验也没有。"

"等看一看再说。"

股票市场成立之日，没有任何政府要员出席。国内的报纸反应也不
热烈，只在"经济版"发了一条小消息。这也难怪：如今是信息的时
代，需要报道的事情实在是太多。

可这条消息被日本的《朝日新闻》转载，并附有一位名叫小岛的人
写的分析文章。

"这个小岛是什么人？"方市长问董一。

"是日本野村证券公司研究所的研究员。"

方市长沉默不语。

"野村证券公司是日本最大的证券公司。"

"这我还是知道的。你能不能通过某个途径和他联系上？"

"你是想请他来华？"董一问。

"如果是由政府出面邀请，我就不用征求你意见，"既然是"官"，
就总有"官气"，方市长也不例外，"我想让他自己申请来华。这样可以
避免很多麻烦。"

董一点头。

开放股票市场的消息立刻传到常锐处。他打电话给上海的父亲。

"股票死了。再也不会有这种东西了。"常父今年已经是八十四岁。
在这近一个世纪的岁月里，他阅尽了人世沧桑，对金钱、权力……和所
有外在的东西早已厌倦。他整日蛰伏在一幢相当精致的法国式的洋楼
中，既不读报，也不看电视。每日与医书和《易经》为伍。

"真的。"

父亲根本不听常锐解释，"十五世纪末就有了股票这东西。十六世
纪在荷兰的阿姆斯特丹就有了世界上的第一家证券交易所，在二十世纪
四十年代，上海的股票交易量和上市品种雄居东南亚之首。我当时就做
股票生意，在上海滩也是数得着的人物。可一解放就不行了：银行、企
业统统是国有的，那还有什么炒头？"

"我记得您在解放后还到天律做了一阵子股票生意。"常锐对这段时
光记忆很深。

"是这样的，"老人顿了一顿，清理了一下思绪，"当时上市的股票有：启新洋灰、滦州矿务、江南水泥……"他一口气报出若干家来。"可一旦国家把物价稳定住了之后，就开始对企业、事业单位实行现金管理，催缴税款。同时国家银行又紧缩对私人的贷款。他们不许做'期货'交易，只许做'现货'，可怕的是不许买空卖空。而买空卖空正是股票的生命动力所在。"

"可目前确实有了股票市场。我刚刚从那里回来，"常锐强调，"我想加入进去。您能不能来给我做一个顾问？"

"股票可能会有，而股票市场永远不会有了。"老人答非所问。"有闲钱去买国库券吧！"说罢就径自挂断。

常锐摇摇头，无可奈何地放下电话。父亲这些年来之所以能保持健康的身体，其主要原因就是没有什么事物、什么人能够总真正地触动他。

"我有一个学生想让你帮他补习英文。"

"谁？"

"海关的李主任。"

"你就是把林语堂请来，也不可能教会他。"常锐对这位李主任的印象极差。

"我说白了给你听：他不是真的想叫你给他辅导英文，而是想叫你帮他考'托福'。"

"他考'托福'干什么？"

"可能是想混一个资历，也可能是想出国。不管他干什么，反正他答应先付一千美金。考及格后再付二千美金。"郭夏把一个大枕头放在丈夫背后。她知道这是一个相当敏感的问题，很可能触动男子汉的自尊心。所以故意放在床上说。

"帮助他辅导英文是一回事，替人考试作弊就是另外一回事了，"常锐离开枕头，坐直身体，"用你爸爸的话讲：这事有涉原则。"

"可咱们家庭需要搞基本建设呵！要买真皮沙发、纯毛地毯……"郭夏报出除"空调"外的若干件高档商品，"这些东西别人都有。"

常锐想道：女人都是比较型的，看见别人有她就想有。这是一个真理。

"如今是商品社会，有买有卖，没有什么丢脸的，"郭夏继续动员，"卖体力和卖脑力是一样的。"

"我保证你买上这些东西就是了，"常锐认为是宣布的时候了，"股票市场开放了。"

"什么是股票？"

"股票是这样一种东西：别人做生意办企业，你可以加入资本，也就是说入股。于是它就要给你一种凭证。这凭证就是股票。"

"就和在银行存款一样。"郭夏在这方面的知识很是贫乏。

"也一样，也不一样，"对学生，尤其是对"妻子籍"的学生必须耐心，"当然，你可以享受股息和红利。然而这不是主要的。主要的是它可以上市去'炒'。而且在一般情况下，它都会脱离它的本来价值。有的股票，发行时不过是二十元一股，可炒到后来，就变成六十元一股。"

"对了，"郭夏站起身，打开一个有很复杂锁的小柜子，"前年开发银行发行股票时，我也买了十股。"她取出十张印刷精致的股票来。

"我怎么不知道？"常锐问。

"我忘记告诉你了，"郭夏的脸微微有些红，"我有一个学生在开发银行当信贷部部长，他告诉我这东西的利润比银行大。而且我记得你家老爷子当年是经营股票发的财，所以就买了点玩玩。"

"你总是'桃李满天下'啊！"常锐接过股票，"我正式通知你：这些股票的真正价值已经是它的面值的五倍到八倍。"

"是吗？"郭夏立刻把股票拿回去，"可是我只见过它们分红，没有听说过能卖。"

"在一个星期之前，它们还不能买卖，起码没有一个正式买卖的地方。可如今有了。它就叫股票市场。"

"能值多少？"

"你认为它值多少，它就值多少，"常锐开始一个概念一个概念地给妻子解释，"在股市上，有'多头'和'空头'之分。所谓'多头'就是指投资人认为股票会涨价，从而买进；而'空头'指投资人认为股票会跌价，从而卖出。如果大家都买进，股票就会涨价；反之就会跌价。"

"如果你买进后，股票跌价了，你不是就赔了吗？"

"这就叫'多头套牢'。不过有跌价就会有涨价。反正咱们在跌价时买进，在涨价时卖出。从而赚取差价。"

"你怎么知道它什么时候涨价，什么时候跌价？这不是和赌博差不多吗？"

"你对我的话作了杰出的理解：这确实是赌博的一种。不过像你丈夫这样对股票的内部和外部运动过程有着深刻的了解的人在S市是没有几个的。只要有足够的资本，我就能在一个月内把咱们的生活完全变一个样。"

"资本从何而来？"

"你把存款捐献出来，我再设法筹集一些。对了，我可以先答应那个李主任，把一千美金弄到手。"

"如果咱们要是赔了，可全都完了。"

"你一百个放心就是了。"

四

S市股票市场一开始因为宣传舆论没有跟上去，所以比较冷清。

"你领我去看看这个股票市场是个什么样子。"郭天谷说。

在常锐的印象中，岳父还是第一次对他提出要求，没有不满足的道理。他故意做出一副不熟悉的样子，绕大弯才到了那个挂着"S市证券市场"牌子的地方。

这是一间很不起眼的两层小楼，而且处在新旧交替之中，一片杂乱景象。

"听说他们花了五十万元买下了这座楼。"常锐说。股票市场开业十天，他起码是第五十次来这个地方了。

郭天谷没有答话，提着手杖走入底楼。

虽然这里已经开始营业，但是人并不多。加之装修和照明都没有就绪，格外给人以惨淡的印象。

"就凭这个破地方，能给咱们赚到钱？"郭夏还是头一回来，可她站在门口不肯进去。

"亚园酒店奢华，市政府气派，你到那里赚钱去吧。"

"也没有人买卖股票啊？"因为常锐已经买了三百股开发银行的股票，二百股田野公司的股票，一百股亚园酒店的股票，加起来是五万元左右，这几乎是全部储蓄，本来是用于买房子的。

"'若待上苑花似锦，出门俱是看花人。'"看老丈人已经出来，常锐就用一句诗回答。

"就怕上苑没有花，那就苦了咱们这些看花人了。"郭夏虽然相信丈夫，可把钱全部押上去，总是很担心。

在这个世界上有女政治家、女教授、女作家，但是她们首先是女人。女人总是干大事而惜身，见小利而忘命。常锐心想但没有说。在这个世界上做一个人，起码有百分之六十的话是不能往出说的。

郭天谷面露喜色地出来，顺手把刚刚脱下的中山装递给女儿。"经验告诉我，像这种东西是长不了的，"他的语调有板有眼，"我在一九五二年就写过一篇论述股票市场必须取消的文章。四十年过去了，不想它死灰复燃，不过死灰复燃是不成气候的，因为只有残渣可供给了。"

"如今是改革的年代，您应该支持新生事物。"郭夏这话像是在对自己说。

"这不是什么新生事物，也不是什么改革。这是纯粹的复旧。"

新生事物在一般来说，总有些像死灰复燃，这如同纪念堂像宫殿，飞机场像火车站一样。因为头脑不能凭空产生一种东西，必须有所遵循。常锐心想。

"我请你们两个吃饭，"郭天谷挥动一下手杖，画出一个半圆，"随便你点。"

幸亏我刚才没有把心里话说出来，否则这顿饭就吃不着了。常锐想。

"您大概有二十年没有请客了，所以我奉劝您最好不要说大话。您知道现在一顿饭要多少钱吗？"

"女儿总是女儿，"郭天谷笑了，"可惜我已经在女婿面前说出来了。"他拍拍口袋，"有一千块够了吧？"

"这要看吃什么和在什么地方吃了。"郭夏本来还要说，可常锐拉拉她的衣角。

股票市场有它的"行话"：如果上市的股票价格上涨，就叫作"牛市"：因为牛的眼睛总是朝上看的。如果上市的股票价格下跌，就叫作"熊市"：因为熊的眼睛总是朝下看的。

"今天又是熊市，"董一对方市长说，"如果股票的价格总是这么跌，你就不好交代了。"

"我不好交代，你就好交代？"方市长笑着反问。

"我不过是一个普通的布衣，顶多是'质本洁来还洁去'。而你是一个官员。官员是必须对上级负责的。"

"你瞧，知识分子的软弱性表现出来了吧！你正经是归省委组织部管的副局级干部，如果你不是，我凭什么就是？"

"你是归中共中央组织部管的省级干部，与我不可同日而语。量变引起质变嘛。"

"你如果把你有限的辩证法知识用在本职工作上，那你就会变成一个世界级的经济学家：干什么事情都不要着急，股票对许多人来说是一种新鲜事物，他们对它要有一个认识和了解的过程。慢慢地量变引起质变。"

股票市场继续呈现"熊市"。

深夜两点。电话响了。

常锐赶快爬起来去接。

"我听一个知道内幕的人士说：明天的股票价格还要下跌两个百分点，"刘科的声音变了调，"两个百分点就是几千块钱啊！"

"股票市场就是这个样子的，"常锐压低声音，生怕岳父听见，"有上升就会有下跌。你不要着急。"

"不要着急？我能不着急吗？你总是说有上升就会有下跌，可我只看它下跌，没有见过它上升。"

"眼光应该穿越时间。"

"还穿越历史呢！有几个人能有这样的眼光？"

"所以发财的人才很少。"

"你做小本生意是一回事。我做大生意又是一回事。我奇怪当初为什么会听你的。在我和你说之前，你根本就没有见过股票。"刘科的声音怨气盎然。

常锐不高兴了，"所有的成年人都应该有自己的看法。"

"你能帮助我一下吗?"刘科的语气缓和下来。

"帮什么?"

"按照今天的价格吃进一千股开发银行。"

一千股开发银行股票按面值计算就是十万元。扣去这些天来降低的部分，大约是七万元的样子。"这超出了我的经济实力。不过我可以以我的股票作抵押吃进。"

"这种金融的戏法我懂:你的股票一跌，我还是亏。我只要现金。我是听你的话才大量购买的。"

这是惊人的无耻。常锐说:"难道我在做了你的结婚介绍人之后，还要对你婚后的一切负责吗?"

"你无论如何也要帮我一把。你知道我的一部分钱是借的。"刘科的声调又变成哀求。

"银行?"

"不，私人。"

"利息情况?"

"比银行的要高一些。"

"高多少?"

"两倍。"

常锐倒抽一口冷气。"我曾经不止一次告诉你:不要借高利贷。你就是不听。"

"时至今日，我也没什么好说的了。"

"我给你想想办法。"

"我的身家性命都在你身上了。以前开发银行的股票买也买不到，可谁知道不过是几个月的工夫，卖也卖不出去了?"

不要和朋友做买卖。常锐径自放下电话后想起父亲的语录。不过，当初他确实是听了我的话才去投资的。不过不管刘科这小子怎么想，我对股票市场的前途还是充满信心的。有他后悔的那一天。

方市长和董一的酒也喝到深夜两点。

方夫人在一般情况下，总要出面干涉，可唯独对董一是例外：丈夫在S市几乎没有什么朋友。作为最高行政长官，他必须如此：如果下属都变成朋友，他就无法工作。但作为一个人他又必须有朋友。董一是解决这个矛盾的途径。"你们哪里是喝酒的，简直是骗酒菜的。"她又凑了两盘菜，"我下班休息去了。这是最后的。"

"我之所以坚持要开放股票市场，我有我的想法，"方市长的酒量相当普通：不过是两瓶啤酒而已。现在已经开始喝第四瓶了。

"你的想法我知道，"董一打断方市长的话，"不就是想吸取一部分资金，缓解给大企业的困难吗？"

"不对。不对！你再猜。"

董一连猜几个都不对。"我猜不着了。虽然作为下级，我应该善于揣摩上级的心思。"

"我想在S市建立一个真正的工业区。"

"我还以为你要修一条像英法海峡的海底隧道呢！"

"英法海峡的海底隧道是世纪工程，我这个工业区也是世纪工程。我要的不是普通的工业区，而是一个真正服从市场原则的工业区。"方市长流畅地说着自己的方案。

"清朝末年，有一个中枢大臣拿出了一个很好的方案。而张之洞对此的评价是：法是好，只是没人办，"董一的酒已经超过极限，"而我对你这个方案的评价是：好是好，只是没有钱。"

"所以我要开放股票市场。"

"以目前的股票走势来看，恐怕非但你筹不到钱，最后市政府还要出几十万来偿还债务，"董一转动酒瓶，"我再问你：你知道你这个小小的工业区要多少钱吗？"

"十个亿到二十个亿左右。"

"这就对了。"

"我有信心在这个股票市场上搞到这笔钱。"

"绝对不可能。建国以来还没有一个地区能在一两年之内筹集到如此之多的钱。"

方市长笑笑没有回答。

"我见了你这种居高临下的笑就生气。你真的以为从这个所谓的资金漏斗口里会漏下这么多钱来吗?"

"真的以为。喝了这最后一杯!"

"我到一个同事的家里去借一本书。"常锐对郭夏说。

"去吧。"

一个人在能说实话的时候就应该尽量说实话。因为一个谎话会诱发另外一个谎话,而在这两个谎话之间,还需要第三个谎话来掩盖。常锐边骑车边想,这很像政府机关:有一些工作,这个部门管不了,或者不愿意管,因此设立另外一个机关,于是在这两个机关之间又出现了一些"边际工作",那么只好再成立第三个机关……它们就是这样变得膨胀臃肿起来的。

在一个风景优美的住宅区,他按动一个精致的门铃。

"谁?"送话器里传来清晰优雅的女音。

"我。"

电动门锁"啪"的一声开了。能从经过电传输变形的声音中判断出来人是谁,相互之间必定是相当熟悉。这实际是一种默契。

"怎么不事先来一个电话?"辜梅门口迎候。

"我想试试我的运气。"

"在我的印象中,你的运气一向不坏。"她把他让进客厅。

辜梅今年大约有四十五岁的样子。上海人氏。她无疑是一个曾经相当美丽的女子,那双眼睛即使是时至今日依然非常动人,内涵丰富。

"你在听音乐?"常锐按动遥控器上的"暂停"钮。

一种忧伤的浪潮瞬间弥漫整个大厅。并且渗入人的内心。

这个女人在过去的生活中一定遭受过巨大的不幸。常锐虽在一个办公室内与辜梅同事两年,但是对她的过去一点了解也没有,这只是一种感觉。"我对艺术是外行,但我还是觉得与美术、文学相比,音乐的力量最大。"

"如果这真是你自己的感觉,那你就是一个伟大的艺术评论家和一个伟大的艺术欣赏者,"辜梅指指红木桌上的烟和电热咖啡壶,"找我有事?"

"难道非得有事才能来?"因为辜梅是独身,所以在一般情况下常锐很少到她家里来，"不过今天确实有事。"

辜梅没有问是什么事，在静静地等他自己说。

"想找你借一笔款子。"

"多少？"

"如果你能借给我十万，我将非常感谢你。"辜梅的父亲是香港的一个大老板，非常富有，她曾经想在香港定居，可后来不知道为什么又回来了。

"美金？"

"不。人民币。"

"你太太知道吗？"辜梅轻松了一下。

"知道。"

"你在撒谎。"

常锐只好默认。"她即使是知道我找大姐你借款，也不会有意见的。"他明明知道郭夏一定会有意见：一个只大四五岁的"独身大姐"是相当危险的，但还是这么说。

"钱我可以借给你，但是我希望你告诉你太太，"她明白在男女之间是不应该有秘密的，也明白他仍然不会对他的妻子说，可她与他之间的关系就是如此微妙，"另外我还希望知道你借款做什么？"

"做股票生意。"

"股票市场风波险恶。"

"我相信能够驾驭它。"

"市场是无比灵活的，或许有人能一时操纵它，但没有人能永远地驾驭它。"

"我有着天生的商业直觉。"常锐对这一点是很自信的，在他的血液中，父亲的因子占绝对的统治地位。

"我不喜欢股票。"辜梅眯起眼睛。

"在这个世界上充满了战争、管理、控制、股票、拳击这些女人所不能了解的东西，因此她们从本质上就不喜欢这个世界。"常锐本来想说：因为世界不会像丈夫宠爱妻子一样地宠爱女人，因此女人就不喜欢这个社会。

"如果你是在向一个银行老板贷款，就凭你这几句话，一分钱也借不出来。”

“你不是银行老板，我也不是在贷款。”常锐灵巧地转了一个弯后报出了自己的账号。

两人又相对静默地坐着。阳光从雕花的玻璃窗中泻入，因而变得很抽象。

“我能给你叫一辆出租汽车吗？”辜梅终于说。

“既然你用这种委婉的贵族式语气说话，我也用同样的方式说：如果你能陪我吃晚饭，我将无比荣幸。”

“我反对。”

“可我如果再坚持呢？”当一个女人说“反对”时，你最好想一想：她是不是真的反对。辜梅不再坚持。

五

股票实际上是这样一种东西：当一个公司的股票上市之后，它的真实价值实际上与这个公司的经营情况没有直接的联系，或者说只有很小的联系：如果你的公司经营得好，每季度分红派息可能会多一些。但在炒股票的人里，真正只想享受红利股息的，百人中不会超出三个。剩余的九十七人，都是想在买进卖出之中吃差价的。

股民的这种心理，使股票完全脱离了发行者本身，蜕变成另外一种东西：某种股票的价格上升或者下跌，完全取决于股民的行为。他们如果都想买进，股价就上升；如果都想卖出，股价就下跌。

就在辜梅借给常锐钱后的第一星期，股票的价格开始上升。它起初以每天百分之五的速度递增，然后又以每天百分之十的价格递增。

因为它增值，所以人们都想买。

因为人们都想买，所以它增值。

它们都是因，又都是果。

方市长、董一、常锐、刘科以及几乎所有的S市股民，都没有弄清楚股票的性质。

他们也不可能弄清楚，因为股票离他们实在是太遥远了。

他们只是以极大的热情关注和参与股票交易。

"我们的证券交易所，比起东京证券交易所、纽约证券交易所，无论是在规模，还是在设备方面都差得很远。"董一陪同刚刚到达S市的日本野村证券公司的小岛参观S市的证券交易所。

前门被挤得水泄不通，他们只能从后门进入。

"一边是咸亨酒店般的落后设备，一边是热情的股民。这种景象我从事证券交易二十年的职业生涯中确实是第一次见到。"小岛与一般日本人不一样，身材有一米八〇。他今年四十五岁，东京大学经济学博士。日本的知识分子对中国文化都比较熟悉，尤其是对留学日本的鲁迅更容易产生亲近感。

"你能够帮助我们预测一下这个证券交易所的发展前景吗?"董一的岁数虽然比小岛大，但是表现得相当恭敬。

"目前还不能。我还需要研究一下。你能给我提供一些资料吗?"

"什么资料?"

"证券交易法。股票价格走势表。"

"我们对于证券交易还没有立法。至于股票价格走势表，目前还没有绘制。"

小岛笑笑，"你们有没有类似道·琼斯工业指数或恒生指数一类的股票统计表?"

所谓道·琼斯工业指数，是美国道·琼斯公司根据工商业指数、运输业指数、公用业指数、平均价格综合指数所编制的表明股票行市的平均数。它以一九二八年十月一日为基数，以后各期股票价格与它相比所得出的百分数就是当时的道·琼斯工业指数。

恒生指数是香港编制的，道理与道·琼斯工业指数同。

"没有。"董一惭愧了。

其实他根本用不着惭愧，从建国以来，中国所有的大学没有一个股票专业的毕业生。

"必须立法，如果从香港来一个大户，在你这里炒一阵股票后就走了，这将给你们这个新兴的股票市场带来不可弥补的损失，"小岛曾经帮助几个第三世界国家建立过股票市场，对这些国家的法制、技术、设备的不完善见得多了，"另外必须编制一个能够反映股票价格的指数，否则政府将不能给予必要的指导和干预。"

"我们没有经验，今后还需要您的多方指教。"

"相互指教。"

股票市场继续"牛市"。

开发银行开始给股东分红派息。他们的方式是：按每张股票的面值给百分之八的红息。如此计算，常锐手中的股票就将得到两万元。可银行方面为了继续吸引资金，让股东在现金和股票两项中挑选。一般人都选择股票：因为它们是按面值配给的。而此时开发银行的股票价值已经是面值的十倍以上。

这样计算下来，常锐手中的股票价值已经为他赚取了二十万元的利润。

除了投机外，没有任何实业和商业有这么大的利润。

开发银行在分红派息时所采用的是电脑方式。于是出现了一个问题：常锐从刘科处吃进的股票，当时没有过户，这也就是说这些股票在开发银行的电脑记录上，还是属于刘科的。分红也只能分到刘科的名下。

"你最好给他打一个电话。"郭夏对丈夫说。

"不用。他迟早会给我的。"

郭夏没有再说什么。丈夫的话最近变得非常权威。

三天过去了，在这三天中，开发银行的股票又增值了百分之四十。

常锐忍不住了，终于拿起了电话。

"我当然要给你。明天我就去办手续。"刘科在电话中满口答应。

又是三天过去了。

"你是怎么搞的，"常锐发火了，"做生意不能如此没有信用！"

"我给你现金如何？"刘科在连声道歉后提出一个新建议。

"可以。"常锐此时正需要现金来还辜梅的钱。

"不过我计划按照六天前的面值给你。"

"你不计划按照发行时的面值给我？"常锐拼命压住火气。

"我当然不能这样做了。"

"我不要现金，我只要股票。"

"如果你非得要股票的话，按照三天前的价格折算给你。"

"就这样办。"常锐放下电话后，决定今后再也不与刘科打交道了。

"你是一个非常软弱的人。"在常锐通话时，郭夏和郭天谷一直在静听。

"世界上的东西这个有价值，那个有价值，认清一个人的本质最有价值。他按照三天前的价格给我，至多是损失一个单位而已。"因为经常在股票市场里泡，常锐已经在日常用语中加入大量的"行话"。他所谓的一个单位就是一万元。

"看把你大方的。你一共才有几个单位啊?!"

常锐没有答话。股票市场的内部情况是异常复杂的，如果一个人不身在其中，是无法体会的：股票的过户必须出示身份证，如果刘科以出差或者别的任何理由拖延上一两星期，那么损失将以若干个单位来计算。"总而言之，这是我第一次成功的买卖。我想庆祝一下，不知道你们肯不肯赏光出席我在亚园酒店举行的晚宴?"

"我举双手赞成。"郭夏首先响应。她知道丈夫是非常辛苦的。劳力就不用说了：每天早晨六点就起身到证券交易所去了，有时直到深夜十一点才回来。午饭是时吃时不吃。劳心则更甚：股票的价格时升时降，买进什么，卖出什么，以人民币还是别的什么货币，凡此种种，在瞬息之间就是几千元以至几万元的进出。更何况这是自己的钱，责任尤其重大。

"您去吗?"常锐问岳父。

"爸爸当然去。莫非你不欢迎?"郭夏抢先答道。

郭天谷本来是不想去的，可既然女儿已经这样说，也就只好去了。

"康定也去。"常锐打了一个电话叫了一部出租汽车后又说。

"我去打扮打扮。"康定高兴地跳了起来。十八岁还属于一个不能掩饰自己情绪的年龄。

"这真是'一人得道，鸡犬升天'呵!"在等出租汽车时郭夏说。

"我在农村插队时，曾经干过一阵副业，给人建房。我有这样一个体会：房主如果给你吃玉米面，你就会采用玉米面的干法；如果给你吃白面，你就会采用白面的干法。有的事情，你表面上看是浪费，而实际上是节约。"常锐知道无法"动之以情"就只好"晓之以理"。

他们在出租汽车里很等了一会儿，康定才出来。

她因为晚上在一些小饭店兼职，收入大大地增加了，所以置办了不少衣服，可又没有机会穿，今天好不容易找到机会，左挑右挑，时间很难取舍。"耽误你们的时间了。"她在使用刚刚学来的客套。

"快进来。"郭夏不耐烦地说。

康定一进入汽车，一股浓烈的香水味就弥漫整个车厢。

"你使用的是什么香水？"郭夏边开窗边问。

"我买的。"康定坦然地回答。

"这明明是我的法国'蝴蝶夫人'牌香水。要三百元一瓶，你一个保姆怎么会舍得买？"郭夏的神态相当严厉。

"就是我买的嘛！"

郭夏还想说，常锐拉拉她的胳膊。

为了工作方便，小岛就下榻于证券交易所旁边的一座不上星级的饭店。他是一个负责的顾问，每天像常锐一样待在交易所中。每星期都提交一份报告给董一。董一再据自己的观察，写一份综合报告给方市长。

"我认为咱们市场应该再对股票市场进行投资，改变它的设备落后状况。"

"这是你的意见，还是小岛的意见？"方市长问董一。

"我的意见如何？小岛的意见又当如何？"

"如果是小岛的意见，我认为是很正常的。用通俗的话说：他是来自资本主义世界的。如果是你的意见，就只能证明你的水平低。"

董一疑惑地看着方市长。

"我们好不容易才争取到开办证券交易所的权力。如果你把它建设成一个相当现代化的场所，那么必然遭到一系列的责难、检查、诽谤、中伤。所有这些叠加在一起，无疑会毁掉这个新生事物。"

"可一个孤立的系统运转起来是很不稳定的。应该把它纳入全球的系统中。"

"'凡事欲速则不达'。而且这样做有涉意识形态。凡是有涉意识形态的必须谨慎。"

"中央不是一直号召改革开放吗？"董一不以为然地说。

"中央是这样说，但是你必须考虑到各级干部的水平。"

"只要最高级领导同意了，下级反对是起不了什么作用的。好比你执意干件事情，我即使是拼命反对，也没什么作用。"

"我是不会执意干任何事的。即使是一个独裁者，最后也要依靠大多数人的意见。"方市长没有告诉董一，就是为了这个小小的、简陋的、孤立的股票市场，他已经受到相当大的压力。"暂时先这么着，以后看情况再说。"

有许多人在和常锐打招呼。

"你经常在这吃饭?"郭天谷问。

"是的。"常锐说的既真实也不真实：从他做股票生意开始，确实每天在这"吃饭"，不过只是买一杯饮料，从头到尾喝上两小时，然后再到门外买一盒盒饭，狼吞虎咽地吃完再回家。之所以这样做，是因为信息是在这里产生，同时也在这里汇聚。如今不同了，他翻开菜谱，在已经看了无数遍的菜系中，点了若干高档的。

"我提议为常锐干一杯，"郭夏举起杯，"因为他为这个家庭做出了巨大的贡献。"

"你也做出了巨大的贡献，"常锐双手捧杯，"不过我有一个附议：应该全家干一杯。"

郭天谷也举起酒杯。即使再古板、再教条的人，也不会在这个时刻扫兴。虽然他反对做股票买卖。

康定也试图加入这个行列，但是被郭夏的严厉的眼神给禁止了。

"我再和保姆同志干一杯。"人在自身被充分肯定时，总会有"兼济天下"的胸怀，并且试图"普天同庆"。

"如果你以另外一个题目和她干杯，我不反对，"郭夏转对康定说："但你永远不是这个家庭的一员。"

康定没有吱声。这是非常明智之举。

"你一共赚了多少钱?"郭天谷以前从来没有提过类似问题。

"账面上大概是二十万的样子。"郭天谷惊讶了：二十万，这几乎是厅局地市师级干部两辈子的工资。"你纳税了没有?"这句问话是出自下意识的。

"没有。我这二十万，只是账面的价值。如果按照股票的面值计算，不过是一万的样子。"

"即使是一万也应该纳税。"

"如果我出卖股票的话，就确实应该去纳税。"常锐的话说得相当婉转。

"他说得有道理：如果他不出卖股票，那么只能说是他购买了价值一万元的东西。这从法律上也是站得住脚的。"

"你们如果不出卖，那么所谓的二十万就永远是镜花水月。"

"出卖是要出卖的。不过出卖的方式有很多：比方私下转让之类的。这样子在银行的电脑记录上将没有任何踪迹。"

"很可惜，你的法律知识都用在这些方面了。"郭天谷对女儿说这话时想：曾几何时，她还是一个坚持原则的孩子，金钱腐蚀人的力量确实大。不过没有人和钱有仇，既然政策和法律允许他们赚钱，那就让他们赚去好了。

常锐回去之后第一件事就是给父亲打电话，二十一点正是一天之中父亲精神的最佳时刻。"我赚了二十万。"他开篇的第一句话就是这。

"我听上去就像是你赚了两千万似的。"父亲嘲笑道。

"可二十万毕竟是我原来四辈子的工资啊！"

"在股票市场，不能以某个时刻的成败来计算。必须在你退出交易时，你才有资格说你赚了多少。当然这有个前提：就是那时你还活着。"

"我是不会赔的。我有理智，有头脑。"常锐不服。

"谁没有理智，没有头脑？你能看见的好处，别人也能看见。而竞争的结果会把好处全部给抵消。"

常锐渐渐地冷静下来。"您能给我一些指教吗？"

"假设有十个人上了股票市场，其中最少有七个人赔钱，两个人不赔也不赚。真正赚钱的人只有一个。"

"照您这么说，股票市场上早就没有人了。"

"你不要打断我的话！"父亲不高兴了。

"是的。"

"那七个赔钱的人不甘心，还要留在股票市场滚，试图赚回来。那两个不赔也不赚的人，搞了半天，还是不赔也不赚。唯一真正赚钱的那个人还要在股票市场上乘胜追击，因为他已经尝过赚钱的甜头了。"

"我就是真正赚钱的那一个人。"

"你误会了我的意思：在股票市场上没有人是永远赚钱的：赔钱、不赔也不赚、真正赚钱这三者之间是经常相互转换的。"

常锐没有再说什么。他知道只有如此，才能使父亲高兴。

"不是所有的人都有上股票市场的资格的。在这个地方，你必须受宠不惊，无故加之而不怒。你去读读《曾国藩家书》，这对你做人做事做股票生意都有帮助。"

曾国藩和股票有什么关系？常锐偷偷一笑。

"最后我告诉你：看大方向赚大钱，看小方向赚小钱。而且你不要想在最低点买进，在最高点卖出。你要留一部分钱让别人去赚。"

"您能不能来我这里看看股票市场？"常锐感觉到父亲将要放下电话。

"我不看。我看过太多的股票市场了，早已经腻烦了。我现在只读《佛经》和《易经》，被你拉着说这一番话，红尘污染，最少坏我九年的德行。"父亲放下电话。

"你把香水拿出来我看看。"郭夏说这话时，满脸不屑的神情。她已经认定：一个保姆有香水已属不正常，更不会有法国香水。

"我不想给你看。"康定站在她的小房门口，不肯打开门。

"我偏偏要看。"

"我有权利保住我的……"康定本来想说：保护自己的隐私。保姆们自有她们的联合会、她们的沙龙，在那里她们相互学习交流，一同提高。可此刻她不知道是因为紧张还是觉得"隐私"这个词不顺口，竟没有说出来。

"保住你的什么啊？"

康定一着急就更说不出来了。

"你有你的权利，我也有我的权利，"郭夏推开康定，"我今天非要你拿出不可。"

康定不肯动，可郭夏坚持让她往出拿。女人与女人之间的争斗与男人与男人之间的很不相同：她们很有"追穷寇"的精神，不会因为理智之类的原因，做丝毫的退让。

相持。

"你非得要看我就让你看。"康定来S市虽然将近一年了，可康定地区山民的野性依然在她的骨髓里沸腾。她从皮带上一把扯下钥匙，使劲打开箱子，"你看！你看！我让你看个够！"

箱子里各色时髦的女性物品应有尽有：仅香水一项就有：一千零一夜、千媚百态、夜间飞行等四五种。另外还有假乳假发等。

郭夏一下子就说不出话来了。可她不肯认输，固执地往深处翻着。"你从哪里来的这么许多钱？"

"我挣来的。"康定说这话时特别自豪。这钱确实是她挣来的：她在两个小饭店中做洗碗工，每月的工资接近千元。

郭夏翻到一封信，她刚要看，康定就夺了过去，"这你不能看。"

"不看就不看。"郭夏知道这确实属于隐私。

"这是什么？"等箱子里面的东西翻得差不多时，郭夏终于抓住了把柄：一盒女性的和一盒男性的避孕用具。康定的脸顿时涨得通红。

"你倒是说呵？！"

康定没有话说：她希望解放，追求解放，正是因为这，她才离乡背井，千里迢迢来到S市。可一旦遇到正经问题，她的解放精神就显得大大地不够了。

郭夏又从康定的手里拿过信来。这次她没有反抗。

"你听听，"郭夏对刚刚进来的常锐说，"我来S市，进到我的表哥家。我的表哥是一个公司经理，他平时不是去美国就是去日本。很少在家。我的表嫂是一个律师，每天忙着打官司，一个星期才回来一次。我的任务就是给他们看家。"她越读声音越大，"这个家里有录像机、电视机、空调机、电话机……所有这些东西都随我用。我平时闲得无聊，就读读英文。以后有机会，就到亚园酒店去做公共关系小姐。"她空过一段描写S市风景的没有读，"如果你有机会，请到S市来，我可以供你吃住。你亲爱的。"

郭夏刚读到这，康定一把抢过信来，三下两下就撕得粉碎。

"你再看看这个。"郭夏又把避孕用具扔给常锐。

"你们没有权利这样做！"康定哭着把东西往箱子里扔，"你们这是欺负人：我要到法院去告你！"

"你就上国际法庭去告，我也不怕你。"

康定背靠箱子，一副要拼了的样子，胸脯一起一伏，活像一座要爆炸的锅炉。

"你不要这样。如果你还要闹的话，我只好解除合同了。"常锐知道此刻必须出面，否则后果不可收拾。

康定一下子软了下去。

常锐拉着妻子出了屋。

郭天谷无动于衷地在看电视。

深夜。

"以前我们家的老保姆就从来不是这个样子。她对待我就像对她的孩子。"郭夏的余怒未消。

"她属于一个过去的时代。"在常锐和郭夏结婚时，老保姆尚在世。她年轻时就守寡，一九五一年起就在郭家当保姆，几十年来相濡以沫，确实是"一家人"。

"我就没有见过这样的小混蛋！"

"你对老保姆以一家人看，她也就以一家人看你。而康定本来就没有打算在这个家里待一辈子。雇佣劳动就一定会产生雇佣思想。我不止一次对你说过：保姆贪污一些菜钱、一些日常用品钱，都属于正常消耗。你必须认可。可你就是不听，自己给自己找气受。"

"贪污一些钱是一回事，在我的家里和野男人睡觉又是一回事。我绝不允许她玷污咱们的家。"

"咱们家又不是圣地，有什么玷污不玷污的。睡觉吧。"

"我发现她比较听你的话，这是为什么？"

"在激化矛盾方面，你确实是一把好手，而解决矛盾你就不如我了。康定之所以在这个家里干，不是为了这区区几十元工钱，她在饭店里赚的钱，十倍于此。她为的是在 S 市有一个落脚之地。如果咱们不用她了，她就必须在外面找一个地方住。而那些地方是每次公安局清查的重点。没有 S 市户口的人连一个星期也待不住，就会被遣返回去。这是主要矛盾，抓住了，其余的就会迎刃而解。"

六

　　S市股票市场以令人难以想象的程度繁荣起来：大学教授、政府的高级、中级和低级官员，一般工人，个体户，以至于保姆都参加到股票生意中去了。"重要的是参与"这个奥林匹克运动会的口号用到这是很合适的。一句话：买卖股票已经由少数人的行为演化成一场人民战争。

　　有一天晚上，康定没有回家。次日中午回来时，兴冲冲地拿给常锐五十股开发银行的股票："我排了一夜的队，也没有买到股票，可出来时在门口有一个人让给我五十股。"

　　"什么价钱？"

　　"二百五十元。"

　　"你够有钱的。"常锐仔细地端详着股票。

　　"我是找一些战友借的。"常锐没有笑出声，在S市的保姆群中流行着"战友"这个称呼。世界就是这样的奇怪：在某些人群中过时的，在另外一些人中却极时髦。"利息进多少？"如今已经没有白借的现象了，即使是在"战友"中。

　　"百分之二十五。"

　　常锐吓了一跳。"你知道股票是怎么一回事吗？"

　　"不知道。大概和国库券差不多吧。反正你们买我也买。"

　　"和国库券可太不一样了。国库券是债券，"他一想这话过于深奥，就又解释道，"国库券是国家找你借钱后给你的一种凭证。国家是不会赖账的，它到时就会还你。而且还有利息。股票就不一样了：那是别人在做生意，你入伙后，它们给你的一种凭证。它们永远不还本，它们只付红利，如果亏了本，就连红利也不给了。"

　　"它们不就是国家吗？"

　　"它们只是一个团体。"

　　"团体不就是国家吗？"常锐摇摇头：很难对康定解释清楚集体和国家之间的区别。

　　"股票不是可以买卖吗？"

"如果这家开发银行破了产，那么它们将一钱不值。"股票收入之所以高，就是因为与证券和银行存款相比，股票有很大的风险性：企业经营失败，股票持有人就可能丧本失利。商品经济的原则就是利益与风险成正比。这一点为世人所理解恐怕要有一个很长的过程。他把股票还给康定，"我奉劝你，买了这次之后就不要去买了。别的不说，光利息一项，就能压得你喘不过气来。"他已经发现其中有一张股票是假的，但是没有说。发表坏消息本身就是坏事情。

"我爸爸说他也要买一些股票。"在晚上睡觉时，郭夏说。

"你爸爸买股票?!"常锐的惊讶状就像一个物理学家看见一台永动机在运转。

"我爸爸难道就不能买？"

"能！能！"常锐连声说。

"他有多少钱?"

"大约有一万的样子。"

"买什么股票?"

"哪一种股票能赚钱?"

"这是一个没有任何意义的问题，"常锐笑了，"你真是白给我当了这么长时间的老婆了。"

"好像给你当老婆是一个高级职位似的。"

"这主要看你的投资目的和资金来源而定：如果你想赚大钱，就去买那些风险大利润也大的股票，比如中山公司的。如果你只想赚小钱，那么就去买那些风险小利润也小的股票，比如亚园酒店的。前一种很难掌握，所以用自己积蓄买卖股票的人一般都做后一种。"

"咱们可以将风险大的和风险小的搭配买。"

"这样做的结果等于零。"

"你还想当职业的股票经纪人呢，连这个问题也回答不出来。"

"全世界所有的股票专家，所有的股票经纪人，没有一个能回答出你这个题的。"

郭夏并没告诉丈夫：动用父亲的钱做股票买卖其实是她自己的主意，因为郭天谷的存款就在她的手里掌握着。她想替父亲赚几个钱，好让他的晚年过得舒适一些。

小岛在证券交易所与常锐相识。这其中的原因很简单：两个人都会讲英文。

有人在抛售中山公司的股票，一共是两万股。

这在S市证券交易所是大举动，股票行情立刻看跌。

"你能不能帮助我去问问这个人此刻是什么感想？"小岛指指一个美丽得使人难以忘记的女人，"我前天亲眼看她买了一千四百股中山公司的股票。可已经是连续三天下跌了，这也就是说：她的两万余元顷刻之间化为乌有。"

常锐走到股票行情牌前问这位女士："没有什么感想？"她很坦然地回答："炒股票嘛！"

这话常锐听上去就和"赌博嘛"一样，"你的钱是从哪里来的？"

"哪里的都有，"她回答了他这个很不礼貌的问题，"有我自己的积蓄，也有和朋友借的。我还把我的电视机……"说到这她突然打住，扭头走了。

常锐把这话翻译给小岛听。市里本来给他配备了一个翻译，可这个刚刚从上海外语学院毕业的大学生，英语虽然不错，但对证券交易的知识几乎等于零。小岛很不满意，所以每有疑难都求助于常锐。

"这是一个深刻的变化：S市的股民的投资行为已经从部分投资，也就是用自己的余钱，过渡到全额投资，也就是用自己全部的钱，进一步到了借贷投资的阶段。"小岛总结道。

在这时，方市长、董一和马副主任出现了。

只有董一给了小岛一个淡淡的招呼，方市长一副不认识他的样子。

"嘿，老哥们儿。"有人重重地拍了一下常锐的肩膀。

他扭头一看是刘科。"噢。"常锐在心里说："谁和你是哥们儿！"

刘科不在乎这种冷淡："我刚刚从日本考察证券交易回来。"

"你和证券有什么关系？"

"据说要成立一个证券交易管理委员会。"

"你要到那里工作？"

刘科神秘地点点头。

常锐把小岛介绍给刘科。他对他这种无孔不入的本领再一次地感到惊讶。

刘科用日语和小岛对了几句，然后互相鞠躬，交换名片。

"你在什么地方学的日语?"

"就是这次在日本，只会几句。"刘科得意地笑笑，"顺便告诉你：我准备把你以前还给我的股票退给你，如果你要钱的话也行。"

"不用了。"常锐自己也不知道为什么会这样回答。如果仔细分析他的潜意识深处，大概是这样的逻辑：刘科既然要到证券交易管理委员会工作，日后一定会用得着。而且他既然认了错，就不必没完没了。

"我得跟他们去了，"刘科指指正皱眉擦汗的马副主任一行，"改日细谈。"

有许多人在证券交易所外面不远的地方进行"场外交易"。

所谓的场外交易是这样一回事：如果你在证券交易所内进行交易，就必须付给证券交易所百分之一的手续费。可如果你进行场外交易，就可以省用。这也就是说：场外交易是黑市。

不过做这种黑市交易也是很危险的：有人买了一百股亚园酒店的股票，回到家一看，才发现后面的那个"0"是后加上去的。白白吃了一个哑巴亏。更有甚者，卖出一张假股票，而到手的钱是假港币，典型的"黑吃黑"。

"这就是著名的黑市。"刘科对马副主任耳语道。

马副主任没有任何表示。

"我以为炒股票实际上是一种赌博：你以你的勇气、智慧、学识，以你的长期积蓄、妻子的钱、父母的钱，甚至不惜用老丈人的钱，去就'某年某月某日某种股票的价格是上升还是下降'这一主题打赌。"常锐说。

"你对股票的性质有着深刻的理解。与押宝、麻将不同的是：这里是合法的赌场，"小岛递给常锐一筒啤酒，"人性好赌，这是不可以改变的。一个人可能因为所受到的教育、所处的经济和政治环境、所接触的人而不去赌，但是只要其中的一项或者几项改变，在他内心深处的'赌性'就会被焕发出来，而且往往是一发而不可收。重要的是在管理人性的同时，给它一个合适的去处，而不是去压抑人性。"

"既然股票市场能够筹集资金，活跃经济，我就认为它是一个合适的去处。"

"合适不合适是相对而言的。像这种持续过热不是好现象。"

"应该加以控制。"

"不，应该加以引导。市场是不可以控制的，它有着自己的规律，"小岛纠正道，"我以为你可以做一个职业的股票经纪人，如果有一大批这样的经纪人，可以减少股民投资的盲目性。"

"我个人认为，你们这里的证券交易已经到了必须加以整顿的时候了。"马副主任在他下榻的宾馆对方市长说。

"我们正在研究整顿。""我已经是第二次向你们提出，必须成立一个证券交易管理委员会。"

"我们有一个类似的机构。"方市长解释道。

"那是一个研究机构，而我要你们成立的是管理机构。就这么定了。"多年身居高位，使马副主任的话具有不可抗拒的权威性。

"可编制怎么解决？"方市长主导思想一直是"小政府，大社会"。

"你为官三十年，犹是书生，"马副主任往后一仰，"可以先抽调一批干部，建立一个临时机构，等到了合适的机会，再报批一下。"

方市长默认。

"我这里有一个干部挺合适的。他在外贸局做科长，叫刘科。"

"我想办法把他要来。""我只是推荐而已，你可以自己考察一下，"马副主任打开电视，"你们这儿的香港台是几频道？"

"我不太清楚，叫服务员来给您调。"方市长借机退出。

小岛的话多少触动了常锐的心："我想我如果辞职去当职业的股票经纪人，效果恐怕会更好一些。"吃晚饭时他说。

"你不要以为钱就是一切。"郭天谷说。

"我从来就没有以为过钱就是一切。一切是所有东西的总称。在这个世界上没有任何东西是一切，"常锐自己斟了一杯"马爹利"，他近来一直在喝这种酒，"不过钱是好东西。它虽然买不来健康，买不来友谊、爱情，但是它起码给你以自由。"因为成功，他近来变得非常自信。

"没有绝对的自由。"

"我说的是一定程度上的自由。这也就是说：你有了钱，就有了选择的可能。"常锐一口把酒喝干：他想说这句话起码有二十年了。

"你丈夫目前的行为倾向是非常危险的。"第二天郭天谷对女儿说。

"有多危险?"郭夏笑问。

"你作为他的妻子，有责任提醒他。毛主席说过：不要被胜利冲昏头脑。更何况他不过是赚到几个钱而已。"

"一定办。"郭夏敷衍道。

"自从你发了财之后，我无论在单位还是在其他地方都很少能见到你了。"辜梅把常锐让进客厅。

"不敢说发财，大姐面前就更不敢说，"常锐坐定之后掏出一个信封。给人钱时切记不可"裸体"，"我用你的钱赚了不少钱，于情于理都应该意思一下。"

"你这意思是什么?"

"说出来就不好意思了。"

"一定是情书。"辜梅笑着说。"只比那低级了一点。"

"那么就是感谢信了?"

"比那个要高级。是钱。"

"你的等级图和我的不一样。在我的图上，钱是最没有价值的。不过我总是这么一厢情愿，以至一厢情愿了二十年。"辜梅似笑非笑。

"你如果想把你的钱翻不起来时，我可以协助你。"常锐不愿意继续谈论感情世界中的问题，对于他，那是一个陌生的领域。

"如果你翻到翻不起来时，我也可以协助你。"

"我说的是真话。"

"我说的也是：股票市场的风波险恶，你刚刚涉足其中，可能还不知道。你就像一个情窦初开的少女，以为天空总是蔚蓝色，大地总是布满鲜花，迎面而来的总是白马王子。只有当你到了我这个年纪，才知道什么是人生。"

常锐本来想说：股票是股票，人生是人生。可转念一想：女人的思维方式永远和男人不一样，所以永远不要试图去说服她们。换句话说：正是这种不一样，才造就了这个五光十色的世界。

辜梅看常锐有要走的意图，就接着往下说："一九八七年十月二十日，香港的股市就和疯了一样，狂泄一千一百多点。我说的是恒生指数，你懂吗？"

"当然懂。我几乎是一个职业的股票经纪人。"

"懂就好。这一场浩劫，使香港损失了三千八百亿港元。这也就是说：香港八十万持股者，每人损失五十万港元。"

"香港的股票市场是香港的股票市场，大陆的股票市场是大陆的股票市场，这其中有着本质的区别：S市的股票市场，是改革的一个试点，没有人会让它垮台。"

"可股票市场却永远是股票市场。"

"你很善于抓住问题的关键，"常锐不愿意继续讨论，"可你是从什么地方得到这么多的股票知识的呢？"

"一九八八年和一九八九年我就在香港。我亲眼看到那里的职业股票经纪人跳楼自杀，"她特别强调"职业股票经纪人"这个词组，"我也亲眼看到我父亲在损失了一千万港元后的种种神态和心态。"

"我给你录像吧？"常锐看到桌子下有一台"M7"摄像机，就拿起摆弄。

"不要。"辜梅下意识地用手挡住脸。

"你怎么这么害怕录像？"常锐奇怪了。

"不是害怕。"辜梅放下手。

"我特别喜欢摄像机，过几天一定调拨一些钱买一台。"

"你要是喜欢，就拿去玩吧。"辜梅没有告诉他自己之所以讨厌录像的原因：M7是高分辨率的摄像机，如果在室内用它录像后，在大屏幕中一放，眼睛旁边的鱼尾纹看得清清楚楚，别的就更不用说了。

七

"像S市这种股市在如此之长的时间内持续上涨的情况我还是第一

次遇到。"小岛对常锐说。

"对我这样的股票持有者来说，持续上涨是一件再好不过的事情。"对一个日本人，完全可以实话实说，根本不用担心他会挖你的墙脚。

"股票的生命在于流动。如果它不流动，就变成另外一种东西：像你们银行的存款折。"

这时有两个人在用方言谈股票价格。最后以高出牌价20%的黑市价格吃进。而此时的牌价已经是面值的十倍。

"我已经给你们的政府提交了一份意见书：建议拆股发行。"小岛所谓的"拆股发行"就是在收回一部分面值为一百万的旧股票后，把它拆为十元一股或者一元一股的新股票。因为人们的主要兴趣在于"炒股票"，而不是享受红利股息，所以在发行之初，这些新股票的价格也要大大超出面值。不过因为总容量增加了，在上涨一段后总会下跌。对缓解S市股票市场的过热现象有很大的帮助。

"政策说什么？"常锐非常关心。

"在你们这个国家，这件事情说找政府，那件事情说找政府，可政府太忙了。"

就是否发行新股票问题，方市长请示省委。省委没有明确表示，只是批转到人大常委会，让他们"议一议"。

省人大常委会授权财经委员会"拿一个意见后再议"。

"有许多人以为人大常委会是一个空架子，"马副主任再次以"调查研究小组组长"的身份来到S市，"然而在某些特定的时候，它依然能够起作用。"

"没有人这样以为。"方市长断然否定。

"人大常委会是立法机关，也是监督机关。在这个倡导民主和法制的时期尤其如此。"马副主任坐在沙发上活动着肩膀和脖颈。这是一套健身操中的一节，他每天都坚持做。

"我向您汇报一下我们有关发行新股票的设想。"方市长取出文件。

"你不要念稿子，口头说就行。"马副主任眼睛看着别处说。

方市长只得凭借记忆汇报。

"股票实质就是一种货币，你们怎么能让一元一张的等于十元一张的?"

股票在实质不是一种货币。也没有人能让一元一张的等于十元一张的。这是马副主任的概念错误。但是方市长不能公开纠正他，只能耐心作解释。

"我还是搞不懂，"马副主任此时想的是自己手中的一千股刚刚按面值搞来的原始股票，"如果我搞不懂，你就不要指望委员会里别的人能够搞懂。"他很自信地说。

可我却必须让你和他们搞懂。方市长边想边用另外的方法向马副主任解释。

"暂时就这样了，其余问题以后再说。"马副主任有自己特定的作息时间，雷打不动。

因为发行新股票的方案被搁置，所以股票价格继续上升。

S市政府为了减弱炒家对股票市场的操纵力，由中国人民银行出面，规定了：委托买卖股票的价格不得高于或低于上一个营业日的百分之十。

"政府一旦出面，股票的价格一定会下跌，"郭夏对常锐说，"你应该赶快把手中的股票抛出。"

"看看情况再说。"常锐并不为之所动。股票市场开始降温。

"如果你不卖你的，我就要卖我的了。"郭夏沉不住气了。

"你尽管卖你的好了，我的是一张也不卖。"常锐说。

"我赞成郭夏的意见，"郭天谷也参加进来，"政府是有权威的，政府的话就是法令。它有能力控制市场。"

常锐没有任何反对的表示。

"你不要过于固执，这些日子以来的形势明显地说明各种股票的价格将要继续下跌。"郭天谷虽然从内心深处不赞成股票买卖，但是女儿一家已经深深卷入其中，所以该说的时候就必须说。

"我坚持我的看法，你们可以处理你们的股票，"常锐指指墙角刚刚添置的保险柜，"要不要我现在就给你取来？"

"我并没有参与这种，"郭天谷顿了顿，把"投机"两字去掉，"买卖。我只是参谋意见，听不听你们自己决定。"并且，他不知道郭夏把他的钱也参加进去了。

"你现在就给我取出来。"郭夏说。

第二天郭夏就把在名义上属于她的股票全部卖掉。

股票价格继续以每天百分之一到百分之三的幅度下跌。

"这是一个好的倾向。"方市长在证券交易管理委员会的报告上这样批示。

"政府作出这样的决定，我还是第一次见到，"小岛说，"如果每天的市盈率低于银行的利率，那么股票的价格将不再上升。"

"也许是这样的。"常锐嘴上虽然做如是说，但内心却不以为然。

"你怎么连日本专家的话也不听？"郭夏这些日子每天都要到股票市场来看股票行情。

"日本人对中国的情况之了解肯定不如我，"常锐对妻子说，"作为一个股票经纪人必须沉住气。"

"可他是股票方面的专家啊！"

"我认识一个物理学家，他对物理的见解完全可以称得上杰出，然而他对人的了解却一钱不值。同理可证：一个日本的股票专家对中国老百姓的想法能懂多少呢?!走吧。"

常锐的固执不是没有道理的：多少年来，因为种种原因老百姓对政府的话有一种逆反心理。以目前的情况看，好像政府的限制在起作用，可这种心理总要表现出来。而其结果肯定是股票价格的大幅度上升。

股票市场在持续下跌十四天后开始上升。其反弹幅度远远超出证券交易管理委员会和市政府官员的预料：股票价格甚至超出限制前百分之十。

政府再度收缩上下限的区间，作出委托买卖股票的价格不得高于或低于上一个营业日的百分之五的决定。

然而股票的价格还是一个劲地小跑上升。

到了月底，政府再度作出决定：委托买卖股票的价格不得高于上一个营业日的百分之一，而委托卖股票的价格可以低于上一个营业日的百分之五。这一规定的潜台词是：只欢迎降，不欢迎升。

与之对应的是一个新的购买股票的浪潮再度兴起。

"我根本不知道上市的公司是干什么的，就敢于买它们的股票。"一位大约只有二十岁工人模样的小伙子说。

"你之所以敢于入市，信心是建立在股票价格还会上升的基础上。可这种期望没有多大的根据：上升总有尽头，一旦回落，一定会有人破产跳楼。"当常锐把这话翻译给小岛听后，他又让他把这段话翻过去。

"你似有你们的理论，我也有我的理论：股份制改革是改革的重要内容，"小伙子笑着说，"政府是不会让它垮台的。"

"他也许确实抓住了关键：只要这个股票市场不是真正受市场机制的约束，就不会有很大的风险。使用行政命令是不能从根本上解决问题的，不过是应急的治标办法。而这种看上去很灵的办法，一旦固化成一种经常性的行为，将会严重扭曲发育中的股票市场。"小岛忧虑地说。

在持续上涨一个月后，不知道什么原因，田野公司和开发银行的股票开始下跌，亚园酒店和经营不十分景气的中山公司的股票反而上涨。

三天之后，情况开始逆转：田野公司和开发银行的上涨，亚园酒店和中山公司的下跌。

S市的股票市场变得扑朔迷离。

"我从来没有见过在一个股票市场中所有的股票连续五个月上涨的情况，"小岛在报告中写道，"股票市场的过热和国民经济过热一样，不是健康机体的表现，必须及早根治。方法有两种：发行新股票和提高银行利率。"

"发行新股票的方案被搁置，提高银行利率更不在我的权力范围之内，"方市长一筹莫展，"你不能给我拿出一个可行的方案来？"

"我多次试图解剖股票市场，可它的内部充满了类似迷走神经似的东西。"迷走神经是一根脑神经，从主干伸出，走遍全身，解剖时它乱窜，故而被公元二世纪的古希腊医生命名为"迷走"。

方市长用手指弹击着桌子。这是他内心十分焦急的表示。

"我听说马副主任想要一千股股票。"董一低声说。

"什么？"

"按面值要一千股开发银行的股票。"

"他怎么能提这种要求?!"

"他根本没有提这个要求,这还是我通过关系打听出来的。"董一看看方市长的脸色。

"如果满足他的要求,发行新股票的方案就有可能在这次人大会上通过。"方市长没有说话。

"当然,面值的股票目前没有地方买,不过我可以想办法找一些。"

"什么办法?"

"你完全可以不问。"

"你啊你,"方市长指点着董一,"你一个高级知识分子,怎么能想出如此下流的主意?!"

"如果和君子打交道,我就是一个君子;如果和小人打交道,我就必须是一个小人。我这个办法听上去虽然不那么堂而皇之,可它没准真能办事。"

"我宁肯不办事,也不采用你的这种办法。我就不相信凭他一个人就能阻止新股票的发行。"

"你相信也罢,不相信也罢,反正他已经成功地阻止了你几个月了。"董一知道再说也没有用,于是决定自己去办。

股票市场在徘徊了一阵之后,又开始齐头上涨。

"我有一种预感:这恐怕是最后一次上涨了,"在空调机轻微的"嗡嗡"声中,常锐对妻子说,"所以我决定把手中的大部分股票抛出去。"

"目前股票的价格不是还在上涨吗?"

"如果它开始下跌,那还有谁来买?"

"我的意见是等一等再说。"

"你的意见只是在处理你的股票时才有价值。不过咱们夫妻一场,我还是建议你听我的意见。"

因为常锐在股票市场上的多次成功,使她已经没有能力怀疑他。"你是不是打算明天把所有的股票全部卖掉?"

"目前我和你手里的股票按照市值计算,最少也有四十万元的样子,如果全部抛出,恐怕对市场有影响。所以要在一个星期内分几批卖掉。"

常锐在S市的股票市场是一个很有名气的人物，当他出卖股票时，有许多人效法。股票价格也就随之下跌。

股票市场看似没有规律，而实际上是有规律的。这就和物理学上的布朗运动一样：就每个分子而言，似乎是随意运动的，而就整体而言，却呈现出宏观规律。换句话说：你卖出股票的行为就使得股票的价格下跌，而股票价格的下跌又使得你进一步地卖出。你也许没有意识到：这个下跌是你自己造成的。

一样东西——尤其是股票值多少钱，完全取决于公众认为它值多少钱。

"我这算不算操纵市场？"常锐问小岛。

"按东京证券交易所的惯例：只有持有上市股票百分之五以上的才有资格算作大股东。只有他们才有能力操纵股票市场。我从电子计算机上得到的数据说明：S市最大的股东，手中也不过有八十到一百万的股票。这不足以操纵市场。"小岛很认真地回答。

八

当把股票全部脱手之后，常锐第一件要办的事就是买一幢房子。他们相中了一幢带花园的两层小楼。

"它好是好，不过二十万元也太贵了一点。"郭夏说。

"在你有四十万的时候，二十万就不算太贵。"常锐气派地说。

房子很顺利地买下。可在他们夫妇要出卖旧房时，却遇到了阻力："这房子我买下了，如果钱不够，我可以分期付款。"郭天谷说。

"您这是何必呢？那边又不是没有您的地方？"

"我给你们讲一个故事，"郭天谷搬了一把椅子坐到中间，"从前有一个癞头阿三，是一家店铺的伙计，他摸彩票赚到二百大洋。

"于是头一件事就是站买一身新衣服，并且随手就把旧衣服给扔了，可他店里的一个老伙计却给他收拾起来。当人们问他原因时，他说：癞头阿三过几天还要穿的，果不其然，癞头阿三大肆挥霍，一年不到，就又穿起旧衣服，回到店铺中干活去了，"他喝了一口浓茶，"当时的二百大洋，就和现在的二十万差不多。"

"二百大洋也许等于二十万，但是我不是癞头阿三，"常锐没有不高兴，"您要是愿意买下这房，就买好了，不过我有一个条件。"

"什么条件?"

"您得和我们一起住。"

郭天谷犹豫了一下后就接受了。

一切办妥后，常锐一身轻松。

可这种轻松没有能够持续几天。

"我以前认为钱就是成功的标志，或者更严格一些说，以前我认为钱就是一切。如今我有了钱，我才发现我错了，"他对辜梅说，"钱除了可以买东西外，一点用途也没有。更何况目前我什么可买的也没有。"

"你可以去买太平洋的一个岛屿，或者一个爵位，"辜梅给他倒茶，"买艺术品也不错：它是最坚挺的货币。"

"大姐你可不应该拿我开心。"常锐有些不高兴了。

"你可以去办实业。"

"以我手中区区二十万元，开工厂未免嫌少。"

"我听你的口气，好像还要杀回股市中?"

"可目前股票市场不景气：上市的四种股票统统下跌，根本就不可能有作为。"

"作为你的大姐，我只有一句话告诉你：你能从股市中功成身退，已经是万幸。千万不要再作非分之想了。"

"非常感谢你的忠告。"常锐嘴上虽然这样说，可心里却不以为然：以我的智力、我的经验、我的知识，即使再上股市，一定会有更大的收获。

整个下午他都待在家中玩"卡拉OK"机。他不停地把自己放在各种背景中：一会儿让自己在纽约，一会儿让自己在东京，一会儿又让自己回到中古时期……颇有些自得其乐。当郭夏下班回来时，他才回到现实环境中。

"那个和你在一起的是谁?"郭夏在平时是不戴眼镜的。

"谁也不是。"常锐关掉电视。"我要看看。"郭夏从常锐手中取过遥控器，打开电视机。

特别清晰的常锐；不很清晰的背景中一个个子很高，身材杰出的女人。"这个金色头发的是谁？"她实在不好意思戴上眼镜。"我在海滨疗养院认识的一位女士。""她在什么地方工作？多大岁数？"郭夏脸向电视，漫不经心地问。

"你应该问我和她的关系已经进展到什么地步了。"

郭夏进一步凑向电视。

"一九七八年我在北京看内部电影《罗马大战》，中间有这样一个镜头：一个女人死在浴盆中，她的手和脚都耷拉在盆外。这时我前面的一个男人不由自主地站了起来：他以为这样就可以看见全部内容。殊不知电影银幕是平面的，不是立体的，"常锐关闭电视，"你不用费心了，这是我用'卡拉OK'混成的。那个女人是费雯丽。"

"缺德！"郭夏一下子松弛下来，"我对你实话实说：人一有了钱，就很可能会出事。因为他有选择的能力和机会。"

"依你说人还是穷一些好？"

"贫穷不是社会主义，但是在某些时候确实还是穷一些好。"

"想不到堂堂的Ｓ大学之讲师之逻辑竟然如此混乱。"常锐打开游戏机。

"我跟你说句正经话：你不能一天天地在家里待着，这样会把人给待坏的。有空就到外面走走。"

"说得也是，"常锐打开"卡拉OK"机，"有人做过这样一个实验：把一只小鸡关在笼子里，它就不停地叫，一分钟一百次。可当给它放上一面镜子后，它就停止鸣叫了：它以为有了同伴。我之所以玩'卡拉OK'机可能也是这原因。"

因为惯性，常锐还是经常到股票市场去。

在市政府发表了不许党政官员利用职务之便买卖股票的文件之后，相当不景气的股票市场更是雪上加霜。往日拥来拥去的人潮，已不复见。常锐不禁有些凄凉之感。

有人重重地拍了一下他的肩膀。

是刘科。

"你在这大热天里还穿三件头的西装，不觉得热?"

"我在日本考察时发现：他们大藏省的官员无论在任何气候下，只要出现在公共场合，就一定是衣冠楚楚。这既是气派，也是形象。"刘科抻抻上装口袋内的白手绢。

"如果你把日本的经纬度和S市的经纬度作一下比较，你也许会得出另外的结论。"

"我打算请你吃饭，不知道你是否反对?"

"如果你把主谓语换一下，我就不反对。"常锐不想欠他的情。

"谁请客这不重要，以你我的经济能力，一顿饭不过是九牛一毛而已。走，亚园酒店。"

亚园酒店正批准由"三星级"上升到"四星级"，所以服务极其周到殷勤。

"我想你是经常在这里吃的，所以饭菜是不是素淡一些?"刘科问。

"主随客便，"常锐表示同意，"素淡一些也是有利于身体健康的。你随便点。"常锐把菜谱递过去。这是一本英文的菜谱，而刘科的英文不行。他想戏弄他一下。

"要两杯'人头马路易十三'，两杯'人头马XO'，三杯'胆瓶白薄荷'，三瓶'朝日啤酒'。"刘科又随口点了一些菜。

常锐不由得暗暗抽一口气："人头马路易十三"要五千元一瓶，而荷兰的"胆瓶白薄荷"要五十元一瓶，日本的"朝日啤酒"要九十九元一瓶。再加上服务费，光是酒水一项就上了一千元。这家伙的心可够狠的。不过我既然说请客，便不能知难而退。"就这些?"他问。

"我行了，多了浪费。"

妈的! 常锐心说。"你什么时候补习的英文?"

"到目前为止我还是除了二十六个字母外，只认识不到一百个单词。"

"那你是不是根据菜名后面的阿拉伯数字来点菜?"

"我没有那么卑鄙。不过是因为吃得多了，比较熟悉而已。"

"这真是'逆向英文学习法'，"常锐感叹道，看来钱是能够通文的，"学习的途径是非常之多的。'刘项原来不读书'，他们从实践中学习。"

这顿晚饭开始时因为有前嫌，所以不太顺畅，可当酒注入之后，矛盾就被稀释化解了。

酒，人类最伟大的发明。

"没有内部消息在股票市场上是赚不到大钱的。"刘科神秘地说。

常锐没有追问：问题与回答往往是成反比的。

"我有一个很内部的消息，你想不想听？"

"想不想都让你说了。"

"有一家香港的公司和北京的一家公司联营，是经营房地产的。他们的股票已经准备在近日上市。"

"公司叫什么名字？"

"京港房地产公司。"

"关于京港房地产公司发行新股票的批示，是写在信上，还是写成文件了？"这个消息常锐必须关心。

"你外行了不是？像这等大事情，一定有正式批文的。"

"能让我看看批文吗？"

"不给别人看，还能不给你看？再说我不是还欠你情吗？"

"这个京港房地产公司的股票什么时候开始发行？以什么方式发行？"

"股票已经由南方钱币厂印出来了，有一部分就在我的手中。至于什么时候发行，目前还没有最后定。不过他们打算以低于面值的价格在内部发行一些。"

"为什么要这么做？"

"香港人的门槛精得很呢！给有关人士一些好处，必然会得到十倍的回报。"

"据我所知：S市对香港的资本进入股票市场有严格的规定。"

"所以他们才和北京挂上钩，"刘科和常锐碰了一下杯，"你如果想搞，我可以想办法帮你搞一些。我就在证券交易管理委员会工作，因此有这个能力。"

"我从来就没有怀疑过你的能力，"常锐不失时机地奉承了一句，"可你为什么把消息告诉我？"

"信息资源共享的主要特征就是：当我把信息传达给你的时候，自己没有任何损失，"刘科摆弄着刀叉，"你手中能调拨的头寸有多少？"

"大约有二十万。"常锐少说了十万。

"不多。我负责给你解决。"

"不是我信不过你，"常锐给刘科斟酒，"我做如此大的生意还是第一次，所以我想看看批文。"

"你不要不好意思，这是一个很正常的要求。明天晚上，还在这个地方，我把批文拿来给你看。"刘科招呼服务员算账。

"我来。"常锐拿出钱包。

"我们证券交易管理委员会在这有一个账号，上面的钱起码和你的全部资产一样多。"刘科用一支粗大的金笔在账单上签了一个潦草的名字。

第二天常锐看到了由中国人民银行签发的正式文件。文件名是《关于〈京港房地产公司申请在S市发行股票请示报告〉的批示》。文号是一九九〇中银发第八五六号。

他正准备抄文号时，刘科说："不用了，我已经给你准备了一份复印件。"

饭后常锐坚持付账，但是刘科不肯。"公家的钱不用白不用。"他再度签名。

"那我是不是应该付给你一些佣金？"

"这次我不要。"

"在我的记忆中，你是一个标准的商人：即使有人问你现在几点了，你也会向他索取佣金的。"常锐说这话，半开玩笑半认真。

"总的来看也许是这样，但这次是例外。谁叫我欠你的情呢？"刘科付给服务员十元小费。"再说我目前已经不是商人，而是证券交易管理委员会的官员。"

常锐这时才发现这个服务员是康定。他没有和她说话，她也没有任何表示。

因为这次买卖带有孤注一掷的味道，常锐必须征求大家的意见。

"我赞成，"郭夏的回答很简单，"凡是内部消息，总是正确的。"

"我不同意你这种绝对的看法。"郭天谷说。

"在我临插队的前一个星期，有人告诉我，再过一个月，北京的工厂就要招工。你还是坚持让我去插队。当时你说：到农村去，是大方向。于是我就去了。如果我不去，就不至于混到这种地步。"郭夏这话很重，常锐还是第一次听到。

"插队未必是坏事。艰难困苦，玉汝于成。"虽然有空调，郭天谷还是摇动折扇。

"艰难困苦在任何时候，对于任何人都不是什么好事。"郭夏坚持道。

"如果没有这段'艰难困苦'，你能认识我吗？坏事里面有好事的成分，好事里面也有坏事的成分，"常锐知道，在妻子指责家里人时，你千万不要与她一起去指责。否则就是一个大傻瓜，"有值得一冒的风险必须冒，否则就不该去做股票生意。"他为这次家庭会议定下了基调。

郭夏的情绪开始逆转。

康定回来了。她一副小心翼翼的样子。这是因为她去"亚园酒店"做工没有和任何人打招呼。

常锐当然不会披露这个消息：矛盾在特定的时候必须掩盖。而被掩盖的矛盾过一段时间，很可能会自己解决。

"我并不是说所有的内部消息都是不正确的，但你们也应该通过一些途径去证实一下，不要盲目地相信它。"

"您如果有途径就帮助我们证实一下吧！"郭夏打开电视的闭音开关。这意味着讨论的结束。

郭天谷一个人出去散步，他好不容易在隔两条街的地方找到一个公用电话。

"是老马家吗？"他要通后说。他知道不如此称呼就无法通过马副主任家的外围防线。

"您是哪位？"

在他通报姓名后好一阵马副主任才出现了。"老伙计，你好呵！"

"托你的福，还活着，"在东北解放战争时，他曾经是马副主任的上级，"我想向你打听一个消息。不知道你能不能告诉我？"

"凡是我能知道你都可以知道。"

"有关京港房地产公司在S市发行股票的事情是否属实？"郭天谷提问一向简洁。

沉默。

"如果你不好回答的话，我就再换一个方式：如果属实，你就继续沉默。如果不属实，你就打破沉默。"

继续沉默。

"非常感谢。"郭天谷放下电话。

九

京港房地产公司的股票虽然没有正式上市，但是在S市股票市场中却成了抢手货。其价格以令人难以置信的速度，在一个星期内奇迹般地翻了十番。一个新成立的证券公司甚至在证券交易所公开买卖这种没有正式上市的股票。

"这种用内部消息来赚钱的行为是非法的，"小岛对常锐说，"在我们日本有'利库路特事件'，在英国有'蓝箭事件'。这两个事件使许多要人倒台。"

"然而在S市没有有关的法律和规定。"常锐回答。

"没有法律就没有违反。因此这些行为就是合法。"小岛点头。

康定也购买了一百股京港房地产公司的股票。

因为常锐入市，因为许多消息灵通人士入市，因为证券交易管理委员会的官员对股民们关于"京港房地产公司的股票发行是否合法"的询问不置可否……所有这些都使一个热潮接着一个热潮，使京港房地产公司的股票爬上峰巅。

常锐再度吃进京港房地产公司的股票。因为资金不足，他以房屋为抵押，向建设银行借了二十万元。

法国伟大的自然科学家约翰·亨利作过这样一个著名的"毛虫实验"：他把毛虫排列成一个圆圈，然后在中间放上一堆毛虫喜欢的食物。可毛虫只会跟着前面的毛虫爬行，于是它们就开始了七天七夜的长征，直到最后全部饿死。

人的行为在某些特定的时候与毛虫有极大的相似性，相当盲目。

常锐在亚园酒店宴请刘科。

"因为我的财产在这一个月内翻了若干番，所以今天要点一道最贵的菜表示我对你的谢意，"他问服务员，"什么是今天最贵的菜？"

"最贵的菜？"服务员想了想后说："'轰炸伊拉克'。"

"就要它，"常锐对刘科说，"我原来还以为是龙虾什么的呢！"

"其实你根本不用感谢我：你也使我的财产翻了若干番。"刘科熟练地使用着刀叉。因为政府有关于"行政官员参加股票市场交易必须申报"的规定，所以他用常锐的名义购买了价值十万元的京港房地产公司的股票。

"那么咱们来一个普天同庆。"常锐举杯。

"轰炸伊拉克"上来了。它其实就是把锅巴烧热后，再往上一浇作料。因为有一声响，故而称之为"轰炸"。

"我听我家老爷子说过：在抗日战争时期，重庆也有这样一道菜，不过名字叫作：轰炸东京，"常锐让刘科先动筷子，"眼下正值海湾战争期间，他们就把名字改了。看来利用信息赚钱，不光咱们会，任何聪明人都会。不过它贵得没有道理。"

"这也和股票市场上一样：因为贵你才买，也因为你买它才那么贵。"刘科说。

"至理名言！"常锐举杯。

"我要回日本去了。"小岛把常锐请到自己的住所。

"任期满了？"

"我不是政府正式聘请来的，无所谓任期。"

"那是为什么？"

"我在这里没有任何用处。所有我提出的建议，采纳率不到百分之十。在我们日本，这样的顾问是一定会被解聘的，所以还是自己走的好。"

常锐一时不知道该对他说什么，于是只好环顾四周。

"我虽然搞不懂你们的股票市场，但是我可以告诉你一个在全世界都通用的道理：一个健全的股票市场，既要有'长线'投资者，以保持股票市场的稳定，也要有'短线'投资者，以保持股票市场的活跃繁荣。如果都是'长线'投资者，股票市场将死气沉沉。如果都是'短线'投资者，那么这将是一个十分危险的市场，"小岛打开箱子，从中取出一尊雕塑，"这一年来，你对我的帮助不小，分别在即，我送给你一件礼物。这是纽约证券交易所俱乐部七楼餐厅雕塑的复制品。"

常锐仔细地观看：这是一尊熊和牛搏斗的雕塑，形象十分逼真。"我看上去好像是公牛战胜了北极熊。"

"你再换一个角度看看。"

常锐换了一个角度后立刻发现全部都变了：熊给了牛致命的一击。

"这就是股票市场很好的象征：没有永远的'熊市'，也没有永远的'牛市'。一切都在永恒的变化中。"

常锐点头，"您还有什么指教吗？"

"我不知道你手中有多少京港房地产公司的股票，我也不知道目前的股票市场会向什么方向发展。不过我个人的直觉告诉我：要小心被'多头套牢'。"

"你得到什么消息吗？"

"仅仅是个人的直觉而已。"

常锐回家时，只有康定一个人在家。他没有和她打招呼，就进了自己的房间。他需要认真地思考一下。

我应该卖，还是不卖？最后问题归结到这一点上。他想起一个与他熟悉的S大学经济系张教授说的话："经验告诉我：那些真正懂得股票知识，消息灵通的聪明人，往往就是赔钱的人。因为他们一有风吹草动就买进或卖出。去年年初，专家们分析：田野公司的股票经营欠佳，所以可能跌，而开发银行的股票会涨。可到了五月，偏偏是田野公司的股票涨了13.6倍，而开发银行的跌了5.9倍。聪明人按照'切不可贪得无厌'的原则，在某种股票升到30%后就把它卖了。可就在几个月后，它就涨到十倍左右……所以赚钱的往往是那些'愚蠢'的人。"

他说得有道理：套用资本主义成熟的股票市场经验来指导S市这个不成熟的社会主义股票市场是不能得出正确的结论的。常锐用遥控器打开窗帘。在成熟的市场上，一个公司的股票是涨还是跌，一般和它的业绩有关，因此涨跌互补。可在S市却是要涨都涨，要跌都跌，什么计算公式，什么走势图表都不管用。我不卖了。

康定敲门后进来，"我有件事想和你说。"

"说吧。"

"我的钱挣够了，所以我想回老家去。"

"知道了，"常锐从冰箱中取出饮料，给康定一筒，"不过我有一个问题：钱还有够的时候？"

"我只想要两万块钱，在我们县城开一家商店。而现在已经差不多有四万块了。"

"你积攒钱的速度不低，"常锐笑着说，"甚至比我还要高。"

"我把京港房地产公司的股票卖了。"

"什么价？"

"差不多是原来的五倍。"

"如果你把它卖给我，我就会给你更好的价钱。"

"我劝你最好也把它给卖了。"康定欲言又止。

"往下说。"常锐的观察是很敏锐的。他递给康定一筒饮料。

"我不知道该不该说。"康定知道股票市场是瞬息万变的，自己的消息如果不准确，就会给常锐带来很大的损失。

"你尽管说你的，对不对我自己会判断。"

"我昨天晚上在亚园酒店的衣帽间听到几个人说：北京不肯批京港房地产公司的股票在S市卖。"

"你没有听错？"

"没有。"康定说话的声音很不自信。

"我已经看到正式的批文。"

"我看那几个人的衣服穿得特别好，好像其中还有一香港人。"康定根本不知道"批文"是什么东西。她靠的是直觉。

"你怎么知道是香港人？"

"他用港币。"

"在S市用港币的人多了。"常锐松了口气。

"他还有香港护照。"

"你认识香港的护照？"

"它的皮上有狮子的图画。"

常锐意识到问题的严重性。

"我记得你有一个关系在北京人民银行金融证券管理处当处长?"常锐问辜梅。

"你的记性非常好。"

"你能不能给打听一下《关于〈京港房地产公司申请在S市发行股票的请示报告〉的批示》这一文件的真假。文号是一九九〇中银发第八五六号。"

"你声音都变了,什么事情,这么急?"

"可以说是有关我的身家性命。"

辜梅拿起电话。

处长不在办公室。

"你打到他家试试。"

"我不知道号码。"

"能不能通过什么途径打听出来?"

"似乎没有途径。"

常锐一下子瘫在沙发中。

辜梅静静地看着他。

一个小时内,心脏一直像要冲出牢笼的野兽一样撞击着常锐的胸腔。

"我实在是不忍心看你这副样子:就像剔了骨头的猪肉一样,"辜梅看看表,已经是晚上十一点,"我要是不给你打这个电话,你就会在我这里待一夜。"

常锐睁开眼睛。内心活动剧烈时,外表总是非常平静的。

辜梅拿起电话,艰难地拨号,"我找卢处长。"

"你是辜梅吧?"说话人是一个女子。

"对的。是我。"辜梅的话一下子变得不连续。

"你找他有什么事?"问话很尖厉。

"没有什么事,"辜梅说完又补充道,"只是想和他聊聊。"

一声冷笑。"已经是二十年过去了,你还没有忘了他。我告诉你:

我们的孩子都上初中了。"

辜梅重重地放下电话。

常锐没有提任何问题：几乎每一个女人都有不可告人的过去，美丽的女人尤其如此。他开始不停地抽烟。一个小时后，他终于忍不住了："你再打一个，如果是卢处长就说话，不是就算了。"

"你不了解卢太太，"辜梅边拨号边说，"在一个星期中，你不用想突破她的防线。"

果然是卢太太。

回家后，郭夏仔细地盘问他到什么地方去了。

常锐被逼不过，就把所有的情况和盘托出。

郭夏一下子就愣住了。

郭天谷在屋子里来回踱着步。他此刻的心情非常复杂：因为他事先以委婉的方式，发表了马副主任提供的消息。

第二天整整一上午都没有能找到卢处长，他一直在海关开会。

常锐提着一箱子股票，守在电话机旁边。

中午一点，终于把卢处长呼了出来。

"按照一般规律，发行新股票，必须由我们出面，与计委、经贸委联合发文，"卢处长说，"如果在其中牵涉到外资，就必须与中国银行和海关联合发文。"

"特殊情况有没有。"

"如果有上面的人说话，也有这种可能，"卢处长的话相当辩证，"怎么，你在做股票买卖?"

"是的。"辜梅看着常锐。

"那你在四点到六点之间等我的电话。"

六点十分，卢处长的电话来了："我已经落实：中国人民银行没有发过任何关于京港房地产公司在任何地方发行股票的批准文件。一九九〇中银发第八五六号文件是关于加强外汇管理方面的。"

常锐听完，连招呼都顾不上打，就冲了出去。

股票市场已经关门。

常锐马上赶到"黑市"。可刚刚找到买主就赶上市政府组织的"取缔黑市"行动。他好不容易才溜掉。

第二天,市政府发布文告:京港房地产公司发行股票的行为是非法的。予以取缔。

第三天,市政府又发布"禁止场外交易""利用内部消息买卖股票""非法过户""私下串通"和"证券交易管理委员会的官员、上市公司董事、监事不得参与股票买卖"的文告。

尾 声

股票不是赌博:在赌博场上,一个人赢的必定等于另外人输的,而股票市场却能使得所有的人都赚到钱,或者所有的人都赔钱。不过赔钱是实实在在的,而赚钱却总是在账面上。再往深里说:即使京港房地产公司的股票是完全合法的,可如果在某一天大家全都持股票到市场上去兑现,那么它也会变得一钱不值。

因为还不了银行和私人的贷款,常锐决定拍卖新住房。

他出席了拍卖活动。用他的话说:"为的是经历一下市场风波。"

拍卖的结果是除去税收,刚好够本钱。

"在S市拍卖房屋,你是第一人。"建设银行的行长对他说。

"第一个吃螃蟹的人是伟大的,第一个吃龙虾的人也是伟大的。"常锐说。

"难得你如此豁达,"行长拍拍他的肩膀,"如果你以后还要贷款,请来找我。不过前提是你必有东西可抵押。"

常锐在亚园酒店给康定送行。作陪的有郭夏。郭天谷没有出席。

没有人和常锐打招呼:他所认识的人大部分都在这次由京港房地产公司掀起的股票风潮中赔了个干净,如股票市场凭空塑造出许多中产阶级,又轻而易举地把他们毁掉。

"咱们可能是最后一次在这里吃饭了。"郭夏悲观地说。

"我敢肯定这不是最后一次，咱们的本钱不是还在吗？大浪淘沙，可淘不掉真正的股票经纪人。我已经决定不再做票友了。"常锐特地点了昂贵的龙虾。

"你还打算干?"郭夏不禁有些怯生生地问。

"当然！我有勇气，同时还冷静得出奇。并且对股票进行了深入的细致的研究。更何况我还有你这样一个第六感官极其发达的妻子，能就此罢手吗?"

"这听上去真不像一个刚刚在股票市场差一点赔干净的人说的话，"常锐的自信感染了郭夏，"我真不知道你的勇气来自何方?"

"勇气是我固有的。我敢预言：我将和S市的股票市场一起成熟、一起发展，"常锐举起杯，"咱们不要忘记今天的主题：为功成身退的康定女士干杯!"

三只杯子相碰。

"一只龙虾这么大，要二十年时间。"常锐说。

"那不是和我一样大?"康定说。

没人回答。

"吃它是什么感觉?"郭夏问。

"如果吃的感觉是语言能形容出来的，谁还会花钱吃它呢？要想真的体会，你必须去吃!"常锐伸出钳子。

蜡烛在这张辽阔的桌子上投射出一圈温暖的黄色光。

闯特区的女人

曹 谦

　　南方的盛夏三月就开始了，到了八月那股燥热逼得我这个北方人上天无路入地无门了，我的活动范围仅限于又做宿舍又做公司的宾馆里，那儿冷气好，四季如春。至于公司在沿海一带的业务只要能推给别人的一定不肯自己去做了，特别是白天，太阳喷出焦赤的火焰，我在房门上高挂免战牌，贴一张条儿：谢绝出门，谢谢。

　　但有一天几大职员都跟着我们的香港小老板李威到沿海一个港口城市去考察，商议有关吞并由于经营不利而陷入困境的晏城食品工业。公司的具体事宜，从那儿打来电话说李威在是否接受晏城食品工业公司所拖欠的九百万外债这件事情上与公司的几个业务主管产生分歧，和晏方的谈判也因此搁浅。我心里有些生气，这件事最初是经我接洽的，晏城方面的债务我们早就知道。并且在我们中港发酵食品联合公司的董事会上再三研究决定接管，我不明白李威一个人在晏城转了一圈怎么就变卦了。

　　尽管如此我还是拖到天黑，巴西的老板说这天要打电话来落实他的东亚大陆之行，这件事也是够烦，为了这位大老板来远东，一个月以来我打过无数次电话，安排他的日程住宿机票以及离境，可他还是不放心，还要再落实，虽然我已想不出还要为这位爷落实些什么。

　　守候的国际长途始终未来，这日对巴西老板失约不再等电话的繁忙理由我却准备了一千多个，我走出宾馆，公司的两部高级轿车都被李威带走了，我只好在街头张望。晚间九点，我离开特区，乘出租车奔向远方的晏城。

在我们发财的那个省份，铁路运输远不如公路发达，小巴、中巴、大巴加上各种型号的货车日夜不停穿梭于万山丛中，去那许许多多铁路延伸不到的地方。

后半夜我嗅到浓郁的海腥，听到海浪一波波拍击岩石的声音。经常到港口去接船提货，这条路我很熟，知道我们已经上了海岸公路，海岸公路绕山而行，左边傍依陡峭的大山，右边紧邻悬崖，悬崖下面是大海。

车开到这里速度减慢了，我摇开车窗探出头去望海上的明月。公路上不时有载货汽车迎面驶过，每一束车灯都使人心情紧张，唯恐那车巨石一样顺着坡度失控砸向我们。

车内正在收听港台播放的张国荣的粤语劲歌，那歌声给旅途中的夜平添了一股苍凉。在车床侧上方正舞着一大群萤火虫。我摇上车窗玻璃，谨防窗外的不速之客。此时出租车越过一道山岗处于俯冲状态了。

急刹车。一个背着旅行袋的女郎突然横穿公路，她嘴里叼着烟卷，抬起一只手来截车。

找死啊！司机骂着。那女郎唯恐在她躲开的一瞬出租车开走，她站在车前一动不动。车灯照在她身上，我看见她留着最短的头发，穿着一件紫色的T恤衫，一条牛仔裤。

有几分钟我们对峙着，司机和我不肯下车，女郎不肯走开。若是白天，双方不会这样倔强地僵持，可这是后半夜两点时分在山脊上，司机迷信得很，深恐她是传说中专搭顺风车害人的无头鬼。

女郎的脸是苍白的，眼睛不胜强光眯缝着，她无畏地大口大口地吸烟，肩上的旅行袋顺着手臂滑落在地上。那是一只猩红色的旅行袋，那样的旅行袋我也有一只，由此我注意到她的发型和T恤衫的式样，竟是我熟悉的北方式的，还有她抽烟的姿势，落寞而凶狠。北方人，她是北方人，我想，南方的山鬼也该是灵慧而温和的，挥洒不出北方大平原上的豪气。

我战战兢兢，但决心冒一次险，我被拦在车前的女郎感动了。摇落车窗，我探出头去，用家乡话大喊，你去哪里。

去哪儿都行，她说。

到晏城，你去吗？

行啊。她说。

一口地道的乡音，我不由得微笑了。上车吧，我说。

弄不好有麻烦！司机在车内小声抗议。

还好她是女人，我觉得女鬼也比较好对付，而且她会说我家乡话。

出租车抵达港口国泰宾馆是上午九点，那时我已经知道搭车的女郎决不是无头鬼。她叫许月朗，F市人。我还知道她已身无分文，付不起出租车钱。我们在国泰宾馆门前下了车，司机把车开远了。许月朗跟在我身后走进宾馆大厅，她站住了。

我们该分手了，她说，我住不起宾馆。

让她走还是留下她呢，我迟疑着，我喜欢她站在黑漆漆的山路上吸烟的姿势，很想身边有这样一个胆大包天的女朋友。

望着她我心里转着各种念头，她可能是坏女人，小偷、诈骗犯……她可能真的是做服装生意的女人，半路丢了钱，或者什么也不是，只是到处流浪偶尔有了难处。一时间我拿不定主意，许月朗已对我说再会了，她走了。

我沮丧地走向服务台，查询我预订的房间，一转身发现许月朗在宾馆门外东张西望还没有走远。我跑出去唤她，你跟我走吧，过几天我也回F市，我送你回去。我这样撒谎。

不过我有一个条件，你没钱向我要，不能勾引我公司里的弟兄和老板。我说。

你可以信任我，许月朗笑笑说。

我的包间在十四楼一四一九房间。关上房门走廊里优雅的钢琴曲戛然而止。许月朗一个鱼跃扑到床上，三天没见到床，我可真累了。她这样说着把她的一只鞋甩到我脚下，我发现她的旅游鞋里有一张身份证。

喂，若是有人问，就说咱俩是老同学，你特意到特区来看我，记好了我叫梁晓英。

我不愿意在这种枝节问题上引起同事的疑虑，随随便便在公路上拾个朋友回来好像鲁莽些。许月朗像个聪明人，说谎不含糊。

就说我刚到特区，正逢你急着来晏城，顾不上安排，你就把我带来了。她说。

李威包住的房间有一个会客厅。我进去的时候经理助理周笑萱正在给几位男士沏茶。她瞟我一眼面无表情，福建乌龙，好茶叶，你要不要喝一壶？周笑萱说话的语调永远轻柔不起来。

茶杯里泡着的是你的长发。我提醒她，一面转过身望一眼垂首不语的李威。

晏城食品工业公司有职工一百九十人，直接从事食品加工的工人有一百四十人，这个我能消化。李威盯着茶几上的资料。另外还有五十个管理干部……他揶揄地笑笑，说道，我不知该怎么安排这么多的领导。

这个是细节，我说。随手拿起那份人事资料，扫了一眼，脑子里迅速地寻找策略。

他们还有九百万的外债。李威的声音不轻不重懒洋洋的。

有关这一点我想我们大家都清楚。我环顾左右，几个部门经理都默不作声。

可我不清楚有五十个管理干部，你也没有提起过，每人按月薪三百对待一年下来就不是个小数目。再加上那九百万……李威自己点支烟，又递给我一支，我趁机打断他的话。

九百万是这家公司欠下的外债，可不是绝对数字，还有别的公司欠他们的款项，仅在东北地区几家公司就拖欠晏城食品工业公司五百万人民币。我说，这是可以互相抵消的。

谁负责抵消？李威面沉如水凝视我。

在大陆想扩展业务，吞并人家的企业，不承担债务的好事天上难找地上难寻。我把手里那支烟点着，以减缓自己的烦躁，同时我也在想，那五十个领导怎么处理，他们把一个好端端的企业搞得倒闭，我也不背这五十个包袱。

周笑萱站出来支持我了，她说，外面拖欠这边的债务还可以讨嘛，这家公司多出来的五十个人我们可以不要。

说得容易，那五十个人也由我们开支，是晏城把这家公司转让给我们的一个条件。李威说话时不停地皱眉头。

条件是人定的，可以再谈。我说，这家公司有十几年的历史，在大陆各地有大量的客户和一定的知名度，对于我们来说这也是不可忽视的财富。

电话铃声响了，李威听了听把电话递给我，巴西来的，他说。

你到底来不来，不来我就不安排了，怎么回事嘛，这一个月我什么也没做就为你守电话了，不只是我一个人，走到哪儿我还得派个人等你的电话，这没完没了的……老板刚和我打招呼，我的抱怨已脱口而出。

来呵，我的秘书已上飞机了。老板说。

你的秘书？我很惊诧。

是呵，我的秘书先去，再安排一下，我只有十天时间，日程一定要落实好。

唉，你出次门儿比大姑娘出嫁还费劲。

你说的是典故吗？老板问。

李威和公司里的几大职员瞠目结舌地望着我半仰在沙发里训斥我们的老板，这种语气和态度他们只能羡慕不能模仿。我有一个姨娘是老板的前妻。

李威曾经对我说，小姐好幸运呵，多少人争抢着给我们老板拎包却拎不到呵。那是第一次见面的时候，我狠狠地瞪了他一眼，他唐老鸭式的笑容僵硬在脸上，以致后来三年的合作甚至恋爱中他不再与我开任何玩笑，私下里他对人说梁小姐眼里有杀气是个狠毒的人。

那一年我正在 F 市最大的滑冰场上滑冰，好朋友周笑萱将身体弯曲成虾状，我像推一把椅子一样推着她。周笑萱在前我在后，两人连成一体飞奔在滑冰场上，像一狼和一狈。就是这一天滑冰场外出现了几个肥头大耳的家伙，穿着漂亮的皮夹克，在我父亲的指点下扶着滑冰场的铁栅栏往里望。我和笑萱步调一致向他们滑去。

老板送我的见面礼是一块手表，是他在香港表行给我签的。老板身上很少带现金，他有国际银行的信用卡，世界各地走到哪儿签字就签到哪儿。喜欢吗？老板问我。我点点头。他告诉我这块表价值一万五千美金，私下里我有些不以为然，觉得还不如买几套衣服几双皮鞋一杆猎枪一部摩托车外加一台冰箱一部彩电一台洗衣机。我是个穷人，戴这样一块世界名贵手表走街串巷有什么意思呢？妈妈让我谢谢老板，我谢了，说这块表有希望作为我们家的传家宝，子孙万代地传下去。

我陪老板去逛街，就在街头随意步行。老板是个人物，在许多国家都有企业，可他的人物感不强，远不如我们 F 市改革开放后涌现出的阔佬们嚣张。在他之前我也曾交往过从海外归来的侨民，还有不是侨民只是借了东风出国观光的人，那些人都对我说F市太乱太杂自行车太多街道太脏，简直不是个人待的地方……但老板脸上没有这种痕迹，他很谦逊，只是说拥有几百万人口的F市竟没有一座四星级以上的饭店是件憾事，应该考虑建一座。

老板给我买了两大包食品，然后我们回宾馆吃饭。他教我怎样剥龙虾，怎样给咖啡加奶，叮嘱我千万不要喝廉价茶叶。我们没有谈姨娘。那顿饭是我有生以来享受到的最好的一餐，只是无滋无味，我和老板时时互相凝视，在彼此的脸上捕捉同一个女人的影子。

老板的脸是三十级且高且窄的台阶，通向一个不足七平方米的阁楼。那个女人并不知道风暴的鞭子已残损了她的年轻和美丽，她时时做出迷人的样子，仿佛一米多高的我是她的丈夫和情人和她的崇拜者。她穿着永远时髦的陈旧的衣裳，涂着婴儿的爽身粉，她的脸墙壁一样剥落而惨白，但那种笑容是皇后的公主的最美丽的女人的骄傲而灿烂，她向所有的人最漫长的时光里足向我露出一口有光泽的白牙。从我记事起姨娘就是个疯子，可我始终不认为疯子有什么不好，她尽了我母亲一个正常女人无法尽到的责任，在那个年代用米汤和面糊喂胖过我。

姨娘安详的笑容湖水似的一波一波在老板脸上漫过，隔世般的恍惚后我发现我和老板正相对微笑，他老人家的笑正是姨娘式的。我又想哭又想若无其事。

我们在同一时刻抖擞精神，畅谈振奋的事。要做一个有出息的人，要奋斗。老板告诫我。像所有成功过的老人一样，他以自己为榜样教育我。他说他年轻时也曾有过几年最浪漫的日子，那时他在英国牛津大学学法律，经常开着车去巴黎，和他的同学带着女友一伙一伙地去过夜生活，那时很快乐。老板眼里蹿着火苗，我想那火苗里该会有姨娘的一束吧。姨娘是个理想主义者，她在五十年代末期回国，以为她一个人可以给一个民族带回富贵荣华。

老板说他的浪漫生涯很快就结束了，人的一生理当有那么一段时间什么也不做，自由自在由着性子活。他留披肩长发穿破烂的裤子，晚上躺在公园的长椅上睡觉，即使这样还不过瘾，他索性拉着女友钻到深山老林里去了。但这只是人生的一个阶段，而后他觉得够了，认识了自然也认清了自己，他又从深山老林里钻出来回到巴西去继承祖业，娶了还在念大学的姨娘为妻，开始了他的商业生涯。

老板讲了好长一段他自己的事，然后问我对未来有什么打算，我说自己正在考虑干点儿什么。老板说，经商吧，我在大陆刚开办了一家发酵食品联合公司，你到那儿去。我委托香港威记贸易商行的李先生与你合作，他很有经验，会带好你的。

结束与老板在电话中的谈话已是黄昏时分，我唤醒在一四一九房间里昏睡的许月朗，与李威和公司的职员们连同赶来陪同的晏城外经委的两位先生一道走出宾馆，要了几辆人力车。晏城商业发达，街道却狭窄崎岖，这里没有出租车，机动车行驶不便，外地人到此只有雇单骑摩托，或者乘人力车。

人力车白色的斗篷在街道上连成一小片云朵，飘飘荡荡。十几分钟后我们在酒楼里坐定了，酒菜尚未开宴，外经委的老岳已开始询问下午我和李威商议的有关与晏城食品工业公司继续谈判的内容。

岳先生，这件事可不可以这样，因为我公司的管理人员已经足够充裕，不需要再聘请更多的管理干部。晏城食品工业公司的五十个领导由你们晏城另行安排工作，如果一定要归到我们公司中来，只能作为工人使用。

在座的男士包括李威都用惊奇的目光望着我，岳先生愣了好一会儿才说，梁小姐，这么安排太残酷了吧。晏城这家公司的五十个干部都是有工作能力的人，除了三个党支部书记一个党支部干事一个团支书两个团干事和五个工会干部之外，都是可以搞业务的。

可是岳先生，我认为我们联合公司的职员可以承担起我们公司的全部业务，我们为了经营晏城这家公司要承担九百万的外债还要付出投资进行再生产，不管是否赢利我们还要养活至少一百四十个工人，这五十个管理干部再由我们负担，我们就很吃力，就要重新考虑是否一定要在晏城付出这一大笔投资了。

酒楼是个喧嚷的地方，可我周遭的空气沉静得像是一张薄纸一吹即破，不管老岳还是我公司的同事都清楚已经到了是非成败的最后关头。

我们在巴西的老板这一两天内就要来大陆，要去 F 市考查一个投资项目。我们都要同行，恐怕没有更多的时间在晏城停留。

老岳沉默了一会儿，对我说，这件事他一个人做不了主，还要再和有关领导立会研究。

当晚李威即乘车回特区了，他要去迎接巴西老板的秘书。在他走之前，我们再次确认了与晏城谈判的条件，以及我方可以做出的让步。李威说，九百万外债我们可以负责偿还，外省对晏城食品工业公司所欠的债务我们可以转让放弃债权，但五十个多余的人我们不能接受。这已不是钱的问题，他感到受了戏弄。

两天之后晏城外经委正式给我们答复，五十个管理干部从晏城食品工业供销公司抽调出去另行组建公司，原公司在外省拥有的债权一并带走，由新组建的公司的领导们负责讨还，以此作为新成立的公司的周转资金，国家对这个新公司不予拨款。我们中港发酵食品联合公司承担晏城外面的九百万外债。

我作为中港发酵食品联合公司在大陆的法人代表与晏城签订了合同。

合同到手，几个部门经理便负责留在晏城接管我们新吞并的公司，我和周笑萱要赶回特区了。

你以后就跟着我吧。我对许月朗说。

我们还有以后吗？许月朗问我。

跟我回特区吧。我邀请许月朗，一切手续我给你办。

不是说好了一起回F市吗？许月朗有点儿不高兴，她担心我骗她，或者很小气地以为我舍不得给她出路费。

F市有什么意思，还是特区好，繁华。我漫无边际地解释。

我在F市有事业！许月朗的样子像在对我宣布她是美国总统。

你的事业一个月能拿多少钱？我问。

许月朗的一双黑眼珠活泛起来，带着思考的频率，颇像夏日沼泽中冒出的水泡。

怎么也得拿个千八百的，她一咬牙给了我一个她心目中的大价。我也就知道她还不了解南方。我松了一口气，既高兴又失望，我原以为她能更聪明更复杂更老辣一些。

就是说你每月拿一千块吧。我把她的大价定在最高点上，她只是盯着我的眼睛却不敢肯定，我没猜出她犹豫什么。

我抓住她的手说，就这样吧，月薪一千元，食宿我包。我等着她出一个更高的价钱来和我争论，一千元钱只是一个起点，可她点点头，她同意了。这妞儿真傻，我公司给单身职员煮饭的女佣人每月也拿一千元。这时轮到我懊丧了，我怕她一进特区就发现我用这么低廉的价格购买了她这样精明的劳动力，她会恨我的。望着她，我唇边泛出一缕苦笑。

就这样我的生活中加入了一个许月朗，对于公司来说只是多了一个女职员，对于我来说意义就不同了，几年来我一直倍感形单影只，周笑萱也在我公司做事，可她只是我在北方的滑冰场上的好搭档，人生里真正的一狼一狈更像是我和许月朗。周笑萱太正经了，她把自己塑造成一个情操高尚的楷模，每当我在生意场或者在情场上玩一点小把戏时，最冷的面孔最长的脸总是她最先摆给我看的，日子久了我对她有点腻歪。

我被老板介绍到特区下海从商三个月后，处了男朋友，是那种谈婚论嫁的纯情朋友，他就是每天往返于特区和香港之间与我一起经营公司的李威。我们的关系已发展了三年之久，一直没有过狂热的激情，也未经历过大的感情波折，平平淡淡从从容容。

那天晚上李威从香港回来，我俩先去吃饭，然后我说我的牌友老胡病了，我去看看。李威同意了。李威一直是信任我的，我因为考虑过和他结婚，在他面前举手投足谨慎保守，他经常埋怨我从小受的那种儒家教育，说我痴呆木讷不解风情。当然我肠子里的曲曲折折节肠小道李威是看不出来的。

就在那天早晨和老胡一起喝茶的时候，她对我说她认识一个极漂亮的男孩子托她介绍一个有钱的女朋友，年龄不限容貌不限，结婚也行做情人也行交朋友也行，这男孩子想得明白得很。老胡说咱们一起打牌的几个女朋友中就你一个人孤苦伶仃的没有男孩子陪伴，处处玩呗，只要有分寸也不至于倾家荡产。我问，是不是老姐你处腻了想包给我？她说，你想到哪儿去了，我三个男朋友你都见过，三个早够了，哪还有体力发展更多，这我都累得很了。我听了一笑，不置可否。

老胡便当真了，说道，我是受人之托又答应了人家，办不成不好意思，我们这圈里的女老板除了你谁没个仨俩情人，你就见见他吧，也就是给我个面子，若真是看不上眼再踹呗，这事又不签合同。我们定了一家夜总会，由我请客。

我告别李威赶到夜总会时，老胡和两个男孩子正坐在一个角落里等我。虽说老胡的三个男朋友我都见过，可牌友们的男朋友未免太多了，恰如过眼烟云看过也就看过在心底毫无印象的。老胡把两个男孩子都给我做了介绍，我同时面对两个浓眉大眼的男孩子心情舒畅，却不知对谁献殷勤。然后我挑选了其中较为中意的一个请他跳舞，又请他跳舞还请他跳舞，老胡在桌子下面踢我一脚，把目光移向受了冷落的一个，我暗暗叫苦，搞错了。

好的让她挑走了，留一个次的给我。我心中阴沉了几秒钟，有些扫兴，但仔细端详，认真比较，感到那个介绍说叫石津安的男孩也很好，高挑的身材方圆形的脸五官相当端正，美中不足说话有几分女气，不够大方。

石津安递给我一张名片，我以为他是个无业游民那种贪吃贪睡不干活的人，按照我的心愿我也希望他这样，只要看着顺眼放在身边开心，供养一个男人也不是不可以的，妇女解放了嘛。出我意料的是他有工作，名片上印着某公司公关部公关先生石津安。我有点恼火，本来想随便点亲昵游戏，这一来不得不收敛了，我只好庄重地唤他石先生。

这种事本来就是消遣，跟逛玩具店买布娃娃差不多，大家在一起谈谈天取取笑越轻松越好。但石津安竭力摆出公关先生的骄傲，跟我谈哲学，谈得海阔天空抖落出许多的知识，他居然是念过大学的人，让我茫然无措。老胡见我没兴趣了解石津安脑袋里面装些什么，打断他的神侃，把我和他推下舞池。

在歌声中徜徉，我的心情柔和起来。到特区三年多了，男孩子见过无数但交往的都是别人的。我还是第一次与一位向我靠拢的男孩子跳舞，他年轻漂亮舞姿美好眼神浪漫，最重要的是这位男孩子努力讨好我。我有些心动。

同样的舞步相似的场景不同的人物，我想起F市的范竞。与石津安相比，范竞有些老，有些威风让我无所适从，和范竞跳舞我总是被动和情绪紧张，他与猫咪一样温情的石津安是不同的，甚至他与所有的男人给我的感觉都不相同。当然这句话没什么特别的意义，这世上每片叶子都有差别，每段感情都不一样。

像水中的花朵，那感情是隐约婀娜的云影，在心灵中缓慢地移动着，我在那份感情中扮演了一个脖子上套了一圈大饼的懒人，只把胸前嘴巴够得着的那一小块吃掉了，剩下的一大片铠甲般披挂在身，作为一种富有的慰藉时常想到它，却不肯稍费力气用以充饥。

懒洋洋地把他悬在北方搁浅了三年多。

范竞我与他相识很早，还在我没离开F市出来经商的时候，那时我整日闲逛、交男朋友、出入歌舞厅，偶尔跟朋友们去距F市几百里外的山里打猎。范竞有许多事做，他属于新长征路上最早发大财的那批人。我认识他那年他三十七八岁。

我想那时候我在范竞心中是一只大猫眼里的一条小鱼，在河水中摇头摆尾诱惑他，因为河里有太多比我丰满的鱼他并不急于撷取我这一条；而他在我心中则是一只小猫眼里的一条大鱼，大得一条河都容不下他，我纵使垂涎三尺，由于力不从心，也只好眼睁睁地让他在我面前荡来荡去。

我们隔岸相望，从一开始就在心中较量，谁也不急于征服对方。

直到一年冬天，我在特区听到F市弓字结构位于市区最繁华地带的政府招待所要转让的消息，想到老板曾有过在F市投资兴建四星级饭店的心愿，立即和老板联系，询问他对此是否感兴趣。老板让我去F市谈一谈，看看是否可以把那家招待所占用的地皮买下来，再搞一个在F市兴建一座四星级饭店的预算。为了这件事，我和周笑萱乘飞机飞回F市。

班机在下午四点抵达F市，乘出租车进入F市区，找宾馆订房间洗澡吃饭一系列的事情完结后已是夜晚八点多钟。F市的冬夜很萧瑟，大店铺小商贩关门的关门，回家的回家，马路上只有零星的行人，整个城市阴郁清冷，要想热闹辉煌，只好找夜总会了。

F市新添的一家野百合夜总会距宾馆很近，我和周笑萱是步行去的。到那儿距开业的时间尚有半个小时，服务小姐给我们安排了距舞台最近的座位。

后来一群男士走进来直入包厢，那些人中有几张熟面孔使我联想到范竞。半小时后范竞来了，后面跟着他的司机。他径自走向包厢，他向我坐的位置望了一眼，似乎是顺着身体的惯性他迈出几步，站住了。

范竞穿着一件长长的质地极佳的皮大衣，这件很值几个好钱的衣服给他添足了神采，三年的光阴并未给他面容增添更多的残骸和风尘，他显得年轻开朗精神焕发。

我微笑了，范竞向我走来，有一股劲风一种热力在我身体中穿过，我的这个人在起伏在跳跃，那平日摆布我操纵我的灵智，旋转成一脉轻烟升腾而去。我在虚幻中感到自己是一个在田野中飘摇了几个世纪的稻草人，又柔弱又无辜。

那只是一瞬间的事，待范竞走到我面前我已完好如初。只是有点心虚，无法迎着这股浓浓的男人的气息站起身来。我继续微笑，坐在沙发里甚至没有欠一欠身。

好像一切过程都浓缩在昨天，我们之间没有经历过距离。他说话的神情亲热而随便，对我和周笑萱说，怎么就你们两个人坐这儿，到我那儿去吧，他的下巴指向包厢。

不了，我说，两个人清静，我们坐这儿挺好。

他便冲我点点头，笑着走开了。夜总会里的目光都被他吸引到我脸上，人们议论纷纷。范竞的司机对我说，范老板跟你说话你连个位都不让，小姐太狂妄了。

在F市，范竞够得上商界巨子了。

像我预料的那样隔了一会儿范竞又来找我了，他从包厢里走出来一路吵吵嚷嚷，居然喊着我的小名，我与他还没有这样的交情。他喊着，晓英呵，你怎么回事，这边这么多人都等着你呢。我刚要分辩，他已走到我身边揪住我左肩的部位，我被他拎了起来。

我和周笑萱坐进范竞的包厢时，周笑萱在我耳边轻笑，好家伙，这么多表叔都等着你呢。

范竞很能虚张声势，相识满天下，也培养了他暗度陈仓的特殊技能。

我没告诉范竞我和周笑萱已住进了宾馆，也没告诉他三年中我在特区经商，我不愿意在他面前树立一个女强人的形象。这晚范竞找我只是找一个女人，最多不过是找一个他心目中神秘的比较有魅力的女人，不是找恋人找情人找商业上的合伙人，我猜他不想了解我。这晚我也没有想到要了解范竞。

那是一叶浮萍漂上水面，彼此可以让它任性尽情优美，可以说它如诗如画，却不能让它负载任何义务与承诺，它载不起也载不动。

距夜总会散场的时间尚早，范竞在与我跳舞时约我去他住的F大厦，我想如此直截了当地投入未免太不艺术了，主题只有一个，但过程要曲折。我说这样不好，我和周笑萱后半夜还有一些非常重要的材料要整理。我告诉他我住在一家价格低廉的小旅店里，还告诉他我和周笑萱都在距F市五百里外的M市工作，是政府机关的秘书。

范竞现出一副善解人意的神情，没有坚持定在这晚把我拉到他的卧室里去，但他一定要我和周笑萱换个好一点的住处，结果他用车把我们载到野百合附近我住的那家宾馆。在办理登记房间手续的时候，范竞从衣袋里拿出一叠上万元的钞票塞到我手里，周笑萱惊诧地瞪大眼睛，那怎么能行呢，我们有钱！傻女孩对我的听之任之非常愤怒，似乎花我的钱住宾馆理所当然，花别人的钱则是她的奇耻大辱。我也只好应着她的口吻对范竞说，用不了这么多钱嘛，这怎么好意思呢，我做出坚决把钱还给他的姿势，范竞大概也觉得他付得太多了，伸手想把钱接回去，我装作不明白，你真是太客气了，我说，我叹息一声，把钱放进我的手提包里。

范竞走了，临走的时候告诉了我他住的F大厦的房间号码，他说明天你有时间就来看我，又笑笑补充一句，不来也行。

周笑萱的表情讪讪的，她极力掩饰心中对我的轻蔑。我到服务台退掉了白天我们住的那套房间。

走进范竞为我们付款的客房，我与笑萱默默无语，可是我心里很兴奋，不管她对这件事怎么看。

范竞有风度。我说。

有钱就有风度，出手大方。笑萱说。

至少今晚我喜欢他。我说。

寻开心呗，走到哪儿咱能闲住，回一次北方怎么还不惹点儿事！笑萱说。

我上床睡觉，无法就这个话题再和她谈下去，我们是那种求同存异的朋友，在对待男人这个问题上我总是对牛弹琴。

笑萱没有睡意，她心里不痛快。你不该拿他的钱，她说。

不拿白不拿，我说，你希望哪个男人重视你，就得变着法儿地让他付代价。范竞这种人有个女孩陪他跳几支舞算得了什么，不拿他一笔钱让他心里别扭明天早晨他都想不起来遇见过我。

第二天我故意把去会范竞的时间拖延到晚饭后，我想有一整天的等待会使他受些煎熬的。损失些钱对范竞是一桩小事，但我若失约就此远走高飞，他的自尊心就不那么好过了。

这一天白天我去了F市政府招待所和那儿的一位张经理接洽。张经理起初热情极高，提出年承包额一百万人民币。我说，不是承包，是购买，这房子连同地皮一起我们要买下来。他登时面呈难色，这我可说了不算，F市还没有把土地卖给外国人的先例。

我又去外经委，得到的答复几乎是一样的，只是那儿的一位主任说，我们可以把这件事作为一个外资项目上报给市政府有关领导。我给那位主任留下了我的联系地址。

晚上去F大厦，我没有带周笑萱。这样的时刻不便于集体行动。电梯载我到七楼，七楼服务台的服务小姐正和一位穿着铁灰色西装的男士聊天，见我出现服务小姐询问我要找哪个房间的客人，我说找范竞。那位男士在一旁搭腔，说，是梁小姐吧，范老板等你一天了，你怎么才来。

不用说男士是范竞的手下了，他身材魁梧挺拔，也是三十几岁的年纪，比范竞年轻些，他很英俊看上去也很见过些世面，以至于我心中浮起几缕羡慕。

范竞刚洗过澡，坐在房间里品茶，头发蓬松，穿一件柠檬黄色的毛衫，脸上微微泛出些许润肤膏的光泽。见我进来他笑出几分恬静，指着带我进门的男士介绍说，钟庆和钟经理，我的弟兄，就住隔壁。

钟庆和完成了在电梯门口等候我的任务，与我客套几句回他的房间去了。客房里剩下我和范竞。范竞问我喝点什么，饮料、咖啡还是茶，我说喝茶吧。

我等待范竞作为情场上的老手多年来练熟了的那一幕，把自己想象成别的女人。范竞无家可归，常年住宾馆，我想我坐的这把沙发椅难说坐过多少女人，怕连范竞自己也记不清楚了吧。

许多刻薄话涌到嘴边又被我咽回肚里，明知这风花雪月终将转眼成空，何苦揭人家短闹得很不痛快，毕竟对自己也没有好处。我和范竞谈些无关痛痒的话打发属于我们俩的时间，那时间其实是很宝贵的，只是我和他这晚都显得小心翼翼，这样的环境这样的两个人加在一起将发生什么故事是极明了的，可两张高深莫测的脸把这自然的故事淡化掉了。像躲在夜幕后面互相窥视的敌手，谁也不敢太轻率地跳起来扑向对方。

国际国内城里城外的形势侃将差不多了，我抬腕看表，范竞终于说了句与我俩有关的话，我想和你做个朋友，你放心，我对你别无他求，我这人很保守，是个正人君子。这话从范竞口中说出来，我不相信。

和范竞定好了还要见上一面，但天气预报说两天后有大雪，我担心耽搁了回南方的航班，到达F市的第三天一早便乘出租车去外经委找与我接洽过的主任，抱着没有希望的希望与他再次磋商。这位主任姓杜，是个又高又胖的男人，满脸笑容摆出一副位居高官却十分地礼贤下士不以权贵自居的神情，不过也正是这副神情不断地提醒我这是外经委杜主任。

我和市长通过电话了，杜主任说，市长的意思是可以进一步研究出一个初步方案，F市以前没有出让土地的先例，这件事必须报经市人民代表大会讨论通过。

我和杜主任互望了一眼，问，这个初步方案怎么研究呢？

不用研究，杜主任说，每平方米土地暂定为五万人民币。

一千平方米就是五千万？我自言自语，两千平方米就是一亿。

在我们市人民代表大会召开之前，请你们巴西老板来和我们F市草签一份备忘录。杜主任叮嘱我。

你们市人民代表大会什么时间召开？我问。

也许再过五六个月就能开一次了吧，杜主任豁达地说，我只管外经委这一摊，人民代表大会不归我管，那是人民的事。

在F市外经委得到这样一份答复我已经很满意了。仅仅一天时间人家就和市长通了电话，还把出让土地的价格都说了出来。我离开外经委便和笑萱直奔机场，下午就乘飞机南下了。回到特区当天晚上我给范竞打了一个长途，告诉他我不能去看他了。你在哪儿呢？他问我。有缘的话还会相逢的，我说。

在老胡把石津安介绍给我之前大约一个月，我又回过一次F市，在F市逗留了五天。我把F市土地转让的价格及所需程序通过电传报给老板，老板考虑了一段时间来电话让我去F市草拟一个备忘录给他，他对在F市的投资很热心。我还是和周笑萱一起回F市的。

也许我和范竞真的有缘，回F市第二天晚上我和笑萱到野百合去消遣的时候，遇见了钟庆和与一位男士，据说是同一公司的赵经理，两人走过来请我和笑萱跳舞。

笑萱是一个瘦高型的女孩，留一头披肩长发。她看上去极具修养和风度，只是面容不够姣好，不漂亮。给我的印象大多数人都比较倾慕她的倩影，而不很喜欢她的面容。笑萱经常陪我出入娱乐场所，但从未和任何人暧昧过，这一点我对她非常满意。我不希望和我共事的人都像我这样生活，在我公司里有一个像我这样五毒俱全的人已经足够了。

野百合灯光暗淡，随着歌手们的节奏舞池里不时变换着殷红橘黄浅绿湖蓝的灯光图案。不知从哪一刻起，我与笑萱同两个男人之间的坐姿发生了微妙的变化。赵经理守着我，钟庆和守住了笑萱，四个人重新组合成似乎井水不犯河水的两对。

我内心开始不安，我对赵经理没兴趣，也不愿意使钟庆和认为我是个随便什么人都会交结的人，这晚的事范竞会知道的。

当赵经理告诉我他是腰缠数百万的富翁，问我可否与他交个长久朋友时，我拒绝了。我说，我在F市只有一个朋友，他叫范竞。

你认识范竞？你是范竞的女朋友？赵经理笑得很不自然，范竞是我们老板，他的女朋友我可不敢冒犯，我们都很敬重他。赵经理说着又产生了怀疑，他唤过正与笑萱谈得一脸喜气的钟庆和问道，梁小姐说她是范老板的女朋友，有这事吗？

钟庆和说，是处过两天，然后梁小姐就消失了。

钟庆和与我耳语，与你一起来的这位女士有没有结婚？

没有，我轻声说，她还没有恋爱，她人很纯洁，从来没有交过男朋友。

真的？钟庆和脸上现出一缕失望一抹惊诧。真的。我直视钟庆和，要他对我话里的深意有所体会。

钟庆和叹口气说，那缺德事咱也不能干了。

我和他都想到了周笑萱的贞节。

钟庆和与赵经理开车走了，午夜时分我和笑萱与他们在野百合门前握手道别时，我对钟庆和说，给范竞代好。

钟庆和点点头，你很惦记他呵。他说。他们乘坐的那部车好像出点儿毛病，先是嘟嘟嘟哒哒哒满不在乎地哼唱，而后发出凄厉而啸长的吼声，野牛似的在寂静的街道尽头远去了。笑萱说，坐这样的老爷车两位大经理还能不狼狈吗？我说，一听这发动机就是我们国产的。我俩同时大笑起来。

在我记忆中，笑萱不是一个容易兴奋的人，特别是没有过从夜总会走出来手舞足蹈的时候。她应该是那样一个人，永远地淡然冷漠神情傲慢像一只深谙水性的水鸭。可这夜有什么地方不对头了，我的老朋友双手插在飘曳的长裙口袋里，一反常态左肩膀右肩膀晃动着比着高低走在我前面，间或还把手臂举起来握成拳头向星空挥舞几下，动作幅度使我想起足球赛场上进球破门欢呼的马拉多纳。

你怎么了？我气喘吁吁追随在笑萱身后。她有好一会儿把我忘记了，这时看我还在她身边有点扫兴。她皱皱眉头，说，你先回宾馆吧，我想一个人清静一会儿。

我愣了，感到她态度粗暴，很不需要我，更忘记了两个人中谁是上级。可我不能让她一个人在街头清静呵，临近后半夜两点了，万一从某个阴暗角落里蹿出几个歹徒，笑萱多少年的洁身自爱岂不毁于一旦。

回去吧，我说，咱俩都在街上转悠一个小时了，又不是有今儿个没明儿个，不就是夜总会么，明晚咱们还来。

她双手抓住我肩膀，狠狠地晃了我一下。我明白她怎么回事，这话让我怎么说呢，那钟庆和一望而知是个大情种，而且人家有老婆呵。

我很倦，蒙蒙眬眬的四体沉重。我正做着一圈好梦，先是梦见我动用东海舰队的军舰走私，而后又梦见我与一大群孩子在草地上唱歌，丢啊，丢啊丢手绢，轻轻地放在小朋友的后边，大家不要告诉他………最后我梦见有一个粉团团胖乎乎的小孩坐在我身边与我说悄悄话。我这些日子经常在梦里梦见一个小孩，是个小男孩，我弄不清他是我体内母性的觉醒，对创造生命的渴望还是预示着我的生活里暗藏着一个小人。

周笑萱搬动我的头颅，让我坐起来，我又躺下了。她将我从床上掀到床下，又在地毯上拉着我的肩膀拖死狗一样把我拖到浴室里，也没等我脱衣服，她操起淋浴龙头劈头盖脸往我身上浇冷水，我睁开眼睛。

快到点儿了。周笑萱说。

什么快到点儿了？我问。我记得早晨我打电话给外经委的杜主任，他这天不在，听说是开会去了。我这天没别的事。

夜总会快开场了。周笑萱提醒我。我注意到那张朴实的脸涂抹过了，我一面打量她一面琢磨我那一口袋化妆品还能剩下多少，多少年来我初次发现笑萱也是个足智多谋的人，从来不施粉黛的脸经过一番加工已经够得上一个中等偏下的美人了。

我们绕过野百合去了一家卡拉OK，两天去同一个地方还托人代好我怕有等人求见的嫌疑。我和笑萱这天情绪都很饱满，几支歌唱罢一瓶威士忌酒喝干了，我们谈着些共同经历过的快乐的事。

一位男士在唱着这年的流行金曲。

乌溜溜的黑眼珠和你的笑脸，怎么也难忘记你容颜的改变，轻飘飘的旧时光就这么溜走，转头回去看看时已匆匆数年……

钟庆和、范竞还有两位我见过面却不知名姓的男士由一位服务小姐引路很神气地走了进来，我们都做出大吃一惊的表情。

钟庆和对那位男士唱的《恋曲一九九〇》很不服气，他有意与人比嗓子，又把这支歌唱了一遍，我和范竞无言地拥抱着在舞池中曼舞。

我喜欢这首歌。范竞说。

我也喜欢。我说。

我发现我们很有些共同爱好。范竞低头望着我。

是啊，所以我们总能相逢。

M市有位副市长是我的哥儿们，他说他们市政府没有像你这样年轻漂亮的女秘书。

哦，他们真不幸。

那你到底在哪儿做事呢？

周笑萱如愿以偿与钟庆和再度共舞了，看身形他们很般配，都是高高大大的个子气度不凡。可我心里有一种担忧。这天晚上笑萱低声和我商量，说她想跟我一起去F大厦跟钟庆和他们搓麻将。我说，我们还是回宾馆休息吧，这两天太累了。笑萱的脸阴沉下来，她从牙缝间挤出一缕奇怪的声音，刺——

我与范竞重逢的喜悦被笑萱发出的怪音冲淡了许多，在一种温存的眼波中我开口对范竞说，你手下的人是不是都跟你似的如狼似虎见到女人就上？

范竞摇摇头，说话要有证据，不能凭想象。我肯定是正人君子了，我手下的人你认识的谁不老实？

我把玩着手里的酒杯，眼睛盯着舞池，钟庆和正在那儿拥着笑萱滔滔不绝地讲着什么，两张面孔亲切得让人觉得不如拉出去找个僻静角落热情一顿算了。

范竞嘿嘿笑了，庆和这小子的确不老实，这要让雯雯看见又不知闹出什么乱子。

雯雯是谁？我问。

庆和的小朋友。范竞说。

我和石津安、老胡还有另一个男孩子在夜总会玩到午夜一点，这期间我不时地想到范竞想到已经电传给老板的在F市草签的备忘录。我希望老板同意在F市投资，这样我的家乡既可以矗立起一座现代化管理的星级饭店，在兴建过程中又可以使我有许多借口重归故里见到范竞，对老板来说这也是一件好事，F市的报价对于大陆公民是高不可攀的，但若放眼全球，老板在F市建一座饭店的全部投资只相当于他在发达国家建一座上好民宅的开销，我想老板心里乐意得很呢。

午夜一点我们一行四人去吃消夜，然后老胡带着她的男朋友先走了，剩下我和石津安。石津安请我去看看他独住的小屋，他说那里有许多哲学书籍。我去了，除了看到几本哲学普及教材还看见了一张床，只是我终于无法浪漫。石津安本是个美妙的男孩子，可他太温顺太主动，我怀疑他是专吃女人饭的，这感觉让我无法投入。我从皮夹子里掏出五百元小费酬谢他陪我逛了一个晚上，石津安推拒着不肯收钱，他说，可我俩什么也没干呵。钱他还是收下了，送我到街上找辆出租车，又送我到宾馆。他向我要电话号码，我说我给你打电话吧。

第二天老胡又打电话给我，说石津安希望再见到我。他就这样留在我生活中了，我有时一个人逛夜总会也很孤单。不管怎么说石津安是个漂亮有风度的男孩，带在身边也蛮神气的。

周笑萱最先知道我除了李威又交上了石津安。在我把许月朗带到特区做我的私人秘书之前我经常需要笑萱来帮我请假，制造借口。李威是个很娇气的男人，生活中的说法很多，他回香港要我去送他，他从香港回来要我到海关去接他，这当然不算什么，关键是他不是每月或每星期在香港和特区之间往返一次，他是每天往返一次，这日复一日的迎送就显得太隆重了，他毕竟不是托儿所大班的孩子。

但生活中是要分清主次的，越是在外面有了消遣时光的人，对自己视为归宿不愿同甘但愿共苦的男朋友就越得小心应酬，不能现出半点用情不专的蛛丝马迹。有了石津安后我与李威的关系反而更稳定更巩固了，带着一份孩子般的神秘感。那个不与他分享为我私有的天地使我暗自喜悦，藏的欢乐偷的惊险悄悄地进行。一份注意力分摊给两个人，我不再用刀子样的目光日日在李威身上寻找缺点，便对他和蔼宽容多了。

周笑萱充当了一个重要的角色，在我不愿伴在李威身边的时候在雨夜守在海关迎接他，在清晨举着鲜花欢送他，使他没有机会突然出现在我面前发现我到底在干什么。反过来也一样，每当我被李威缠住无法脱身时，周笑萱定要代替我去安慰石津安。只是她做这些事很不情愿，总是对我说这么办久了可不成，这不是玩人吗。

从晏城回到特区，我带着许月朗去见李威，李威这几日忙于款待老板的秘书康先生，许月朗来公司上班三天了，还没见过这位香港小老板。李威的住处距我们住的宾馆乘的士要走二十分钟，那是一片民宅，一栋二层小楼里的一个单元，楼下是浴室厨房和一个女佣人的卧室，楼上是三室一厅。

李威一直希望我从宾馆里搬出来到他那儿去住，我对他说这样不行，我这人性格太孤僻，平时在一起吃喝玩乐怎样都可以，真要我天天和一个人出入在一个空间里，时时刻刻听他的声音看他的表情我就要烦了。李威不以为然，问我那将来结婚怎么办，我说我不知道怎么办。我确实不知道该怎么办，我和李威在一起半小时内总是和乐融融，特亲，超过半小时就疲倦厌烦，到了一个小时我开始动用自己的自制力，每一句话每一个手势都变成一种表演，到两个小时若聚会还不散场我就有心跟他拼命了。

我有一个多月没到李威家里去了，我俩的聚会多是去海鲜楼然后卡拉OK，然后去咖啡厅，这天心血来潮带着许月朗突然出现在李威的客厅里，发现客厅里有两个如花似玉的湖南妹子，一个叼着烟在看电视，一个拿着化妆盒正描眉画脸。

许月朗眼里写满问号。

李威说两个湖南妹子是他新近聘的女秘书，一时找不到住处就住他这儿了。他说他正准备跟我商量。我没说什么，把许月朗引见给李威，一口咬定她是我在F市相交甚笃的女朋友，然后半躺在一张意大利真皮沙发里看电视，电视里正在播放美国片《教父》。

你们都听懂了吗，这对白全是英文啊，我告诉那两个湖南妹子，她们俩似乎在心里和我较劲儿，有对立情绪。我接着问，你们懂英文吗？那两个人沉默着不回答我。许月朗替她们解围，说懂不懂英文有什么重要的呢，咱们看电视听不懂老外说什么，咱们还看不懂他们的表情吗？

我说换频道，换中央台，我这个人正统，读报纸就读《人民日报》，看电视只看中央台。许月朗拿过电视遥控器，调到中央台，里面出现了一群改革开放后的农民喜气洋洋地坐在拖拉机上。

有意思吗？李威问我，他看《教父》正有情绪，是这一群人中唯一懂英语的人。

没意思。许月朗说，我在家里时看电视就喜欢看外国片，国产的不看，我喜欢香港的，台湾的，你们那边儿的电影明星我都熟。许月朗专注地望着李威，此时的她似乎跟我不是一伙的，这使我心中越发生气。

有意思。我板起面孔说，我是个农民，见到拖拉机就跟见了亲人似的，高兴。

看一部农村题材电视剧上下集直看到夜晚十一点，两个湖南妹子已经回房间休息去了，许月朗还在兴奋地与李威聊天。

你为什么这么痛快就同意我到你公司来做事？许月朗问。

因为你是梁晓英的女朋友嘛。李威说。你没把我当成你的女朋友吗？我不知道许月朗是在开玩笑还是有意地挑逗李威，但她那种轻浮的语气使我感到不快。这家伙也太没分寸了，居然当着她老板的面戏耍老板的男朋友。

李威已经很尴尬了，大家都是朋友嘛，他这样敷衍了许月朗一句，便坐到我身边来。

我指着两个湖南妹子的房间说，明天让她俩走。

她们无家可归，没住处又没有边防证，让警察抓住要倒霉的啊。

你真善良，街上那么多乔装打扮的要饭花子你怎么专收留少女呵？我说。

你怎么对自己的同胞姐妹一点同情心都没有？李威避实就虚。

她们穿金戴银抽紫罗兰香烟用高级化妆品一身的法国香水味比我都高级，我同情她们谁同情我呵，让她们走。

李威说你若不信任我可以搬过来大家一起住，你是老板她们是雇员，你嫉妒什么呢？

是呵，晓英，大度一点嘛，人家李老板问心无愧扶弱济贫，你应该理解他呵。许月朗说。李威面露喜色。

午夜时分我和许月朗告别李威乘车去的士高，笑萱和石津安在那边等我们。我有点厌倦，心境茫然。在的士高门前我问许月朗，你真的认为李威面对那两个湖南妹子心地无邪？

她撇撇嘴，我又不是傻瓜，那两个妹子不吃素那李威也不是好同志。

那你刚才为什么帮着李威说话？我问。我帮你说话不是自找苦吃吗？你跟李威怎么闹也没关系，我若跟你一起闹就得失业了。许月朗说，我既已到特区来了，就得在这里站住脚呵。

这天夜里我抓着石津安的手，想从那里找出点温暖滋润我弥补我，那双手冰冷潮湿，像雨季。

在吃那方面许月朗是个比我更本色的北方人，自从她随我到了特区，我天天晚上都去一次北方菜馆。有时两人一起用餐，有时连着笑萱是三个人，有时是她一个人在那儿吃，我在一边观赏。一两个小时后李威要从香港回来，我只要不太饿多半等他一起用餐。

我的两个朋友许月朗和周笑萱对我的评价完全相反，笑萱说我是坏人，自私自利，贪图享受，干尽了天下损人利己的缺德事，她有时指着我的鼻子说我真不明白像你这么坏的人我怎么会和你在一起。她这样说得久了，我在她面前很自卑。许月朗不像她那样看我，她说我为人未免太好心肠了，心慈手软优柔寡断，说得具体点巴西老板若是她姨父，在公司里她会踢开李威赶走蔑视我的周笑萱，她也会抛掉跟我并没有实质性关系只是混吃混喝的石津安，更不能容忍男朋友家里藏着两个来历不明的女人。你不行，你们事业成功的女人在男人面前总是缺少魅力，威慑不住男人。许月朗说，若是我跟李威处了三年，我早搬到他家里去了，他根本就没机会往家领湖南妹子，我可不是好惹的。

这天在北方菜馆里许月朗挥舞着抓着油饼的手对我阐述她的观点。她说，你今晚还到海关去接李威？真他妈傻。

我很高兴下雨了，低垂铅重的天空像我郁闷无着的心情，而那一片片在城市灯光中斜落的雨线却带给我灰色的倾泻的快感。

走出北方菜馆，沿着街道向海关漫步，雨水淋乱了头发。人们变戏法一样地在街头亮出手里的雨伞，肤色白皙的男女老外，匆匆赶路的港澳同胞，高大丰满东张西望的单身女郎，擦肩而过，扑面而来，街上混杂着路人低低的说话声，从珠宝店服装店小吃店飘出的流行歌曲声，车声，雨声。我和许月朗默默地走着，有人回头冲我们笑，一个看上去颇像绅士的白人男子对许月朗眨眼睛，许月朗抬起右手送去一个飞吻。那男人很迷恋地站在雨地里望着她。

你是不是觉着我在身边特碍事？我问许月朗。偶尔有这种想法，许月朗说，但今天没有，万一染上艾滋病岂不害了哥儿们的一生？

七点的时候我们准时到了海关，一群群的香港人拎着大包小裹如释重负从海关长长的廊道里涌了出来，我们站在一排公共电话亭旁边，不时指点几个香港人往一个已经不能使用的自动收币机里投掷港币。一次电话五分钟即可了，我们考虑到香港地区如今最穷的无产者每月也有三四千港币的收入，便指点他们每次投掷港币五元。我和许月朗站在那里跟呼唤大陆亲人的香港人说服解释纠缠了二十分钟，发现上当受骗的人数众多源源不断，我和她都感到没劲了。

咱们干什么来了？许月朗问我，她一脸的迷惘，咱们怎么会在这儿跟这么多的走私犯混在一起？

我也感到恍惚，这情景好像在遥远的雷锋叔叔的年代出现过，好像那小小心儿一直渴望着能戴着红领巾站在路边帮助许许多多需要帮助的人，而我究竟有没有过这种机会？我陷入沉思，在记忆中捕捉似曾相识的情景。沿着来时的路往回走，细疏的雨线伴夜风飘来，轻柔得很，雨小了。

我在咿呀学语的时候就开始像现代京剧里共军的伤病员一样到处转移了，父母亲人相继沦为敌人特务被赶出城市忙他们自己的事去了，最后一个留在城市里没走的就是住在阁楼里的姨娘。作为中国人她自尊心未免太强了，一不怕苦二不怕死的时代她被人剃个半秃又给人在屁股上踢了几脚这位民主人士居然疯了。她姓任，叫任丹妮，我记事的时候满街的人都喊她任疯子，不过她疯得很体面，天天梳洗打扮得漂漂亮亮地站在街头冲行人微笑，行礼，背毛主席语录。

那时候我上小学，最大的心愿就是能像同龄人一样戴上一条红领巾跟着老师到街头去做好事，喊口号游行宣传革命路线。可每当这个时候我的老师总是让我放假，这使我感到心灰，我只好牵着姨娘的衣襟跟她到街上去。

有人拍打我的肩膀，将我从倒流的世界中唤回。我发现自己信步走到一座贸易大厦门前。许月朗问我，你怎么了，目露凶光面目狰狞，谁惹你了？

我愣愣地望着她，她也皱起眉头凝视我。好一会儿，我笑了，许月朗也笑了，笑得跟醉鬼似的。她指着我说，你看你这模样，当老板的你倒是用点儿高级化妆品呵，怎么雨水一浇这脸整个变化成一张世界地图。

你是鸭子。我骂她。

你是鹅。她说。

要是人造卫星在五大洲转播了你现在的头像，这辈子你别做梦想嫁出去。

要是李威看见他女朋友是你这尊容，保证仨星期睡不着觉痛心疾首后悔认识你。

行啊，你粉妆玉琢巧夺天工，我还以为你是绝代佳人呢。

过奖了，比不上你身怀绝技妙手回春，弟兄们一直把你当西施呢。

要没这场雨说真的我真不知道在化妆上你是个人才。

若不是被雨浇这么久我估计这辈子我也想不到你手这么巧，搞食品公司委屈你了。

我怒视许月朗，你笑什么，老子这形象也不是一天两天了。

许月朗冲我咬牙切齿，老子一生下来就知道自己长得不规则。

算了，我说，跟你吵真没意思特败胃口。许月朗说，若不是去接李老板我早不陪你了。我俩同时沉默了，四下张望。咱俩是不是刚从海关回来没接着李威？我问许月朗。

去是肯定去了，至于你到没到海关门口接他我就不知道了，反正我是一直守着公共电话亭帮助同胞们寻找亲人。

完了，重大事情被你耽误了，说不定李威还在海关等咱们呢，咱俩再去一次吧。

开什么玩笑呵，许月朗不高兴了，不是都接一遍回来了吗。你也别太不自觉了，一天到晚忙于谈情说爱，那么多正经事我们还干不干了？

我觉得她说的也有道理，年轻人是应该集中精力干正经事，可干点什么正经事呢，看看表已近夜晚九点，这天是周末。我问许月朗，去哪儿呵？去酒吧喝酒。许月朗说，浑身上下浇湿淋淋的，不喝点酒祛祛寒明天还干不干事业了。

我们乘的士去一家酒吧，那是个花外汇券的好地方，除了外汇券，港币台币新加坡钞票还有美金只要是外国的都能花，唯独人民币不得入内。许月朗叹息着，从我身上掏出皮夹子扯了一张一千元的港币扔给一个服务小姐，来两瓶法国酒剩下的不用找了。小姐很礼貌地把钱还给我，我又点了几样小吃，等到酒和食品端上来时我发现一千港币远远不够。

一个女郎在不远处弹一首钢琴曲《致爱丽丝》，我望着她在琴键上滑动的一双纤手。

被雨水淋透的衣裳此时又被自己的体温烘干了，美曲美酒美好的气氛让我思念遥远模糊纯之又纯的那缕深情。

我和许月朗同时想到此时此刻我们身边缺什么。

你若是个男的多好，我肯定嫁给你。许月朗说。

我若是个男的当然好办多了，我肯定娶你，还有笑萱还有公司里的几个适龄女青年我都娶了，大家的问题也就都解决了。

那可不行，一夫一妻制。许月朗变颜变色与我讨论起来，你说你若是男的娶我还是娶笑萱？

我想了片刻，真格的还是娶笑萱，我说，讨老婆嘛娶笑萱比较放心，她不会背叛我，能对我忠诚。你呢，是个浪漫情人，一旦发现我有什么不尽人意的地方你就抛弃我了，笑萱是家鸡，家鸡打得团团转，野鸡打得满天飞……

许月朗把一杯酒泼到我身上，小子，你骂我！

我笑。有一种晕晕乎乎的快乐。抬手叫来服务小姐，写了一个电话号码，请她把石津安给我找来。

许月朗生我的气了，我对她解释，跟我你还虚伪什么呢，咱俩虽没共过多少事但我了解你，我也一样，你若是男的找我做情人，娶笑萱做老婆，她确实靠得住，我就不一定了……任我怎么说，许月朗这晚就是生气了，她不能忍受自己不如周笑萱。我安慰她，老婆跟朋友不是一回事，你是个好朋友，笑萱是好老婆。许月朗依然铁青着脸。

石津安来了，坐在我身边，我和许月朗这晚莫名其妙地沮丧，大口大口地喝酒，看到他时已颇有醉意。石津安点了一首歌说唱给我们听，那是一首《耶利亚女郎》。

如果你得到她的拥抱你就永远不会老，为了这个神奇的传说我们努力去寻找。许月朗放开嘶哑的喉咙给石津安伴唱，我脑海中浮现出万水千山那端的情景，想起那晚我与笑萱在卡拉OK。我抓起一把美国腰果在酒桌上摆我的心情。

歌声尽了，一束鹅黄色的灯光泻在洁白的桌布上，美国腰果组合的图案分外醒目：范竟。

许月朗醉了，抱着石津安的肩膀对整个酒吧的人咆哮：我找到耶利亚了，我永远不会老了！

我抱着头一声不响，听任许月朗发泄情绪。几个服务小姐同时走过来请许月朗不要大声喧哗，石津安在用他的脚尖碰我的腿部，要我为他解围，许月朗死死地缠着他的脖子，她找到耶利亚了，她永远不会老了。

一个多月过去了，我还是第一次想起范竟。我是说第一次在眼前他的面容清晰，我一直在回忆他，可他只是一个名字，一些琐事，他的面容距我太远太远，远得我看不清。

我呆坐在沙发里盯住一枚美国腰果手里攥着一只石律安的手，他的另一只手在许月朗手里，我听见石津安说笑萱来了，还听许月朗说李威走进来了，可我不想动，我担心身体和视线的移动会使远方范竟的身影笑容在我眼前消失，他，我难得一见。

笑萱打了我一拳，打飞了我眼中的范竟，我看见对面坐着怒气冲冲的李威。也许我真的醉了，许月朗已正襟危坐早放开了石津安，而我直到这时还握着他的一只湿手。

晓英喝醉了，许月朗说，不知从哪儿找来位先生，我怕她惹麻烦，只好陪着她。

李威在说话，晓英，我到处找你，不是说好了你到海关去接我，大家一起度周末吗？你说的那两个湖南小姐我已经打发走了……

唉，她这个人呵，我陪她去接你，半路她又回来了，我也没办法……又是许月朗在说，她唯恐得罪李威。

我嘻嘻地笑出了声。像一个孩子希望自己的恶作剧被人知晓，我希望李威和石津安互相认识互相明白。此时我感到面前的两个男人都很自以为是，他们骗了我的感情还以为我不知道把我当作傻瓜，现在他们俩见面了，他们俩也该明白了不仅仅是他们骗了我，我也骗了他们。我很得意。

我半躺在沙发里跷起二郎腿唱着一首不知何名何曲的歌。我们这一小批人被服务小姐客气地请出了酒吧，据说是影响了这家酒吧的正常营业，李威和石津安像受了羞辱各自找车回家了，笑萱无法把我和似醉非醉的许月朗两人架进的士，我和许月朗一致通过要从酒吧走回宾馆。我们知道路不太长，许月朗说，我们要给市民们唱几支歌。

那首歌我想我唱得最嘹亮，南腔北调唱了许多年了。

有人告诉我

恋爱最快乐

只有恋爱最快乐

爱人不要多

只要有一个

爱人多了麻烦也就多

谈情谈什么

恋爱说什么

中学时老师没有教我

恋爱怎么做

有人告诉我

恋爱最快乐

只有恋爱最快乐。

谁给我真心！我仰天长叹，谁对我是真爱？谁能为我跳楼，谁能为我自杀，谁愿意为我被油炸被火烹，有这人吗，有吗？我指着笑萱和许月朗说，今天我富有我养活你们，若是我破产了谁养活我？

笑萱气我醉恨恨地说，你这么挥霍，谁养得起你呵。

酒醉金迷的一夜又过去了，在我心里并没有太深的痕迹，我只是有些忧烦苦闷需要发挥。第二天早晨我已若无其事。

我给李威挂电话，那边没人接，甚至佣人也不接。我又打电话给石津安，石津安声音冷淡。他说，我认识你时只想多做一场游戏，可和你交往时间长了就把你当作一个好女人来崇拜了，我没想到我看错人了，你为什么不高尚些呢？电话里的声音在我耳畔回荡，一声巨响，石津安把电话摔了。

我耸耸肩，十分气恼，我他妈的凭什么就得高尚些。许月朗推门走进我的房间。嗨，昨晚那法国酒真冲。

是冲，我说，一瓶酒吓跑了两个男人。

笑萱也太不像话了，让她在宾馆留守李威来了就该拖住，明知道你我干不了好事，怎么还带着李威去酒吧找咱们？许月朗说。

一定是李威强迫她去的，她去不去昨天李威都会找到咱们。我穿好衣服说，走吧，喝早茶去！这天吃早茶我胃口特别好，几乎每个服务小姐推着食车在我身边经过时我都点一两样大点，餐桌上堆满食物，我大吃大嚼。

人在失恋时最重要的是注意吸取营养，要爱护身体呵。嘴里嚼着虾饺，一字一顿地告诫许月朗。

你尽情吃吧，今天早晨失恋的不是我。许月朗说。

早茶之后我回到宾馆房间里，周笑萱告诉我李威打电话通知我巴西老板明日就到。

那你要不要去看望老板的秘书，他来了好多天了。许月朗提醒我。

我和康先生见过面了，上个星期五还一起用过午餐。我说。

那你怎么没带我去呵，把我跟康先生引见一下嘛。许月朗说，没准儿还可以交个朋友呢。

你倒挺爱交朋友啊。周笑萱现出一副鄙夷的神情，这神情够十五个人瞧半个月的。

这是我的私事。许月朗并不退缩，出来混谁不想有个后台呵，我也是为了工作。

我笑笑，并不为她俩调解。笑萱见许月朗有些急了，不再和她搭言，转身对我解释，昨晚李老板非拉我去找你，我也不知你在哪儿，估计你不会去那间酒吧才陪他去，没想到正堵到你。

估计得还很准确呢，你怎么不带李老板去火车站呢？许月朗问。

小心，我揍你！笑萱吼道。

按照我和康先生还有李威共同拟定的日程，老板在特区只停留一天。下午三时飞机准时抵达机场，我和康先生、李威还有争先恐后一定要与我同行的许月朗又期待了二十分钟，老板和他的一名金发碧眼的随从出现在我们面前。

李威小声叮嘱我，你我间的不开心不要给老板知道。我刚想驳斥他几句，老板已向我伸出手来，你好呵，晓英。我握住老板的手，说，旅途辛苦了。

二十八个小时呵，老板作出一脸苦相，整整飞了二十八个小时。

二十八个小时不多嘛。在一旁的许月朗插言道，我从F市来特区乘火车三天三夜，七十二个小时呵。

这位是……老板问我。许小姐，公司的秘书。我说。

早就听说您要来，我们盼您很久了。许月朗说起话来突然嗲声嗲气，像是几岁的孩子，像在撒娇。

梁小姐，我在这里许多天，一个人好无聊，你们公司有这么年轻的小姐为什么不介绍给我呵？

康先生挑逗的话音刚落，许月朗已笑靥如花，现在相识也不晚呵。她说。

我从未见识过许月朗的娇媚，一双杏眼左顾右盼，夸张的笑容扑向老板和康先生。我们走出机场时，许月朗陪着老板和康先生走在前面，我和李威还有老板的随从跟在后面。公司的两部轿车等在机场外的停车场上，看情形许月朗准备与老板和康先生同乘一车，老板在车门前站住了，他说，许小姐，请你跟李老板坐车先走吧。

不，我们后走。李威抢上一步为老板打开车门，晓英陪老板先走。

我随老板上了车，老板的随从径自坐进了车的前座。康先生自己拉开了另一部车的车门。

车行驶在机场到特区的公路上，老板叹息着摇摇头，说，大陆的女孩真热情啊。

老板抵达特区的第三天早晨，带着他的随从、康先生、我还有许月朗乘飞机到了F市。按我的心愿更喜欢与笑萱同行，无奈许月朗在老板来特区后的一天半时间里与康先生和老板混得火热，她担心老板瞧不起她，就当着我的面声称自己是北京大学经济管理系的毕业生，曾经在F市做过两年的统计工作，熟悉那里的人文环境。我深知她的气质不像个受过良好教育的管理人员，但她既已这样说了，我也不好揭发她，就这样许月朗就带着一分首次乘飞机的惊喜吵吵嚷嚷地跟我们一路走出F市机场。

老板这次大陆之行，有四天时间比较充裕地用于旅行，往返于巴西和大陆之间，一天时间在特区休息，还有五天时间停留在F市。这个日程我早已通过电传通知了F市外经委，他们做了严谨周密的安排，这种安排的详细已落实到了每小时甚至每分钟，外经委两个精明强干的先生从老板走出机场那一瞬间开始，就伴在他老人家左右，从早晨七点半唤老板起床吃早餐到晚间十一点半提醒老板就寝，他们几乎就住在老板房间里了。

F市的市长和外经委的杜主任在老板到达的当天，就到老板住宿的F大厦十一楼看望老板，这是F市自改革开放以来引进外资规模最大的一次。也许是为了衬托其隆重，一连三天我们都在杜主任有一天还是在市长的亲自陪同下到F市的大企业里去参观，直到第四天，才在记者们的闪光灯摄像机下签订了那份早已拟定好的备忘录。

这几日我精神很紧张，不得不做出兴致勃勃的样子陪着老板一行在工厂里转悠，还在为经常哗众取宠的许月朗担忧，更重要的是关于老板在F市兴建的这家四星级酒店我有自己的打算，我想得到酒店的承建权和它的经营权。这其中有一大笔钱可赚，我只要取得这两项权利，就可以在国内招标，委托水平较高的建筑公司来设计兴建，也可以把我们中港发酵食品联合公司的职员北派到F市来经营酒店，增强我们公司的经济实力。但这件事我需要时间和环境慢慢地和老板谈，启发他走到我的思路上来，我怕直截了当地提出这种要求遭到拒绝，毕竟酒店不同于海蜇皮和亚热带活水鱼，它不属于我们公司的加工范畴。

这时候所有环绕在老板身边的人都成了我的障碍。老板的大陆之行只剩最后两天了。我必须有一个机会，最好是交杯换盏和乐融融的机会，让我从公司的业务、我的抱负谈起，一直谈到酒店交给我经营为止。可我总是被人打断，老板那儿不是有人来访就是外经委的两个陪同在喋喋不休，再不就是许月朗与老板、与康先生俩聊，一泻千里与我的业务毫不沾边。我几乎憎恨许月朗了。

第四天吃晚饭的时候，外经委的两个陪同只剩下一个。酒桌上有了我们自己人的和谐气氛。我开始启发老板了。

我们公司最近新吞并了一个企业，经过一段时间的初步调整已正式投产，目前原料和销路都有保障，估计年创利润可达一千万人民币……

是呵，形势喜人呵，那个企业在晏城，我刚从那儿回来。许月朗说。

我想今年开始拓宽业务范围，不仅仅是摘海鲜、肉食品加工，我还要……

我们要冲出亚洲，走向世界。许月朗再一次打断我的话，她喊出这句口号后，面呈得意之色，似乎觉得发挥得很有水平。

我们公司今年招聘了一批职员，都有中级以上职称，工程师、经济师还有……

都是大学毕业生，比如我吧，我念北京大学经济管理系的时候就想将来自己办一个公司。许月朗响亮的声音引来大厦餐厅里众多人士的瞩目。

我发现自己无法谈下去，许月朗总是跟我比着说，她像是下决心和我来一场竞争，看谁说得多说得快说得震耳欲聋。我沉默了，许月朗正与康先生眉目传情。

你长得像一个人，你认识玛莉莲·梦露吗？康先生问许月朗。

你长得也像一个人，你认识王连举吗？许月朗嬉笑起来。

王连举是中国电影《红灯记》里的一个叛徒。外经委的陪同先生告诉在座的三个巴西客人。

你才是叛徒呢。康先生指着许月朗说。

许月朗唱起小曲，你是个叛徒，你是永远的叛徒。

老板笑问我，晓英，你刚才想说什么？

以后再说吧。我心中甚是不悦，我真想告诉餐厅里的每一个人，许月朗她根本没念过大学，她只不过是我梁晓英在后半夜的海岸公路上大发慈悲拾来的流浪女。

晚饭后回到客房，我责备许月朗，你这几天话怎么那么多，老板就要回巴西了，我想和他谈些正经事都没时间，这可倒好，所有的话都给你一个人说了。

是不是我抢尽了你的风头，你在男人中间受了冷落？这不能怪我，是你自己没有魅力。许月朗摆弄着她的长指甲慢悠悠地说，康先生就要走了，你也该给我一个机会。

我是要和老板谈生意，生意场上不分男女，只有商人和钱，你懂不懂？我气愤地说，这几天你表现得够过分了，你还要什么机会？

许月朗笑了，康先生喜欢我，你没看出来吗？可他和老板的随从住一起，你和我住一起，你就不能豁达点儿，今晚把客房借给我？那你让我上哪儿去？我问。去哪儿都行呵，夜里十二点之后你再回来。许月朗说。

在F市我是能够找到去处的，至少我可以到范竞那儿去，他就在F大厦七楼包房，可我不想去，我担心与范竞会面或多或少会影响我的情绪，四星级饭店的承建与经营是一笔大生意，我要求自己全力以赴。

从我住的客房中被许月朗劝出去之后，我便到老板的包房中去了。我坦率地告诉他我到他房间里要坐到夜里十二点，因为康先生和许月朗需要房间。老板对此表示理解，他说康先生的太太和孩子都在英国，是地道的英国人，不肯移民去巴西，康先生一年间也只回两三次家。

我这晚倒是应该感激许月朗了，老板是一个人在房间里，很欢迎我与他聊天。由于时间充足，老板讲了一个小时，回忆往事回忆我的姨娘诉说他心中的负疚。而后他开始听我说了，像我期望的那样，最后他说，我派一个顾问到大陆来，你与他合作，把酒店建起来，经营好。

夜里十二时，我和老板已达成协议。老板打电话给我房间里的康先生，笑呵呵地说，喂，差不多了吧，晓英可要回房间休息了。

我兴高采烈，客房的门虚掩着，康先生已溜回他的房间去了。昏暗的床头灯下，许月朗穿着黑色的内衣，衬得身体丰盈肥白。没想到你还很迷人呢。我竟开口夸奖许月朗了。

康先生怎么样？我问。

就那么回事儿吧。许月朗并无喜悦之情，人家也不可能把我带到巴西去，也不可能为了我就和妻子离婚。

你想去巴西？还想嫁给他？

没有。许月朗点了一支烟，懒懒地说。

送走巴西老板，我和许月朗回到特区。原以为这里等待我的还有一场和李威的冷战，可周笑萱告诉我李威从香港打来电传，公司的事全部交给我处理，他到巴黎度假去了。

纠集人马赌钱，在一家咖啡厅楼上，那儿有一个房间专供常光顾这家咖啡厅的熟客搓麻将，一般在这里小赌一晚要付老板五千港币茶水费。

我在历届麻坛争战中从来没有赢过，最好运的时候也仅限于不输钱而已。但我好赌，有人说赌是智慧和勇气的象征，我喜欢这种说法，尽管输钱的时候也曾怀疑自己有勇无谋。

按照正常规律我每小时输一千二百元钱，常和我一起玩牌的女人都不是职业赌徒，我们赌得不大，我时常有冲动豪赌一场，可牌友们不奉陪，说眼看着我山穷水尽她们过意不去。

老规矩小和四十，大和一百二十。

我这天太顺了，手气是好，大把大把的港币往衣袋里流。三位老牌友十分惊讶，连坐在我身边观阵的笑萱也大感意外。哗哗的洗牌声中我不时微笑，但觉得赢是不可能的。为了提醒自己戒骄戒躁我一直念叨，前半夜来的是纸，后半夜进的才是钞票。

但我真的赢了，一夜之间发了一笔小财。第二天早晨五点走出咖啡厅时这儿的老板向我贺喜，真正的战犯，高手。他说。

早晨五点，咖啡厅门前没有出租车。街道半明半暗的，路两边的街灯只亮了一面，偶尔有满面倦容衣着华丽的行人走过，我们交换着微笑。通宵的士高散场了，高级电影厅散场了，饭店酒楼最后一批食者出来了。辛苦了，先生们。我和迎面走来的几个年轻财主调笑。小姐，早晨好。他们拉着长声向我致意。

有两个牌友找到一台出租车乘车回家了，老胡坚持要陪我和笑萱走一走。她这晚输得不多，心情很好。

有件事我没告诉你，怕你乐坏了手气。老胡说，情场失意赌场得意嘛，丢了两个男人赢了几万元钱，堤外损失堤内补了。

我望了她一眼，已经猜到了又跟石津安有关。是不是有人怀念我呵，我说。

怎么样，要不要我替你道歉，你们接着谈呵？老胡问。

笑萱紧张了，虎视眈眈盯着我，她的眼睛大而不美，在昏暗的早晨发出一种淡黄色的光泽。

我笑着，用舌尖舔舔发干的嘴唇。笑萱把手搭在我肩上暗中较劲，我痛得倒吸一口凉气。真准备结束了？老胡追问。

我想知道石津安又跟老胡说了些什么，我有些好奇。

笑萱发言了，从来没有开始的事无所谓结束，她说，我们没跟他谈过。

这是我熟悉的笑萱在商场上讨价还价的语气，她说话声音低沉颇具权威性，在许多她自认比我更应该做出决断的时刻，她总是把她个人说成我们。

老胡也是做贸易的，手下有三十几个精兵强将奔波在祖国各地，她对笑萱的话不以为然，反驳笑萱，你们没跟他谈过，你们是谁和谁？你们老板谈恋爱有你什么事？

喂，我跟谁谈恋爱了，我怎么听不明白呵，我说，这可是原则问题，二十多年了，我没谈过恋爱！

老胡瞪了我一眼，得了得了，她说，我知道你跟我客气，你忘了吧，是我做的媒呵，人家石津安一往情深跟你处，唉，谁能想到你是个朝秦暮楚的人呢，你真让我这个大媒人为你羞愧。

我有点不自然了，觉得她这番话未免离谱，我有必要把这个问题说得明确些，这事儿含糊不得。

当初你不就说给我介绍个朋友处着玩吗？

我那是怕你不好意思，故意把美好的事丑化一下。老胡说，对于未婚女性，介绍男朋友给你让你处着玩那不是害你吗？男朋友就是恋人，你不懂？

什么？我和笑萱同时大叫起来。我真有点愤怒。老胡也截了部的士挥挥手走了，临走叮嘱我，石津安好几天没上班了，茶饭无思就想你，你好自为之，别出人命。

李威度假散心去了，我也想去散散心，虽然没有签证去不了巴黎。老胡关于石津安的一席话让我心里沉甸甸的，我回到宾馆即与笑萱、许月朗探讨这件事。可别真出人命，万一人家有个三长两短我多对不起人家呵。我发现自己很兴奋。

不可能。笑萱说，你太自作多情了，石津安是个享受型，跟谁也就是混，他不会真正倾心给你。就没有这种万一？人家是念过哲学系的大学生，心内比较柔情，万一⋯⋯

有这种可能。许月朗说，小猫小狗处久了还有感情呢，何况两个大活人。你也配得上他，有气质还有钱。不过⋯⋯许月朗笑了，他是在跟你恋爱还是在陪你玩，你自己不知道吗？

我从来没往这方面动过脑筋，我就没考虑过，我说。

几天之后，我在一家常去的卡拉OK与周笑萱许月朗一起喝酒时遇见了石津安，他喝得酩酊大醉，人真的很憔悴。许月朗和周笑萱不再和我争论石津安对我有过一颗什么样的心了，我们没为哪个男人憔悴过，我们尊重这种憔悴。

在老板与F市草签备忘录后不久，F市省去了原来繁琐的审批程序，提出对备忘录中有关购买土地的条文进行修改，F市出让为期五十年的土地使用权，收取土地使用费两千万人民币。老板也作出让步，在秋天从巴西直飞F市，与F市签订了兴建四星级酒店的协议书，同时与我公司签订了在F市建造并经营四星级酒店的独家代理合同。协议一经达成，我公司即向国内建筑界发出招标通知，寻找实力强报价合理的建筑公司来承建酒店。这年十一月，为了在F市开标，我和周笑萱又回到F市。

F市是重工业城市，喧嚣庞杂，车如流水，路边噪音显示仪通常是八十分贝，在我心中这一方土地是跳跃燃烧的星球。但这一天毕竟是深秋了，走下飞机登时感到阵阵寒凉，见不到南国遮天蔽日的葱郁，北方的叶子们蜷缩着，现出龙钟老态。从机场进入市区的路上，我看见大群的年轻人穿着款式相同的服装昂扬地走着，我想F市某个服装厂的老板发达了。

还是在F大厦十一楼，我们住下后，笑萱主张去歌厅夜总会，我主张干点别的，比如休息休息。

已经是第二次了，我住在F大厦，范竟住在楼下。我很想去看他，只不知面对他的时候说些什么，动用哪一种表情。因为不知怎么做，所以随他去吧。天黑之后，周笑萱阴沉着脸在房间里踱步，步态凶狠烦躁，活像一头屈尊在笼子里的猛兽。对于范竟和钟庆和，有些事是我和她共同的经历，但她从不与我探讨，认可让这心事在心内膨胀腐烂愁老了脸上火牙疼也不肯和我谈一谈。我只好装糊涂。

许多次了，笑萱建议我们公司在F市成立一个办事处，争夺北方的市场，由她负责驻寨，我拒绝了。我说我不能派给她这么艰苦的差事。公司负责承建经营酒店的事公布之后，她又申请由她一个人在F市招标，我说这么大的事交给她一个人办，我不放心。不管她如何不情愿，我与她肩并肩回来了。

今天晚上就哪儿也不去了？笑萱问我。我说，不去了。笑萱盯着我的脸审视几秒钟又问，你在房间里就真能待住？

困了，我说。

足有十分钟，房间里静静的，笑萱一言不发。我有些怕心中感觉到的正在逼近我的现实，我是与笑萱而不是与巴西老板再度光临F大厦，即使我不问津楼下的范竟，笑萱未必不去拜访钟庆和。

我去看看我姥姥，笑萱站起身，我在西郊有个姥姥。

你去吧。我无权阻挠笑萱去尽孝心。笑萱走后我躺在床上看电视，是一部台湾产的电视连续剧，男女主人公表情激动，声泪俱下地诉说，感到乏味，没费周折我沉入梦乡。

和许多人在一起，我高声叫骂，十分痛快。正骂得起劲儿，隐隐约约听到有人打开房门走进来，便知晓那一顿解恨的痛骂竟是一梦，我有些失望。我想笑萱从她姥姥家或者其他什么鬼地方回来了。

这时候有个人坐在我对面窗帘下的那把沙发上望着我，那目光柔柔地漫在我脸上使我惬意。那会是笑萱么，她这样不作声一定有了非常得意的收获想向我炫耀，我笑了笑，想象笑萱的神情。

几点了，我问，睁开眼睛。

我的心在跳，但我并不吃惊，我在这个人身上有我那份预感。

一点了。范竟说。

我没有起身，没有问他怎么会来，他来了很好，让我去找他或者让我不去找他都不是件容易的事。我坐一会儿就走，周笑萱和庆和在我那儿。范竞说。

我轻轻笑了，没有说话。我想不出这时我怎样回答他。时间在流逝，深夜的窗外飘起秋雨，敲打着酸楚的心灵。

望着范竞。我眼前飘着些杂乱无章的东西，林立的大厦，投机的目光圆滚滚的大腿扭着腰肢的时髦女人，名牌表存折钞票还有某一个晚上在夜总会我用美国腰果摆出的那两个字——范竞。

范竞的骨架是那种挺拔的男人式的，我无缘由地觉得自己信任他，爱他，他站起身准备告辞时，我抬起一只手遮住面靥，来是他的决定，去是他的自由，我听凭他内心的裁决。

隔了好一会儿，我发现范竞没走，他站在床边凝视我。你怎么了？我问。

我也在想我怎么了。他说。雨后的阳光穿过清晨在客房中投下一道鲜润的影子，我和范竞同时睁开眼睛，愕然间微笑中溢满亲切。喂，讲讲特区和你吧，范竞说。

我说，我刚失恋，男朋友去了巴黎，他怀疑我对他不忠诚，这是个误会，我没想对不起他，可另外一个男朋友对我也不错，我这人最大的弱点就是太善良，我不忍心让别人为我痛苦，我……范竞笑着摇摇头，问，你心里想起过我吗？

原来你想知道的是这个呵，真自私。我把他从怀里推开，开始穿衣服，我不愿意谈他让我谈的事。

范竞不放弃，他抓住我正忙着的双手追问，你想起过我吗？

你呢，想起过我吗？我问。

他点点头。我本来对他很有几分信任，可见到他这样庄重的神情我怀疑起来，在我印象中我和他这种人只在撒谎时才一往情深。

我不信。我说，伸出一根手指掩住他的嘴唇，你别说了，你想没想过我我不想知道。

他穿好衣服坐在床边与我面对面发怔，我们像擂台赛上的对手一样互相打量，他把我从头望到脚，我把他从脚望到头。名牌袜子。他揶揄我。金利来衬衫。我反唇相讥。看来我们还是可以谈一谈的嘛。他笑得有些难看。

不是绝对的无话可说。我冷了面孔。

好吧，他愤怒地扯住我的头发，小姐你一个月向国家纳多少所得税啊？

我使足力气抔他的脖子，先生，你每年嫖多少女人？

我和他互相逼视，空气里响着两副牙齿摩擦的声音。

听着，他说，我不是你手里那些吃软饭的赖皮小子，随你想要就要想扔就扔，你想要我没那么容易，我范竟不是供你寻开心的。

这么说我大难临头了？我被他的话激怒了，故作轻松放开和他撕扯的手，他以为冲突缓和了也不再揪我的头发。我站起身，说，我不要你，也不跟你寻开心，你走吧。

我不走。范竟微笑起来，我要在这里住下去，他说。

这跟我就没关系了。我气得浑身哆嗦着向外走，范竟在后面散步似的跟着我，我打开房门突然用力一摔，想把那张可恶的笑脸关在房间里，随着一声门响，我听见范竟一声惨叫。不知出了什么事，几分钟后我又推开房门，看见范竟两手握在一起，指缝间渗出鲜血。

你走我能不送你吗？范竟还在微笑。我叹口气。上医院吧，找辆救护车，去看看哪根骨头断了。我温和地说。

范竟走了，我很想陪他去看看他的手，或者抱抱他抚慰他。我们之间没有不可逾越的鸿沟不共戴天的深仇大恨，事实上他每一步离去都牵扯得我心痛。但我怕那阳光似的河水似的明亮又温情的东西，怕自己一不小心流露出一脸痴痴的憨态，我不愿意用生命中最宝贵的那点点甘霖去滋生一个萍水相逢的男人的骄傲，担心有一天我坐在某个孤寂的角落黯然神伤，通体充斥着被人戏弄的悲哀。

拿起电话拨了几遍公司的电话号码，电话里一个女人的声音告诉我占线。我想和许月朗谈几句，询问一下公司里的情况。放下电话翻开服务员送来的报纸，从一版详详细细读到四版，读后一股怒气油然而生，一点儿有趣的事也没有，白读了这么半天。愤愤地自言自语的时候周笑萱哼着二人转从外面回来了。

眼圈泛青肤色黯淡，过了一个无眠之夜。嘴角上翘面容开朗，眉宇间风情流转喜气洋洋……我很不习惯周笑萱举止间播散出的女人加母爱的温柔，太突然了。

早啊，周笑萱若无其事地跟我打招呼。早，我强捺住内心的无名火，淡淡地回答她。伸手又抓起那张乏味的报纸，只为遮住不友爱的表情。我在心里一声声劝自己，关我什么事，她又不是我闺女。

可我还是悲愤，像我和许月朗从前的岁月人生里没有坦途深一脚浅一脚，某一天再回头收拾旧山河已经来不及了。可笑萱比我们幸运，活了二十多年留有一个白璧无瑕的女儿身，有钱有事业，她没理由不好好生活。唉，我叹口气，视线移向窗外。

我看见范竞的手受伤了，他对你挺好的，你为什么不珍惜他？周笑萱责问我，你们已经到一起了，你为什么不把他抓住？

对笑萱这种人真不好评价，好像她自己就没干点什么事似的。我冷冷地说，你认为只要到一起了就可以把别人抓住吗？

笑萱傲慢地抬起下巴，努力了就不后悔。不后悔？这只是时间问题，没有不后悔的，我说，就怕哭都没地方哭去。

哼，笑萱轻笑，一脸的悲壮。你为什么不走一条捷径呢，好好地恋爱成家可以少受许多伤害，何苦跟我们学，不值得。

你没看出我爱他？大大的一颗眼泪从笑萱眼里滚出来，这又不是你买股票买热带鱼买肉罐头，什么叫值得什么叫不值得？

特区那边来电话了，许月朗在电话中说公司里一切还好，几个职员各守一摊只是没她什么事，若是我这里人手不够，她想来帮我，她在F市有许多老熟人，还说老胡打电话让她告诉我石津安痛苦地喝药了。

喝了多少？我很关心数量。

少说也有八两吧。许月朗说话的语气像是很严重。可八两是什么东西？

一壶浊酒尽余欢，夕阳山外山。许月朗唱了一句。

我真过意不去。

白天翻阅了几家建筑公司送来的预审资格申请书，又和两个通过F市外经委的杜主任介绍来的投标人见面，交换了一下彼此的想法。到了晚上，笑萱说了句钟庆和等她吃晚饭，挎上小皮包走了，剩下我一个人待在房间里闷闷不乐，却又不愿意走出宾馆投身到火热的夜生活中去。这段时间我像是变得懒惰了，不那么酷爱到娱乐场所去消遣了。

心是空荡荡的，想找点东西添补。石津安到底怎么样了呢，我想起和他共处时的那一种轻松。和李威在一起我沉重，感到自己又做作又虚伪，明明是吃苦耐劳的土八路遇上了这位资本家阔少爷，我常常不得不名贵起来娇气起来，那时候我就像烦他一样烦我自己。而范竞呢，我与他是同在F市成长起来的两个奸商，性格禀性意志气质太相似了，他比我成功比我优秀，那一身咄咄逼人的男人味对我构成压力和威胁，我很担心自己变成他手里的一束花草。还是石律安好，我感到和石津安在一起我才更有价值，他也好像更需要我。因为特区的电话占线的时间太长，我打电话给宾馆总机，请她为我要一个长途，我给她的是石津安的电话号码。

电话铃响了，这一次电话要通得好快，石津安吗？我快乐地问，你最近过得好吗？

不好。电话里的男人笑着说，我是范竞。我一声不响把电话撂下了。

电话铃又响了，长长的不间断的，我操起话筒却不说话。

我错了，范竞说，今天早晨我不该出那么复杂的难题让你回答，事后我想那问题太难为你了，对不起。

态度还算诚恳。我握着话筒眉开眼笑，心里很满意。

我知道。范竞继续对我让步，他说，知错就改是好同志，人非圣贤孰能无过，要允许别人犯错误，没有错误就没有人类的进步和社会的发展，我们都是在错误里成长起来的。

再贫嘴我不理你了！我大喝一声。

千万不要这样。范竞说。

他把电话撂了，电话里传来嘟嘟的忙音，我气得将话筒摔在一边，颇不解恨，又把一个卧枕扔在地毯上。他妈的，我说。

房间里淡黄的四壁使我烦闷，高楼深处的宁静突然变得无法容忍。我理理头发化了淡妆也顾不得南方我正在呼唤的石津安了，推开房门向外走，一庞然大物令我一怔。转瞬间我看清与我撞了满怀的人是范竞。他的左手缠了些许纱布，用几根绷带整整齐齐固定在胸前。我极力做出关切的神情，凝视绷带在我忍俊不禁的时刻我抱住他，范竞没有看到我那张大笑的脸。

我和范竞很投入地深入剧情了，同步进行的还有周笑萱和钟庆和。

在F大厦，我们四个人分成两组做了邻居。

这时候我很庆幸自己在开标之前早早地到了F市，大概冥冥中有一种力量在驱使我来编织这段尘缘吧。

我们的事业是蜜糖般甜蜜的事业，是充满了柔情细语阵阵酒香南北名厨中西大点的温馨的事业。当然还有爱情，互敬互爱互不侵犯始终是日子的主旋律。那第一个早晨的冲突之后，我和范竞增进了解同时认识到短时间内难决胜负，两个人都放弃了幻想、权力、欲望，关在一间房子里的时候，我们都显得和蔼亲切。

周笑萱与钟庆和的情形也非常不错，尽管我并不看好他俩的感情，可他们俩已经如胶似漆了，周笑萱面庞灿烂了眉眼妩媚了，她发自内心地快乐，我再横挡竖拦未免自不量力。

那一段光阴对于我们四个人两个小组来说是美好的，我们去所有花钱能去的地方，吃所有好吃的东西，谈所有可谈的事情。二十天后我、笑萱还有我在F市聘请的建筑方面的专家及F市政府的代表共同组成的招标委员会顺利开标，与F市城市建筑总公司签署了建造酒店的工程合同。合同签署后，为了寻找借口继续在F市逗留我开始为公司谈一笔海鲜买卖时，我发现自己随身携带的现金不很充足了。

我盘算着该回特区了，主要是需要现金。虽然范竞赚的钱以我们四个人每月二十万的水平也可以花个十年二十年的，可我不想也不习惯依赖他，我是那种喜欢自己做东忍受不了别人请客的人。

范竞感觉到我要走了，有两天脚前脚后围着我转，男人永远是孩子，在他爱和留恋的时候，一副茫然无措又委屈又软弱的样子。面对这样一副面孔，我倍感自己是强大的，平添了许多爱惜他关心他的义务。

范竞，你干吗老是耷拉着嘴角？范竞笑了笑，那样惆怅而短促的微笑并未使他显得振作，他依然酷似一只打了败仗的老狗。

唉，我本想一走了之，什么时候高兴了再来看他，若是不高兴就忘了他。我不在乎什么有钱有势钢铸的铁打的大男人，可范竞不是这样，他孩子似的，女人多半怕孩子。

一天晚上我俩躺在床上，范竞枕着我的手臂，我们保持一个姿势已经很久了，范竞依然面对着我一动不动，他盯着我的脸。我是不是挺动人的？我问。范竞笑了，不置可否。可这个问题我不需要沉默，我又问，我是不是很吸引你？

范竞点点头，他忽然问我，除了我你还吸引过多少人？

我想了想往事，走过的路交过的朋友，感到迷惘。轮到范竞追问了，到底有多少人呢？

我生气了，我这不是正算着呢，你干吗追着问，我最讨厌我加减乘除时有人打扰我。

范竞伸出两只手翻动一次，有没有这个数？他问我。看手势约莫是二十。

没那么少。我摇摇头。话一出口感到烦了，我吸引过多少人怎么就没个准数呢，恐怕你我手脚并用也算不清。我如此告诉范竞。

范竞猛地转过身去，送一个坚硬的脊梁给我欣赏。我很惊奇他居然在乎起这件事来了，又好气又好笑。我说，范竞，跟你比我当然不算老，可也是扔下二十奔三十的人了，这一把年纪没点儿经历吗？

范竞恼火得都要哭了，可你不必告诉我啊，我宁愿你撒谎骗我说你跟孟姜女是一样的人，也不愿听到一串天文数字。

那怎么办？我倔强地说，我是个实在人，有啥说啥。

范竞说，那就算了吧，我不跟你结婚了。房间里浮动着一股懊丧，我脑子里乱糟糟的，许久我明白了他的用意，欣喜若狂地抱住他的头，你刚才说你要跟我结婚？

不结了。范竞说，我看你像给我准备了一千顶绿帽子。

我情绪好极了，鼓励他，结婚也行，只要你答应我一个条件。

什么条件？范竞问我。召开个万人大会向我求婚。我说。这么隆重影响不好吧，范竞突然忸怩起来，我是二婚。他说。

回特区的事就这样耽搁下来，我和范竞之间有许多事情需要商量，比如什么时间去拜见双方家里的老人，在哪儿举行仪式，最重要的还是家安在哪里，它涉及我俩未来的发展。范竞喜欢F市，他要我回北方，而我觉得南方不错，那里有我的事业。

那两天我和范竞时常争吵，间或甚至很激烈。我可是经理！我这样告诉范竞，提醒他不要让我为他做太多牺牲。经理是大官！范竞用与我同样高昂的嗓音重复这句话，嘴角还挂一点虚假的恭维。他分明是让我意识到他的身份，他的集团公司有四十多个像我这样的经理。范竞真正的意图是让我辞职，回F市给他做职业老婆。我很迟疑，对于付出过心血的公司我很难为一个男人舍弃，哪怕这个男人是范竞。

这天范竞与钟庆和一起出远门了，乘飞机到千里之外的一个城市去开一个全国规模的订货会，会议为期十天，范竞只安排了三天的日程，他让我等他，三天后他回来，要带我去看望他的父母。

晚上。我和笑萱在宾馆餐厅里用了晚餐，然后到野百合夜总会去消遣。没有熟悉的男人相伴我和笑萱都有些无精打采，夜总会的气氛热烈喧嚷，但我俩深感乏味。还未到十一点，我和笑萱就离开了野百合，乘一部出租车回F大厦，F大厦门前有一群人正在殴斗，大喊大叫拼拼杀杀阻断了行车道的交通，我们乘坐的出租车在F大厦前面的停车场停下了。

我和笑萱下了车，向那伙殴斗的人走去，我们想看看热闹，一面走笑萱一面抱怨，F市治安真差，宾馆门前居然有打架的。正说话间我们已走近打架的人群，那群人看见我们突然四下奔逃，我俩正有些发怔，忽见三个男人向我俩走来，那一瞬我深感不妙可还存有幻想，以为无缘无故不会有祸事降临到我头上，一个男人已撞到我面前，我感到他用手里的什么器皿在我胸部打了三下，我一边惊得大叫，一边向F大厦窜去，笑萱紧跟在我身后，喊叫声丝毫不比我逊色。我们在几秒钟内窜进了F大厦门厅。

一位秀女在鲜花环绕的钢琴边弹奏世界名曲，大厅正中的喷水池喷出魔幻般的水柱，四周零散地坐在沙发椅中品着咖啡和各种水酒的中外人士正轻声聊天，门厅上方悬挂的一排小旗上写着雀巢咖啡兼带啤酒。我正正衣襟，敛尽一脸的惊惶。

你没事吧？笑萱轻声问我。没事。我走向电梯门口，一面用手抚摸刚被人敲打过的胸口。电梯门开着，我站在门口手有些潮湿，笑萱已哆嗦起来，血……她说。

金黄色的晚装胸襟已呈黏状了，五指间溢出血液，直至这时我才感到胸部的剧痛和窒息，四肢瘫软了，可丝丝缕缕的清醒正告诉我，不能制造爆炸性新闻。

我咬紧牙扶住笑萱，我俩默默地向外走，走出F大厦，我听到笑萱的一声号叫：出租车！

从那一刻起我沉入昏迷，不知怎样到了医院，怎样透视照相，怎样缝合最后怎样躺在了住院部的病床上，只偶尔听到笑萱焦急的询问声，她最后一遍问我我已被胸部的伤口痛醒了，她的脸正对着我，我听见她说，快告诉我谁是凶手，快告诉我，你死了我给你报仇！

我死不了，我知道。虽然心跳的快节奏使我虚弱，呼吸艰难伴着眩晕，可心智清醒，我想我这年轻的生命不可能告终了，即使大限来临也不至于死得这么不明白。

医生来了，他告诉笑萱我已没有生命危险，我想起许多误诊的病例，睁开眼睛，我的心跳频率太高了，我说，医生回答，那是吓得。

也许我真的给人吓破胆了。

这一夜的煎熬比我出娘胎时还困苦，我在刀子剪子针头和氧气瓶中间打滚，只剩笑萱伴在身边，她这时变得像我母亲一样慈爱，我呼吸困难，一直在寻找一个便于喘气的姿势，一会儿我要求她扶我坐起来，一会儿又让她扶我躺下。这时我有一个决心，我将报复，不遗余力。后半夜时我对笑萱说，去要个长途，让许月朗来。

一窗的阳光照着我胸部的伤口使我不能平躺，匕首刺入太深，胸膜穿透了，这时已染上了很严重的胸膜炎。医生们都说这凶手意在取我性命，再稍稍偏半寸，心脏也就刺透了。我聆听着这一切。

你不知道这人是谁吗？笑萱问我。你知道吗？我问笑萱。我们在谈论谁会来害我，这是我想了一夜的事情，我从儿时与人在街头争吵想起，怎么也想不出我会与谁积怨，竟结下不共戴天的血海深仇。

中午两个胖大魁梧的警察走进了病房，是对我寄予同情的医生报了案。警察自我介绍说他们是医院所在地公安派出所的治安民警。两人十分亲切地询问了我被害的前前后后，我和笑萱详细描述了凶手的体貌特征，身高一米七〇左右，平头，穿灰白色夹克衫。警察安慰了我，并再三告诫我短时间内不要独自外出，特别注意不要一个人到公共场所去，他们说最近F市治安混乱，刚刚有一位十八岁少女在舞厅里被人砍了三刀还没查明跟我受害有没有必然关联等等。警察走了。

许月朗是这天傍晚出现在病房门口的，我看见她时心情愉快。她穿了一身黑色西装，系了一条浅灰色领带，男人味十足，看上去不像是来度假的。

肏他妈。她一进门便扯着嗓子骂了起来，咱们姐儿们大风大浪都闯过来了，没想到在F市咱们老窝里翻船。谁干的？她和笑萱一样笨，以为我知道谁干的不告诉她。

我说，你去猜猜吧，你猜出之后告诉我。我知道许月朗在F市不是一般同志，凭我对她的了解，无论她在哪儿混过都会想方设法靠上几个对她有用的人物。

我找几个朋友去问一问。许月朗说。

到舞厅里去找。我说。

晚上周笑萱和许月朗出去寻找住处，我们眼下不能再回F大厦，我是在F大厦门口出事的，说不定那儿还有敌人的埋伏，弄不好引狼入室再把危险引到医院来。而且我将来还要在F市经营酒店，我不愿意有再多的人知道这事，包括范竞。提到他，周笑萱、许月朗还有我同时变得有所忌讳。的确这段时间我在F市除了那几家建筑公司的投标代理人和一个极力向我推销海鲜的客户，没有别的交往，我相信这几个体面的生意人无论怎样也不会想到要把我干掉，我的生活圈子只限于范竞、钟庆和、周笑萱。周笑萱是我的人，我的朋友，对此我毫不怀疑。

不要再住宾馆了，找一家偏僻的旅店，安全第一。范竞这两天回来不要和他联系，等把凶手查出来再说。我嘱咐笑萱和许月朗。

我的金黄色晚装和脱下身的乳罩就挂在床头。

几个护士来劝我拿走我都拒绝了。精致的坐着轮船来到大陆的乳罩整个被我的鲜血染红了，金黄色晚装的前襟也浸了一大片血渍，此时是黑红色的。

我欣赏着它们，像是我镌刻出的两件艺术品，我欣赏着那一片血色。一个背影在眼前慢慢走远，那是北方的省城，一个厚积冰雪的季节。

在我儿时的记忆中最冷的一个冬夜，姨娘要到街上去，我陪她去了。我们走在一条市中心的大道上，穿着厚厚的棉衣，围巾裹着脸，只露出一双不避风寒的眼睛。

在市政府门前姨娘开始背诵语录，没有听众，只有紧闭的大门，深灰色死寂的大楼。我望见马路对面有一个推着自行车叫卖冰糖葫芦的老人，姨娘，要冰糖葫芦吗？我问。姨娘对我笑，口中继续念叨，一切反动派都是纸老虎。我丢下姨娘去买冰糖葫芦。

一阵刺骨的冷风抽打我的前额，警告我不要离开那个疯子，而我没有回头，奔过了长街。等我拿着两支冰糖葫芦回到市政府门前时，一个黑色的男人的背影正在远去。姨娘死了，被人用她的围巾勒死了。那一晚我哭了，第一阵泪水涌出眼眶时，我初次品尝到姨娘明净的笑容里有过太多沧桑太多人生的无奈。

在我很小的时候，我用脚跟踩死过夏天草丛中我捉到的所有的蛤蟆。瞪视苍天的童年我有一双仇恨的眼睛。只是成长中的岁月，漫长的凡人生涯，那一幕血痕渐渐远了，虽不能忘记却也不再提起。而此时胸前糊满的纱布再度激起我的狂怒，我仇恨，又由衷地感到振奋感到兴奋，终于有这样一天这样的一件事找到了我的头上，纵然以生命为代价，我也要搏一搏。

一位护士小姐推开房门看我来了，她从托盘里拿出雪亮的针头。她用酒精棉球擦我的胳膊，她奋力一刺，未中。于是亮出一只手掌击打我的胳膊，胳膊上现出青黑的血管，她再次奋力一击，未中。如此这般一连四次，她责备我了，你的血管怎么长的，连个形状都没有。那时我已被她刺得心惊胆战，恳求她这天的吊瓶不要打了。可她责任心很强，再度冲刺，这一次中了。青霉素药水滴滴答麻酥酥地流进我的血管里。

就在这天夜里我与周笑萱许月朗开了一个会，分析了当前的形势和我们的对策。我们讨论的结果是这次事件属于情杀，主谋是个女人，没有哪个男人会对我这样一个虽不够弱小却还算正直的女人下此毒手，我自问不曾得罪过谁，相信只有情场上的同性对手会视我为天敌加以消灭。李威与我不了了之了，石津安我从不曾努力涉足其生活以致威胁了什么人的利益，无法排除嫌疑的人就是范竞了，我这时才意识到我们彼此是缺少了解的。聚少离多，没有我的日子里他干些什么，血性的精力旺盛的男人每个夜晚和谁在一起呢？我们三人对此有相同的看法，我们要报复的对象是个女人，就是范竞的某个秘密情人。

查一查范竞吧，仔细查一查。

我在医院里度过了半个月，然后我出院了。这期间每天被许月朗和周笑萱轮流呵护，时常听许月朗关于范竞的调查报告。范竞在我受伤后的第三天就已回到F市，听说仍住在F大厦七楼他的包房里，许月朗通过各种渠道与范竞身边的人接洽，不知是范竞行事小心还是许月朗侦察不利，我们只知道范竞曾与两个有夫之妇往来，平均每个交往三个月给人家付一笔钞票就好聚好散了。我们不相信他历史会这么简单，只有继续挖掘。我手里的现金很快花空了，周笑萱回特区去提款。那天还有两个人来看我，就是当地派出所那两个治安民警，他们开心地告诉我，根据我提供的男人的相貌特征，已经找到了八百六十多个犯罪嫌疑人。

许月朗租下了她朋友的一套空房子，那里有电话对外联系很方便。因为我们要办的事比较特殊，说不定还是一场持久战，我们不愿意再住到容易被人找到的宾馆或者旅店里。这一天周笑萱从特区回来了，她带回了我们准备采取行动所需的资金，还带回了两个消息，李威从巴黎度假归来，让我速回特区。公司的进货与销售多是经我手办的，目前业务处于停滞状态，我置之不理。私仇不报，誓不为人，弄不好连命都丢了，我哪管公司赚不赚钱呢。为了不被催回，我让许月朗和周笑萱停止与公司联系。还有一件事，笑萱说起来很得意，她说她在特区一家酒楼吃早茶时亲眼见到石津安和我的赌友老胡在一起。我不以为然。他们一直是朋友，就是老胡把他介绍给我的。我说。

笑萱撇撇嘴，我看你是被人耍了，他们俩在一起的亲热劲儿不是一般的朋友。笑萱说，老胡是给她的情人找个好归宿安排他成家才把他转赠给你的。

不可能。我说，我的年龄、气质、财富哪方面都比老胡强呵，石津安怎么会选择老胡呢。

许月朗插言了，她说，不是选择老胡，石津安是端惯了老胡的金饭碗。他当然想选择你了，不信你回去找他，保证他还跟着你。可你这么久不找他，他就只好再和老胡处了，人家老胡也是肯花钱的人呵。

我惆怅了好一会儿，除了惆怅石津安，更惆怅老胡。给情人找出路也是桩好事，可何必找到我头上，先把他介绍给我，又从我手里往回偷，还害得我和李威分道扬镳。

这天夜里我失眠了，蛰居在F市万家灯火丛中，想起南方的公司一桩桩迫在眉睫的业务，免不了心中烦躁，像这样躲躲闪闪要到何时才能找出范竞的旧情人为我雪耻呢？我决定冒着再度被刺的危险主动出击。

许月朗和笑萱不同意我这么轻率，他们说我突然抛头露面会使本来已放松警惕从洞里探出头来的蛇又缩回头去。她们的意思是只有我消失了，那个阴险的女人才会在范竞身边出现。可我等不及了。

第二天上午许月朗领来一位四十岁左右的中年男人高先生，介绍说他是F市颇有实力的黑道人物，是许月朗的老朋友了。高先生与我寒暄之后提出看伤，我摇摇头说，这不方便吧。高先生笑了，一副曾经沧海坐怀不乱的男人的笑容。一双眼睛坦坦荡荡，只在坦荡后面敛着一股令人心悸的锐利，甚至是凶残。他从米黄色西服上衣口袋里掏出一支香烟，点燃吸了一口，吐出一股淡淡的烟雾。他并不看我，而是对许月朗说，我不验伤怎么知道你们是真的受害了。

许月朗说，高大哥连我都不信任了？高先生又说，我不看伤口怎么知道用的是哪种利器，怎么判断是哪伙人呢。

我只好解开上衣纽扣，任他在伤口上触摸了一番。他不动声色地说，十五天内我把凶手交给你们。

我们先付一半钱。我说。

许小姐的事就是我的事，等事情办完了一起拿钱吧。高先生说。

可我现在就需要人手，我想雇几个人。

高先生望着我说，保护你可以，你若采取行动，事先一定通知我，不能胡来。

我们成交了。

这天夜里十一点我和笑萱、许月朗还有几个男人分乘两辆的士去了野百合夜总会。我和笑萱、许月朗走了进去，高先生手下的几个弟兄守在外面。野百合正在放的士高音乐，跳舞的人不多，一束强光投射在舞池里，不远处一幅宽大的投影屏幕上晃动着稀稀落落的十几位舞客。我与笑萱、许月朗落座后，正向服务小姐要酒，突见两对男女步入舞池，那束强光立刻殷勤地转移到一位男人身上，屏幕上现出一幅人物肖像夸张的特写，我的爱侣范竞向观众们微笑。

我深坐在沙发里，望着屏幕，从那儿可以看到舞池中的部分情景。范竞是野百合的老主顾，有他在那儿扭，上屏幕的主要演员就轮不到别人，他是这晚的屏幕明星。

麦当娜的金嗓子在吼，屏幕上范竞的头部特写消失了，许月朗拍拍我的肩膀，让我注意与范竞对舞的女人，女主角也露面了，她在那里与范竞成双成对，载歌载舞。

一股怒火从脚趾开始蔓延到我的全身，我在那里受尽折磨死里逃生，他在这里饮酒跳舞搞女人。我从鼻腔里发出一声冷笑，我的仇恨本是与范竞无关的，我认为是因为他爱我他移情别恋跟定了我才带给我这场灾难，可这时望着屏幕上快乐的范竞我竟然感到深深的失望。

的士高曲还在轰鸣，野百合夜总会里的气氛却凝重起来，东北角四张漆木桌子拼在一起范竞的十几个兄弟绕桌而坐，有一个人偶尔瞄到了我，那十几个人便都把视线集中到我身上，还有这儿的老板、服务小姐，还有常光顾这儿的熟悉我和范竞的朋友。几乎在同一时刻焦灼警告的目光投向范竞，范竞还在那里手舞足蹈。

许月朗最后盯了一眼与范竞共舞的女人，发现我们成了许多人注意的目标，她走出夜总会。

夜总会里的座上客们停止了闲聊，静静地望着范竞，空气在沉默中，恍若黏稠地向周遭渗透的泥石流。范竞感觉到了气氛异常，他向四周张望，他不明白人们为什么都严肃地注视他，他的视线在一排排座位上移动。他看见了周笑萱，看见了他的未婚新娘。他猛地推开正与他跳伦巴的女人，沿着夜总会通往厕所的道路径直走了出去。那女人站在舞池中表情尴尬。

范竞在几分钟之后来到我身边，扶着沙发对我耳语，别傻坐着，到我那边去。我坐着未动，他又说你若不去，我让他们都搬到你这桌来。十几个男人三四个女人浩浩荡荡搬到我这桌来了，夜总会老板率领服务员忙着为他们拼桌子搬沙发，我一直垂着头，像是犯了错误刚刚被老师训斥过的小学生，相比之下所有的男人都比我威风所有的女人都比我光彩照人。

女人就是这样一种尤物吧，发现自己比别人鲜亮是相当愉快的事情，与范竞同来的几个女人刚刚还神色惶恐，这一刻看清了坐在范竞身边的是我这么一个潇洒的家伙，她们同时开朗起来，也不顾范竞介绍我是他未婚妻这样一个不可侵犯的角色，她们与范竞调笑，媚态逼人。这几个女人想在精神上摧垮我。

我已经垮了，坐在众人中间被范竞哄劝的只是一副皮囊，我的神志已逃到很远很远的角落发怔发呆。木鸡一样的我听到范竞不断地问我这段时间去了哪里，从哪里回来，还拿出皮夹子里的机票说他正准备去特区找我……他见我还是不作声，开始责备周围的人不懂事，不会给我劝酒没有给我递烟，又说可惜钟庆和这几日忙，有私事，不能来夜总会陪周笑萱。不管范竞怎样劝，怎样做鬼脸哄我笑，我只是呆望四周，心内茫然。更多的时候我低下头，我的头这晚突然沉重庞大，我支撑着它很吃力。

我想：范竞啊，你我的缘分结束了，没有任何挽回的余地，结束了。

后来我站起身向外走，后面跟着笑萱和范竞。范竞在夜总会门口拉住了我，对我说，我若找女人，我能找到，但我没找，我不想找。在冷秋夜风吹拂下，我比在烟雾缭绕的夜总会里振作了一些，我抽了他一记耳光。范竞愣了，他不相信我会动手打他。

坐进夜总会门前等我的的士，行至半路我让许月朗和那几个雇来的男人绕回夜总会，盯住那个和范竞跳舞的女人，连着范竞还有那个女人一起干掉。

没范竞的事吧。笑萱和许月朗同时抗议，范竞怎么会让人害你呢。

一起处理。我说，他欠我的。

许月朗下车上了另一部的士，笑萱也坚持随她去了，我回到住处等她们的消息。

后半夜她们一脸倦容地回来了，说已经知道了那个女人的住处。为什么不动手？我问。不能害范竞，他太无辜了。笑萱说。

那个女人跑不了。许月朗说。

我今天就要报复，一刻也不能等。我说。

再等等吧，两人都劝我，别太冲动。

不管怎样事情有眉目了，至少我知道拿谁出气了。对血腥的渴望在我心中膨胀着，胸部伤口的阵痛使我再度忆起儿时的长街，姨娘死去的面容凶手的背影。

这件事快办完了，我让许月朗给李威挂电话，电话中响起一个狂躁的男人的声音，告诉梁晓英，她是公司中方的法人代表，她不在公司的许多合同签不了，她给公司造成过百万的损失，三天内再不回来，老板就要开除她。

凌晨我躺在床上，内忧外患加重我的疯狂，我只有一个念头，我要报复。这时候我的刀伤已显得无关紧要，我甚至不想追究我的情敌而一心恨着范竞。

一点冰凉的泪水滴落在我身上，笑萱悲哀地站在我床前。晓英，我求你不要跟范竞决裂，不要害他。笑萱说。

为什么？我反感地问。

钟庆和与范竞是兄弟呵，你让我怎么去见他。钟庆和重要还是我重要？我让笑萱做出选择。对不起。笑萱说，我爱钟庆和胜过爱一切人。笑萱咧开嘴号了一声，她从我房间里冲出去，她冲到套间门口大声说：但我不会出卖你。

笑萱这天凌晨走了，我不知道她到哪里去了，也不知她还回不回来。她出去的时候我看见许月朗衣冠楚楚站在我门口。我问许月朗，你也走吗？她摇摇头，我记事以来一直忙着办错事，一错再错。她笑了，你是老板，所以我为你办错事，你给我出钱，我为你错到底。

几天之后我在一张特区日报上看到一则启事，中港发酵食品联合公司中方总经理梁晓英擅自出走，限期回公司上班，逾期予以解聘。

也就是这天下午，许月朗把电话打到我的住处，说她的人刺伤了范竞。一共十四处，她说，生死未卜。

我握电话的手突然颤抖了，你真下手了？我问。

下手了。许月朗说，一切顺利，按计划进行。

你太残忍了。我轻声埋怨她，事情还没搞清楚，你急什么呵！

怪事了。许月朗说，不是你天天嚷着要解决范竞么。

我坐在一辆皇冠车内，在医院门前观察出入的人流。冬天的阳光慵懒地照着几株光秃的老树，我倚着挡风玻璃强捺内心的酸痛。一辆辆豪华轿车载着我熟悉的面孔驶进医院大门，人们匆匆而来又匆匆而去，这些先生小姐不久之前还是我的朋友，而从此后我将永远无法再踏进那个圈子，范竞的生活圈子。他还活着吗？

一男一女从医院大门走出来，站在门口张望。男人是钟庆和，女人就是那天与范竞跳舞的漂亮女人，可她怎么与钟庆和搭肩搂背呢？

我怕被钟庆和看到，横躺在轿车的沙发上。那两个人向我这边走来，车门被人拉开了。梁小姐，那女人说，我想和你谈谈。

该来的注定会来，这时我懊悔不该瞒着许月朗一个人跑到医院门口探听消息。可事已至此，我没有逃脱的可能了。你们上车一起走吧。我说。

出租车把我们载到一家西餐厅。我请客向你赔罪。那个女人说。

她叫雯雯。钟庆和介绍，是我的女朋友。

我望着这两个人等待下文。

我知道你要害的第二个人就是我了。雯雯说，这件事迟早要找到我门上来，不如我们当面讲清楚吧，你受的伤害我愿意弥补。

你是不是高估自己了。我说，如果你不是范竞的情人，我没理由伤害你，我伤人是要付钱的。

你身上的伤就是我找人干的。雯雯说，我很后悔，请你原谅。

你为什么害我？我问。

我以为是你抢走了庆和。

我惊诧地望了钟庆和一眼。我跟他没内容，我说。

是呵，我没想到钟庆和会跟周笑萱那么丑的人搅到一起，我还以为周笑萱跟的是范竞呢。雯雯说。

我在心里为范竞抱不平了，我们范竞怎么会看上周笑萱呢，可是笑萱……

周笑萱呢？我问钟庆和，你最近见到她了吗？钟庆和点点头。有天夜里我与雯雯在F大厦住，她突然闯进我房间，她不太高兴，没说话就走了。钟庆和说，我当时很奇怪，我和范老板都以为你和她回特区了，第二天有个叫许月朗的小姐来找范竞，我们才知道你和雯雯有点误会，好在没伤了性命真是万幸了。

许月朗去找范竞？我问。

钟庆和笑了笑，多亏你的私人秘书对你不忠心呵，不然范竞就没命了，唉，梁小姐，你也太狠心了。

许小姐从范竞那儿拿走了两万元钱，说她帮我们了结这件麻烦事。要不我们怎么知道你今天会到医院来呢。雯雯说，梁小姐，你要多少钱肯跟我讲和，三万够吗？

我无心恋战了。许月朗居然为了那两万块钱把我供给了范竞，笑萱那个痴情的傻丫头又不知去哪儿了，她会去哪儿呢？

你的一切损失由我补偿。钟庆和说。你挣的是谁的钱呢？我苦笑，第一次伤害这个范竞的心腹。我说，你补偿得了吗，我这条命，我的其他，三万，够我打一夜扑克！还有笑萱，她说她爱你胜过爱一切人，你对得起她吗！还有我的信誉我的爱情我们公司几百万的损失。我指着雯雯说，你有什么权力下毒手害人？

雯雯低声说，这也不能全怪我呵，你若忍一点委屈不也就没事了吗？

是呵。钟庆和赔着笑脸打圆场，你不也是动了杀心么。

反正三万不够！我扔下这句话冲出西餐厅。

好商量。雯雯在后面嚷。

自那起我再也没有见到周笑萱，有人说她经不起爱情破灭的打击自杀了，有人说她是个不会做游戏的人她出家了，有人说她去流浪了。这些都是猜测，生不见人死不见尸倒是真的。许月朗办了近二十年错事这一次却不算太错，虽然她拿了范竞两万元钱，又趁我到医院去探听消息时把我放在住处的现金五万元人民币全部窃走溜之大吉，我依然感谢她，多亏她是一个见利忘义的人，我才没有以身试法。范竞活着，安然无恙，我回南方的时候他还到机场送行，当然我们的爱情是再也不可能的事了。

现代社会我难免和女人交往，如果每一次误解你都想杀死我，那我以后的生涯太危险了。范竞说。

我呢，我回南方了。

直销人

邱华栋

一

我和我夫人的婚姻发生了危机，其原因说起来十分简单：不知听了谁的建议，她在不久前居然异想天开地在我们卧室的屋顶上装上了一架摄录机，每一次做爱她总要拍下它们。她第一次装上的时候我并不知道，当她把录像带在电视上放出来时，我的确有些受不了。要知道，在生活中我多少有些循规蹈矩，我无法接受"男人是动物"这样一个颇为偏颇的论断。几个月中，每一次事后品评前一天做爱的质量，她都要幽深地看着我说：

"你的激情不够，为什么结婚以后你看我的脸不超过两秒钟？你为什么和我在一起没有足够的激情？"

对这种说法我予以了反驳，但随后，在电视屏幕所放的录像上，我发现我的确越来越没有激情了，以致最终丧失了做爱的全部兴趣。那些录像带充分地败坏了我的胃口与欲望，但我没有勇气去拆掉安装在屋顶角正对着我们那张床的摄录机。在生活中，我是服从于她的。我的房间一切都按她的设计而布置。比如铺的是绿色的在我看来有些俗不可耐的地毯，在离地一尺高的地方装上了灯，这些灯打开之后，与地毯的颜色映出毛茸茸的充满了色情意味的光芒，墙上挂的是马蒂斯的绘画复制品……总之一切装饰、摆设都体现了她的现实主义态度和爱想入非非的女性虚假浪漫主义，包括种种电器家具以及她必读的妇女杂志。

现在我正身陷于沙发之中发呆。我突然觉得婚姻是一个幻象，一个陷阱，一个怪圈，可我又没力量逃离。我曾经看过英国一个作家写的《出走的男人》，感动得都流了泪，可我却没有勇气离开家。我从来没有想到婚后的生活竟是如此的琐碎、平庸、现实、滑稽、虚假、具体和平面化。是上帝让亚当去寻找他的肋骨，并把她再与自己合而为一的吗？我对此深表怀疑。但最终婚姻已将我变成了一个彻头彻尾的平庸的人。我这样想着，就更为忧虑了。

在公司里我也是个平庸的人。当所有三十多岁的男人们犹如梅开二度般打算大干一场，趁着好机会大挣其钱的时候，我却安心于坐在办公室里替老板起草各种不必要的文件，拿着不高不低的薪水而心安理得。

我正在发愣，突然，门被打开了。我先是一惊，以为是太太回来了，我站了起来，把手中的一本妇女杂志塞进了茶几下面。但进来的人我却一个也不认识。

你好啊！他们依次漠然地向我打招呼，他们一共四个人，他们都穿得非常漂亮，闪着光亮的那种质地的西装，扎着蝴蝶结。他们的眼睛并不看我，他们四个人的手里都捧着东西，他们的个头都一般高。他们进来后，忽然开始干活了。他们先是拆掉了安装在屋顶上的那架摄录机，在稍下一些的地方挂上了一面液晶显示的平面电视——这是最新的超薄型电视，然后他们挪去了装满了我太太的亚洲各国妇女杂志的书橱，在那里安装上了一台加湿器。他们还在离我1.5米远的地方摆上了一台红外取暖器，最后又在厨房给我们安上了一台第X代抽油烟机。他们不声不响地干脆利落地干着，仿佛就没有我这个人似的。他们这样一干，我屋子里的秩序已全然改变，尽管我内心拍手称快，因为这打乱了我太太设计的秩序，我还是有些疑惧。莫非是我太太叫他们来的？我已非常害怕了。我问他们："是我太太叫你们来的？"

他们没有理我，他们觉得似乎不必要回答我。他们安装完毕，拍了拍手，然后排着队整齐地离开了屋子，剩下我一个人身陷沙发目瞪口呆，我想，也许我要大祸临头了。

二

傍晚的时候我太太进了房门，她哼着歌，看上去她心情十分好，我发觉她改变了发式，我有些结结巴巴地说：

"发，发型真迷人。"

她冲我瞪了一眼。这时她已经放下了她的蛇皮提包，突然发现屋里的秩序已有了变化，登时勃然大怒："是谁动了我放的东西？天哪，该杀的，改变了我全部的设计！我要杀了他！"她像一头母狮一样冲向了厨房，我知道也许她在寻找菜刀，我紧跟其后，因为我又听见一声惨叫，她发现了那里安装的抽油烟机，她站在那里捂住脸号啕大哭起来。我连忙结结巴巴地给她描述了一番那四个人的情形。我说我也莫名其妙，还以为是她找来的呢。她止住了啜泣，将手放了下来，竟然破涕为笑："这样也许更好。那四个人，我也见过的。今天一大早他们就到我们公司去了，给我们每个人都摆了一套化妆品，而且现场操作，我的头发就是他们做的。他们叫广告人，也叫直销人，这是一种很有趣的人。他们那种化妆品品牌很不错，我用了十分舒服，过来，亲我。"她妩媚地冲我看着，我便有些疑惑地走了过去，吻了她一会儿。

"是否变得漂亮了？我？"她有点威胁口气地问我。

"是的。"我多半不愿意如此回答。

"那得感谢那些广告人，他们那样严谨而又不辞辛苦地帮助美化我们的生活，一切东西都是先使用，然后再付款。不满意可以退货，有这样完美的服务吗？告诉你吧，那摄录机也是广告人给我们装上的。"

"还没有听说过。"我老实地说。我想如果要是我安装了那些液晶显示电视机、抽油烟机、加湿器、取暖器，她非跟我拼了命不可。我不由得憎恨起那些直销广告人来。他们干这一切的时候并不在乎我，甚至都不征求我的意见而强行安排了我的生活。这是些什么人？是谁给了他们这个权力的？晚饭后，太太兴致颇高地看起了高清晰度液晶显示电视，像一只老实的猫拱在我的怀里。这一刹那我几乎要忘掉我们结婚三年来全部的冲突与争吵了，我柔和地抚摸着她的头发，它们看上去十分蓬松和顺畅。这天晚上，由于没有摄录机像一只眼睛似的盯着我，我激情澎湃地和太太做了爱。但我的眼前老是出现那四个广告人，直销人。

三

我梦见了我在所有的场合都碰见了那四个广告人。他们总是一言不发地排着队，出现在我生活的各个场景当中，根本就不顾我的存在，按照他们的想法给我安上最先进的和最新的产品。他们用一切物品包围我，他们从不与我商量，我想大发雷霆，可我却找不到理由，我甚至想揍他们一顿，可手却放在口袋里根本抽不出来。为什么总有人在规定着我的生活？以前是太太，可现在变成了这四个广告直销人。我无法和他们发生正面冲突，因为他们都甚至没有开口向我收钱。然而我却觉得越来越窒息，就好像我已在水下待了许久，要"呼"的一声冲出水面，我大口地喘着气，就像一条快死的鱼。

四

早晨我衣着笔挺地去公司上班，一进门，发现所有的人神色都有些尴尬和紧张，脸色有些鬼鬼祟祟的。在公司的中年人当中，绝大多数都是惧怕老婆的人。也许昨天晚上他们每一个人的老婆都在屋顶上安了一架摄录机？想到这一点，我在内心之中既可怜自己，又可怜起他们来，毕竟我们是同病相怜，可又偏打肿脸充胖子，谁也不向谁说。

我心情复杂地推开了我的办公室的门。一分钟后，总经理秘书打电话说总经理要找我。我有些紧张：莫非要炒我的鱿鱼？因为据说总经理对我最近起草的文件中缺少了必不可少的形容词，比如"威严慈祥的总经理""善解员工心意的总经理""具有大刀阔斧开拓精神的总经理"而对我颇为不满，上个月为此已扣了我一百元钱，我十分紧张，在洗手间先将领带西装整理得丝丝入扣，才小跑着诚惶诚恐地来到了总经理室。

一进门，我就立刻发现了那四个广告人。他们换了一套颜色浅一些的服装，他们依旧表情严肃，他们的面孔因此而显得老成持重。其实他们都是不到三十岁的年轻人。最为奇特的是，他们四个人的个子呈阶梯状依次变矮。他们依旧不正眼看我，而我却发现总经理笑逐颜开。我发现广告人正在给总经理介绍一种办公桌，这种桌子带旋转设备，配上画面效果，坐在边上就感觉地球在脚下旋转。总经理是一个主宰欲极强的人，他一定喜欢这样的桌子。同时，广告直销人给了他一支由国旗改制的很大的鹅毛笔，"使用它的感觉就像你是总统，而且你的确是的。"广告人对总经理说。

总经理哈哈大笑起来，看得出他非常满意。同时，广告人还向总经理推荐了一种人和宠物狗都能吃的精美食品，可以免费在公司试吃一个月。"好！好！你！赶紧起草文件！大家从今天起！免费供应午餐！要加上'慈爱的总经理'！走吧！快！"总经理对我吼道，他是一个爱使用短促语句和感叹号的人。我看了那四个广告人一眼，赶紧离开了那里。

我路过制作室的时候发现公司的职员都在窃窃私语，似乎在议论什么，看见我走了过来，便都紧闭住了嘴。我走进去，一边操作电脑，一边悄声问一个眼泡浮肿的男职员："你们刚才在议论什么。"

他显然有些迟疑。过了一会儿，他把嘴附在我的耳朵上说："我们在议论直销人，他们已大面积出现在我们的生活中了。"

我停止了操作，转过身："你们也都遇到了那些直销人？我也在昨天碰到了。"

他们惊愕地看着我。之后，大家又立刻议论起来。原来他们每家都出现了广告人、直销人。他们无法拒绝他们，因为太太们都信任他们。但大家都感到一种莫名其妙的忧虑和恐惧感笼罩着头顶，不知道该如何是好。正在这时，我们看见那四个广告人依次出现在走廊里。他们神色漠然，表情专注地看着前方，鱼贯着经过我们的工作室，没有看我们一眼就出去了。我们都鸦雀无声。

五

我回到家觉得非常疲劳，想洗个澡，我发现浴室里已经装上了最新式的淋浴器，而且水变成了热雾，由机械手用毛巾擦拭。我知道这一定是广告人的杰作。洗完澡，我又陷身于沙发中，太太没有回来，我没有她的指令不知该做点什么吃的。我呼了一下她，但她没有给我回电话。我焦急地看着表，时间一分一秒地滑过，已经超过她应该回来的时间一小时了。我饥肠辘辘，正鼓起勇气要为自己做点吃的，忽然门开了。我想是太太回来了，但不是，是那些广告人，只是今天他们来了两个。

他们依旧不用向我打招呼就进了我的房间！这事儿想来就令人恐惧和厌恶，我想我今天应该发火了，而且我太太居然也没有回来，这一定与广告人有关。他们抬着一箱看来是新式炊具向厨房而去。我跟上他们，看着他们将各种炊具，新式电饭煲、微波炉等放上了橱柜，然后他们又向外走去。"喂喂，是我太太叫你们送来的吗？拿走吧，我不想要。"

他们没有理我，继续向门外走去。"我要知道我太太到底到哪里去了？告诉我！"我扑了过去揪住了一个广告人的衣领，"你们这群没有灵魂的不爱说话的家伙，我太太呢？"

那个广告人使劲地挣脱了我的手，"她今天不回来了。明天你给她打电话吧。"之后，他们依旧很有秩序地走了。

我在冰箱里找了些青菜，没有炒就把它生吃下去。我恼怒至极，因为我太太居然不回来了。这也许全是因为这些广告人。从安装那架摄录机开始，我的生活就变得越来越糟。很多男人都告诫过我结婚就是一种妥协，也许我不能再这样下去了。我像动物一样气鼓鼓地吃了青菜，坐在沙发上。房子里很冷，我既没有开空调，也没有开取暖器，就在沙发上沉沉睡去。在睡梦中我梦见我太太已被广告人包围，她在逐渐离我远去。我追赶着她，我大声呼喊着她，可她并不转身，我发现我大声的呼喊并没有发出一丁点儿声音。广告人和我太太渐渐远去……

六

一大早，我刚到公司里安排好事务，就给我太太打了个电话："你昨天为什么不回家？在哪儿过的夜，我很想知道。"

"哎呀我的好先生，别生气，我没有和别的男人在一起，你吃醋了说明你还爱我。我昨天参加了广告人组织的一个活动，他们推销一种专供女士睡的床，丈夫若不在家，躺在上面依旧可以做好梦并且感到丈夫就在身边。我和大约几百个女人，在一个大厅里，都睡在那样的床上，每人一张。果然如同广告人所说，睡在上面丈夫不在身边依旧可以感觉丈夫在身边，而且我还做了很多美梦，梦见我抽奖得了一条南非宝石项链！噢，我的老公，我醒来后第一件事就是决定买下这张床，这样即使你出差去我也可以做好梦了，而且又不用与别的男人通奸，叫你生气，这有什么不好？你有什么说的吗？"她的声音已经由温柔变得杀气腾腾。我没话可说，放下了电话。啊哈，太太找到了丈夫不在身边仍具有丈夫功能的东西，那张该死的床。我突然感到非常荒谬，原来一张有奇特功能能叫人做美梦的床就能替代丈夫，我是可以被人替代的，我还有意义吗？我只是一个符号，一个象征，一种位置，一种配置吗？我非常恼火。

这天中午，公司的全体职员果然吃到了广告直销人免费提供的人与宠物狗共食的午餐，而且说心里话，味道还是不错的。可我刚吃进去就想把它吐出来，在洗手间我用手干抠了半天也无济于事。

晚上回家，太太已经喜滋滋地坐在她中意的那张床上了。我进门以后，发现房间里一天天地发生着变化，到如今已经面目全非。我发现我已被物所包围，周围是一个物的世界，而且这些东西以惊人的速度在变化更新。我觉得我已没有了我的生活，我已事先被规定、被引导、被制约、被追赶，包括像那架摄录机一样被窥视，我能有我的生活吗？

与此同时，广告人在城市中急剧增多。他们走进了所有人的生活，并对他们发生作用。这时我发现我已不知道自己是谁了，我是谁？谁是我？我到底是什么？我被谁所规定、复制、牵引？我茫然地问自己，但却无法回答。

七

那些游行的男人是在一天早晨出现的。他们在某一天不约而同地砸碎了所有广告直销人推销给他们的东西，带着压抑已久的反抗情绪，来到了大街上，他们同时也向自己的太太宣战了。我阴郁地推开窗户看着他们喊着激昂的、把矛头指向广告人的口号，走过我楼下的街道。这时我忽然来了勇气，我要砸掉那些物品。我太太并不在家，她已被广告人所迷惑，正机械地随着广告人的推销而有节奏地使用各种最新的物品。我开始砸了，我砸得非常痛快，我哈哈大笑，我砸掉了长久以来所有广告人抬进我家并且安置好的东西，我把它们砸得粉碎。我用了一个小时才砸完了所有的物品，我累得满头大汗，我想也许我同样砸碎了婚姻的锁，婚姻的幻象。我冲下了楼，我站在空荡荡的大街上，这时我才发现那群反叛的男人已经没有了踪迹，恐惧抓住了我，但我已不可能再回家。我像孤独的狼一样徘徊了一会儿，就毅然向前走去，顺着马路向前走。我要离开这里，离开家庭，离开太太和婚姻，离开那些广告人强加给我的各种物品，我既茫然又坚定，但我已没有退路。我一边走着，一边大声向两边的高楼大厦喊话，叫那些想离开家的男人离开家，但所有的窗户都关闭着，我发现如同在梦中一样，我的呼喊竟然没有一点声音。

孀居的喜宝

张 梅

喜宝最近受了点挫折。

她的丈夫驾着自己的"宝马"车，在去珠海的途中出了车祸，车毁人亡。

喜宝和丈夫在五羊新城买了一套复式的公寓，才没多久。办完丧事后，喜宝一个人待在屋子里，看看新新的聚酯家具和木地板，再看看镜子里自己那张年轻的脸，像做了场梦一样。

喜宝在大学里是念生物系的，毕业后在药厂工作。一结了婚，先生有大把钱，就叫她不去上班了。喜宝在学校里就是一个漂亮而没有主见的女孩子，对上班也没多大兴趣，从此泡在家里，天天看时装杂志和言情小说。那天她看了亦舒的《喜宝》，看到自己的名字与这么传奇的生活连在一起，不由有些失落。人家那个喜宝，到英国剑桥读书、开老爷车、骑马，有壁炉，有惊心动魄的爱情故事，而自己，一帆风顺，小家碧玉，真是闷气。

那天她约了中学的同学子君一起，到新星电影院看《喜宝》，看完出来子君就说，黎燕珊这么艳俗，哪有你清纯，真正的喜宝就应该像你这样。

喜宝是属于那种腰身软软、脚踝细细的女人。她丈夫在生时，一见到她的脚踝就要发狂。他送给她的第一样饰物并不是时装，而是一条纯金的脚链。两人开车出外兜风，她的先生总要把鞋子脱下，用脚去蹭她的脚踝。

她的先生是爱她的，可惜命短。

先生的死是彻底打乱了她的生活。原来想着这一生就这样在家里看看时装书，再生个孩子就过了。突然遭此不测，喜宝茫茫然头脑一片空白。先生那点钱，买了房子，买了车，剩下都压在了生意上。先生生前从不让她过问自己的生意，现在他的那些合伙人拿了些不知是真是假的票据来，说是公司大大地赔本，没办法把钱结给她。喜宝明知那些人在骗她，因为先生几天前才搂着她说，公司的生意很好，再做一年半载，就可以在从化温泉买别墅了。但她看那几个人鬼头鬼脑、目露凶光，知道自己不是这些人的对手，便白白为死去了的先生担心起来，怎么能和这些人合伙呢？但又想起子君的话，这年头，就是样子生得衰的人发达。

这样，喜宝手里就只拿着保险公司赔那部"宝马"的钱。那部白色"宝马"撞成什么样子，她也没看到，但她想起自己穿着今年流行的皱布的吊带连衣裙和一双刚刚护住脚踝的小羊皮靴钻进白色"宝马"的样子，眼泪就掉了下来。她实在是爱自己那副模样了，丽质纤纤，美貌如花。

又过了几天，喜宝看看手里的钱，知道不能靠它过日子，想起要面对的现实，便百般踟蹰起来。愁了几天，喜宝怀疑自己白发都要愁出来了，便赶紧把子君CALL来。子君一听，不知所谓地说，有钱还要愁？哪，我随便跟你说几条让你开开心。

子君说完了，躺在地毯上抽烟。

喜宝见她卖关子，连忙去拿巧克力，走两步又没好气地问，要金沙还是要MSN？子君说，我不是要巧克力。喜宝大惊失色，问，那你要什么？

子君还是不说。脸色暗淡下来，好一会才幽幽地说，你这种小女人，眼睛就盯着自己的那点芝麻破事，什么时候关心过我？喜宝心头一紧，紧接心淡，待了一会，淡淡说，这种时候，你跟我计较？

说完走进房间，把门关上，眼泪止不住地掉下来。子君是她中学的同学，一直都崇拜她。喜宝在中学时就长得漂亮，人又乖，成绩又好。各科的老师都争着宠她。那时她还有点志向，想当女科学家。想想现在这副样子，喜宝认为是美貌害了自己。那个子君，在中学时就黑黑瘦瘦，家境又不好，穿得邋邋遢遢，男生都不和她玩。但子君却心比天高，埋头读书，暗地喜欢一个全校都出了名的男孩。最后竟和男孩考取同一间大学。

这个子君，一向是漂亮的奴隶。

喜宝在房间待了一会，人慢慢静了下来，打开房门，见子君已经走了。喜宝怒，怎么不走？好不容易发一场脾气，你还堵人家的嘴。喜宝想着自己的不好，拨电话给子君，却没人接。夜色已浓，在喜宝住的20层看广州，夜里比白天好看，点点灯火。喜宝倒了一小杯酒，靠在落地玻璃门上，望着下面的万家灯火，心情渐渐平静下来。

"宝马"的那点钱，投资一个小酒吧是够的。但广州，酒吧进账少，像环市路新开的那间"蓝月亮"，昨天她和子君去过，就看见几个长头发的流浪文人，还看见老板娘不断往生啤里加水。

开个"士多"吧，投资少，找个湖南妹子过来看铺，轻轻松松。但大学里的同学知道了又会怎么说呢？喜宝成了"士多"的老板娘了。平日就妒忌她美丽的那些女人，不高兴得奔走相告？不能给她们看我笑话的机会。

要不就投资房地产，做个小业主，倾其钱财，在附近的黄金地段买个三房一厅，装好电话，再租出去。但这一生就靠收租为生？未免黯淡。

东怒西怨，左想右想，把个喜宝愁得一夜无眠。

喜宝等子君的电话，等了好几天。喜宝气起来，打电话骂她，你这个小女人，我好的时候，你就随叫随到，现在我有难，你就刁难我。子君在那边就笑起来，我这个小女人，你还打电话？喜宝说，不是我想和你亲近，而是实在找不到人说话。

两边的人都笑了。

喜宝和子君约了中午在"大快活"吃饭。喜宝爱去在世贸底层的"大快活"吃午餐，爱那里的热闹和亲近。今天，喜宝要了一个铁板炒面，外加例汤，子君看了半天菜牌，才说要八宝饭。

两人坐下后，子君就抽起烟来，一副闷闷的样子。

喜宝问她，怎么了？我看你比我还愁。子君猛抽一口烟说，我看见"宝玉"了。

"宝玉"是她们俩给子君暗恋的班长起的别号，因为他相貌俊秀，面色粉红，含情脉脉，眼波流转，像极了《红楼梦》里的宝玉。

喜宝说，不是你的东西，就不要了吧。

子君在对面，眼泪流了出来，一口饭含在嘴里，两个腮帮鼓鼓的。

喜宝突然明白，脸色大变，说，不是"看见"这么简单吧。

子君不语，只是流泪。

喜宝不管她，径直问，你什么时候当他的情妇的？我早跟你说，不是你的东西，再好你也不要。

子君一口饭咽了下去，眼泪也不擦，横着脸说，你不是我，我当初拼着命去考大学，就是为了想见他，高考完我发高烧烧了一个星期。

喜宝听了出不了声，她想想自己大概是无法了解这种感情的，叹口气说，既然是你愿意的，那你愁什么呢？

子君的眼泪又流下来，说，他不要我了。

这一顿饭两人吃得没滋没味的。原来说好饭后去逛世贸广场，也没心思了，两人分头载了出租车回家。路上，喜宝想，子君也不知什么时候和那个男人好的，自己竟一点儿也不知道，看来自己也是不大关心别人。

这一天以后，喜宝的心情，竟然一点一点地坏起来，竟然没头没脑地想子君的事。她看看自己新新的房子，觉得比起子君来，还是好的，起码丈夫留下了钱和房子，而子君，到现在还和家人挤在西关的那些老房子里，爱了一个自己不该爱的男人。这样一怒，心无端冷了一下。

人生无常呵。趁着她感慨的时候，忧愁像雾一样占满了她年轻的心。

星期六这天，喜宝一直待在她姐姐家。想着回去要一个人吃饭，她就受不了，结果就留在姐姐家吃饭了。姐姐疼她的，煮了她爱吃的红萝卜白菜干煲猪肺，放了蜜枣。喜宝自小母亲就死了，看着姐姐一家亲亲热热的，喜宝就想，怎么我就是孤单的命呢？回到五羊新城的家，没进家门就听见电话铃声大响。喜宝进了门，接了电话，是子君打来的。子君的声音听起来阳光明媚，和那天判若两人。

子君在电话里大声问，你那些钱想好怎么用没有？喜宝一听，想了一下说，你没头没脑问我的钱干吗？

谋你的钱嘛，子君说。原是开玩笑的话，却不知怎么说得电话两边的人一下子闭了嘴。一会儿，子君讪讪地说，你买床垫吗？喜宝更没头没脑，我买床垫干吗？做生意嘛，子君说，你不是想拿钱做生意吗？

喜宝这时觉得自己的智商不够用了，说，天呵，你开谜吧，这床垫和生意有什么关系呢？

子君说，在电话里讲不清，我来你家。说罢就放了电话。

只消一会儿，子君就到了。

子君说，你知道直销这回事吗？

喜宝摇头。

子君把脚缩进沙发里说，不怪你，你又怎么会去买直销的东西呢？你光顾的都是专卖店和专卖柜。你是喜宝嘛。看来叫喜宝的人都和有钱人有缘。我妈生我时怎么不跟我起名叫喜宝呢？

喜宝就笑，好了好了，讲你的床垫吧。

子君说，我先讲直销。它是现在某一种商品的经销方法，先买者以优惠价买入，再通过说服他人买这种商品获利。买的人多，你获利多。一种倒金字塔的现象。就如那只叫"芬芳"的护肤品，目前在广州是采取直销方式，而且比较成功。

喜宝叫起来，呵，我记起来了，你叫过我买"芬芳"。

子君不理她，又问，明白了吧。喜宝打个哈欠，一副百无聊赖的样子，看了一下子君，问，这个鬼床垫叫什么牌子？子君张嘴讲了一个英文。喜宝说，不要跟我讲英文。子君说，中文叫"福来宝"。喜宝问，哪里产的，子君说，日本。

喜宝举起玉臂：抵制日货。见子君沉下脸不理她，就逗子君，咦，这样来做生意，不是好推销人才。见子君还是不理，就知她着急，说，是那种磁性床垫吧。子君奇道，你也知道？

喜宝问她，你买了？

子君点头。

那我是你的第一个客户？

子君点头。

子君走后，喜宝看看新填的那张"福来宝磁性床垫"会员卡，心里有些满足。在她看来，这件事一举两得。花了三万块钱，到时把床垫送给姐姐，算是一点孝心。二来也帮了子君的忙。她觉得今天的事做得很好，心满意足地睡了。

睡到半夜三点，喜宝就醒了。月光从窗户射进来，照着喜宝睡袍下白白的脚踝。半年过去了，她也习惯了身边空无一人。这时她却想起死去的丈夫，想着从前他总要拉着她的手才能睡，一种思念油然而生。月光愈浓，思念深，喜宝在床上翻来覆去，终于从床上爬起，赤着脚，从楼上走到楼下，开了小酒吧的灯，却看见吧台上一个八音盒，模样是个老式唱机。这个八音盒，是她读大学时过生日子君送的。喜宝把八音盒拿起，上好发条，放下，一边听八音盒发出的清脆的音乐，一边摇晃着身体。

过了两个星期，姐姐打电话来，兴高采烈地说，那床垫果真好，你姐夫的老腰疼居然好了。喜宝说，果真这么有效？姐姐问床垫多少价钱，想要给家婆买一张。喜宝只好讲了。姐姐一听，出不了声，说，这么贵的东西，你不要再送我了，让我睡着不安。喜宝说，听说国产的也有，顺德那里出的，才两千多块钱一张。姐姐说，那不行，我们睡进口的，让家婆睡国产的，让人说闲话。

晚上，姐姐姐夫一起来了，拎着一袋芒果。

喜宝说，芒果这么贵，你买来做什么？你来看看我就好。三个人坐在客厅吃芒果，姐姐还回忆喜宝小时候的种种事情，说到好玩处，三个人一起笑。姐姐说，母亲去了以后，我做了好几次同样的梦，梦到母亲拿着一只梨，要我交给你。母亲是最疼你的。又说，我那天查了你的八字，你是旧历十月八日生的，说你与亲人无缘。说得喜宝眼睛红红的。姐夫就埋怨她，好好的，说那些个丧气话。喜宝说，没事的，这是我的命。

晚上喜宝做梦，梦到心从身体走出，变成一只梨子，挂在窗帘上。喜宝被惊醒，醒后心情不好。

喜宝住的大厦有泳池，住客可以游泳。她早上去游泳时，常见到一个男人，三十多岁，肌肉发达，戴副墨镜。他和喜宝一样，一下水就绕圈，游累了就上水，头也不回就离开。喜宝看着觉着好笑，怎么像个守身如玉的女子。那个男人一看就是住客，进泳场时，就穿着泳裤，披一条白色的大浴巾。喜宝倒是喜欢他那条浴巾，又大，又厚，洁白如雪。有一天喜宝进来时看见他已经在水里，便有意走近他放在池边的毛巾，却看到毛巾的角上用红线绣着一只鳄鱼。

过了几天，喜宝还在想着那条红鳄鱼。而一想到鳄鱼就想到浴巾，一想到浴巾就想到他的身体。鳄鱼携带着男人，潜入她的身体，潜入了她的寂寞。喜宝想入非非，他有钱吗？有"宝马"吗？会喜欢她的脚踝吗？会送纯金的脚链给她吗？

后来喜宝反省自己，惊诧自己想象力的贫乏。想来想去，离不开已定的行为。真是没意思透了。因为厌倦，想入非非到此结束。

天气越来越热，从喜宝住的房子看下面，一片反光。喜宝想起一个外地人说的话，从飞机一下来，广州就像一个巨型桑拿浴池。但落地玻璃和空调使她逃避，这是有钱和没钱的区别。

这点上，喜宝觉得自己和小说里的那个喜宝倒很相像。喜宝，我们都抓住了世界的本质，我们都爱物质文明，我们都不作茧自缚。

站在落地玻璃门窗面前，看着外面的热享受着里面的凉，喜宝渐渐对自己有了了解。

子君终于出现了。喜宝在电话里问她，床垫卖得怎么样了？子君喜滋滋地说，我已经当级长了。

什么级长？喜宝觉得自己回到了学生时代。

子君在电话里向她解释，发展了三个客户就可以当班长，每个客户又各自发展了三个你就是级长了。这几个月，她每月几乎都有六千块钱的进账。手下的人每发展一个，总部都会给回佣她。

你看着吧，不出半年，我月收万元。子君兴奋得声音都变粗了。

兴奋之后，子君并没有说请她的第一个客户吃饭。

放下电话，喜宝有些失落。看着一个落拓之人转眼间扬眉吐气，一个原本要长期依附于你的人突然对你声音变粗，这时喜宝才感觉到，身边一定要有比你弱的人。所有动物都热衷于找到被照顾的对象，照顾他人他物是一种乐趣，因为被照顾者的感恩涕零，以及引至出来的忠心、捍卫、感激、回报，使施舍者高高在上，犹如王者。

王者消失了，就是因为一张"福来宝"。这个经济时代，奇迹随时出现。

转眼又想，卖床垫都可以发达？可以月收过万？喜宝觉得转眼又回到大跃进年代，人胆有多大，地产有多高。

我也去卖床垫？喜宝想起自己因为买了床垫而入了会，有了会员卡。子君对她说，发展三个就可以当班长，如此类推，先班长，后级长，再部长，到了部长一级就可以月收过万，这简直是激动人心。

激动之下，喜宝翻箱倒柜，找出那张会员卡。但一动脑筋，喜宝又沮丧了。找谁去买呢？亲人？这么贵的东西，你喜宝有心就帮人家买了？要他自己买还从中抽成？那还不遗臭万年？朋友，那更是无米粥，这个经济年代，也不知是不是人人都是某个牌子的经纪人，不要你买他的东西已是万幸，你还要他买？那真是打倒在地也要踩上几脚了。

不知那个子君是怎样做成的，反正也没事做，什么时候去看她如何做的。

打了电话给子君，子君倒也爽快。想了一下就说，后天晚上在花园酒店有一个推广餐，七点整我在大堂等你。

喜宝是万万没想到卖床垫还可以在花园酒店搞推广餐，真是世界不同了。自守寡后喜宝都没去过大场合了，她今天挑了一套豆绿色的套装，脖子上戴一条黑色的短绸子饰带，更显她的皮肤洁白。

电梯下到十八层，有人按停，喜宝一看进来的人正是红色鳄鱼浴巾的男主人。她倒是第一次在游泳场之外见到他，不由有些慌。电梯里就两个人，男人也认出她，倒也大方，向她点了一下头，喜宝觉得脸一阵发热。

出了电梯，喜宝身上一阵轻松，那男人帅是帅，就是给人有压迫感。而且这么晚了，还戴着那副墨镜，也不知是不是眼上有疤。

到了花园酒店的大堂，就看见子君整整齐齐地站在那里，身上的衣服看上去比她的还要贵。喜宝想，真应该为床垫写一首歌，哦，福来宝，你为穷人谋幸福，你是穷人的大救星。

大堂人山人海，喜宝的身边满是走来走去互相打招呼的人。喜宝好奇道，他们都是来吃推广餐的？子君笑眯眯说，这里其中许多人，起码是班长了。喜宝说，都是大众嘛，子君好奇了：难道戴安娜会来卖床垫？喜宝怨自己说这话确实多余，便不再吭声。

推广餐在丽晶殿搞。喜宝现在是第二次来丽晶殿。上次是来看专门为交易会演出的中国时装队。丽晶殿里丽人风情万种，令她印象深刻。

这一次丽晶殿偌大的地方摆满了圆餐桌，餐桌上铺了白餐布。子君把喜宝领到第23号台，说，你坐一会儿。然后满面春风应酬去了。喜宝一人坐在23号台。一个普通大的圆桌挤了12张椅子。每个座位面前有一瓶汽水，是最便宜的汽水，颜色沉浊，喜宝平时是绝对不喝的。等了一会儿，一伙人蜂拥而来，嘻嘻哈哈，像家庭聚会一样。喜宝听他们说话，都是你卖了多少张，我卖了多少张，然后坐下就大喝汽水。喜宝旁边一个穿着印着三五香烟广告汗衫的男人，见喜宝不喝那汽水，试探着伸手过来，喜宝马上说，你喝吧。男人不客气地拿走汽水，喝了一口，看看喜宝，说，没见过你，新来的？喜宝点点头。

男人神秘地贴近喜宝说，这行好赚呢。喜宝不作声。男人掉过眼睛打量喜宝，眼睛突然有了色彩，说，看你光光鲜鲜的，过几招给你。喜宝看看这桌的人，老老实实的，像极了做小生意的，唯独身边这人怪模怪样。

喜宝正烦，见子君挽着一个中年妇女走过来。喜宝大喜，站起来，子君以为她要让位，忙说，不用不用，又回头大声喊，小姐，加位。

子君让中年妇女坐在她和喜宝中间，然后对喜宝介绍说，这位是《家庭报》的记者，又对记者说，做这行，可不能运用你的职业的方便呵。要记住，直销是不做广告的，武汉有一记者，想投机取巧，利用职业的方便替自己直销的产品做广告给总部知道了，不管他赚了多少钱，一样登报与他脱离关系。

记者一边听一边点头，心领神会的样子。子君从包里拿出一沓"福来宝"的宣传资料，慢慢解释给记者听。

这时，喜宝才发现四周挂满了五颜六色的小旗子，每张小旗子都写着"井冈山"字样。喜宝越看越奇怪，转头打断子君的陈述，问，那些小旗子是什么意思？

子君咽了一口口水，充满钦慕之情说，你看到主席台上那个最漂亮的小姐了吧。喜宝顺着她的眼神看过去，确实看到了台上一个穿白衣裙、相貌漂亮的女子，很年轻，一头如云的乌发。喜宝说，看到了。子君又说，你看这下面坐着有没有两千人？喜宝说，应该有。

子君伸头对旁边的女记者说，她开始也像我们一样，赤手空拳，而现在，你看到了？这里全部都是她的部下，她已经拥有了自己的集团，这就是"井冈山"。

突然，喜宝看到全体起立，主席台上，白衣女子玉手纤纤，举着一只高脚杯说："感谢大家一年多的努力，我们井冈山集团已经拿到了三面红旗。明年，我们争夺四面，争取成为中国的总部。"

台下一片欢呼。人人肃立，举杯过头。

喜宝觉得自己已经融入了感情的海洋。她这一瞬间受感动的不是"福来宝"的成绩，而是一种群情。一时间，面前的人群转变成另一种图像，古木参天的寺庙里，禅钟鸣响，香火缭绕，群僧跪拜于地，黄昏的晚霞灿烂。

而台上激昂的声音使喜宝重回现实。她看主席台，一个肥胖的妇人正在讲"福来宝"的奇迹：

"我先是给我的丈夫买了一张单人用的'福来宝'，他患腰疼、哮喘多年，三个月后，病情减轻，我的家婆又买了一张双人用的，效果亦佳。然后，我的亲人、朋友都来买'福来宝'，同志们，我现在已经是部长了。"

台下响起热烈的掌声。

她接过别人递过来的汽水，喝一口，又说："我卖床垫，绝没有赚黑心钱，是凭良心做的。"台下的掌声更响。

她刚说完，一个中年男人又跳上台，讲他的例子。他更善言辞，讲得声泪俱下。

喜宝身边让她讨厌的男人突然对她说，你想不想高呼这句口号？

喜宝看他一眼：什么口号？

"受蒙骗无罪，反戈一击有功"。男人轻描淡写地说。

喜宝大笑。她觉得自己开始像喜宝了。

吃了推广餐，喜宝反而对床垫不感兴趣了。乱七八糟，她一想起那个场面就忍俊不禁。"受蒙骗无罪"，她想起那个男人，想不到他还挺幽默的。

但千百人却从中赚钱，这个事实使她迷惑，也使她踌躇。你清醒那你去做寄生虫吧。

寄生虫，喜宝突然想起红色鳄鱼。他是寄生虫吗？

寄生虫。股票经纪算不算是寄生虫？办公楼里的小办事员算不算是寄生虫？卖批文的，还有男盗女娼。

喜宝想，要是我是寄生虫，那我不和他们同伍？

与虫共舞。

喜宝为这一闪念感到快乐。她踮起脚尖，做了一个琼花的动作。她小时候学过芭蕾舞。但现在一踮起脚，她就站不稳，身体摇晃。往事毕竟是过去了，芭蕾也过去了。

喜宝晚上睡了一个好觉。一早爬起来，她就去游泳。一进游泳池，她就东张西望，看不到红色鳄鱼，她失望得几乎想转身就走。她悻悻地换了衣服出来，也不下水，坐在水池边，望着一池水发呆。

突然觉得身边多了一个人，肌肤几乎碰着了她。喜宝转头，却吓得差点掉下了水。红鳄鱼戴着墨镜，坐在她身边默不作声。

喜宝想，这是个女人精了。心里又有些欢喜。

男人墨镜里的眼睛在察言观色，见喜宝脸有些发红，暗自得意，他对女人可是战无不胜的。

他拿手才无意碰碰喜宝，喜宝头马上就晕了，她骂自己，怎么这么没出息，碰一碰就晕。

男人看她在思想斗争，越发得意，再用手碰她的腿。

喜宝终于在他的诱惑中挣扎了出来，坚定地把脸转向他，坚定地说，好了。

男人不动声色，问，"好了"是什么意思。

就是叫你不要再碰我。

以后也不要碰？

喜宝从没遇到过如此大胆的挑逗，简直是无耻。喜宝站起来，一掌把他推下水，红色鳄鱼放声大笑。

喜宝回到家里，大发脾气。她把鞋子踢得老远，又把音响开得鬼响，又倒酒喝。这个男妓，这个男妓，她大骂，他把我当作什么人了，看我看他两眼，就来调戏我？下次见到他，看我不弄张寡妇脸给他看！

气完了又可怜自己，不就是没男人吗？不然至于给人碰一碰就头晕？

这时听到电话铃响。喜宝一拿起电话，就听到红色鳄鱼的声音："我就在你隔壁房子"，喜宝没等他说完就把电话放了。

看来男人不能多看。

电话又响。喜宝不接。但响声不停。喜宝怒从心生，拿起电话破口大骂。骂了一通，却不见对方有动静。喜宝正奇怪，听到子君在电话里放声大笑：好个喜宝，骂起人来一点不比我差。

喜宝说，怎么是你？床垫卖完了？死出来打电话给我了？

子君说，我找你都是好事。喜宝说，可不？

子君知她在怄气，也不跟她计较。好声好气地说，哎呀，你想不想见中学的同学？

你叫我见"宝玉"？喜宝话一出口就直后悔，踩地雷了。果然子君的声音就冷淡了，星期六晚"金叶"二楼，九点，你爱去不去。

果然不出喜宝所料，旧日的班长、子君为他要死要活的"宝玉"端端正正地坐在那里。

但当喜宝一见"宝玉"，马上脸色大变。

"宝玉"原名大卫，父亲是个船长，外婆有俄罗斯血统。中学时性格腼腆，不爱接近女生，但人绝聪明，深得老师喜爱。

大卫一见喜宝，笑逐颜开，伸一只大手过来，但只轻轻一碰，马上收回。喜宝神思恍惚，只觉这一碰和红色鳄鱼的一碰有异曲同工之感。

旧日的大卫身材瘦削，现在却肌肉发达，一件紧身的白背心，松着一件牛仔衣，非常性感。喜宝想，十年不见，真是判若两人。

子君一见大卫，骨头就轻，讨好着说，"宝玉"，还是帅哥呀。

子君好像已不记得两个月前她还为这个男人要死要活，"福来宝"使她对他的爱成为前尘旧事。

喜宝还是神思恍惚。她看看子君又看看大卫，暗自叹了一声，怎么大卫和红鳄鱼如此相像？

旧同学见面，无非是叙旧，你从前捣蛋，老给老师批评；你对某某女生有意，她却不知。

看看大厅，大桌的几乎都是同学会，四十岁的一桌，三十岁的一桌。

怀旧主题。

喜宝斜眼看大卫，他今天没戴墨镜，脸好像也白了些。但喜宝越发肯定他是红鳄鱼。但他看我却无动于衷。

坐了半小时，子君开始拿出"福来宝"的入会表向旧同学游说。这个子君不知"红太阳"有了一半没有。

喜宝看到有两个女同学给子君说得心动了，拿着笔在填表。

子君抬起眼，看着大卫，眼波软得喜宝不忍看。子君轻声对大卫说，你呢？

后者不看她，说，我买床垫做什么？喜宝真为子君难受。千万不要爱人，这是血的教训。

一个在学校时吹小号的，现在当了小老板，一个劲地油嘴。说自己开了三间连锁店，最好卖的是女人内衣。他说，我就不懂，内衣买这么贵干什么？穿在里面谁看得见。

到了十一点半，一半的人都在打哈欠。只有子君还在起劲地叫人填表。喜宝看一些人明显不耐烦了，便扬起手叫小姐买单。

一散就鸡飞狗走。

喜宝在门外等了一会儿，想等等子君。一辆摩托驰到面前，是大卫。

大卫熄了火说：我送你回去？

喜宝有一半警惕：演爱情片？

大卫大笑，打火，摩托冲出马路。

这绝对是红鳄鱼的大笑。

喜宝回到家中，正准备洗澡，就接到子君的电话，子君丧气地问，我是不是很贱？喜宝说，想想"红太阳"吧，就没有贵贱之分。

子君大喜，知我者喜宝也，爱我者亦喜宝也。

喜宝说，那我问"宝玉"的事，你不恼我了吧。

子君大度地说，问吧。

"大卫住在哪里？"

"不知道。"

喜宝不相信。

"真的不知道，他每次约我，都在外面。"

"他平日戴镜吗？"

"不戴。"

"他不用上班吗？"

"上，他在一家保险公司当部门经理。"

"什么保险公司？"

"不知道。"

天，喜宝的头开始痛了。跟人家睡了，还爱得死去活来，却一问三不知，她真可以去当童话主角了。

电话那边提心起来，大卫有事？

喜宝想了想，又问："你和他一起去游泳吗？"

"有的。"

"那他是不是有一条绣着红色鳄鱼的白色浴巾？"

子君大惊失色：你怎么知道？

喜宝但愿自己那天没有去参加同学会。

之后她不断接到旧同学的电话，都是转弯抹角叫她买床垫的。喜宝不断对她们说，我已经买了。但她们对她说，你是买了，那你认识的人呢？你认识的有钱人多，有钱人又多身体不好，你是不用赚那些小钱，替我们搭搭线总可以吧。

喜宝想想，自己认识哪一个有钱人呢？想来想去，目前认识的人中，最有钱的还是自己。

这天上午，喜宝刚起来，就听到有人敲门。喜宝穿着白色绒子的睡袍，光着脚冲去开门。开了门见到一个小矮个女人抬起头很吃力地看她。

喜宝一时认不出这个女人是谁，但她的面孔和神态，却使她心中泛起有关童年时代的某种温馨。

"小宝。"女人用地道的客家话叫她。喜宝想起来了，面前这个人是"大脚八"的女儿。"大脚八"是喜宝小时候家里的女佣。因为脚大，所以家里的人都叫她"大脚八"。家里曾用过好几个女佣，但喜宝的父亲最喜欢"大脚八"，因为"大脚八"是客家人，会做喜宝父亲爱吃的客家腌菜。"大脚八"的女儿和喜宝同岁，小名叫"猫咪"，是因为她长得小，又老爱演一只黑猫。

喜宝见是"猫咪"，虽是惊愕，但也欢喜忙让她进来。

趁"猫咪"打量房子，喜宝也打量猫咪。猫咪穿一条橙色的单车裤，套一件发黄的T恤，T恤上印着一只很大的米老鼠。喜宝觉得有些滑稽，猫和老鼠同在。

先是拉了一下旧事，喜宝记得小时候在家里和几个小朋友演《马兰花》，喜宝扮大兰，"猫咪"扮大黑猫。

两人就在喜宝干干净净的地板上拍起手掌唱：马兰花，马兰花，风吹雨打都不怕。

唱完了，四目相视，喜宝说，"猫咪，你总不会是来和我唱马兰花的吧?"

"猫咪"说，我来看你，不行吗?

喜宝不语。

猫咪低着头说，我是向你借钱来的。

喜宝看她。

猫咪泪光涟涟。"你记得我妈吧?"

"记得，"喜宝轻声问，"八姨健在吧?"

"在，"猫咪说，"只是她近来腰疼得厉害，几乎起不了床。"

"那你结婚了吧?"

"没有，我妈就我一个女儿，没人愿意和我守着她。"

喜宝不知说什么好。喜宝看着憔悴、毫无姿色的猫咪，突然想起书里的喜宝，开老爷车、读剑桥、和富翁谈情说爱的喜宝，突然恍惚起来，不知哪种生活真实。

"喜宝，"猫咪说，"我想跟你借五千块钱。"

"可以，但不知方不方便问你借钱做什么呢?"

"我想替我妈买一张进口的床垫，听说那种床垫对腰疼有特效。"

"是不是福来宝?"

果然是。猫咪除了给妈治病外，也像子君那样，想借此赚点钱。

猫咪说，应该很快就可以还钱的。

喜宝说，不用了，你有空就上来跟我唱唱《马兰花》吧。

猫咪说，现在再唱?

喜宝眼睛一亮，说，唱。

一时间，似乎所有的女人都动员起来了。喜宝去到哪里，都听到"福来宝"的消息。这段时间，喜宝一听到有人主动说请喝茶吃饭之类的就特别警惕，首先问是不是推销床垫。可总免不了。因为她们不是推销床垫就是推销某种牌子的化妆品，还有电脑的防辐射板、伊朗茶等等，五花八门。

喜宝对子君说，真弱智，这跟从前喝红茶菌、打鸡血针有什么区别？而子君说，当然有区别，这是赚钱。

喜宝说，还是没区别，只是每个时候的需要不同罢了。

子君说，我不跟你争，跟你争才是弱智，你是饱汉不知饿汉饥。

子君说话时，正和喜宝坐在木板上看影碟，看英国片《哭泣的游戏》。看到里面的人妖在酒吧里唱歌时，两人一起跟着唱：

"你看这哭泣的游戏……"

子君突然想起来，问喜宝："你怎么知道大卫有一条绣着红色鳄鱼的白色浴巾？"

喜宝说，你今晚别走，明天早上我带你看一个人。

第二天，两人起个大早，按子君的说法，像演侦探片一样。一到游泳池，喜宝就拉子君躺在边上的沙滩椅上，还吩咐子君戴上墨镜。

才一会，就见喜宝说的男人进来，但不是一人，旁边有一个上了年纪的胖女人。

子君差点喊了出来，小声说，大卫！

喜宝说，你认好了？子君肯定地点头。

大卫并没注意她们，很殷勤在照顾着女人。

她们俩默默地看着，好一会儿，子君才说，怪不得他不要买"福来宝"，原来他已经有了。

喜宝捂着嘴，笑得眼泪都出来了。

但毕竟可惜，浪漫的红鳄鱼变成了子君的大卫，真令人丧气。

回到房里，两人各自唏嘘。喜宝为红鳄鱼，子君为大卫。

子君感到很宽慰，原来大卫并不是不爱我，他谁也不爱。

喜宝则怀念红鳄鱼勾起她对男人的幻想。可这下没有了，一想到大卫读书时的那副小男孩模样，还哪有幻想呢？

算了，喜宝对子君说，你还是卖你的床垫去吧，这个世界没有奇迹了。

那你呢，子君问。

我也不介意开"士多"了，怎么都是过日子，反正也不会有奇迹发生，不会有老爷车，不会有剑桥。

那你就是国产喜宝？子君说。

两人大笑。

亲爱的深圳

吴 君

一

程小桂是李水库的一块心病。如果不是程小桂，李水库感觉自己不会连想也没想就撕开那封要命的家信，至少他会认真研究一下，然后再决定拆还是不拆。现在，李水库拿着这封信有点儿傻了，因为他用了太大力气撕开，使得信无法恢复，更不能正常地交给收信人了。

话还要从卖报纸说起。来收购报纸的家伙显然是一个有点钱的男人，样子和这个大楼里面的那些白领相似，脸上没有灰尘，一双手细腻、白净，衣服也穿得很是整齐。

当时已经是下班时间，清洁工都在一楼大厅里面，有些讨好地围在程小桂旁边。脚下是捆扎整齐的旧报纸。这个时候的几个女工都显得咋咋呼呼，甚至像是打了兴奋剂，和上班时的表现完全不一样，人变得超级不正常。上班的时候，她们只需拿着拖把或者抹布而不用说一句话，就像一个个只有眼珠会动的机器人。

似乎只有下了班，那些白领男女离开的时候，他们才变成活物，一个个都变得爱说爱笑，尤其是那些来了一段时间的保安，开起黄色玩笑不要命。当然李水库要除外，程小桂总是让他不要说太多话。她说，如果说太多对他和她都没好处。至于没了什么样的好处，程小桂没说。

程小桂正煞有介事地说话和使用手势，显然她是这帮人中的领导者。事实上也是如此，她是这帮人中最大的官——清洁班长。

此刻，她正像有仇一样黑冷着一张脸，横在收报纸的男人面前。一楼大厅的气氛被她搞得异常紧张。也许因为仗着身边人多，程小桂总是有点打群架的味道。一双耀眼的白手在胸前没有规则地上下左右舞动，这使她的动作显得过了火，像在舞台上表演话剧。

她说，买就这个价，不买就拉倒！深圳特别喜欢用这样的方式砍价，如果你会了，你不仅懂得这个城市，而且开始像个深圳人了。说完这一句，程小桂感觉自己有点那个意思了。

买就这个价，不买就拉倒！最后一句是江西口音，声音明显劈了。是程小桂旁边那个高个的女清洁工鹦鹉学舌，用还没有改良好的家乡话重复程小桂这句气话。明显看得出来，她用这个方式讨好正气势汹汹的程小桂。她一会儿让脸变成讨好，一会儿又变成气急败坏，好像谁真的惹了她。

对方从始至终都很平静，听完程小桂几个人的咋呼之后，对着程小桂问，你是不是也是这个意思？

当然！虽然只有两个字，可是程小桂觉得这句话很像城里人了。其实她正欣赏着自己的一招一式，她很是得意自己今晚的表现。

想不到，对方竟然想也没想就说，好吧，就按你们说的，我没意见。

这种态度程小桂没有料到，这使她的一张圆脸变灰了，又白了，最后拉成一张狭窄的马脸。她有点想搭救自己，张了两次嘴却没有挤出半句话，脸也被逼得肿起来，似乎恢复了在乡下的样子，一对白手指在众人面前交叠，放开，最后重又交叠，来回几次之后，她明显有了些疲倦，额头很快浮出了一些疲劳的皱褶，就连眼角上的一颗黑痣也比平时都要显眼。可是尽管这个样子，仍然没有一个人来管她一下，她甚至有些恨刚才还咋咋呼呼的几个女工，她们如果不是那样巴结着她，帮着她，她嘴里也不会冒出那样的话。

几个女工显然也没料到会是这个局面，都想着至少要砍杀几个回合才能成交，她们和程小桂一样，还有一大堆话憋在嗓子眼里呢。此刻她们也不知道说什么好，有的人看地面，有的人故意让眼睛随着大门外行驶的车辆不断移动。

没有办法，程小桂只有硬着头皮说话了，她说，这报纸的质量特别好，应当有个好价钱。不信你可以比较一下。她这个样子，感觉有点像夸自己田里的白菜萝卜。显然这些话是没有任何准备的，这就使得最后的几句话分了岔、拐了弯、绕了远，有耳朵的人都能听出，程小桂此刻的声音正发软，像是醉了酒，说话也开始语无伦次，甚至露出了她一口难听的乡音。

就好像很清楚程小桂的心思，报贩子除了微笑什么也没说。

直到数钱的时候，程小桂突然从半空中放出一句，零钱不要了！

差不多所有的人都吓了一跳，包括程小桂自己。

只有那个男人安静地微笑。当着几个人的面，程小桂又被他这样的笑映成一个猪肝色，手指也开始发抖了。显然，她知道自己今晚出了洋相。

这一幕最后是怎么演绎的暂且不说，关键是被正在下楼的保安李水库看了一个完整。作为程小桂的丈夫——李水库的肺快要被气炸了，什么身体不舒服，工作太忙、累，看起来全是撒谎，通通都是借口。随便哪一种理由，都会把李水库揉到南墙去，让李水库总是痛恨自己不争气的身体。可是想不到，他那么多天忍饥挨饿，不能碰一下她的身体，她却在这里对着一个收垃圾的野男人卖弄风骚，而且手法竟与当年追求他的时候有些相似。

什么收垃圾？人家是民营企业家！有一次，李水库这样称呼那种职业的时候，程小桂马上予以纠正。

追你怎么啦，不行吗，至少我成功了。这是程小桂的话。当时李水库一边骂程小桂骚，一边喜欢得不行。当年李水库就是喜欢程小桂身上的那种说不出来的劲头。

这个样了，不是老母猪发情又是什么。要是在老家，李水库准要冲上去给那个男人一个大耳光，然后再回过头臭骂一顿程小桂。可是在深圳这样一个特殊的地方，除了在心里狠狠地推自己一个跟跄之外，他又能做什么呢？

心里像是被人浇了开水。他把手捂在自己胃和肚子之间，脸上挂着吓人的表情，拖着灌了铅的一双腿，从楼梯返回保安室。

对待眼下的一切，他有什么办法呢，当然这并不算是一个明确的绿帽子，却是一记闷拳。难道需要动手吗，此刻他就是感到英雄无用武之地，虽然他曾经跟程小桂显耀过自己懂武术。

也就是说，如果不是程小桂，李水库认为自己绝对不会那么冲动，连想也没想，就撕开那封要命的家信，至少他会好好看一下，然后再做决定。

二

程小桂是李水库的一块心病。他是在父母的一次次要求甚至是威胁之下，才到深圳接程小桂回去生孩子的，毕竟他已经二十六岁了。这块心病使得他对深圳这个漂亮的城市也打了折扣。不然的话，他这颗年轻的心，该多么喜欢这里啊！也就是说程小桂毁坏了他的好心情。

到了深圳的程小桂，整个人发生了很大变化，再也不是过去那个身体又矮又肥的程小桂。现在的程小桂显得比过去高了一些，头发黑亮，人变白了，也许是总戴着一副白手套的原因，她的手指显得细长，说话也日渐条理，很难再看出乡下人的样子。至少李水库是这么认为的，这是他到城里来的第一个感受，这种感受让他心里没着没落。

更重要的是她还学会了拒绝，拒绝他这个做丈夫的正常的生理需求。拒绝之后，他觉得身体的重要部位被封住了，像被人捂住了嘴，一句话也说不出来，只能四肢乱踢蹬。

唉，我的孩子啊，都被你程小桂耽误了。这是李水库心里面的话。本来他想偷偷让程小桂怀上，要是这样，程小桂不回也得回了，一个女人拖着一个大肚子，哪个单位还会要她呢。

可是他一直不能得逞，程小桂从来就不给他这样的机会。

深圳尽管很漂亮，却让他无所适从，总是找不到感觉。比如说李水库每天抬头总是找不到太阳的方向。要是在老家，他一抬头就可以对着太阳，对着太阳他就知道自己在哪儿，无论在地头，还是在山上。比如说太阳悬到正头顶，他一定是刚吃饱了午饭，安心地种水稻呢，如果太阳斜到了河里，那个时候就是要收工了，他的肚子开始叫唤，一双脚则向烟囱的方向移动了。这样的生活他一直认为非常幸福，直到程小桂离开家到深圳打工为止。

去深圳找程小桂，李水库心里是没底的。

没有人知道，为了去见程小桂，李水库背着家里人先去过一趟离自己家不算太远的少林寺。身上揣着在镇里烧砖赚来的钱，在寺院外面一家培训中心，学了一个星期的武术。本来想在程小桂面前显摆一下，免得又让程小桂看不起。李水库连初中都没念完，程小桂却是一个高中毕业生，还是在县重点一中读的。

他只跟程小桂提过一次自己的这件事，当即就遭到了嘲笑。当然嘲笑还不是最严重的，程小桂看都没看这个证件一眼，就说他愚蠢到家，根本没长大脑，学来的东西，全是没有什么用处的花架子，只合适给一些根本不懂武术的外国人表演，或者只能摆出几个姿势给人拍照，类似于宝安公园老人们每天练习的几个动作。

李水库气得一句话也说不出来，当然主要还是生自己的气，要知道那几个花架子可是花去了他不少钱。这样一来，他也不想跟程小桂提起，在家里自己已经补习完了高中课的事，在心里他不想输给老婆。要不是这么快出来，他应该拿到毕业证了。

三

歪歪扭扭的字体和一些让人看了感到亲切的地名，说明了这是一封家信。家信应该更有意思，通篇说的都是大实话，不像城里人的那些公开信，什么亲爱的顾客，亲爱的同事们，这是什么呀，词是用在这些地方的吗？把这种最最严重的词都用上之后，他就感觉人的关系开始越来越远了。

要是平时，一看到这样的信封，即使不看内容，李水库也会感到亲切，有如坐在老家玉米地吹着微风的感觉。这样的信，他会觉得在这个高楼里住的人，其实个个都是有感情的，而不再是机器人，也没有他想象得那样可怕，可能也包括他的老婆程小桂。什么金领白领，他不喜欢这样的叫法，这根本就不是对人的称呼，而是对衣服和机器的统称。

信是从河南平台县寄来的，撕开之后才知道是一封挂号信。

李水库蒙了。

一开始是问信的主人收到不久前寄来的麻雀吗？然后才是信的本意，这是一封向这个大楼里一个女人要钱的信，那个女人叫张曼丽，是这个楼里的一个部门经理。不过在这个大楼里，被人称为经理的人还是很多。如果不是这封信，李水库不会知道这个大楼还有一位和自己家这么近的老乡。看了信，李水库才知道张曼丽以前不是这个名字，而是一个比他还要土的名。信里说，张曼丽的父亲生病了，病得很重，家里实在没钱了，还说本来家里已经答应过她，为了不影响她的前途不想再联系，可是这一次是因为爹已经躺在医院里了。张曼丽的电话又换了好几次，工作也换来换去，家里总是联系不上，没办法，只好写信。她已经很久没有给家里寄钱，医院说再不交钱就要把人赶出去，如果赶出去的话，人离死也就没几天了。到现在家里欠了很多的外债，包括张曼丽上中专时家里欠的钱也还是前几年才还上。村里那些债主看见爹这个样子，怕还不了，都跑到医院门口来讨钱，尤其是那些债主知道张曼丽在深圳上班，就更加不放过爹。这样一来，医院很生气，已经动员爹快点出院。信里还说，这样做，实在是因为没有别的办法。信写得很短，好像每一句话都重复了两次，写信人笨拙和难过的神情跃然纸上。

信是用圆珠笔写的，只有半页纸。字不仅小，而且跟跟跄跄，好像是一个腿脚有毛病，随时要摔跤的枯瘦妇人。其实看了不到一半，李水库一双手就吓得冰凉。

他明白自己惹祸了，而且是一个大祸。

无法复原的信，摆在面前，就像他的心情。

用了太大的力气撕开，现在根本对不上去，一个上午他用各种办法试过都不能复原。在各种尝试的过程中，这信封已经在他粗糙的大手中出现了明显的皱褶、破损。显然，这样正面交给收信人的可能性几乎没有了。明白自己努力无济于事之后，他的身体软在一个破旧的沙发上，脑袋再也没有力气挺立，彻底斜瘫在左肩上方。此刻他再也不想动弹一下。

脑袋里白光一片，连地面也是这样。这刺眼的白光会让人眼睛出现肿胀，也曾使他找不到太阳的方向。此刻，他用肿胀的眼睛看了一下四周，发现每个人都好像在光影里。白光里的程小桂此刻正在宽敞的大厅里神气地走来走去，手指经过的地方，出现了弧线，很像飞机划过的天空。

真是倒霉！为什么碰到了这样的一封信呢，而且是程小桂合同快要结束的时候。之前一直都顺利，想不到，只是吃了一回醋，就摊上这样的一件事情。

一万元！李水库长这么大还没有见过这么多的钱呢，要这么多的钱一定是大病，信上说是救命钱。

下午三点多，李水库怀揣别人的家书，坐在大楼的保安室里，脸上映着从四面八方射来的白光，心里无比难受，他的生活里没有发生过比这再大的麻烦。

最痛苦的是他看见自己的老婆程小桂拿着一个拖把走来走去，他却不能对她说什么。不知是不是自己太敏感，李水库感觉程小桂还特意向李水库这边看了几眼，不过也都是装出漫不经心的样子。要是平时，李水库的心里一定又会发痒，身体又要膨胀。可是现在的李水库已没了那情绪。他来到了十七楼和十八楼之间，把身体靠在了墙壁上，这里没有光，可以让他安静一会儿。

他的眼睛对着窗外，窗外的工地上正在打地基。这让他想起自己久违的手艺——泥水工。当年县里修水库大堤，他和村里几个人一起去，结果只有他一个人受了表彰回来，村长带着一帮人在村口敲锣打鼓迎接他，当时乐昏了头，他没经过父亲允许就把自己的名字改成了李水库，一家人也没有怪他。也就是那一年，程小桂主动对他好，并嫁给了他。

可是有谁知道，眼下他正为程小桂苦恼着呢。

四

本来就没想过要到深圳打工，他只是想把程小桂带回老家去，完成人生的第二件大事——生孩子，否则的话，结了婚等于没结。只是程小桂的合同期还有六个月，所以只能再等，更重要的是，程小桂想要看李水库的表现。李水库向程小桂保证过，以前的那些事情绝不允许再次发生。就是在这样的情况下，李水库来到了这个单位当上了保安。

当时坐了一天一夜的汽车，才来到了深圳的关外——宝安区。这也是刚刚改成区不久的一个地方，总的来说还有点过去县城的味道。比如说楼房高矮不一，摩天大厦下面很可能就是几间破旧的民房，市场显得混乱，卖衣服的和烧鹅店铺紧靠在一起，衣服里面都是猪肉和鸡屎鸭屎味儿。街道上有一些人穿着很新潮，有的则与他李水库一样土了吧唧，甚至还光着膀子。主要街道上有漂亮的汽车，更有一些晒得黑糊糊的摩托车拉客仔，不断地凑到行人眼前问，去哪里？

李水库从长途车上下来，就是被这种摩托车拦住并拐了几个大弯才把他带到这栋大楼门前的。把他放到地上的时候，李水库身体有很长的时间都没站稳。

两年没见到的程小桂，像换了一个人，当然，这与她穿了一双高跟鞋和一身让人不能亲近的银灰色职业装有很大的关系。两个人一见面，她先是用眼睛四下瞄了半天，然后像地下党的接头，感觉的确没人，才对着李水库露出陌生的微笑，然后大大方方，用标准普通话说了一句：你好！

李水库脑袋瞬间出现了空白，他快速低下头，让眼珠子死死地粘在鞋帮上。不然的话，他担心程小桂还会走上前和他来一个革命同志式的握手。这个讨厌的地方！他在心里骂着。即使这样的时刻，他也舍不得骂一句自己天天想念的老婆，毕竟自己错在先，程小桂的离开是因为李水库，当时李水库不应该听了父母的唠叨，就去骂程小桂。主要是父母看不上程小桂，程小桂一天到晚看书，有时还用一个小本子写一些什么情啊爱呀的肉麻诗歌，这是母亲翻程小桂抽屉时发现的，父母总是认为程小桂不是一个想好好过日子的女人。

又不是什么有钱人家的大小姐，一天到晚这个样子，我们可养不起！母亲说这个话的时候眼睛正盯着程小桂刚留了长指甲的手。

什么诗啊，那就是屎！李水库拉开抽屉，动手撕了程小桂的日记本。

程小桂脸上一直都很平静，一句话也没有说。想不到，第二天天还没亮，就离开了家。当时李水库还在睡觉，醒来的时候，还没缓过劲儿，他甚至半天都想不起程小桂离开的原因。

此刻，程小桂落落大方的眼神让李水库惊慌得眼睛无处躲藏，他在光天化日之下再次低下头，说了句让自己越发感到窝囊的话：你好！

你好你好！这是人话吗？这是一家人说的话吗？这是孩子娘对孩子爹说的话吗？这是要过日子的人说的话吗？李水库除了伤感，脑子还有一些混乱。直到缓过了劲，李水库还在心里骂道：你好个屁！而在当时，他只是一脸的傻笑，就像白痴那样。一定要忍住啊，是自己错了。先把老婆接回去再说尊严的事吧，他在心里对自己说。

想不到他们这个大楼是这个区最高的楼房，看来程小桂信里面没有吹牛。如果想要看到楼顶，一定要想很多办法才行，这是他来到深圳不到一个星期就发现的事情。每次他想去望那些大楼的楼顶，都会被大楼的白光弄得头昏脑涨。他一直想找一个形容词，描绘一下这里楼房的高度和漂亮程度，却总也找不到，尽管他脑子里也装了不少形容词。以前他听过一些回去的人谈起关于高楼的故事，当然也包括那些没领到工资不敢回家过年而跳楼的。可真见了这样的楼房他还是大大出乎意料。他曾经从不同的角度去看这个大楼，每次都感觉到楼的身后冒着寒光。

这个大楼住了很多家单位，这让李水库想起小时候看过的一部电影《七十二家房客》。李水库观察，这栋大楼进进出出多数是工厂里办理城市暂住证的打工仔和打工妹，之后的就是一些做生意的人和大热天还要西装领带打电脑的白领男女。

深圳比他想象的要热上一百倍，却好上一千倍。到处都是这样白光闪闪的高楼，到处都是让他无比羡慕的男人，到处都是让人心虚气短的女人。每次看见这些女人，都会让李水库脑子不再好用，她们说话和走路的样子让他浑身酥麻喘不过气。在李水库眼里这就是神仙住的地方，是他父母和兄弟姐妹累死也想不到的好地方。

李水库站在大楼大厅的中间，心里感到有些不真实，也不踏实。大厅右侧悬挂着一个巨大的屏幕，上面播放着深圳的风光和各种管理规定。中英街、世界之窗、欢乐谷，然后是就是大梅沙。大梅沙的大浪扑过来，李水库本能地躲闪了一下，他闭上了眼睛。再后来就是著名的深南大道。这个大道在深圳里面，要去看，需要办一个边防证。街上灯火辉煌，让李水库的身体随着灯光飘了起来。从这个灯飞到另一个灯，他不能再看了，头脑感觉到了晕，心里乱成一片。也只是看了几眼，李水库的眼球似乎就被粘在了上面，整个人被吸在屏幕上，身体随着画面旋转，翻了十几个跟头，直到要把他胃里那点东西都折腾出来。

不知过了多久才明白自己落到了地面上，只是脚仍是站不稳。他蜷缩着身子，半蹲在地上。突然发现一双歪扭的皮鞋下面是冰一样透明的地面。上面映着一个站立不稳、松松垮垮的男人，再伏下身，看到的是李水库难看的衣服和一张灰突突的苦脸。

这样的地板很多次都让他险些摔倒。这是一种怪地板，站在上面让人发慌。感觉地板会晃动。越是这样，他就越是感觉很多人在看他的腿，看他迈出的每一步。在这样的注视下，他感觉腿和脚都不是自己的了。他的后脑上似乎长了一双眼睛，似乎专为了警惕着城里人。

电梯更是可怕，只一秒钟就让人没了根。人向上走，而心和胃突然间分开，心飞向了嗓子眼儿那里，胃则拼命坠落，最后粘住了大肠，身上的血也往下跑，挤在裤裆处，冷也从脚下涌上来。不知为什么，每次坐在上面，他连老家的模样也想不起来。想不起老家的时候他就会慌了手脚也慌了神。在一阵阵空调的冷风里他只是想吐，却又吐不出来。一般情况下，他都选择走楼梯，一步一个台阶，每一次脚落下都有说不出的舒服。当然这也是相对的，他最喜欢的还是家里那种崎岖的山路。

除非是太高，事情又紧急，他才别无选择地闭上眼去受罪。

你怎么了！是不是生病了，要不要我帮你啊。有人问他。电梯里，是一个温柔的女孩子声音。

李水库刚睁了一下眼睛又马上闭上，重新回到黑暗里。睁开的那一下，看见的是一团粉脸。

你知不知道地王在哪儿，深南大道在哪儿？还是那个女孩子的声音。你如果知道，可不可以告诉我，我特别想去一次。

李水库闭上了眼睛，脸也抽成了一团，还是不能说话，只好摇了一下头，手向声音的方向用力地摆了摆。不知过去了多长时间，终于可以睁开眼了，粉脸却早已经下去，消失在城市的白光里。

他住的这个地方在深圳的关外，和真正的特区还有一道铁丝网隔着，不过离深圳的飞机场很近。遗憾的是，李水库还从来没有真正地进特区内看过一次呢。更不要说著名的深南大道，那些伙伴从电视上知道了深圳，临行前曾经交代过他，一定要替他们看一次。

成了这座大楼里的人，李水库总感到是在梦里。几次梦里醒来，李水库都缓不过劲儿。如果不是程小桂这种态度，李水库本来应该特别兴奋，这一切多么新鲜啊，这是一个新世界。更重要的是那些老板和美人和他同在一栋大楼里上班，也全都在这种怪地板上行走。好多次他都想马上去找到他的那些同村人显摆这些事儿。

当然，他还想捶自己一拳，怪自己不争气。

不知为什么，李水库有时很想对这个城市大喊一句什么，却总是找不到词汇，他想用一个词表达自己压迫太久的情绪，当然他并不能完全明白这是由于身体压抑造成的。

而所有的这些都让程小桂看不起。

李水库这个工作是程小桂给他找的，这样一来李水库和程小桂的关系就有点别扭。而别扭到了什么程度，只有李水库才知道。在老家，李水库不仅不怕程小桂，程小桂还要经常受着李水库一家人的脸色，原因是程小桂的娘家比李水库的家里还要穷，人一穷就没有了志气。

想不到，事情发生了变化，这栋望不到顶的高楼不仅给农村女人程小桂壮了胆，还让程小桂的家人在村子里直起了腰。不仅如此，程小桂不久前又寄回去了一笔钱给家里，不仅还了一部分债务，还购置了一些急需的农药，村里人都羡慕李水库的父母，李水库的父母果然也对这个程小桂的娘家客气得不行。李水库和程小桂两家的老人在村子里都有了面子。

只是没想到，那次寄出钱后，程小桂成了一个功臣，样子更加傲慢，更加不愿意理李水库了。李水库自己住在八个人一间的宿舍里，程小桂也是六个人一间，没有什么机会一起说话，更不要说住在一起。从头到尾，他们只亲热过三次，李水库每次都需要忍受各种莫名其妙的羞辱。

李水库对这栋大楼的恐慌，让他对程小桂也无端地产生了畏惧。现在他就连说话都是小声小气的，整个一个人像没着没落的城市孤儿。没有人知道，李水库经常躺在大楼无人经过的十七到十八层的楼梯上想心事。

据程小桂说，李水库的工作，是她找了这栋大楼里一个非常重要的人物安排的。为了这份工作，他们必须要以老乡的身份相处。程小桂还郑重地提醒过他一些注意事项。

李水库一直以为当天就可以同房，想不到程小桂根本就不搭这个荏，公事公办地把李水库送到保安员住的宿舍。李水库刚把行李放在地上，想把准备好的话说出来，这时，程小桂从口袋里摸了一下，掏出来一把黄色的新牙刷，远远地扔到写着李水库名字的铁架床上，说，你是不是很久都没有洗过澡了？还没等李水库反应过来，程小桂已经转身离开了。

第二天晚上，李水库去宿舍找程小桂。推开门，程小桂正靠在被子上，用手机发信息。看见李水库，好像受到了惊吓，程小桂连鞋也没穿，就一下子站到了地上。房间里还有一个女工，程小桂忙着向那女工介绍李水库，说这也是新来的同事。

那个人用眼睛瞄了一眼李水库，点了一下头，马上就溜出去了。

你怎么进来不敲门呢。程小桂把手机放进裤袋里，黑着脸对李水库说。

看到程小桂真的生气了，李水库嘴里呜噜了一句，门又没锁。

程小桂大声说，有没有锁你都要敲门知不知道，你怎么一点礼貌也不懂呢？我还有事情要做，正准备出去，有什么事以后再说吧！

说话的时候，程小桂穿好了袜子和皮鞋，移动了脚步，并用手拉开了门。

李水库一直跟着程小桂。最后糊里糊涂被程小桂带出门。到了电梯门口，程小桂脚步突然停下了，她对李水库说，你先走吧，我还要去另一个地方呢！

五

平时很少看到电视，大楼为了省钱，没有从保安公司找人，而是随便在街上找了几个样子老实巴交的。他们私底下了解过，比起外面的人，他们少了两百块钱。李水库和其他保安兄弟都明白这件事情的内幕。所以他们做出一些有点出格的事情也并没有什么内疚。可对于李水库来说，只是第二次。

第一次是一封写给男人的信，男人就是大楼里一个中层管理人员。那是一封有趣的信。这个年代真正的信已经很新鲜，有的只是美容、治疗性病的广告和旅游、礼品公司寄来的一堆纸垃圾。

平时根本看不出，那个男人不爱说话，每天都是按时上下班。工作认真负责，对人有礼貌讲分寸，很明显，男人在云南昭通地区旅游，艳遇了当地一个风情女人。信写得无限具体，无限缠绵，无疑是想唤起这个四处留情的男人对她身体的美妙回忆。没想到，却让摸不到女人身体的李水库受到了严重的刺激。平时沉默寡言的李水库，当时像一个高烧病人，浑身滚烫，还在上班时间，就回到了宿舍铁架床上画地图了。

那封艳信的使用价值不可估量，当然被他毫不迟疑地没收、保存，匿藏在他认为最安全的地方。这是他的私人秘密，无人知晓。不过看见同事在上班的时间突然回宿舍时，他就会突发奇想，也许每个人都可能有一封这样的信，或者他们分享了他的战利品。对于这封信，他没有一点自责，甚至还安慰自己，这是为了挽救一个家庭不被破坏。这封艳信平安无事，壮了李水库的胆。他觉得深圳人并没有他原来想的那样神秘和可怕，更没有他想得那样心细，他们甚至有些大大咧咧。偷着拆信这样的事情，过去也有个别的保安这么干过，他知道，也还从来没有出过什么麻烦。

这封家信的主人叫张曼丽。他当然认识，他每天都可以见到那个漂亮的脸。她差不多也是这个大楼里最引人注目的女人之一，虽然年龄不小了，但很有风韵，大楼里没有人不知道她，只是感觉里张曼丽似乎并不认识李水库。

他知道在没人的时候，张曼丽还拿过几件男人穿过的衣服给李水库的同事。当然在有人的时候，她对这个同事连眼皮都没撩过一下。李水库认为她这样做也可以理解，谁让他们身份不一样呢。想到身份的问题，李水库又在心里批评了自己，他觉得自己也就只配程小桂这样的女人，这样一想，他心里又平衡了。

大楼里面的女人们说话的时候并不回避李水库，反正在她们的眼里李水库不过是一个透明而且没心没肺的乡下人。张曼丽经常叫李水库那个同伴帮助她搬东西到汽车里。有时候是空调，有时则是一个大大的果篮。听保安说，都是从一些男人的车里拿下来的，这些东西李水库在中央台的广告节目里面见过。遗憾的是她从来没有让他搬过。怎么样也想不到，张曼丽后面还有这样一个穷苦的家。这样的家把李水库和她的距离一下子拉近了，这是他的想法。尤其是在程小桂冷漠的态度之后。

按照惯例，张曼丽也被李水库想过多次，作为情欲的发泄对象。刚来的时候，在一些人的口里听说张曼丽的父母都是北京的高官，一个哥哥在外交部，一个姐姐还在日本做生意。她年纪不小了，只是一直没有合适的结婚对象。也许条件太好了吧。很多人说这话的时候眼里都是羡慕。包括程小桂一到了这个大楼也是羡慕那些长得漂亮，人又能干的女人。

程小桂偶尔在嘴里还冒出一两句城里人说的话和广东普通话，这让李水库嘴上不说，但心里却有点烦。你又不是深圳人，说得再多也不像！不过这也只能是他心里的话，当时他想起了张曼丽，人家那才是一个十足的城里人呢，再给你程小桂两辈子的时间，也追不上人家。情绪像是蒿草，不断地撩拨他的心。李水库没想到，正在他四下走动，想着如何补救的时候，张曼丽走下了电梯。

她拿着一个小巧玲珑的手机说话，很明显电话那端是一个男性。散发着妖气的声音多次撞到李水库耳膜上。这样的声音会让李水库感到有一种说不出的身体愉快，有好多次，李水库都会偷偷溜进张曼丽办公室隔壁，那是个存放各种维修工具的杂物间。他用一个玻璃钢水杯贴到墙壁上，偷听张曼丽与别人讲电话。电话的具体内容听不清，只是记得有一次是午休时间，张曼丽竟然对着电话发出尖锐的喊叫，随后是低沉的呻吟。他把自己想象成电话那一端的男人，身体膨胀，他在张曼丽的声音中得到了一泻千里的满足。没人知道，做他这样的保安还是有一些不能与人分享的乐趣。当然，这之后，他也不只是对着大楼的一个女人才这样。张曼丽这时与工作时好像并不是同一个人。

李水库一颗心涌到喉咙口，身体也如一个弹簧冲出，挡了张曼丽面前，张曼丽差一点被突然冒出来的李水库绊倒。正在通话的张曼丽着实被吓了一跳，她向左边躲闪了一下，可身体的左侧还是擦到了李水库新换上的保安服。

真讨厌！张曼丽向着李水库翻了一个白眼。抛出来的声音有些娇气，有些愤怒，明显是说给李水库和电话里面那个人听的。骂完这一句，张曼丽皱起的眉头又松开了，她对着电话发出娇滴滴的声音，人也轻快地绕过傻瓜一样的李水库，留下一句，倒霉呗，差点撞上一个农民！

她并没有发现李水库今天与往日不一样。

六

除了工作是程小桂给他找的，就连后来他们行过几次夫妻之事的地方也是程小桂找的。尽管只是一个存放清洁工具的杂物间，黑胶桶就占去了很大的位置，里面发出腐烂的味道。而就是找这样的一个地方，也是李水库这个一米七二的大男人办不到的。这样一想，李水库就觉得窝囊，同时也感到城市和自己的乡下真是不一样，至少把他们的地位颠了个个儿。在深圳，女人的工作似乎更容易找一些，而男人如果没有一技之长，上哪儿去找活呢。就连这个保安的岗位也还是人家看他年轻才要的。在老家谁会想到程小桂会比李水库还有本事，她不过是一个喜欢看点闲书却没有什么特长的普通女人罢了。当然，除了长一双细腻的手之外。因为这样一双手，她就总是对一些田里的活儿挑三拣四，这最让李水库的父母看不起。可现在一切都不同了，程小桂是村里那些女人羡慕的女强人，无所不能。

很明显，进了城的程小桂比李水库想象的要混得开，这使得程小桂态度完全变了。也让本来就自卑的李水库更加沉默。包括对程小桂本人，他们除了向家里寄回去多少钱这样的事情需要说两句，别的基本不谈，其实也没有条件去谈。连一个给李水库适应的过程也没有，程小桂就变成了现在这个样子。脾气火爆，同时动不动就是人生、事业、社会之类的大道理。一个女人不好好地做事，不好好地服侍老公却要弄得像一个女人。这一切的一切都让李水库心里窝囊。你是深圳人吗？你不过就是一个女农民工！你有深圳户口吗？你不过有一张暂住证，你穿了一身白领的衣服也还是农村人！这是压在他心里面的话。

有时候李水库真想当着程小桂的面说出来，可看着程小桂自我感觉良好的样子，又不知怎么开口了，当然更主要的是他怀疑自己根本就没有这个胆。

当然李水库没有完全怪她，毕竟她很久没有回家了。从她用的东西上看，她挣的钱也没有乱花过，全都寄给了家里。

从见面那一刻起李水库就要适应这个新程小桂。更多的时候，在这个无边无际的大楼里，他们互相都是面无表情，彼此看一眼就过去了。尽管李水库受不了，却也没有办法。程小桂似乎尝到了让李水库痛苦难受的甜头。到了后来她竟然上了瘾，故意多次用这样平静的眼神来看他。

她再一次这样看他的时候，李水库在心里骂着，别欺人太甚！

其实在这个大楼里，如果有细心的人，就会发现他们的不正常，要知道，在深圳这样一个特殊的地方，哪一个保安，哪个饭堂师傅不和清洁女工摸一把，说几句调情话过过手瘾嘴瘾呢，而他们竟然一次打情骂俏都没有过。

来到深圳的李水库自然见过太多漂亮的女人，这些漂亮的女人像老家灰暗的土墙上挂的赵薇、范冰冰之类电影明星年画，不同的是，这些肉身能不断地走动，却没有一个与李水库发生实质上的接触。李水库知道，城里女人样子虽然好看，可是没有体温，甚至不能给李水库想要的东西，李水库要的东西很明确、具体。自己最终还将回到老婆那里。无论如何，程小桂才是自己的女人。想不到，现在除了不能碰一下老婆的身体，就连说一句完整的话都难。她还曾经威胁过李水库，他们的关系不能让任何一个人知道，否则会把一切都毁了。因为真要是被大楼的人知道他是她的老公，这个大楼根本就不会要他。不仅如此，作为介绍人，程小桂马上也要卷起铺盖一起被辞退。两个人压在这栋大楼里的一个月工资，将一分也拿不回来。程小桂说话的样子非常严肃，让李水库感到很无奈。

大楼早就规定了回避制度，可是李水库觉得这是对城里人的规定，因为在深圳人眼里，谁都没有想过这些农村人也会结婚，生孩子，似乎他们压根就是一些没有性别的人。

白天的时候，他无数次认真地打量这个大楼里的每一个人，内心不断猜测，到底是哪一个重要的人物呢？程小桂说过，他们那个恩人是有文化的人，绝非他们这样的农民工，人家每次说出来的话都非常有道理。

到了下班的时间，除了小心地观察这个大楼的每一个局部和细节，他还会寻找程小桂嘴里的这位所谓恩人。

这个大楼让他觉得神圣、神秘。最后他感觉这里的每一个人都很重要，他们才有能力收留程小桂，同时也收下了他。他们穿着时尚、得体；他们做事沉稳，寡言少语。每一个人都可能是程小桂的重要关系，也就是说这些人都可能是他和他们家的恩人。这样一想，李水库会从心里对每一个人好，对每一个人亲。

李水库看得最多的是老板模样的男人和衣服光鲜的女人。最后以至于把老板模样的人，脸上的麻子，痣的大小与方位都记得清清楚楚。当然那些长得像老板的人并不知道有一个什么人这样看着自己。而那些仙女一样的女人则是让李水库想入非非，不能自已。刚开始李水库认为自己这样做非常不应该，可是后来他说服了自己。

每一次想她们之前，他会在内心里或是嘴上念上这样的一句：可怜可怜我吧。我想老婆了，我的老婆就在这里。当然这样的时候，一定是四周没有其他保安的时候。

他有他的规矩，平均每两天才想一个女人，一般情况下，都是这个大楼里每两天见到的第一个女性，这是在他第四次被程小桂拒绝之后采取的一个办法。而对于那几个在心里好过几次的女人，他甚至会滋生出一种亲切感，他经常用眼睛追逐并在心里抚摸着她们的身体。

有的人是皮肤好，有的人哪里都不好，皮肤粗糙得要命，手也像男人的，不过就是一对奶子大，这是李水库的体会。当然他从来没有真的动过她们一下。

"嗨，老婆！"他自言自语。他不知道这个称谓是对着谁的。远处是老婆的身影在晃动。他说，老婆，除了心里，我下面也想你了。他说这话的时候，有一次竟带着哭音。

撕开那封家信，完全就是受了程小桂和那个收报纸男人的刺激。没有人知道，他的身体快要崩溃了。

好在一个老乡在宝安上合路给他联系了一个洗脚的活儿。这样一来，他不仅可以赚点钱，也好打发那些想女人的时光。尤其是周六、周日和五一、十一、春节长假，那样的时间里根本就没有一个人和他说话。这样的时候，大楼的临时工也就越多地聚集在宿舍睡觉或扯淡。李水库和程小桂更是一点机会也没有了。毕竟一个男人的手是需要女人肌肤的。每一次给女人做足底按摩，李水库都会想到程小桂，想着脚是程小桂的脚，他会更加温柔一些，老婆，我这也算是赔罪啦。然后接着想下去，想到后来又觉得程小桂没有什么好的，还是眼前的这个女人好看，想程小桂那个贱人想亏了，他在心里说。

他知道深圳有很多保安都兼职做类似的事情，当然还有一些是帮洗车厂擦洗汽车什么的。有很多次李水库躲在暗处等程小桂，想要拉住她说一句话。程小桂竟然吓得脸色发白，一边用眼睛不断四下看，一边说，你找死啊？你难道不知道这是什么地方吗？

窗外是工地，大厦已经起到了第三层。看着灰暗的天空，李水库想，跑到城里不是找死吧。想这些的时候，他把自己的一张脸贴紧了窗户，脸被挤压得完全变形了，最后有点痛。这样的时候，他感到了一些舒服。

第一次，李水库正在解腰带，正在取头发夹子的程小桂说，能找到这样的工作是做梦也找不到的好事。

李水库笑着说，是啊！

其实，程小桂不说，他也知道。上合村的马路上的确有很多拿着铁锹的农民。每开来一辆稍慢的汽车，他们就会争着跑过去，跟车里面的人说话，讨好人家，求汽车里面的人把工地上抬沙子、和泥、爬脚手架的累活给自己。这些民工浑身又脏又臭，经常被爱车的司机训骂，所以他们的身子不能靠近汽车。到了中午，拉不到活的农民就索性躺在上合路的两边，脸上盖一件破衣服睡大觉。

如果不是老婆，李水库怀疑自己这种身份如果进了城，只能在上合路上等活呢，这些人除了等，还有什么办法呢，不像李水库有一个这么好的命，本来是找老婆，却一下子进了这么高、这么干净的大楼里面来做事。尽管如此，每次去洗脚店，都要经过上合村，李水库还总是忍不住去看那些人。那些愁苦的表情其实跟他还是像的，他认为自己内心和他们没有一天不是相通的。虽然是那些人在这个城市里抬沙子、和泥，可是李水库感觉自己的肩也是累的，手臂也经常是酸软的。

他们的下一顿饭在哪儿，晚上又在哪儿过夜？一想到过夜这个问题，他的眼睛会在他们的身上停滞的时间长一些。同时李水库认为自己说什么也不能太冲动，即使再不如意，都要先忍着。家里已经收到钱了，捎了信儿，让他不要着急，赚点钱再回去。打工的这几个月，李水库都是买了饭票就把所有的钱寄回老家，很明显，家里希望他留在城里打工。他知道，村子里已经没有什么壮年男人，包括那些六十多岁的男人，都出来打工了。

你不要装糊涂！身下的程小桂训斥他说，要知道人家上合村那些人现在连饭还没吃上呢！

是啊！李水库感慨着。

程小桂显然并不满足这样的话，说，是什么，我看你什么也不是。

李水库没话说了。

想不到程小桂又在说话，要是不信，你可以到上合路口去看看那些拿着铁锹等活的人。李水库已经记不清程小桂是第几次这样威胁他了，尤其在这种关键的时刻。

李水库感觉自己就像一个癞皮狗，此刻他只想爬在程小桂的身上，哪怕是挨几句骂几句损也无所谓。他有点系皮笑脸，说，我才不理什么监不监，老婆，我就是想你那里了。

空气先是沉闷了一会，终于，程小桂出现了很大的反应，她先是用力掀翻李水库，人坐得笔直，声音提高了八度，说，我告诉你，这个地方可是被监视的，包括说话的声音！

什么被监视？李水库还是没有反应过来，样子有点懵懂。却见程小桂射过两道凶狠的光。在光的威慑下，李水库光着的身子很快缩小了许多，他抓紧了手中一条内裤，让它遮住自己的私处，像是完全变了一个人。

程小桂用白手指着李水库，厉声道，你吃什么饭的？连这个都不知道！怎么领的工资？这叫渎职你知不知道！李水库感觉程小桂此刻的样子好像是这栋大楼真正的主人。

这是什么？我告诉你，你可别跟我玩心眼。程小桂把一只被扎了几个眼儿的安全套扔到李水库身上。

李水库浑身除了软就只有冷汗了。

睡着的程小桂半睁了双眼，张开大嘴，睡相跟死猪一样难看。

程小桂明显比过去瘦了，瘦了的程小桂让李水库有了一种不踏实感。在老家的时候，程小桂不是这个样子，性格就像一团棉花，最多就是一个人生闷气，闹点小情绪，偷着哭一会儿，跟他撒撒娇，很少会像现在这样发脾气，更不要说讲那些粗话了。一想起这些，李水库觉得还是自己的错，否则好端端的程小桂怎么会跑来深圳呢。

直到程小桂呼噜声音渐渐粗暴，李水库的一只手才又重现，并重新开始有了活力。还是想做成男人，他顺着程小桂的下衣襟拐进了她灰色的西装裤里，他摸到了程小桂的腿根。李水库明确知道自己是想女人的，白天想，晚上想，他觉得自己这一辈子都会想，当然这一定要在吃饱饭的前提下。

李水库想，虽然她的老婆程小桂白天一身职业装，一天到晚还带着一个莫名其妙的白手套，看起来挺威风，可是一到了晚上又变回一个地地道道的农村人。由此说来，他喜欢城市的晚上，城市的晚上他们都没有身份这种东西。在夜晚，他李水库和程小桂就应该是一对夫妻，而不是什么同事，不管程小桂是否承认这一点。

在夜晚，他李水库想的就是程小桂，梦里压住的也是程小桂，尽管绝大多数的时间里他们并不在一起。夜晚的时候，他会想到那些老板模样的男人会与什么样的女人睡觉之类的问题。老板们不会在晚上出现在大楼里，更不会与他在男女事情上有什么分歧。有时他也会想，他和这个城市里面的其他男人也许不在同一个夜晚。因为他们的夜晚是什么样，他李水库并不知道。想过几次以后也就不太想知道了，因为他们的夜晚与他无关。

李水库总是希望在夜里发生一些大事，比如地震或者失火，那程小桂一定会慌里慌张地跑到他这里，穿着在老家时经常穿的花衬衫，而不是平时穿的那种灰色衣服。那个时候，他们将先是紧紧拥抱在一起，随后，在这栋大楼每个人都孤立无援之际，他们手拉着手，以夫妻的名义逃走。哪个人想拦都拦不住，身后全是羡慕的眼睛，这样的场景他想过很多次。

这样的时刻怎么还不到呢。每到他的工资迟发、少发，挨老板骂，或者程小桂拒绝和他亲热的时候，他便会强烈盼望这一时刻的早日到来。

在他的幻想里，他的老婆到了晚上不再是衣服整洁、说话有礼貌的那个人，她还是他原来那个老婆。李水库在自己的想象中脱掉了那个在大楼里身穿工装的清洁组长程小桂的衣服，一次又一次碾着她的身体。他身下的程小桂软弱、疲倦，什么都要依靠他李水库，而他李水库则像一个无敌的勇士，无所不能。

我要吃油条！

好！我这就给你买去。李水库站起身来，才发现程小桂正闭着眼睛说胡话。

他倒是想为程小桂买油条吃，但是在这个城市里谁还在吃油条呢，要吃也是早茶，而什么是早茶他还没有亲眼见识过，尽管一来到这个城市他就听很多人说起过。他希望程小桂和他有一次这样的机会，留给将来他们回到老家的时候，一起去回忆。可是他知道，即使他提出来，程小桂也会拒绝。毕竟他们不能公开地出现在各种公共场所。

看见了程小桂黑亮的发丝上有一个被压扁的饭粒，于是他扳过程小桂沉闷的脑袋并用手指摘下。做这个事情的时候他故意大手大脚，一点儿也不小心。他太了解她的身体了，所以他不担心对方会醒过来，因为他知道程小桂一旦睡着了就是扔在马路上也能打呼噜的粗人。根本不是每天说着你好你好的女人。

你是白领吗？你根本不是！李水库小声嘟囔着，他以为程小桂已经睡着了。

来深圳后不到一个月，李水库就知道老婆其实就是一个清洁班长。班长同样要做事情，和其他清洁工人一样，每天要面对垃圾和灰尘，甚至是粪便。只是在李水库面前，她总是说一些什么白领这样的话。李水库知道，这一切都是程小桂装出来的。

李水库正想着这些，一直沉睡的程小桂突然对着他翻了一下眼皮，还笑了一下，这样的一个动作，吓了李水库一身冷汗。不过李水库的呆还没发完，就见到程小桂闭了眼，哼唧了一声，把盘着的腿伸开，翻了一个身，又睡了过去。

直到李水库的手再次向前伸出，并碰到了程小桂敏感部位，程小桂才彻底醒了。醒来后的程小桂先是目光呆滞，可连半分钟都不到就开始变得异常凶恶。她先是用眼睛狠狠地剜手脚慌乱、不知所措的李水库，并让目光停滞不前，落在李水库的手上、脸上。这使得李水库的一只手悬在半路，无依无靠。程小桂的目的就是让李水库感觉出自己是一个十足的行为不轨之人。

他刚拿了洗脚店给他提成的一百七十块钱，他想用这笔钱给程小桂买一块手表。来这里也是想征求一下程小桂的意见，看看买什么牌子的好。这样想的时候李水库就有点财大气粗。他壮了胆子说，你就那么累啊，跑到这个地方好像就是为了睡觉。

你不就是来睡觉的吗？不然你一个看大门的保安过来找我干什么。

李水库听了这话，上身开始慢慢变硬，下身变软，他张了几次嘴也没说出话。那封信的事重新开始在脑子里转悠回旋了，又在折磨着他的神经。他不说话了。

你要是真有本事还用到我这里解决问题？程小桂冷笑着逼近。

其实我这也是正当的要求。李水库又快速嘟囔了一句。

程小桂耳朵很是灵敏，这一次连一分钟都没停顿就炸了锅，脸气成了酱油色。

那好啊！你有本事给我活干吗？你有钱给我吗？我看你是站着说话不嫌腰疼。要知道上一次你父母看病的钱还是我出的呢！你可是他们的亲生儿子，为什么要我这个女人来掏这个血汗钱！

这是哪跟哪的事呢？话怎么扯到了这里。此刻他只想把自己一双大而无神的眼睛停在一个地方，却被仍然不依不饶的程小桂捉住，并狠狠啄了一口。李水库明白程小桂这些话的分量，分明是说分心分家的话。有了这样的话，李水库认为他的家庭已经发生了天大的事情。

过了一会儿，李水库用发抖的手指着程小桂左侧的垃圾桶，结结巴巴嘟囔了一句，你们这里的桶根本没洗干净，好像有味。他想用这句话来引开程小桂的话题，为了不让程小桂再盯着自己看，他转过头，想不到眼泪突然就流了下来。

七

李水库和程小桂吵完了这一架之后，在漫长的几天里，他突然发现自己有了思想。思想的成果是农村人吵架只有一个目的——钱，而绝不是因为什么所谓的感情。

在男女比例一比七的深圳，李水库觉得自己只要想找，就不会找不到女人。程小桂不是自我感觉良好吗，但是她不知道这一架之后的李水库比她有心计了。李水库认为，虽然他眼下是在给城里人守大门，偶尔为人洗脚，可他是有野心的，他的野心可以让他变成一个城里人。这么想的时候他的内心很痛快，他觉得自己走到这一步是程小桂逼的，她对他的态度将会改变他的命运，让他变成一个好命。

如果程小桂不是给他找工作，让他可以赚钱养家，他会那么在意程小桂的感情吗？想到这里，他摇了摇头，最后又点了点头。认识到不是感情问题之后，李水库觉得自己已经不是刚来时那个李水库了，他的内心轻松很多。只要我想，我就会有。李水库想起了每天放置在深圳特区报右侧的一句广告词。他想到那些城里女人的整洁、漂亮，还有她们的财富。这样的时候，他对程小桂身体的兴趣差不多消失了。他想，程小桂有什么了不起啊，我又不是没有女人理我，要我帮助，要我去干。

信没变，还在李水库的上衣口袋里躺着，但李水库的想法变了。现在他开始乐观了。李水库想，这封信或许真的可以成为自己的一个媒人呢，不是气话，更不是幻想，到那时就程小桂好看的。这一时刻，家信比那封艳信更有了价值，几乎成了他的宝物。

之前李水库曾在心里对张曼丽说，你怎么还不急呢？你装什么呀，你的老爹都得重病了，你知不知道？现在李水库则用鼻子拼命吸着张曼丽身后飘浮起来的香气。香气和张曼丽的神气让李水库不再那么内疚，他的思路被香气熏过之后开始急速转弯。此刻他也不再觉得家信对张曼丽有多么重要。在这个城市里，好像什么都不属于自己的，包括老婆，偷看一封家信当然也不是什么过分的事，再说又不是故意的，就是故意的又能怎么样呢，他没有理由对这些新鲜的东西无动于衷。

到时可以对张曼丽说，信是丢在收发室的桌子上，后来被他偶然发现，那时已经被其他同事拆开了。他不仅严厉地批评了同事，还把信送了回来。想了几次之后，李水库有些相信自己的这一说法了，的确不是自己的过失。如此说来，到那时，她不仅认识了他，他还成了有功的人，距离从此就会拉近。

谁说不是因祸得福呢。李水库开始兴奋了，他准备从这封信开始筹划人生的下一步。

终于，李水库在洗脚店里等到了张曼丽。

这是李水库给自己找来的机会。他掌握了张曼丽的路线图。他观察到，张曼丽偶尔会一个人到这个地方消费，其他的业余时间都是和别的男人在一起。张曼丽脖子上挂着一个白金项链，两只手上分别戴着钻戒，一只白色，一只蓝色。张曼丽进来站在前台说了几句什么话，就转身进了里间。

洗脚店里面服务员女的多，男的少，现在很多女客人喜欢男服务员。之前李水库和其他的一些保安一直都是偷偷摸摸来打这种工，彼此心知肚明，互不道破。只是一定要避开大楼里的人。否则，被人知道了，肯定就被炒掉。

一个钟就有五块钱赚，这种钱是程小桂也不知道的。这样一来他就可以存到一起偷偷寄给父母亲。当然他还存下了一点钱准备为程小桂买一块机械手表，这是程小桂还没结婚时就想要的。

放了各种草药的热水已经由店里的服务员放好，李水库从小妹手上接过按摩油和毛巾，准备按摩。尽管灯光昏暗，张曼丽却坐在沙发上拿着一本厚书在看，眼睛根本没看一眼穿着一身日本和服的李水库。他偷偷看了一眼张曼丽，他突然发现城里的女人个个都很相像。皮肤白净，身段苗条，说话轻声细语，自己的老婆再过两年会不会也是这个样子呢？如果变成了这个样子，自己不应该难受才对啊，可自己为什么总是要难受呢？

李水库有点走神，心里想，程小桂现在早就不看书了，更不要说写什么诗。

一双让人浮想联翩，低到脚面的漂亮镂空丝袜被李水库脱下后，李水库有些吃惊，想不到张曼丽长着一双结过老茧的粗实大脚，而且还患有严重的脚气，大脚趾一侧已腐烂变形。这样的脚让李水库的气定下来，不再那么害怕了，他一把抓过张曼丽两只脚放进装满了热水的木桶中。很快张曼丽的脚就温顺了下来，虽然上身还在沙发上挺着。

李水库依照平时的程序，在脚上涂些玫瑰精油按了一会儿，就开始偷偷把目光移到张曼丽手上。张曼丽的手上拿着一本财会方面的书。她的手虽然看起来光洁，白嫩，但是关节异常粗大，还有几颗发黄的老茧。

过了一会，张曼丽突然皱起了眉头，显得不耐烦。李水库明白是外面的声音很吵。

张曼丽放下书，又从旁边的沙发上取过一张深圳晚报。

看见张曼丽认真地看着报纸，李水库放下了心，想着自己的计划，他需要慢慢引出信的事情，并因此建立起他们之间非同寻常的联系。

李水库看见了报上面是范冰冰整容的消息。这个演员李水库也知道，只是不喜欢，他喜欢那种看起来贤惠、懂情理的女人，或者可以改变他眼下处境的女人。程小桂的一系列表现刺激了他，也改变了他以前的想法。

很明显，手上这双脚曾经下过水田，受过苦，跟李水库、程小桂的并没有区别。这双脚让李水库感到贴心贴肺。更让李水库想不到的是，此刻，张曼丽一下子把一双脚完全递给了正在乱想事情的李水库。好在坐稳了，不然就差一点向后仰翻过去。

不知何时，张曼丽手上报纸掉在了地上，她歪着头，头发一丝不乱，闭上了眼睛，睡姿非常好看，张曼丽甚至发出了鼾声。这样的声音差不多就是程小桂那种呼噜声了。他装出若无其事的样子去偷看张曼丽，她上身的衣服非常整齐。下身是一个长度到小腿以上的中裙，因为脚被抬起的缘故正鼓动起来。

李水库见到了一个式样普通的方角内裤，甚至有些陈旧。这样的东西为什么穿在这样一个外表光彩夺目的成功女人身上呢？在那种成人录像中，李水库知道城里女人都是穿粉红或黑色底裤的。

现在，张曼丽的手、脚还有底裤这些朴实的东西，让李水库突然动了感情。他想到了老家。这就是他们农村人的思维——外表光鲜，而苦在里面。难受了一下之后，他的手也动了情，慢慢地开始向前移动了，先是在张曼丽的裙子里摆出了几种花样，一会儿是兰花指，一会儿是大灰狼，最后直达张曼丽的腿根，似乎失控了，飞行在要害的前沿，他知道，很快将接近终点。

终于，他停了下来，李水库被自己的大胆举动吓了一跳。李水库听见自己心脏快要跳出来。

李水库一双农村人的粗实大手在发着抖，变得无着无落。他实在招架不了，承受不了，他怎么走进了城里女人的这样一个地方？他得到过谁的允许呢？他的呼吸变得急促，关于那封信引出的问话竟然在这一时刻全忘光了。

直到看见张曼丽睫毛出现了抖动，才想起是自己的手机在振动。手机放在裤袋里，他都忘记了，忘记自己手机的存在，这在李水库来说是罕见的。除了睡觉，平时他每隔五分钟都要摸索一下这个宝物。

明显感觉到张曼丽的变化，这是一个不再年轻的女人的失落和无望。就连程小桂的那种骄傲和蛮横也没有，她的嘴角有一种求助，那种求助，不知道为什么，他觉得这一时刻她是自己的亲人，他有了心疼的感觉。

电话竟然是程小桂打来的。程小桂打电话干什么呢？之前她已经懒得理睬李水库了。李水库试图压住手机的声音，可是张曼丽还是慢慢地睁开了眼睛。好像睡了很久，她用陌生的眼睛看着正惊慌失措的李水库。看着看着，突然她认出了眼前的李水库。她一直在盯着他，好像要把他的脸盯出一个窟窿，她也许永远也想不到，在这样的一个地方可以遇见熟人。

李水库却发现近处的张曼丽有一对很大的眼袋。显然，她不再年轻。

终于，被盯得再也受不了，他从沙发上拿起一叠文件，递给女人，并说出了这样的一句话，你一会儿要去开会吧？然后他把脸向窗外扭了一下。

是啊！你怎么知道？张曼丽脸上变成了傲慢。

李水库说，看得出你是一个有文化的人，你这种人当然要开会的。

这是周日，根本不用上班。李水库被自己的声音吓了一跳。张曼丽并没有听他在说什么，而是快速并有力地夺过李水库手中的文件袋，并用冷冷的眼神打量正在发呆的李水库。在这样的注视下，李水库讷着的一张脸重新又变回了农村人。

怎么，连你这样的小马仔也懂得文化？你也敢说开会什么的？张曼丽放下眼皮，发出了一声：哼！李水库听出了言下之意，你认出我又能如何呢！她把手上的文件有条不紊地放进包里。

信的事又快速回到李水库脑子里。

毕竟张曼丽读过中专，哪里会不明白这个道理。他如果不快点说出来，张曼丽也会来追查这个事情。倒不如自己主动坦白，任她处理，反正是自己造成的，这样自己也能放心睡个好觉了。他可以向她承认错误，也准备接受经济罚款，只是恳求她不要让大楼里面管事的人炒了他。谁都明白，在这个大楼里任何一个工作人员都可以让他离开的，何况是她。再不说已经没有机会，他说，张经理，你老家好像在北方吧！

张曼丽还是很冷的样子，说，是啊，不过我的祖籍还是在深圳这边儿。

是吗？李水库明显有些失落。

张曼丽说，因为我的母亲是深圳人。

李水库讨好地说，噢，那你算是半个广东人啦？

什么半个啊，我就是这里的人。说到这里的时候，张曼丽突然已经换成了广东腔——不过我也在你们北方生活了几年。你们北方好冷啊！除了居住条件很差之外，吃的东西也很粗糙，不管什么东西，就这么一大锅一大锅去煮。还有，你们那边的人特别不讲卫生，一年到头也不洗澡。还有，还有……你们总是喜欢吃窝窝头……

听到最后，李水库分明觉得张曼丽在使用同情和怜悯了，这让他无言以对，他垂下了高粱穗一样的脑袋之后，就不知道再说什么了。

低头的时候，李水库一边看着自己的人造革皮鞋，一边犯糊涂，是不是自己真的弄错了呢？越这样想，李水库越觉得这封信上的事与张曼丽无关。除了张曼丽的手和一双脚，张曼丽光洁饱满的额头，洁白的牙齿都不像从农村出来的人。再想想，这样的字，这样的地址，还有这样的内容，反倒像是自己的家信。

最后李水库还想用家乡话试试，他说，张经理，你也喜欢吃麻雀吗？是不是很多年都没吃过了。他记得信上面提到过这个，信上说张曼丽的父亲曾经说一定要坚持吃，只有这样她的哮喘病才能彻底治好。李水库知道那是一种很可怕的病。

张曼丽左眼下面的肉剧烈地跳动了一下，发过愣后说，你在讲什么呢？我看你这个人有些莫名其妙！

噢，对不起，我刚才说了一句我们家乡话。李水库说。

见张曼丽没吱声，李水库又说，我是问你喜欢吃没长毛的麻雀吗？这回他一板一眼用的是普通话。

不喜欢！张曼丽动了肝火，一下子变得心烦意乱，发出的声音尖锐、刺耳。只有你们那种又穷又冻的地方，人人才喜欢吃那类脏东西呢！

最后，她激动地站起身，猛烈地用自己一双有着细长鞋跟的皮鞋去踢身体左侧白白的墙壁。张曼丽自己也能听出，她的声音变了调。

只是快到门口的时候，张曼丽的表情又恢复了进门时的样子，她轻轻抚好衣服和裙子，让它们严谨地包裹着自己。李水库以为张曼丽会多看一眼自己，结果他并没有等到。张曼丽只留下一个强有力却透着冷漠的背影。

空气变得沉闷，没想到最后是这样一个结果。李水库的计划不仅落空，而且陷入了更大的恐慌。

八

程小桂的电话是约李水库晚上见面。

一进去，李水库就明显感觉出了程小桂和平时不一样。仅有的一小块地面被擦得很干净，还有，她的头发梳得非常整齐，脸上荡漾着微笑。在过去，她对李水库是一副盛气凌人的表情。

程小桂对他态度的转变，使他除脑子有些乱，同时身体也发生了一些重要变化。

怎么说都是自己的女人，自己未来孩子的亲娘，他的身体慢慢变得有些不一样了，最后竟然是生动活泼。

程小桂一张黄脸上出现了少有的潮红。程小桂低着头，把一张宽大的纸皮铺在地上，然后坐了上去。此刻，她的眼睛不看李水库，而是盯着纸皮上面的字。

这样的一个地方显然两个人不能平躺，只能叠起来做那事，他们心里都知道。

洗手盆上面的水龙头在漏水，滴答滴答地发出了和李水库心跳一样的声音。

这让程小桂有点不好意思，她是第一次有这样的表情，害得李水库像一个准备偷吃而又被人看穿的男人那样。他急着腾出一只手去拧水龙头，却还是不管用。

这个时候程小桂说话了，她说，别拧它了，早就坏了。

李水库收回手的时候竟然把程小桂头顶的拖把弄翻了，拖把从一侧倒下来，李水库没接住，溅了李水库和程小桂一脸的水。两个人都笑了起来。尽管李水库心里还是有疙瘩，不过笑过之后，李水库感觉比以前好了很多，因为程小桂一点清洁班长的架子也没有了。他甚至想趁着她高兴让她把手套也脱下来。装白领可以理解，但是这样的地方实在没必要，都是夫妻谁不知道谁呀，其实没必要装的。再说你戴上手套就浪费了好看的一双手。当然这只能是他心里的话，他怕此刻说出来会扫了程小桂的兴，还是把话压了回去。

你猜咱家猪有多大啦？李水库对程小桂说。

猪？程小桂一脸茫然。好像她从来没见过猪一样。不过，只过了几秒钟，她就笑了。那猪很可爱呢，我记得当时还喂过它一次呢。

她的回答显然是城里人方式。不得已，李水库还是回到了自己要面对的问题上。

他在想：大楼里的人知道了信的事情会怎么样呢？程小桂从此不会原谅他，两个人可以偷着亲热的事显然再也没有了。如果家里人知道，老家人不仅会说他是败家子，而且还会说他李水库刚进城就学坏了。他真是左右为难。

不过，程小桂终归还是自己的老婆，这是一个不小的事情，她来的时间长，见识多，或者会有一个好办法呢。再说了，如果不告诉她，他心里的难受就没有一个人分担。

想了一下，他对程小桂说，我有个事情一直想跟你说。

让李水库想不到的是，听了这话，程小桂突然坐直身子，重新恢复了白天的样子，很严肃地看着正准备说话的李水库。她用白手指拢了拢自己的头发，说，那好，你说吧。

见程小桂这么快就变回这副神情，李水库身体打了一个激灵，差一点就挣脱出来的话，突然来了一个急转弯。他觉得这些话，还是放在自己肚子里安全。

他说，我看见饭堂那个洗碗的阿芳在里面拿了一袋子东西出去，还特意绕开了一楼的监控器，如果说她没做什么心虚的事，她为什么要绕开呢，本来他们是不能随便拿东西出门的。

看着程小桂好奇地盯着自己，李水库还是有点心虚，他慌忙补充了一句，看那个口袋的形状很像是一些米粉。

李水库被自己的话都吓住了，自己何时学会了造谣呢。这几天他的眼里除了信和信的主人，哪里还有什么食堂人和他们的影子呢。

轮到程小桂说话了，她说，你眼里怎么全是那些人呢，真是没品位。大楼里那个又漂亮又有权的女人，你知道吧，她才不得了呢。

谁？李水库问。

程小桂说，当然也有人说那个人是一个没人要的婊子，其实，她都三十四五了。

啊！李水库有些吃惊。不过他还是表现得漫不经心。

哪个女人啊？他心里打起了鼓。

程小桂之前表现得很镇定，可是几分钟不到，她就显出了慌乱，她连着看了几眼紧闭的铁门，声音开始变了，没有什么，不要多问了，我可什么也没说。

我也不知道你乱七八糟说的是谁。李水库笑着说完这句话的时候，看见程小桂也放松了下来。

李水库用的是看录像时学到的姿势。

即使是在老家没吃饱的时候，李水库也是很勇猛。他准备用新学的方式去教训一下老婆，让她感到自己的厉害，从而恢复他作为丈夫的地位，同时也让她明白，他也不是那个初来乍到的李水库了。

李水库想起初来深圳时，自己随时要摔倒的情景。现在可是一点问题也没有的，快步行走甚至奔跑了。电梯就更不在话下，坐在上面上上下下他很舒服，什么不愉快的面部表情也没有，他的胃和心都在原地安放得很好，每次进到里面，如果没有紧急的事情，他都希望上来一个漂亮的女人，与他在空中单独待上一会儿，最好还能说上几句。他经常想起第一次坐电梯时那个温暖的声音。他恨自己当时不争气，因为他连那个女孩子究竟什么模样都没有看清。

想不到程小桂用的是一些更刺激人的招数。她先是把两只脚抬得很高，然后嘴里发出像猫一样的叫唤。这样一来，两个人都吓了一跳。不过李水库还是感到了兴奋。

只是好景不长，才折腾几下，他就感到后背有一双眼睛，像是一个摄像头，随后李水库脑子里就浮现出一个老人的脸和张曼丽哭泣的表情。

突然不行了。身体没有了力量，马上就松懈了。

对不起！李水库说。

他草草收兵，脑袋枕着手躺回原地。想不到，李水库除了心里乱成麻之外，身体更是变得说不出的糟，再也没有了往日威风，作为男人，他开始了害怕。

这样的情景程小桂第一次见。她有些吃惊地看着李水库。程小桂笑骂他是一个软包的时候，他只能让嘴咧了一下而说不出话来。怎么会变成这样了呢？

显然，他还是忘不了信的事情。他知道，还是需要把信交给张曼丽。可是怎么对她说呢？说是捡的？或是随便地扔在一个角落里，最后再让她发现？或是按照原来准备的那些话？想过几遍以后，李水库否定了几种做法。那样的话她肯定会来追查。收信的时候正是他值班，为什么是他发现而不是别人？保安室里一共才有几个人，显然没有人会替他背这个黑锅。到时候，过去的一些事情也会被追查。包括拿了一个人落在保安室里的运动服，他没有向大队上缴，而是当天晚上就送给了帮自己介绍洗脚工作的老乡。还有一次自己用值班电话，偷着打了一个声讯台，这一切的一切都将因此而暴露出来。

怎么都不行。万一被发现了，这份让家乡人眼红的工作一定是没有了。除此之外，作为介绍人——程小桂的工作显然也保不住了。此刻李水库满脑子都是这些。

不能再耽搁，还是需要马上就对程小桂说清楚，两个人要快点想个办法出来，想到这里，他下了决心。

这时，他却看到程小桂咽了一下口水，随后发出了声音。她的样子看起来像是漫不经心，她说，你有没有想过这样的事情？

李水库赶紧把自己的话压了回去，他问，什么事情啊？

程小桂突然有些不好意思，吭哧半天，最后她坐了起来。很快她就恢复了白天的神态，大方地说，如果你找了这个大楼里的一个女的去相好，我又和深圳的一个男的结婚，你说我们还会这么穷吗？家里的老人还会一天天唉声叹气吗？我们将来的孩子一定也不用发愁了，到时候就可以一会儿住在你家里，一会儿又住在我家里，你说那是多好的事情啊。

想不到程小桂说出这样的话，李水库把到嘴边的话完全咽回肚子里，心里却好像打翻了五味瓶。

他用力张了两次嘴都说不出话。如果不在一起，怎么会有共同的孩子呢？程小桂把他给气糊涂也绕糊涂了。

他睁大一双眼睛，躺在地上，看着天花板上的黄色水印，再也不想多说一句话，脑子里一会儿是一个老人的表情，一会儿就是程小桂说话的脸，身上的力气彻底消失了。

他想深沉一点，目的是让程小桂为自己的话感到难堪，却没想到，刚想坐起来说话，一只拖把从墙壁一侧狠狠地砸中他的头顶。他痛得坐了起来。

因为痛，他有了胆，咧着一张嘴，对着正在看自己的程小桂说，你是不是找了？我看你就像！我早就看出你不对劲了。

程小桂缓过神，对着李水库笑了，她说，嘿嘿！我要是真找了还和你在这里呀！早就忙着找我家老板去了。程小桂翻了一下白眼，又说，现在不是在跟你商量吗？

这句话让李水库先是放下了心，过后，心里又不痛快了。心想，什么我家老板，在老家，老板就是对自家男人的称呼。商量？这种事要商量？真亏她想得出。

他蹲起身子，用脚跟狠狠踩住一个白色饭盒，脸上的肉开始僵硬。

程小桂见了他这个样子说，看你那个小气样，还像不像个男人了，我又没怎么样！

那你想怎么样？李水库梗着脖子大声说。

我怎么样，我怎么能知道！倒是程小桂声音开始变小了。

李水库希望自己平静地想一想事情，这个时候他需要转移话题。他想起了自己那个问题。也许这个时候说信的事儿不会让她生气，毕竟她说了不应该说的话，是她错在先。刚想着让这个话怎么开头，程小桂又说话了，她说，其实我说的事你也好好想想吧，这对我们两个人还有将来的孩子都有好处。

程小桂你不是人！李水库在心里开始了咒骂，你程小桂有什么了不起！只要我想，我就能搞到城里的女人。我还要让城里的女人给我生个孩子！你看我行不行！他在心里发着狠。

想到这儿，他突然笑了。他的笑让程小桂吓了一跳。她吃惊地看着李水库。

李水库看着程小桂的脸说，不用想了，这个问题我早想过。你说得对，你不是跟我提大楼里面那个又漂亮又有权力的女人吗？她早跟我提起过这种事，我也一直想找你说，总是没机会。你现在主动提出来太好了，真的就成全了我们，这样一来，你也不用那么辛苦，我也不用当保安了。人家都答应我了，只要我同意，就给我买房子和汽车，还说只要同意马上就和我办手续。我说这个事情也不能太急，毕竟我也是有老婆的人，我要先把婚离了才能和你结婚。

直到看见程小桂的脸由白变成了灰色，李水库才停止了说话。想着程小桂的脸色，他甚至想跳起来，程小桂难受的表情让李水库兴奋得一塌糊涂，原来程小桂也有这样的时候。

九

还没到上班时间，他就站在了大楼的门口。他要快点儿找到一个女人，不管是谁，一定要赶在程小桂采取行动之前。

他先是把眼睛盯住了门前排队办事的女工身上。此刻他心里绝对明白工厂里那些女工的想法，那些女工哪个不是对男人一副讨好的样子呢？在李水库看来，如果他想来点非分之举是很容易得手的。过去他怎么没有想过这个问题，现在是程小桂改变了他的思维，也给了他勇气，因为想到了别的女人，他的身体膨胀起来。

一定要找一个愿意和他好的女工。当然也要看着顺眼。这样的话，他就省下了泡女孩子的钱。不过李水库也知道，泡这类女孩子最多也就是花点咸水花生和菊花茶饮料的钱。她们似乎从来没有认为自己还有什么价值。他想，女工们也许正等着他前去说话或者带着她们开房呢！

李水库始终黑着一张脸，因为他早就知道，无须讨好谁，他们这些男人就是这个男女比例失调的城市里最受欢迎的群体。他一定要表现得比她们优越很多倍。

不能太主动，太主动就显得低贱，主要是不能对她们微笑，他明白，如果那样的话，他的想法会暴露无遗，再说，他的笑一点也不好看，因为他的牙齿并不白净。

他留意到有个女孩子一直在偷偷看他，在捕捉他的眼光。他有些犹豫，要不要过去打个招呼？快到十点半的时候，他趁另一个保安去打电话，才径直走向了排队的人群。还没接近目标，他的手就有些发抖了。终于，靠近了。想不到，想不到女孩子从自己腰部以下很低的位置递来一张纸条。纸条被折合成长方形，进入李水库手掌中心的速度很快，没有半点犹豫，以至李水库连脚步都没有停下就准确接住。

他看也没看就握紧了，脸上和身上的表情与动作并没有因为他的手而有丝毫变化。手里的东西有些湿润，肯定是这个女工的汗。他走到队伍的尽头，然后拐进了另一排才返回来，以此压抑自己的兴奋。从头到尾他没有说话，一颗心像是要跳出体外。最后他装出什么事情也没有发生，回到了来人登记用的桌子前，站下，停了两分钟，最后他又拐到柱子后面，摊开手。想不到竟然是三十块钱，有一张二十，一张十元，并不是他想象中的什么情信和有着电话号码的纸条。他有一些失落，显然那女孩子想插队，而不是看上了他。

他面无表情地站到队伍的前面，招了一下右手，女孩跑过来。女孩子快要到的时候，他冷漠地用了挥手的动作表示让她快点儿上楼办事。女孩子对他笑了，然后一步两个台阶地跑到了三楼大厅，去办理暂住证手续。

李水库记得她下身穿了一条有点夸张的牛仔裤，这种裤子把女孩子的屁股包裹得又大又圆。这是深圳女工普遍的打扮。李水库脑子里回想了一下女孩子的相貌。想起来了，这个女孩子长得不够文静，主要是嘴难看，笑起来把所有的牙都露在了外面，很像一只大河马。女孩子办好了事，下楼。下到最后一个台阶的时候，李水库迎向她，并笑着对女孩子说，靓妹，事情办好了吧？要是一会儿有时间，想不想一起去吃个炒河粉？

女孩子愣了一下，笑着说，我很忙啊，今天是跟班长请了假才出来的，现在还要急着赶回去上班呢。

李水库突然有些泄气，他感觉不远处有两个同伴看见了他难受的样子。李水库感到自己丢了面子，要知道，在深圳他可是第一次约女孩子呢，听说很多保安都能把女工约到看录像，最后又弄到床上去。受到这样的打击，他脸上有些发热，正在女工准备向门口迈步的时候，李水库突然从上衣口袋里掏出一个白色的信封。他故意用衣角遮住信封的一半，然后拉到两个人腰部的位置上，他压低了声音说，谁不忙啊，你以为我很闲着吗？你看吧，这封信就是这个楼里面那个女经理的，她特别有权力，我不骗你，这绝对是她的信，不信，你可以看上面的名字。对，张曼丽，就是她。她所有的信件都在我这儿。

见女工没说话，他又小声地说，你不信吗？她家里的一些大事小事还都是让我帮忙处理呢，他爹最近出事啦。

听了这些话，本来紧着脸的女工突然笑了。

李水库站直了身子，问，你笑什么呢？

女工笑着说，你真会搞笑，如果她是一个深圳人，怎么可能要你这种外地人去安排她们的事情呢，她们又不是傻子！对了，你拿着人家信干吗？还不还给人家！

十

李水库也不是没有想过程小桂的话，要是他们分别被这个城里有钱有势的男人女人看上，那什么都会改变了。那是怎样让人羡慕的日子呢，他也会像这个大楼里男人们那样威风，他也可以穿得整齐体面，对着民工指手画脚吗？

坐在保安室里，李水库想了很多。在别人看不到的地方，他用剪刀剪下自己认为有用的东西。在报上，看到了深圳的很多故事。他最关注的是那些关于民工工资方面的报道。当然也看到了不少谈工作方法的文章，上面说无论做什么都不要蛮干死干，这是最新的观念。他认为说得特别有道理，所以他工作起来很懂分寸。

深圳人什么都好，房子跟电影里面差不多，房间内的音响就差不多要两万多块，床和书柜比电影里还要好，光是一个小孩的房间就什么都有，深圳真是太好啦。这都是程小桂说的。

记得程小桂说这个话的时候，李水库心里是生气的。好个屁啊！后来他还想过程小桂的话，程小桂怎么什么都知道呢，连人家城里人小孩子的房间她也知道。现在李水库想起当时那些话竟然吓出一身冷汗，程小桂的确不再是原来那个程小桂了。

除了看报纸，最近他常在贴满了广告的站牌下寻找招聘单位。不过每次站到那个地方，是啊，这样的工作的确太难得了，他用眼睛偷偷打量身边那些满面愁容找工作的人。这样想着的时候，他就会想起自己所在的那个大楼的种种好处。不过他也发现了自己的变化，现在他的眼睛也会溜向那些应聘高中毕业生的广告。

已经是第六次跟踪自己老婆了。李水库清楚地看见过程小桂进了距离上合村不远的宝雅花园。那是宝安最著名的高尚住宅小区之一。

程小桂的样子鬼鬼祟祟，到底是哪个老板呢？或者是那个收报纸的男人？李水库有太多问题不能问，也有太多的问题不能说。在跟踪程小桂的时候，李水库第二次发现城里的女人个个都很像，甚至程小桂的样子都有点像城里面那些个女人了。人前有些不可一世，而到了没人的地方，她们简直就是一溜小跑。

为了气程小桂，李水库有一次在楼梯的拐角处等到了程小桂，李水库没话找话，他对神情也有些不对头的程小桂说，你说我们俩用那个方法真的可以留在城里吗？孩子到底是上半个月住在你家还是下半个月住在我家呢？

他就是想挑起那个话题，让程小桂生气。程小桂没有接李水库的话。她呆呆地看了一会儿李水库，什么也没说。

李水库发现，程小桂最近总在发呆，人显得不太正常。

十一

最担心的事情还是发生了，到了下午六点多，河南平台的信又来了，与上一封才隔了不到十天。

李水库躲在洗手间里仔细看了几遍信封上的字。不是同一个人写的字，地址却是一模一样。

为什么这么快就来信了呢？为什么不留给他点儿时间再做工作，让他想出办法使张曼丽的良心发现呢？他把信放进了口袋里。

只是十分钟不到，李水库就感到了事情不妙。

如果是催钱的，那还好办些，可李水库害怕是其他内容。

再也没有办法了。他站住。

终于，他关上了保安室的门，咬着牙撕开了这一封与他命运密切相关的家信。

信比上一封长了点儿，是一个男人的笔迹。

李水库的预感得到了应验。

上封信刚寄出，张曼丽的爹就被赶出院了，一周不到，就死在了家里。信里说，临死之前，爹再三交代不要去麻烦她，还嘱咐家里人要把那封信追回来。爹说让她在外面好好工作，不要被家里的事儿拖累了，也不要因为家里的事而让别人看不起，最后影响了前途。信里说，本来不准备说的，可是爹知道自己活不了几天了，还是想说出来，张曼丽是家里收养回来的孤儿，是狠心的城里人丢下的孩子。虽然是这样，可是当爹的一直以有她这样有出息的孩子而骄傲。因为有了这个孩子，爹在村里是腰杆挺得最直的，爹的威信也是全村最高的……

在十七楼和十八楼之间，他让自己躺了下来，然后闭上了眼睛。李水库脑子出现了空白。

不知什么时候开始，他开始跑步了，不过，他认为自己不应该穿着皮鞋跑。那是一双三十块钱买的鞋，这种鞋不需要鞋油就很光亮。如果不遇上水，不认真看，很难看出是人造革的，他怕自己跑得太快，把鞋跑坏了。

李水库逃跑的方向好像是西南，不知为什么，最初太阳在左侧，后来就完全看不见了。近处的山后面正下雨，雨越下越大。这样的天气让李水库迷路了，前面是那条与老家公路同样的路，他走了上去，可是让他差点儿滑倒。再抬起头的时候天完全黑了下来，像个锅盖压在头顶。有一个时刻半点光亮也没有。过了不知多久，他才看见了脚下有一个小土包，上面竖着一个高高的石碑。李水库眼睛有些看不清上面的字，努力睁大了眼睛，把脸贴在上面，才看出上面的字竟然是父亲的名字。他忍不住喊了一声，爹啊！爹！你怎么不等等俺呢？你有病为啥不跟俺说。什么信啊？俺没有收到信啊？

李水库被自己最后的这声哭喊给弄醒了。

他睁开眼，发现外面的天完全黑了。

他走到窗前，借着外面的光，再一次看那封家信。上面歪歪扭扭的字，像是有表情，再看的时候，李水库忍不住鼻子酸了，而且一直酸到鼻子的根部，因为这些字越看越像他爹的字。

走之前他与爹狠狠地吵过架，李水库现在再也控制不住地想他了。爹的头发已经全白了，到了夜晚就拼命地咳嗽。有一回咳嗽是因为吃香蕉，那回爹发高烧昏迷了两天才醒，一睁开眼就说要吃香蕉。爹从来没有提出过自己要吃什么，突然这么说，全家都有了不祥的预感，害怕得要命。李水库哭着跑到了县城里买了回来，家里人还是第一次吃到这种南方的水果。爹不舍得吃，他是在李水库的呵斥之下才硬是把剥好了皮的香蕉吃下了半条，没想到吃进去以后竟然拼命地咳嗽。知道全家人正看着他，爹停止咳嗽时就怪罪家里人说，让我吃这个干啥？这有啥好！刚进嘴里就化了，在肚子里成了痰，吃了还会咳嗽的，你们都看见了！显然爹醒过来了，醒过来的爹在心疼钱。爹的话惹出了全家人不断地傻笑。为了配合大家的笑，爹又咳嗽了起来。

爹最近身体怎么样了，如果病重，他们会来信吗？他们的信会不会在路上丢失？李水库的脑袋发胀，他一直在想着怎么办。怎么办？他的眼前不停地浮现一个躺在床上的老人。这个老人长得很像张曼丽，越来越像。连细细的纹路也越发清楚，到了最后，他脑子里的老人竟然一点一点变化成了他李水库的父亲。

脑子里全是父亲躺在床上的样子。他狠狠地甩了几次头，父亲却还是立在那里，不说一句话，只是看着他笑。父亲平时很少笑，这样的笑，让李水库心里发毛。李水库脑子里满满的都是与自己父亲很像的老人。张曼丽呀张曼丽，你怎么不想想家？为什么非要逼我呢！你为什么不给家里打个电话，你为什么非要害我丢了工作呢！丢了工作我就等于丢了老婆。我本来还要带她回家呢。李水库自言自语地说着。他几乎要哭了，要知道为了娶这个老婆，家里欠了多少债啊。

他甚至觉得自己方才不是在做梦，好像爹真的已经离开了自己。此刻他的头已经开始痛了。脑子里一会儿是生病的父亲，一会儿是自己戴着手铐和追赶警车的父母亲……

再这样想下去，他知道自己就要疯了。

错过了开饭的时间，李水库只好到大排档上吃快餐了。

李水库的食欲一直很好，到了深圳以后，他认为一个人要学着向前看，还要学城里人想事和做事的思维方法，同时还要让自己吃好点，健康是第一位的。

李水库见到菜牌上的第八行写着辣椒炒麻雀时，他的眼睛有意地避开了，这种东西无疑也是张曼丽愿意吃的，他们是同乡，口味当然相同。他用力摇了一下头，想把脑袋里的事情赶走。

他喊来服务员，点了一个鱼香茄子煲和两碗米饭。这是他最想吃的菜，有这种菜他可以吃下五碗饭，其实还能吃更多，只是怕旁边的人笑话。

想不到饭和菜上来的时候，他突然一点儿也不想吃了。

他叫过服务员拿来一瓶金威纯生啤酒，就着碟子里免费的几条红色的辣椒，喝了起来。

又打开了一瓶。喝了酒的脑子和人似乎已经分离，最近他总是想喝酒。夜晚的大街上也射出白光，和白天一样晃眼，他希望此刻能黑一点，要能黑得把自己的心事和不争气的眼泪可以藏起来。

眼泪流到了满是油垢的大排档桌子上，于是他索性伏在了上面。脸压在手臂上，让半张嘴悬在桌子下面。

……走走走走走啊走，走到九月九……不知道为什么他突然唱起了歌。过去他很少唱歌。

他反复唱这两句，他感到自己喝了酒的眼睛有些发红。

看着远处闪烁的车灯，这样的车灯让他想起老家那些小孩子手上的纸灯笼。

他再次把手放在了胸口，摸着那封信。什么人的胸口有口袋呀？他有。这是他自己缝的，平时这里放着手机，有人说会辐射，但是李水库不信。这个手机是他目前最贵重的物品。是他到深圳后唯一给自己买的贵重物品，虽说是个二手货，他却喜欢得不得了。除了程小桂，他还没有给其他人打过，更别说是其他的女人。他很清楚这样的手机是连着老家的。他知道只要拨过去，老家人就可以听见他说话了。他还没有打过，主要是家里那边的电话设在村委办公室里。村里也有些人家里安了电话，但是安了电话的人家都是那些很不好商量的人，李水库不想让自己的家里人因为听电话这样的事情而受委屈，所以他都忍着不打。不过，有没有手机是不一样的，有了手机即使不打他也感觉到自己离家很近。

可是这次他想的并不是自己的家，而是与手机贴在一起的那封信。想到这里，他从口袋里拿出一张纸，上面有一个电话号码。他看了一下，随后就拨通了电话。

电话响了很长时间，终于有人接了，听到张曼丽的声音，李水库突然把电话挂断了。

下了那么大的决心，话却还是没有说出来。他把手机放回口袋里。

他努力着想办法让自己的情绪尽可能缓和下来。终于，他从口袋里摸索出一支笔，随后，又掏出一个印着深圳特区的红色信纸，铺在石阶上面，写下几个字：亲爱的。停了半天不知下面写什么。这是一封要写给谁的信呢，亲爱的是谁，他不知道。

他闷得快要爆炸了，他就是想找一个人说出自己心里面的话。

手机突然在半空中响了，一个女人的声音，是张曼丽打回来的。

你是谁？对方问。

你好！我是保安室的李水库。李水库说话的时候，人有点发抖。

她说，这么晚了你找我做什么？怎么，就连你也都有手机了吗？

嗯，是刚买的。李水库听到自己的声音。

张曼丽问，有事吗？

他没想到张曼丽这么快就让他不知道说什么好了。李水库本来都已经打了腹稿，腹稿是这样的：这里收到了一封信，拿来前就已经被撕开了，最近邮局总是出现问题……

可此时此刻他突然明白自己绝对不能这样讲，这个谎言被自己都识破了，更不要指望对方会信。到那时，她一定会找到送信的人问个明白。那样的话事情也就真相大白了，过去那些丢信的事全部会扯出来，包括把前面那个保安的事也安到他的头上，那就倒大霉了！就不是被炒那么简单，首先，他的老婆程小桂将马上会受到牵连，工作没了不算，两个人还极有可能被送进监狱。

他对着话筒说，对不起，打错了。

她突然笑了，说，打错了，我可知道你是谁。好了，别装模作样了，这可是睡觉时间呵，给我电话，你就不怕我不方便吗？

李水库额头冒汗了，他说，对不起呀，张经理，不好意思，我忘记现在已经十点多了，请你先好好休息。真对不起，我放了。他拿着电话，站在夜空下，李水库双腿站得笔直，他感觉自己正在发抖。

不要放！这是电话里面张曼丽发出来的声音，不要放电话！李水库惊住了，以为自己听错了，他问，什么？

这么晚了，你找我到底有什么事情？张曼丽声音显得有些缠绵。

张经理……我打扰了，对不起你和姐夫！

什么姐夫？小子，我还没结婚呢！

你上次不是……

李水库当然记得那一次窃听，女人在办公室里面说话，凭什么让她进户口，而我没有？你想一想，我做了多少年了，我付出了多少！

那个男的说，你不要太小气，顾全大局一点好不好，以前你不是这个样子。

张曼丽说，你以前不是这样对我的。

男人说，记住不要再这样跟我说话，别忘了，你是一个什么身份。

……哈哈！张曼丽笑了。那个人啊，少提他，他死啦！真笨，做戏！不懂吗？她又继续说道，小老弟，拜托你了别给我乱安老公好吗，虽然我年纪不小了，可是我还没结婚呢！没结婚的话全世界的男人就都有可能成为我的老公。没有老公我也可以做成任何事情，到时看看谁还会说我的命不好？

李水库长这么大第一次听到一个女人这样对他说话，正在他心惊肉跳，不知怎么回话的时候，电话里的张曼丽说，你不是要找我嘛。那现在就来吧，顺便把我放在杂物间那只水果篮和微波炉带回来。

李水库拿着手机站在月光下很久，最后他仔细看了五次手机上面显示的号码，他知道自己刚才并不是做梦。他感觉到，这个张曼丽情绪失控，也许正像大楼里面传说的那样，又被男人甩了。

李水库此刻更加痛恨自己，张曼丽多么可怜啊，失恋的同时也失去了父亲，而这一切，都与他有关。所以无论如何他今晚都应该把话说出来，任凭她发落。

想不到快要出大门之前碰上了程小桂，她的脸色很难看，看得出她是有意在等李水库。李水库此刻并不想跟她说话，他的脚步不想停下来。程小桂只好大声叫住了李水库。

有什么事？李水库冷冰冰地问。

程小桂停了一下才说，告诉你吧，我一早就见到她了。

李水库很镇定。他说，她就在这个大楼里工作，谁都能看见，我也看见了。

程小桂说，我是说，她大清早就从老板办公室跑出来，刚开始，还以为别人没看见。这回我才知道为什么八楼不安装监视器了，之前的那天晚上她根本就没回去住。还有我去打扫房间的时候，发现里面有那个东西。真是晦气啊，他们根本就不知道尊重人，这种东西应该自己收拾，大清早的。程小桂故意显得有些委屈。

李水库心里一动，程小桂说这番话，明显是对他撒娇，可是李水库依然表现得很冷淡。

程小桂说，你不要什么事都管。

李水库停了两分钟，他说，你对我说这些是什么意思？

我就是想告诉你这个。程小桂小声说。

李水库脸上出现了微笑。说，那又怎么了。

他迈步向外走的时候，程小桂又说话了，我是说你不要再想着人家。程小桂这一次生了气的声音和平时完全不同。

想她怎么啦？李水库头也不回地说。他要气她。

程小桂继续说话，别想了，人家不会看上你的，你根本就没有这个本事找上她。

李水库昂着头，说，她能不能看上我，不关你的事，你是不是关心过了头？来到深圳，李水库第一次这样理直气壮说话，他感到了痛快。

程小桂说，你们的身份不一样。

李水库说，你不就是想告诉我，她跟别的男人上过床吗？可是我不在乎。这样，我和她就扯平了，我也不用那么自卑，她也不会计较我的出身了。

程小桂说不出话了。

直到李水库走出了三米多的时候，程小桂突然大喊，水库！千万别去啊！

十二

脱了鞋，李水库发现自己右脚的袜子露出了个小洞，两个脚趾不知何时钻了出来，要知道平时自己的保安服可是整齐得很。与此同时，喝过酒的李水库还发现地板像镜子一样光亮，比大楼里的更加刺眼。在他的理解中，张曼丽是个大龄女性，被男人抛弃过，按理说，不会比他的处境好很多，这样的女人在这个城市有很多，他听说过。家里也应当很零乱才对，没想到这个房子装修得非常堂皇，把他李水库弄得反倒成了需要同情和安慰的人。这样一来，李水库原来好不容易产生的一点儿自信也没了，想起来的话也忘得差不多了。

这是什么？张曼丽指着李水库包裹里的麻雀问。

拿给你吃的，我想你也会特别喜欢，我们老家的人都爱吃这东西。

你们的生活方式真是奇怪啊！这是人吃的东西吗？张曼丽的手对着一排晒干的麻雀问。你是说你们北方人喜欢吃麻雀？不是吧？你知不知道那是一种可爱的小东西？你懂不懂环保啊？你们这些农村人怎么什么都敢吃呢？我看你们简直就是一个残酷！

李水库说，这个还可以治病！他差点儿就说出哮喘两个字。

似乎他是来专程讨水喝的，水被他一口就喝完了。杯子不再遮脸的时候，他看见了张曼丽的眼睛。张曼丽一直看着他笑，根本没有他想象的那副神情。他以为她会哭哭啼啼，可是没有。她新染了栗子色的头发，弯曲着，妩媚地站在电视机的左侧，遮了一半的电视画面。上面正在播出伊朗的一部儿童电影。房间的灯光太亮了，像白天的深圳，刺得李水库智力低下，他不知说什么才好。电视里跑出一个弱视的小孩子，掉进一条正在奔流的河里。而孩子的父亲正在对着这个一直拖累自己的孩子犹豫……

在李水库低头想事的时候，张曼丽突然发出了女主持一样的声音，她说，李水库，你那个工作不好吗？还是另外有什么事儿？

李水库头皮发麻。

张曼丽看出了李水库的紧张，笑了，要是嫌太清闲了，你可以去参加义工之类的。

李水库还是不知说什么，他最近才明白什么是义工。

她接着说，那样的话，你就不会像现在这样，每天游手好闲做错事了。李水库突然想起自己兼职被张曼丽发现……

在李水库受到惊吓的时候，张曼丽捏出两颗维生素在眼前，她把它们放进口里，说话了。当然了，也不是什么人都可以成为义工的，如果你这样的人参加了，呵呵，你信不信，人家只会认为你是个吃饱了没事干的人。

看着李水库还是不明白的样子，她笑得有点花枝乱颤了。

她又说，说白了就是做好事啊！到老人院、孤儿院捐钱，做点善事。不过像你这种身份的人如果到了那里，也就是去干点粗活累活，还好，你平时就是做这个的，你知不知道像我这样漂亮而且有身份的人去捐钱，人家可是没见过。说着话，张曼丽返回身从柜子里拿出一份三个月前的晚报给李水库，你看一下，这个就是我，她指着上面的照片说，随后，她又拿出一个红色证书。

李水库腿上放着报纸，在听张曼丽说话，你知不知道，钱这种东西关键是要花对地方。

嗯。李水库答应着。

好。看你就是一个明白事的人。张曼丽笑了，她竟然伸出手摸了一下李水库的头。

那你跟我说说吧，你有什么特长。张曼丽今晚显得有些高兴。

我，我是我们村最好的泥水工。李水库低着头。

那也叫特长吗？哈哈！从来没听过还有这样的一个特长。那你给我表演一下吧。

在张曼丽的笑声中，李水库站了起来，手举了一半，停在那里不动了。一会便软下来，一双手像是怪物，它们先是抚在细腻的水果上像个忸怩而惴惴不安的螃蟹，丑陋、不灵活、沉重无比，让他无法控制。

看见李水库这个样子，张曼丽双手捂着嘴大笑起来，手腕上白金手表，晃着李水库眼睛。

李水库犯了一会儿困之后，张曼丽身穿睡裙站了李水库眼前。李水库想起自己对这个女人曾经的念头，突然口渴，他又喝了一杯水。这时张曼丽却从茶几的水果盘里挑个苹果削好，递给正低着头，发着抖的李水库。

清醒啊！他在心里喊着，并偷偷掐了自己一把。让张曼丽意想不到的是，李水库低着头，冒一句话，当然声音还是有些发闷，他说，张经理你说城市好还是农村好？

张曼丽被李水库问得愣住了，可是她很快就笑了，反问他，那你说呢？如果农村好，你为什么跑到城里？

李水库说，我觉得还是农村好，农村有新鲜空气，有美丽的庄稼……

讲这些话的时候，他完全忘记了张曼丽那双好看的眼睛正一动不动地盯着他。张曼丽并不说话，她看着李水库的嘴，这导致李水库也好像看见了自己那个吊在半空中的嘴了，李水库从张曼丽的眼睛里看见了自己说话的样子，他觉得自己就像个超级骗子，正在推销一种谁也不想买的东西。这样的人被他多次挡在大楼的门外。那些人有时推销的是些昂贵的工具书，有时推销的是一柄柄雪亮的菜刀。

他知道自己很多部位都失控了。可是他此刻必须要把话说出来，哪怕眼前架着刀子。他已经连续失眠了很多个夜晚，他知道，这一次再不说出来整个人就要崩溃了。

张曼丽先是打量自己的手指，随后大笑，大笑终于戛然而止，她冷冷地说，现在农村还有新鲜的空气吗？到处都在挖山挖石头，大片大片的土地荒掉了，你在哪儿见到了美丽的庄稼？你真是一个臆想狂。

张曼丽又接着说话，美丽的庄稼？这不是歌词吗？而且早过时了，你不嫌酸啊？如果看你们的外表，个个都像老实人啊，有你们这么朗读歌词的吗？

此刻，他觉得张曼丽正在一步一步地逼他。他把眼睛从地板挪到电视机上，电视里那个弱视的孩子与他一样，突然被父亲扔到了那条奔流的河里。

让张曼丽没想到的是，没有太多文化的李水库固执地要把话说完，他说，也许你我的老家还有善良的父母亲，也许他们正躺在病床上。

如李水库所愿，张曼丽的神情终于不正常了，她的脸色惨白，过了一会儿，情绪好像才稳定，她说，李水库，你没有病吧？

张经理，我没有病。对不起！只是今天我想家了。我以为我一天天有吃有喝应该不想家了，没想到还是想，比什么时候都想，比我在家里时候还想。

连李水库自己也没想到，他突然间失控成另外一个自己也不认识的外星人李水库。这是计划外的表现。而让李水库想不到的是张曼丽再次大笑起来，她说，想家？你这个人好奇怪啊！哪个人会不想呢？我当然也想我爹地和妈咪啦！

李水库木着脸说，是吗？你爹爹和妈妈现在在哪儿呢？

当然住在他们的别墅里面啊，不过我的爹地是位高级领导，每天工作很忙，除了周末家里举办的宴会，我并不是总能见到我爹地。

李水库站起了身，他需要马上离开，他认为已经开始失控。

张曼丽拿了一小袋腊肠和衣服送给李水库，感谢你替我跑了腿。

我不要！李水库用力摇了一下头。

拿去送人吧！这些东西我没什么用。张曼丽说。

寄回给你的二妹吧！那封信的落款就是你二妹。李水库停下来，低低地说。

什么？什么二妹？张曼丽问。

对。是你的二妹！李水库发现自己的声音里拖着哭腔，他像是在哀求。

哈，可惜我是家中的独女，我要这些做什么呢？他们也都有许多钱，不用我这些，他们还总是想给我，可是我已经有太多了。我什么也不少，现在我有的是钱，你知道？渐渐地，这个声音开始不像是张曼丽发出来的，而像是一个吃了兴奋剂的人。

我什么都不缺。张曼丽说。

可是你有一个二妹。李水库声音变了。

李水库，我看你是喝醉了！

李水库没说话。他也没有再去看一眼张曼丽。

不用看，李水库知道张曼丽的表情。他抓住自己的外衣，向外冲去。

他来到了深圳宝安上合路上。

不要以为我不敢撕掉！谁也不要逼我啊，我什么也不怕！把它扔进黑井里，没有人知道。只是他的手刚一触到信，身子瘫软了，最后他蹲在了地上。

身后是那些明亮的灯火，李水库蹲在没了盖子的沙井边上，不知为什么，他此刻就想这样待着。他看见一对乞丐夫妻拿着盆子向外打清水。他抚在上面看了一会儿，不理解这样的地方竟然还有清水。一直以为这里面只有污秽的东西。可是他们在里面找到了清水。李水库耳边回荡着那对夫妻的家乡话，路上并没人多看一眼垂头丧气的他。

他站到了自己所在的那个大楼的楼顶。

第一次站在这么高的地方看深圳。深圳的夜晚到处灯火通明，灯火一闪一闪像是老家清明节时候看到的鬼火。

只有天空是深蓝色的，他看不见星星。本来以为换个季节会看见，结果还是不行。这个城市怎么没有星星呢？想到星星的时候，他想到了自己的老家乡下。没想到这次想家的时候，他的神情竟然是恍惚的，注意力并不是很集中，心里像是长了草，是那种高高的米色的蒿草，这样的草顺着心长到了他的喉咙里，末梢的部分摇晃着，让他发痒，这样的痒，并不会让他笑起来，却让他的胸口发闷，喉咙异常难受。

打开了身上小小的收音机。他用手机拨通了一个电话到《夜空不寂寞》。是著名女主持胡小梅的声音，每晚他都要收听她的节目。

听了一阵广告之后才轮到他的电话。

对方提示他讲话。

你叫什么名字，在哪一间工厂，喂，喂，你听到没有。你怎么不说话呢？是那个温暖的声音。

李水库说，你别管我姓什么了，我只想问一个事情。

电话里的声音，请你说吧，碰到了什么事情。

我……我拆了别人的信，是无意的，怕丢了工作，一直也不敢说，想不到，最后耽搁了人家收到这封家信，现在那个人的爸爸因为没有收到信，没有钱看病，后来死了。

犯罪！——对方没等他把话说完，接着说道，这是什么年代了，这是一个法制的社会，竟然还有这样的事情发生，好了，我相信你应该知道自己怎么做了。主持人很快换了一种声调，说，听众朋友，下面我们听一首歌曲……

李水库！我叫李水库！

他大声念着自己的名字，你怎么刚进了城就偷看别人的家信，这样的事情都能做出来，为了保住面子和工作，拖着不告诉人家，终于害出了人命，还不敢承认。犹犹豫豫总是不想告诉人家，李水库你这还算是个人吗！

喊完了自己的名字之后他又喊程小桂的名字。

程小桂！程小桂你也不是一个人！你别以为现在这个样子了，你就是深圳人了，没有人这么认为。他大喊。

终于声音小了，程小桂！这一次，他喊得有些温柔。

在深圳这个城市，没有人知道他李水库，当然也不会有谁知道程小桂。在这样的夜里，在这个城市，李水库喊着自己的名字和程小桂的名字，他要用这种方式为他们最后圆一次房。

十三

还没到上班时间，他就在大楼的门口站住了。不过他没有等到张曼丽出现。她生病了吗？她是不是已经联想到了什么？她是不是已经听出了他在广播里的声音，她是不是已经报了案？

到了下午，还没有看见张曼丽的身影。

喂，我想问你最近有没收到过信？有个人站在门口问他。

并不是她。

现在与信有关的事情都会让他心惊肉跳，尽管他已经有了自己的计划。他说，信，信，哦，没看见！

问信的人刚离开，手机突然就在当空炸响。李水库一个激灵。他竟然感觉手机发出的声音像警笛鸣叫。

是张曼丽打来的。记住，从现在开始，你要给我闭上嘴！否则我会让你们家连你的全尸都找不到。

就在李水库还没明白什么事的时候电话就"啪"的一声挂断了。

李水库正在发呆的时候，有一个女孩子的声音在耳边响起，请问你叫什么名字，谢谢你啊，你现在的身体好了吗？我看你的样子就觉得亲切！

神情有些恍惚的李水库面前站着刚刚办好暂住证的女孩子。

上班的时候，他看见一个长相秀气，样子有些亲切的女工站在门口排队办事，他走过去喊那个女工过来，让她先上去。李水库看见排队的人里有人对他指指点点，这一次，他没有理会。也许最后一次利用职权为自己办事情。现在她正像个小孩子，感谢着他，她说，真开心啊！这回我可以去看地王和深南大道啦！

女孩子的声音温柔，让李水库感到亲切。那张粉脸，那种形象的女工正是李水库一直喜欢的类型，可是此刻的李水库面无表情，他摆摆手让女孩子走开。

女孩子离开两分钟还不到，李水库就突然想起了一件事情，对方正是第一次坐电梯时和他说话的那个女孩。

李水库的左脚在自己的右脚上狠狠踩了一下，用了很大力气，他的脸因疼痛而变了形。

十四

李水库的腰被人突然抱住的时候，他正在收拾行李。当时身子颤了一下，手脚顿时变得冰凉，他知道，到底还是被发现了，也许她去报案了？真的再也躲不过了吗？

李水库闭上了眼睛，身子一动不动。

半天没有声音。再过了一会儿，他明白身后不是警察，而是一个温热的身体，不用回头他也知道是谁。在这个城市里他还认识谁呢？李水库很想说一句，松开我！可是他说不出口。那是他每天晚上都想念的身体，要知道当时他们连蜜月都没过完。

程小桂拖着乡音说，别生气啊，我都知了，都知了啊，别怪我啊！上次吵完架之后我就在偷偷跟踪你。

李水库不说话。

程小桂说，你刚来深圳，还有一些事情不懂呢。程小桂向李水库撒着娇。

对，我当然没有你懂！李水库冷冷地说。

程小桂说，我没有别人懂，可是我比你强一点点，你只要遵守城里人的规矩，相信你早晚会懂的。

李水库说，可惜你说晚了，我现在不想懂了，因为我已经犯了罪。

程小桂不说话了，眼睛呆呆地看着地面。

李水库也低下头，看着一双白色的手，冷冷地说，快松开吧，还是不要搞脏了你的手套。

程小桂没说话，贴着李水库的身子开始慢慢变冷，她松开了李水库。然后，她慢慢地褪下自己的手套。

李水库本来备好的一句：我们各走各的吧，我不想耽误你。可是还没等到他把话说出口，就被眼前的情景惊住了，他看见程小桂其中的一只手已经完全变成了暗灰色，指甲差不多没了，剩下五个光秃秃的指头，有一只还在溃烂，另一只手套褪不下来，因为已被流出来的脓血粘住。

李水库的嘴张开了两次，却说不出一句话。

李水库眼圈红了。他轻轻碰了一下程小桂的手，想不到程小桂突然就扑在他的背上。很快李水库的后背就湿了一大块，自从认识以来，他们从来没有过一次这种时候。

李水库一言不发，他突然推开程小桂，飞快地离开宿舍，他下了楼。

过了一会儿，李水库眼圈红肿地跑回来。他发现程小桂此刻就像一个无助的女孩子，一动不动站在原地。

李水库手上捧着一包止血贴——幸福牌止血贴。忍着胸腔里发出的唏嘘，他用自己又大又粗的手轻轻抚摸着程小桂完全不敢相认的一双手。在李水库蹲下身子向手上吹气的时候，程小桂的手和身子一直在发抖，她的下巴顶住了李水库又硬又短的白头发，很明显，他们有意把这个时间拖长了。

用了几条止血贴都没有用，急得李水库头上流出了很多细汗。

显然这双手不是流血的问题，手早已经被化学用品烧坏，止血贴已经粘不住程小桂的皮肤。李水库站在地上，看着一脸平静、安详的程小桂。

别费事了！我全都试过，没用，听医生说真皮已经坏了。程小桂笑了，随后细声细气地说话。程小桂来到深圳后，进到工厂两个月不到手就被磨烂了。

其实很多女工都是如此。

这个地方没好人！李水库站直了身子，气愤地把拳头砸向了铁架床上的栏杆，想不到铁架子猛地回弹了一下，一下子痛得他咧了嘴。

程小桂看了李水库半天，突然说，你知不知道，帮助你来到这个大楼的那个人是谁。如果不是她把我招进来，我现在还在工厂里呢。就是她让我带上这个，到这里上班的。程小桂指着床上的纯白色手套。

李水库不说话了，他实在不知道此刻该说什么。他茫然而又警惕地看着程小桂。

终于，李水库听见了那个女人的名字。那是两次家信上面的名字，也是让李水库害怕并失眠的名字。

其实你并不知道，她也在工厂做过，受的苦一点儿也不比我和其他姐妹们少。程小桂踮起脚从李水库的上衣口袋里掏出那封家信。她让这封信贴在自己的眼睛上，信被程小桂一双泪眼浸湿了。

还是一起离开这个地方吧！这个地方再好，也不是我们的。李水库终于说出这样的话。此刻他心如刀割，再也不知讲些什么。

程小桂想了一下说，你不要把那个事情想得太严重了，她的手机换了好几次，就是想躲开家里那些不断向她要钱的人。跟你说吧，她压根就不想知道这封信！

李水库说，那是她的事，可是，说不说出来，是我的事！

程小桂不说话了，她看着窗外，那些脚手架上有穿着黄色工装的建筑工人。

你还记得吗，我也会做那种泥水活！李水库也把目光移向窗外，声音里有着一丝温柔和伤感。

程小桂沉默了，她没有接李水库的话。

不知时间过去了多久，李水库从口袋里掏出一个米色的小盒子，说，这个手表买了很久，总也没机会给你。

程小桂沉默了一下才说，不用了，你带回去吧，我已经有了。程小桂慢慢撸高了一只袖子，伸出手臂给李水库看，是一个闪着光的精巧坤表——深圳产的中国名牌——飞亚达手表。

还有……李水库从枕头下面拿出了一个精美的笔记本，里面有程小桂写的诗歌。这是程小桂离开家之后，李水库花了几个晚上重新拼好的。

程小桂的泪水终于夺眶而出。

两封信整齐地叠起，放在张曼丽抽屉里。

辞工信则放在保安室的台面上。关于离开，他没有告诉任何人，不然的话，这个大楼管事的人会压住他两个月的工资。他是刚领了工钱就买好汽车票的。否则他怕自己会后悔，他怕自己会改变主意。这个挺拔而漂亮的大楼和这座城市是他喜欢的地方，他实在骗不了自己。尽管站在楼顶他看不见星星，站在地上，他望不见楼顶。可是，可是，他真的喜欢这里。

约好了时间是早晨四点钟，一刻也不等。说好了，如果一起回去就是那个时间。又给了自己一个半小时，直到天就快要亮了。

程小桂不会来了。他的预感还是得到了应验。

凌晨五点半，他看了一眼镶嵌在这个大楼上方的巨大时钟。这个时候的天差不多要完全亮了。他认真地看了一眼这个还没有醒来，颜色有些发蓝的深圳宝安，然后一只脚开始踏上即将驶向远方的长途汽车。

车还没有开到深圳的最后一站——深圳松岗镇，李水库就被收音机里面一个声音吸引住了，是一篇配乐散文。

……也许你只看过我的光鲜的外表，可你并不知我的曾经，不知我用幸福藏住了疼痛……

扬起一阵黑烟后，汽车重新开走了，关外大道上只留下李水库和他的行李。

唱歌

张者 著

一

第三天，老板回来了。老板从南方回来的消息是师姐来宿舍告诉我们几个的。师姐说，先生回来了，要召集大家见个面。被师姐称之为先生的就是我们老板，也就是我们导师。可是师姐偏不称老板也不叫导师，唤先生。现在社会上流行称自己老公为先生师姐又不是不知道。她明知道先生有另外一层含意容易产生误会，她还先生、先生地唤着，而且把姓氏也省了，这就有些问题，有些暧昧。

知识经济时代，把导师称为老板是高校研究生的独创，很普遍。老板这称呼在同学们嘴里既经济了一回，也增添了知识的成分，很具有时代感。这个称呼不知从何时开始的，无非有以下几个理由。第一，把导师称老板喊着踏实，叫着通俗，显得导师有钱有势；第二，老板这称呼在同学们心中已赋予了新的含义，老板已不是生意人，也不是一般人理解的大款了。大款算什么，大款只有几个臭钱，而老板不仅是大款也可能是大师、大家；第三，老板这称呼已根本和一般公司经理区分开了，同学们称自己勤工助学打工所在的公司经理为老总。

不过，老板作为一种称呼也只是在学生之间用用。比方两个同学遇着了，互相问候一下，当然不会再用"吃了没"之类的传统用语，那显得太老土了；也不会用"离了没"这些已婚老男人和老女人的俏皮话。同学们大都是未婚青年，又是莘莘学子，问候语应当有些创新。所以两位同学在校园内相遇，一般会用"出了没"来打招呼。甲问乙："你们老板最近出了没?"回答："出了，出了，送你一本。"意思是说和导师合作的专著出版了。也有另一种回答："出了，出了，我也可以轻松一下了。"这意思是说老板出国讲学或者出差讲课了。

要说明的是当着导师的面不叫老板，大家还是叫老师，也有称先生的，不过都带着姓氏。比方我们老板姓邵，我们有时也叫他邵先生。带着姓氏以示区别，说明了老邵不是文人们普遍特指的那位叫鲁迅的"先生"，更重要的是老邵不是家里的那位特殊的"先生"。女生称导师为先生者少，省了姓氏的就更少了。师姐可以说是一个特例。师姐有意混淆"先生"和"先生"的界线，这说明她有某种野心，说不定是想改变在老板身边的身份，提高在我们身边的地位，改变在同学们中间的辈分，就是梦想取代师母也未也知。

本来师姐比我们年龄小，我们之所以称师姐为师姐，是因为她比我们早一年读研，师从的又是同一个老板，为此我们还不得不尊称她为师姐。师姐的情况和师妹刚好相反。师妹的年龄比我们都大，可低我们一级，我们照样称她为师妹。无论是师姐还是师妹她们都很乐意这样。当我们几个大男人喊师妹这么个老姑娘为师妹时，师妹自然而然便找到了当师妹的感觉，她会很忸怩地扭动腰肢做天真可爱状，仿佛又回到了十八岁。师姐年轻漂亮，自我感觉良好，我们喊她师姐，她会乐得合不拢嘴，像占了多大便宜似的做老实成熟状，挺着丰乳很庄重的样子。

要说高校的辈分排列也没有什么特别的，这就像回到故乡喊一个刚学会走路的小丫头片子为二大娘一样，这和年龄无关。当然，要是同一届那就看年龄大小了。目前，我们有一位年龄比我们小我们却要喊她为师姐的师姐；还有一位年龄比我们大我们却要喊她为师妹的师妹；这使我们这些师兄弟和她们相处有些力不从心，惹祸的事时有发生。比方说师妹吧，年龄便成了她的禁忌。她的年龄大，又没找到婆家，如果你好心提出为她过一次生日，她会勃然大怒。被激怒的师妹就不是师妹了，成了老娘。骂："老娘过不过生日管你们屁事!"师妹是湖北武汉人，她用家乡话骂人特别凛厉，那时候你只有逃之夭夭的份。

在师姐面前你最好不谈爱情。师姐从读本科时就爱上了我们老板，最后考上老板的研究生恐怕也是醉翁之意不在酒。可是，邵先生是有家有口的人，也就是说我们不但有师母还有一位名副其实的小师妹。关于师姐对老板的痴情这已是公开的秘密，虽然如此你谈论这件事千万别让她听到，否则师姐就不是师姐了，会成为难哄的师妹。她的脸色在相当长一段时间会像她家乡的梅雨季节阴郁不散，泪水如淅淅沥沥的细雨持续着持续着，那种阴晦的感觉会让你心中长满霉菌。

老板这次回来不知又带回什么案例。老板不仅是名校的著名教授、学者、法学家，而且是大律师。老板每次出门都会带回一个生动有趣而又能阐释某个法律教义的案例。这些案例基本都是老板代理的案子。通常情况下老板出差是为了和委托人签订书面委托合同，单纯的讲学和会议越来越少了。老板签了合同首先会和我们见一面，通报案情，然后下次上课进行讨论。这时的老板像一位虚心老实的旁听生，坐在一边听我们的发言，在讨论的过程中老板也会记笔记，然后根据大家的讨论发表自己的看法。当然如果谁不同意老板的观点也可以驳。最后有关案子的法律问题在大家的讨论中越来越清楚。讨论结果将成为老板代理词的核心内容。老板这种理论和实践相结合的教学方式一举几得，效果显著。不但教育了学生，打赢了官司，也赚了大钱。

当然老板也不是小气的人，案子结了之后他也多少给我们表示一下，经常请我们吃饭、泡吧、唱歌之类的。老板为他的学生每人配了一部手机，并且要求二十四小时开着。老板说："放心吧同学们，手机费由所里报销。"这当然会引起我们的一阵欢呼。

老板现在有多少钱谁也说不清楚。反正豪华别墅、宝马香车都有了，至于有没有小蜜，作为他的学生不好乱猜。老板一般情况下不来学校，上课时才来，下了课开着车就走了。他不在学校办公，他的律师事务所在校外租有写字楼，比学校的办公室豪华多了。我们平常要找老板，打他的手机就行了。如果老板找我们，他会让事务所的梦欣小姐打电话给我们。梦欣小姐的声音十分好听，我们都喜欢她的声音。我们几个无论谁的心情不好，只要接到梦欣的电话，心情就像蓦然晴朗的天空极为开阔。这不仅仅因为梦欣是一位真正的美女，关键是梦欣的电话代表老板。老板找我们那肯定有好事，对于这一点我们深信不疑。只要老板单独给谁派个活，报酬是极为可观的。我曾经因在老板的授意下写了一篇几千字的文章在报上发表，拿过一万块钱。师兄曾帮老板写过一次小案子的代理词拿过两万块。师弟、师哥在这方面都获得利。至于其他宿舍的师兄弟我们不太了解，不便乱说。不过在同学们中间流行的几句话可以说明一些问题：

"读研要读邵教授的，打工要打邵主任的，泡妞要泡邵先生的。"

这几句话的意思是说读研读邵教授的将来找工作不用愁，只要邵教授帮你推荐一下，基本没问题。在读研期间给邵主任的律师事务所打工，报酬可观，不会成为贫困生。泡妞要泡邵先生的，因为邵先生律师事务所有以梦欣为首的一群漂亮妞。她们一律称老板为邵先生，只要能泡上一个，衣、食、住、行都解决了。当然，这句话中还暗含一个人，那就是师姐。师姐也称老板为先生，只不过略去了姓氏，以示和那群让师姐不屑一顾的女同胞的区别。不过师姐没人敢去泡，想泡也泡不上，不信你问问师哥，他在师姐身上花了不少精力吃过不少亏。因为师姐心目中只有老板。

老板对他的学生从来不厚此薄彼，一碗水绝对端得平。当兄弟们有好事了你不必嫉妒，好事情肯定会临到你的。所以无论老板给谁派活，我们大家都会齐心协力帮助他完成，绝不互相拆台。

二

无论从哪个方向说，老板的发展都是十分神速的。几年前我还没考上老板的研究生时，他的知名度还只是在学术界。那时候他还没申请律师资格。没有律师资格的老板却意外地为人代理了一个案子。那也是他代理的第一宗案子。现在看来那完全是一次巧合。当时老板去南方开一个什么学术会议。在飞机上认识了民营企业家宋天元，这就是后来和老板过往甚密的宋总。宋总为了打官司不惜代价，不但出钱而且出人。他把公司的公关小姐梦欣派到老板身边，说是公司派往北京的法律联络员，其实是送给老板的小蜜。梦欣在北京长年有包房，一切费用由公司出。老板后来把梦欣安排到自己的律师事务所，并且又发给她一份工资。这样，梦欣的年薪已高达二十多万了。

当时，老板在飞机上刚好和宋总坐在同排，两人很客气地交换了名片。当宋总得知身边坐着的就是著名大学的法学教授、国内知名的邵博士时，眼睛一下就亮了。宋总激动地握着老板的手说："邵教授，我久闻大名，今日在天上相遇，这是上帝的安排。"

老板对宋总的过激反应大惑不解。一般情况下，大家萍水相逢出于礼貌交换一下名片客气几句也是有的，如宋总者就有些少见了。老板说："请别客气，我只是一个穷教书的。"

宋总说："你是教授我知道，但不会是一个穷教授吧，像你这样的知名法学家，在外面随便帮人打几个官司也就发财了。"

老板笑笑说："诉讼代理是律师的事。"

"当教授也可以当律师呀。"

"可以兼职当律师，我主要是没有时间。再说当律师去找案源也挺麻烦，我的学生有当律师的。"

宋总神秘地笑笑，说："邵教授如果有意帮人打官司，案子就摆在你面前。"

老板望望对方道："难道宋总要和人打官司?"

宋总无可奈何地叹了口气，摇摇头说："我本来不想和人打官司，谁不知和气生财的道理。可是对方要置你于死地而后快，你只有奋起还击，官司躲是躲不过去了。"

老板说："宋总别烦忧，把你的案子说来我听听。"老板得知宋总有法律纠纷来了兴趣。长期以来老板一直都在搜集案例。老板搜集案例已到了痴迷的程度。

虽然法院每年都有很多审结的案例公布，可老板却不感兴趣。老板认为那些案例都是有了定论的，束缚了思路，无法激发他的灵感，没有挑战性。老板研究案例也需要新鲜、新奇、新意，这样才有刺激，才产生激情。从这个角度来说，老板是一个天生的好律师。

可是当时宋总却闭口不谈案子，全心全意地想说服老板做他的诉讼代理人。宋总说："邵教授愿意帮我打这个官司吗?"

老板说："我只是对案例感兴趣，我谈谈对案子的看法，分析分析案情还是可以的。"

"那么，邵教授还是不愿做我的代理人了。"

老板说："你先告诉我案情吧，我不知道案情，怎么做你的诉讼代理人？"

宋总说："案情当然要说，关键是你愿不愿成为我的诉讼代理人。你不愿做我的代理人，案情说了也白说。"

"我不了解案情没有把握怎么敢轻言答应做你的诉讼代理人呢？"

"这案子对你这个名教授来说是小菜一碟。"

"那你说说案子吧。"

宋总说："你还是先答应我。"

两个人像孩子一样发生了争执。末了，宋总哈哈笑起来。宋总问："邵先生属牛的吧？"

"你怎么知道的？"老板不解。

"我也是属牛的，属牛的就是犟。"

"是嘛！"老板也哈哈笑起来。老板说："我就是想帮你恐怕也无能为力。我现在还没申请律师资格，就是有资格了，还要等一年之后才能拿上执业证；拿到执业证后还要设立律师事务所。等我把所有手续办齐了。你的案子早结了。"

宋总又笑了，说："邵教授，有句话我说了你可别生气，你也太书生气了。不是律师就不能帮人打官司了。"

"那倒不是。"

"这就对了。我虽不懂什么法律，但《民法通则》和《民事诉讼法》我还是翻过的。《民事诉讼法》第五十八条规定：'律师、当事人的近亲属、有关的社会团体或者所在单位推荐人、经人民法院许可的其他公民，都可以被委托为诉讼代理人。'邵教授，我背得对不对？"

老板点着头，说："看不出你的记忆力这么好，背得一字不差。"

"唉——"宋总叹了口气说，"我是有病翻医书。谁没点麻烦翻那法条干什么？我那事只有诉诸法律了。我已找律师事务所咨询过，还没开口先谈钱，我不是舍不得钱，我根本信不过那些律师。我这个案子不仅仅是法律问题，不但打官司还要打关系。"

"我可没什么关系，也不认识大官。"老板说。

宋总神秘地微笑着望望老板，说："你教了几年书了？"

"十几年。"

"邵教授也是桃李满天下了。你的学生都分在什么单位？"

"没有什么当官的，有一部分当了律师，有一部分去了公、检、法。"

"在我们市有吗？"

"有。"

"这就对了，你代理的案子你的学生敢乱判吗？"

"谁也不能乱判呀，你可以上诉的。"

"任何一位法官都不敢乱判，这个我信。关键的问题是我们的法律现在还不健全，有些法律问题本身还有争议。这要看法官看问题的角度，站的角度不同判决就不同。这和政治斗争差不多，无所谓谁对谁错，关键看立场。如果你是我的代理人，你的学生肯定站在你的立场上来判案。"

老板听了宋总这番话，不由对宋总另眼相看。说："宋总可以当个政治家。"

"哪里，哪里，我只不过说出了普遍现象。"

"你那案子有多大标的，把你急成这个样子。"

"不瞒你说，这个案子关系我整个公司的生死存亡，如果我输了至少要拿出28%的股份，公司成立之初28%的股份也就五万多块钱，现在的28%价值两千多万。"

"你的公司发展得这么快。"

"越发展得快，内部争权夺利的斗争越残酷。"

"两千多万的标的，代理费近百万呀！"

"我知道你们的规矩，诉讼代理费一般在3%至5%，标的越大比例越小，我这个案子愿意出一百万元代理费。"

老板觉得可笑，谈着谈着谈到代理费上去了，这和案情无关。老板说："看样子你知道的还不少。"

"我刚才都说了，为了打这个官司，我把该了解的都了解了，就是还没找到合适的代理人。如果邵教授愿意帮我打这个官司，一下飞机我就给你写委托书，诉讼费先付一半，怎么样？"

老板只有苦笑，说："你让我帮你可以，即便做了你的代理人，我也不敢收你的钱。《律师法》想必你也翻过，第十四条规定：'没有取得律师执业证书的人员，不得以律师名义执业，不得为牟取经济利益从事诉讼代理或者辩护业务。'我收你的钱是违法的。"

"你可以不以律师名义做我的诉讼代理。至于钱嘛……我给你现金，连个白条都不让你打。这事只有天知地知，你知我知。"

"你就不怕我不认账。"

"我百分之百相信你，你是赖账的人吗？"

"咱先不谈这些，你告诉我案情吧。"

"你先说同不同意吧！"

两个人相视一下又哈哈笑了。笑过了两人都不愿再说话。这样较劲太累了。后来，老板和那个宋总都睡着了。老板在飞机上做了一个梦。在梦中他走进了一个金碧辉煌的宫殿。在宫殿内到处都是金银财宝，老板捡呀捡呀的，正捡着猛然发现宋总正笑眯眯地望着自己。老板有些不好意思地笑笑，正要说点什么，一阵颠簸把老板颠醒了。老板睁开眼刚好面对宋总，梦中那不好意思的笑在脸上还没退去。这使老板有些羞赧。

宋总问："睡了？"

"睡了。"老板答。

"做了个好梦？"

"做了个好梦！"

"在天上做的好梦，在地下一般都能成为现实。"

"是嘛！"

两人互相望望像是有了一种默契。

三

我们和老板见面在法学院的小会议室。

老板的气色不错，西装革履，头发纹丝不乱。说话也心平气和，很儒雅。老板问大家最近怎么样。大家都不吭声，其实老板也没想让大家回答。这句话是他说话前的开场白，就连上课都用这句问话开场。只不过老板的课上座率极高，不仅有他的研究生，连本科生和其他专业的学生也来听。人多嘴杂，老板用这句问话开场时，不了解情况的同学就有人回答"还可以""不怎么样"之类的。所以老板上课前几分钟比较乱，嘻嘻哈哈地闹哄哄的。老板对这种局面充耳不闻，自顾自讲下去，七嘴八舌的说话声一会就平息了。老板讲课很帅，不带讲稿，也无教案，上课来打空手。到了，随便在谁手里找一本他的专著，打开目录顺着讲。讲课时双手插在西裤里，西服不扣，一条领带随着他在讲台上来回走动，在胸前潇洒。他也不写板书，口若悬河，滔滔不绝，不知不觉就是一节课。下课后老板还喜欢和同学们聊天，如果这时哪个学生投其所好，说某某地有一个案子，他会很注意地听同学讲，如果同学不讲完上课铃响了也不进教室。

老板和我们在法学院的小会议室见面已成了惯例。大家坐在沙发上很有修养地准备听讲。所以当老板见面和我们打招呼，问最近怎么样时，大家都知道他的习惯，就不吭声。不久老板就会给我们讲外面的事情。算起来第一次去小会议室和老板见面还是在两年前，那是他代理了"28%案"之后。所谓的28%案指的是老板给宋总代理的"天元公司诉杨甲天28%股份投资无效纠纷案"。从这个案名你就可以看出我方的观点，我们认为投资无效。如果对方起案名，他们会叫"杨甲天诉天元公司28%股份退出案"。可见，双方观点不同，连案名都不同。甚至连原、被告的位置都换了。事实上杨甲天是原告，后来老板让宋天元提出了反诉，所以双方既是原告，也是被告。在这里"天元"为公司的名字也是宋天元宋总的名字，为被告（反诉为原告）；杨甲天为宋天元的合伙人，为原告（反诉为被告）。宋天元及李某、徐某、梁某早先都是铁哥们。所谓铁哥们就是"同过窗的，扛过枪的，分过赃的，嫖过娼的"。宋天元和李某、徐某、梁某属于"同过窗的"大学同学。宋天元和杨甲天属于"嫖过娼的"，他们称之为"唱歌"。宋天元说大家本来和杨甲天是在一起唱歌的老兄弟，所以大家才合计成立一个公司。公司由宋天元为法人并兼董事长及总经理，占股份22%；李某占股份18%为常务副总经理；徐某占股份17%为副总经理兼财务总监；梁某占股份17%为副总经理兼总工程师；杨甲天在当地有关系有势力，官不大能量却很大，是公司成立之初大家仰仗靠山，所以大家都同意让他占28%的股份，虽然不在公司兼职，但可以享受公司领导者的一切待遇。

公司注册资金为二十万元人民币。公司虽小也五脏俱全，大家在分股份时可能也没当回事，有些嬉戏的成分，啥多一点少一点的，大家都是哥们儿无所谓。所以当时杨甲天占28%的股份大家并未提出异议，况且占的股份越多，拿出的现金也越多。就是让其他股东多占一点股份，也拿不出钱来。就是这么点股本也还是东借西凑欠了一屁股债才弄来的。在公司成立之初，大家整天如履薄冰，提心吊胆，都怕把公司搞垮了血本无归。所以股东们十分团结，也很卖命。经过几年的努力，公司渐渐发展起来了。从一个注册资金只有二十万的小公司，几年后一跃成为年利润上千万的大型民营企业。

企业发展起来后，争权夺利之事便开始了。我们称之为企业的"兵变"。企业的兵变在国内实在是太普遍了。著名的兰州黄河企业股份有限公司是一家乡镇企业，是中国十大啤酒集团之一，也是一家上市公司。公司由于兵变，在同一家公司，同一天时间，在不同的地方召开了两个董事会。一个由董事长主持，一个由总经理主持……中国C网、兵变突起，冒出了两个董事会、两个董事长、两个总经理，接着发生对峙，不久拳脚相加。公司被迫宣布进入紧急状态……更著名的是联想集团，柳传志和倪光南的矛盾曝光，"柳、倪之战"成为国内重大新闻。在这场旷日持久的战争中，双方伤痕累累，有硬汉之称的柳传志当众遮面而泣，院士倪光南最后黯然离去……

这种伤筋动骨的内战，往往是在企业发展起来之后，否则大家也没本钱折腾。

"28%案"事实上也是一个"兵变"。公司发展起来后杨甲天首先发难，他提出当公司法人，当董事长。其理由是他占的股份最多，并且在哥几个中年龄最大，既然平常都大哥、大哥地叫，那我就当一个名副其实的大哥。杨甲天的要求被宋天元拒绝，他联合其他股东提出反对意见，认为杨甲天没有直接参加过公司的经营，虽在公司的发展中利用自己的关系起到一些作用，但对公司的业务也不熟，没有管理公司的能力。大家也都认为杨甲天没有必要当法人，不当法人你也是公司的最大股东，分红没少你一个，工资和法人的一样，专车也是最豪华的，一切待遇都是董事长的规格，你何必要当法人呢！再说当了法人就要离开现有位置，自然少了层关系和背景，对公司今后的发展也不利。

杨甲天的要求遭到拒绝后有些恼羞成怒，也就失去了理智。他首先向公安局举报，说公司"偷税漏税"，宋天元本人也有"诈骗"嫌疑。由于杨甲天在公安局有熟人，宋天元被公安局收审，时间长达九十九天。后经检察机关调查，认为此案子虚乌有，案由不成立，予以撤销。宋天元无罪释放。在宋天元收审期间杨甲天曾想变换法人未果，因为杨甲天的所作所为引起了其他股东的不满，犯了众怒。宋天元放出来之后自然没有杨甲天的好果子吃，为此杨甲天首先向法院提出诉讼，要求"退股"。如果杨甲天退股，那就意味着公司垮台，按比例杨甲天退出，公司不但没有任何流动资金，连办公楼恐怕也要劈一半。

　　就在这个时候宋天元和我们老板在飞机上相遇。宋天元见了我们老板，自然就像见了救星一样。老板后来代理了这个案子，从那之后老板便开始了他的律师生涯。回到北京后老板便在法学院小会议室召集他的弟子们开会，那是我第一次以弟子身份参加案例的讨论会，也是第一次见到梦欣小姐，是她给我们介绍的案情。从那之后每次老板代理了新案子必然要召集大家开案例讨论会，梦欣小姐便成了当然的案情介绍人。

　　不过，这次和老板见面却没见梦欣小姐。梦欣小姐的缺席引起了我们的猜疑，同时也让我们不习惯。由于梦欣小姐的缺席使我们几个师兄弟无精打采也使师姐兴高采烈。所以在老板问大家最近怎么样时，师姐便贫嘴地回答了一句，说："不怎么样，就是想你了。"师姐的话可谓发自内心，可这种公开表达却引起了大家的哄堂大笑。老板有些下不了台，脸上挂不住了，又不好保持沉默，就打个哈哈，说："我也想同学们呀！"我们都听出来了，师姐是说她想老板了可没代表我们，老板的回答是面对大家的，也没单指师姐。老板和师姐的对话很能说明老板和师姐的微妙关系。

四

　　在师姐看来，她和老板的关系目前还保持着纯洁的师生关系，或者说师姐的穷追猛打没有打动老板的心，主要是老板身边有梦欣那个狐狸精。师姐的这个认识不是没有道理，据师姐说梦欣早就和老板搞上了。

什么公司的法律联络员，其实是宋总送给老板的美女。宋总用金钱和美女打动了老板，使老板在还不具备律师资格之时，铤而走险做了宋总的代理人。师姐的这种说法不是空穴来风，那天的确是宋总带着梦欣小姐去宾馆找的老板。当时，宋总一手提着密码箱，一手挎着梦欣小姐，走成了一道只有在酒店和宾馆门前才有的风景。宋总走得自信、走得潇洒，宋总志在必得。当老板打开房门时被亭亭玉立的梦欣打动了。老板当时有些发呆，目光不知投向何处。宋总上去打着哈哈紧紧握住老板的手说："邵教授我们又见面了，我给你带来了一个学生。"然后把梦欣让在身前。宋总所说的学生就是梦欣小姐，后者落落大方地也握住了老板的手。说："邵先生，你是我的崇拜对象。"

老板开始时对梦欣小姐的恭维并不领情，说："我又不是歌星，怎么会有崇拜对象呢?"

宋总说："梦欣可不是歌星、影星的追星族。她大学学的也是法律。"

梦欣说："我读书用的教材都是你的专著，所以也算是你的一个学生了。今天听说要见你，我缠着宋总来了。"

"哦，是这样!"老板脸上露出了真挚的笑容。老板的虚荣心得到了极大的满足。老板说："快，快坐，坐下谈。"

宋总坐下后单刀直入，"今天我把委托书都带来了，我想你不会拒绝吧。"

老板说："我至今都还不知道你的案情呢。"

宋总笑着说："案情让梦欣慢慢给你介绍，她是学法律的，懂。"说着把密码箱很夸张地推到老板面前，咔嚓一声打开了。宋总从箱子里拿出一个文件夹递给老板，"这是委托书。"

老板接过委托书翻了一下，这时宋总把打开的密码箱推到老板面前。老板看看箱子，眼睛不由睁大了，倒吸了口凉气。整整一箱人民币齐刷刷地摆大箱子里，每捆一万，共五十捆。老板不知说什么才好。老板向门口和窗外望了望，有些心虚。老板在现实生活中哪里见过这么多钱。老板只有在电影和电视里才见过。老板见到的是场面火爆的黑社会交易。一露钱必然有场惊心动魄的火并，或者就是警察从天而降剑拔弩张。这也难怪老板有心虚的表现。老板调整了一下心绪，把箱子关上，自言自语地说："不急，不急……"

"怎么不急，都火烧眉毛了，"宋总说，"我说话算数连个白条都不让你打。我的这个案子就交给你了。另外我把小梦欣也交给你了。她是本公司的法律联络员，这次就和你去北京。案子经过她十分清楚，书面资料她也带来了，有不清楚之处她会告诉你。"宋总说完这番话站起身来，"我先辞了，公司还有一堆事。"

老板起身握住宋总的手，有些担心地说："你这就走呀？"

"我不走还干什么，嘻嘻……剩下的事就看你了，"宋总转向梦欣说，"一切都听邵教授的，有什么需要可以随时和我联系。"

"遵命，宋总！"梦欣笑眯眯地目送着宋总，并向宋总抛了个媚眼。这个媚眼让老板放心了。老板思忖着梦欣和宋总的关系，觉得不一般，肯定是宋总的小蜜，否则一般的公司员工哪敢和老总来这个。老板觉得宋总真是一番苦心。连自己的小蜜也会舍得相送。金钱加美女，谁也抵挡不住。老板知道宋总在拉他下水，不过老板不怕。不就是做他的诉讼代理人嘛又不是违法乱纪的事。在骨子里老板说不定还巴不得中美人计呢。一个如花似玉的小姐送到门上了，又不让你承担什么责任，不就是玩玩呗。这样，老板和梦欣在后来的交往中就显得轻松自如了。两个人都知道最终的结果，都有足够的耐心来品味这个过程，这事如果太直截了当就没有意思了。他们都需要过程，需要不清不楚的暧昧，需要一步步朝着那个目标发展。

不过，当时老板还是挺尴尬的，特别是在宋总告别之时把梦欣留下，还说了一句"一切听邵教授的"之类的话，这种太明确的暗示让老板有点那个。所以老板聪明地幽默了一回。老板把宋总送到门厅，握住宋总的手不松，说："你这样就走了，就不怕我赖账？"

宋总笑着说："我留下了钱也留下了人。梦欣小姐可是我的证人。"

"是吗？"老板笑笑，说，"梦欣现在是你的人，将来还不定是谁的人呢？"

"哈哈——"宋总拍着老板的肩笑了，说，"看不出你这名教授还是个性情中人。"

这时梦欣不干了，啧啧地望着老板和宋总说："我谁的人都不是，我是我自己的。将来你们谁对我好，我就给谁做证。"

"哈哈——"宋总和老板都笑了。宋总说："这孩子最会左右逢源了!"

老板和梦欣上床还是在28%案一审判决之后。一审判决当然是宋总胜诉，一审判决从立案到判决只用了三个月的时间。这么快的判决除了因为民庭负责此案的法官是老板的学生之外（对方不知情，也没有提出回避申请），还一个原因就是此案案情简单。

老板当时让宋总提出反诉是因为原告提出的"退股"案由不成立。虽然当时杨甲天通过关系让法院立了案。但根据《公司法》第三十条规定，股东在公司登记后，不得抽回出资。也就是说不允许退股，只允许转让。如果转让也是首先转让给公司其他股东，若公司其他股东不接受转让，可以转让给其他人，但一定要经公司董事会同意，杨甲天无法退股，其实也无法转让，因为他已和公司其他股东闹僵，大家不接受他转让的股份，同时也不同意他将股份转让给其他人。

其实杨甲天的股份不是转让不转让也不是退出不退出的问题，而是杨甲天的股份存在不存在的问题。老板就认为杨甲天的投资无效，在公司的股份不存在。老板的根据不是《民法通则》，也不是《公司法》的规定。老板根据的是中华人民共和国国务院的文件。对于这一点不仅让宋总欣喜若狂，也让我们对老板佩服得五体投地。如果换了我们来代理，我们肯定在《民法通则》或者《公司法》中找一个角度，没想到老板找到了中央文件。可见打官司找角度是多么重要。宋总原计划是让对方退不了，也转让不了股份，然后转移财产，做假账，制造公司亏损，让你也分不到红。而老板却让他投资无效，从根子上把对方挖掉了，这怎么不让宋总大喜过望呢！他一再说找邵教授代理这个案子，是他今生做的最正确的决定，打完了官司公司将聘请邵教授为常年法律顾问。

老板的根据是中共中央办公厅、国务院办公厅1993年发的一个文件，文件为《关于党政机关与所在经济实体脱钩的规定》，规定不允许党政干部经商。不允许经商你却在经商，那就是违法。中央文件属于政策法规，是我国法律体系的一部分，也是我们法的渊源。有了这样一条老板又根据《民法通则》第六条规定："民事活动必须遵守法律，法律没有规定的，应遵守国家政策。"因为，违反国家政策的民事活动，将导致无效的法律后果，而无效的法律后果应恢复原状。杨甲天属于党政干部，他自己也承认，为了表功说明自己对公司的贡献，在法庭上杨甲天历数自己通过关系为公司发展立下汗马功劳。这样法院一审判决，天元公司退回杨甲天的投资五万六千元以及几年的银行存款利息，投资产生的红利收缴国库。宋总说收缴国库他不怕，他自有办法。另外败诉方杨甲天还将承担双方的诉讼费。这样杨甲天将血本无归。

我们几个曾在私下里议论过此案，认为老板和宋总的确够黑的。一夜之间便让一个富翁变成了穷光蛋。虽然我们私下有些同情杨甲天，但也找不到反驳老板的理由。后来，杨甲天在一审判决后不但上诉而且开始通过各种渠道告黑状，通过媒体制造舆论，给二审法院施加压力。这种情况下老板指使我写了一篇文章，以介绍典型案例的方式在报上发表，以正视听。那篇文章后来被好几家报刊转载，产生了很大的社会反响。为了奖励我，老板给我发了一万块的奖金。

在一审胜诉后，宋总对老板说，你也该轻松一下，今天我请你去唱歌。老板说好呀！老板自认为歌唱得还是不错的。宋总请老板唱歌其实是请老板嫖妓。可是老板并不懂其中之含意，所以当宋总请来了一群小姐让老板挑选时，老板不知所措。在这方面老板就显得十分老土了。宋总见老板不挑便为老板挑了一个，然后带着一个去了另一个包厢。老板望望小姐说，那咱们唱歌吧！老板说着去找歌本。可是老板却没有找到歌本，当老板抬起头来见小姐正脱自己的衣服。老板大惊失色，问你要干什么？小姐莫名其妙地望望老板说，你不是唱歌吗？老板说，我说的唱歌不是你想的唱歌。小姐这时已经把上衣脱了，露出了丰硕的成果。小姐十分坦然地赤胸露体对着老板，说难道先生还有更新鲜的唱法？你要唱"美声"我可不干，我只唱通俗的。老板说我根本不是那个意思，老板说着起身便走。小姐说反正你唱歌的小费宋总已给了，你不愿唱可不怪我。老板摔门而去。

老板有些气急败坏地回到了宾馆，梦欣正在房间看电视。梦欣见了老板问："干什么去了？"老板回答："唱歌去了！"

"真的？"梦欣的脸一下便拉了下来，"看样子男人真没一个好东西。"

"你说什么？"老板瞪了梦欣一眼。老板说："宋总请我唱歌，我还以为真去唱歌，没想到是去找小姐。我连一首歌也没唱就逃回来了。"

梦欣乐了，说："他们说的唱歌其实就是去找小姐。"

老板说："那只能说明我没见过世面了。小姐说只唱通俗的不唱美声的，这美声是啥含义？"

梦欣不好意思地笑了，说："我不懂你们男人的事。"

老板说："这可不只是男人的事，要唱还是男女声二重唱。我特别喜欢唱民歌，特别是西部民歌。西部民歌绵长、悠扬，让人回味无穷。"老板说得很认真。

梦欣望望老板，低垂了眼睑道："那我们一起唱歌吧！"

老板望望梦欣不知如何回答。因为老板不明白梦欣所说的唱歌是哪种性质的。便问："怎么唱？"

梦欣的脸一下红了，说："通俗唱法没啥意思，短、平、快，属于无病呻吟；美声唱法是老外的唱法，不是人干的；我也喜欢民族唱法，悠扬、绵长，让人回味无穷……"

五

在案子的二审审理过程中，老板和梦欣常常在一起。老板和梦欣每一次上床都会想起梦欣向宋总抛的那个媚眼。那个媚眼让老板嫉妒也让老板放心。这使老板可以在一种极为放松的心情下和梦欣做爱，也就是说老板每一次做爱都把梦欣当成宋总的女人。只把梦欣当成别人女人的老板，只享受肉体之乐却毋须投情感之资。老板和梦欣的关系甚至不能和嫖客与妓女相比，因为嫖客需要付钱，所以嫖客在和妓女做爱时是十分爱惜的，因为爱惜妓女就等于爱惜自己的钱。而老板向梦欣什么都不需要支付。既然老板搞一个赠送给他的女人，那就不必客气了。所以老板和梦欣做爱极为放肆和放纵，这和老板与师母做爱大不一样。老板和师母做爱总是温柔的小心翼翼的，因为是自己老婆嘛，需要爱惜。老板的错误在于这种放肆和放纵反而迎来了梦欣的兴奋与激动，梦欣不仅得到了肉体的极大满足还得出爱的结论。这种结论和老板对梦欣的感觉相差甚远。

老板和梦欣做爱有一种施虐的成分，也有一种占便宜的感觉。老板野蛮地在梦欣身上施暴，梦欣在老板身下发出奇怪的声音。这种叫床让老板大惑不解，不知对方是痛苦还是快乐。梦欣发出的声音很大，放开了像唱一首真正的歌，只不过这首歌的歌词只有一个字，那就是"啊"。其实这是一首女人们都会唱的老歌，所不同的是有女高音、女低音和女中音之分，梦欣在唱这首歌时有些怪，不是喊不是叫，不是哭不是笑，是一种闹……梦欣基本上是在两个人快达到高潮时闹床。

老板会问："好吗?"

梦欣说："啊、啊……"

这时老板就不太敢用劲了。因为声音太大，基本上是女高音了，老板怕隔墙有耳，影响不好。因为宾馆的过廊里随时都有服务员的走动，隔壁的房间刚才还有说话之声，而此时却出现了可疑的安静。这时老板会拿起一个枕巾之类的东西，预备去堵梦欣的嘴。老板的行为让梦欣觉得可笑。梦欣"嘻"的一声笑了，老板在梦欣的笑声中疲软下来。疲软下来的老板便会死沉死沉地压在梦欣小姐的身上，想着过去的那个媚眼问梦欣：

"宋总怎么样?"

"什么怎样?"

老板不好说宋总在床上和你怎么样，只是神秘地笑笑，就此打住。

老板能和梦欣肆无忌惮、惊天动地地在宾馆做爱，却在师姐面前保持着一个为人师表的庄重形象。老板对师姐的无情并不是因为师姐没有梦欣漂亮，也不是因为师姐没有梦欣有才华，在这两个指标方面双方恰恰相反。老板拒绝师姐的原因是他不想投入感情，不想再谈一次劳神的恋爱，这种师生恋不但会毁掉老板十分美满的家庭，也将毁掉老板的美誉。老板和师母在读大学时也是一对郎才女貌的玉人儿。后来两个人出国留学，又一起回到母校任教，感情深厚，亲情悠远。虽然师母已近四十，可风韵尚存，对老板又体贴入微，他们的千金也已上了中学。这样一个家庭第三者想插足是千难万难的。

当然，对梦欣就不同了，梦欣是人家的女人，老板不需要负责。而且梦欣迟早是要回天元公司的。老板认为外边的女人不会影响到自己的日常生活。老板笃信兔子不吃窝边草的古训。所以在我们和老板见面时师姐当着大家的面很露骨地向老板表白时，老板总能化解，像一个太极拳高手。

老板面对我们总是很庄重的样子，显示了足够的师道尊严。老板说："我这次去南方主要是为了'28%'案，案子已审结，二审驳回了杨甲天的上诉，维持了原判。"

"哇!"大家不由为老板欢呼，毕竟这个案子花时间太长了。况且大家为此案都出了力。无论如何这是一件好消息。老板说："这周找时间我请大家唱歌……"老板在说到唱歌时顿了一下，他见大家没有特殊的反应，知道大家还没有学坏，才放了心。

老板说，这次聚会也算是给梦欣小姐饯行。

"梦欣去哪里?"师兄问。

"梦欣要回公司了，"老板说，"她是案子的联络员，案子已结她理应回去。"

是这样……大家都不吭声，心情有些沉闷。梦欣和我们相处了这么长一段时间，这一走让人挺不习惯的。不过，不习惯也没办法，既然老板让梦欣走谁也没办法，就连宋总也说服不了老板。在宋总为庆祝最终打赢官司举行的酒会上，老板和宋总便谈到过梦欣的去留问题。老板说："案子已结，梦欣小姐也该完璧归赵（宋）了。"宋总说："梦欣现在已是你的人了，不存在归不归赵了……是吧!"

老板显得有些不自在，说："梦欣是贵公司的人何时成了我的人?"

宋总说："梦欣人是我公司的，可心已是你的了。"

"你胡扯!"老板极力为自己掩饰。

宋总说："咱们打个赌如何?"

"如何赌法?"

"我押梦欣是你的人，你押梦欣是我的人。到底是谁的人呢? 咱们为此一赌。"

"好哇! 我认为梦欣还是你的人。"

"咱先别下结论，"宋总喝了口酒说，"根据咱俩的君子协议，官司打赢后我还欠你五十万。咱就拿这五十万赌一回。"

"你说!"老板也笑着呷了口酒。

"当初我给你五十万现金虽然是我冒险，也是你冒险。我冒的险是你收了钱不帮我打官司，或者是打输了官司。如果那样我五十万就打水漂了。你冒的险是为我打赢了官司，却收不到另外五十万。你当时收钱没给我凭据，我请你当代理人也没有写明支付报酬。现在我冒了险得到了丰厚的回报，该是你冒险的时候了。我们这事只有一个人可以证明，那就是梦欣。现在你向我要这五十万，我假意不给，你找梦欣做证。如果梦欣为你做证，那就证明梦欣是你的人，你就输了，人是你的，钱我就不给了。如果梦欣不为你做证，证明梦欣还是我的人，我就输了，人是我的，钱是你的。这是一个悖论，也就是说人财不能两得。"

老板笑了，说："你这个局设得好，里外拿的都是我的钱当赌本。"

宋总哈哈笑了，说："你没有选择，因为我们是君子协定，没有合约，只有人证。"

老板说："宋总对梦欣怎么这样没信心。她分明是你的人，只不过为了官司派到了我身边，怎么就成了我的人了。"

宋总神秘地笑笑说："女大不容留呀！"

"你们是串通好的吧？"

"如果我和梦欣串通，刚好证明她是我的人，我就输了。所以我不会和梦欣串通。我也不怕你和梦欣串通。如果你和梦欣串通恰恰证明梦欣是你的人，你就输了。"

"好！赌就赌！"

老板和宋总之赌在他们的最后碰杯中开始了。

六

老板相信梦欣不会对自己动真情。在老板看来她只不过是宋总的糖衣炮弹，现在官司打完了炮弹也该退膛了。老板想要的是钱而不是人，两人逢场作戏玩玩没什么，如果因此太破费或者影响到家庭就不划算了。

在酒会完了之后，老板去珠宝店为梦欣精心挑了一件礼物，这是一串一百零八颗珍珠做成的项链，价值五万多元。老板觉得和梦欣相处了这么久还没有真正地送过她礼物，要分手了应该送个礼物做纪念。老板为此事整整花了一天时间。在这一天老板满脑子都是和梦欣相处的情景，这使老板有些伤感。老板独自叹息，真是没有不散的宴席呀。晚上，老板把梦欣叫到自己房间，把礼盒递给梦欣说："你打开看看，喜欢吗?"

梦欣疑惑地打开包装盒,见了项链满眼生辉,惊喜万状。梦欣说:"哇,好漂亮哟,是送给我的?"老板把项链给梦欣戴上,见梦欣真的光彩照人。

"今天是什么日子?"梦欣含情脉脉地望着老板。

老板说:"这个案子终于审结了,我不应当送我的助手一件礼物嘛!"

梦欣在老板脸上吻了一下,说了声谢谢,然后把项链取下在灯光下欣赏。梦欣一边欣赏一边数那些珠子,整整一百零八颗。梦欣不解地问老板为什么是一百零八颗呢?

老板说:"一百零八是我们中国文化中最重要的代表数字,九是阳数,就是奇数,是单数的最高代表;十二是阴数,也就是偶数,是双数的最高代表。九乘十二得出一百零八,代表了最多,是一种象征。"

梦欣痴痴地望着老板,听呆了。梦欣明知故问:"那你买一百零八颗珍珠送我又象征什么?"

老板坏笑了一下,说:"这项链对我们来说就不是什么象征了,是实数。"

"什么实数?"

老板说:"这一百零八记录了我们之间的一个事实,代表我们曾经唱过一百零八次歌。"

"什么呀!"梦欣打了老板一下。说你骗人,唱过多少次歌我都不记得了,你怎么会记得。

老板说:"你不记得证明你不重视。"

梦欣说:"那我一定要突破这个数,非要和你唱一百八十次,二百次不可。"

老板说:"那我不愿唱你还能强迫我?"

"我就强迫你。"梦欣说着便把老板按倒在床上。梦欣说:"珍珠是不是象征着民族唱法?那我要和你进行美声唱法,到时候你就该送我钻石项链了。"

老板和梦欣的美声合唱进行了一个多小时,两个人都觉得挺新奇,和民族唱法不太相同。两个人筋疲力尽地躺在床上,老板说:"这也许是咱们最后一次唱歌了。"

"为什么?"梦欣大惑不解。

老板说:"案子已结,你该回公司了。"

"谁说的,是宋总让我回公司?"梦欣有些急了,说我不回,我又没卖给他。

老板叹着气说:"你毕竟是他的人呀。"

"谁说的?"梦欣怒气冲冲的,"我是我自己的人,他明明知道我学的专业更适合跟你,他明明知道我爱你,他凭什么把我弄回去,他凭什么把我们拆散?我辞职,他没有权利改变我的生活。"

"梦欣你冷静一点,"老板说,"你回公司是理所应当的,因为案子结了嘛。"

"案子完了我也不回,我绝不离开你。他总是任意安排我的生活,让我跟你的是他,让我回去的还是他。他又不是我的老爸、老妈,他只不过是我的舅舅。"

"什么舅舅,谁是你的舅舅?"老板大为疑惑。

"宋总难道没告诉你,他是我舅舅呀!你以为他是我啥?"

"什么……"老板觉得手脚发凉,他心中隐隐感到了一种危机。老板原以为梦欣小姐是宋总的小蜜,只不过送给自己玩玩的,没想到梦欣摇身一变成了宋总的外甥女。老板心说,怪不得宋总坚决认为梦欣是我的人呢!还打一个赌,这是把外甥女卖给我。老板觉得问题十分严重。

第二天,老板谎称学校有急事。扔下梦欣独自回来了。所以在我们和老板的见面会上没有见到梦欣。梦欣不在老板亲自为我们讲述了一个案子的经过。通常情况下老板是不愿意亲口叙述案情的,老板只对案子的法律问题感兴趣。老板说:"一辆奔驰牌豪华轿车风驰电掣般在高速公路上行驶。突然……"

老板话音未落我们都哈哈笑起来。老板问大家笑什么?我们说你讲话不对头了,怎么像梦欣的语言方式了。老板说梦欣能这样叙述案情,我为什么不能。我们说梦欣是梦欣你是你。梦欣是感性化的语言,你是理性化的语言,什么人说什么话,你说梦欣的话所以感觉怪怪的。老板说听习惯了就不怪了。

老板说:"突然,前方路中央出现了障碍物,司机大吃一惊,急打方向盘避让。可是由于车速太快,能见度又低,汽车轰的一声巨响撞到了护栏上，坐在后排的三个人像大鸟一样被抛出车外，顿时鲜血飞溅，车毁人亡。司机和前排座位上的人当场死亡，后排三人重伤，其中一人伤势严重，颈骨骨折，成了植物人。奔驰车车壳变形，发动机损坏，轮胎脱落。直接经济损失达七十五万元人民币。根据交警的现场勘察，认为驾驶员在高速公路上为正常行驶，对前方障碍物无预见。此障碍物为前方车辆遗落雨布，已无法查找遗落车辆。交警认定为意外事故。"

我们听完老板讲的案情大笑。老板想模仿梦欣用一种类似文学的语言尽量把案例讲得生动些，可是我们听着总觉得做作。其实老板的口才极好，他完全可以用自己的语言方式来表达，平常上课老板也讲案例，但听起来不是这样的。所以老板讲过了我们半天没有吭声。老板有些犯怵，问："我讲得是不是不生动？"

我们说："嘿嘿……"

师姐说："挺好的，比梦欣讲得好多了。"

"是吗？"老板笑笑说，"案情我让梦欣写了一下，我是根据她写的讲的。"

"噢——"我们大家都去看师姐。师姐却装着没事似的。

老板又说，案子的经过还是讲得生动一些好，我平常上课太理论化了。

师姐说："你的课上得好这是大家公认的，否则上座率为什么那么高？教授上课就应当理论化，又不是给小学生讲故事。"

我们大家都知道师姐不是和老板较劲，针对的是不在场的梦欣。如果老板不说刚才的案情是梦欣写的，师姐肯定不会有这番话。

老板说："这个案子大家好好想想，下周末我请大家吃饭，然后唱歌，咱们在饭桌上讨论。"

我们问老板："这个案子你是哪方的诉讼代理人？"

老板说："是被告高速公路管理处的。"

七

师姐哭了，师姐哭的时候我们几个正在大富豪歌舞厅唱歌。应该说明的是我们唱歌和老板的唱歌不同，他们唱歌是假，找小姐是真，而我们不可能找小姐我们只有师姐。唱歌这种事我们是不会自己掏钱去的。特别是去豪华歌厅的包厢里唱。并不是我们不想唱歌，想是想，可一晚上千儿八百的谁买单呀。所以唱歌一般都是由老板请。虽然是老板买单，我们也心疼，为此只要我们一去包厢唱歌，我们都是攒着劲唱的，一定要把花在包厢上的钱唱回来，否则不划算。可是，师姐却在这个时候哭了。师姐的哭就显得太浪费，成本也高，流出的泪水也太昂贵。所以师兄连忙把酒杯移到师姐眼前，说："多金贵的东西呀，接了，接了，完全是金豆子呀。"往常师姐在我们面前也哭过，只要师兄一逗，就破涕为笑了。

不过，师姐这次没笑，索性趴在沙发上大放悲声。我们几个便拿眼瞪师兄，嘴上说眼里却有话。

"傻了吧，傻了吧，方法不灵了吧……"

师兄很无辜地望望我们，不敢直视我们的目光，可怜巴巴地向师妹求救。师妹连忙过来，冲我们笑笑说，没事，师姐喝多了。说着便用手轻轻拍着师姐的后背，把头靠向师姐，细言絮语耳鬓厮磨着讲一些我们不懂的"女话"。

其实师姐一点都没醉，她是喝半斤白酒没感觉的人，一点啤酒咋会醉呢！师姐的伤心之泪是为老板流的。老板只和梦欣唱了两首就走了。说是找不到歌唱。老板和梦欣唱了两首合唱的情歌，一首是《在雨中》，一首是《请跟我来》。原来唱歌的时候这两首歌师姐和梦欣各唱一首，可这回全和梦欣唱了，师姐提出和老板合唱一首《萍聚》老板都没答应。老板说不会《萍聚》，只会唱这两首歌。老板也许忘了，过去老板曾多次和梦欣唱过《萍聚》，而且每次都是他亲自提出来的。老板这次说不会唱《萍聚》分明是不给师姐面子。

我们都搞不懂老板这次为什么对师姐如此冷酷，过去虽说尽量避着师姐，但大面上还是过得去的。在师姐的进攻下老板有时甚至有些得意，这次完全不是那么回事了。相反过去他在我们面前特别注意和梦欣的分寸，可这回简直是无法无天了。老板完全是在向梦欣献殷勤。

老板这样讨好梦欣的一个最大原因还是为了把梦欣弄走。老板曾说请大家吃饭是为了给梦欣钱行。当梦欣得知这次唱歌的目的后不干了。

梦欣从南方回来曾明确告诉老板她不用走了，公司那边已和宋总说好了，一切让自己决定。可老板说，我已和同学们说了你要回公司，现在你又不走了，怎么让我在同学们面前交代？梦欣觉得老板的强词夺理十分可笑，说我走不走有什么和同学们好交代的。老板说我不能出尔反尔，否则在同学们面前怎么树立威信。为了我的威信你必须去。

梦欣回到宾馆和老板大吵了一架。梦欣说："我这首老歌你是不是唱腻了，想唱新歌了？我知道你还有漂亮的女弟子。你不愿和她唱《萍聚》，是不是想和她唱《请跟我来》？"

老板说："你这是无理取闹。你又不是不知道，我对弟子一向是严肃的，无论是男弟子还是女弟子。"

梦欣说："我又不是不知道，那个年轻漂亮的师姐，从本科开始就一直恋你。"

老板说："你不要胡说，我和她一点事都没有。"老板后来怕把事弄大，来了个缓兵之计。说你先走一段时间，将来找个理由再来嘛。其实老板知道走了想再来就不那么容易了。

在唱歌之前吃饭时，梦欣坐在了老板身边。梦欣表现出了小鸟依人的样子，这让老板不好意思，也让我们别扭。虽然我们都知道老板和梦欣关系不一般，但当着弟子的面表现出来还是少有的。我们几个师兄弟还没什么，大家最多在心中为师母鸣不平，但师姐就不干了。所以在讨论案子时师姐借机发泄对梦欣的不满，两个人观点针锋相对。师姐有深厚的法学底子，旁征博引；梦欣对案子研究得比较细，分析得透彻入微。两个人唇枪舌剑，弄得我们都成了听众。原先梦欣从来不和师姐交锋，这次也不知是从哪来的胆气，毫不示弱。

师姐站在原告的立场上认为高速公路管理处应承担责任，并赔偿损失。认为原告在通过高速公路前履行了交费义务，因此享有安全通行的权利；同时，被告收取了费用，就负有保障车辆安全通行之义务。原、被告之间形成一种合同关系。被告未尽合同义务，导致原告车毁人亡，因此应承担违反合同的民事责任。

梦欣站在被告的立场上认为收取车辆通行费属于行政事业性收费。原、被告之间不存在民事合同关系，而是行政管理与被管理的关系。两者之间发生纠纷只能通过行政诉讼解决。如果应承担责任也是行政赔偿责任。但是在本案中，高速公路管理处已履行了巡查义务，交警部门并没认定被告有过错，原告起诉被告无法律依据，应起诉掉物车。

梦欣说："如果认为违反了合同，那么原、被告之间形成了什么性质的合同？是租用合同，还是服务合同？既然要求人家承担责任，就应坚持过错原则，举证责任则有原告；原告要证明被告有过错，而且过错与损害结果有因果关系。"

师姐说："无论是行政管理，还是平等的民事关系，你收费后就应当履行公路安全畅通之义务；我留下了买路钱，就买了安全畅通。出了事你要负责，这是天经地义。"

梦欣说："你让人家负责应说出理由，说不出理由让别人怎么负责？法律讲的是事实而不是想当然的什么天经地义。你撞了车让我赔，凭什么？那高速公路整天出那么多车祸都要高速公路管理处赔，赔得完吗？"

师姐说："凭的是公路上有掉物你疏于巡查，没清除障碍。"

梦欣说："高速公路管理处有专门的巡道车，按时巡查，而且这种巡道间隙是有关部门认可的，你告我疏于巡查理由不充分。"

师姐说："按你的说法，在原掉物车无处查找的情况下，受害者只能自认倒霉，这不合情理，受害者得不到救济这也违背立法精神。但愿你别出这种车祸，否则你只能自认倒霉。"

梦欣说："你这是咒我。"

师姐冷笑着说："同学们都送我外号'小巫女'，我的话很灵验的哟。你要是这样昧着良心辩护，小心因果报应出同样的车祸。"

梦欣的脸一下就白了，老板的脸也拉下来了。师姐忘了此案老板是被告方代理人。老板说："律师的职责是维护当事人的合法权益，这不存在昧不昧良心的问题。"

师姐自知失言，可还是不服气。在下面小声回嘴："如果当律师，收了钱就昧着良心为当事人辩护，就会遭报应。"

师姐这番话老板没听见，我和师兄都听见了，因为当时我和师兄坐在师姐两边。对于师姐的乌鸦嘴我们都领教过，虽说还达不到女巫之水平，可我们都怕被她诅咒。她有一段时间研究中国法制史走火入魔偏到一边，弄到中国古代巫术史上了。整天给我们大谈中国法律史上对巫术杀人的判例。师姐说在中国古代曾流行过巫术杀人。如果某人与谁有仇，并恨之入骨，便刻一木头人，写上仇人名字，用针刺心，并咒之。仇人不久便会得心口疼病而死。若死者家属找到了咒者的证据可以报官，调查属实者将判为杀人之罪，斩立决。

关于巫术杀人，在电影小说中有过情节，但那只不过是小说，咒人者被判斩立决我们闻所未闻。

老板对师姐自称小巫女不屑一顾。老板说："谈案子就谈案子，别谈那些乱七八糟的事。"老板说刚才我听了她们俩各自陈述的理由，我个人认为梦欣观点较充分，另一方下去后可以再研究一下。就本案来说有一个问题比较关键，那就是障碍物是何时掉下来的。如果是前车突然掉物，而后车没有保持适当车距，发现掉物躲避不及而出车祸，那么高速公路管理处恐怕不应负赔偿责任；如果前车掉物已很久了，而巡查车没有发现，或许可以告高速公路管理处一个疏于巡查。我这个假说建立在前车掉物后自己也未察觉，而后车又没有记下前车牌照，或后车目击者在车祸中死亡的情况下。

经老板这一分析我们对此案基本上有底了。老板的一席话基本确定了这场争论的胜败，显然师姐只占了下风。老板持这种观点我们能理解，因为老板是被告一方的代理人。

师姐吃亏吃在对此案不太熟悉上，研究也不细，所站的角度也有问题，再加上有太多的感情色彩。师姐是何许人，她好胜心极强，她根据自己对立法精神的理解，凭一种直觉认为原告应当得到赔偿，获得法律救济，否则有悖我国的立法精神。为此师姐后来对此案又进行了细致的研究，认为此案应属国家赔偿责任范畴。因为道路及其他公共设施是以满足公众需要为目的的，其委托管理的国家机关或公共团体因为管理上的漏洞而损害他人利益，应当通过民事诉讼由国家对受害人予以赔偿。道路管理责任为无过失责任，不以管理者有无故意为要件，但必须以道路及其公共设施的管理有漏洞为要件。就本案来说无论你是否进行过巡道，只要路上有障碍，而且引起车祸，那就说明你管理有漏洞。当然如果是前车突然掉落，后车躲避不及就另当别论了。

这种情况只有事故车驾驶员才能证明，高速公路管理者是无法证明的。所以只要事故车驾驶员不证明障碍物是前车突然掉落，就能获得赔偿。关键是有些驾驶员为了证明自己没有违章行车，往往会把真相先道出。这样如果又找不到掉物车，这将对后来的赔偿产生不利后果。

师姐的这个研究结果显然对老板不利，因为老板是被告的代理人。但是师姐当然不会把这个结果告知原告方了。让人意外的是，师姐的研究结果却为老板挽回了经济损失。这是后话。由于师姐和梦欣当时的争论，后来唱歌的气氛不太活跃。师姐心里憋了口气，她无法忍受梦欣在老板面前卖弄风骚。嫉妒之火让师姐成为一个真正的巫女，她在心中暗暗诅咒梦欣，恨不得让梦欣出门就被车撞死。

在唱歌的时候师姐的自尊心再一次受到了打击。由于老板拒绝和师姐合唱，在老板走后师姐拒绝了我们所有人的邀请。她只一遍又一遍地独自唱那首叫《把悲伤留给自己》的歌。师姐的独唱使我们找不到歌唱，这使我们在她的悲伤中痛苦不堪。师姐唱了一会儿扔下话筒就哭了，师姐的哭让我们几个再无心唱歌。

八

第二天梦欣走了。梦欣走的时候老板正给我们上课，老板没去送梦欣而让司机开着宝马送。那天的天气不太好，有雾。雾曾多次从窗户漫进教室。这样的天气不知飞机是否能按时起飞。据事后老板说，他曾打电话问过机场，被告知航班并没有取消。当太阳升起的时候，阳光可望驱散浓雾。

老板那天给我们讲课的内容主要围绕着他刚代理的"车祸理赔案"。老板基本上是重复梦欣那天的观点，老板的分析当然比梦欣更有说服力。在课堂上我曾观察过师姐，师姐显得十分精神，面部表情笼罩着一种喜色。我知道这种喜色来源于梦欣的离去。师姐像一位好学生，一边记着课堂笔记，一边微笑着点头，一种完全被说服的样子，这使老板的讲课得到了呼应。老板的讲课充满激情，语言有一种张力，把本来干巴巴的法学理论问题讲得声情并茂。

老板的讲课最后达到了高潮，有同学不知不觉鼓起掌来。这使老板更加意气风发。正在老板意犹未尽之时，老板的手机突然响了。这使老板和同学们都大感意外。因为老板曾在课堂上宣布过纪律，在上课时任何人的手机和BP机都要调到静音状态，包括他本人。没想到他自己违反了自己规定的纪律。老板有些不好意思地看了一下来电显示，然后向同学们说对不起我忘关机了。老板说，既然打进来了我还是接一下吧。老板说完出了教室门。

老板出门接电话，遭到了部分同学的抗议，有无所事事的同学也打开手机向外打电话，一时间课堂上交头接耳的。这时我听到老板在教室门外的声音有些变调，我们几个弟子不由互相交换了一下目光。这时老板脸色苍白地走进了教室。老板对同学们说："今天的课到此为止，我不得不中止上课，请同学们原谅。"同学们望着脸色苍白的老板一时没有反应。老板又说："请我的研究生到法学院小会议室来一下。"老板说着扔下议论纷纷的学生，急匆匆地走出了教室。

我们几个悄无声息地收拾了一下书包，一起离开了教室。大家脸上显得极为肃穆，被老板的所作所为吓坏了。在我们记忆中老板中途退堂还是首次，不是出了大事他是不会这样干的。老板在会议室焦急地等待着我们。见大家齐了，老板首先关上了门，然后说："梦欣出车祸了！"

啊，是这样。

师妹这时却意味深长地望了师姐一眼。在师妹的带动下，我们的目光不知不觉地都集中在了师姐身上，仿佛不是梦欣出了车祸而是师姐出了车祸。师姐被我们看得发毛，她脸色苍白，有些语无伦次地说，都看我干什么，又不是我出车祸。我们这时才清醒过来急忙转向老板。

老板说："司机和梦欣都是重伤，现在正在医院抢救，还没有脱离危险。"

车祸的经过是老板所代理的车祸案的又一次演示，这宗巧合的可疑的车祸像是人为的安排，给老板出了一个不大不小的难题。虽然我们不相信师姐这个"小巫女"咒语灵验的鬼话，但对她的乌鸦嘴的认识又深了一层。难怪师妹一听说梦欣出了车祸就惊恐地望师姐呢，可见师姐私下在师妹面前没少咒骂梦欣。梦欣在车祸中双臂骨折，可见她在飞出挡风玻璃时一双手是前伸的。据后来司机说，他当时看到一位真正的武林高手，一掌把挡风玻璃打碎，飞出了车外，然后司机才失去了知觉。只不过梦欣的武功是不到家的，她虽身轻如燕地飞出了车外，却重重地摔在满是砾石的路基上。

我们去医院看梦欣时几乎无法辨认她。如果不是她床头贴着名片，我们怀疑躺在病床上的不会是梦欣。她的整个头完全被绷带裹住了，只露出眼睛、鼻孔和半个嘴巴。她的双臂都打了膏，无可奈何地张开着，仿佛要拥抱所有的来访者。不过从她的目光中我们看到的不是热情的拥抱，而是愤怒和仇恨的怒火。那怒火从老板脸上一直烧到师姐脸上，又从师姐脸上烧到老板脸上。这让老板不寒而栗，让师姐虚汗淋漓。

　　这次车祸老板损失惨重，一辆7系列的宝马价值八十多万，加上梦欣和司机的医疗费，没有一百万下不来。由于气囊的保护司机伤势比梦欣还轻些，虽说肋骨骨折，但其他地方完好无损。老板对这个损失当然要讨个说法。老板后来向法院提起了诉讼，诉机场高速公路管理处疏于巡查，在管理上有漏洞，应赔偿损失。

　　这样，老板被迫在两条战线上战斗，又是被告的代理人，又是原告。虽然诉讼是两个不同的法院，但在法律问题上老板是典型的以子之矛攻子之盾。我们称老板的诉讼为"矛盾之诉"。老板的矛盾之诉一直持续了整整一年。在老板的"矛盾之诉"结案时我们毕业了。

　　让人称奇的是老板的矛盾之诉最后都胜诉了。也就是说老板不但为高速管理处打赢了官司，同时也为自己打赢了官司。

　　老板这种真正的"双赢"在法律界引起震动。也使我们当弟子的张口结舌。这一方面说明作为律师老板的确是最优秀的，同时也说明我国的法律的确还不健全。法院与法院之间缺少沟通，好在我们不是判例法国家。当然，老板的胜诉也正说明了中国律师大有前途。师兄评价说，这打官司也和唱歌一样，同样的词可以唱出多种的调，不同的曲。

　　要说明的是在梦欣住院期间师姐表现得极为可敬，她成了病人的守护者。师姐无微不至地伺候着梦欣，不但喂她吃喝，为她读书，还帮她大小便。师姐的任劳任怨使我们感动。可是无论多么尽心尽力，师姐都处在一种深深的自责当中，师姐一直坚持认为梦欣之所以出车祸完全是她诅咒的。师姐自己也开始害怕自己了。她再也不敢乱说话了。这使她从一个百无禁忌的可爱女孩变成一个整天沉默寡言的老大姐。

　　宋总为了梦欣的事曾几次从南方赶来。宋总对老板说，我们不该打这个赌。我们赌的是钱，可梦欣她赌的是情、青春、命。要是我们不打赌，你就不会赶梦欣走；如果那天梦欣不去机场，她也就不会出这场车祸了。后来宋总给了老板一张支票。

九

梦欣出院后我们都没有见过。不是我们不想见她，而是她拒绝和任何人见面。梦欣出院后住在万柳公寓，这是老板专门为她租的。因为梦欣不愿意见任何人，所以宾馆当然也就不能住了。

梦欣在万柳公寓住了大约三个月。三个月后的一个下午，我突然接到师兄的一个电话，他告诉我老板出事了，死在万柳公寓的大床上。老板的死状极其奇特。他全身被小刀捅了一百零八刀。但这些不是致命伤，真正的致命伤在头部，为钝器所击。后来法医鉴定，老板在出事那天喝了大量的酒。老板是在酒后被害的，因为房间里没有反抗的痕迹。据公安局的初步判断，排除了谋财害命的可能性，因为现场还有现金，死者的金表、钻戒都没有被拿走。最为奇怪的是，死者身上的一百零八个刀口中，都种下了一枚珍珠。经过鉴定，这些珍珠的品质极高，属贵重品。

事情发生之后，梦欣就永远地失踪了。

可以推断事情是梦欣干的。出车祸后，梦欣最惨痛的创伤其实是在脸上：一道长长的伤痕从她的左脸颊穿过嘴唇一直到右下颚。对于女人来说，这种伤痕是真正致命的，这也许是导致梦欣后来毁灭一切的关键。梦欣在出院后一直缠着老板，要老板离婚然后和她结婚，但是她的要求遭到了老板的拒绝。在我们看来，老板拒绝梦欣这是理所当然的事情。老板是著名大学教授，现在又是全国闻名的大律师，在社会上拥有相当炫目的地位，他不能不考虑自己的影响；同时，老板和师母的关系也有着长时间的感情作为婚姻基础，不会因为一个梦欣而遭到破坏。老板对这种事情是相当理智的，他认为两者不能混为一谈。你玩玩可以，但是绝对不能弄出事情，不能破坏自己原来的家庭原来的生活。因此，无论从哪个方面来说，老板都不可能那么轻率地离婚去跟梦欣结婚。梦欣一定是被老板的坚决态度逼到了绝望的境地，最后决定玉石俱焚。那些种在老板身体刀口内一百零八颗名贵的珍珠，就是她态度的最好的暗示。

后来公安局曾经发过通缉令，但是一直未能找到梦欣的下落。事实上，公安局的通缉令白发了。通缉令上是梦欣过去的照片，那时候，梦欣是一个美丽的姑娘。

四季不断的柔风

王海玲

一

以前侯七在手下向他汇报一单单生意时，经常忘不了叮咛一句，做生意最重要是稳阵，不要因为贪图厚利而搞得没有瓦片遮头。所谓没有瓦片遮头是广东人嘴里常说的一句话，意即不要搞到一败涂地，连栖息之地也没有了。

哪料侯七的这句话在今日仿佛一语成谶，侯七现今的状态就是没有瓦片遮头的状态，随着拍卖师手中木槌重重地敲下，曾经属于侯七的一栋十五层商住楼就易手转为他人了。侯七面无表情地注视着整个拍卖过程，随着木槌的最后落下，侯七的心里涌上了一句暗淡的低语：你从此就是没有瓦片遮头的人了。随后，侯七就漫不经心地从连成一排的木椅上站起来。木椅随着他的站起，活动的座板啪的一声竖了起来重重地打在椅背上。这啪的一声在侯七听来有无限的意味，他心中的叹息心中的无奈心中的冷意都似乎透过这冷不防的一声表达了出来。侯七一人径直从那个小小的拍卖场走出来，连自己停在拍卖场门口的奔驰也忘了开就径直走到了街面上。

侯七走在街面上感到阳光很刺眼，盛夏的阳光在他头顶上，硕大而又明晃晃，四周的空间好似悬挂着无数块玻璃，阳光透过玻璃的折射从不同的角度烤炙着他。在这烤炙下，侯七感觉自己的身子越发地瘦弱飘扬，行走时在阳光下有一种扶风而行的渺茫感觉。侯七将自己瘦削飘扬的身子汇入了熙熙攘攘的人群中，多年来以车代步的侯七猛然间来到熙攘的人行道立即觉得有无数的腿和胳膊在自己的身前和身后乱糟糟地划动……

一个肥胖的女人走在侯七的前面。女人走动时，肥胖的腰肢扭动着，身上不少部位颤动着，仿佛有许多活蹦乱跳的小动物藏在她身上。侯七在行走中就不知不觉地随着这女人的路线走。侯七反正是一个没有行走目的的人，当他从暗淡的死气沉沉的拍卖会场走出来时，首先进入他视野的就是这个肥硕而浑身颤动的女人。这女人穿一身色彩斑斓的衣裙，走在前面就仿佛是一面四下颤动飘扬的彩旗，于是这颤动飘扬的彩旗顷刻就变成了侯七行走时追随的目标。

侯七许久没有这样在人群中行走了。做生意七八年来侯七总是坐在轿车里急匆匆地朝着一个又一个目标赶去，一单紧接着一单谈生意。以侯七的精明和搏劲，他一度曾经把生意做得风生水起，去年在房地产一片低迷的情况下侯七很有豪气地花一千万买了这栋十五层的商住楼，把底层和二层大肆装修后就响了一串长长的鞭炮。鞭炮响过之后侯七踩着厚厚的满地落红神采奕奕地为公司的新招牌揭了幕。这一句神采奕奕还是杨学丰说的，杨学丰在侯七手拉着绳子将那块红布缓缓拉开的时候大声地说，侯总，你现在真是神采奕奕，面色很好呀。

去年那轰轰烈烈的一幕在侯七的脑海里再次仿佛美妙的画面一般展示出来，侯七禁不住摸摸鼻子，似乎当年的那股浓郁的鞭炮香气还在今日的天空缭绕。与此同时，杨学丰从高空坠下的血淋淋的身子也随着缭绕的气息在侯七和肥硕女人之间的空隙处出现，杨学丰面容安静七窍流血姿势优雅地卧在酒店的绿化带中……

杨学丰选择的是一座刚刚开张的四星级酒店。那座新娘般雍容华贵的四星级酒店被高空坠下的杨学丰吓坏了。所有的保安都出动了，将那片绿草茵茵的绿化带围得密密匝匝，并迅速地向公安局报案。这时的侯七也心慌意乱从酒店的二十层客房坐电梯跌跌撞撞地朝绿化带奔来，密密匝匝围着的保安压根不让侯七挤进去。急得侯七大喊，这落楼的人是我的手下，刚刚他是当着我的面从楼上跳下去的。在侯七说这话的时候，公安恰恰赶到，立即将侯七控制起来。公安到了，密密匝匝围着绿化带的保安就散了，杨学丰血淋淋的身体就以一种安静而优雅的姿态展示在侯七的眼前。侯七的眼睛顿时湿润了，他万万没有想到杨学丰为了向他证实自己的清白竟然付出了生命的代价。杨学丰以一种优雅的身姿躺在绿草茵茵中，一只手枕在头下，仿佛躺在茵茵绿草中悠闲地思考。他的嘴唇微微启开着，一丝血迹还在他的嘴角缓慢地流着。从那微微启开的口中侯七分明还似乎听到杨学丰的声音：侯总，这一单生意是我经手的，你也是信任我才在银行以房地产作抵押为这单生意贷了一千万元款。我总是记着你做生意要稳阵的话，所以在划款给对方时还特意去了北方的那个城市，看了他们的储油库，看了他们的油入库单，以及汽油的储备量，所有的一切都妥帖了我才划款。可款一划去我们就控制不了了，我们订的油一吨也没有运来。我们反复向对方发传真对方都保持缄默，我们派专人去北方但在那个城市我们无论如何都寻不到那家一度曾很像模像样的公司。那家公司仿佛戴了隐形帽，一点痕迹都没有留下就在这个世界蒸发了，我们的一千万也就随着这蒸发如冰化水了。侯总，我对不起你，对不起你对我的信任，使公司陷入空前的财政灾难。更叫我难过的是，有人认为我在这一单生意中是和对方联手挖公司的墙脚。侯总，我怎么能做出这些卑鄙的事呢？当初不是你留我我怎么能在特区站稳脚跟呢？又怎么能挣钱为父母在老家起出一幢楼房呢？现在我怎么说都难以压住公司人对我的误解，也难以使你心中释疑。因为我的缘故使侯总你损失一千万，我心理上的压力太大，我唯有一死以明心迹……当杨学丰在四星级二十楼的客房说这番话时，侯七并没有十分在意。侯七阴沉着脸心情暗淡地默默吸烟。想到过几日拍卖行就要受法院委托拍卖他那栋视为自己事业成功标志的十五层大楼时，侯七的脸色阴忧得几乎可以从上面刮下冰来。侯七一口接着一口地吸烟，把烟一口一口深深地吸入腹腔，然后又一口一口缓慢地吐出来。酒店客房里顿时烟雾缭绕，弥漫着一种阴暗的愁云惨雾。

在这一片阴暗的愁云惨雾中，侯七似乎听到窗子有轻微的响声，但他依然没有说话，依然阴沉着脸吸烟。后来他不经意间一抬头，就看见杨学丰敏捷的身子跃在窗台上。侯七把烟一扔立即向窗台冲去，但杨学丰瘦削的身影在一瞬间就从窗台上消失了，在消失的一瞬间侯七心悸地在杨学丰英俊而儒雅的脸庞上看到了一丝凄楚的微笑，仿佛是在对侯七温情地告别。这凄楚的微笑在以后的一段时间就一直连续不断地在侯七的脑海中闪回再闪回。

已是接近黄昏的时候，侯七和那个肥硕的彩旗一般飘扬的女人始终保持着一个恒定的距离。而杨学丰血淋淋姿态优美的尸体也始终在这一片黄昏氛围中在侯七的视野里默默地行进。

侯七一人在街面行走，不由想起小时候，母亲晚上起来为他盖被子，总是叹着气说，人在这里冷，被子在那里冷。现在他的那辆奔驰孤寂地停在拍卖场门口而他却在阳光下孤寂地前行。母亲许多年前的这句话，使侯七脸上有了隐隐的笑意。侯七有很多年没有像今日这样在街面上悠闲地走了。这样悠闲的行走竟然给侯七带来了新鲜的感觉。坐车在街面穿行和迈动双腿在街面行走，感觉和视野竟是这样不同，行走的感觉就是阳光从不同角度照射的感觉，也是无数胳膊和腿乱糟糟划动的感觉。

侯七突然发现他的目标消失了，那个肥硕的浑身颤动仿佛身上绑满小动物的女人竟然在街面上没有了踪影。失去了行走目标的侯七顿时失落起来，站在那里左顾右盼。在前面就要开动的巴士上，侯七寻找到了自己的目标。那个女人站在车后厢上，在起动的巴士上和侯七的目光对视在一起。女人的眼睛中闪着狡诈和胜利的光芒。女人大约以为侯七的随意行走是对她的刻意跟踪。

侯七再次感到幽默。他记得他曾看过一幅国外的幽默画。画上一个丑女人向警察指证一个男子强奸了她。警察在看过那个女人后，彼此低语，他怎么会强奸她，难道他是盲的。他想这女人怎么会以为他是刻意跟踪她，难道她也是盲的。心里这么一想，侯七脸上又出现了一个隐隐的笑意。侯七想生活中不如意的事是太多了，所以必须在每一件不如意的事情中寻找幽默的成分，寻找可笑的成分，这样才能把生活一日一日、一周一周地打发下去。侯七还记得当他在四星级酒店的绿化带上被公安一左一右控制的时候，在为杨学丰血淋淋姿态优美的尸体眼含热泪的同时，就感觉自己此番是有大麻烦了。他和杨学丰两人在酒店客房好好地坐着，其中的一人却从楼上变成了一件自由落体的物件，活着的另一人要想脱干系就是一件很麻烦的事。侯七想他就是烦恼这件事也是无法躲避的，就像是毛主席说的，天要下雨，娘要嫁人，你有什么办法！想到这里，侯七便坦然了，面上甚至带着一种平和一种淡然之色就随着公安的警车走了。在公安局侯七待的时间还不到半小时，公安就客客气气地放了他。原来杨学丰早就预料到了这一着，在身上揣着一份写得很详细的遗书，把自己为什么自杀用很潇洒的字体一二三四ABCD写了洋洋洒洒几大张纸，并且对自己为什么选择这家四星级酒店自杀也作了说明，因为他就是通过这家酒店的冯总才认识了那个北方的骗子公司的。侯七从公安局出来，冯总就被公安叫去问话……

那辆载着肥硕女人的大巴在侯七的视野里迅速地消失了，失去追随目标的侯七顿时觉得在街道行走没有了意思，拦了一辆的士就坐了进去。一直默默展示在侯七和那个肥硕女人间的杨学丰血淋淋姿态优美的尸体也就在这黄昏的氛围中消失了。的士迅速地把侯七载到他的那辆奔驰前，侯七钻进自己黝黑闪亮的奔驰，一启动就把冷气开到最大。

二

第二日下午，那家在拍卖中竞投大楼胜利的公司就来到了侯七的公司，询问什么时候他们能搬过来。

侯七一听顿时发怒说，你们怎么催得这么紧？莫非今日不嫁孩子就要生在娘家了？我们楼虽然卖了，但办公的设备没卖，装修没卖，我们之间的首尾还多呢。怎么这么快就叫我们搬楼？

那家公司的老总叫作翟总。这翟总年轻气盛，肩胛及胳膊的肌肉透过金利来衬衫薄薄的衣料隐隐可见。与之相衬的是他脸上密密匝匝地生长着一些光亮饱满的粉刺。这些光亮饱满的粉刺和隐隐可见的肌肉仿佛招牌一样显示着翟总的年轻及气盛。瘦削飘扬的侯七在这咄咄逼人的粉刺和肌肉面前败下阵来，首先伸手向翟总做了一个请坐的姿势。

翟总从真皮皮夹中拿出一本象征权威的房产证说，侯总什么时候搬我们可以商量，但你说这幢楼我们之间还有首尾就不对了。房产证我们都办好了，还会有什么首尾呢？要知道从我们拿到房产证起，这幢楼在法律的意义上就是属于我们的了。你们不搬，就是借用我们的楼了。

侯七见人家手上拿的是毫不含糊的房产证，走过去下意识地抚摸了一下，房产证硕大的咖啡色塑料封面在他手心处留下一个无比光滑的感觉。侯七悲哀地回想起法院决定公开拍卖他们的大楼时，第一件事就是来公司拿出盖有大红印章的文件取走了他锁在银行保险箱内的房产证，然后就是在报纸上连续做了三天广告，宣布某年某月将拍卖某幢大厦，谁要是对该大厦的产权有疑义请在某年某月前提出等等。侯七再次抚摸了一下自己一度拥有的房产证，在感觉光滑的同时还感觉到一种塑料的冰凉和冷漠，于是他心里再次响起那句暗淡的低语：你现在是没有瓦片遮头的人了。

侯七黯然地说，这拍卖是昨天的事，怎么你们今日就把房产证办好了呢？是不是太过神速了？

这神速也只能算是政府的神速。我们今日上午就将拍卖款全数打到了拍卖行指定的账号，他们下午就把全套的手续给我们办好了。我们公司的小姐下午拿到手续后立即到房产局去办证。现在政府实行了办证一条龙的服务，我们小姐挨着一张张的办公桌轻移玉步就把房产证给办好了，连带上几十万的房产税。

侯七将摆在他办公台正中的房产证轻轻地用手一拂，然后站起来在自己偌大的铺着粉红色大理石的办公室若有所思地走了几步。这几步在春风得意的翟总和他的手下看来每一步都是那么沉重，跟拉的步子一步一响，仿佛是在同四周的一切告别。

看到侯七凝重的脚步，同涉生意场的翟总也深有所触，整个办公室除了侯七的脚步声外再没有其他的声音了。在一片静寂中翟总悄悄地把那本房产证小心地放回自己的皮夹里。

侯七停止了走动。他说，翟总，你知道我的公司不是小公司，就算我们公司在这次生意上失手了，但公司还是一个大公司的架子，所谓的百足之虫死而不僵，你要我们搬迁总得给个期限吧。

翟总想了想说，我知道侯总在生意场上是一个能人，此番生意落败也是手下为之，是侯总的手下连累了你。今后我们大家都还是要做生意的，人说和气生财我们自然是要和侯总搞好关系，以后有机会说不定还可以联手做几单生意呢。所以我们当然是要给侯总方便的。这样吧，以一个月为限，下月的今日就是我们公司收回大厦的日子。翟总说着，爽快地一挥手，他胳膊上圆浑的肌肉随着这挥动也迅速地在薄薄的衣料下面来回滚动了一下。

侯七说，看起来翟总你是一个爽快人，我们现在是人在屋檐下不得不低头了。那我们就一言为定，下月今日你们公司就可以搬迁了。

翟总走上前和侯七热情地握了握手。他说，侯总我们之间没有任何的不友好，只不过是我们公司在拍卖中竞投成功而已。我们竞投不成功也总有一家公司竞投成功，你的大厦总是要易手的，只不过是恰巧易在我手中罢了。说完，翟总在手下的簇拥下乘电梯巡视他的这幢楼高十五层的新物业了。

侯七虽然坐在自己的办公室里，但却好似跟随着那个有着光亮饱满粉刺的翟总逐层逐层地坐电梯。因为他一层又一层地听到了翟总中气很足的笑声，他甚至还看到电梯门随着翟总的进进出出，忠心耿耿地反复开启着，一如昔日为他忠心耿耿地反复开启着。

三

侯七孤寂地坐在自己的大班台旁，眼睛顿时有些迷蒙起来，竟然在下午的光线中看到了年轻而又儒雅的杨学丰。杨学丰在公司人事部曾小姐的带领下，自信而又面带微笑地走到了他面前。侯七看到杨学丰穿着整洁的西装。对杨学丰身上的那件西装最好的形容词就是整洁。因为那是一件在特区几乎没有人会穿的西装，裁剪极差，袖子又宽又长，肩部也肥肥大大。杨学丰虽然人长得英俊但包裹在这样蹩脚的西装里也就丧失了英俊，所以人事部那个高傲而又冷艳的曾小姐带杨学丰进来时，只是漫不经心地朝办公台旁的椅子上一指就冷漠地走了出去。虽然后来这位曾小姐在数个星期后就向这个英俊的北方小伙子杨学丰发动了猛烈的感情进攻。

那一阵，侯七的生意正做得风生水起，公司资金的周转率飞快，一百万一百万地划出去，又一百几十万一百几十万地划回来。侯七做贸易涉足的范围极广，可以说只要是有钱挣的生意他们公司都做，石油、电器、汽车、木材、水泥、服装等等，甚至换汇以及帮人家走账从中收取手续费的生意也做过。侯七在那一阵曾得意洋洋地说，除了拐卖人口、贩卖毒品这两桩外，他们公司什么生意都做。在生意迅速拓展的时候，公司人事部门便遵照侯七的指示开始在社会上招聘人手，杨学丰就是在这样的情况下来到公司应聘的。

杨学丰依照曾小姐的指示在侯七硕大的办公台对面的椅子上坐下。曾小姐漫不经意走出去的时候，扭动的臀部碰到了杨学丰恭敬地放在大班台上的手。侯七那时目光很关注地注视着曾小姐包在短裙里扭动得很别致的臀部，所以当他将目光从那个臀部收回转向杨学丰时，顿时明白了杨学丰的脸何以在一瞬间会变得那么红。仅仅是一个冷漠的小姐无意间扭动的臀部碰到了手竟会在一个男人的脸上形成如此鲜艳的红色，杨学丰顿时就给了侯七一个好印象。

侯七拿起杨学丰填的表看了看，知道杨学丰是来自北方一个落后省份的一个小城。某名牌师范大学毕业，毕业后分回家乡的小镇教书，后不甘一辈子生活在小镇，于是就来这个特区寻找机会。侯七还感觉杨学丰很有些文采，因为杨学丰在递表给他时还把自己在刊物上发表的一些诗歌散文附了上来。侯七现在还记得在杨学丰的诗歌中有这么几句："我梦幻中百合花一般的姑娘呀，如果爱是一只沉默的铃铛，我就是四季不断的柔风……"

杨学丰告诉侯七他来特区是为了寻找机会，寻找发展。他此番来是破釜沉舟，已经把在内地教书的职务辞了，退路是没有了。杨学丰悲怆道，孙子兵法上说置之死地而后生，相信只要侯总给他一个机会，他保证能把工作做好。

侯七在杨学丰这样表态后，反问了他一句，你能保证做好吗？

在那个时候侯七非常明确地感觉到面前这男人英俊是英俊儒雅是儒雅但无论如何都不会是生意场上的料，他只不过是一个来自北方偏远小镇教书的男人，一个被女人臀部不意间碰了后脸会红的男人，一个在诗歌中宣称自己是四季不断的柔风的男人。这样的男子怎么能在生意场上驰骋呢？怎么能为公司拉来一单又一单的业务呢？但同时杨学丰的脸红杨学丰的诗歌又给整日在生意场上搏杀的侯七一种微妙的新鲜的感觉，使他对杨学丰心生好感。所以侯七在那个反问之后，不等杨学丰的回答就拿起公司的内部电话吩咐曾小姐录用杨学丰，并要曾小姐为杨学丰安排食宿。

然后侯七又给公司的贸易部刘经理打电话，把杨学丰放在他部门，让杨学丰跟着他们试用三个月，三个月后让他单独跑一些小的贸易，有成绩就留下来，没有成绩就让他走人。

这所有的电话都是当着杨学丰的面打的，也就是等于侯七向杨学丰要交代的话。杨学丰等侯七放下电话就站了起来说，侯总，我一定用心在公司做，一定做出成绩来。

在杨学丰站起来时，曾小姐走了进来。这次进来曾小姐算是用心地看了杨学丰一眼。侯七估计杨学丰俊朗的面容给曾小姐留下了印象，在他看来曾小姐脸上的冷漠立即抹去了，面上荡开可爱的热情的笑容，嗓音很柔和地说，杨先生，请跟我来。

侯七再次注视着曾小姐扭动得恰到好处的臀部，心里想，他妈的，都说男人好色，怎么女人也如此好色？你曾小姐对我一贯无动于衷，怎么见了这北方靓仔就热情得笑容也有了柔和的嗓音也有了？

在侯七一人孤坐许久之后，侯七办公室的门终于被人打开了，眼泡微肿一脸憔悴的曾小姐走了进来，手里拿着一叠文件给侯七签字。

自从杨学丰从那个二十层的酒店一跃而下后，曾小姐整个人都变了，即使隔着几步的距离侯七也在曾小姐光洁的脸上看到了一些细密的皱纹。虽然有一阵她和杨学丰为了某个女人在公司曾大打出手，但侯七知道曾小姐是深深爱着杨学丰的。

那一次，曾小姐曾声嘶力竭地在公司喊，杨学丰你不要解释了，你就是和那个丑女人上了床，上了床！

杨学丰开始是极力解释，然而他越是解释，曾小姐越是不相信。后来杨学丰也气极了说，好了好了，依丽既然你反复说我和那个女人上了床，就算我是上了，怎么样?！杨学丰面色发灰地说，怎么样，你现在好歹也只能算是我的女朋友，我就是和那个丑女人上了床，又怎么样？你说呀！

曾小姐见杨学丰就这么认了，立即哭泣起来。杨学丰冷漠地站在旁边看她哭。曾小姐越哭越伤心，肩膀好似上了发条般地抖动不停，泪水如纷飞的雨珠。这时，侯七正好来到了公司，看一个白领云集的大公司在曾小姐的哭声中人人仿佛菜场上没有文化的老太婆般地聚集在一起侯七就发了怒，侯七阴沉着脸说，曾依丽，你要是不马上停止哭泣，公司就立即辞退你。

哭泣的曾小姐猛然间见老板出现，又猛然间听老板如此严厉地说话，立即紧张地闭上了嘴。哭泣是停止了，但曾小姐的肩膀却抖动得越发厉害了，突然一瞬间又停止了抖动，整个人立即在地上瘫软下去。曾小姐昏过去了。

杨学丰立即扑了上去，一边把曾小姐瘫软的身子拥在怀里一边哭泣起来，说依丽，依丽，我对不起你呀……

侯七皱了皱眉头，对焦急地立在一旁的公司办公室主任说，你迅速处理一下，派一辆车先把曾小姐送到医院再说。这里，杨学丰依然在哭泣，男人哭泣像个什么样子！侯七立即对杨学丰吼道，杨学丰你再哭我就炒你的鱿鱼。不要以为你最近给公司联系了一单大业务就自以为了不起，就可以在公司胡作非为！在侯七这样吼过之后，杨学丰依然没有停止哭泣，他把曾小姐紧搂在怀满面是泪花的形象给发怒的侯七留下了深深的印象。杨学丰的诗句再次在侯七的脑海中出现："如果爱是一只沉默的铃铛，我就是四季不断的柔风……"

现在四季不断的柔风已去，曾小姐便成了诗句中永远沉默的铃铛。她黯然地走进侯七的办公室，面无表情地将那一叠文件放在侯七的桌上，然后就转身离去。在她离去时，侯七的目光习惯性地落在曾小姐的臀部上，顿时发现曾小组已不再拥有一个诱人的臀部了。她的臀部已经瘪了下去，已经瘪了的臀部在行走中就失去了那份别致和风情。

侯七悲哀地想，他的公司现在不可避免地走下坡路了，不仅大厦易手，连公司最漂亮小姐的臀部也瘪了。

侯七的悲哀还有另一层原因，曾小姐有一度曾是他心中永远的痛。公司的小姐说起来只有曾小姐才是他侯七真正喜欢的。他当初把曾小姐招进公司时，就刻意把曾小姐放在他的总经理办公室。侯七以为他只要小试身手就能把曾小姐拐到他的意大利真皮大床上，哪料西餐吃了无数顿，礼物也送出了许多件，他就是没有办法把这个美貌性感的曾小姐拐到床上。他和曾小姐最亲密的接触无非也就是在嬉笑中乘机拉一拉柔若无骨的手。所以侯七很能理解曾小姐在知道杨学丰和某公司的女老板上床后所发的那一场歇斯底里，曾小姐不是和杨学丰在玩感情游戏，她是对杨学丰动了真情。

有一阵侯七还很妒忌杨学丰，妒忌他轻轻易易就把曾小姐诱惑到了怀里，诱惑到了床上。好像他侯七这么几年隐忍着没有炒曾小姐的鱿鱼就是为了成全杨学丰和曾小姐的这一段美事似的。

现在英俊而又儒雅的杨学丰从二十层高楼轻松地一跃，就从他侯七这里讨回了自己的清白，可是清白有什么用？侯七的十五层大厦还不是易手给他人了？笨蛋的杨学丰，既然有从高楼跃下去的勇气，怎么没有承担误解的勇气？怎么没有寻找骗子公司的勇气？怎么没有挣回一千万的壮心和勇气呢?！你还算是曾小姐看中的男人，真不明白她是如何看中你的。侯七想到这里，点了一支烟，在吞吞吐吐之间又把自己埋在烟雾缭绕之中了……

侯七的大厦虽然易手了，但在经济上侯七还没有陷入真正的困境。无非是曾经用这幢大厦向银行贷款了一千万做石油的生意，生意被骗后，银行依照贷款合同通过法院的裁决将他们作抵押的大厦拍卖了还银行贷款而已。侯七的其他生意应该是没有受到任何影响的，侯七还有大把东山再起的希望。侯七嘴里常说的没有瓦片遮头其实是一句自嘲的话，侯七怎么会惨到那一步呢？他不仅有大把的瓦片遮头，还有奔驰560代步呢。

可是世事难料，自从属于侯七公司的大厦被拍卖后，侯七的公司就几乎没有办法做成一单生意了。明明是因为被人家骗去了一千万而不得不拍卖大厦，但话传来传去却变成了侯七的公司在北方的一个省份骗了人家一千万，人家上诉法院拍卖了侯七的大厦还这一千万。把侯七气得几乎要口吐鲜血。他再一次痛悔自己不该录用杨学丰，明明知道他只是一个四季不断的柔风，可还是鬼迷心窍地录用了他。要知道杨学丰充其量只是书生文人一名。古语说，百无一用是书生。又说文人是成事不足败事有余。这不，全在杨学丰身上应验了。

侯七悔是悔但却恨不起杨学丰。杨学丰在落下去的一瞬间，脸上那凄楚的微笑始终在侯七的心里隐现。潜意识里侯七还认为自己对杨学丰的自杀有着某种难以推卸的责任。假如他当时不是一味阴沉着一张脸吸烟，假如他当时能耐心听杨学丰说话，也许悲剧就可以避免。反正杨学丰以他的形式偿还了他欠侯七的，正因为明白了这一点，杨学丰在那一瞬间才向他展示了那个凄楚的令侯七念念不忘的笑。

但叫侯七烦恼的是不仅生意在目前阶段上做不成，不少公司还急着上门追账。其实在以往的生意中，不仅侯七的公司欠人家的钱，人家公司也欠侯七公司的钱，因为互欠的双方都是生意上常来常往的公司，所谓的拖欠也是你中有我我中有你，大家都不在意这十万二十万的欠账。可是自从侯七的大厦拍卖之后，所有的和侯七有互欠账目的公司都在意起来，一时间讨债的人流络绎不绝，川流不息地在侯七的公司走动。

侯七这几天整日出去看出租的写字楼，准备选一个价钱便宜一些，面积地段尚体面的租下来把公司搬出去，然后寻找一两个投资小回收快的实业项目干起来，争取在三两年内恢复公司的元气。

侯七根本没有预料到公司会出现讨债的人流，侯七公司的白领全部出动，向这些以往岁月的好朋友现在抹去好朋友面具的债主解释公司目前良好的经营状况。哪料公司的白领愈是苦口婆心地解释，债主们追得就愈是紧。其中一个贸易公司的女老板为了侯七公司欠的区区二十五万几乎到了日日上门追逼的地步。

这女老板一身金饰叮当作响，皱纹丛生的黑脸抹了厚厚一层粉。在她嘴唇飞快地翻动着向侯七叙说她是如何如何急等着这笔款用时，面部表情的急剧变化使厚粉站不住脚跟了。她的脸庞在侯七的注视下起了一种奇妙的白雾，因而侯七不得不把自己的椅了往后拉了拉，以避升女人脸庞腾起的白雾。

在这女人赖着不走的时候，曾小姐灰白着脸走进来。她手上端着一个大大的皮夹。女人只是用眼角瞟了一下曾小姐，又滔滔不绝地向侯七叙说。曾小姐的脸色越发灰白，侯七示意曾小姐有什么事，曾小姐对侯七的示意没有反应，侯七于是只好耐着性子继续听这黑脸女人颠来倒去地说。

在女人说得起劲的时候，她的双手由于挥动因而使得那些金饰发出了一些可爱的清脆的声音。灰白着脸的曾小姐僵硬地走了上来，把手上端的那个皮夹放在了女老板的面前。女老板只往那皮夹扫了一眼，嘴里就发出了惊叫声。她立即用手遮掩着自己的嘴，似乎要把那惊叫声压回去。

她的目光完全从侯七的身上转移到了曾小姐的身上。女老板说，你是什么人？这照片你是从哪里拿到的？曾小姐凄然一笑说，这照片是我照的，上面那个苦着脸搂着你的男人就是我的男朋友杨学丰。当初杨学丰为了给公司拉到你这笔生意，当然也是为了拿到自己这笔业务的回佣，不惜和你上了床。人家跟我说，我还不相信。我相信杨学丰会和一个漂亮的诱人的女孩子上床，但决不相信他会为了钱，为了业务回佣会和像你这样的女人上床。但是我错了，杨学丰不仅上了你的床，而且上了不止一次。那一次我尾随着杨学丰到了你家，杨学丰一进门你就急急忙忙拉着他向卧室走，连门也没有拉牢。我随后跟了进去，在你们做爱的时候我一直坐在客厅里，我的心就碎在你家的客厅里。

后来，我准备走了，走之前我推开了你的卧室门，你和杨学丰都赤裸裸地相拥着睡着了，我本来想和杨学丰闹一场，但杨学丰睡眠中的苦相和那无可奈何的面容突然使我于心不忍。但我又不甘心就这样走了，所以我拿出特意带在身边的相机把你们拍了下来。

女老板的面色在惊吓之下慢慢恢复了常态。她一把把照片撕了个粉碎说，小姐，现在你要怎么样？我无非是和你的男朋友睡了觉，说起来我并没有强迫他，像他那样英俊的小伙子假如不做某种表示，我怎么会想到和他睡觉呢？怎么样？你吃醋了，你假如这么会吃醋我劝你还是尽快离开杨学丰的好。因为像他这样的男孩女人是太喜欢了，不仅人长得俊朗床上功夫也是很好的。

在女人说话的时候，侯七走了过来。他在那张摊在皮夹里的照片上再度看见了杨学丰。杨学丰在照片上双目紧闭，脸庞上流露出叫人心酸的无可奈何的表情。在这个表情上侯七又看到杨学丰最后时刻那凄楚的微笑，令侯七的心一痛再痛。

三人一时都默默无语。女老板高傲地把头一扬说，小姐，我不明白你在这个时候拿出这张照片是什么意思，假如是勒索你就太蠢了。你张扬这张照片对我最大的威胁就是我的婚姻。我早就想离婚了，只不过勇气还差那么一些。假如你把这张照片给我的先生看，无非是成全了我的离婚。我离了婚也许就会真的和你争夺你的男朋友。我们两人的条件大约也相差不大，你有美貌我有金钱，就这么回事。

这时，侯七在旁边冷不防说，你还想和这位小姐争杨学丰就到另一个世界去争吧，杨学丰已死了半个多月了。

一片静寂之中，女老板鬼一般地大叫起来。

等她叫过之后，侯七淡然地把杨学丰的死原原本本地说了一遍。女老板在听的过程中眼泪鼻涕流了一大把，把一个精心化过妆的脸弄得污糟一团，形象越发可怕。她从手袋里拿出一条丝巾把脸胡乱地抹了一气后，再次问曾小姐，小姐在这样的时候你拿出这张照片有什么意思？

曾小姐灰白着脸说，我没有什么意思。在我知道杨学丰和你上过床之后，我和他通过交谈达成了谅解，他保证以后不会为了钱再出卖灵魂。我拿出照片是要你不要向我们侯总追债追得这么紧，不要落井下石。公司的资金很快就要周转起来，我们很快就可以和你结清欠的账目，只是求你不要在这样的时候逼侯总。

女老板这时松了口气说，原来小姐的目的就是要我不要这么紧地向侯总追债，这个我做得到。

说着，女老板站了起来。她对曾小姐满脸平和地说，小姐，我应承你这小小的要求。然后她对侯总说，侯总你要善待你的手下，他们一个为了拓展你的生意竟然和我这样丑的女人睡觉，一个为了你的资金周转从容用尽心机……只是可惜了杨学丰……女老板说着一扭头就走了出去。在她那一扭头的瞬间，侯七和曾小姐都看到成串的眼泪从女老板粗糙的脸庞上跌落下来。

四

女老板走后，偌大的办公室就剩下侯七和曾小姐两个人，曾小姐在女老板刚刚起来的椅子上坐下。

公司的人都已经下班了，走道里已没有什么声音，只有空调器低低的声音在四周的空间来来回回地飘荡。

侯七看着自己一度为之心痛的曾小姐，突然伤感起来。侯七想杨学丰来公司才两三年就使公司有了如此大的变故，真是世事无常呀。

曾小姐木然地坐在那里，脸上的皮肤象牙一般惨白。侯七走过来轻轻地说，曾小姐，不要难过了，起来，我请你去吃西餐好不好？

曾小姐点点头，身子已经抬了起来，侯七这时正在口袋里摸车钥匙，就看见曾小姐突然一头扑在大班台上痛哭起来。曾小姐这空前猛烈的哀哭叫侯七慌了手脚，他站在旁边手像摸烫山芋样地拍着曾小姐。侯七说，曾小姐，你不要这样哀哭。有什么难过的事你慢慢和我说，你一哭我就紧张了，我就不知道该怎么去做了。

曾小姐一边痛哭一边抬起头绝望地喊，侯总，你知不知道，是我杀死了杨学丰，是我杀死了他。

说完，侯七就发现曾小姐的头发也凌乱了，细密的皱纹也更多了，眼睛在泪水的浸泡下黯淡无光……

侯七想，曾小姐是不是因为伤心过度而神志错乱了呢？他拉着曾小姐柔若无骨的手说，曾小姐你怎么说杨学丰是你杀的呢？杨学丰明明白白是在我的眼皮下自杀的呀，我亲眼看到他的身影在窗台上消失的呀！

曾小姐抬起头，声嘶力竭地说，本来杨学丰是不会自杀的。那一天我听人说杨学丰这一单被骗的生意有可能是和对方联手做的，我便回来问他。杨学丰说这是绝不可能的，但我相信这是可能的。我想杨学丰为了那区区一万元业务回佣都能和那么丑的女人睡觉，那么为了几百万的收入有什么可能不和人家联手骗公司呢？！我这样说了，杨学丰就再也没有向我解释。我想他这是心虚了默认了，于是越发嘲笑他。在我嘲笑他的时候，杨学丰没有再说什么，只是一人默默地煮饭。煮了我喜欢吃的西红柿炒鸡蛋、霸王花炖排骨汤以及一碗小小的腊肉后他就走了。

他走之后，我还坐了下来，有滋有味地吃那些菜。

后来，下午杨学丰就从楼上跳下自杀了。他是用死来向我表示他的清白呀。杨学丰就这样走了。而我，深深爱着他的我却陷入了深深的自谴当中。我这样活着真是很累呀！说着曾小姐一下投入到侯七的怀抱，在侯七的怀抱中痛痛快快地哭了一场。

等曾小姐哭过之后，侯七将曾小姐扶上了他黝黑闪亮的奔驰，直向本特区一家著名的酒家驶去。侯七想他今日要好好请曾小姐吃一顿饭。

　　侯七的车在特区有名的八车道的大街上疯驶，车速直向一百二十迈逼近。许多的车辆迅速地向后移。在这飞速的驾驶中，杨学丰英俊儒雅的面容仿佛大街上的霓虹灯一般在侯七的脑海里再次闪烁不定。侯七在心里为杨学丰下着定语，归根结底，只不过是一个柔风般的男人。他起初以为杨学丰是为了向他证实清白而跳了楼，原来杨学丰不是为了向他证实而是为了向曾小姐证实。那么杨学丰最后那凄楚的微笑也不是给他的而是给曾小姐的。想到这里，侯七的心里顿时有一种放松的感觉。随着这放松的感觉，车子已到了这家著名的酒家。侯七把车引擎一关，准备叫曾小姐下车，一扭头，发现曾小姐已在行驶的过程中熟睡了过去。

海口日记

潘军

今天的日记都是从昨天开始的。

——作者题记

一

由犁城到广州的空中距离我不知道是多少，但空中的飞行时间是一百分钟。麦克·道格拉斯82型飞机样子像条泥纸，据说昂头腾空的时候很性感。以往我坐飞机最怕天气不好，遇上气流飞机就像只大鸟，机翼呼扇呼扇，而我每次都在能看见鸟翅的位置上。那时我就想，最好的材料也难以承受这样的扇动，如果它断了呢？后果当然不堪设想了。可是全世界每天有几万人坐飞机，他们当中有总统和诺贝尔奖得主，一旦飞机升空，我同他们就完全平等了。他们能掉下去，我为什么不能？他们不掉下去，为什么偏偏是我掉下去呢？这样一想，问题就基本解决了。我们都是俗人，没有必要自以为是，命大命小这会儿可不是由我们说了算。我与其去看舷窗外的白云还不如看空姐的脸。她们的表情虽然有点做作，不过我还是很喜欢。

今天是个好天气，能见度高。在一万米高空往下看，山川河流像一些散乱的绳子，云很低很薄，飞机稳得像碰上了磁铁。在我右边的那个过早敬顶的男人已睡着了，可发饮料，他一下就弹了起来，我想他一定是经常坐飞机的缘故，他怎么会这么准地醒来呢？

先生，可乐啤酒还是茶？空姐问。

那人说：每样来一份吧。

空姐又问我，我说我只要茶。

每样都来一份的人其实也只喝茶，他把两个易拉罐放进屁股下面那只皱巴巴的包里，那包还空，我想他还会再装进点什么。因为我只要了茶，谢顶的男人后来就不怎么理我，我觉得奇怪，我并没有做什么。

突然飞机的翅膀又扇起来了，窗外阳光灿烂。红灯亮了：请系上安全带。

怎么在阳光里飞也抖？我问空姐。

空姐说：阳光反射成多少度角受到膨胀，所以……

我还是没听明白。

我不喜欢广州这个城市。它给我的感觉是一种特殊的莫名其妙。比如说，我在街上经常看到一些马来人种的脸，就怀疑自己走在胡志明市。广州所谓的好天气就是不下雨，你能感受到温度但根本见不到阳光。地上的所有投影都很古怪，你很难判断出方位。再就是语言的障碍，我不懂粤语。和一个讲粤语的人交谈是一件很辛苦的事，我只能从口型上去推敲某种语义，所得的判断基本上是错的。所以说广州是一个不好判断的城市。

我不想在广州做短暂逗留。在广州要做的事，是和一位朋友见面。他是一家文学刊物的负责人，我们只通过电话，不能算认识。后来我就去了那家杂志社。我说我要找谁，立刻就有一位五短身材的英俊胖子从电话机边站起来，说就是他了。接着他审视了我一番，说：你怎么一脸晦气？"我着实吓了一跳。我们后来东扯西拉了不少事，最后话题又落到坐飞机上，胖子说他坐飞机怕的不是气流。气流的原理很简单，他懂。懂的东西自然是不怕的，就像懂电的人去摸高压线一样。我怕打铃，他说，叮当一声你弄不清发生了什么事，空姐也不作任何解释，让你自个消化去。经他这一说，我也认为打铃是令人担忧的：如果不发生什么事，为何要打铃呢？我回想几小时前的那次航班，几乎是铃声不断一路打了过来，手心还真出汗了。

二

昨天在广州上船，于海上漂了一夜，现在总算是到了海口。这条船叫"玉兰号"，另外的几条分别叫作"海棠""芍药""丁香"什么的，全是花名。广州叫花城，不过我在广州的街市上并没有见到多少花。这个季节不是花的季节。

船在海上一开始是很不错的。每回见到海，我都要思索一个朴素的问题：哪来的这些水？我知道回答这个问题并不难，可我还是要思索。那时我就一个人站在船头，看着越来越蓝的海。没有人跟我说话。我像一个无人认领的包裹随便扔到了这条船上。我想这也很正常。在我边上，有一对男女在公开接吻。我无意中看到了这个类似西方电影里的画面，但不好看第二眼。不仅如此，我反倒有些紧张了。我纳闷地走开一点，听见那男的说：你牙缝里有根韭菜。女的说：去你妈的。

不久船开始晃了。接着哇里哇啦地响成了一片。我不晕船，这点优势很让我自豪。我在甲板上来回走动，抽烟，大声地咳嗽。香烟在口腔里没有出味就给风吹走了。二层在放录像，一部香港的赌片《龙虎大老千》。我进去的时候里面只有三个人，看上去都是跑单帮的，腰上系着很沉的钱包。我坐到最后一排，脱了鞋，双腿支到前一排的椅子上。那会儿感觉特别好。香港的电影都是拙劣搞笑的货色，搞得你非常难受时就卖钱了，没过多时我就睡着了。我还做了一个梦，梦见我晕船在大口地吐。我想这也有点奇怪。

这个码头叫秀英。又是与花与女人相关的。可我路上没有和女人有过任何方面的联系。我在这个叫秀英的码头停了一会儿，看见大片的椰子树和画上一样。我喜欢这种树，像一把伞，没有枝蔓，偏离了一切树的概念。我立在树下看着刚买的海口市区图，发现这个城市很小，做省会似乎有点勉强，我这才意识到自己是到了一个岛上。我来的时候，朋友们劝我冷静。他们说这个年纪，应出外谋生。不错，南方赚钱的机会是多，可这也不意味着钱可以随便捡呀！他们就这么劝我。劝得我脸都红了。我说我并不是为赚钱。他们就质问：那是为什么？我说我也不知道。

我可能属于那种做事不计后果的人。这种人是不能做大事的。但这种人的好处是，先把事做了再说。

这时有人同我说话了。是一个女人。

先生，能借你的地图看一下吗？

"先生"这个称呼听起来真是顺耳。我把地图给了她。她居然很漂亮，打扮也很得体。她的侧面很像我在大学时见到的那个外语系女生。那个女生我私下认为是校花，我每次买饭，总要看看她排哪个队。可我没有同她说过一句话。男人见到真正的美女，总是缺乏胆量的。后来毕业了，我还打听她的消息。据说她嫁给了个瑞士人。

她看完地图，礼貌地还给我。她又说：你是第一次来吗？

第一次。我说。

这儿还真是不错，有点异国情调。

说完她戴上墨镜就走了。我看见她上了一辆红色出租车。那车肯定是哪年走私的货，皇冠型，四个缸。当时买这种车大约只花五万人民币，真他妈便宜。我点上香烟，觉得自己刚才有点不妥。应该同她多说几句话，互相通一下姓名。我想她一定是先观察了我一会儿才向我借地图的。就这么让她走了。

三

来海口几天了，今天才算安定下来。这几天我住在陈一帆那里。他是我的校友，学哲学的。海南建省不久，他就来了。陈一帆是一个有风度而且稳健的男人。他来海口不是为升官发财，而是为了爱情。他原来有老婆，后来又认识了现在的妻子王娟。当时他在犁城的政府部门当副处长，王娟是他的属下。他们的爱情是从桌子底下踢脚开始的，踢出麻烦后，陈一帆就带王娟亡命天涯了。现在他们过得很好，陈一帆和几个朋友一起做公司，王娟在家里研究股票。我在陈一帆那里暂时落脚，有几个晚上，他很认真地同我交谈。他问我有什么具体的想法，我说没想好。他就责备我没想好就来了，我说如果这地方待不下去，我就换一个地方，反正不想回犁城。陈一帆要给我一些钱，我说我随身带了点，暂时不缺。见他为我着急的样子，我就说：你忙你的，我到处看看。

我原想去几家报社、杂志社看看，可否先找一个饭碗。后来这个念头打消了。这些部门过于家庭化，外面编稿子里面在炖牛肉。我觉得这很容易让人分心。我喜欢专心做一件事，当然这种事越简单越好。这样想下去，我就想到了开车，这十几年，除了写稿子，我唯一的本领就是开车了。我还是B照，可以开货车或者轿车。我不想去给某个人开专车，也不想去开大吨位的货车。开出租车很对我的胃口，我把随身带来的钱押给了一家车行。我领到的车也是红色皇冠型。这让我很自然地想到码头上见到的那个女人。我想海口就这么大，没准儿哪天她会坐到我车上，这样我们就能多说上几句话了。认识了就好。我觉得我选择了一个好职业，它轻而易举地就满足了我物质和精神两方面的追求。这本来是个很复杂的问题，没想到这么快就叫我搞定了。

领车回来，在滨海大道的边上发现了艘大船。是一艘很破的货轮，原是被一家公司拖来做水上俱乐部的，结果合作的另一方临时变卦了，不投钱装修，撂在这儿。我是因为好奇才上去看看的，管事的人就问我，可不可以来看这船，如果同意，他们就负责把一个大舱收拾好，并且发一部电话，我可以随便住，住到资金到位那一天为止。他们不收房租，我当然同意。

我住的地方是船开会的场所，很宽敞，南北各有五个圆形的窗户，顶上还有一个活动的天窗，我喜欢这个非凡的环境，它让我心旷神怡，它的造型和某种神秘感唤起了我的想象力，我有一种独立王国、岛中之岛的感觉。我花了一天的工夫收拾。在旧货市场，我买了一台八英寸的虹美牌电视机和一台万宝牌冰箱。我把这些弄上船后，管事的就笑了，一副放心的样子，说这下就风险共担了。他爽快地答应，三天内负责把电话给我接过来，而且市内的话费由他们报销。

天气是很好。有人说世上新的阳光、空气和水都集中在这个岛上。我想这不是夸张，一周下来，我的脚明显不臭了。

四

我现在每天能挣五百块钱。如果我一天工作十五个小时或者接到一个去三亚的长途，就能挣八百甚至一千五。这还不是最大的好处。开车可以同形形色色的人说话。开车不许你乱想一些不三不四的事。当然，开车还会遇到一些意想不到的情况，往往也很刺激。

一般情况下我只开到晚上十点。同行建议我调整一下，从上午十点开始到午夜两点，这种安排比较好。他们说：海口的一天是从晚上开始的。

五

昨天碰到一桩麻烦事。我送客人到滨海大酒店，回来时上了一个女人。她大概喝了点酒。一上车就躺下了，因为天黑，我不能断定她是不是漂亮。我能感觉到她很年轻，她的睡姿像个富有而闲散的女人。我问她到哪里，她说随便，想兜兜风。我建议她去白沙门，那儿风大，她说不。我不想在城市城里兜，我讨厌灯。她的意思是可以往郊外跑。当时我认为这是档子好买卖。我一晚拉着她转悠就够了，不要干到两点。我就掉过头，往灵山那边开，这一路上她只打酒嗝，不同我说一句话。半个钟头后我打开收音机，里面正报道着当天的交通事故，说又有人的车在万宁那边被歹人劫了。我就有点不安。我的意思不是怕她是劫匪，怎么说她是一个女人，问题是越往前走路越黑，过往的车也渐少。这路不是循环的，城市与我的距离越来越远。我就把车停了。我问她是不是可以了。她说：不可以。你最好拉到天亮。我知道麻烦了，没有人这么搭车的。我说我的油快完了，再往前跑回来就是个问题，她这才了动身体，还打个哈欠，接着她说：

我没有车钱。

我当然很恼火。计价器数字已蹦到了"87.70"，加上返程就是一百七十五元。可她说没有钱。

小姐，这是我的饭碗。

她好像是笑了一下。她说：饭碗又怎么样？找个饭碗不难。说着她叫我过去，把裙子掀起盖住脸，嗡嗡地说：你来一下吧。我明白她这饭碗换饭碗的意思。可我不想来。我没有思想准备，说来就来。我不能同一个脸都没看清的人来一下。再说我还怕得病，怎么说她也是个婊子。我就打开顶灯。这时她倒问起我是不是有病。我说我别的地方可能有病，但那个地方从不生病。她就在裙子里面笑了，说：那就把灯关了吧，我实在是讨厌灯。我摸摸她的腿，皮肤真是很好，像鱼一样光光滑滑冰冰凉凉的。我抄腰把她抱出车，她说：车里不是很好吗？我说：我不想来。我也不要你的车钱，我得回去洗澡。她就推了我一下，说：你想把我撂在这儿？我不想再同她啰唆，就上车开始掉头。车一开动我就轻松了。

如果婊子不是女人，可能就没有后面的事。我在路上跑了大约三分钟，心就软了。怜香惜玉是我们这一代男人的薄弱环节，再说我们还有同情心。海口是个复杂的地方，我在这深更半夜把一个妙龄女郎扔到荒郊野外会引起麻烦。如果有人强奸她甚至把她杀了，没几天公安局就会上我的船。这样一想，我就有点同情自己了。是我拖出来的人还得由我再拉回去。我又掉头去接她，她正坐在路碑上吸烟。见我的车来了，她就把烟一扔，胸有成竹地走过来，说：我知道你跑不远。这回她坐在前面，一上车就把收音机开了，摇滚乐咣咣当当地响。这一路上我没有再说话。接近城市，我发现她居然也很漂亮。我的心情明显好转了一些，慢慢地又有点忧伤。这样的姑娘真不该去当婊子。问题是从古到今婊子十有八九都是漂亮的。

但是我没想到她会一直黏着我。她跟我到船上，夸我屋子整得很有情调。我就想，婊子也是有档次之分的。这一位还能谈谈情调。她还说喜欢我写的毛笔字，说：你的书法很不错。而且她还建议：你这种人根本不该开出租，应该到大公司另找一个好饭碗。我没怎么理她。我说：你打算玩到什么时候？她说：我今天就睡这儿了。然后把长袜子一拉，说：你不亏吧？我说：我根本没打算和你来。她反问道：你不想来又拖我到这里干什么？我说：我怕人强奸你。她一下就笑了，说：我早就被人强奸了，天天强奸。我说这不是强奸，这是卖淫。强奸是不花钱的，也不收钱。她一时没话了。趁这空隙，我拿起一床席子去甲板上乘凉去了。她如果真的不走，我就睡这儿。这个行为让我想起一部老片子。

今天我起来后她已不在了。她何时走的我不清楚。她把我的屋子简单地理了一下，还拿走了我的一幅字（好像是"月落乌啼霜满天"），在原先挂字的位置上贴着一张用毛笔宣纸写的大借据：借你五百元，管几天饭，以后还你，别骂我。

我想我是倒霉了。

六

现在也没有人来纪念五一节了。大家只顾挣钱花钱，这都与劳动人民无关。劳动人民这个概念也越来越含糊了。以前一提劳动人民，我就想到宣传画上手持钢钎或肩扛大锤的工人和怀抱一捆麦或手攥几棵苗的农民。这形象十元人民币也有。后来印五十元纸币，又加了一个戴眼镜的老书生——他显然是知识分子。这些人一看就是没有钱的，他们当然也没钱花。可从小到大我见到报章上都是一个声音：他们是主人，是社会的财富。就是说他们是能挣钱的，不明白的是钱都跑到哪儿去了。

我心情很好。我觉得我是典型的劳动人民。一个人能切实感到是自食其力，是自己养活自己，心情自然就好。我每天都能进几张钱，这比从前领工资领稿费都痛快，好在一天也不间断。几天前一个漂亮的小姨子"借"了我五百，我一点也不心痛，就当自己调休了一天。我发现开出租这个职业真是好极了。

车过人民桥，那边就是海甸岛，规划中是高级娱乐区和别墅区，就是说有钱人待的地方。一个头发披肩的小子抱着吉他在桥头卖艺，唱的是刚传开的《亚洲雄风》。小子唱得确实很好，边上围着不少吃盒饭的工人和一个拍电视剧的剧组。大家为他喝彩。小子一高兴就把词给改了，唱道：

我们亚洲，人民最贫穷，

我们亚洲，热血都白流……

　　我来接陈一帆。他的公司就在海甸岛一幢玻璃写字楼里。陈一帆说他要去机场，怕路上塞车就提前预订了我。他不主张我开车。他说：你这是吃了饭没事干。其实他正好把意思说反了。我们在车上闲聊，听着古典音乐。陈一帆说有一家杂志想请我去当执行主编，月薪三千，问我干不干。我说不干。他说为什么不干，我说不为什么，就是不想干。我说以前人家向我组稿，请我吃饭开笔会，现在掉过头来不合适。他说：不比你开出租强吗？我说开出租很好。他说：你这家伙有毛病。

　　我想陈一帆的话也不无道理。说我有毛病的人很多。从我爹开始，到我前妻李佳，加上从前的一些同事和同学，反正不少。他们认为我多少有些古怪，行为举止比较离经叛道。比如说我认为有些机构像人身上的肚脐眼儿一样，看不出有什么用处，而政府还照样大把地拨钱。再比如说，我时常幻想这辈子要和张曼玉做夫妻。即使她不是大明星我也一样幻想。我就特别痴迷她那种仪态，真是风情万种。还有就是，我总把自己想象成古稀之年，习惯以这种往事如斯的眼光看眼下。我把自己安排在想象的一所故乡的小木楼上，看着那条永不干涸的河流静静流淌。就是说，我爱把正做着的事理解成回忆中的片断，这样就很容易宽解自己。谁年轻时没几桩荒唐事呢？这些事到老便是一句笑话。

七

　　昨天送陈一帆到机场，又碰见了第一天在秀英码头见到的那个女人。她戴着墨镜反倒好认，脸上更简单。我就主动走过去同她打招呼。我说：你好，想不到这么快又见面了。她愣了一下，显然记不起我是谁。但她在我还没有难堪时就布起了微笑。她说：哦哦，你在忙呀？她还是没记起我。我就问：你又要走了吗？她说不，她说她正送几个法国人上飞机。法国人想在这里搞一个矿泉水项目，她是译员。我脑子就嗡了一下。我认为世界上的巧合不会很多，但这个巧合让我碰上了。我说：你是学外语的？她点点头。我又问：你是不是犁城大学毕业的？她说不是，她说不知道这个犁城大学。我有点失望了。然后她给了我一张名片。她叫苏晓涛。我也把呼机号给了她。电话过几天就装好了。我这样解释道。

我想给这个苏晓涛打电话。犹豫再三还是没有打。我过了这个年纪凡事得迟缓一点老谋深算一点。一天下来人显得累，晚上不想干了。我借了几盘录像带，全是布鲁斯·威利的系列。布鲁斯·威利的银幕形象是一个臭鸡蛋，总是被弄得脏兮兮苦歪歪的。三十岁以前我喜欢罗杰·摩尔演的007。我不喜欢他的孤胆英勇喜欢的是他身边的美女。这些女人后来被一律称作"邦德女郎"。布鲁斯·威利这个臭鸡蛋有一个漂亮的太太黛米·摩尔（她也叫摩尔）。他是在拉斯维加斯赌桌上向她求婚的。当时他说：你嫁给我吧。摩尔就说：好。于是布鲁斯·威利第二天就宣布：婚姻就像赌博一样，这一局我他妈的赌赢了！

赌输了的是我。我和李佳是大学同学，她比我低一班。我们的婚姻有一度被视作郎才女貌。我们离婚没有什么导火索，自然而体面地离了。离婚的那天是个阳光灿烂的日子，我们合打一把遮阳伞，一瓶矿泉水递来递去。我们这般恩爱地去离了婚。如果不是去离婚，我们就不会这般恩爱了。

布鲁斯·威利陪了我一晚上。明晚找谁，我还没有想好。出租录像带的那个小子老给我推荐他妈的《金瓶梅》。我懒得理他。我想：你他妈懂得什么金瓶梅呢？隔着玻璃看一个男人把几个女人搬来搬去，老子还不如上街拖一个婊子回来。我又想到那个漂亮的小婊子……

八

我已不是青年，今天就算了，5月4日。

九

黎明前一场雨把我吵醒了。这屋子就是这点不好，全是铁的，雨落在哪个地方都响。我躺在床上欣赏着我的所谓书法作品。那个小婊子无端拿走了一幅字让我很高兴。我的字暂时还变不成钱，她拿去肯定会挂起来。从前的婊子琴棋书画都会一点，说明嫖客基本上都是文化人。所以宽容一点讲，那类婊子，比如说李香君、董小宛，应算知识分子。李香君还算得上有正义感的爱国型的知识女性。一把桃花扇搞来搞去，最终搞成了千古绝唱。对她这种人，现在辞书上都称作名妓，其实就是著名的婊子。我不懂为什么大家特别忌讳"婊子"这个词。"中国妓女史"也不叫《中国婊子史》，真是很怪。以前我在大机关供职，一个处长同打字员搞上了，事发东窗。部里开会让他检讨。他说：我和某某某在互相情愿的前提下仅发生过一次不正当的男女关系。我非常讨厌这种辞令。如果我是当事人，我就会说是的，我们搞了一下。那天夜里那个婊子就问我：哎，你到底来不来？我说不来。她问：为什么不来？我说我不想同一个连名字都不晓得的女人来这事儿。她就笑了，她说：看不出你这人还有点像许仙。这话真他妈让我惭愧。

今天运气极糟，上下午都让老警搞了，搞了两下，一共搞掉了四百块。他搞我，还要我付钱。他说我的车停错了地方，我说：这儿没有不许停车的标志。他说：怎么没有？就用手指了地方，那儿也确实有个标志牌，被他妈的用"专治男性不育"糊住了。我说这看不清。他说看不清也不等于没有。他又说本来只罚我一百，但我的态度太坏，必须严罚。如果再坏就再罚。他的眼神被墨镜遮住了。下午是因为闯了红灯。这个鸟岛上有不少红绿灯和人差不多高，我的视线总习惯往上射，就闯了。罚得我没脾气，也还是两百。这么搞了两下，晚上就不想开了。我在滨海大道上像个魂儿似的飘来飘去，最后飘到一堆土著里。我同他们一起看业余剧团演的琼剧《三看御妹刘金定》。演刘金定的那个女的威风凛凛，唱腔洪亮，唱得我热血沸腾一句也听不懂。在大街边上搭台唱戏，全中国也就只有海口了。这样想想，一晚上站下来就很值。

十

去国商接人碰见了苏晓涛。她所在的公司在十二层。我们是在电梯里遇上的，我们都很意外又都比较高兴。电梯里就我俩，不说话肯定不合适。我就说：我总觉得是见过你的。她说不可能。她说人都是这样，彼此认识了，就觉得以前好像见过。我摇摇头，我问：怎么你不觉得以前见过我呢？她就笑了。出电梯时她问：你那里电话装了吗？我说快了。我说我是住在一条船上，电话装起来啰唆一些。你住在船上？她感到很惊奇。于是我就作了解释。她说：哦，是这样，那蛮有情调。

怎么两个女人都说了这句话？一整天我都想这事。情调是个什么东西？

十一

电话装好了。号码是250068我上街印了名片，那上面就只写了姓名和电话号码和BP机号码。我的身份已变得模糊，地址也不好标——别人都住街边，我住船上，标上了大家会认为我是搞水运的。我已经开了出租，再加上水运，就成了水陆两栖的货色。装电话的那个小子满口京腔儿，很会说，七绕八绕就成了某某人的远亲。我想：你小子要是某某人的远亲还会跑到这儿来装电话吗？你要是远亲，我就是微服私访的皇帝了。我给了那小子两条"555"烟，他说电话回去就给我搞通。他说：有了电话就等于有了个哥们儿，陪着你，帮你，还不要管饭。我想这话也对。

到了晚上，电话果然就通了。对方一个女声问：250068吗？声音清楚吗？我说声音非常清楚。她就不想多说一句话了。我掏出通讯录和一堆名片，想把电话号码散出去。我先给李佳拨，她不在。我又给陈一帆拨，家中也没有人。然后我就想到了苏晓涛。电话打过去，没人接。我怕打错了，就对了一下名片，没错，不过是办公室的号码。我又打了她的BP机。她没回。再打一遍也还是没回。别的我就不想打了。我守了一晚上的电话，打来打去都是空的。后来我肚子饿了，决定出去遛一圈，到排档上喝杯啤酒。出门时我又拨了一下电话，刚下船我的BP机就响了。拿出来一看，还真是250068。

我在排档坐到午夜，人还是很精神。我又去市里兜了两圈，想挣回一条"555"烟。有一个操江浙口音的小老头儿一边剔牙一边夸南边的夜生活如何如何丰富。我就问：你那儿不好吗？他说差多了，连搓麻将都抓。小老头见我很随便，又问：找个小姐什么价？我说这要看找什么档次的了。小姐还分档次？他好像啥事儿不懂明知故问。我说这百合和菖蒲也不是一个价的。小老头就直了直腰，说：最后一班车，我看找个玫瑰就蛮合算了。他的情绪一下变得出奇的好，哼起一支老歌《花儿为什么这样红》。为什么这样红？我不知道。小老头问：都说女人是花，那男人是什么？我说：是肥料吧。

十二

我给苏晓涛打电话。我问：昨天打你呼机怎么不回呢？她说：哦，250068是你呀！呼我两遍都收到了，可实在不知道是你。我说：你记住这个号，是我家里的电话。她说：你不是住在船上吗？我说对呀，对我来说那就是家。她就在电话那边笑了。我立即就说：哪天你来玩吧。她说：好，等忙完了这阵子。

我承认这有点勾引的意思。苏晓涛说话做事都很谨慎。我喜欢谨慎的女人。我当初找李佳，就是因为她谨慎。我们的恋爱阶段先后跨五个年头，这一千多天我们都是谨慎的。我们接吻只是嘴唇相碰，我们拥抱全都隔着衣服。其时大学里女生流产已不是新闻了，可我们一样谨慎。李佳说，有些事必须到结婚以后才可以做。我同意了。虽然我心里有些难过，但还是为找到一个谨慎的女人感到自豪。我和李佳的问题在于：结婚后还是谨慎。我们睡在一张大床上不像夫妻，怎么看都像哥们儿。

于是又给李佳拨电话，她在。我说我这里已经装上电话了。她说：你混得还不错嘛。我说以后聊天就方便了，电话由我负责拨过去。她说：你是不是又想回过头来同我谈恋爱呀？我说这个可能也不排除。李佳就叹道：如果是这样，你别同我聊，你去同我妈说，看她老人家还有没有兴趣认你做女婿。我说：废话嘛，我是同你谈恋爱又不是同你妈。她说：去你妈的小子，别想什么好事都占了。李佳现在说话也不斯文了，有时候比爷们儿还狠。我想时代也是真的发展了，从前床上说的话现在可以放到大街上随便说。在这样的年头，我还居然幻想着花前月下了。我想我是真有点老了。

晚上去看陈一帆。他还是不满意我的现状。他问我是不是赚一把钱就走，我说不是。那你为什么？他瞪着眼问，难道以此了却残生？我说残生不残生倒无关紧要，反正就一个人，也没什么好牵挂的。陈一帆说：我看你还是同李佳复婚算了，两碗剩菜一块儿热热。我就问：你干吗不热？他说：我的情况已经不同了。正说着，王娟散步回来了。几十天不见，她肚子已大了起来，穿着一件宽松的大T恤，上面印着两条狗。王娟见我还有点不好意思，忙削了个波萝就缩到卧室去了。陈一帆说：你都看见了吧？我现在和你不一样。我要做的，是让这个孩子的爹千万别死掉。陈一帆说这话时语气有些重，我就问：你怎么会这么想呢？陈一帆说：我很累，真他妈很累。在中国砸掉一个饭碗还真不是容易事。我说：你太贪心了，其实一个人一生花不了多少钱。钱到最后只是个数字，和电话号码一样。陈一帆点上一支烟说：你不懂。开弓没有回头箭。我既然从机关出来，就不会再回去上班的。我就笑了，我说：你们这帮家伙胃口太大，都想当国家栋梁、民族英雄。世界是你们的，不是我们的。我们是在你们的世界里混碗饭吃。陈一帆说：什么你们我们，世界既不是我们的也不是你们的，归根结底是他们的。他们永远朝气蓬勃，永远是早晨八九点钟的太阳。我说：我不喜欢太阳，喜欢雨，喜欢雨天同一个女人偎在床上。

十三

凌晨醒来，知道身上发生了一点事。我好奇怪，我已经三十六岁，居然还出现少年的勾当。看来我的生命力还真旺盛。用自来水把下身冲了几遍，后来干脆就不穿衣了。这个形象让我想起《现代启示录》里那个美军中尉，在一架老式吊扇下光着屁股练习拳脚。

这件事的起因比较下流。我在梦里把苏晓涛泡了。我们双方自愿含情脉脉彼此挑逗。她的挑逗方式像诗，我则像曲艺，所以最终由我把好生生的一个诗情画意给毁了。现在想起来还是有点悔。这样的梦总做不长。从前梦见有人追杀我，一追就是半夜，跑得我气喘吁吁，鞋也掉了裤带也挣断了，总算勉强活了下来。那个年月很懂得珍惜生命，怕死，但活起来挺狼狈。那时我在机关上班，不迟到不早退，成天在忙可不知忙什么。我对那个阶段的生活感到厌倦，一点不怀念。我后来就离开了机关，离开的那天，机关照例要开欢送会，我真想说：去你妈的。我后来就去了作家协会，一天班都不上但照样拿钱。我觉得这也不好，不公平。中国就是这么一个有意思的国家，把作家艺术家们集中起来养着，一养就是一生。结果是养者勉强，被养者还嫌不舒服。我觉得写作纯属个人的私事，不需要建立专门的机构更不需要开会。倒是应该把这钱用在印方格稿纸，发给那些愿意写作的人。

这个早晨我稀里糊涂地想了这些莫名其妙的事。我该出车了。昨天后半夜下了场雨，外面的空气无限的好。生意特别好做，不到中午就赚了三百出头。吃过午饭，顺便洗了一下车。这车还是不错，红颜色特别地道。听当地人说，那年倒汽车，只要有空场子就停放着汽车，从直升飞机上看海口像一个麻将场。那情形可谓壮观。从洗车场出来，立即有人搭车。一看，是那个小婊子。她也一下认出了我，不自然地笑了。她说：你好许仙。我也笑了，我说现在我可找不到没有灯光的地方。她说：对不起，我还借了你五百块钱，我今天身上没带。我说那不是借。怎么不是借？我给你出了条子。她生气地说。我说：不是借。她说不是借，难道是偷不成？我不想再理她，连按了几下喇叭：妈的妈的妈的！她拍了一下我的肩：停车！我就把车停了。她跳下车，然后把门一摔：我会还你的！

海口就是太小了。一下午我都缓不过气来。我想我确实有点问题，连婊子都看不起我。那天晚上我真该同她来一下，这样五百块钱去了便有了个说法。于人于己都释然。

十四

这里的阳光是白的。海口地处北纬二十度，阳光直射。中午那一会儿让人受不了。从大陆来的女人骑单车都戴护臂，一直护到腋下。做女人确实要辛苦一些。女人本不该辛苦，因为上帝造人是有分工的：男人挣钱，女人花钱。现在不是这样，女人挣钱很厉害。上午的一位乘客一上车就开始打手机，内容是谈龙昆南那边的一块地，她是炒家，又买又卖。像这样的女人我每天都能碰到。我的女乘客打电话的姿态很好看，不好的是她把呼机别在裙裤上。如果她同我熟悉，我想我会提醒她的。我甚至会对她说，女人是不适合带呼机的。可是女人都不带呼机，男人也麻烦。有个家伙告诉我，他每天夜里同时给九个女人打呼机，谁先回他就同谁泡。

到了晚上，我就给苏晓涛打了呼机。她很快就回了。电话里有个男声在唱卡拉OK。我想她此刻肯定是在歌厅的包厢里。她说：喂，你在家呀？我说：车出了点毛病，晚上闲着呢。她说：好哇，闲下来挺好。这话什么意思？我有点后悔，她明显地在敷衍我。我问：你干吗呢？在歌厅里泡呀？她说她在陪客户，是今天刚从内地来的银行人员。我又问：你知道什么叫卡拉OK吗？她停顿了一下。我接着说：就是把自己的欢乐建筑在别人的痛苦之上。她一下笑起来。她的笑声真让我高兴。然后她就问：有事吗？我也停顿了一下，我说：我想同你聊聊。她说：我知道，明天你等我电话吧。我心里热了一下，我说：等你忙完了，就拨过来。你是说今晚？她问道。我说：对，今晚。然后我就把电话放了。我知道这么做太明显了，但既然已经做了，也没什么不好。我靠在床上看《布拉格之恋》。根据米兰·昆德拉的小说改编的这部片子也很好，不好的是那个托马斯太瘦了。男人不能太瘦，这是我前妻李佳说过的。李佳这些日子在弄什么我不清楚。电话里她的语气一如既往地从容不迫，好像算定了有一天我会同她复婚似的。李佳就是这么一个角儿。

大约快十一点的时候，苏晓涛的电话来了。她先是说今天累了一天还没洗澡什么的，然后就问我有什么事。我有点失望，我没什么事，只是想同她聊聊，海阔天空不三不四地聊聊。她这一问，我就变得郑重起来。我说：你的声音很好听。她说她有点感冒。是不是因为感冒声音会好听一些？她笑着问道。我说也许吧。我又说这个周末一起吃顿晚饭吧。她说：可以呀，不过时间别定死。谈话就这样疲软地结束了，毫无意思。我发现我他妈的是老了，连勾引女人都显得这么愚蠢。

这个晚上过得太糟糕了。我关掉电视，爬到船顶上去吹风。城市的灯光还是十分好看。不远处的一个工地上，打桩机嗵嗵地响着。我来这个岛上也有好几十天了，感觉上还是有点像出差。

十五

　　原想约苏晓涛出来吃饭。很不巧，她下午要出差，机票是四点二十分的。她说：几天后就回来，到时呼我。她又说：这个月奖金蛮可观，回来后我请你吧。我知道她在安慰我。这个感觉不好。我和女人相处，历来都是我去安慰别人的。我曾经想，在我弥留之际，把这辈子爱过的女人召集起来开个会。这当然是个狂妄的思想，但是富有生气和诱惑力。我希望苏晓涛能出席这个会。作为会议的召集者，我有责任把她们彼此介绍一下，让她们握手和碰杯。等她们一一对上号后，我会大声说：我爱你们。我这辈子就是这么一一爱过来的！

　　可能胡想得太多，下午果然就出了点小麻烦：我追尾了，把一辆本田雅阁的尾灯碰烂了一个。司机是个精明的小子，他抖着腿问：怎么着？我二话没说给了他两百块钱。他说：这灯可是进口原装的。我说：行了，保险公司能不认账吗？他想了想，说：只好回去讲是倒车时碰的了，你再给我打张收条吧，写收到赔偿费两百块。我明白过来，这小子一进一出就吞了四百。但也只好写。那小子说：抬头写四达公司。我愣了一下，这不是陈一帆的公司吗？我还是写下：今收到四达公司汽车赔偿费二百元。那小子满意地开车走了。我立刻去公共电话亭给陈一帆打电话。他在那头正忙着，问什么事，我就把刚才的事说了。我说：你那个驾驶员赶紧炒掉，吃里爬外的家伙！他嗯了声，说知道了，又约我晚上一起吃饭，在小洞天。

　　陈一帆仍是一副疲倦的样子，一顿饭手机乱响，谈的全是地呀钱的。他的四达大厦刚动工，由于地质勘测不准确，比原先的预算要多投一千多万。他说本来资金就短，想撑到正负零靠卖楼花周转，这下又得去找了。一千多万，找起来也确实难了他。我劝他寻求一方合作。他说目前已是两方合作了，再找一家，剩下的就只有汤了。而且对外的形象也不好，让人认为四达的实力有问题。我就不便多说了。后来又扯到那个驾驶员身上。陈一帆笑着说：那小子搞这种小名堂已不是一次两次了，可他舅舅是内地一家银行的实权人物，算了。陈一帆说，这年头银行是爹。

十六

昨天同陈一帆吃过晚饭，又去了摩根酒吧。这个酒吧布置得倒蛮有情调，有几十种小瓶啤酒，看上去很舒服。还有一位萨克斯手，我们进去的时候他正吹着《梁祝》。这个曲子用萨克斯吹也很不错。我们坐下，要了三种小啤酒，红、黑、黄各来一份。在海口有这么一个地方真是很好，我说，有沙龙气。陈一帆说：你这家伙骨子里还是个骚人墨客，其实在屋子里敲敲电脑不是很惬意吗？我说：你干吗要折腾？他说：我的情况不同，我是受朋友之托，而这个朋友又不是别人，是王娟的哥。王娟这个哥是浙大建筑系的高才生，一九八八年海南建省就下海了，做梦都想盖一座自己设计的楼。可是去年，得肝癌死了，积劳成疾吧。临死前把这一揽子都托给了我，要我把他的骨灰盒安放在基石下。陈一帆这一说，我心里一下变得好重。我没有见过王娟这个哥哥，但我能感受到这个人的气息。正谈着，王娟的电话来了，说有点不舒服。陈一帆便先走了。我慢慢喝着啤酒，还想着那个死去的男人。我自然有些感伤，想这下海也好不容易。男人一旦有了目标就会拼命。而男人的目标又往往是需要拼命的。

临近子夜，酒吧到了所谓"情调时分"，熄了全部的灯，每个台子上都换上了蜡烛。男男女女开始下舞池了，萨克斯手吹起柔曼舒缓的曲子。墙上都是晃动的人影。我正想离开，忽然间灯光大亮，只见几名公安冲了进来，我知道这是突击扫黄。而这时一个小姐坐到了我的对面，低声说：大哥救我！我一看，竟是那个小婊子！她肯定是来坐台伴舞的，面色慌张。我也低声说：快报你的真名、住址，就说你是我的女朋友。然后我又自报了家门。她说她叫方鱼儿，家住长春斯大林大街，今年二十四岁。这时公安宣布：都坐好，检查身份证。不一会儿，检查到我们台子。公安先拿了方鱼儿的身份证，然后一一问我。我一一作答。我又说我们住在一起。公安说，非法同居也不合适。我笑着说：如今不都是先上车后买票吗？公安就笑了，说可以走了。方鱼儿就挽起了我的胳膊。

我们就这么挽着走了很长一截子。外面已有风，走起来还算舒服。方鱼儿说：大哥，今天真是谢谢你了。我说出门在外也不容易，同是天涯沦落人吧。她一下挽紧我，没再说什么。我说去我那儿坐坐吧。她点点头。我们一直走到船上，舱里还闷着，就拿了张席子到船顶上，那儿风飕飕的。

这个夜晚方鱼儿对我说了不少事。她原在长春一家厂子，厂子倒了，就带了点钱到了海口。原想做做小生意，结果被人骗了。我就问：怎么不去公司应聘？她说她文化太低，再说就是进去也不过是当公关小姐，还是陪人吃饭跳舞，钱却赚得少。我说怎么讲也是个正经事，犯不着像现在这么混。方鱼儿沉默了一会儿，说她有一个患小儿麻痹症的弟弟，她想替他多攒些钱。她顿了顿，又说：我其实也是看人的。那个人至少要顺眼，要……有个香港老头想包我，我没干。

我叹了口气。我也不知道方鱼儿这些话是真是假。但我还是有些感动。一个女孩子，无亲无故，从北方跑到最南端，弄到这步田地。我握着她的手，问她：你见我顺眼吗？她有些害羞地笑了一下，就顺势倒在我怀里。我搂紧她，贴着她的胸。她低声问我：你今天怎么这样？我说：今天我知道了你的名字，不是吗？于是我们做爱，做得大汗淋漓。过后又洗澡，上床睡觉时天差不多已亮了。

我醒得很迟。睁眼一看，方鱼儿已不在了。她把房间整理了一下，留下了五百块钱。

我一下感到很伤心。这一天里我都在咀嚼昨夜的事，我伤心至极。

十七

我承认，这两天我惦着那个方鱼儿，主要是惦着席子上那点事。像我这种年纪，和几个女人有过肉体的接触并不叫人吃惊。女人和女人不一样。虽然和方鱼儿就一夜风流，但凝固在我的记忆里。我和李佳做了近十年的夫妻，可是在床上从来就不出汗。每回李佳都说没意思。后来我也这么看了。我想一定有很多的夫妻在床上感到没意思，所以最终以"性格不合"为由去办了离婚——其实是床上不和。男人是贪婪的，在床上却不自私。男人希望通过自己的劳动使女人在他眼下获得幸福，那么男人就更加幸福。男人就是这么个东西。

方鱼儿是个精灵。我们在一起那种状态让我痴迷。那会儿我觉得她就是个宝贝，整个过程称得上完美。她呻吟，她说：天哪天哪天哪！最后我们全像被子弹射中了那样瘫倒，周围听不到一点儿的声音。过了会儿，她才问我：你好吗？我说好。她说她也很好。

可是她走了。我一直在找她，找不到。她也没来电话。我有些不安，觉得有点乘人之危。如果她也这么想，我就惨了。晚上借了一盘莎朗·斯通和威廉·宝云演的《偷窥》。片子拍得很好，剧情也好。《偷窥》中也有一个讨人厌的作家，那家伙变态，成天想杀人。威廉·宝云演的那人也变态，他通过一面秘密的电视墙来窥视这幢大楼的每个房间。他有他的理论。他说生活本身就充满喜怒哀乐，不需要什么肥皂剧（我想也可以不需要小说）。那人每天就靠这个度日。真实的东西当然是最诱人的。可是，我们看不见真实。即使是在被窝里也还是看不见。

十八

接了一个去三亚的长途，价格敲在一千二百元。乘车的是一对男女。男的大约五十出头，女的不过三十岁，两人是来开会的，却装出一副夫妇派头。他们一上车就很亲热。女的说空调冷，男的就把西装脱下来给她披上。两人一路上就商量一件事：到底开几间房？是两间还是一间？两间不方便，一间又不安全。他们为此好懊恼。女的就埋怨了，说：都是你，要是离了就不会这么麻烦。男的说快了，儿子一上大学就离。女的说：有这简单？他娘那个病歪歪的样子，你就不怕机关里说三道四？肯定离不了。男的就感叹，说：人生哪人生。女的说：人生个屁，你就是自私。这两人的口音像是湖南的。这几年毛泽东的湖南话听多了，所以他们的交谈我大致听明白了，就这点破事。

车过万宁，看见了"洪常青就义"的那棵大榕树。这个故事是真的，洪常青真名姓李，是一个英俊的男人。因为是真的，我就很感动。一个人为了某种信念，把命拼掉，这让人钦佩。万泉河是一条美丽的河，并不宽，但水流湍急。两岸的植物茂密，绿葱葱的。我放慢车速，欣赏着这眼下的河。车内的这对男女依偎着睡了，似乎睡得很香。我很想抽一支烟，很想把车停下，跳到万泉河洗个澡。

傍晚时分，车抵三亚。我还是第一回来三亚，直觉判断这是个奇异的城市，美得浪荡，我把那对男女送到南中国大酒店，然后住进了一家小旅社。刚住下，就有女子上门，问要不要按摩？我问怎么个价，女子说这要看正规还是不正规。我笑着问，不正规什么价，女子答：五百。我说我开了一天车也不过挣几百块，为那几分钟的乐子撂出去，不合算。女子就说你这人真是想不开，然后转身去了别处。天渐渐黑下来，我去公共浴室冲凉，审视着自己的裸体，觉得还是很合算。

三亚的晚上比海口安静。立在桥头，看渔船纷纷入港，心情变得十分好。岸上灯火稀疏，有一刻，我竟想起了故乡，我的故乡在长江中下游的一座小城。我在那里度过童年和少年，而现在我突然地老了。

十九

苏晓涛一回来果然就呼我。晚上我们在国商的"潮江春"吃自助餐。她说请我，我说这不合适，单当然由我来买，她就笑笑了，说你们男人就知道在这上面要脸。我说，你的意思是说男人在别的上面不要脸？她连忙摆手：没这意思，我不想抬杠，我买单是因为我可以报销，我是总裁助理。既然这样就算了，我说，你混得真可以，明年能自己开公司了。苏晓涛说：我可不想独立门户，操那么多心。等挣了点钱，我还是想出国。我就问：出国有意思吗？在人家地里能找到感觉吗？她说这样想就太狭隘了，只要有一个利于自己发展的空间就行。我不就这个话题接下去。发展空间？这话现在我听起来感到可怕，她嫌空间小，我呢，嫌空间太大。我从大陆跑到一个岛上，从书房跑到出租车，没觉得有什么不好。再过几十年或者十几年，我就到个盒子里去了。

吃过饭，我请苏晓去我那儿，她说晚上还有点事，我知道这是托词，就笑了笑。苏晓涛有点儿不好意思，说：我这人是不是没去开车，想在街上走走。这个晚上没劲透了，我想我还是很傻。

和苏晓涛分手后我突然想到方鱼儿，我真想在路上见她，然后同她上我的船或者床。我不是让鱼儿这会儿来做苏晓涛的替身，我就是想她，想同她彻底地搞搞。我很沮丧。街上的灯光很骚，空气也很骚。这是一个骚透了的夜晚，男人和女人都待不住家。我混迹在这些孤魂野鬼之中，想几十分钟前自己还同某个高雅的女人在谈什么生存空间，觉得实在可笑。其实那个女人花钱买单只是向我表明她如今已是总裁助理。我来同她吃饭是想进一步接近她，然后泡她。就这么简单。男人和女人之间也就剩下这么点儿东西了。

二十

去华侨宾馆看一位从犁城来的朋友。在门口，碰见一张熟脸扑过来。这是个演员，拍过不少电影。他大约觉得奇怪，怎么边上没人注意他并找他签名什么的，所以一阵响亮的咳嗽后，用那带脑腔共鸣的声音自言自语：这儿的天空真他妈的蓝！我看了那老小子一眼，心想：你这家伙肯定吃错药了，跑到这地方来找安慰。这地方不吃这套，咳什么咳？能把满街的视线咳过来吗？如果你想把自己炒一下，不如上天桥把裤子扒了。

犁城的朋友是我的邻居，是来开订货会的。他给我捎了件东西，一条红裤带，李佳所托。李佳说今年是我的本命年，她近日两次梦见我出了车祸。朋友笑起来，说：你还在她梦里，你们的缘分没尽，复婚算了。我说：复婚简单，问题是一复婚大家又都烦了。朋友说：婚姻就是这么回事，你看重它，它还是个东西；你不看重它，连东西都不是。后来我就寻思着，婚姻其实也可以实行合同制的。两个人在一起处得好，就将合同往下续；处不好，合同一到期就好结好散。免得大家戴着婚姻这顶帽子去干那些偷鸡摸狗的事，法院也省心。

晚上给李佳挂电话，谢她还惦着我。可她说：我这是看在往日情分上，我他妈的嫁你时是处女。我说我们如今是离了婚的结发夫妻，法律不保护我们，我们就自我保护。李佳说，我们充其量算是个亲戚吧，这倒也不错。李佳又问我身边有没有女人，我说偶尔有。她就笑了，问女人和女人是不是不一样，我说是。李佳问：你和别的女人在一起时感觉如何？我说至少汗还是出的。李佳说：哦，那我服气。李佳的语气像在评价一件削价商品。我想还是有区别，离婚了，大家全变得理智了——理智得似乎有点过头。放了电话，我去了顶层。那儿还是很舒服。微风从海上拂过来，夹杂着椰子的清香。我点上烟，想着和李佳复婚的事。我觉得还是没意思。我和李佳只能偶尔一见，时间稍长一点，比如半个月，就不行了。我想夫妻的日子是不能总靠忍耐和宽容来往下过的。

海平线上不时扯出一线亮光，没准儿后半夜会有雨。

二十一

昨夜后来果然就下雨了，是中雨，缓缓地落着。那时我还没有睡，靠在床上看丘吉尔的《战争回忆录》。我喜欢这个不可一世的胖子，我同时也嫉妒他。温斯敦·丘吉尔那个下午正在家中修理矮围墙，结果白金汉宫传下话来，让他去做海军大臣。不久他又成了不列颠的战时内阁首相。战争摧毁了伦敦却成就了丘吉尔，如果没有那场战争，这老胖子干什么呢？

我发现我已是无所事事了，而且我一点也不痛苦。上岛的时间虽不长，但人是明显地胖了。我的腰围已达二尺六寸，腹部隆起，头发也越来越稀疏。我才三十六岁，如果不出意外，我至少还要再活三十六年。那时我的腰围会是多少？

在这样的夜晚，当然会有许多人活得有滋有味，也当然还有许多像我这样的人百无聊赖。我庆幸我还有辆出租车可开……

陈一帆又要出差了。下午送他去机场。他两手空空，不像是出差。我就问：你他妈怎么什么也不带，就夹一只公文包。他说：我带了身份证和信用卡。我看看这小子，谱也大了。可是他却叹了口气。飞来飞去！他说，我一年有半年的时间是在天上过的，妈的！

机场陷在城市里，飞机下来时很吓人。这本是一个规模不大的军用机场，海南建省搞特区，就先凑合着用了。今天还算好，机场的人流量不大。时间还早，我和陈一帆在外面抽了支烟。陈一帆看看天色，突然问我：今天飞机会掉下来吗？我就笑了，我说：你怎么想到这事？他说：从前坐飞机不感到害怕，现在是坐一回怕一回。上回从上海回来，飞机遇上强气流直落两百米，小桌板上的咖啡全掀飞了。这事我一直瞒着王娟。陈一帆说：我有一种预感。我说我也有预感，我预感自己会得诺贝尔奖，会同张曼玉结婚，可能吗？这不是预感，是幻想。因为有幻想，大家才不把谁放在眼里，不是吗？陈一帆不再说，脸色变得阴郁。这时一个给人照相的土著走过来，问我们要不要合影留念，我没理他，陈一帆却说照两张，一次性快照。于是就拉我同他站在一起。相片很快出来，我们各留一张。我突然有些难过，好像今天是来送陈一帆赴刑场似的，生离死别。陈一帆拉着我的手，说：万一飞机不争气，王娟就托付给你了。我说：你别再瞎想了。到了，给我那儿挂个电话。他点点头，从容一笑地走了。

我一直看着那架波音757起飞，飞到视野之外。

二十二

在老街吃早点时碰见了一位熟人。他原是内地一家刊物的编辑，也写小说，后来还自费上了北京的鲁迅文学院，去年来海口开什么会，看见小姑娘口袋和胸脯一样高，就决心不走了。他说那个晚上他突然发现自己至少白活了二十年。别的都是假的，他这样感叹，只有钱最真实。钱这东西确实太硬了，碰它不过。这位来自闽南的男人后来做过公司的业务经理、非正式的证券经纪人、房地产交易的中介者。但从他一脸倒霉相和失去全部光泽的皮鞋看，我断定此人没有发财。再往下一打听，他现在又到了海口的一家文学刊物，当主编助理。他说主编是位老太太，每年掏五十万，从不管事。言下之意那刊物是他说了算。

你给我们写一篇吧，他说，我当头条发。

我笑了。我说我跑到这儿来写小说是不是有点傻？我说我现在不想写。写作太复杂，我想做些简单的事、过简单的日子。

他很惋惜地看着我。我想他肯定也用这种很惋惜的目光不止一次地看过他自己。他拍拍我的车，说：你这是体验生活吧。我说扯淡，生活不需要体验。生活像空气一样围绕着你，你吸就是了。我们上车，去了船上。这个上午生意是做不成了，有人要同我谈文学。他环视了一会儿，翻翻台子上的几本书。他说：我那儿有新译过来的米兰·昆德拉，要不要看？我说不要。我说我现在看不了正儿八经的书。我们开始喝啤酒。他列举了一大串作家名单，又指出这些人中的营垒变化，说谁要调到什么位置上，再回头把谁给收拾掉。我说：你别给我谈什么文学界。我爱文学，但从不爱文学界。而且我历来是只交朋友，不入队伍。如果有人红口白牙地找我麻烦，我不会同他理论，但总有一天我会同他打一架，动胳膊动腿。他好像很诧异。他说：哦，是这样。你的为人不像你的小说。你的小说很含蓄。这时他的情绪又转为忧伤，他说：小说是完了。现在中国只有一个人还读小说，就是张艺谋。

二十三

夜里的空气比白天好。天一黑，城市就变得简洁，像个地道的背景。

二十四

李佳来海口了，大约是办什么案子。李佳在大学也是读汉语言文学专业，毕业分到了公安厅二处，搞经济案件。我印象中，李佳善于砍价但不会算账。那年高考她数学只有三十几分。李佳是前天到的，拖到今天才打我传呼。其实就是不离婚，我们之间也是这么平平淡淡。我和她做夫妻的那几年至少出了二十趟差，可她从来不送也不接。和你过日子像打麻将当相公，有一回我对她说，虽然也摸也打，但和了不算。既没有赢家的喜悦，也没有输家的懊恼。一句话，平庸。她不以为然地笑笑，说：生活就是平庸。你这人总拿生活当小说，可你的小说又都不生活。你这家伙迟早是完了。我想这是肺腑之言。

我去琼苑宾馆接李佳。她穿着便服，戴着墨镜，在大门口等我。远远地就看见她晃来晃去，还吃零嘴。我按按喇叭，她走过来，说：你胖了，谁替你补的？我说在这地方喝风也胖。然后我问她：去哪里？李佳说：陪我逛逛街吧。我可以逛上三个小时。

我就知道是这个结果。我把车停了，陪她由博爱路去解放西。我问她想买什么，她说不买什么，只是想逛。见我不接话，她又说：你要是忙就算了，我一个人逛。我说：离婚了不能客气点吗？她说：我失礼了吗？你这人真没劲。我说：你也没劲。我忽然觉得，我们之间一点也没有改变，而且比原来还复杂。从前做夫妻，可以抬杠可以吵；现在得忍着，得讲礼貌。索性反目成仇也好，又偏不是……我越走腿越重，后来就和从前一样了，她在商场里面逛，我坐在门口台阶上吸烟。逛完一片商店，我问李佳说：想不想去海边游泳或者去我那里看看？李佳说：我现在一点浪漫劲也没有，电视里的花前月下都倒我胃口。我说：不想就算了，你忙你的，我忙我的，回头一起吃蛇去。李佳说：你别破费了，这边公家给我安排得好好的，攒几个钱再去讨个老婆吧。这回你得看准了，找个爱好文学的，日后给作家洗臭袜子眉都不皱一下的。我说我现在很乐意做一个司机。李佳就鼻子哼了一下，说：你们这些人骨头就是轻，耐不了几天寂寞，自己便会自动跳出来招摇过市，不信你走着瞧。我和你过了那么多年，你屁股一撅，我就知道拉什么屎。你居然还说我不理解你，其实我是把你理解透了，让你受不了。

许多年前，我在大学碰到一个刚进校的新生，梳着两条齐腰的辫子，总是在那片杉树林里读陀斯妥耶夫斯基。由于近视而不戴眼镜，她的眼睛看上去忧郁而蒙眬，睫毛也长。这个叫李佳的新生在三年级时答应毕业后做我的老婆……

我越想越清晰。这个晚上我粗略地把这些年同李佳在一起的生活理了一遍。时间不经意地改变着人，把每个人都改变得十分有理。这个世界已经越发没有头脑了，人却相反，人的头脑越来越管用。所以人在一起总是处不好，因为都聪明。我想，天下的夫妻基本上都是想离婚的，区别是有的想到了就做，有的只想不做。至少，城里是没剩多少好夫妻的。

二十五

　　陈一帆自那天飞走后就没有来过电话。电视这些日子没有类似空难的消息，他当然是安全抵达了。我想这狗娘养的应该来个电话，要不那天在机场的折腾就像是在演戏了。那张一次性快照我夹在《交通手册》里，无事拿出来看看，据说这种照片保存不了几年。到了晚上，我给王娟挂了电话，问一帆现在何处？王娟说她也不知道。王娟说陈一帆离开前雇了一个小保姆，留了点钱就走了，说是一个星期就回来，今天都五天了。我从不过问他生意上的事，王娟这样说，他也不说这方面的事。放下电话，我的心变得有些乱。我有种不祥的预感，陈一帆或许碰到什么麻烦了。

　　李佳没有呼我，我也不便去宾馆看她。离了婚的女人可以跟任何男人拉扯，唯独不能的是她的前夫。这规矩真他妈有点怪。这个晚上我有些烦躁。我已经很久不这样了。我也不清楚因为什么烦躁，身上穿条短裤也嫌碍事。后来我就把灯关了，短裤也脱了。我冲了凉，不想揩干身上的水，这样风吹起来更舒服。我又一次想到《现代启示录》上的那个美军中尉，他在西贡一家破旅店里就是我现在这个样子。我想那时他也正处于烦躁之中，兴许还挟带了一点苦闷。而我是没有苦闷的，只有烦躁。

　　有电话来，我以为是李佳，其实是苏晓涛。她说：喂，干吗呢？我说洗澡呢。她顿了一下，又问：好了吗？我说：谈不上好还是没好，我想洗就洗，已经洗三回了。她就笑了，问船上是不是很热，我说热倒不热，就是想洗，想让凉水浇浇身子。苏晓涛说：你怎么了？我怎么听起来很不带劲呀？我说没什么，我这里水电都不要钱，没事就冲冲洗洗。苏晓涛问：我可以去看看你吗？我说来吧。这是苏晓涛第一次主动给我打电话。倘若这个电话是前几天打来，我肯定会很兴奋。我会抓住这个机会往下，蹚到哪儿算哪儿。电话来得不是时候。里根当年竞选总统，有人挺身质问他：你这老家伙，凭什么当总统？里根说：凭两点：其一是我对美国人民的爱，其二是我坚持性交。就是说只要能性交就表明不是个老人了。这么一想，我便有些悲哀。你不是想泡她吗？她来了，你又不兴奋。

苏晓涛是九点左右到的。那时我的头发还在滴水。我问：好找吗？她说：好找，这儿就停着一条大船。你这儿很像个秘密据点，一些仁人志士躲在这里倒腾个《挺进报》什么的挺合适。她又说：你这家伙鬼得很，怎么这几天没电话了？我说：我的电话对你不重要。她就问：对谁重要？我说对谁都不重要，或许对我老爹老娘还有点意思，证明他们这个老儿子还健在。苏晓涛就笑了，说：你该不是失恋了吧？我说无恋可失，就是有恋，这年头失了也就失了，大家都想得开。她就叹了声：我的天，你也这么想。我说我为什么不能这么想，我早就这么想了。世人皆醉，唯我独醒——那是孙子，装出来的。苏晓涛喝了口水，问道：那你说以前见过我，也是装出来的？一个借口？我摇摇头。我说：不是。我就觉得你是外语系的那个女生。苏晓涛沉默了一会儿，随手拿起一本书翻着，说：没错。我就是那个人。我有些吃惊，弄不清是怎么回事。苏晓涛说：我讨厌过去。我不愿意去谈论从前。她的脸上泛出红晕，好像是在大庭广众之下被人误解了似的。她说：我知道你在中文系，毕业前写了一个很轰动的话剧，毕业后又出了好几本小说。而且我还知道你比我大五岁。我到南方来是想寻一个新的起点，好把从前的一切全忘掉，没想到一下船就遇到了你。又是从前……

我打断她。我说从前未必不好，我倒觉得从前的生活很有色彩，只是生活的那个人不像是我，是我的赝品。说着我也笑了。今天是周末，一男一女在一起应该谈些轻松的话题才对。苏晓涛说，海口这地方好像天天都是周末。

二十六

苏晓涛昨天的打扮很青春。一件牌子很硬的鹅黄色T恤，一条有背带的牛仔裤，肩上还有个皮背囊。她的发型也改了，形状像个蘑菇，刘海整齐。她这个样子看上去顶多只有二十七八岁。这是个让男人动心的形象。其实昨晚我们只是握了一下手，而且感觉不太好。她的手太瘦，没什么水分，握起来像握了个模型。我觉得手对男人女人都很重要。手是性的先行官。

我们从九点坐到十一点半。两个多钟头说的全是废话。她一直就坐着，我在她眼前走来走去。后来我坐到她边上，她侧了一下身子，意思大概是说：你要干吗？我什么也没干，继续同她说废话。我听见她的呼吸十分均匀，就知道这个女人是让男人饱眼福的那种。我突然就想到了李佳从前在杉树林里读陀斯妥耶夫斯基的那个样子，不禁笑了。苏晓涛就问：你笑什么？我说一个人整天挨饿，不挣钱买米却买了许多碗，各式各样。她便用手支着下颏开始思索，这又让我紧张。我又问她：现在还想出国吗？她点点头。她说：我这个人计划性很强，我想做的就必须做成。我随口应了句：做成了又怎么样呢？她似乎不高兴了，她说：你怎么这样想呢？我就不再吱声了。

我想我这个人是真的完了。这些年我像是在踢一场没有裁判也没有观众的足球，踢得稀里糊涂精疲力竭，现在我自己把自己罚下场。我太累了。我不知为什么累成这个熊样。

不想出车。躺在床上继续看丘吉尔的《战争回忆录》。二战的时候，据说老丘吉尔找了许多替身四处活动，我想那是很排场的。我也有替身，而且很多很多，只是他们长得都不像我。

二十七

天气极好，天蓝得吓人，云也吓人，一座山似的向你压过来，可它分明又是软软的。

二十八

去街上看了《情人》。小说以前我看过，也喜欢。玛格丽特·杜拉斯老了，所以要回忆。人一回忆就说明开始老了。梁家辉演那个来自旅顺口的中国人，似乎比旧时的男人好看，屁股也壮了些，不过演起来倒也逼真。那个体瘦多病的中国男人最后给少女杜拉斯留了一枚祖传的戒指，这就把她害了，一害就是半个世纪。

看电影出来，外面的天还很白，还可以在城里跑几圈。看车的老太太说，你这人不像是靠车吃饭的，这么好的天生意不做，来看电影。这语气真像我妈。我多给了她十块钱，可她不要。她说：我看你也是大陆人，好生挣点钱回去吧，老婆在家等呢！我说我没有老婆，老太太就挖了我一眼，嘟嘟哝哝地走一边去了。我想老人家大概在说，你小子怎么混的？这么大岁数居然还没混到一个老婆！我把车倒出来，落下玻璃对老太太说：您肯定能活到九十九。

生意还是好。两个小时几乎没怎么闲。我喜欢跑龙昆南这一带，路是分道行驶，也宽，开起来很舒服。海口没几条好路，城里的路像得了食道癌那样简直叫人想跳海。天色渐晚，我不感到饿，就接着开。收音机里一个女人在嗲声嗲气地同你聊"黄昏风景"，没几句话却乱用了不少词，还问你开心不开心。我不开心。我一点也不开心。我也不痛苦。我只是无聊，无聊得想去过街天桥上拿大顶。

李佳呼我。她说明天回去，晚上来看看我。她的口气做派俨然是领导同志。我说去接她，她说不用。她说：我知道在哪儿，那上面有厕所吗？该不会每天倒马桶吧？说着冷笑几声，把电话挂了。这就是典型的李佳，总他妈的想整死我。从前和她做夫妻，只要我一铺开稿纸，她就差我去买酱油打醋。她就见不得我写几个字。她一结婚就背叛了那个在杉树林里读陀斯妥耶夫斯基的女孩。我说写作是我的理想。她说：理想个屁。你就是喜欢而已，就像别的男人喜欢嫖娼喜欢打麻将一样，是玩，是彻头彻尾的玩。她又说：就是有一天诺贝尔文学奖颁给你这号人，那也不表示你的成功，而是那个奖的失败。她说得振振有词。后来——那是离婚的前夜，我对她说：我是应该同你离婚。至少为小说我也应该同你离。她一下就笑了，是我从未见过的那种迷人的笑。那时我很自豪地想，李佳真是个了不起的女人，只是我实在消受不起。

我还是先洗了澡，顺便把室内收拾了一下。刚忙完，李佳就到了，穿一身制服，还戴着帽子。而我只穿了一条小短裤。我问：你没带枪吧？她鼻子皱皱，反问：什么味？像是青草。我说青草味只有女人身体里才有，我这儿没女人。她说：你别屁话，给我把裤子穿上。我往床上一躺：这是我的场子，我想光着就光着。她取下帽子，视察似的走来走去。她说：到南方来没见你有多大长进，倒是染上露阴癖了。说着就把我的裤子扔给我。我笑了，叫她坐过来。她问：想干吗？我说：你这么问话，说明你心术不正，心里有鬼。她说：你少来这套，你那四两肉你爱给谁给谁。这时我就把灯关了。黑暗中听见李佳说：你这狗娘养的公然藐视法律。

还是和从前一样。

李佳说：没意思。一点意思也没有。我没吱声。李佳就伏到我肩头，问：你和别的女人在一起有意思吗？我说还是有点意思。李佳问：怎么个有意思？我说和三级片差不多吧。李佳立刻就坐起来穿衣，一边穿一边说：那是装的，绝对是装的。我拉住她，说今晚别回宾馆了。她说：这哪行。我不能在你这儿过夜。这话一说，我心里倒是有些酸了。我在黑暗中看着她把衣穿好，准备开灯。她拦住我：算了，就这么黑着坐一会儿吧。你这脸我不看也罢。过了很长一会儿，李佳问道：你打算在这地方玩到什么时候？我说搞不清楚，如果玩腻了，就走。反正现在也简单了。李佳又问：你就这么玩上一辈子？我说这也未必不可，我自食其力，没有给社会造成什么负担。李佳就说：去你妈的，你就玩个够吧！不过我还是建议你趁早买一份养老保险。

二十九

只要看到椰子树，我就有了某种安慰。它证明我确实脱离了从前。这话是苏晓涛说的。可现在的问题是，由于我的出现，她的从前又他妈的回来了。在"从前"这个问题上，我们存在着分歧。今天我们去听盛中国的演奏，一路上她都在叹气。你是一个标志，她这样说，你让我想起许多不该想起的往事。我说我的感觉恰恰相反。我虽然讨厌那所大学，但喜欢那些年发生的事，其中包括在食堂买饭时偷看外语系那个女生。她就笑了，问：我变得厉害吗？我说：你这是在炫耀。你要是变得厉害我能一眼认出你吗？她又叹了声：我其实变化很大。

一个能容纳五十来人的小厅，一个布满柔和灯光的小舞台，然后盛先生的演奏开始了。给盛先生伴奏的是一位日本女人，很文静很礼貌地弹着钢琴。自然要演奏《梁祝》。大家听得很认真，很斯文地喝着椰奶。苏晓涛说，琴拉得很棒。我说是的，很棒。可这个场所不是拉琴的地方，是吊膀子的。苏晓涛笑了：你闭着眼听不就得了？我说这些人都是装的，装得那么高雅那么有教养。苏晓涛就问：那我们呢？也是装的？我说是。苏晓涛便不响了。我知道她心里很难过。你不是喜欢现在吗？现在我们就是这个样子。我们一边挖空心思地挣钱一边还要显现出文化品位。我们就是这种货色。所以我们要把堂会理解成音乐会，把消遣说成欣赏，把饼干说成克力架，把性交说成爱情，把闲着没事说成空虚，把无人来访说成孤独，然后把自己看作卡夫卡或者弗朗索娃·萨冈。全他妈的扯淡。

《梁祝》一完，我们就离座了。苏晓涛出来就说：别送我了，我想一个人走走。这是我意料中的。我就说别走久了，这地方乱。她说：你忙去吧，还能挣几张呢。我今天真是犯了大错，耽误了你的生意。我就笑了，我说：我还是陪你走走吧。她不理我，转身走了。我跟在后面。苏晓涛的自尊心真是玻璃做的，太容易碎了。走了好一截，我拉住了她：去我那儿吧。她说不。我说：那就去海边如何？她没说话。我跑回去把车开过来，把顶灯也卸了。然后我们就去了白沙门。

那时月亮刚升起来不久，海上罩着一层烟霭。我们没有下车，落下玻璃，潮声此起彼伏地在耳边回响。

你是不是什么都不信？苏晓涛问道。

我说：你的问题太复杂，我回答不了。

她说：你这人状态不对。

我说：我的状态早就不对了。我甚至没有状态。

后来——那是我们分手之后，我就想：如果今晚在海边、在车里的那个女人不是苏晓涛而是方鱼儿，绝对就是另一个样子了。我不知道为什么突然这么联想……

三十

王娟一早来电话，让我过去一趟。我问出什么事了，王娟说见面谈。我便有些紧张，心想一帆可能惹上了什么麻烦。等见到王娟，她的样子十分想哭，我就更加不知所措。王娟把小保姆支走，关上门眼泪就往下淌。一帆出事了，她抽泣着说，一帆肯定出事了。我让她慢慢说。她说一帆昨天半夜来了电话，说他可能被人害了，让她回犁城娘家候产。王娟问怎么被人害了，一帆说电话里讲不清楚，然后就匆匆把电话挂了。王娟说这个电话好像是偷偷打来的。我问王娟，一帆现在何处，王娟说不知道，又哭。

我就劝王娟，事情还没有出来，这么哭会伤身的。王娟的肚子已经很高了。会是什么事呢？我想一定是经济问题，与钱有关。而且这事陈一帆肯定早就有数。我又想到他这次出差与我在机场的分别，兴许这家伙就做了准备，知道要出事。我没把这些告诉王娟。

从王娟那里出来，我觉得天好像都不蓝了。我现在就怕遇见这种沉重的事。看《阿甘正传》时，那个在越战中丢掉两条腿的中尉一出来，我他妈的就受不了。它破坏了我对那根羽毛的感觉。我知道两条腿的设计是艺术，甚至是杰作，可我还是受不了。我想陈一帆是不会给我来电话了。我从《交通手册》里拿出那张快照看了看，它还是清晰的。我不知道它何时会褪去颜色。

三十一

一连几日都是阴天，小雨。去三亚的路上我就有种预感，没准儿今儿要倒霉。果然回来走到125公里处就追尾了。我当时正低头弹烟灰，又看到那张快照，头还没抬起来便听见梆的一响，车身随即一挫。前边那辆丰田客货两用被我顶到了路边，而我的引擎盖全卷起来了。

错在我。没说的，掏钱。那司机也是大陆人，还算好说话，只收了我十张。我的车动不了，这儿又没地方挂电话。天不作美，雨发疯地下起来。我就缩在车里。还好，收音机的电源没弄坏，能响。我随便调到一个台，里面是一男一女在侃"文人下海"。男的说某某原是大乐团的指挥，现在成了香港的大地产公司的老板。女的说某某某是著名作家，曾经写过轰动一时的什么小说，最近来海口主持招商。介绍完了，他们就开始评论，基本上都是废话。我于是换了一个频道，时而一段音乐时而一段广告。

雨点打在玻璃上。远处不时有闪电，但听不见雷声。我将座位放倒，躺下。天黑得像锅底，这个地段是山区，几里路见不到一盏灯。虽然有车不断地从我边上驶过，可是没有一辆肯停下来。我看看表，刚过十二点。海口的歌舞厅正是吹灯拔蜡的情调时分。

收音机里这时已是"听众点播"节目。女主持人说：一位来自北方的小姐点播甘萍的《大哥，你好吗？》，献给她的一位可亲的朋友，因为过了零点，就是他的生日了。她祝他生日快乐，出车一路平安。

我一下坐起来，然后拿出身份证借着香烟的亮光看。是的，过了零点也是我的生日。我的本命年刚刚结束。我居然还活着。大哥，你好吗？我不好。我一点也不好。我吸着烟，忽然想到了鱼儿。这歌可能就是鱼儿为我点的。来自北方……大哥……出车——这就是鱼儿！

我现在特别想鱼儿。她今夜会去我那儿吗？她肯定去过。我必须马上回海口。然后我就跳下车，站在公路中间等往海口方向的货车，雨还是很大，我的脸都被雨点打麻了。不多会儿，一辆东风车迎面驶来，我高举着双手，表明我不是车匪路霸。那车逼近我，司机关掉远光灯，按过几声喇叭便停了。我请他们把我的车拖回去，我会给钱。司机的口音也是北方的，没多话就答应下来。我又上路了。车抵海口，天色已白，雨也住了。三十六年前的这个时辰，我刚刚落地。接生婆一剪子铰断脐带，直到现在，我的肚脐眼还在生痛。

三十二

我没有找到鱼儿。

这几天我晚上都去摩根酒吧。小姐好像又换了一茬，全是生面。我问她们可曾见到一个叫鱼儿的北方女孩，一个很丰满的妇女反问我：你是猫吗？

不用说我很沮丧。我后来也就不找了，没事就守着电话看一些莫名其妙的录像。我的车还在修理厂，保险公司认了百分之六十，我至少还要掏五六千。王娟每天都来电话，为陈一帆提心吊胆，边说边哭。我重复地劝，重复地安慰。我也想对一个人诉说，可我找谁呢？谁来安慰我？我呼过苏晓涛，对方机主已经易人，说苏晓涛刚离开这个公司。我有点难过，觉得苏晓涛应该来电话打声招呼。不过我又想，这样也好，我和这女人是水与油的关系，搅和不到一块去的。

那位当主编助理的朋友又来约稿，还说要请名家来开笔会重整旗鼓。我说我还是不想写。朋友就问：你是不是也在写一部大的？我便对着电话哈哈大笑。我说：一个鲁迅至少可以压三代人，你想往哪儿大？你还真以为那些招摇过市的家伙了不起呀？他们顶多能写一部或者十部二十部厚的。从来就不曾大过。朋友就也笑，说人有时尽吃错药，临死头还是昏的。朋友说：算了，这刊物老子也不编了，改天一起喝酒。放了电话，我突然感到一阵燥热，便把衣服扒了。我挑出一支狼毫笔，打算在皮肤上默写唐诗。墨汁很凉，毛笔画在皮肤上痒丝丝的。我由小腿部位开始，再大腿，再肚皮。末了，我又以肚脐作瞳孔画了一只独眼——看上去像是患了白内障。我把两条腿支到舱壁上，点上烟，隔着烟雾欣赏着这千古绝唱。

后来我又大叫了几声，真爽。

三十三

台风是午夜时分由文昌登陆的，刮到海口差不多已近凌晨。

台风如虎啸，挟带着暴雨。

街上的椰子树一夜间全成了荡妇。

三十四

台风过去以后的这些日子，我的日记也停了。这个季节大陆已是落叶知秋，可岛上仍是绿油油的。我这才意识到，南方没有秋天。我接到了苏晓涛的电话，她已在上海，正办理着赴美留学的签证。她说逛书店时看见书架上有一本我的小说，就买下了。我想如果不是这样，她是不会有电话来的。苏晓涛说，临行前本想去我那儿看看，几次路过都没见到船上亮灯。后来我又觉得，她说，不见也好，见了又分开反倒心里变得重了。我说：你运道不错，这下如愿以偿了。你还有新的计划，你当然也还会如愿。她说：但愿吧，其实现在……算了，不想谈这些，你好吗？我说就这样，只是觉得日子太长。然后我们又谈了一些乱七八糟的事，什么房地产滑坡、股市粤股不如沪股、国产电视剧一塌糊涂，如此这般。苏晓涛突然问道：你想我吗？我犹豫了一下，说：想过。现在想也是白想，你离我越来越远了。她说：我曾经离你很近的。我说那也是远。凡手摸不到的就是远。我们就都沉默了一会儿。后来苏晓涛说：有件事我想还是告诉你的好。我其实以前不认识你，真的不认识，我是在北京读的本科。你的那些个人情况，我是从一本刊物上翻到的。我也不知道为什么要去冒充你们学校那个外语系的女生，现在想起来还觉得好奇怪。你真以为我是她吗？我笑了笑，我说：你们的侧面很像，现在这已不重要了。

电话差不多打了一个小时。我看看表，刚过十点。我想苏晓涛真是凡事都有计划，她当然知道夜间九点之后长话费减半。苏晓涛最后用英语对我道了晚安，声音又亮了。她还会说法语甚至西班牙语，我这么想着。一个人可以用多种语言同人交流，这是能耐。这个人在我生活里忽进忽出，毫不拖泥带水，真修行得可以。外面已开始热闹了，我得出去遛遛。我换上了一件大红T恤，光了脸，挂了随身听。我搞了顶灯，戴上耳塞。马连良一叫板我就踩了油门。我沿着滨海大道往秀英的方向开，城市渐渐退到了我的背后。

今夜我自己泡自己。

三十五

　　陈一帆果真出了事。与他合作的那方曾为他的公司担保，并以不动产抵押，由他出面贷款，再联手投到"四达大厦"上。钱弄出来，累计有三千多万，但是所出具的担保、抵押文件全是伪造的，这便构成了金融诈骗罪。一帆在犁城落网，他被押送海口收监的那天，王娟正好飞往犁城回娘家候产。他们在空中失之交臂。一周后，王娟生了一个八斤重的女儿。

　　李佳也参与了这宗案件的侦破。她那次来海口，就是为这事。犯罪的和破案的都是我亲密的人，他们静悄悄地做了一切，我却什么也不知道。

　　陈一帆被判处有期徒刑十年。昨天晚上，李佳给我挂了电话。她说：你现在可以去看看陈一帆了，我回头去看王娟。李佳又问我：什么时候回犁城？我说：不知道。我脑子现在很木，耳鸣也厉害。李佳停顿了一下，问道：你在海口有人了？我说：曾经有一个，可现在找不到了。

　　今天我去探监。一帆的头发已被剃掉，双手提着裤子，很谦虚的样子走过来。我们之间隔着一层玻璃，我一点也感受不到他的气息。有一分钟的时间我们就这么对视着。后来，我们同时拿起了话筒。他说：我的头发剃了。我说剃了还会长。他就淡笑，说：头发一剃等于尊严给没收了，现在我算懂得了什么叫割发代首。我以前还写过一篇随笔，把曹孟德挖苦了一顿，其实他是对的。陈一帆边说边摸着发青的头皮，我没插言，看着他摸。他说过几天就去服刑的农场。据说是植树。他说他喜欢植树，他每天可以种上五棵，这样一年下来就是一千八百二十五棵，十年便有一万八千多棵了，那就是一片大林了。陈一帆挠挠头接着说：刑满时我五十三岁，我就申请去看那片林。

　　陈一帆对妻儿只字不提。

　　从监狱出来，外面的天还是很白。我把车停了，去买点喝的。我的腿变得好软。大桥上有一个瞎子正用自制的二胡拉着《潇洒走一回》，没有人管他，也没看见人给他扔钱。我给他捎了瓶矿泉水，蹲在他面前，很有些痴迷地看着他的表情——他几乎没有任何表情。一曲终了，我把水递到他手里。瞎子说：你在听还是在看？我说也听也看。瞎子问：我能摸摸你的脸吗？我说你摸吧，就把脸凑给他。瞎子粗糙的手指由我的天庭沿鼻梁往下再滑向两腮。瞎子问道：我俩长得有些像吧？

　　我说是的，我们很像。

天若有情

莫 然

1988年12月20日　北京

　　辛星压根儿没听清那位专程来接她的肖天野对出租司机吩咐了些什么。因此当她猛然被带进一座金碧辉煌的宫殿时简直蒙了头！以她的经验和阅历，怎么也想象不出首都何来如此堂皇的大饭店？

　　"辛小姐就和我一起下榻王府饭店，如何？"

　　这句话似乎肖天野刚才提到过，她也顺口答应点过头。现在往气派的大堂前一站，背后跟着两个穿制服推小车的行李员，不用抬眼皮就知道顶上悬挂的那块玻璃牌准是注明"一律外币结算"，真是鬼迷心窍了！怎么糊里糊涂跟着人家进了中外合资大饭店？

　　"如果辛小姐肯赏光，让我来支付一切费用，我将不胜荣幸。"肖天野微微俯身向她，连音量都放得恰到好处，既不让服务台里的领班听见，又使她能定下心来接受这显然是一早有预谋的安排。

　　辛星仍然不抬眼皮，却神态矜持地点了点头。到了这地步也只好横下一条心了——反正他有的是钱！而她正可以通过花他的钱来了解投资对象。

　　在美国商界混了几年的肖天野确有绅士派头，不但把预订的豪华套间让给了她，自己下榻另一间标准客房，而且待她放下行李收拾完毕，一个电话又把她请到club里去见面。担心人家有何阴谋诡计的想法趁早揣回肚里，堂堂的美国百万富翁怎会打区区一个中国女郎的主意？

club开间不大，但氛围却高贵典雅，别有一番异国情调。阳光被提花丝绒的落地窗帘幻化成淡淡的雾霭，交织在华丽而温馨的灯光下；古典乐曲轻轻荡漾在贴了精巧壁纸的廊台四周；穿着牛角衬衣、西式背心的男侍行动迅捷回话轻柔。北京城里绝少找到这样的好去处。

然而辛星却沮丧不已！当她把样品从提包里取出来，已察觉到塑料袋不那么柔和了，抽出里边的丝毛衫时只听"噼噼啪啪"一阵轻响，约有半厘米长的小绒毛全都竖在表面上，像是齐刷刷地憋足了劲来羞辱她！

辛星惊慌失措，好长一段时间竟说不出话来。

"染色助剂有问题？还是后整理不过关？"

肖天野抿了一口咖啡。来自大洋彼岸的商贾没有抽烟的恶习，令烟瘾不大的辛星也觉得不对劲。并不精通针织业的石油巨子现在道出了比较内行的话，又使她惭愧莫名。

"是静电处理不过关。预先没考虑到不同地区的温度湿度竟对产品影响这么大！"她硬着头皮回答。问题既然已经出了，咬牙也要挺过去。"请肖先生相信，我们很快就会想出解决的办法。"

"我当然相信辛小姐的才华和能力，否则今天我们就不会坐在这个地方了，"肖天野想了想又说，"如果需要什么特别的化学助剂或者配方，大陆没有的话你就打声招呼，我在香港找找……"

辛星一个人走在寂静无声的铺着羊毛地毯的廊道上，心里懊悔万分。

森林的公司地点很隐蔽，陈设简洁的办公室里除了总经理外别无一人。辛星绕到办公桌后，顽皮地把身子背靠在他肩上，"刚才我被人劫持了！"

"怎么回事？"森林慌忙转身扶住她。

"一位美籍华人胆敢在光天化日之下拐骗妇女！"她夸张地一仰身，倒进椅子连转了几圈。

"危言耸听！"森林责备地望了她一眼，取出一份文件递给她："肖先生和我碰过面了，大家的心情同样迫切，当天就起草了一份意向书，只等你来签了字上报部里。可行性报告已经先送走了，这样一周内就可以拿到批文。"

"嗬！这么高的工作效率？"辛星草草地翻看一下，拿起笔来就签字，"美籍华人刚请我住进王府饭店，准备在晨钟暮鼓中切磋合资方案。这一来，岂不是要提前鸣锣收兵了？"

"只要你高兴，还可以留在那里作威作福一个星期。"

"是啊！操练一下，以便适应美国的百万富婆的生活！"

"什么意思？"森林毫不掩饰自己的吃惊。

"打遍天下无敌手哩！中国男人都不接受我，只好嫁到外国去啦！"辛星跳起身来，像是打算开路。

森林走到她面前，好似要观察这张俏丽的脸上有多少游戏的成分。"这话说得太绝对了吧？"

"哦，眼前还剩下一个中国男人。因此我才一下飞机就跑到这儿来，问你肯不肯做我的丈夫？"她目不转睛地盯着他。

森林对这个突如其来的提案连一秒钟都没犹豫，"这决不可能！"

辛星自嘲地耸耸肩，"回答得如此斩钉截铁，我看今晚的宴会你就别举办了，由我单独打点肖天野附加值更大，也许两方并一方呢？你请静候佳音吧！"

她说完抽身就走，却被森林迅疾抛过来的一串话钉在门边。

"我不许你这样做！不许你这样糟蹋自己、作践自己，给人生开这么大的玩笑——而且是国际玩笑！"

辛星心里一阵迷惘，一片混乱……唉，一到北京就如此脆弱，如此感情冲动柔肠百结，她心头涌起一阵苦涩的巨浪，仿佛整个身子都在交织多年的爱与恨中沉浮……

"哼！不许这样不许那样的！"她强迫自己转过头去，笑声尖厉刺耳，"你有这个权利吗？"

"每个关心你和爱护你的人都有这份权利！"森林急忙抢前一步，语调焦虑不安，"辛星，答应我，别走那条路——那是一条没有价值的路！"

"所以我在走这条路之前，先来问问中国最后一位有价值的男人肯不肯要我？既然遭到你的拒绝，为什么我不可以考虑另一位？四十九岁，单身，在曼哈顿拥有一栋摩天大楼！"

"荒唐!"森林脱口而出。

"哼! 我就知道你迟早会说出这两个字!"她冷冷地扭过身去。

"辛星!"

他一把抓住她的胳膊,却搜肠刮肚再说不出一个字来。正巧这时铃声响了,他只得松开手去接电话,原来是部下催促该赴宴了。回过头来,辛星仍倚在门边,用一双雾蒙蒙的眼睛缄默地看着他。

"我看出来你确实需要一个家了!"森林叹口气,过去为她打开了房门,"现在我们先得一心一意协同作战,能不能请你再次见到我之前别做任何决定?"

她冷冷地点着头又冷冷地笑着,黑色高跟鞋踩在地板上清脆响亮……

辛星和森林是在S省召开的全国针织品展销会上认识的。来自京都的外贸官员在迷宫似的展厅里探宝,最后大海捞针般地拎起一件珠灰色的针织半袖女衫,说:"我看就这件还不错!"

森林通过组委会找到了霓裳针织技术开发公司,与年轻的总经理辛星恳谈了合作前景;在去生产厂家华安针织厂的路上,又邂逅了回乡探亲并有投资意向的肖天野,遂盛情相邀他们来北京磋商合作方案。但不知为什么,辛星从见到森林那天起,态度就一直冷冰冰的,言辞之间也总是夹枪带棒,似乎他俩之间有什么宿怨。

宴请肖天野的地点设在王府对面的和平饭店。这里一反王府的奢华气派,房间小巧精致装潢典雅,餐桌餐椅全都古香古色,带有流苏的水晶吊灯如群星闪烁,雪白的台布上却只摆设着为数不多的佳肴。外事活动频繁的进出口公司知道怎么安排这类宴会。

"肖先生虽然跑遍了全世界,到底还是中国菜最合胃口吧?"森林极有风度地取下自己的白餐巾,笑吟吟地指了指桌面,"京菜威震一国却空有其名,还不如几碟风味小吃清淡爽口。"

"北京的菜不出名,但中国的酒却出名,"肖天野已经和森林熟络了,反客为主地打了个响指招呼女服务员,"今晚请上最名贵的中国好酒,我和森总一醉方休!"

"不能醉,醉了还怎么谈正事?"辛星穿了一身黑丝绒的晚装,恰到好处地点缀了几件金首饰便显得光艳绝伦。她有意坐在肖天野的另一边充当第二主人，森林虽觉察到她别有用心却也无可奈何。

"辛小姐，你没看见森总旁边那几位保驾的?"肖天野笑道，"只怕今晚我们两人是落了单了!"

"那我们就联成死党，抵御一方!"辛星天真无邪地笑着。

"好! 有辛小姐给我保驾，醉死也风流!"

上酒了，女招待员像是认准了肖天野的身份，笑眯眯地启开瓶盖先让他嗅过，然后才一一给众人斟满。肖天野摩拳擦掌地说:"今晚只叙友情，不谈正事啊! 谁也不准煞风景，总经理也不能官大一级压死人!"

森林到外贸以来参加过大大小小无数次宴会，也结识了不少老外和假洋鬼子。他不得不承认这位肖天野豪爽幽默，潇洒脱俗，绝非初次回国的土老财或铜臭味十足的商贾，和他堪称劲敌。但医生频频叮嘱他滴酒不能沾，在这个问题上自己怎么潇洒得起?

"真所谓喧宾夺主了!"他笑道，"本该我来摆鸿门宴的!"

他身旁年轻的办公室主任心领神会，一个鲤鱼打挺就从座位上立起来:"肖先生首次和我们公司打交道，理该我先敬你一杯!"

肖天野也不推辞，端起来就一饮而尽，末了还杯底朝天以示豪气。满座的人都咂着响舌，自此再不敢轻敌:这位美籍华人好酒量啊!

"肖先生祖籍是S省一个出名酒的地方，数百年金牌不倒、独领风骚，"辛星含义深长地瞟了森林一眼，"森总，可要叫你的部下当心呵!"

车轮大战一圈下来，自恃海量的美籍华人并没讨到便宜。油亮的像似染过的黑发便有了一丝乱迹，保养得很好的红润的面孔也开始放光了。

"慢点喝，多吃点菜，要不胃里翻腾，受不了。"辛星连忙为肖天野布菜，并劝他喝杯饮料稀释酒精，眉目之间平添了一段柔情。

森林沉静地琢磨着这个谜一样的女人，知道她这是在表演给自己看，有意刺伤自己。好像她今晚有着强烈的伤害欲，非要逼迫自己动容……

"森总，据我观察，你不是个沉默寡言的人。是不是贵国的政府官员除了正事就找不到其他话题啦?"肖天野微带醉意地揶揄道，"那么请你谈谈中国的经济现状或者针织市场的情况吧! 这些话题介乎正事和友情之间，用你们的话来说，即是我们合作的大前提和大背景喽!"

"当然可以。不过就事论事，面不妨窄一点，亦非官方评论。"于是森林从容道来："1986年到1988年，是中国经济建设的大背景下针织业最为活跃的时期。但每一个懂得政治经济学的人都深知这个经济规律，即巅峰状态一过去，萧条危机就难以避免；而后又在相当长一段时间的被动下，再次达到某种复苏。"

"据闻，近年来各地的针织厂家有如雨后春笋般林立。尤其是针织横机产品，因为设备投资低，工人易操作，江南几省的乡镇小厂很快就能顶着上海的优质名牌出货了，"肖天野说到这里意味深长地一笑，"我在澳门的一个朋友就收到一批冒牌货，差点儿跳楼！"

"是啊！针织成衣化的潮流迅速席卷大陆市场，持币待购的消费热浪反过来刺激着生产，直到今年下半年有关部门才惊呼：已经生产出的羊毛衫足够市面上倾销好几年……"

对肖天野提到的情况，森林不想加以印证。他的心情十分沉重：身处中国针织品出口的前哨，他很早就看到了这一繁荣背后的隐患，但却深感无能为力。经济改革阶段，暂时的失控总是在所难免。

"在这种情况下，森总和辛小姐敢于独辟蹊径，另创新路，真是可喜可贺呵！"肖天野以掌击案，随即话锋一转，"不过我们的合作最后成功与否，应该让市场来说话。我是初次下海搞针织，万一美国市场有个闪失、丝毛产品非同大路货，岂不要统统压库？有没有两全其美的办法？"

辛星透过袅袅烟雾注视着两个男人交锋，居然拿不定主意站在哪一方。她几次艰涩地开口却吐不出声来，这才痛切地感到自己想要伤害其中一个男人的念头那么强烈，竟和自己想要取得这次谈判成功的思路一样顽强。两股相反的风在心中对流，两种相异的感情在心中交错，产生了前所未有的迷乱和惶惑……然而源于心灵的游移不定的知觉，却被一座稳定的磁场所发出的强大的引力吸住了，最终，她还是掐灭烟头恢复了镇静。

"肖先生，我们合作的目标正是为了在夹缝中求生存，"她娇柔地笑着，语调却坚定而有把握，"改横机织物为大圆机织物，用喷流染纱来代替成衣染色工艺，提高原料成分中绢丝的比例，这一系列的技术改进就是要使产品上档次，上规模。如果仅仅着眼于国内市场，我们合作的起点未免太低了吧？"

"对呀！好比那次我们在S省的邂逅，狭路相逢勇者胜！"森林鼓励地看了辛星一眼，反守为攻地逼向肖天野，"肖先生不正是因为成功地挫败了其他石油巨头，才能在一次次朝不保夕的经济危机中屹立不动吗？美国的针织市场无非是被几个犹太商人把持着，以肖先生的地位、能量和经济实力，不难和他们平分秋色吧？"

肖天野微微一愣，随即神态雍容地点点头，抿了一大口烈酒。

眼见肖天野在这场对垒中善罢甘休，那个刻薄的念头又沉渣泛起占据了辛星的心灵。两个男人一个是屹立不动的高山，一个是奔腾直下的大江，她便挤压着自己的思绪在中间那条窄窄的夹缝里游动，仿佛使森林难堪自己的痛苦才能得到解脱。

"森总好口才，但却不是好酒量！"她幽幽地说。

"啊！差点儿被你蒙混过关！"肖天野请服务员撤下所有陪坐的酒杯，眼光牢牢地看住森林，"我把你的部下都缴了械。青梅煮酒论英雄，不干杯不是英雄！"

"肖先生真是快人快语！"森林从容地翻开自己原本扣住的酒杯，一个女服务员满脸带笑地走来斟上了酒，他端起来也是一气喝干，也将杯底朝天给众人看，脸上的笑意越发亲切明朗了，"沧海横流，方显出英雄本色！"

发现年轻的办公室主任一脸自得坐回席间，辛星突然狐疑起来。借取餐巾纸的机会凑到森林身边，正待拿过酒杯尝尝真伪，森林却笑眯眯地递给她一盘糕点，神态语气活像一位淳厚诚朴的长者："老规矩，甜的归你了。我吃咸的——盐是五味之末嘛！"

她心头一震，感到全身的热流都将从眼眶里溢出来了。

1989年3月4日　深圳　云梦酒店

辛星刚进门，一个盛装打扮、容光焕发的女人就跳起身来，拍手笑道：

"终于来啦？我已经等了一上午嗳！"

女人瞥见紧跟辛星身后的森林，又矜持地停住了："这位是……"

"这位是肖先生的代理人，澳门金苹针织成衣公司的总经理黄锦屏女士，"辛星浅浅地笑着，"这位是黄小姐准备弹指一挥间就打发掉的森先生。"

早来一天的辛星想必已和谈判对手混熟了，对这种介绍不以为然的森林只好保持缄默，黄锦屏却掩口而笑，抛出一串清亮的京片子："森先生您瞧，我不过是金苹公司，人家却是霓裳公司！这般交相辉映，我们金苹还不被她霓裳的光芒压下去啦？"

"黄小姐，应该请森先生瞧瞧，我们两人站在一起，谁更加光艳照人？"

"那是因为你有意收敛光辉，"黄锦屏似乎故意冷落森林，又亲热地拉过辛星的手拍了拍，"其实咱们谁也用不着掩饰自己。只要我俩不彼此妒忌，反而引为知己，定能联袂干成一番大事业！也好让森林先生、肖先生和天下的男人们都看看，什么叫作女中豪杰！"

"哟，我俩怎能相提并论？你是精明能干的贸易奇葩，我只是个误涉商界的理想主义者，唯一的心愿就是自己的产品能打入国际市场。"

辛星越是谦逊，黄锦屏就越是步步进逼："我看你才是出手不凡！咱们昨晚刚约好要相互拍档，你今天就带了个男人来做后盾。幸亏我早有准备，否则岂不落了下风？现在该我来给你介绍金苹的大陆业务主管。"

她用涂了蔻丹的纤纤细指灵活地拨着电话。森林已经为自己选了一张沙发坐下。常说三个女人一台戏，眼前这两个女人就是一台戏。他察言观色，早就看穿了辛星扮演的角色，便拿定主意当个好观众。然而推门进来的一身白西服的男子却让他大吃一惊，立刻就为自己的女伴揪起心来，生怕她把戏给演砸了！

辛星偏过头去，足有一分钟的时间愣住，眼睛里掠过几丝迷惘，继而，一层震怒的红晕慢慢罩上了脸庞……

"很高兴又看到你。"丛辉儒雅地欠了欠身，恭恭敬敬地把手伸给她。

辛星的心脏猛地收缩了，像是怕那只手会捏住自己的心……等这阵慌乱和恍惚过去，全身的每一个细胞又都处于激愤之中，并且为自己的软弱、迷离而感到羞恼！她迅速碰了碰那只冰冷湿润的手，然后聚拢目光蔑视着对方：

"这个舞台真小哇！你的角色也并没改变！"

丛辉掉过身去，拘谨地朝森林点点头，而黄锦屏却不打算掩饰自己的心情："辛小姐，你和旧部重逢，又在这样一个场合，无论如何也该感谢我吧？"

辛星无声地咬紧了牙，不知道自己和丛辉的事她究竟清楚多少？瞥了一眼丛辉，他正矜持地笑着，镜片后倏忽掠过一丝自得。而森林也是悠悠闲闲地坐在那里，对全局早已洞若观火，却不援手相助——公文箱就放在他膝下，只要他抽出一张名片，顷刻之间便可反败为胜。但他显然并不急于打这张牌。辛星明白只有靠自己来挽回一切。

"打个电话好吗？"她嫣然一笑走过去，直到话筒那边搭上了腔，一颗心才落地。陈刚为催一笔款子已在深圳逗留了好几个月，长话、电报经常都抓不到人影，现在能被她"活捉"真是幸运。

"我只给你半个小时的时间。"她的口吻不容商量，心里却在暗暗乞求这位"将在外君命有所不受"的副经理务必赶来给她撑场子！

"哟，半个小时的时间，梳妆打扮可不够哎！"

黄锦屏一屁股坐在床上，嗲声嗲气地斜了森林一眼，"森先生，你知道我和辛小姐的不同之处吗？我的部下全是男人，而她呢，据说都是女人……"

"也不尽然吧？这位丛先生不是她的旧部吗？"森林从容不迫地说，"当然，我希望丛先生投到黄小姐麾下后，能比从前更努力地为女上司效劳。"

黄锦屏这才拿正眼瞧了瞧原本打算弹指挥掉的男人："能请教森先生在大陆的哪个部门供职吗？"森林打破自己的常规递出名片，黄锦屏愣在那里的时间比辛星刚才还要长，其后反应的强烈程度也超过了所有人的想象。

"哎呀！真是大驾光临，有失远迎！"她喜出望外地从床上跳起来，一把搂住辛星，"我就知道昨晚没有白白认识你！好妹妹！我真要感谢你为我引见森总经理！"

唯利是图、见利忘义的商界人士辛星也认识不少，这般赤裸裸直抒胸臆的尚属罕见。一眨眼的工夫，黄锦屏已抛开她坐到森林旁边，喜上眉梢地侃侃而谈，不时发出一串银铃般的笑声。辛星知道"金苹"抓住森林这样的公司就等于抓住了大陆的整个针织品市场，但却反感这种不加掩饰的厚此薄彼。

正在此时，穿了件黑皮夹克的陈刚精神抖擞地走进来。两个搭档之间只交换了一瞥目光，辛星把陈刚推向另一方："喏，这是我的广东业务主管。黄小姐，并非我有意出奇兵，几个月来他一直在深圳。"

黄锦屏身陷沙发动弹不得，精心修饰过的脸庞皱起道道折痕："想不到你的奇兵也是一位豪爽男儿！"

陈刚见到另两个男人并无半点儿惊诧，但在场的人却大多来不及整理自己的思绪。待众人在餐厅里团团坐定，席间的气氛便波动着一道道危机四伏的潜流，森林有意促使轻松活泼的谈话仍不免各人暗藏机锋。

"今天座中皆是英豪啊！"森林仍是滴酒不沾唇，却趁着其他人举杯时抢先定下调子："辛小姐是个有理想有抱负的技术人员；黄小姐呢，是肖先生一劲儿保荐的港澳总代理；两员黑白大将我在S省都有过一面之缘，你们原是针织业的行家里手，同在霓裳时也撑起过半壁江山……我是个过来人，知道人生聚少散多，还望大家珍重这份情。"

"森总高见！英雄不问出处，管它是黄家庄还是辛家庄！"黄锦屏用一方雪白的餐巾掩住嘴，同时掩住自己的紧张。局面演变成这样，她亦始料不及。

"黄小姐此话怎讲？"辛星的一双眸子闪闪发光。现在她心里很熨帖：三个男人她就抓稳了两个，剩下的一个料他不敢太张狂。

黄锦屏的一对眼睛也是亮晶晶地四处顾盼，两只金耳环在脸旁闪闪烁烁："喏，我才知道森总就是大陆针织品进出口的头儿！无巧不成书，我在天津的合资厂中方代表又恰好是他的下属；辛小姐恐怕也在被他收编之中，如果你再把新部旧部黑白二将都拉了过去，我这个总代理还不被架空啦？"

"可黄小姐你要是拉住了我，我就又把这一串都给你拽回来啦！"辛星的一口贝齿雪白闪亮，笑得像个小姑娘那么纯真，"所以我刚才见你厚待森总冷落我，真想暗示你一句：不要反弹琵琶！"

"哟！你们看我这个妹妹多会说话！"黄锦屏没表现出丝毫的难堪，反而妩媚地瞟了森林一眼，"我是见了真人，不敢不烧香啊！"

"要说真人，两位女豪杰才是真人！"森林笑道，"丝毛产品开发的重担实际上就放在两位身上。你们若能拍档，一个负责产品研制、技术攻关、生产管理；另一个开拓国际市场，寻求稳定客户，周旋于欧美和港澳之间；再加上我与肖先生当坚强后盾，不正是天作之合吗？"

"肖先生的本意也是如此，"黄锦屏放下餐具亲热地搂住辛星的肩膀，"好妹妹，正因为我刚才把你当作自家人，才不怕冷落了你呀！"

"你们什么时候认的姐妹？"丛辉扶了扶镜框，好不容易才捞到一句。显然这问题已经在他脑海里翻腾一阵了。

"辛星也不光是个技术人员呀！"憋足了劲儿的陈刚也插言道，"只要她愿意，完全可以当个精明的商界女强人！做生意最好吹糠见米，赚钱就是要急功近利，我们霓裳公司过去一直不大注意经济效益，皆因为经理太有理想太有抱负啦！"

一向信奉沉默是金的副手突然讲了这么一席话，令辛星又惊又喜。两个经理在经营方针上的矛盾日益突出，因此陈刚才借催款之名迟迟不回S省，风闻他还有跳槽的想法。现在她正需要亲密的战友，可靠的伙伴，就趁此机会一语双关地敲打他："陈刚呀陈刚！往常你是不到火候不揭锅，今天怎么想煮夹生饭啦？你是没听懂森总和黄小姐的话？还是真打算来添一把火，加一根柴？"

森林捕捉到了陈刚眼底的不快，忙端起辛星面前的那杯红葡萄酒，重又把话题拉回来：

"好呵！众人拾柴火焰高。各路英雄荟萃一堂，我们的新产品开发一定会成功！"

晚餐过后，黄锦屏热情洋溢地陪着森林去登记住房，辛星闷闷不乐地把陈刚送出酒店。这种结构复杂的合作，处理得好是全面成功，处理不好是满盘皆输。她忧心忡忡，要副经理把催款的事暂时放一放，过来帮一把。在她的再三坚持下，陈刚才勉强应承了。

辛星在服务台领取了住宿证。找到一楼自己的房间，森林又笑吟吟地推门进来："辛星，瞧你的人生舞台多么富有戏剧性！长期在外跑单帮的陈刚，和双重背叛你的丛辉怎么都出场了？这当然给剧情增添了难度，但我们一定要演出成功，对不对？"

"这可很难说！"辛星嘴角微挑，似笑非笑地说，"有些出口成章的文化人，兴许斗不过胸无点墨的商家！"

"好，你看我表演——我就给你来个以文治商，"森林走到她面前，打量了一眼她身上的新潮时装，"你什么时候才能换下这一身黑色？万紫千红才是春嘛！"

辛星微嗔的脸庞被那一身黑色衬托得白皙细腻，连脖子上的几根血管都清晰可辨。

笑容可掬的黄锦屏突然推门跳进来。她换了一套色泽更加艳丽的衣裙，颈上、耳上、手指手臂上的各种首饰闪闪发亮，伴着她的笑声一起响叮当。

"辛小姐，肯把森总暂借给我一时吗？怕你一个人寂寞，正好有个公司想去S省发展，顺便你也指点指点他吧！"她一闪身，推出个穿西装的虬须大汉，"这位是北京海淀区海天开发公司的章经理章海。他听我说起过你，对你可是五体投地呢！"

辛星丢给森林一个眼色，轻声说："去吧。你摸底，我装傻。"

他瞅了那黑大汉一眼才跟黄锦屏走开。

房间里只剩下两个人，辛星猛然一惊，立即觉察出了对方不怀好意的目光。自从踏进这个酒店，她就感觉出这是金苹公司的"窝子"。黄锦屏当然是长期包房客。眼下这个大汉却似乎来历不明，鬼才相信他的公司真是在海淀区注册呢！

"你就坐在那儿吧！"

她给他指定了门边那张沙发，自己靠近窗户并悄悄拔起了插销，准备一有个风吹草动就赶快脱身。一个女人闯入生意场中就好比进了龙潭虎穴，不得不防。

那大汉跷着二郎腿，目光色眯眯地在她浑身上下游动，结结巴巴侃起了自己的"创业史"，一口土掉渣的东北话更使人怀疑其首都公司的真伪。辛星脸上挂着冷若冰霜的笑容，两只手紧张地梳理着落地丝绒窗帘，整个人都快隐隐匿到厚厚的窗帷背后去了。

"辛小姐，听说你是个冷美人，嘿嘿！我就喜欢你这样有个性带刺激的南方妞儿……"章海站起来，涎着个脸顺巴着嘴，黑铁塔似的慢慢逼过来，"你这么漂亮的女人做什么生意下什么海呀！我这两年手气顺，已经攒了几十万啦！赶明儿老爷们儿带你去沙头角、香港那边逛逛，买时装吃海鲜玩游乐场……老子挣了钱，就是想痛痛快快地花到你这样的女人身上！只要你高兴，S省的生意还不是一句话。哪怕是赔本的买卖我也愿做呀！我出钱你出人，你说，是分给你一成、两成，还是三成……"

辛星镇定自若地和他对峙着，冷不防猛喝一声："站住！你再敢过来一步我就跟你不客气了！哼！你也不买上二两棉花纺一纺，本小姐会随随便便跟着一个臭男人就下海吗？告诉你，本小姐也是在商界中闯荡了几年的人物，今天是看在金莘公司的分上才和你敷衍一二。你再敢打什么鬼主意，本小姐一个电话拨到深圳公安局，叫你吃不了兜着走！"

黑汉子愣住了，瞟了茶几上闪亮的电话机一眼两只脚倒换着变成了原地踏步，然后沮丧地甩了甩硕大的头颅，嘟嘟哝哝地说："辛小姐何必发这么大的火？我也是仰慕辛小姐的人品才……才……你以为黄锦屏就是好意吗？你瞧，她把你的房间安排在我隔壁，墙上这道小门是互通的……"

辛星飞快地瞟了那道黑漆小门一眼，冷不丁打了个寒战，然后怒不可遏地把窗帘一甩，"滚！你快给我滚出去！要不我就喊人啦！"

"别、别价……辛小姐，我走，我走……"

门及时地关上了，辛星倒吸一口凉气这才觉得后怕。她的心急剧地慌乱地跳跃着，受辱的感觉加速了浑身血脉的流动，嗓子眼也火辣辣地干渴起来……忙灌了一杯凉茶下肚，五脏六腑又被冰冷的液体浸得发木发麻，唇舌间包容了说不尽的苦涩……

1989年3月5日　深圳　云梦酒店

陈刚踏进酒店就碰上了步出餐厅的森林。敲开辛星的房门时两个男人已达成一致。森林和人打交道，往往三言两语便投其所好又点了对方的"穴道"。眼下他取出合资企业的批文给陈刚过目，叫他迅速摸清当地的生丝和羊毛纱出口价格，再寻找一家有空余设备的针织厂，一方面先做点丝毛纱出口的生意，一方面就地组织小批量生产投入试销。还特地注明样衣的规格必须是欧洲尺码，所需资金全部由他的公司垫付。

辛星昨晚睡得不好。接二连三有陌生人打电话来纠缠，赌气把话筒摔在一边才迷迷糊糊进入梦乡。起床后脑子里昏昏沉沉的，也没去吃早餐。听森林这么说，脑子里突如其来的晕眩之后猛然清醒过来，于是敏感地问:"你们公司不准备投资啦?"

"等回京后与肖天野磋商正式合同、董事会章程时再做决定,"森林微皱眉头,说,"今年国家资金太紧,第一步小规模的合资我希望你们先做做看,尽量利用我们的技术软件和外方的设备、资金。丝毛产品的潜力很大,我们公司总有一天会投资的——那时可以获得的更大利润当然不能落入外商手里……"

"真是老谋深算啊!"辛星冲口而出地叫道——心口,涌上来的那股热辣辣的东西,使她产生了一种被抛弃的感觉,"既然如此,你为什么还要来这儿?"

"我是微服调研,私下咨询啊!况且还参与了总体设计,"森林像是没观察出她情绪的变化,仍旧坦荡地微笑着,"这个合资企业是部里批给我们公司的,我还是你们的上级主管……"

辛星猛地抬起头来,呆呆地凝视着森林,好一阵才咬牙切齿地说:"霓裳公司是集体所有制企业,你想这么轻易地就收编我们、吞掉我们,未必合适吧?"

"辛星!冷静点!"陈刚叫道,"你怎么能这样误解森总的好意?"

"你瞧,你还不如小陈,他都明白了我的用意,"森林从容不迫地说,"第一,你们霓裳技术入股的份额全部属于自己,我们只按国家规定收取整个合资企业的管理费;第二,市场拓展,规模扩大以后我们一定融资;第三,找个人愿意尽全力帮助和指导你们。这绝不是空口许诺,我已经预感到黄锦屏有求于我……"

"森总考虑得周全,"陈刚碰了碰辛星,"昨晚你不是还在揪心这种多头合作结构太复杂吗?现在森总先适当退出一步说不定更合理。况且投资者多了,我们的股份也就相对少了……"

辛星把脸埋在双手中一声不吭,只觉得心里突然空荡荡的……

陈刚又恭恭敬敬地对森林说:"森总,你德高望重,又有实权,肯出力帮一个小公司是我们的福分。我代表霓裳感谢你的指教!"

循循善诱的森林立刻抓住这个机会进一步开导他,"小陈呀,你跟辛星合作了几年,在这即将成功的时候可千万要抱团啊!现在你们距成功似乎只有一步之遥,但这一步也许比从前走过的路都更艰苦卓绝。好比攻城,往往是在即将攀上城楼的那一瞬间,云梯却纷纷坠落……"

辛星忍了半天，终于被这形象的比喻逗笑了，她撩了撩头发侧脸一望，只见陈刚洗耳恭听仿佛已入佳境，森林却戛然而止了。

　　"小陈啊，我这番话也不知你能听出几层意思来，还是回去慢慢品味吧！"

　　"好！"陈刚幡然醒悟，立刻站起身来，"森总，谢谢你老指点迷津！辛经理，其余的事一律由我办理，你放心在这儿协助森总谈判吧！"

　　他像志愿军上前线似的昂首阔步走出房间，辛星刚平静下来的心海又荡起一阵涟漪，不禁埋怨道："好，你倒博得个'你老'的称谓，我却再没面子收服此人了！"

　　森林宽慰地笑道："现在他已看出霓裳既有前途又有背景，何愁他不跟你干革命？如果丛辉此时还在你手下，只怕你无情乱棒也打不走人家！早餐时我问过黄锦屏，他到深圳半年多一直混得不好，这次受聘才不过两个星期。"

　　丛辉是科班出身，技术上、贸易上都有一套，进霓裳公司后颇得辛星赏识。如今两人在深圳重又聚首，却成了谈判的对立面。只是丛辉跟着黄锦屏变得更加卑躬屈膝，连报价、回盘都在察言观色、支支吾吾，简直成了女老板的应声虫。

　　"你瞧，这是我最近在中国台湾、韩国、日本转了一圈接下来的订单，"黄锦屏指着铺了一床的五颜六色的样衣样品，兴奋地两眼放光，"这批彩色文化衫要量大、式样简单，如果霓裳全能吃下来，我们姐妹俩都要发大财嗳！"

　　辛星仔细地一件一件挑开看，在心里计算着原料的用量、工价与利润……黄锦屏显然是个精明的生意人，她甩下一串丝毛针织样品的规格要求，随即就和盘托出自己的打算：加工这批数量大得惊人的文化衫，附带声明客户是东南亚最有实力的针织批发商，好像这批货霓裳接不下来，丝毛产品金莘就推不动。偌大一笔订单谁也没法不动心，但已有几年商场经验的辛星用细心的筛子过滤出了生意中最难成交的症结。

　　"棉纱原料、配额、进出口手续你都不用操心，这些我都有办法解决！"黄锦屏回答得挺爽快，甚至挺仗义，"关键是看你能不能接下来？有多少利润？"

　　"没有利润，"辛星在一番详尽的盘算之后直截了当地说，"你的加工价格太低，低到了大陆任何一家针织厂都接不下来的程度。而且精纺纯棉高支纱的染色国内还不过关，得先派人到内地组织纱然后去香港染再回大陆生产，这一进一出又要花去不少人工费用。所以国内一般只做漂白文化衫。这笔订单我们无法接！"

黄锦屏使个眼色，丛辉便唯唯诺诺地开口："上海有几家针织厂已经接了第一批货……上海的生产成本比S省高，上海接得下来，S省应该没问题……"

"真是天方夜谭！"辛星眼睛一眨也不眨地盯着丛辉，"文化衫不是时装，价格波动不大；你又是这方面的行家，难道你不清楚行情？谁接下这批货谁就得跳楼吧？"

"哟！丛辉就是吃了豹子胆，也不敢在老上司面前撒谎呀！"

黄锦屏娇滴滴地瞟了丛辉一眼，他立刻欠身从自己脚跟前的经理箱中抽出几份合同，毕恭毕敬地递给辛星。但她只翻了一两页就无声地笑了。

"黄小姐，上海的这家金莘针织厂，你也是老板之一吧？这相当于你自己跟自己做买卖，亏损盈利都与他人无关呀！"

黄锦屏的脸顿时拉长了，"辛小姐真是精明过人啊！怪不得肖先生总夸赞你！"

辛星双眉紧蹙，内心蹿出一股小火苗。虽然她尽量把话说得很客气，眸子却闪着不妥协的光芒："黄小姐，肖先生一劲保荐你做港澳总代理，是为了给丝毛产品的市场开发增添一股力量。我希望黄小姐不要把这件事和我们之间的生意混为一谈！商场上的人谁不知道生意十谈九不成？而丝毛产品的成功我是志在必得！"

谈这笔订单时，森林坐在旁边的沙发里一言不发，过后却对辛星大加赞扬："那番话说得好！生意的事你也处理得漂亮！几百万打的文化衫三个月内交货，我也怕你吃不下来，如果砸锅反而误了大事！即便得罪肖先生这个代理人也没什么了不起，天下港商有的是，丝毛项目却只有这一个！"

下午与华安针织厂的会谈反过来处于森林的掌握之中。

刚过而立之年的辛星毕业于苏州丝绸工学院，分配到华安针织厂纯属专业不对口。但她潜心研究国际市场的发展趋势，利用厂里引进针织大圆机的机会对意大利产品进行了实地考察，三年前就提出了开发丝毛产品的设想：把光滑、柔韧的蚕丝与丰厚、松软的羊毛混纺后再织成高档针织衫，风格特异独树一帜。但这设想只在厂职代会上冒了几个泡，束手束脚的地方企业不敢出那个风头。直到她毅然辞职创办了霓裳公司，当年支持她的技术副厂长刘景川又升为华安的第一把手，夙愿才得以实现……

刘景川年富力强，是S省针织业名气很响的人物。华安原是个濒于倒闭的织袜厂，借经济改革的东风弄到贷款和外汇，引进了几台大圆机织市面上刚开始流行的"涤盖棉"，就此打了个翻身仗。尝到甜头的他还想在位时再建奇功，因此和霓裳联袂开发了丝毛针织衫，霓裳负责技术研究、产品设计和销售，华安组织原料负责生产，各负盈亏利益均沾。

森林曾专程去华安针织厂参观，对横机与圆机的产品风格，染衣同染纱的工艺比较，丝毛混织各种比例的难度，都作了详尽的了解，也探讨了改进的办法。尤其关心最为棘手的原料问题："这种特殊成分的产品怎么解决纺纱问题？可别成了无米之炊噢？"

"这件事不难解决，"辛星当时爽快地回答，"刘景川在丝厂有关系，原料再俏他也能拿到生丝。丝质太硬，和羊毛混纺很难成捻，技术关键就在捻纱时必须添加的软化剂上。毛纺厂的捻纱混纺技术是我们研制出来再转让的，指定只为华安生产这种纱；而且软化剂配方还捏在我们手上，技术保密没任何问题！"

但在S省小有名气的企业家刘景川，来到深圳不知为何却变了个样，几乎失去了从前那种质朴与干练，婆婆妈妈斤斤计较。辛星端出来的一套合资方案，像是一张繁杂庞大的远景蓝图。而刘景川和同行的财务科长周文燕，却翻来覆去地强调一件事：应该先走出去，到欧美国家或者是东南亚地区调研市场情况……

"已经没这个必要了！"一直保持着缄默的森林突然斩钉截铁地开口，"我们公司经常派人出国，国际市场的情况始终都很清楚。现在首先要做的是销售小批量产品初试锋芒。我已经做了这个安排，华安厂就按我指定的原料比例和支数提供丝毛混纺纱吧，我们付款买断。至于下一步的合资方案，采用什么样的组织结构？如何集资和安排人事？都要取决于和肖先生的第二轮谈判，暂时也跟华安厂没关系。技术上的准备工作全部由辛星负责，但方案的设计也轮不到她——她那一套完全是技术人员对开发成果的偏爱，太不切合实际！太理想主义！"

"什么？"辛星的脸涨得通红，又想跳起来，"我不光是技术人员，我还是霓裳公司的经理！昨天我这么说，是要那个黄小姐掉以轻心，怎么倒被你认真了？"

"辛星，你冷静一点！"刘景川虽也乱了阵脚，却尽量心平气和说，"我们三方较长时间没坐在一起商量了，因此各人计划各人的那一套！现在暴露出来大家有分歧，需要立刻统一思想……"

"我刚才已经讲过了：暂时没你们俩什么事——合资者我来寻，方案我来做，前期费用我来垫……等结果出来后我再通知你们。"

森林的口吻简直不容商量，事实上他已经摆出了送客的姿势。辛星这才意识到某些问题，手心里沁出了一层汗水。刘景川却完全没了主张。空气沉重得似乎凝滞不动，整个房间都处于森林那种颇带压力颇有分量的缄默中，出现了一个长达十分钟之久的冷战局面。

这种明显的僵持就是在下无声的驱客令。刘景川措手不及遇上这么个情况，竟然乱了方寸，不知道怎样做才能既保全自己的面子又摆脱这尴尬的境地。周文燕在旁边频递眼色，后来干脆拉了他一把，两人才狼狈地站起来。"既然如此，我们就先告辞了！"

"不送。"

森林说完就起身打电话。直到辛星送走那两人回来他还在拨个不停。她故意重重地坐到沙发上，弄出了响声。

"你的手段真是罕见！刘景川是我的好朋友，丝毛产品是我们一起闯过道道难关开发出来的，你怎么如此对待他？"

"因为他的问题我解决不了，"森林干脆地挥挥手，"他这个人呀，病入膏肓，积重难返！"

"什么意思？"辛星吃惊地瞪着他。

森林缓缓地在房间里来回踱着，不时严峻地望望天花板，语调凝重地说："辛星，你是未来的合资企业总经理，我希望你遇事能考虑得深一点，别用一种固定的眼光去看待事物，而是要看到环境的迁移，关系的转化和人自身的改变……刘景川当年与你并肩携手，今后却不一定能同路。你看看他刚才和周文燕的情形，再想想他为什么要一门心思钻出国去？你说过他借口在深圳设办事处已经三个月没回华安，居然丢下厂里的一摊子事儿不管，反而对合资企业的人事安排斤斤计较……这样的人我们今后拿着难办，不如现在就划下一道距离——我不搭桥他永远过不来，似若我要时，他必定招之即来！"

"你，你真是……"辛星把下面的四个字吞了回去，只问，"干吗做得那么绝对？那么不留余地？"

"正因为你还把他当作朋友，患难知己，我才这么明示他：我帮不了他的忙，我没有灵丹妙药，不能包治百病。让他别再存任何幻想，别在我这儿瞎耽搁工夫！"

辛星"扑哧"一声笑出来，内心为他的机智所折服，嘴上却不肯认输！"你必定早有预谋，为什么事先不告诉我？反而把我也一竿子打进去，上演这么一出戏？"

"正因为预先不做商量，这种配合才叫天衣无缝呢！"森林走到她面前，幽默地耸了耸肩，"这样你再见到还等在大厅里的刘景川时，仍可以浑做不知，推个一干二净，把脏水全都泼到我身上，以便继续和他保持革命友谊。"

"真可恨！你怎么知道他还等在大厅？"她扑到他怀里捶打着他的胸脯，一副活泼娇憨的神态，"刚才他说你太有主见，根本不打算听他的，甚至连批文都没给他看，想通过我再做做你的工作……现在该我去打点他吧？"

"对！解决这类问题可不能拖泥带水！"森林捧起辛星的脸盘，目光深沉地看着她，"也许我们脚下的土地就是这么浸透了金钱和私欲，那种诱惑使人无法抗拒。但即便是我们自己，也切不可逢大业而跻身，见小利而忘命呀！"

1988年12月23日　北京　王府饭店

一股淡淡的香水味儿和着抒情乐曲在房间里轻轻飘散，杨洋感到自己仿佛闯进了一个深闺。

他在柔和温馨的灯光下眯缝着眼睛：邻家小妹似乎一眨眼就长大成

人了！

　　一见到这个自己朝思暮想的男人，辛星便被巨大的感情的力量从头到脚地冲击着，震撼着……一股股液体滚烫灼人却流不出眼眶，而是以那种撕心裂肺的痛苦冲击着躯体……

　　"为什么要把自己打扮成一个修女的模样？"杨洋不悦地说出观察的结果。

　　"为了你！为了你……"辛星在心里大声喊着。但她却拼命咬着牙，一声不响，一动不动地倚在门边。直到对方谨慎地拣了张单人沙发坐下，才抬起被痛苦与烈火烧干的双眼，"我们有几年没见面了？"

　　"整整五年，"杨洋像似不经意地回答，眼光仍在扫视着豪华小客厅陈设的各种精巧的艺术品，忽又提议，"咱们还是移坐，到楼下大厅去喝杯咖啡吧！这里是合资饭店，按照外国人的习惯，女士在自己的房间里招待男士不大方便……"

　　"我们是中国人，没有那么多的清规戒律！"辛星慢慢走到房间正中，目光灼灼地逼视着他，"再说我们不是陌生人，而是从小一起长大的青梅竹马。"

　　"青梅竹马一词不贴切，"他毫不客气地指出，"因为我们后来并没有成为夫妻。"

　　"那是因为你，因为你的偏执和高傲！"她幽怨地咬住嘴唇，两行泪珠这才急速地涌出眼眶，"你认为我永远长不大……"

　　"你确实长不大，"杨洋幽默地笑道，"在我心中，你永远都是那个爱跳舞爱吟诗也爱流泪的小姑娘……"

　　他的话深深地刺痛了辛星。她是长大了，有一颗真挚多情敏感好强的心。她十几年如一日地把一个男人深深印在这颗心上，却痛恨他一见面就操纵自己的喜怒哀乐的那种能力，而且无法坦然地去接受双方不能结合这个事实。

　　辛星原籍江苏，杨洋的父亲调进北京前也曾在江苏省委工作，两家合住一栋小楼。童年的辛星乖巧可爱但又任性顽皮，经常在楼上蹦蹦跳跳疯跑一气，搅得楼下背英文单词的中学生杨洋堵紧了耳朵。"文革"时两家都受冲击，父母或关牛棚或入干校。跟了辛家十多年的阿姨被遣回老家时只好带着无依无靠的小姑娘上路，而且帮助杨家该下农村的半大小伙子也在那里落了户，为的是相互有个照应。几年酸甜苦辣的生活给不同年龄的两个人烙下了相反的印痕：童心未泯的女孩心中的天堂，恰好是初涉人世的少年记忆中的炼狱；但这并不妨碍高出一大截的知识青年处处护卫邻家小妹。那场浩劫过后两家都官复原职，杨洋很快随父亲进京上大学，毕业分配到丝绸公司，又断不了回丝绸之乡江浙一带出差。两家父老确曾商议过是否结为秦晋之好，终因男方比女方长了八岁而作罢。杨洋在大学早就交上了女朋友，对长辈的瞎操心置之一笑，但已暗生情愫的辛星却始终摆不脱这爱的阴影。鲜为人知难以启齿的初恋，十数年日日夜夜的痛苦，像小虫子一样啃咬着含苞待放的少女的花蕊；豆蔻年华却不能纵情绽开的蓓蕾最终结出了带刺的无花果，不但把一颗锦绣之心包裹得严严实实，而且还时时去刺痛他人……

终生不得携手的伤痛，无法缩短距离的悲哀，前程独自孑然的凄凉，辛星早就细细地思量过了。此刻当它们重又兜上心头，只得咬牙强作镇定，谈笑风生地去接受……她走去打开冰箱，问："想喝什么饮料，这里有的是。"

"反正是美国大亨付费？"杨洋讥讽地翘起嘴角，"我劝你还是撤出王府吧，这份人情债你还不起！"

"美国大亨吃小亏占了大便宜，"辛星把一筒"蓝带"啤酒扔给杨洋，哼了一声，"他是个石油巨子，上半年贸易洽谈会回了趟老家，在亲友的一再怂恿下才决心染指丝绸。碰上我这个以诚相待、产品又拿得出手的合伙人，真是他天大的福气！"

杨洋轻轻吹了声口哨，脸上露出恍然大悟的神情，姿态优雅地拉开了啤酒罐。这是个身材修长、风度不凡的美男子，他的一举手一投足在辛星看来都是那么合拍顺眼。此刻她默默地注视着这个轮廓优美线条精致的侧面，感到自己的身体慢慢从云端里降了下来：他今晚不会给她太多的时间，她必须排除一切感情的干扰立刻进入主题。

"杨洋，你是我真心爱过的唯一男人。选择学业、职业和决定其他人生中的大事，我都受你影响颇深……"她无论怎样克制，内心还是涌出一股酸楚，连忙强笑着调侃，"你要负责任呵！"

"女人总是轻率地将感情问题和工作事业混为一团乱麻，然后又不容置疑地把这理线头的责任扣给男人，而男人却不敢作茧自缚，"杨洋无可奈何地撇了撇嘴，"别找借口了，还是直说吧！今天请我来有何贵干？"

等她和盘托出实情，他又皱紧了眉头，一本正经地提醒她："地方企业不能在中央直接申报合资项目。首先你得寻找一个肯替你出面打报告的单位，而且最好是级别较高有一定影响的企业，这样报批的把握性更大一些……"

辛星把早已商定的方案告诉杨洋，他立刻失笑出声："绸缎部经理在我耳边叨叨了很长时间，原来一家人不识一家人！你知道森林和我是什么关系？"

"他的妻子叫蓝玉浩，你的妻子叫蓝冰清，"辛星面无表情地说，"她们是两姐妹。"

"你的情报很准确呀！"杨洋惊异地望了她一眼，"森林办事向来牢靠，既是他选中的项目，必定没问题。明天我给他去个电话，商量一下如何操作。最好还是请他的公司向部里打个报告，然后再批转下来，我这边就好办多了！"

对方只字不提她在其间的作用，辛星满腹委屈。她的心刚才还浸在一片瘫软无力的妒忌里紧缩着，现在又被这公事公办毫不留情的态度刺激得膨胀开来。她倔强地甩了甩头发，话像一串硬邦邦的小石子扔过去。

"何必跟我打官腔？凭你在部里的关系、公司的地位，签一个字回一道文无非举手之劳，干吗要自找麻烦到上面去转一圈？我真不理解你们这些年轻的官僚！"

杨洋搁下酒杯，绷紧了脸严厉地看着她："多年前我就说过，有的人永远也用不着互相理解。正因为我们之间的距离太大，才不可能走到一起。尽管我非常欣赏你，也愿意帮助你，但那仅仅是发自一个看着你长大的兄长的情谊！"

"如果我们之间没有蓝冰清呢？"她跌坐到沙发上，悲伤地睁大了眼睛。

杨洋叹了一口气，急速地坐到她身边握住了她的手。

"就算没有蓝冰清，我们之间也不会有什么结果。辛星，你答应我，千万不要去等待一份虚无缥缈的感情，反而放弃了自己身边真正有价值的男人！等你再走一段人生的路，就会发现我们根本不是一类人，如果生活在一起只会造成更大的距离感和更多的不理解……"

"不！我爱你！难道这还不够吗？"她深深地看着这张刻骨铭心的脸庞，让眼泪像决了堤一般尽情流淌。"只要我们能够生活在一起，我会尽量修正自己去适应你……"

"你说出这种话，我就认为你连自己也不了解，或者确实没长大，"杨洋不满地缩回手来，"一个人最大的痛苦就是勉强自己取悦别人。我们生活的这个社会就是一架无情的机器，时时刻刻都在研磨和修打着我们本身，每个人都不得不压抑自我克制七情六欲去适应种种外部环境。如果家庭也成为这样的模式，我相信没有人会受得了！"

含着眼泪的眼睛和带有责难的眼睛固执地双双相望，刚开始一瞬的默契和关爱很快就不复存在，他们彼此都清楚地读出了双方的失望。强大的无情的现实能将一切理想的哪怕是深刻和完美的情缘化为乌有，由此派生的烦恼与怨艾远比一个失败的婚姻更让人难以忍受……辛星知道应该结束自己从少女时期就开始的玫瑰梦了。

"杨洋，我还有一个请求，能答应我吗？"

"女人总有那么多无法拒绝的请求，"他又叹了口气，"说吧。"

"今后无论我做了什么事，有了什么样的行为，都请你理解我，尊重我。"

辛星颤抖着睫毛闭上了眼睛。她语气里的悲哀如此深重，杨洋伸手抚摸着她俏好的头发，注意到这张美丽的脸已被痛苦和伤心扭曲得变了颜色。

"你为什么要这么说？你从来没有在我面前隐藏过自己！"

八年前杨洋筹办婚事时辛星正临近毕业，她瞒着父母只身去北京向他招认了心曲。为了阻止这个婚姻她愿献出自己的一切，最后却以邻家小妹的身份观摩了婚礼的全过程。黯然神伤的少女坐在新房的角落，一身黑色的衣着不知是为了哀悼自己的初恋还是单纯地想反抗世俗，那种悲恸欲绝的情形给杨洋欢悦幸福的蜜月蒙上了阴影。辛星回校后就坚决打报告离开了江苏老家。五年前，杨洋因公南下，被S省恶劣的天气和交通困了五天。这五天使辛星期待蕴藏太久的感情无法遏止地宣泄了出来，这五天也使杨洋的一腔怜爱化作了满腹歉欢：他使辛星成了一个妇人，而他却不能给她一个婚姻。他追悔莫及——人生有些境界，爱比不爱还要令人痛苦，真诚比虚伪还要可怕！

"已经五年过去了！"他的身子仰靠在沙发上，轻轻吁出一口气，"请你相信，那是我心中最美好的一段情，最珍贵的一个回忆。"

"可是我们的韶华岁月已经逝去了！"她泪眼婆娑地注视着他，"我在心中描述过多少次重逢的情景，但今天见到你，却是那么陌生，那么难以互相了解，仿佛比我们隔着千山万水还要遥远……"

杨洋站起身来，深情无限地揉了揉她的一头俏发，轻声说："保留它，或是埋葬它，随你的便，我都没意见。现在我要走了！"

两人一个站着一个坐着僵持了几秒钟，辛星知道再也无法用眼中的热泪去融化对方心里的冰块了，才友好地伸出一只手去摸了摸他的掌心，叹息着说："你能不能跟森林和我一起吃顿饭，当面商定那件事？"

"好的，你让他出面来邀我。"杨洋说着慢慢地走向门口。

辛星突然崩溃了！她飞奔到他跟前扑到他怀里，把一个个火烫的吻倾注给他，"杨洋，答应我！无论我做了什么事，成为什么样的人，你都要站在我这一边！不要谴责我，更不要轻视我，那样我会受不了啊！"

杨洋终于败倒在她缠绵而热切的激情下。他也弄不清是怎么回事，已把全身颤抖楚楚动人的辛星紧紧搂在怀里，不由自主地对着她的嘴唇吻了下去。这一吻长久而欢愉，源源不断，令人心醉神迷……他仿佛觉得有一道声音在耳边喃喃低语："人生有如许美好的东西，为什么要拒绝？为什么要拒绝？"

……他无知无觉地抬起眼睛，贴在门后的"住客须知"上有一行字跳入眼帘，"自身安全和防卫措施……"

"好，我走了！"他果断地拍了拍她的肩头，"这座饭店或许有监视监听系统，我们应该处处小心！"

"怕什么？"辛星气恼地甩开手，"你的所作所为都不失为一个正人君子！"

"正人君子？"杨洋有些好笑，也有些失措，"瞧我刚才和你的那个样子！"

1989年3月5日　深圳　香蜜湖

这个餐厅像是上等的沙龙，有名酒纷呈的铮亮柜台，富丽堂皇的帷帘和桌布，彩色雕花的玻璃器皿……这个餐厅又是深圳一隅金钱社会的缩影，充满了狼狈为奸的商务活动，钩心斗角的酒肉朋友，浅薄无聊的谈话……

森林目光冷峻地一一扫过在座的人。黄锦屏出手大方，像是把酒店的头面人物都拉来作陪了。可惜这些酒囊饭袋多半上不得桌面，酒至半酣就原形毕露地胡侃起来。她身旁除了丛辉还有刚从上海过来的一男一女，也许就是金苹针织厂的关系。但那个秃顶的大胖子显然对女股东不恭不敬，而另一个瘦削的半老徐娘却时时居中调停，似乎在息事宁人……若不是为了摸清金苹公司的底细，森林决不会屈尊俯就来吃这顿饭。

辛星突然碰了碰他的膝盖，原来是海天公司的黑大汉也赶来了。他两手抱拳大大咧咧地说："诸位，来迟一步！"刹那间，辛星觉得仿佛置身一伙江洋大盗之中，黄锦屏好似女匪首，而自己和森林则像是不幸被绑了票。这念头使她抽紧了眉心。

头顶上带流苏的大吊灯突然熄灭了，黑暗中响起一片叫好声、嘘声和笑声。水晶灯的一束光线陡然聚到乐队所在地，赫然只见舞池上方悬挂着一面五星红旗！这简直是恶作剧！别有用心！森林愤愤地打算拉着辛星告退，突然想起乘坐的那辆中巴已先回酒店，看样子不到半夜时分休想脱身。

音乐奏响了，几个男客为邀女主人首先跳舞而争执起来。

"黄小姐这次光临鄙店，鄙人还未来得及尽地主之谊，"酒店经理操着粤式普通话，眼睛在镜片后闪着贼亮的光，"鄙人是当仁不让啊！"

"不行！昨儿晚黄小姐已经答应过，今儿个要赏光陪我先跳！"章海口大气粗地拍着桌子。他很快已酒足饭饱，酒气熏天地喷过来，辛星不由得往森林身上靠了靠。

"要说有约在先，老子昨天在上海就约下了！"京津口音的秃头大胖子跳起来，恶狠狠地逼向黄锦屏，"黄小姐，你不会再次食言吧？"

黄锦屏笑嘻嘻地抽着烟，满不在乎津津有味地像是在看一场西洋景。眼见众多男人当面争宠，她甚至有几分得意。

"各位都是盛情难却，但我们黄老板分身乏术，还是请一个一个地来吧！"丛辉小心翼翼地想替她解围。

"放屁！"秃头猛击一掌，桌上的杯盘碗盏都跟着跳起来，"你个乳臭未干的臭小子！你才跟了她几天？她给了你什么甜头？也像条摇尾巴的狗似的跟着胡咧咧！"

"你……"丛辉的脸被闪烁的月光抹得红一道，绿一道，忍气吞声地缩回头去。

那个瘦伶伶的女人操着一口吴侬软语，嗲声嗲气地对秃头说："老八，侬这是做啥呀？大老远地赶来，不是为了给我败兴吧？嗒，阿拉陪侬跳一支去……"

"是呀！这里又不只我一个女客！"黄锦屏诡秘地举起纤纤细指，"你们都瞎了眼啦？嗒，那是从内地来的辛小姐，人家可是美人胚子呀！今晚你们该好好陪她玩玩！"

酒店的残渣余孽便把头齐刷刷地扭过来，章海更是一对眼珠子都快掉到辛星身上了，不少人摆出跃跃欲试的模样。

"黄小姐费心了！"辛星冷冷地说，"今晚我不想跳。"

"她身体欠佳，"森林微笑着补充，目光如炬地扫过众人，最后落在章海脸上，"昨晚她一夜没睡好，有条恶狗老在她窗户下嚎叫，还有污七八糟的电话不断骚扰……请教这位经理，你们酒店如此对待客人，便是地主之谊？"

"对不起，对不起……"酒店经理不由得汗颜，点头哈腰地说，"鄙人回去后一定严厉查处！"

到底还是地头蛇占了先，酒店经理携着黄锦屏下舞池时又恢复了得意之态。秃头不理瘦女人的茬，独自闷闷不乐地倒了一杯酒扬脖灌下。章海的眼珠子还在辛星身上脸上溜来溜去，森林果断地把一只胳膊放在餐桌上，侧着身子挡住了那道淫秽的目光。

黄锦屏曾是首都一家歌舞团的舞蹈尖子。时过境迁，那为人称道的杨柳细腰早已变得浑圆，但舞姿风采却不减当年。引得周围的食客全都停下了酒箸伸长了脖子……

一曲舞罢,她香汗淋漓,娇喘吁吁:"唉,真不如从前啦!那时一支接一支地跳就没歇过气……"

她喝了一口酒,用手帕扇了几下风,又陪着秃头出场了。据此,森林断定她有什么把柄捏在人家手里。大胖子不像是跳舞倒像是跑步,在彩灯下摇晃着硕大发亮的秃头,如同一头老牛呼呼喘息。而身穿金丝绣蝙蝠衫的黄锦屏却好似一只花枝招展的大蝴蝶,在他身边扑过来扑过去……伴随着不断定格的灯光和节奏强烈的打击乐,组成了一幅光怪陆离、荒诞不经的画面。

"百年魔怪舞蹁跹……"辛星小声嘀咕,推了森林一把,"哎,你怎么还待得下去?"

"我正在想:世界就是一个多姿多彩的大舞台,众生相都在变幻无穷地表演着自己,"森林饶有兴趣地侃侃而谈,"你瞧,位于全国改革前哨的深圳,可说是良莠参差,鱼龙混杂——南来北往汇聚一堂的有当代精英,仁人志士,也少不了鸡鸣狗盗之辈乃至流氓骗子犯罪团伙……一个商品经济飞速发展的新口岸新市场,也会伴随着精神贫瘠甚至醉生梦死的文化现象。几乎所有的文化场所都充斥着文化匮缺的人,文化反过来成为人们榨取金钱的工具,这就是中国经济阵痛时期不可避免的文化畸形……但是,只要深圳上空还飘扬着五星红旗,我们就不该全盘否定这些刺激消费的商务活动,对不对?"

"森总,又在发表什么高见?"黄锦屏笑盈盈地站在他面前,一阵风似的就把他从座位上拉起来,"走,我陪你跳一曲!"

森林慨然下场,踩着一种与众不同的散漫的步伐。黄锦屏笑嘻嘻地说了句什么,他似乎听不清,便微微侧下身去凑近她,脸上依旧挂着那一缕豁达温和的笑容,眼神也仍然明朗、坚定。无论身处何地总能营造一幅和谐的景象正是这个男人的本事,但辛星的胸口却分明被什么尖锐的东西刺痛了。恰在此时章海又涎着个脸凑过来,她一秒钟都没犹豫就拉着丛辉下了舞池。

被这举动完全迷惑住的丛辉简直挪不动腿,身子僵硬得像个木偶。

"你怎么啦?"她用脚尖轻轻踢了踢他的小腿,"别装出个正人君子的模样来,你不配!"

"我没想到……"丛辉结结巴巴地说,突然感到十分委屈,"你的行为处事总让人琢磨不透……"

"你一辈子都在琢磨别人，现在应该好好琢磨一下你自己啦！"

辛星冷冰冰地说着，身子离舞伴远了一点。恰好看见黄锦屏笑盈盈地朝她挥挥手，又俯在森林肩上嘀咕了一句，后者却头也不回。她强迫自己的目光从那个坚实温厚的脊背上移开，投向另一个仍在惶惶然的男人。

"还记不记得，我们两人最后一次跳舞是在何时何地？"

"当然记得。那次你率领全公司的人为我和杨丽举行婚礼，而且让陈刚邀新娘子跳第一个舞，你就邀了我……"丛辉受宠若惊地眨着眼睛，"辛星，你不知道杨丽过后好佩服你！关于我们的事她也有耳闻，一个劲儿地夸你行事潇洒，有丈夫气概，是个女奇人……"

"哼！你既然要了她，就该负责到底！"辛星脸一板，神色冷峻，措辞严厉，"别以为你和黄锦屏的那点鬼把戏瞒得过我！抛下一个倾国倾城的貌来这儿受闲气，这个决心轻易下不了！"

"这个……"丛辉悲天悯人地仰起头，"唉！漂亮的脸蛋能长大米吗？"

她唰地甩开他的手，两眼喷火似地盯牢他："我最恨你们男人始乱终弃，从古恨到今，明白吗？"

辛星离开舞厅，独自徜徉在香蜜湖畔。喷水池旁卧着一排黑黝黝的汽车，像巨兽般窥测着这个半明半暗的度假村：中餐厅、西餐厅、游戏机室、录像室、友谊舞厅、迪斯科舞厅、点歌酒吧……霓虹灯的彩辉在黑丝绒般的天幕下映现出一座座风格迥异的小建筑，水池的波光摇闪着一片片五颜六色的灯影，凉风飒飒流动着一串串乐符的颤音……几个男人迈着神气活现的步伐路过身边，立刻投来黑沉沉的目光。她冷漠淡然地走着，觉得自己就是这块陌生的土地上唯一的异乡人。

倏地，一个男人宽厚的身影挡在面前。她心底一震却没有退缩，而是用那双沉浸在期望中的眼睛直直地迎上去，于是森林便清楚地看见了这对眸子里燃烧着灼人的光彩。

"我到处找你，"他紧紧拥住她的肩头，想迅速跨过两人之间出现过一瞬的距离，"我已经给一个朋友挂了电话，车半小时之后就来接我们。到了火候就得揭锅，明天一早撤出云梦酒店，从现在起我要让那个金苹公司找不到我们!"

她欣慰地靠近这个温暖的怀抱,感觉到他的胸腔里有一颗心在强烈地跳动。刚才为了找她,森林准是在那些迷宫似的亭廊之间一溜小跑。她刹那间有种谅解和体恤,嘴上却不肯饶人:"和澳门女老板跳舞,颠倒众生了吧?"

"的确是一场出色的表演,"他承认道,"但观众和评委只有你一个人。这道考题的尺度很难把握——不陪女老板跳吧,要扣分;跳的时间太长吧,也要扣分!"

辛星的脸上一阵发热,讪讪地笑道:"你怎知我在一旁打分?"

森林诙谐地说:"哦,你办事随心所欲,喜欢给别人出偏题怪题,评分时又爱走极端,要么满分,要么零分。这点我还能看不出来?"

他们相依相偎,默默无语地在寂静中缓缓移步。春夜的极淡极薄的月光像雾一样迷蒙,一双黑色的剪影衬着闪闪烁烁的亭台楼阁,恍若置身一个美妙然而虚幻的仙境。辛星感到脑海里一片清明,心中一派静谧,脚底下飘飘忽忽的,身子也像腾云驾雾一样轻灵……

1989年3月6日　深圳

森林一早安排新的住处去了,辛星想单独再摸一次底。

餐桌旁的气氛果真不寻常。秃头悻悻然地点了许多大菜,把个早餐弄得琳琅满目。黄锦屏看来很心痛,但却隐忍不发,照样高谈阔论,仍然发出银铃般的笑声。那个瘦女人是她唯一的听众,同时又在给秃头频递秋波。丛辉的眼睛在镜片后闪着诡谲的光,离他们不远的另一桌坐着满脸警觉的章海,像个保镖或者业余侦探。

辛星漫不经心地巡视了一圈,又移开目光去仔细琢磨身边淡黄色的壁纸,仿佛那些结构严谨排列规则的图案,反而能给她的头脑一种鲜明的启迪,或是一种模糊的暗示。

"黄老板! 你今天讲一千道一万都没用!"秃头终于发作了,把硕大的拳头往桌上一砸,手下顿时流汤滴水,"那些文化衫我们已经交货一个月了,你原先承诺的补贴非但没兑现,反而连应付的加工费也到不了账！老子早就想找上门来问个子丑寅卯了！"

"老八，这里不是说话的地方，"瘦女人用上海普通话劝阻，同时抛了个眼风给另一边，"黄小姐一时头寸紧张，周转不灵也是常有的事，再等几天想想办法吧！"

"什么头寸紧缺周转不灵？她姓黄的早就该到账的投资还差着一大截呢！"秃头恶狠狠地站起来，一脚踏在椅子上，直着脖子喊，"老子今天就是要吵他个人仰马翻！我他妈的上当受骗了，谁的日子也别想好过……"

"王先生息怒，"丛辉恭恭敬敬地把毛巾递给他，"最近黄老板又在天津投资了一家厂，深圳的精品店也刚刚开业。战线长了资金确实调不过来，还望上海方面多多担待。"

"我担待谁也不能担待你这种奶油小生！"秃头阴森森地笑了笑，目露凶光地望向丛辉，"哼！到底是你这张脸子迷惑了她？还是她的床上功夫抓住了你？老子警告你：这种腥不是好沾的！这种女人不是好玩的！她能坑我也能坑你，别看你现在美得直哼哼，很快就有你的好果子吃……"

"姓王的！你嘴巴放干净点！"黄锦屏站起来指着他厉声喝道，"这里是深圳，不是你的上海滩！这个码头上叱咤风云耀武扬威的主子在这儿呢！"她拍拍自己的胸脯，又冷冷地说："老实告诉你，合资企业外方资金不到账的老鼻子啦！我还算够意思的呢！大陆的政策一天三变，谁不想悠着点儿把钱先摸在自己手里？你们针织厂是个快要倒闭的烂摊子，靠我扶了你一把才摇身变为合资企业。现在就凭我给你的那点订单你就能贷到银行的款！我玩你的加工费，你玩国家的资金，谈得上谁坑谁吗？"

商场上尔虞我诈的事辛星也见得多了，但这种触目惊心的争辩仍在意料之外。她想赶快去告诉森林，却见章海已站起身正挡住去路，手里把玩着打火机眼瞄着这边的动作，又迟疑不决地收住了脚步。

"哟，黄小姐，侬的嘴巴也是不饶人呀！"瘦女人温言软语地说，"常言道骂人不揭短，当着和尚别骂秃……"她意识到失言，忙用餐巾掩住口，轻声笑道："总之，过去的事就不要提啦！你们俩也搭档了一年多啦！不能为这点小事就翻脸。依我说呢，我们就在深圳多住几天，黄老板回澳门去调头寸。无论多少，总不能让我们空手而回呀！"

"都像何姐这样体谅，问题早就好解决了，"黄锦屏立刻巧笑嫣然，娇媚地把手搭在秃头的肩膀上，"八哥，这几天我手头上还有点儿事，是不是你先回上海去，一周内我准定让丛辉把那笔款子送到你手上……"

"别来这一套！"秃头扒拉下那只手，看也不看她，"翻手云，覆手雨，我他妈的见多了！老子前脚一走，你后脚跟那小子远走高飞，我他妈的去找谁呀？"

"那你想怎么着？"黄锦屏沉了脸问。

"提不到款，老子就不走啦！我他妈的吃你的！喝你的！玩你的！"

秃头一把拉过黄锦屏，只听"嗤"的一声，丝绸衬衣从肩膀上撕开来，露出雪白的肌肤刺人眼目。

"放肆！"她挣扎开，反手给了他一个耳光。

秃头顺手抄起一杯酒泼在她脸上，金苹女老板刚精心化过的早妆顿时沟壑纵横……

黄锦屏发出一声尖厉的叫喊。"嗤"的一声，一张椅子翻倒了，章海一个箭步冲上去，揪住秃头的衣领冲着他的下巴就是一拳！秃头猝不及防地向后仰身，章海又全力猛击对方的腹部。秃头疼得弯下了腰，章海已向上抬膝，朝他的裆间撞击……

餐厅里的客人早就四散开去，却不走，而是亢奋地围成一圈观看。女服务生发出阵阵尖叫，急忙去通知酒店经理。辛星在秃头的惨叫声中及时地捂住了脸，气短心跳腿发颤地奔出餐厅。突然感到有人扶住了自己的胳膊，抬头看原来是丛辉。他咬紧牙关铁青着脸，嘴边挂着阴冷的笑容。

"你来干什么？"她警觉地挣脱开了。

"黄老板早就有吩咐，让我今天陪你去金苹公司的精品店看看。"丛辉平静地说，对留在背后的大动干戈仿佛熟视无睹。

辛星不由得转回身去，只见秃头已被章海那两下子逼到墙角，而瘦女人则抱着一张椅子瑟瑟发抖。黄锦屏正叉着腰冲她大喊大叫："趁早给我滚回上海去！再敢踏进深圳一步，我叫人打断你们的腿！"

"活像黑社会的一幕！"置身于色彩缤纷的精品店，辛星才对丛辉说。

丛辉默然不语，陪着她在新开张的店堂里转悠了一圈。这种店在深圳亦属新潮上乘，它专门赚女人的钱，却是男人来掏腰包。从头上的发饰、首饰、耳饰直到脚下的皮鞋、手上的坤包，一切应有尽有，当然最大宗的货物还是各式时装、针织衫、皮革裘衣……

进了总经理室，丛辉俨然主人一般让座倒茶，辛星自然也就明白了他在金莘的地位。

"看来你终于在这儿找到了自我价值。"她坐到经理桌后面的软皮转椅上，冷冷地调侃。

"辛星，我知道你还在恨我。"丛辉低眉顺眼地蜷缩在沙发里，身子似乎也小了一圈。

"你错了，我从来就没爱过你，当然也就不可能恨你！"她悠悠地品着茉莉花茶。

"我清楚这一点，所以我从不敢自作多情，"他唉声叹气地说，"但我是真心爱你的！"

辛星不禁又冷笑起来："我倒要听听你如何自圆其说。"

"我爱你，但我却不敢要你！"丛辉猛地抬起头来，脸上布满了难以名状的哀痛，"我和你在一起太累了！我跟不上你的高度！我是个永远的失败者，而你却会一直折腾下去，无论是爱情还是事业，你都不达目的决不罢休！"

辛星品味着这番话，内心百感交集。从杨洋到丛辉，这是一个多么大的落差！前者留给她的是一种深刻的、持久的痛苦，但至少还能升华出一些珍贵的、高尚的内容，而后者带来的却是几近毁灭的一击！

事实上他们之间从未有过心灵碰撞的激情，她犯的错误正源于此——她从来就没想到过要爱丛辉，只是被他所谓的爱迷恋住了！她一个人折腾够了，打算过人间最平凡最世俗的生活；她决定认命，心甘情愿找她不爱但却爱她的男人；然而当她终于答应嫁给丛辉时，他却在三天之内娶了那个叫杨丽的模特儿！他用迅雷不及掩耳的行动，将她的自尊心撕得粉碎。在那种笼罩心灵的黑暗中她曾经历了怎样的苦难——那是一个人对自身价值的根本否定啊！在她和丛辉的交往中确实掺杂着对另一份感情的严重失望，甚至还包含着报复和自虐的成分，但丧失自尊的痛悔却远远超过了情感饥渴的折磨。试图轻率地对待人生，反遭受到人生最严酷的戏弄！现在重又面对自己酿成的苦果，她突然觉出这是命运的安排，让她能在那场浩劫之后，清醒地审视从前……

"上天对每一个人都是公平的，它若在这里关了门，就一定在那里开了窗。其实正是上天不允许我们结合，不允许它本想塑造的一件好作品倒进废模里！当时我确曾强烈地痛苦过，百般地挣扎过，但只有你最清楚，一切只与尊严有关而与感情无关！一切都已经过去了。你不是想知道我现在的心情吗？告诉你十个字吧：过了黄洋界，险处不须看！"

"辛星！我求你别再说下去了！"丛辉哀告着，"你不知道我每次离开你时，都有一种被剥夺得鲜血淋漓的感觉……"

"那你为什么还要留在这里自讨苦吃？"她拍拍转椅的扶手，一语双关。

"我根本就不知道是怎么回事！"丛辉茫然失措地环顾四周，"这里我一天还没来过呢！"

"原来你这个总经理形同虚设？"辛星若有所思地轻轻弹着铮亮的桌面，"刚才的场面你都看见了，你还打算在金苹待下去吗？"

丛辉迟疑了半天，说："她给的报酬很高。"

"我忘记了你的价值原是要用金钱来衡量的！"她冷笑着起身，径直走向门边，"反正我们要和金苹合作，你作为霓裳的内应留下来也好。"

"我很为难。"他吞吞吐吐地跟了一句。

"怎么啦？"辛星收住脚步背对着他，"我又没让你一仆二主，或者出卖金苹利益，仅只是通风报信也不行吗？"

"就是这个很为难！"丛辉欲言又止。

"哦，我明白了，"她转回身，再一次冷笑道，

"原来真让秃头说中了！她不但资产有限，而且经营不善，亏空很多，目前还另有打算是不是？"丛辉仍旧不吭声，只心慌意乱地点点头，仿佛房间里安有窃听器。正当辛星悟出什么，他又急急忙忙地开口，"其实你已经看见了，你带来的那个森总对她有多重要……"

辛星皱紧眉头，神色骤变，一句话不说就掉头而去。

1985年12月24日　北京　王府饭店

　　人生就像戏剧，每个人都是必须出台的演员。辛星在餐厅里坐定时无可奈何地想。同时面对自己生命中两个最重要的男人，究竟是她的安排还是上天的安排？

　　恰逢圣诞节的前夜，王府饭店被装饰得更加富丽堂皇。各个门廊和角落都置放了五彩缤纷的花篮，精品店的橱窗里摆着琳琅满目的圣诞礼物，甚至连脚下的地毯也新换了贺岁致喜的图案。那道金光闪闪的拱桥已被装饰成巨大的彩虹，每当华灯初上就有一个少年合唱队在彩桥上演唱英文歌曲。现在隔着餐厅门外玉座珠帘一般的喷泉，仍然可以感受到大堂里的欢庆气氛。

　　"过洋节也是改革开放的副产品吧？"杨洋笑着调侃，"部里明天不是也在对面的和平饭店举行招待晚会吗？会后咱们带着家里人过来瞧瞧热闹。"

　　"行啊！"森林应着，"挑选圣诞礼物嘛！"

　　辛星心里刚压下去的忧伤、怨艾、苦涩、悲愁……全又排山倒海般袭来！在这一瞬间，她脑子里所有的思维之门都被一个痛苦的意念钉死了，而身心却像是经历了几个世纪的磨难……

　　这副失魂落魄的心态明明白白地招认在脸上，森林投来关切与询问的一瞥，杨洋却佯作不见地掉过头去看乐池中那几个人弄琴弹筝，嘴里笑道："还不如我的婷婷弹得好！"

　　他早已拿定主意，哪怕是在森林面前也不能和辛星过于亲密。但后者却被这不关痛痒的语气神态激怒了，她咬紧牙关仍是声音颤抖地看定杨洋："明天晚上我也在大堂瞧热闹，能介绍我和两位夫人结识吗？"

　　"何必？"杨洋淡淡瞥她一眼，"那是家庭聚会。"

　　她刚镇定下来的心又像被蜂子蜇了似的剧痛起来。唉，何必要三个人一起吃顿饭？何必要再次见到他？真心投入的一生一世，换来的却是虚无缥缈的一瞬！何必？

　　"如果大家不期而遇，当然应该互相认同，"森林温和地笑道，"你瞧，我们今天坐在一起，不也是命运的安排吗？我才知道你们俩在江苏就住一栋小楼，这真是有缘千里来相会，无缘对面不相逢呀！"

侍者已把菜摆了满满一桌，并且给每个人斟上了香槟酒。森林率先举起酒杯："为了彼此的缘分，今天我得浮一大白！"

"为了我们合作愉快！"辛星强颜欢笑地一饮而尽，决心靠酒精去唤醒神志，把自己从那阵遍布全身的战栗中解脱出来。

"谢谢你们俩拉我入伙，"杨洋抿了一口酒笑道，"谁知道我们三个人凑在一起，究竟能不能做成一桩大事？至爱亲朋不能一同举业，对此谁都有一番惨痛的教训！"

"我反对你这种说法！"森林郑重地举起一只手来，"干事业就是要结成死党！什么叫死党？就是目标一致，感情一致，利益一致！这种成功的例子也比比皆是嘛！"

"你这家伙，"杨洋优雅地耸了耸肩，"好，我斗不过你！把那个劳什子拿出来瞧一瞧吧！"

两个男人凑在一块儿研究那份起草好的报告，讨论如何尽快会签上报，以便在年前拿到批复。要部里批文本来最少也得一个月，因为合资企业的批文必须经多方汇总情况，在解决了原料、资金、设备、产品市场乃至环境污染等问题之后才能下达，而且要抄送工商、税务、海关和当地计经委，另有一番周折。但森林已和各个部门达成了一致意见，可行性报告又早送到部里并取得了有关方面的首肯，渴望有个神速的结果。

辛星此时定下神来侧耳细听一首流行歌曲。歌手唱得韵味十足，哀婉动人，颇能撩动她此时的心绪：

给爱一张不老的容颜，让相爱过都终身不变；

给爱一个不悔的誓言，让相爱过都彼此思念；

给爱一片无尽的草原，让那忧伤消失在人间；

给爱一片辽阔的蓝天，让那真爱充满在人间。

她的忧伤并未消失，心里却真正充满了感动。那边杨洋又对合资者提出了异议："合资项目外方最要慎重，像你们那么萍水相逢地抓一个天外来客，行吗？"

"刚才说的缘分二字，你怎么理解？"森林笑道，"我这人办事向来如此，以浪漫主义开始，以现实主义结束。已经通过有关部门咨询了肖天野的有关情况，难道你连我也信不过？"

"不仅仅是你一方嘛！"杨洋乜斜着仍在心驰神往的辛星，"技术入股的关键是我们成果专利的保密程度。如果泄露出去，人家正好窃取了技术情报赚大钱啊！"

辛星听出了他的弦外之音，这时她已强制着自己抹去了感情的色彩，一双眼睛又放出咄咄逼人的光辉："如果你们政府机关都这么百般刁难，那就是存心不让自己的企业赚大钱！我们也只好把技术成果卖到国外去，这同样符合专利法！"

两个男人哈哈大笑，笑声中森林高声喝彩："说得好！就是要向那些阻碍改革的权力人物狠狠开炮！"

"好一个撑腰的！"杨洋笑嘻嘻地说，"原来你是她的后台？好，我签字，你负责，出了问题我可不管！"

"谁要你管啦？"森林给他夹了一筷子青菜，"你只管吃就行了。"

"遗憾得很，今晚我的胃口不好，"杨洋反而放下了碗筷，"在这么个第一流的大饭店请客，至今没有讲明是谁做东。我的肚子怕付账，先提起意见来。"

"我付账，"森林爽快地说，"应该我来做东。我年龄最大，资格最老嘛！"

"谁要你付账？"辛星那颗争强好胜的心又被激动了，"我每月的收入比你们两个人加起来还要多呢！"

"行啊！那就你付账。"森林好脾气地让步。

"不行，那样太便宜她啦！"杨洋叫道，"她要请客，咱们应该到长城饭店去吃螃蟹呀！一百元一个，我们俩吃上一打就是一千二百元！"

"那就等到明年蟹肥时节再团聚吧！"森林意味深长地笑望眼前这两个人。

"你这家伙，看样子是胸有成竹了！"杨洋抿了一口酒，也侧过脸去含有深意地笑道，"这件事就全交给你啦，可是只能成功不能失败噢？"

"叫你来看这番手段！"森林随手在桌面上摆弄了九下，便把跟前的酒杯、餐具布成了一个巧妙的阵势，"我将为此做成一个局，你就放心吧！"

辛星没有听懂他们的话，只顾在侍者递过来的账单上签字。杨洋怔了怔，忙笑道："你可别胡来，这签名是要送到电子计算机里去核对的。"

"放心吧！"辛星横了他一眼，"我是坐不改姓，行不更名。"

"明白了，"杨洋笑着指了指天花板，"原来楼上还有一位撑腰的！"

"就是没有楼上的那一位，森总口袋里的美元也足够借给我付账的！"辛星一语双关地朝森林眨眨眼，似乎放开了愁肠。

"呵，你们俩倒成了联盟啦！"杨洋的情绪也很好，他悬了一晚上的心此刻才放下来，走出餐厅仍在调侃，"今天的竹杠我敲定了，这个神圣同盟的批文上还缺我一个大印呢！你们也得打点打点我呀？否则怎么把我拉下水？"

森林给辛星递了个眼色，她立刻心领神会："二位刚才不是要给夫人买圣诞礼物吗？我已给S省去了长途电话，让他们抓紧丝毛产品的静电处理，争取明春送一批货到北京来展销。到时我一定亲自设计出两套美观大方的针织时装送给两位蓝女士，作为迟到的圣诞礼物。"

"首先考虑妇女利益，这样谁都无话可说。"森林点头赞许。

"好，看看你的工作效率吧！"杨洋觉得今晚的王府格外值得眷念。但他轻而易举地就控制住自己，在大堂站定了。伸手给邻家小妹时，脸上的笑容变得真挚恳切，"谢谢你的晚宴。好好跟森林合作。我的朋友不多，他是最亲密的一个——三个家族，整整两代的感情呢！"

"原来你们才是同志加兄弟！"辛星勃然变色，不去握那只手，只干巴巴地说了一句，"圣诞快乐！"

她抽身走向指示灯闪闪烁烁的电梯门，两个男人在背后相视无语。而在他们的头顶上，"Happy New Year"的歌声正悠悠飘荡，袅袅回旋在这座辉煌璀璨的殿堂里……

1989年3月6日　深圳　环宇大酒店

陈刚被森林的一番话套出实情，但他心里并不懊丧。这个比他年长的男人经历过风风雨雨，那双饱经沧桑的眼睛时常闪现出宽容、谅解和大度，发自内心深处的笑容亲切爽朗，富有哲理的谈话隐含着善良的希冀，能启发倾听者某种异样的情感，渴求在这个超凡脱俗的长者面前一吐为快……

陈刚永远记得他们是如何走到一条路上的。一直怀才不遇的他认定到了民办企业便会如鱼得水，不顾原单位领导的反对而毅然辞去公职，一个猛子扎进霓裳公司。辛星深深感激这番知遇情，对他倍加信任，把整个公司的经营权都交给了他。那是一个肝胆相照的时期，他们并肩在商场作战，虽然屡屡出师不利，却也乐在其中。然而刚在贸易上尝到一点甜头，辛星又转向华安开发新产品，投入大量精力还不算，把公司的主要资金也给牵制住了！其后丛辉的加盟，辛星对另一个副手的仰仗和器重，甚至两人关系的亲密与恶化，他都看在眼里而且不以为然，认定阴阳不调是非多，私下盘算着另起炉灶。正在此时丝毛衫却捷报频传了，而且在展销会上一鸣惊人。以为再无发展希望的霓裳竟冒出水面，搅得他心里也起了千层浪。抢先抛售大宗货物的决策就含有占一份功劳的成分，谁能想到那是一个更大更危险的旋涡呢？他痛心地想起那天被深圳一家震洋公司的业务员灌了几杯酒，一份合同一个印章就让人家把货提走了！谁想到国家正式召开的订货会也出这种事？陈刚为追货款跑遍了大半个中国，他日日夜夜在愧疚、自责、懊丧、愤慨等种种情绪中挣扎，一头丰厚黑亮的头发已变得日渐稀落。

此时，辛星推门进来，他却有几分惊慌失措，仿佛自己正策划什么不利于她的阴谋诡计被当场抓获。忙岔开话题汇报起丝毛纱的出口行情，而且频递眼风给森林，希望不要这么快就揭盖子。

"小批量试销的工作也可以跟着进行啦！"森林偏偏插了一句，"陈刚打算在深圳承包一个针织厂。"

陈刚绝望地瞟了他一眼，又在对方的目光抚慰下恢复了镇静。然而辛星的眉毛却惊奇地向上挑着，悟出其中的含义才又朝额心聚拢："怎么？跑单帮的如今找到了码头，陈刚你想和霓裳彻底分手啦？"

他强自镇定地点点头，很快又觉得不妥，就不知再说什么好。

"不是彻底分手，而是更加紧密地携手。"森林鼓励地拍了拍陈刚的肩膀，"把你的想法都端出来吧！"

不善言辞的陈刚说了几句便觉出糟糕透顶，连自己都没弄清楚的头绪反而成为引爆线，点燃了对方心中的一团怒火。

"哼！利益！责任！"辛星愤慨地拍着茶几，"你就这么一走了之，十八万的债务让谁来顶缸？霓裳急需经营人才开拓市场，你这一来不是釜底抽薪吗？当初我们三击掌相约出山，你现在背信弃义算什么男子汉？"

陈刚狼狈地顺巴着嘴，无法解释。在她的震怒面前倍感内疚，惭愧，只得再次把求助的眼神投向森林。

"当领导的总应该沉住气，让人把话说完，这样即使挨批挨踢也不觉得冤，对吧，小陈？"森林幽默地眨眨眼。

"辛星，你听我说，"陈刚鼓起勇气，神情也变得十分坚决了，"正因为有了这笔债务，我才想走这条路。那个震洋公司已经垮了，官司也没法打下去了！这些事情都是我办砸的，但你是法人代表，无法卸掉责任。无论你相不相信，这让我心里很不轻松。我一个大男人，反倒让一个女人来替我承担责任，真是窝囊透顶啦！而且出了事之后你照样信任我，让我在外面全权处理，我也是又感激又惭愧，深感这份情无以回报，现在正好有个机会：一个朋友愿意帮助我抵押承包那家针织厂，T恤衫的销路一直很好，最多一年半我就能挣到十五万还清债务，而且霓裳在沿海也多了一个落脚点……"

辛星站起来，紧盯着他一字一句地问："我凭什么相信你？"

陈刚张口结舌，森林又慢条斯理地帮腔："很好办。那个针织厂是独立法人，可以和霓裳文字具结进行合理合法的债务转移，并取得公证……"

"你怎么帮他说话？"辛星怒不可遏地冲着森林爆发："这件事你是幕后还是主谋？"

一声矜持的门铃稳住了战局。森林去接待他约来的两位客人，辛星奔到窗前独自平息怒火，陈刚只得赶快告辞。

房间里只剩下辛星一个人时，她伤心地扑倒在床上。两个男副手先后离开霓裳，这使她的自尊心很难接受。在北京时，森林曾为她策划过一个债务转移的方案：垫资生产这批丝毛衫的华安先作出让步，因为新产品的核价定价余地都很大，这样就在保住成本的情况下将霓裳包袱减轻一些。同时也没放过腰缠万贯的肖天野，按规定有些支出可以打入合资企业的前期费用，在技术软件很难细细折股的情况下也算个现金回收的办法。最后他还叮咛再三：千万不能让陈刚得知详情松了码……现在若不是森林自己泄露详情，霓裳怎会分崩离析？

铃声又响了，是森林从餐厅打来的电话："喂，你怎么还不下来？我们饭都快吃完了……"

他携友人临出门时仿佛丢下过一句共进晚餐之类的话，但正在气头上的辛星根本就没加理睬。现在她却冲着话筒大喊了一声："你饭都快吃完了才打电话给我？我又不是没地方吃饭了。"说完她就气呼呼地撂了电话。不到三分钟的时间，森林已冲进房间，满脸歉意地伸手给她：都怪我好吗？赶快息怒下去吃饭吧！别为了生我的气，饿坏了你自己的身体。"

"我每逢饥肠辘辘的时候就没法儿心平气和……"她委委屈屈地起身。

"给我们一点面子好吗？"他温言软语地扶着她下楼梯，"两位朋友都是深圳的上层人物，刚才你在电话里雷霆万钧，他们在话筒旁边惊得目瞪口呆——这女郎该不是那母'狼'吧？"

辛星顿生警觉，疑惑地看着他："别又是挽好了圈套让我钻吧？"

"可不是？"森林应声说，"舍不了孩子打不来狼呀！"

他们此行的另一个目的是在深圳考察投资环境，以便设点建厂。森林为此坐镇"环宇"接见了各路诸侯，特别设宴招待的这两位又非同寻常：男客是深圳市市长助理，女宾是海关分署的官员。辛星入座后，森林即叫来餐厅领班，吩咐重新点菜另摆一桌。其余服务员则围着她团团转，又是递手巾又是换热茶，连她都觉得喧宾夺主，为了内地的新鲜血液反倒冷落了特区的经济命脉。于是对那两人巧笑着调侃："对不起。森总老想让我饿着肚子跟他干革命，刚才我不过稍加抗议，点到为止。所以这餐饭我还是要吃的！"

那一男一女相视无语，像是还没从当时的震惊中恢复过来。森林已经端起了一杯酒："都怪我没有安排好。为了惩罚我，陪你喝一杯吧！"

辛星闻言，大惊失色："森总，请别……"

话音未落，那杯酒已经下肚。两位客人看看森林又看看辛星，都是一脸的莫名其妙。辛星忙转移目标，问那男客："听说特区的经济建设日趋发达，外商台商港商投资的很多，现在深圳成立中外合资企业已经有所控制，对吗？"

"市里有这个精神。港澳同胞的投资目标，已逐步由劳动密集型的加工业转化为高科技产业，甚至高速公路等交通项目，这对特区的基本建设起到了更大的贡献，同时也说明特区的经济已发展到一个较高的阶段，"男客彬彬有礼地回答，"听说你们的合资厂也打算在深圳落脚。现在办起来确实有难度，但也不是不可能……"

"我们的合资厂将引进世界上最先进的大圆机织造新产品，是产值大、效率高、技术性强的新型针织企业，"辛星急切地打断他，"难道森总没给你介绍清楚？"

"怪我！怪我！"森林笑眯眯地敲敲头，又给自己倒了一杯酒，"刚才我心不在焉，不知所云，差点儿误了大事。应该再罚一杯！"

"哎呀！"辛星猛地起身想去夺对方那杯酒，不小心却碰翻了跟前的杯盘碗筷。男客瞥她一眼便俯身去拾，那边森林已经杯底朝天，微笑着叫来侍者换过餐具。

辛星心里酸甜苦辣五味俱全，还不得不控制住自己的情绪，又去应酬身边的女宾："海关的工作一定很紧张很有趣吧？这几年国际市场上丝绸的销势最好，据说深圳的水货走得厉害，和正规渠道几乎一半对一半，丝绸公司很恼火此事。你们没采取什么措施？"

"特区经济形势的主流还是好的吧？"女宾不悦地看着她，走水货的情况的确很严重，但还没到骇人听闻的地步呀！再说事情看起来出在深圳，实际上却是各省企业管理的问题。到处都有漏洞也不能光堵我们这一头啊！"

辛星窘得面红耳赤。森林在对面哈哈大笑，像个宠爱晚辈的父亲把这不识大体的举动都揽到自己身上，"她第一次到深圳，还没认清周围的改革面貌就乱放炮了，我一直跟你们保持着联络，应该多跟她谈谈特区的新形势。这个责任也由我来负吧！"

眼看他举起第三杯酒，辛星眼里泪花直冒："你……"

那位女宾再也忍不住，小声问森林："她就是你的经理人选？"

"那还有错？"森林微笑着，同时举杯一饮而尽。

好不容易吃完了这顿饭，森林和客人一道步出餐厅就挥手作别，拉着辛星径直走向电梯。

"森总！你太没礼貌！"辛星急得直跺脚，"为何不送两位贵客到大厅？"

"对！我真是不懂规矩！"他坦然地一拍脑门，"应该送客到大厅。"

那一男一女虽然满腹疑窦，却不以为忤，反而一再承诺深圳方面的一应事情都帮办到底，由此可见森林在他们心中的地位。辛星深感自己刚才对两位朋友太过怠慢。要在深圳选点建厂，如何离得开当地政府的支持？

回到房间里，她立刻热泪盈眶地问："别跟我装神弄鬼的！难道那三杯酒又是凉白开？"

"正宗茅台，"森林说得意味深长，"这里不是北京，我也没个好部下保驾！"

"简直是拿自己的身体开玩笑！"辛星泪水涟涟地倒在沙发上，"你忘了医生的叮嘱？万一心脏出了毛病怎么办？"

"本人心甘情愿！"森林蹲下来握紧了她的手，"我是化作春泥更护花呀！"

"好花还须绿叶扶，现在人家已经成了光杆司令啦！"她强自镇定地笑着，眼里却闪着感动的泪花。

"那正是为了让你肩上有责任，心头有压力，同时摆脱一切干扰开始真正的自立！"森林站起身来，心房果真掠过一阵轻微的痉挛，但他不动声色地压回去一丝痛楚的呻吟，额前聚起了透彻人世的深纹，"陈刚早就脑后生反骨，在霓裳只是暂栖身，而且急功近利，赚钱之心大于创业之心，难道你没看出来？就算今后他愿意跟着你干革命，这匹野马你也驾驭不住！让他把债务背走，霓裳便可轻装上阵，何乐而不为呢？刘景川如不肯守住原料基地，他的作用本就十分有限，因为有那笔未了结的债务，华安自然也被绑上了战车……事实上陈刚、刘景川被分离出合资企业后，由于感情和利益的双重关系，反而更有可能成为你的好伙伴，这样殊途同归岂不是上上策？"

经这么层层剥笋般一分析，辛星不由得彻底叹服！许多事他早已防患于未然，跟这样的大智大慧相比自己似乎差了好几个世纪。

"今天是我错了！"她诚心诚意地检讨，又笑着打趣道，"以后我就一切交给党安排了！"

刘景川和周文燕正好这时闯进门来："请帮帮我们！一定要帮帮我们……"

周文燕浑身颤抖，一头扎到辛星怀里。刘景川倒在沙发上面如银纸，豆大的冷汗顺着额角流淌……

森林皱紧了眉头，辛星也以为碰上了私奔之类的麻烦事儿，但只听了几句前言不搭后语的叙述，两个人的脸色都严肃起来。

"绢丝……两吨绢丝！连本带利足有四十八万哪！"刘景川失魂落魄地说。

他们并没有捶胸顿足，呼天抢地，但那种走投无路的神情却令人心惊。辛星浑身热血翻涌，向森林投去求助的目光。他果断地抓起了电话，听见自己的一颗心在胸腔里跳得山鸣谷应……

1989年3月7日　深圳

刘景川做梦也没想到会撞上这样的骗局！偌大一个服装厂，来来往往几百号人，难道都是灵虚幻境？他欢欢喜喜地去库房交货，到财务室领条，揣着那张盖了鲜红大印的合同准备三天后来取款。按说这种成交方式确有风险，但是他不得不铤而走险：1988年的广州秋季交易会证明，丝绸已经过了它的巅峰期开始走下坡路了！他必须趁着要落未落之时再做一笔大生意。这家汇东服装厂出了每吨绢丝24万的高价并且答应分账，除给华安留下2%的手续费外，其余7万多的利润全部转汇到他指定的户头。深圳不少银行分分秒秒都能提到现金换成外币，再加上过去那几笔收入，他和周文燕便可买两张护照远走高飞。为离婚闹得人仰马翻不是聪明做法，他刘景川要走自己的路。

刘景川自认为行得正，做得端。华安针织厂是他一手一脚搞成今天这个局面的，现在由信得过的两位副厂长管理着。儿女都快上大学了，今后他将不断从国外汇钱支撑那个家。身为厂长，他从来没有挖过本企业的墙脚。以往的几笔生意都是靠丝厂的老同学弄到货源，再由华安转手卖到深圳。老同学分利，华安厂沾光，从未出过一分一毫的差错，反而为本企业打开了沿海这个八面来风的窗口。诸事妥当后正打算走自己发财致富的路，谁料想最后竟一栽到底呢？

亏得女人心细。厂里素称"红管家"的周文燕回到住所，又建议再请对方吃顿饭，叙叙友情拉拉关系，提款时便可少些麻烦；他也觉得再见见下家心里踏实。谁知一个电话打过去，对方竟说根本就没做过这笔生意！两人顿觉不妙，慌忙叫了辆的士赶过去，才不到三个小时的工夫，城头已变换了大王旗！急急忙忙冲进业务楼里，来来回回都是些生面孔，上下一致矢口否认有这回事。汇东服装厂的招牌，秩序井然的全班人马，连同仓库里的货一道从这个世界上消失了！刘景川如坠梦境！

怎么办？去公安局报案？去法院投诉？一时间竟然束手无策！因为这种"私约分账"的方式不能曝光见天，私自倒卖生丝原料牟取暴利又属违法。换句话说手上捏的这张纸是份"无效合同"。事情抖搂出去之后，无论这批货追不追得回来，他都只有一个身败名裂的下场！真是上天无路，入地无门啊！

幸而周文燕并没有像其他女人那样出了事就哭哭啼啼，反倒给他指出了一线光明。百般无奈也只好试一试了。

结果是天无绝人之路。森林问明详情后就一个电话打给市政府。在市长助理的亲自干预下，公安、海关等部门立刻紧急行动起来，所有的机场、码头、交通要道全都严密封锁，同时刑警大队派人包围了那个作案地。在一阵重炮猛轰的突击审讯下，这家原名叫"光华服装厂"的头头供认不讳，招出曾把该厂"全盘租借"给一伙打着"汇东"名义的人。事实上"汇东"早就倒闭停业，所有印鉴都已登报声明作废，这种拙劣的把戏只能骗骗不明就里的外地厂家。在警方的传讯中早有人给案犯通风报信，于是刘景川便在次日傍晚辗转接到一个信息，通知他带上十万现金去郊外某处取货，而且声称如果再报公安部门，就把这批货推到海里去！

歹徒已近穷途末路还这么虚张声势，真令人哭笑不得。但若没有森林的劝阻，依刘景川的心思倒颇愿这么"私了"。

"我们是通过国家机器来处理这个案件的，怎么能像黑社会的帮派人物那样行事呢？再说这批货是国家财产，你刘景川个人也没有权力这么做！"森林坚决地说，"即便出于种种隐衷要想私了，也必须是在完结此案取得有关部门同意之后。"

在这难熬的一天一夜里，环宇大酒店实际上成了作战指挥中心，各种线索、信息、指令都是在这里集中再发布出去。连续几十个小时水米没打牙的刘景川，已经水里火里蹚过无数次了，对森林的权威性意见哪敢不从？周文燕也死去活来好几遍，早就支撑不住躺下了。始终亢奋的辛星却坚持要目睹专政铁拳猛袭现场，这样惊险刺激的场面她岂肯放过？结果是一伙诈骗犯在一个废弃的市郊仓库束手就擒，丝毫没有侦破电影中那些拳打脚踢的精彩镜头。

这是个黑漆漆的没有星月的夜晚，一股股海风卷着鱼腥味儿，拍打得废仓库没有玻璃的窗框噼啪作响。公安人员兵分两路，一路正在给垂头丧气的诈骗犯戴手铐，一路由几个案犯指引着去提那批货。森林把刑侦大队的头儿叫到一堆破铜烂铁背后，当着感激涕零的刘景川提出自己的处理意见。

"像这样诈骗外地企业的事儿，深圳公安局接手很多吧？"

"多，多得数不胜数！我们警力不足，常常顾此失彼，"警头儿手按枪把皱紧了眉，"很多外地厂家在深圳也没有依法开展经营活动，给作案分子以可乘之机。说老实话，这件小于一百万的经济案若不是市政府出面过问，我们受不受理还两说着呢！至少不可能这么迅速就破案，更不能保证完璧归赵。就这半年，仅来自S省的丝绸诈骗案已有三起，最后恐怕都是不了了之！刘厂长一定听说过。"

黑暗中看不清刘景川的面部表情，从他支支吾吾的语调上判断，在水深火热之后必有一番惭愧不安。辛星很替过去的伙伴难过，而森林接下来的话也叫她吃惊不小。

"既如此，这件案子也让它大事化小，小事化了吧！"他拍拍警头儿的肩膀，"你是个聪明人，看见刘厂长这副模样，必知他有难言之隐。我也相信你自有办法巧立名目惩罚这批歹徒，只要不把华安针织厂牵扯进去就行。市政府那边我去打招呼，弟兄们的辛苦费刘厂长会有安排。"

警头儿顺水推舟地点点头。一直挣扎在黑暗中的刘景川正想朝着这片光明跪下来，森林却皱紧眉头拉着辛星就走，好像再坚持一分钟他自己也要倒下了！

回到房间里，辛星立刻服侍森林躺下，而后把"请勿打扰"的牌子挂到门外去。恰逢女服务员走过，便注意地看了她几眼。

"这种挂牌方式叫作此地无银三百两，"她不觉幽默地笑道，"想想那个银字的谐音吧！"

"这考题俗不可耐！"森林急忙坐起身来，"你简直是在用枪逼着我上考场！"

"大俗即大雅。如此绝妙的题目精彩的场面我怎会放过？"辛星拍着手，一脸的俏皮，"试想宾馆的保安破门而入，来自首都的人物就地背书……"

"这是以身试法！"森林微笑着指指她，"辛星，你为什么要这么扭曲自己，也糟蹋一个关心你、喜欢你、愿意帮助你的人呢？"

"因为我无法相信你，"辛星傍着森林坐下，蹙紧了眉心，"有时候，我甚至怀疑你是情场老手，而且劣迹斑斑……否则，你怎会丢下公司里的一摊子事儿，如此围着一个女人转？"

森林思索了一阵，然后坦然地笔直地迎向那道疑惑的目光："辛星，你是我所见到的女人中，最刚强最有自信的一个，但你也会晕头转向迷失自我。我想给你提供条件，创造机会，想重新塑造你的后半个生命……临来深圳前我也曾犹豫过，翻来覆去地掂量过，结论是：人才难得，值得一试！"

辛星的额头和脸颊布满了一片兴奋的红晕，嘴角却露出一道酸楚的笑容："我需要一个男人的肯定，但我同时也需要批判自己的过去。"

"辛星，你知道自己身上最值得肯定的是什么吗？"他轻轻叹息着，满腔怜爱地揽住她的肩膀，"你总在追求着——你永远主动、执着、热烈、纯真……这一切都是动态的而不是静止的，虽然给生命划了一条曲线，却是颇有意义的轨迹！"

"是的，我仿佛用了半个生命来寻找什么——像已找到了，又像是没找到……"她梦呓般地喃喃自语着，"在遇见你的时候，我已经心灰意冷，再也不想折腾了！"

"折腾！"森林不禁笑了，笑容里充满了一个长者的宽容与睿智，"实际上我最欣赏的就是这一点折腾，意味着永不满足，总在追求……"他的目光突然变得深邃，充满了丰富的内涵，"但你应该找准自己的人生目标，那是一个不断完善的高度，你朝着它走去才不会发生行为偏差……比如说：什么是中国现代妇女的正统风范？"

"你又来修理我了！"辛星的笑声明朗而又纯真，"也许，女人都具有这种可塑性，但我却不相信你能创造奇迹！"

"当然，依你那时的心态，不会去相信任何男人！"森林的口吻仍是那么坚定，那么不容置疑，"对有些人来说，他一生的道路都是困难重重，荆棘丛生，他永远都在挣扎，又什么都没冲破。在这种人身上你当然不可能找到奇迹。而对另一些人来说，他一生都在创造奇迹！"

"在S省和北京，你曾用语言鼓励过我，然而我需要的是实际行动——否则那高度于我就是一个空中楼阁。"辛星两眼放光地望着他。

"因而你就在南方给我摆下了考场！你的舞台这么大，剧情这么复杂，你本人还不断推波助澜、横生枝节，我能不淋漓尽致地表演和发挥吗？辛星呀，大千世界，唯独你有此运气，只有你阅尽人间春色！"他诙谐地举起一只手，笑道，"现在请评委亮分！"

辛星的双目如星辰般明亮，她容光焕发地叫道："满分！满分！"

"好，那我就有两个提案在此了，"森林凑近她耳边清晰地说，"废除科举制度，否则黄牌警告！"

辛星发出一串响亮的笑声，笑得欢畅，笑得尽兴。

"还有，收起你这身青春的祭服！"他一本正经地说，"明天回广州，我陪你去买一套鲜艳的时装。"

1988年12月26日　北京

肖天野送的圣诞礼物是一盒巨大的化妆品。侍者捧了这盒扎着鲜红缎带的礼品去敲1211的房门时，他本人正笃定坐在club里喝咖啡，玩桥牌。偶尔也会停下来，指着卫星转播的电视节目中某个风云人物说："这是我的friend。上星期我刚在此人家里参加了一次party。"出身名门的肖天野在美国不屑与之交往的政客或暴发户，现在却非常自然地被他挂在嘴边。入乡随俗嘛！大陆中国兴这个。

肖天野的电话是傍晚时分打来的。按早就定下的约会，他请辛星吃晚饭，进一步探讨合作的事。百万富翁竟把她带到和平饭店的普通厅堂里就座，而且只点了两份最平常不过的水饺。

"艰苦朴素是共产党员的优良传统，岁末年尾吃饺子又是中国人的老习惯，"肖天野诙谐地说，"今天我们把这传统习惯都合而为一了！"

"这些传统习惯我们自己都快扔光了，没想到肖先生在国外多年仍然记得这么牢。"辛星说时心里很不安。

"虽然我加入了美国籍，但我的根却在中国，"肖天野正色道，"我一直是个非常传统的人。"

肖家在台湾是名门望族，两房里共出了六个将军。晚辈大多弃政从商，在美国、加拿大办起了蒸蒸日上的家族式跨国公司。肖天野三年前丧偶，一门心思要回大陆娶个温良恭俭让的妻子。他认为自己身上既流着美国新一代移民的血，又流着中华古国炎黄子孙的血。和他有着情人关系的现代女性不在少数，但轮到掌管本房钥匙却必须是一个传统的东方女性。辛星的美丽、聪慧都使他一见倾心，却不知道这样一个精明能干的女强人做太太是否合适？请她住进王府以便接受考察，同时又将自己的心意处处明示，正是肖天野的过人之处。几天来的情况已证明：这是一块未经雕琢便夺目耀眼的美玉，但她永远不可能被塑造成肖家太太。现在面对着如此迷人的女性再来承认这一点颇不容易，然而在这块飘扬着五星红旗的天地中，妇女确实比从前更有作为更多风采，同时也更不可思议更难驾驭了！

"圣诞节你过得好吗？"他在她略显苍白的脸上发现了几丝忧郁，便幽默地说，"你的朋友真多，我每次经过你的房门都轻轻放慢了脚步，怕打扰了你的聚会。"

"肖先生真有绅士风度，"辛星红了脸，坦诚地说，"王府饭店是北京最高级的饭店，我有不少朋友慕名而来，无非是瞻仰金钱的威力。我想让他们尽尽兴，出手未免大方了点。不过这笔钱你可以记入前期费用，在今后的投资中扣除。"

"辛小姐，我们一家人何必说两家话？"肖天野哈哈大笑，指着刚端上来的热气腾腾的水饺说，"快吃，趁热消灭它！"

"我发现你有许多谈吐习惯，简直就和我们一模一样！"辛星诧异地举起筷子。

"你相不相信？我在中国大陆有不少像森总那样身居高位的朋友，

而且非常喜欢那次烂泥路上的遭遇，"肖天野狼吞虎咽，忽又停下来意味深长地说，"人生就得这样！"

他迅速消灭掉面前的那一份，快捷地喝着茶，反而劝辛星慢慢吃，趁这工夫谈出自己的打算，"按理说一个企业家不做他自己不熟悉的事，这次我是破例了。第一是为了我那几个远房兄弟，第二就因为潜力颇大的丝毛产品。S省那地方丝绸行情确实俏，但亲友们怂恿我投资却是另有打算，对此我也有定盘星。昨天我已去信告诉他们：我可以拿出这笔钱来，但项目得我选，经营人员由我定，股份和利润全部留给他们，其余不用他们操心。"

"肖先生真有企业家的胆识！"辛星惊讶地停下筷子，用餐纸擦擦嘴，说，"据森总的估计，这几天就能拿到部里对可行性报告的批复。但我们的合资企业设在什么地方？管理班子如何搭配？市场怎样开拓？还望肖先生提出自己的意见。"

"以出口产品为主的合资企业最好放在沿海地区，"肖天野断然说，"S省交通信息不便，政策又不够开放，投资弄不好就得陷在那里。再说我也真怕那几个穷亲戚时刻找你打秋风！"

"肖先生真会说笑话！"辛星想起房间被劫的惨状，不禁失笑，"难道肖先生信任我超过信任自己的亲友？"

"当然，"肖天野慨然道，"我早就向森总表示过，这个合资企业他怎么插手怎么过问都没关系，但一定要辛小姐来当总经理。"

她感到震惊："我没有管理过这样的企业，我也不太合适……"

"辛小姐是技术人员出身，管理这种技术密集型的企业是最佳人选。准备引进的大圆机你在华安就已经能掌握了，你设计的针织时装又曾获得国家金奖，总经理非你莫属呀！"肖天野又打趣道，"不过辛小姐显然在理财上还差点儿，得给你找一个……嗯，大陆上常说的金钥匙，来当我们的红管家。"

辛星笑吟吟地说："王府饭店挥金如土的话把儿，肖先生不会在每一次董事会上都提及吧？"

"怎么会？前事不忘，后事之师嘛！"肖天野有滋有味地喝着快泡白了的茶水，"其实美国人和中国人的行为方式完全不同。东方人讲究从小就刻苦努力，卧薪尝胆，头悬梁锥刺股地去奋斗，等到白了少年头才恍然大悟没来得及享受人生，于是又忙不迭地花天酒地。西方人就主张让孩子们自由发挥，任意成长，哪怕是用一份聪明才智去和整个世界对抗。等玩够了疯够了，能抵挡住人间的诱惑了，再来收心敛志好好创业……如果没有王府的一番挥霍，你就不清楚金钱的魅力究竟何在，那样我还不放心你当总经理呢。"

辛星琢磨着这番奇谈怪论，肖天野已经吃饱喝足买单起身。他们踏着白皑皑的雪地返回王府。道路在街灯下反射着一层冰冷清凉的波光，积雪在两个人的脚下呻吟。肖天野又沉吟着说：

"我想让你或者森总先去沿海考察。大陆的手续和环节诸多，不知道在那里选点办厂会有什么新的麻烦？另外我始终担心的还是市场问题，想在合资前组织一批丝毛产品去欧美试销。由于我对针织业十分陌生，又不可能经常回国互换信息，因此选定一家港澳公司当我的总代理，负责我们之间的联络沟通。你们先去南方和她碰个头怎么样？"

"好，"辛星立刻明白了对方的意图，"我等你的电传通知。"

肖天野轻轻拍了拍她的肩膀，心里很替她惋惜。这么冰雪聪明的一位女性，就因为缺少了一份"绿卡"，不能海阔天空开展全球贸易。否则她一定不亚于那位黄"金苹"。他看了看表，不想和她很快分手。

"还有一点时间，我带你去香格里拉饭店玩保龄球怎么样？"

辛星欣然同意，她也怕一个人回到房间再去面壁。但置身于那一群不同肤色不同语言但却同样腰缠万贯的人之中，她又突然感到寂寞得要命！

身边的肖天野仍旧彬彬有礼体贴入微，上下车进出门，总要轻轻地搀扶她一把；遇到熟人或朋友，他立刻笑容满面地为她做介绍；如果她有什么应酬不周全的地方甚至小小的过失，他也能恰到好处地替她遮掩过去。然而她心里仍旧茫茫然空荡荡的……

轮到辛星上场了，她信手拈来随手抛去，那球歪歪斜斜滴滴溜溜却滚到窄窄的行间轨道去了。肖天野不由得拊掌大笑：

"辛小姐是路子野？还是没目标？"

她微微一笑，刹那间恍然大悟：原是两个世界的人，偶然碰到了，彼此欣赏了，现在又回到各自的轨道上去，幸而没有造成无可挽回的错误！她心里清清楚楚：自己无论如何也不愿意变成一位阔太太，像这样整天混迹于商贾巨富名流之间，在金钱社会和上层人物中寻欢作乐……

奇怪！她能在很短的时间内就轻而易举斩断金钱的诱惑，却无力挣脱多年来深陷其中的爱欲苦恼。

1989年3月8日　深圳—广州

乘火车的人流蜂拥而下挤入地道，辛星挽住森林的胳臂，小鸟依人般地偎在他身边。

"我希望有一天你心里得到的爱满盈盈的，这种暴露给大庭广众看的小动作也就慢慢收敛啦！"森林微笑着低声说。

"你批评人的方式很独特啊！"她嘟着嘴抽回了手，"是不是怕碰见了黄锦屏一伙？"

"可能性很大呀！"他笑眯眯地肯定，"命运偏爱你，总要给你安排一些特殊的剧情，再说这两天，她四处打电话到各宾馆找我，对我们的行踪恐怕也……"

话还未说完，身后就响起黄锦屏银铃似的笑声："哇！真没想到在这儿碰见你们！"

辛星大吃一惊，最初的反应简直以为是森林的安排。但黄锦屏脸上那副大喜过望的表情却很逼真。

"森总的行踪真是神出鬼没呀！"她撒娇一般地扭扭身子，"昨晚我专程去环宇拜访，又扑了个空！服务台说你们今天退房间回广州，我只好一直守在这儿……"

"服务台也把你的留言转告了我，"森林从容地站住了，"正好我们可以在车上聊聊。"

"太好了嗳！"黄锦屏高兴得快要跳起来，随即又瞥了辛星一眼，"辛小姐不怕我把森总抢跑啦？"

辛星落落大方地笑道："森总跟不跟你走是他的事。但他的身份证却在我手里，原定明天返京的机票也没人给他退掉！"

"哎哟！辛妹妹真是了不得！"黄锦屏笑得前仰后合，"把人家身份证攥在自己手里这一招真厉害！今后我也得学着点儿！"

"谁叫姐姐你见了男人总要忘掉妹妹呢?"辛星淡淡地调侃。

"哟!我们原已约定要拍档的,如今你却成了人家的同伙,这会儿又来怪我!"黄锦屏亲热地挽住她,"如果森总没意见,我也把你抢过来,今晚咱们俩住一屋,好好聊聊……"

辛星眼瞅着呆立一旁提着大包小包的丛辉,反唇相讥:

"你不怕这么一来森总落了单,丛辉也许又要跳槽?"

森林豁达宽厚地笑着,丛辉却面红过耳。黄锦屏拍手道:

"我正想替丛辉也讨一个情——今晚让他跟森总蹭一夜吧!我在大陆的业务头绪很多,请森总帮我修理修理他。"

"黄姐姐真会打算!既节省了房钱,又给部下找了个免费咨询的好机会。"

森林不偏不倚地总结:"你们俩真是棋逢对手,将遇良才啊!"

四人上车后便各踞一方:黄锦屏拉着森林避到车厢前面去窃窃私语,丛辉则在车厢后段看守着那一堆金银细软,而坐在中部的辛星便一个人打开车窗,在风驰电掣中,捕捉这片喧嚣的土地上飞闪而过的欣欣向荣的景象,去引发自己内心温馨甜蜜思不胜思的无尽遐想……

当晚下榻东方宾馆,卸了妆的黄锦屏令辛星大吃一惊:她肤色苍白,脸有些浮肿,泪囊下垂,嘴唇青紫。唯一值得炫耀的是那口仍然洁白闪亮的牙齿。

"唉!女人无论使用什么样的化妆品,最终都逃不脱人老珠黄这四个字!"黄锦屏从梳妆镜里观察到那份震惊,不无伤感地又往脸上扑了点儿粉,抹了点唇膏,"人活脸,树活皮,女人靠的就是这张脸子呀!"

"看来今天走到哪儿都得讨论妇女问题了!"辛星笑吟吟地坐在床上。

黄锦屏一阵风似的打了个转身,在辛星脸上亲昵地捏了两把,又变得活泼爽快了。

"你穿这套时装好靓!辛星,我真羡慕煞了你!你才是风华正茂前程无量呀!"

"不对!"她竖起眉毛,尖锐地指出,"按你刚才的逻辑,我再过十年也逃不脱同样悲惨的命运,前程有限着呢!"

"你清楚这点就好。"黄锦屏自相矛盾地耸耸肩,

"我最喜欢的一首歌就这么唱的:好花不常开,好景不常在……所

以聪明的女人必得趁年轻时创下一点基业，把自己的后半生全都安排好。否则真是晚景凄凉，不堪设想呀！"

辛星心里突然注满了同情心，看来女人无论怀揣绿卡白卡，最终都想给自己找到一种归宿。她叹了口气，问："黄小姐，你结婚了吗？有没有孩子？"

"我们在外面的观念不太严格。男人嘛，有情就相交，没缘就拜拜。我自由自在无拘无束，没那么多清规戒律！"黄锦屏像是不愿提及自己的家庭，反而话锋一转追问她，"哎，我看那个森总对你很有意思呢！"

"他比我大了十五岁，足够当我的叔叔啦！"辛星毫不客气地顶了回去，心里很不是滋味。

黄锦屏顿时掩住嘴嗤嗤地笑，含有深意的目光在她身上溜来溜去。她被瞅得十分恼火，却又不便发作，干脆抖开被褥，说还是躺下聊吧。

"辛妹妹的脸皮这么薄，非要闭了灯才能说闺房秘话？"对方的笑声在黑暗中听来更加清脆响亮了，"哎，我看森总那个人有情有义，你要是不抓牢他，当心我抢走啦！"

"有本事你就抢吧！"辛星硬生生地回答，想想不妥，又说，"黄姐姐，你别误会了！森总的确很关心我，但那只是一种工作关系——他愿意帮助我成功！"

"是呀，大陆通行这句话，看来在一个成功的女人背后也得有一个成功的男人！我就没这份福气，"黄锦屏的语调变得伤感了，甚至掺和了几丝颤音，"去年我和上海进出口公司签订了600万的合同，购买他们的一批名牌针织衫。信用证开出去了也收到货了，才弄清楚是一批冒牌的伪劣商品，发送欧洲只有倒我自己的灶。气头上，我将堆积如山的货物一把火烧了个干干净净，怀揣着最后的几千澳元住进香蜜湖度假村，和几个朋友通宵达旦疯一般地唱呀跳呀玩呀，然后一个人关在房里整整三天不吃不喝……那真叫倾家荡产啊！但我硬是一个人挺过来了！600万算什么？做生意就是大起大落，成者王侯败者贼！没有这种心理承受能力，你就别下海呀！"

"黄小姐真是个女强人，"辛星并不完全相信这番话，但却由衷地赞叹着，因为她自己曾被区区十八万压弯了腰，"这次我们合作搞丝毛产品，你有什么想法？"

"辛妹妹是个聪明人，我一点拨你就准明白！"

黄锦屏立刻热情洋溢地说："你比我年轻，又比我漂亮，搞什么技术管什么工厂啊！那些苦差事丢给他们大男人做，你我只管拍档去闯国际市场！其实欧美客户远比港澳商家还要好打交道，凭我们姐妹俩的本领，交际环球周游世界，不就是动动指头动动嘴的事儿吗？"

"黄姐姐，你忘了我的身份了！"辛星的口吻很冷静，心却隐隐地亢奋起来，仿佛已快把握住对方的脉……

"有森总这样的权力人物，还怕给你换不了身份？"黄锦屏咯咯地笑起来，"这件事包在我身上，澳门总督府姐姐我随便打进打出，弄一张长期居住卡还不是家常便饭？我甚至想，把你们那个合资厂也搬到葡萄牙去，这样连你今后的定居入籍问题都一并解决了！只要你同意，肖先生那里我去打点！"

"那么你的条件呢？"辛星冷笑道，"我相信黄姐姐你不可能平白无故帮这个忙。"

"当然，商界讲的就是投桃报李，利惠均沾，"黄锦屏说得十分坦然，"很简单，只要森总在我手上这份天津金苹针织厂的贷款书上签字画押，并且以他的公司作为担保方，其余问题一律由我来办理。"

"黄小姐错了，森林的公司和金苹公司的性质完全不同，那不是他自己的企业呀！"辛星沉着应答，觉得今晚真是大开眼界。生产型企业想争取点流动资金本是寻常事，但在这种处心积虑的贷款背后一定另有文章！

"正因为如此，你们自己才在任何情况下都无损失可言；正因为是国家给予的而且随时都可能收走的权力，才是不用白不用！"

虽然早有预料，辛星仍被这种大胆的也是混账的逻辑震慑住了！她的心口突突直跳，手脚冰凉，一时间竟缄默无语。在这片静寂得近乎沉闷的黑暗中，黄锦屏的声音幽幽地响起来了："有些人梦寐以求的，就是能换一副脸子，换一个身份，换一份生存条件……十年前，有一个女孩子像你一样的纯洁美丽，像你一样的冰雪聪明。她在那个冬天不顾刺骨的严寒，在冰冷的海水里泡了十几个小时，为的是偷渡到香港，去寻找她心目中的天堂……"

"黄小姐请不要再说下去了！"辛星不寒而栗地打断她，"那个女孩子就是你自己！正因为这点，我才不能答应你——我无论如何也不想在十年后成为你今天这个样子！"

1989年3月9日　广州　东方宾馆

　　辛星很早就起床了，但黄锦屏起得还要早。她的行李箱不见了，花里胡哨的衬衫和内衣丢了一床，梳妆台上也是乱七八糟……辛星去敲森林的房门，谁料想他也出去了。丛辉没戴眼镜探出一颗乱发蓬蓬的头来，她扭身就走，心里很腻歪。

　　直到她一个人无精打采地吃完午餐，森林才出现在饭桌旁。原来他是去有业务关联的单位调查金苹公司。外贸的联络网四通八达，澳门方面很快就有了回音，黄锦屏位于市区商业要道的写字楼因无力还贷已押给银行，账户里刚进了一笔大款项，几天前又突然转走。金苹公司实际上只剩下一副空架子。

　　"丛辉知不知道那些情况？"辛星发现自己仍在关心他，不禁气恼地咬了一下嘴唇，"昨晚你们谈到几点？都谈些什么？"

　　"弹的也是古典乐典：二泉映月、阳关三叠、四面楚歌……"森林说得含义颇深，见辛星噘起了嘴才又正色道，"丛辉是个聪明人。黄锦屏在辞退所有职员的窘境中单单收容了一个新人，他心里不能不打鼓：闹得不好，他就是替罪羊！昨晚他竟求我给他拿主意，我深感事态严重，来不及通知你就忙着搞调查去了……"

　　他们此时正走在阳光灿烂的庭园中，全身都沐浴着金色的光辉。辛星端详着森林含笑的光彩熠熠的眼睛，打趣道："喂，你身上仿佛有什么吸引人的魔力，无论是我的朋友还是我的敌人，竟能争先恐后地想把自己的秘密告诉你，希望你指点迷津……"

　　"无论远古还是当今，只要一个人被大家所需要，就证明了那个人本身的价值！"

　　两个人说说笑笑回到森林的房间，推开门却被眼前的光景震住了：丛辉正一脚里一脚外地站在窗台上，打算往下跳……

　　"你要干什么？"森林大步抢上前去想阻拦他。

　　"你别管！"辛星一把拉住他，幽幽地说，"丛辉，你往下跳啊！这种惊人之举你已经表演过，应该技艺纯熟了嘛！"

丛辉反倒脸色苍白地跳回屋里，双膝一软就跪在森林面前："森总，只有你能救我……"

"男儿膝下有黄金，怎能轻易就折腰？"森林亲切地扶起他，爽朗地笑道，"每个人都有自己活不下去的理由，选择死亡未必就是弱者。但总该把事情理清爽，把是非弄明确，死也死得清清白白呀！"

正当本命年的丛辉认为自己是世界上最不幸的人。父母都是学富五车然而精神脆弱的高级知识分子，在"文革"中双双跳楼自杀身亡；三年前妻子又跟别人去了，而且还带走了聪明伶俐懂事得让人心疼的女儿。本想靠事业的成就出人头地，偏在胜利有望的时刻让人逐出山门。他带着一颗破碎的心走进霓裳时，觉得自己无论在精神上还是物质上都已经一无所有了！目光精明、心思细密却免不了处处失算；极度的自卑后面又隐匿着对名和利的强烈渴望。一个头脑如此清晰的人竟主宰不了自己的命运，他怎能不怨天尤人呢？到后来丛辉几乎失去了与命运较量的勇气，觉得这个世界上所有的人都在跟他作对。包括与女经理的那一场感情纠葛也使他感到惊心动魄，只能采取最消极的退避三舍的做法。到深圳后刚看到一线光明，现在却又面临着无底的深渊了！

昨晚听了森林的一番告诫，整整一个上午他都没闲着，不断给澳门、香港、深圳方面拨电话。黄锦屏利用上海的头批出货取得了客户的信任，但她却迟迟不肯付加工费，根本就没有再接着干的意向。陆续收到的信息证实了他的预感：姓黄的已把那笔大宗文化衫的定金50万美元全部秘密地转汇到香港去了！而这笔款子三天前却是由他作为深圳精品店的法人代表负责签收！他扔下电话联想到那天在云梦酒店大打出手的情形，心一下子就抽紧了……女老板早已和他定下今天的安排计划，但从一大早起就连个面都不露！时间一分一秒地过去，丛辉像只熊在房间里急得团团转，像个发现了险情却又不敢贸然出击的困兽。直到和广州某个客商约定的共进午餐的时刻也过了，人家从餐厅打来电话发难，他才确信黄锦屏是丢下他一个人跑了！

"不至于吧？"辛星不大相信这番陈述，"金苹公司还有好几处实业，在深圳又有那么高档的精品店，怎能一夜之间就土崩瓦解，没有任何回旋余地呢？"

"哎呀我的辛小姐！那一切都是表面文章！"丛辉气急败坏地说，"上海、天津的厂子其实根本没投多少资金，反而欠了一脑门火烧眉毛的债！精品店里的东西都是给货宾代销，只付了几个月房租！若不是凭借那笔量大利薄的订单四处招摇撞骗，金苹公司早半年就死定了！这次你不接她的单，森总不肯帮她贷款，肖天野也是债主之一，又逼着她做已经周转不起的生意……她只有一条路，就是卷了那笔定金远走高飞呀！"

"她是不是答应过带你一起走？"森林紧紧盯着他，突如其来地问，"否则很多情况你早就清楚，怎会出面帮她转汇这笔钱？"

丛辉面如死灰，愣愣地呆立了几秒钟，又打算给坐在沙发上的森林跪下去，而后者却笑眯眯地提醒："再跪下去可没人扶你了！"

他咽了口唾沫，只好喏喏地承认："护照已经办好了，用的是假名……"

"你！"辛星气得扭头奔向窗前。

楼下正是广州美领馆，心怀出国梦的人每天来这儿等着领取签证，一大早就排成了长龙。眺望闹市连绵起伏的高楼大厦，像是一派凝固的谷底浪尖……有多少追逐名利和金钱的灵魂在这片惊涛骇浪中挣扎？又有多少渴求人生价值的灵魂在这种沉浮中丧失了自我？时代在发展，社会在进步，难道人类灵魂的归宿反而萎缩成金钱二字？

"黄锦屏一再劝说我跟她走，她说她需要我……"丛辉絮絮叨叨地坦白，"她也好可怜！两个儿子正值生龙活虎，没完没了地要这要那；男人又是个大赌棍，几年来金苹公司创下的那点家当，多半都被她丈夫上赌场输了个精光，后来又撞上那笔倒霉的买卖……她说她会跟我终身拍档，只要我对她忠诚，一生一世跟着她……"

"你不配谈忠诚二字！"辛星不耐烦地回身打断，"S省还有个杨丽呢！"

丛辉觉得浑身的血直往头上涌，耳鸣心跳，忙取下眼镜，眼泪汪汪地擦拭着。

"黄锦屏还算有良心，幸亏她没带你一起走！"

森林此言一出，丛辉和辛星都不解地瞪大了眼睛，"50万美元的经济大案上了国际法庭，对方完全可以要求国际刑警组织引渡。无论你跑到天涯海角，那个替罪羊你都当定了！"

"可现在我也逃不脱干系呀!"丛辉头上虚汗直冒,哀哀地求告,"森总,你说我该怎么办?我是想跑出去见见世面,可我确实没有染指那笔钱啊!"

"你当然没有干系,这点我可以作证——昨晚咱们俩不是住一屋吗?"森林干脆地挥挥手,"我给你写一封证明信,你赶快拿着它回深圳主动投案吧!"

丛辉感恩戴德地走后,辛星立刻"嘭"地关上门,转身一字一句地说:"现在我看你索性成了大慈大悲救苦救难的观世音啦!然而牵涉到丛辉,总该我来点头批准!"

"嗨!他刚才寻死觅活的恰好是想留条后路,其实问题没那么严重!"

森林洞察一切地指出:在辛星被丛辉扭曲的过程中,他本人也承受了同样的扭曲。昨晚丛辉丝毫不加掩饰地剖析过去,说他知道辛星从没正眼瞧过他,认定他不是个真正的男子汉。他之所以要来沿海拼搏,就是想干出一番事业证明给她看……这也许是丛辉所寻找的人生价值、生命意义,但错误的出发点、错误的方式和错误的目标,都注定他只能是个永远的失败者……

"他的话打动了你,于是你又谈到夜深花睡,用你那种爱去温暖他了!"辛星幽幽地说。

"但我刚才那么做不只为了他,还为了留在S省蒙在鼓里的杨丽,"森林长舒了一口气,从容地为自己申辩,"辛星,这种爱不是你刚才所赞扬的吗?"

"但是它并不光照着我!"辛星跳起来,涨红了脸,提高了声音,"它属于每一个愿意接受这爱的人,而你普度众生,无一例外!"

"你非要这么说,我也没办法,"森林仍旧纹丝不动地坐在沙发里,沉静地举起一只手,"像我这样的人的确不可能属于谁——至少我心中从没有这种归属感!"

辛星用热辣辣的眼睛目不转睛地凝视着他,悄悄说:"森林,作为一个人,我爱你,作为一个女人,我恨你!"

森林默然不语,他觉得自己那颗心在隐隐作痛,头上直冒虚汗,仿佛有一团比往日浓重的倦怠在脑海里蔓延开来,似乎连呼吸都感到艰难了……他从衬衣口袋里掏出手帕,却带出了一张薄薄的纸页,飘飘然坠落地面。

辛星眼明手快地捡起来一看，原来是一份病假条，森林的名字赫然入目……

"呀！原来你是私自溜出来的心脏病人，"辛星吓得不轻，举起的两手僵在空中，仿佛她自己的心脏也停止了跳动，慌忙问，"你现在身体怎么样？"

"别说得那么严重好不好？其实根本就没事儿！最近一段时间弦绷得太紧，医生给了一周的假让我换个环境好好调养调养……"森林掩饰地擦着汗，轻描淡写地岔开去。

"你必定是瞒着公司和家里的人私自南下！"辛星连忙转身，都快哭出来了，"我去给蓝玉洁打电话……"

"一到深圳就打过了！看来女人没有强弱之分，都喜欢大惊小怪，"森林伸手拉住她，"祖宗三代里曾有过几个人年轻轻得上心脏病，于是她就成天危言耸听……"

"那医生的嘱咐呢？"她急得直跺脚，"你总不能连他们的话也不听吧？"

"哦，医生当然希望自己的话都被奉若圣旨，这样他们的地位才会备受重视，"他见她一直气急败坏的，又忙安慰道，"放心吧，身体是革命的本钱嘛，我怎么会不重视自己呢？那些有可能大显神通的灵丹妙药我都时刻带着呢！"

"那你必须答应我：一有不妥立刻进医院！"她仍然紧张地注视着他。

"你放心吧，"森林含蓄地笑道，"无论我做什么，我的心都不累——我是个没有精神压力和心理负担，活得十分轻松十分潇洒的人，你们所担心的那些事怎么会发生在我身上呢？"

辛星觉得这番话颇有说服力，便如释重负地倒在椅子上。"森林，你也只有一颗心，为什么要把它分成一千份一万份？那样你会爱不过来而撒手西天！为了延年益寿，你现在必须接受我的修理……"

"你要把我修理成什么人？"森林觉得胸口阵阵胀痛，那团浓雾般的倦意仍在迟钝而顽强地挤压着心脏。他不悦地挺直身子，连语气声调都变得强硬，"男人和女人对爱或许有不同的理解，我们之间或许有不可调和的矛盾，如果大家都执意要守住自己原有的东西，那么就必须打碎其中的一个!"

他稳步走到她面前,发自内心的那种圣洁的光芒此刻在他双眸中黯淡下来……

在四目交流中,辛星心惊胆战地感觉到两个人就要失之交臂了——他的滚滚奔突的雄性的血液,和她不肯枯竭的青春的甘泉,就像两条飞泻直下的江河,眼看无法融汇却要流向各自的海洋了……

1988年12月27日　北京　王府饭店

雪停了,窗户外结满了冰凌花。辛星弯腰往窗户上哈了口热气,用手指在玻璃上交替写着"杨洋""森林"……

三天了,这两个男人谁也不来看她,谁也不打个电话过问一声。而肖天野已为她订好了明天的返程机票……

天色暗淡下来,她躺在沙发上昏昏沉沉地不想动弹。被遗忘在这间豪华套房里的,究竟是冲不破的黑暗还是她的整个生命?

一道亮光突然切断了她的思想,挟着缕缕寒气的森林正朝她弯下身,并且伸出手来试她的额角。

"你不舒服?"他抚慰地握紧她的手。

"嗯。"辛星含糊其词地坐起来。

"我给你带来了一张药方,保你药到病除。"

森林呈上的是一份盖了鲜红的部级国徽印章的批文。她随手翻了翻,却见底稿上面的两个签字,都是她心仪的男人,都是她刚才写了无数遍的姓名……她绝没有想到真会有这一天,决定霓裳公司命运的正是她生命中最重要的两个男人。

"为什么这三天连个电话都不打?"森林边脱外套边问,"我还以为你病了呢!"

"我病了你还不过来看看?到底是谁三天没有音讯?"辛星觉得自己像是被一股力量猛然高高地举起来,然后又狠狠地摔在地上,她两手一松,那份批文已轻轻飘落,"哼!男人都这样——始乱终弃!"

森林愕然地落在沙发上,觉得浑身血脉扩张,似乎连耳朵根子都发热了……足足过去了十分钟他才调整好自己的心绪。

"这四个字浸透了历代妇女的辛酸与无奈，我还真有点承受不起，"他的语调仍旧平缓沉静，却增加了几分冷峻，"凡是男人必须负而且应该负的责任，我都一定负、全部负、负到底。但是我肩上的分量并不仅仅来自你……"

原来三天前森林去天津办事，回公司后听说辛星没来过电话，拿到批文就直奔这里。正遇见下班高峰，王府井一带堵车，他让司机停车，自己却一溜小跑地过来……

辛星猛地抬起头来，难以置信地望着他，心在感动和内疚中绞磨，却一个字也挤压不出来……

"这就是龙马精神！"森林适时地诙谐起来，继而又话锋一转，"但百折不挠的前提是找准目标，所以我劝你今天可别跟我兜圈子，兜来兜去地反而自己迷失了方向。"

辛星的脸上绽开了笑意，但她瞅见散落在地板上的批文，眼睛里的光辉又黯淡下来："为什么你要创造这样的奇迹？实现这样的神话？我的生命中曾有不少男人，难道你都不在乎？"

"因为你的存在本身就是一个奇迹，你的命运只要合理就不是神话。凡是生活给予你的东西，你都无须放弃，"森林俯身拾起那几页文件往天花板上一抛，微笑着说，"好风凭借力，送我上青云！"

辛星心灵深处的思想火花被点燃了，她脑海里那扇苦苦探寻和求索的生活之门也豁然洞开，一股澎湃的激情在心里回肠荡气……但只不过一瞬的工夫，她又百感交集地绞紧了自己的手，"那么，你想要什么？我能回报你什么？"

"我？无欲无求！"森林见她仍是那副疑惑的模样，就含蓄地一笑，"你若不相信，我就送你一句话作为凭证，而且写在你的笔记本上——立此存照嘛！"

他的字写得很漂亮，很帅，颇有力度的六个字铺满了雪白的一页："有而示之以无"。但辛星琢磨再三，却看不出此举的含义来。森林知道她心里还有一根弦没被拨动，就拍拍她的手，说待会儿再谈，现在他要把批文拿去给肖天野看。

肖天野仍在club玩桥牌，见了森林立刻拉他下海，不由分说便将满把牌塞到他手中，笑道："既然我们是合作伙伴，我的王牌、底牌你都该清清楚楚！"

森林跟那几个老外对垒了一阵，肖天野也通读了文件，两人才换了一张桌子坐下。

"这次劳你在北京久等了！"森林从容地笑道，

"牌技一定长进了不少？"

"邓小平手里的那张牌才难打，"肖天野朝他挤挤眼，"中国这么大的市场，全世界都在眼睁睁地看着呢！"

"肖先生放心吧，我们一定能出色地做好经济改革这场局！"森林说得信心十足。

"中国政府有你这样出色的官员，当然不怕跟全世界对垒，而且一定能够打出最漂亮的牌！"肖天野哈哈大笑，"森总，我很了解大陆，所以知道这次合作你的效率够高的。其实最近美国经济一直萧条，我把那边的事都扔给拙弟，躲进王府坐山观虎斗，一方面是养精蓄锐，另一方面也是想就近观察你到底有没有核武器啊！"

"现在我们互相都摸清了对方的底牌，该动真格的了吧？"森林意味深长地笑问。

"还有一次南方之行呢！"肖天野郑重其事地举起一只手，"听说如果在沿海设点建厂，还要在当地再批准一次。不过森总在那里一定也有办法，这些手续只有全部委托你们中方了！"

"好，前期工作我们全包了！"森林也竖起一根手指，"不过前期费用外方却要多摊一点！"

"那是当然！"肖天野笑道，"有出力的就该有出钱的，这很公平！"

他一直把森林送到走廊上，又笑着指了指楼上，"我很欣赏辛小姐。女人出来打江山不容易，希望你多多关照她。"

"那是当然，"森林使劲握了一下他的手，"我也是义不容辞！"

辛星已经要了一桌西餐，由侍者推着送进房间。银光闪闪的餐具和色彩诱人的西点引起了森林的食欲，他毫不客气地坐下来就吃，一边心里暗暗好笑：肖天野出了这笔前期费用，实际上等于被拴住了一半。

"不该是你！不能是你！"辛星不去碰那些食品，坐在一旁神情恍惚地说。

"为什么？"他头也不回地说，"我可以做你的任何人——导师、朋友、兄长、情人……"他果断地把她搂在自己怀里，温柔地吻了吻她的眼睛。辛星迅疾地挣脱开了，逃到窗前。

"不！不，"她喊道，"你这是在分裂我！"

森林一个人坐在沙发里，耐心地打量窗户前正拼命镇定自己的女人。有几滴大大的泪珠落在她脚下昂贵的地毯上，玻璃窗上似乎也凝聚起一层晶莹的水汽……他沉默了一阵，才坚定地说："你心里有痛苦，你眼前有黑暗，你脚下有障碍……你有权保留自己的秘密。但如果是必须跨越的障碍，必须冲破的黑暗，必须挣脱的痛苦，那你就拿出勇气来吧——让我们一起来对付它，处理它！"

"说出来也许是个可怕的后果。"她悲哀地垂下头。

森林毫不迟疑地说："只要过程合理，结果早就孕育其中了，也根本用不着后怕。"

辛星用手捻着华丽的丝绒窗帘，说得又快又急，似乎怕被打断："在批文底稿上签名的另一个人也坐过你身下的沙发，从形式到内容都一模一样！你可以不在乎别的人，你不能不在乎他吧？"

森林平静地望着她，这房间也随之坠入空寂，仿佛心与心之间铺开了一片无尽的沙漠。沉闷、骚乱、躁动不安的空气微粒，也在辛星心中神秘地悸动，那陌生、遥远但却刻骨铭心的少女恋情，又如海市蜃楼般清晰地映现……她不清楚自己是宁愿忍受一种饥渴的痛苦守住这片荒凉的美？还是应该以更坚强的意志去长途跋涉寻求另外的绿洲？

沙发上的男人仍旧缄默不语。辛星突然意识到自己确实对他有过希冀有过期待有过渴求……现在盼望中的温暖并没来融化这早就冻结的冰山，她内心的温度立刻由冰点上升到沸点，压抑已久的悲伤、痛苦、怨愤又如火山爆发一般喷泻："哈！那天晚上是多么戏剧性的场面！两个男人都有贤淑的太太，两个男人都愿和另外的女人保留一段情，同时又都在义正辞严地指责这个女人堕落，因为她想嫁给外国大亨，也因为她正在挥霍大亨的金钱……喂？圣诞节那晚你们俩怎么不带着蓝家姐妹过来呀？我不是已经给她们准备好了圣诞礼物吗？呵！你们俩是至爱亲朋，是无话不谈的死党，唯独这件事都瞒着对方？……我夹在两个正人君子中间，听你们聊家常、侃人生、谈事业，还得扮演一个热情周到、雍容大度的女主人！你们知不知道那是在表演给你们看哪！我的心其实正在淌泪，在流血啊！"

"表演得棒极了！甚至可以说十分的伟大、高尚——还要照顾妇女利益呢！"森林突然一本正经地开口，"当然，我并不情愿看你的表演，怕你把戏演砸了！但你非要安排那顿一晚餐。我一想也是，再不表演就没机会啦！"

辛星这一惊非同小可，当真是噤若寒蝉！只听得对方从容不迫地说下去："我也没想到你会把分寸掌握得那么准确，表演技巧那么出色，台词说得那么恰到好处……但若没有我的配合，甚至在关键时刻扶你一把，结果未必那么辉煌吧？"

辛星好似感到疼痛一般弯下腰去，紧紧抓住了窗帘才没滑到地板上。"这么说，那天晚上你并非蒙在鼓里？"

"要想把我蒙在鼓里，有那么容易吗？何况你还一再暗示着，从S省暗示到首都，只是自我中心意识和表演欲都太强，根本不理会别人的暗示罢了！"

"别人的暗示？"她又倏地绷紧了身子。

"岂只是暗示，简直就是明示！都记录在案立此存照了——'有而示之以无'！可你仍然视而不见，我有什么办法？"

"原来你已经知道了？"辛星大惊失色地把窗帘一摔，"你是什么时候知道的？"

"在S省的那晚。我已经作出了判断，只是还不能窥见事物的全貌，"森林现在稳稳当当地躺在长沙发上，而且把两只手垫到脑后，笑眯眯地看着这个满脸困惑的女人，"刚才我就告诫你别跟我兜圈子，免得自己反而迷失了方向……岂知你竟痛不欲生地沿着明岔暗道跑下去——我要是不打断你，谁知你底下还会说出什么话来？没准儿要下逐客令呢！"

"你敢这么说？你还敢这么说？"辛星两眼放光地捡起散落在地上的锦绣靠垫，连珠炮一般抛向沙发上的他，"我恨死你了！我真恨死你了！原来你早就做好了圈套让我钻，然后又没事人似的看着我痛不欲生！碰见你这样的男人，谁也没法不掉进陷阱！"

森林起身笑呵呵地一把搂住她："这是命运设下的陷阱，我们一起掉进去！"

"你敢下海吗？"辛星和他脸对脸地微笑着。

"敢！只要是我看上的，只要是我选中的，我就敢下海！"森林两手捧住她的脸颊，又怜爱地把那些散乱的头发都一一梳理好，"下海原是票友串戏的意思。人生不但像戏剧，而且也有前后台之分。事业是前台，婚姻和爱情就是后台。倘若我们来讨论婚姻这个形式为什么存在着就是合理的，也许要用去整整一生的时间；但一切不和谐的甚至混乱无绪的状态都必须留在后台，前台后台永远应该是有条有理按部就班的……一个人处理不好前台与后台的关系，就不可能在自己的人生舞台上取得辉煌的成功。"

"那么你能演好这台戏吗？"她满怀希望地迎视着他的眸子，似乎在那双眼睛里看到了一个崭新的自己。

"我当然有这个能力，否则你为什么要放弃杨洋选择我？"他看见对方那副错愕的表情，立刻意味深长地笑了，"瞧，我又把你看得比你自己还要清楚了！杨洋当然还差着一点儿火候呢！最重要的是他不肯与你配合。而我们俩呢，一个是最出色的导演，一个是最优秀的演员，这样的天作之合，必将上演一台最壮观的人生戏剧——不是喜剧，那样太轻飘；也不是悲剧，那样太消沉；而应该是正剧。明示天下：爱，就应该是这个样子！人生，就应该是这个样子！"

"呀！"辛星又惊诧又疑惑地眯起了眼睛。这个男人不但能看清她的内心，而且能说出她的心里话，他们竟心意相通。从前陷进去的才叫情场呢：男人女人互为对手，互相折磨，彼此伤害，甚至以死相拼……

"辛星，你过去和男人之间的弦也绷得太紧了！"

森林仿佛又一次看穿了她的心思，温和地拉着她坐下，帮她分析过去的感情纠葛。试想丛辉怎能和杨洋相提并论？前者必是被她这反常的扭曲给吓跑了，而后者呢，也不像她认定的那样始乱终弃或无情无义。其实森林去S省正是杨洋一再怂恿，而且还把辛星的名字告诉了他，拜托他打听和关照此人，甚至必要的时候帮助她……两人相交以来杨洋就这样：凡是他自己处理不下来的麻烦事就推给老大哥，因此森林当时就明白了几分……

"原来如此！原来你是在替他排忧解难？"辛星听到这里，气恼地一甩手，恨声道，"我再也不要见到你们两人了！"

"为什么要这样？为什么不能把这种关系看得洒脱一点？把这种感情处理得风采一点？"森林迅速拉住她，雍容地笑道，"一开始我挺身而出真有为他解脱困境的成分，但我越是认识你就越是替他惋惜，而你这条鲸鱼进了他那片沙漠又确实吃不消！他把我介绍给你，倒正是命运对你的一种补偿呢……也许有一天，我们能够使他心里的那片荒地注出一汪清泉，那时我们三个人再一块儿到王府饭店聚首吧！"

辛星的头脑里此刻似有电闪雷鸣，觉得自己的感情实在是走了一条曲折而且危险的路：长久地沉溺在难以自拔的泥塘里，苦苦追寻那得不到的欢乐；又一度陷入思维混乱的浊流中，被人生表面的绚丽色彩所迷惑……

"想听我剖析一下你现在的感情吗？"森林心情复杂地抱住她的肩头，柔声说，"辛星，你真正爱的男人还是杨洋，相比之下，其余人在你心里的分量就无足轻重了。"

"那么你对我的感情呢？"她幽幽地问，心脏不由自主地紧缩起来……

他想了想，郑重其事地吐出两个字："惜才。"

"什么？"辛星已经看清楚自己的内心，反而觉得很委屈，眼里充满了百感交集的泪水，"闹了半天你并不爱我，原来只是在当伯乐！"

"你可以把它理解为爱，但我宁愿称之为缘分，"森林哈哈大笑，凑到她耳边，丝丝入扣地解析，"爱是感情，欣赏和倾慕是感觉，那都是些极其简单极其情绪化的东西，所以变化也挺大，到头来连你自己也把握不住！比如你现在对我的感情，既有崇拜和依恋，也有疑虑、不信任……以后的反复还大着呢！而缘分却要复杂得多- ——既是心心相印的，可遇而不可求的，又是自然稳定、高度和谐的……缘分也可能存在于两个男人或两个女人之间，但只有当它存在于一个男人和一个女人之间时，才能组成一个完整的世界……"

听这个男人说话是一种连绵不断的欢乐，那一股细细密密的热流带着温馨沁入了她的心田……辛星感动地握紧了他的手，急迫地问：

"这就是我一直想要的永恒吧？什么也不能隔断我们的缘分，对吗？"

"无论疾病或者灾难，都不能隔断我们，"森林把另一只手也郑重地放上去，眼里闪烁着庄严得近乎神圣的光辉，"除非死亡……"

1989年3月8日　广州

这是本地春季里少有的好天气。街道两旁的浓荫树像是隐没在淡红色的光雾之中，高楼前宽阔的绿草坪清新可爱，一阵阵温和的小风正以无限的柔情在向行人的身心低诉……

"怎么朋友们要送你去机场你不肯，偏要自己坐的士？"辛星扣开了车门，回想起森林刚来广州的情景，俏皮地笑出声。

"质本洁来还洁去嘛！"森林向仍然伫立在宾馆楼前的那群人挥挥手，微笑着钻进车厢。

出租车在大道上轻快地奔驰。辛星和森林并排坐在后座，她望着窗外繁华的街景，深深地吸了一口气：

"这场以文治商真是战果辉煌。但黄锦屏出了这么一个大乱子，肖天野会不会改变投资意向？我们的丝毛项目会不会中途夭折？"

"据我分析不会。事实上黄锦屏正是合资中的一大障碍，我之所以跟她周旋了这么久，就是想找到搬开这个绊脚石的契机，没想到她反而自己爆炸了！肖天野对她有旧情而无厚望，但夹在两位女性之间终难一碗水端平。现在他再没理由也无可能设置这一中间环节了，我到北京后立刻与他电传联络，商定下一步的具体操作计划。天津方案仍可不变，你回S省去也要全力以赴地做好准备工作。"森林笑容满面地注视着她，"辛星，你的丝毛项目引进了外资，开拓了市场，既给国家做出贡献，也为自己铺平了一条阳关大道。从今以后，真是天高任鸟飞，海阔凭鱼跃了！"

"但我有种预感：你今后像这样围着我转的情况不多了！"辛星眼里泪花闪烁，她又骄傲又伤心，知道这次南方之行的宝贵回忆，也将像一颗颗闪烁的珍珠积满自己的人生之路……

司机陡地刹住了车，一队天真活泼的孩子正在教师的牵引下横穿马路。

"瞧，幼儿园的小朋友怕跌跤，才要老师牵着手走呢！你现在至少是大专水平了，应该离开我这个诲人不倦的导师去自己独立打天下了！"

森林宽慰而又鼓励地朝她笑笑，"你应该有这份自信，你比其他的女人都要强大——你是千锤百炼始出山呀！"

"不是我比她们更强大，而是我比她们探索得更认真，追求得更执着、更艰苦……男人和女人都面临着同一个人生舞台，进入的角度和表演的方式却大相径庭。从某种意义上来说，女人只有在挣扎出爱情、婚姻、家庭等等旋涡浮出水面后，才能面对真正的人生。"她心里充满感动，目不转睛地望着这个给了她新生命的男人，"今后，我应该把求索的目标上升为两半合而为一的那个大写的人，对吗？"

森林频频点头，却在欣喜之余感到一阵虚脱似的疲惫……

出租车拐了一个大弯，驶入机场的专行道。森林握住了辛星的手，笑容变得更加亲切、含蓄了："我还有一句话要送给你：若到江南赶上春，千万和春住。"

"如果还有一位像你这样的男人在世界上单身流浪，我不会放过。"她深情款款地望着他。

候机室的大厅散发出一股热烘烘的闷人气息，迎面的大型卷帘式自动显示器正迅速翻卷出一排排航班号出入港时间。女播音员懒洋洋地渲染着摧人肝胆的离愁别绪。这个地方每天聚集了成千上万南来北往的行客，正像一座嘈杂而又雍容的人生大舞台……

去S省的飞机比去北京的早一个小时，辛星坚持要森林坐在一旁休息，自己提着简单的行李奔走在两个工作台之间更换登机牌。她动作从容不迫有条不紊，时时回过头来给他一个会心的微笑。这笑容是那么甜美又那么自然，森林不禁长叹了一口气：现在好了！一切都合理了！公平了！只是还不够全，此事古难全，但愿人长久……他感动地仰起脸来看着花纹浮现的压塑天花板，一阵剧烈的掺和着一丝甜蜜的痛楚突然摄住了心灵……他两眼一黑，仿佛那光闪闪悬挂在头顶上的枝状的大吊灯沉重地压下来了！

猛然想起装着那些从未使用过的药品的公文箱，已被不明就里的辛星交寄航班托运了！他捏紧双拳，冷汗涔涔……也许，他确实忽略了医生的叮嘱妻子的告诫，但他从不相信自己那颗勇敢地燃烧着去照亮别人灵魂的心，也会像一颗璀璨的彗星坠入黑暗的苍穹……现在怎么办？是否该退掉机票先去医院看看？或者索性留下来再静养几天？

当辛星浅笑盈盈光彩照人地向森林走来时，他迅速作出一个决定——他不愿看见这双明亮的清纯的眸子再度蒙上阴霾；他也不想让那颗已被他雕塑得玲珑剔透的心猛地跌下深渊……

"你的航班在前，你先进去吧！"他有意轻描淡写地说，"我想去外面的小商店买几盒粤式点心带回北京。"

"我们一起去，"她丝毫没察觉出他有什么异样但却隐隐地担心起来，"待会儿你进去可能找不到我……"

"只要我们俩有缘分，哪怕在茫茫人海之中，我也能一眼就寻到你！"

他的笑容仍旧亲切爽朗，眼神仍旧深沉凝重，口吻却坚决得不容置疑。辛星也干脆地点点头，把飞机票、身份证、登机牌全都交给他，又朝他微笑地摆摆手就转身走了。还是他爱慕的身姿，还是他赏识的仪态，却平添了一股自信的韵味和洒脱的风采……森林欣慰地闭了闭眼睛，一直等到这个苗条修长的背影离开他的视线，汇入检票口色彩斑斓的人流中，他才像似赢得了一场较量的胜利者那样含笑起身。

候机厅外的街心花坛在夕阳中发射出淡淡的金色光芒，天空是蔚蓝色的，树叶是翠绿色的，而行人车辆却是五彩缤纷的……所有的光和色都交织成生命的图案，而四周景物又好似流动着的清晰的岁月……

他站在那条绿荫繁茂的机场大道旁搜寻"的士"。他已经来不及翘首目送一只银色的巨鸟飞往那个遥远的城市，他必须毫不耽搁地立刻去另一个他早就该去的陌生的地方……

身旁的行人在冲他微笑，他也冲他们微笑……妇女们个个美得像天使，男人全都心满意足兴高采烈……

他感到自己憋闷膨胀的胸间突然舒畅透亮地向外扩延开去，心像一片辽阔的无垠的蓝天，而身体也缓慢松弛地离开了大地，如同羽毛那样轻柔地飘起来，飘起来……

敬告作者

为了保护有关作者的合法权益，我社曾多方联系本套书所涉及作者的版权事宜。但遗憾的是，由于种种原因，仍未能与少数作者取得联系。现谨对尚未取得联系的作者深表歉意，并请有关作者或著作权人见书后，尽快致函作家出版社，以便及时奉寄样书和稿酬。

通讯单位：作家出版社

通讯地址：北京市朝阳区农展馆南里10号

邮政编码：100125

联系电话（传真）：010-65925260

图书在版编目（CIP）数据

新都市文学 / 陈晓明主编. -- 北京：作家出版社，
2018.12

（改革开放40年文学丛书）

ISBN 978-7-5212-0315-8

Ⅰ. ①新… Ⅱ. ①陈… Ⅲ. ①小说集 – 中国 – 当代

Ⅳ. ①I247

中国版本图书馆 CIP 数据核字（2018）第 296155 号

新都市文学

主　　编：陈晓明
统　　筹：兴　安　崔庆蕾
责任编辑：李　夏
装帧设计：意匠文化·丁奔亮
出版发行：作家出版社有限公司
社　　址：北京农展馆南里10号　　邮　　编：100125
电话传真：86-10-65067186（发行中心及邮购部）
　　　　　86-10-65004079（总编室）
E-mail:zuojia@zuojia.net.cn
http://www.zuojiachubanshe.com
印　　刷：三河市兴博印务有限公司
成品尺寸：152×230
字　　数：414千
印　　张：27.25
版　　次：2018年12月第1版
印　　次：2018年12月第1次印刷
ISBN 978-7-5212-0315-8
定　　价：1200.00元（全20册）